KB024216

사라진 소녀들

# 사라진 소녀들

팜 제노프 지음
정윤희 옮김

잔

"전쟁 중에는 진실이 너무 귀해서
항상 거짓이라는 호위병을 대동해야 한다."
-윈스턴 처칠

# 1
## 그레이스

*1946년, 뉴욕*

기차역에서 우연히 여행 가방을 발견한 것은 그레이스 힐리의 인생에서 두 번째로 저지른 최악의 실수였다.

화요일 오전 9시 20분, 평상시였다면 그레이스는 헬스키친 구역의 후줄근한 하숙집에서 남쪽에 있는 로어이스트사이드의 회사로 가는 출근 버스 두 대 중 하나에 몸을 실어야 했다. 평상시 같으면 한창 회사로 이동할 시간이었다. 하지만 그레이스는 얼마 전부터 집이라고 부르게 된 동네와는 전혀 동떨어진 곳에 있었다. 그녀는 S자로 구불거리는 머리칼을 목덜미 위로 단정하게 고쳐 묶고 민트색 카디건까지 벗어던진 채 종종걸음으로 매디슨거리의 남쪽을 걸어갔다. 날씨가 쌀쌀했지만, 어제 회사에 입고 간 민트색 카디건을 그대로 입은 걸 프랭키에게 들키는 날에는 어젯밤에 집에 들어가기는 한 거냐는 예기치 못한 질문 세례를 받을 것 같아서 걱정됐다.

그레이스는 옷매무새를 다듬기 위해 싸구려 잡화점 쇼윈도 앞에 잠시 멈춰 섰다. 잡화점이 문을 열었다면 목에 생긴 붉은 자국을 가려 줄 파우더라도 찍어 바를 수 있을 텐데 싶어서 아쉬웠다. 매장에 비치된 향수 샘플이라도 뿌릴 수 있다면, 숨을 들이마실 때마다 머릿속을 띵하게 만드는 마크의 달큼하고 역한 애프터셰이브 냄새와 뒤섞인 묵은 브랜디 향이라도 조금이나마 가려 볼 수 있을 텐데. 도로 구석에 쭈그리고 앉은 주정뱅이가 잠꼬대하듯 뭐라고 중얼거렸다. 그의 생기를 잃은 창백한 낯빛을 보자 그레이스는 왠지 모를 동질감이 느껴졌다. 근처 골목에서 누군가 쓰레기통을 걷어차는 소리가 들리는 순간, 그녀의 머릿속에서 폭탄이 터지는 듯 쿵 소리가 퍼졌다. 뉴욕이라는 도시 전체가 파리하게 물들어서인지 마치 숙취에 찌든 것처럼 보였다. 아니면 그녀 혼자만의 착각일 수도 있겠지.

2월의 매서운 칼바람이 매디슨거리를 가로지르며 불어닥치는 통에 마천루 위에 걸린 깃발들이 요란한 소리를 내며 미친 듯이 펄럭거렸다. 빛바래고 구겨진 신문지 조각은 배수로를 따라서 춤을 추듯 굴러갔다. 성아그네스성당에서 9시 30분을 알리는 종소리가 울려 퍼지자 그레이스는 더욱 속도를 높여 걷기 시작했고, 거의 뛰다시피 하다 보니 어느새 목 주변이 촉촉하게 젖었다. 마침내 그랜드센트럴역이 눈앞에 으리으리한 자태를 드러냈다. 조금만 더 가다 42번가에서 왼쪽으로 돌면 렉싱턴에서 시내로 가는 급행버스를 잡아탈 수 있을 것이다.

하지만 43번가 교차로에 접어들자 저만치 보이는 도로가 앞뒤로 꽉 막힌 게 눈에 들어왔다. 경찰차 세 대가 버티는 가운데 매디슨거리 앞에 경찰 저지선을 설치하여 누구도 남쪽으로 이동할 수 없도록 막고 있었다. 까만색 스튜드베이커(미국의 자동차 브랜드-옮긴이)의 몸체가 반으로 꺾인 채 거리를 막고 후드에서 뿌연 연기를 뿜어내는 모습을 보는 순간, 자동차 사고가 났음을 알아챌 수 있었다. 도심과 외곽을 가로지르는 드넓은 거리는 그 어느 때보다 빽빽하게 들어찬 차들로 장사진을 이뤘고, 버스와 택시, 트럭 할 것 없이 서로 우회로를 찾아가느라 꼬리에 꼬리를 물고 늘어졌다. 그런데 사고 현장에 다른 차량은 보이지 않고 저만치 구석에 구급차 한 대만 홀로 멈춰 서 있었다. 의료진도 사고 현장을 수습하려고 신속하게 움직이는 대신 한가로이 구급차에 기댄 채 담배를 피우고 있었다.

그레이스는 달덩이처럼 두툼한 얼굴을 금색 단추가 달린 남색 제복 위로 내민 경찰관에게 다가갔다. "말씀 좀 여쭐게요. 혹시 도로를 계속 통제할 계획인가요? 출근 시간이 늦어서요."

그는 모자챙 아래로 대놓고 경멸적인 표정을 지으며 그녀를 쳐다보았다. 비록 군에 입대하여 해외로 파병된 남자들 대신 온 나라의 여자들이 공장으로 뛰쳐나와 그들의 자리를 대신 메우고 있다 하더라도, 감히 여자가 남자처럼 직업을 가진다는 것 자체가 그들에게는 비웃음의 대상이었다. "이쪽은 출입금지예요." 경찰은 사무적인 말투로 대꾸했다. "통행이 재개되려면 한참 걸릴 겁니다."

"무슨 문제라도 생긴 건가요?" 그레이스의 물음에 경찰은 대꾸도 없이 고개를 홱 돌렸다. 그레이스는 도로 쪽으로 한 발짝 다가가서 목을 길게 빼고 주위를 두리번거렸다.

"어떤 여자가 자동차에 치여 죽었어요." 납작한 울 베레모를 쓴 남자가 바로 옆에서 설명했다.

산산조각이 난 까만색 스튜드베이커의 앞창을 보는 순간 그레이스는 욕지기가 느껴졌다. "정말 안됐네요." 마침내 입을 열어 말했다.

"나도 직접 본 건 아니오." 남자가 말을 받았다. "어떤 여자가 차에 치여 즉사했다고 하더군요. 그래도 즉사했으니 고통은 안 느꼈겠지."

그래도. 톰이 세상을 떠난 후로 그녀가 가장 자주 들은 단어였다. 그래도 그녀는 아직 창창한 나이니까. 그래도 둘 사이에 아이는 없으니까. 그렇게 말하면 조금이나마 견디기 쉬워지기라도 하는 것처럼(가끔 톰의 아이를 낳았더라면 어땠을까 생각해 본 적이 있었다. 아이라도 있었다면 톰의 일부가 세상에 남았다는 생각에 짐처럼 느껴지지는 않았을 것이다).

"교통 통제가 언제 끝날지는 하늘만 알 거요." 납작한 모자를 눌러 쓴 남자가 다시 입을 열었다.

그레이스는 아무 대답도 하지 않았다. 톰의 죽음도 전혀 예상치 못한 일이었다. 다른 부대로 배치받기 전에 잠깐이라도 그레이스를 만나려고 기지를 출발해 조지아의 기차역으로 달리던 군용 지프가 전복될 줄은 그 누구도 상상하지 못했으니까. 국가에서는 그의 죽음을 전쟁부상자로 분류했지만, 사실 톰의 죽음은 어디서나 흔히 볼 수 있는 교통사고에 불과했다.

신문기자의 카메라에서 번쩍 플래시가 터지는 바람에 그레이스는 놀라서 눈을 끔벅거렸다. 결국 손으로 눈을 가리고 주춤거리며 뒤로 물러섰다. 이런 난리통 한가운데서 누군가의 눈에 띈다는 건, 그래서도 안 되고 절대 있어서도 안 될 일이니까. 이런 대도시에 와서 살겠다고 결심한 후 그녀가 가장 누리고자 한 익명성과는 정반대되는 일이 아닌가. 그레이스는 희뿌연 담배 연기와 시큼한 땀 냄새 그리고 향수 냄새가 진동하는 가운데 벌떼처럼 몰려든 군중 사이를 정신없이 헤치고 시원한 공기를 찾아 움직이기 시작했다.

그레이스는 경찰의 저지선에서 한참 떨어진 곳으로 빠져나오자 어깨너머를 흘깃 살펴보았다. 43번가에서 서쪽으로 가는 길까지 막힌 터라 대로를 가로질러 갈 수도 없는 노릇이었다. 다시 매디슨거리로 가서 기차역 반대쪽으로 돌아가려면 최소한 30분은 걸릴 테고, 그러면 회사에 도착하는 시간은 지금보다 더 늦어질 것이다. 그레이스는 어젯밤 일을 다시 한번 뼈저리게 후회했다. 마크만 아니었다면 이렇게 도로 한가운데 서서 그랜드센트럴역을 가로질러 가야 하는 지경에 처하진 않았을 텐데. 무슨 일이 있어도 다시는 발 들이지 않겠노라 굳게 다짐한 곳이 바로 그랜드센트럴역이니까.

그레이스는 고개를 돌려서 그랜드센트럴역을 응시했다. 역은 거대한 그림자를 바닥에 드리운 채 그녀 앞에 당당히 버티고 있었다. 통근자들은 꼬리에 꼬리를 물고 역으로 가는 문을 향해 움직였다. 그레이스는 역 안의 모습을 머릿속으로 그려 보았다. 스테인드글라스를 통해 뜨겁게 내리쬐는 햇살이 비추는 중앙홀, 사랑하는 사람과 친구들이 서로 만나고 헤어지는 대형 시계 앞. 사실 그레이스가 참기 힘든 건 그랜드센트럴역 자체가 아니라 바로 그곳에 모인 사람들이었다. 새빨간 립스틱을 바르고 혹여 립스틱이 번질까 봐 입술을 쭉 내민 채 기대감에 가득 차서 손지갑을 꼭 부여잡고 있을 여자들. 겨우 걸음마를 떼기 시작할 나이에 떨어져서 이제는 얼굴조차 기억나지 않는 아빠가 도착하기를 기다리며 말끔히 씻고 나온 어린아이들. 구겨진 군복을 입고 한 손에는 시든 데이지꽃을 든 채 금방이라도 쓰러질 듯 휘청거리며 기차역 플랫폼으로 걸음을 내딛는 군인들. 앞으로 그레이스에게는 그런 재회의 순간이 허락되지 않을 것이다.

그쯤에서 포기하고 집으로 돌아갔어야 한다. 그레이스는 따뜻한 물로 샤워한 뒤 잠시라도 눈을 붙이고 싶은 마음이 굴뚝같았다. 그렇다고 출근을 안 할 수도 없는 노릇이었다. 10시에 프랭키와 프랑스인 가족의 인터뷰가 예정되어 있기 때문에 인터뷰 내용을 기록하려면 그레이스가 반드시 자리에 있어야만 했다. 그리고 로젠버그 부부가 주택 관련 서류를 작성하기 위해 사무실에 오기로 되어 있었다. 그녀는 온종일 다른 사람의 문제에 완전히 빠져들 수 있다는 점에서 지금 하는 일에 백 퍼센트 만족했다. 하지만 오늘따라 그 책임감이 유독 그녀를 무겁게 짓눌렀다.

그래, 정면으로 맞서는 것 말고 다른 선택의 여지가 없었다. 그레이스는 양쪽 어깨를 쫙 펴고 그랜드센트럴역을 향해 걸음을 떼기 시작했다.

마침내 그랜드센트럴역 입구로 들어섰다. 헤어롤을 말아 정성껏 매만진 머리에 둥근 베레모를 쓰고 가장 아끼는 플리츠 원피스를 입고 그랜드센트럴역에 도착한 그날 이후 이곳에 다시 발을 들인 건 처음이었다. 예정대로라면 3시 15분 도착 예정인 필라델피아발 기차에서 톰은 내리지 않았다. 처음에는 연결편을 놓쳤겠거니 생각했다. 하지만 다음 기차에서도 톰의 모습이 보이지 않자 조금씩 불안해졌다. 그레이스는 그랜드센트럴역 중앙의 안내소 옆에 있는 메모판을 다시 한번 확인해 보기로 했다. 혹시나 톰이 예정보다 일찍 도착했거나 서로 길이 어긋나서 만나지 못했을 수도 있으니까. 사실 그녀로서는 톰에게 연락을 취하거나 그의 상황을 물어볼 방법이 없기 때문에 그저 기다리는 것 말고는 달리 할 수 있는 게 없었다. 그사이 허기를 달래려고 핫도그를 먹는 바람에 립스틱이 번지고 속도 메슥거렸다. 잠시 기차역 매점에 놓인 신문의 머리기사를 살피는 사이, 세 번째 기차가 역으로 들어왔다. 기차는 쉴 새 없이 그랜드센트럴역에 도착했고 쉴 새 없이 군복 입은 사내들을 플랫폼으로 밀어냈지만, 톰의 모습은 어디서도 찾을 수가 없었다. 저녁 8시 30분, 드디어 막차가 도착하고 나자 그레이스는 온갖 걱정으로 미치기 직전의 상태가 되고 말았다. 톰은 이런 식으로 그녀를 기차역에서 마냥 기다리게 할 사람이 아니었다. 대체 무슨 일이 생긴 걸까? 마침내 톰의 입성 축하 행사장에서 만난 적갈색 머리의 중위가 그녀가 평상시 자주 보았던 두려움에 가득 찬 표정으로 걸어오기 시작했다. 그의 낯선 손이 몸에 닿는 것을 느끼는 순간 그레이스는 자기도 모르게 무릎에 힘이 풀려 주저앉고 말았다.

셀 수 없이 많은 날 동안 그날의 기억이 그녀의 마음을 뒤흔들어 놓았지만, 그랜드센트럴역은 그날 저녁과 하나도 달라지지 않은 모습으로 너무나 사무적으로 끝없이 이어지는 통근자와 여행객을 맞이하고 있었다. 그냥 걸어가면 돼. 그레이스는 속으로 읊조렸다. 역 반대편의 거대한 출입구가 신호등처럼 그녀를 향해 이리 오라고 손짓했다. 굳이 걸음을 멈추고 그날 일을 되새길 필요는 없다.

뭔가가 그녀의 다리를 붙잡았다. 갓난아기의 손가락이 닿는 듯한 느낌. 그레이스는 걸음을 멈추고 고개를 돌렸다. 스타킹 올이 나간 모양이었다. 마크랑 뒹구느라 스타킹 올이 풀린 걸까? 걸음을 옮길 때마다 올이 점점 나갔고 급기야 종아리까지 길게 구멍이 나고 말았다. 그레이스는 스타킹을 벗어 버려야겠다는 생각에 잠시 걸음을 멈추었다.

그레이스는 계단 아래 있는 공용 화장실을 향해 급히 걸음을 옮겼다. 벤치를 지나가려는 찰나 뭔가 발에 걸리는 바람에 하마터면 그대로 넘어질 뻔했다. 발이 꺾이면서 발목으로 짜릿한 통증이 퍼졌다. 그레이스는 절뚝거리며 벤치로 걸어갔고 구두굽이 빠진 건가 싶어서 한쪽 다리를 올렸다. 아니다. 벤치 아래로 뭔가 불쑥 튀어나온 걸 모르고 빨리 걷다가 발에 걸려서 넘어질 뻔한 모양이다. 갈색 여행 가방이 벤치 아래 아무렇게나 내팽개쳐져 있었다. 이렇듯 무책임하게 가방을 내팽개친 사람이 있나 싶어 주위를 두리번거렸지만, 주변에는 아무도 보이지 않았고 다들 무슨 일이 있는지도 모른 채 바쁘게 걸음을 재촉했다. 그 가방의 주인은 화장실에 갔거나 신문이라도 사러 간 모양이다. 결국 다른 사람이 가방에 걸려서 넘어지지 않도록 갈색 여행 가방을 벤치 아래 깊숙이 밀어 넣었다.

그레이스는 여자 화장실로 발걸음을 옮기다 누더기가 돼 버린 군복을 입고 바닥에 쭈그려 앉은 남자를 보았다. 불과 1년 전만 해도 그는 모두의 영웅이었는데, 지금은 모두가 전쟁에 대한 기억을 지우고 싶어 하는 시대였다. 잠시나마 톰이 사고로 세상을 떠나 전쟁터에서 싸우지 않아도 됐고 잔혹한 전투의 기억을 안은 채 완전히 망가진 상태로 돌아오지 않은 것이 오히려 다행스럽게 느껴졌다. 그녀의 머릿속에는 완벽하고 강인한 톰의 모습만이 영원히 남아 있을 것이다. 그럼 지금까지 수없이 보아 온 것처럼 몸도 마음도 피폐해진 군인의 모습으로 집에 돌아오지도 않을 테고, 애써 용맹스러운 표정을 지으며 산산이 조각나 버린 속내를 감추지 않아도 될 테니까. 그레이스는 너무나 간절하게 마시고 싶은 커피를 애써 떠올리지 않으려고 애쓰면서 주머니에 손을 넣어 마지막 남은 동전을 찾았다. 커피 정도야 마시지 않아도 그만일 것이다. 그녀는 거칠어진 남자의 손바닥에 동전을 가만히 쥐여 주었다. 도저히 그 모습을 모른 척 지나쳐 버릴 수가 없었다.

그레이스는 여자 화장실로 들어가서 문을 닫고 스타킹을 벗었다. 그러고 나서 거울 앞으로 다가가 잉크처럼 새까만 머리를 가다듬은 뒤 어젯밤 일을 곱씹으며 왁스 맛이 나는 코티사의 립스틱을 덧발랐다. 바로 옆 세면대에는 그녀보다 조금 앳돼 보이는 임신부가 불룩해진 배 위로 코트를 매만지고 있었다. 전쟁터에서 돌아온 남자들이 행복한 재회의 순간을 보내고 그로 인한 열매를 맺는 경우가 수두룩해서 고개만 돌리면 배가 불룩 튀어나온 임신부를 쉽게 볼 수 있었다. 그레이스는 그 여자가 거울 너머로 자신의 단정치 못한 옷매무새를 뜯어보고 있음을 느꼈다. 무슨 일이 있었는지 아는 듯한 눈빛으로.

그레이스는 벌써 출근 시간이 한참 지났음을 떠올리며 서둘러 여자 화장실을 나갔다. 다시 역을 가로질러 가려는 찰나, 벤치 아래 놓인 갈색 여행 가방이 거의 엎어지기 직전의 상태인 게 눈에 들어왔다. 가방은 여전히 벤치 아래 처박혀 있었다. 그녀는 어디선가 가방 주인이 나타나기를 바라는 마음으로 주위를 두리번거리며 가방이 있는 쪽으로 향했다.

아무도 나서는 사람이 없자 그레이스는 쭈그리고 앉아서 가방 속을 살피기 시작했다. 갈색 여행 가방은 하나도 특별할 것이 없어 보였다. 매일 기차역을 오가는 1000여 명의 여행객이 들고 다니는 평범하기 짝이 없는 가방이었다. 그나마 다른 가방보다 특별한 점을 찾으라면 손잡이가 닳고 닳은 자개라는 거였다. 여행객이 모두 기차에 올랐는데도 유독 이 갈색 가방만 덩그러니 기차역에 놓여 있었다. 완전히 버려진 채로. 누군가 가방을 잃어버린 걸까? 그레이스는 순간 섬뜩한 기분을 느끼며 멈추었다. 전쟁이 한창일 때만 해도 평범해 보이는 가방이 실제로는 폭탄이었다는 소문을 들은 게 기억났기 때문이다. 하지만 이제 전쟁은 모두 끝났으며 곳곳에 도사리고 있던 적의 침략이나 습격의 기운도 완전히 사라져 버린 후였다.

그레이스는 주인의 흔적을 찾을 요량으로 가방을 찬찬히 살피기 시작했다. 가방 옆부분에 분필로 적은 글씨가 남아 있었다. 순간 언젠가 프랭키의 고객에게 들은 뒤숭숭한 이야기가 떠올랐다. 독일군이 사지로 향하는 유대인에게 소지품을 되찾아야 하니 가방에 이름을 쓰라며 거짓말로 회유했다는 것이다. 이 갈색 가방에는 '엘레노어 트리그'라는 이름 하나만 적혀 있었다.

그레이스는 머릿속으로 짐꾼에게 분실물을 전하거나 그냥 이 자리를 뜨는 방법, 두 가지를 떠올렸다. 벌써 출근 시간에 한참 늦지 않았는가. 하지만 호기심이 발목을 붙잡았다. 가방 안에 다른 이름표가 붙어 있을지도 모른다. 그녀는 손가락으로 잠금쇠를 만지작거렸다. 우연히 아귀가 맞았는지 잠금쇠가 딸깍 소리와 함께 풀렸다. 어느새 그녀는 가방을 빠끔히 열고 있었다. 순간 갑자기 주인이 나타나서 목덜미를 잡을 것 같은 불안감에 자기도 모르게 어깨너머를 기웃거렸다. 그러고 나서 다시 여행 가방 안으로 시선을 돌렸다. 은색 등받이가 달린 빗과 포장을 뜯지 않은 라벤더 향 비누가 구석에 가지런히 꽂혀 있고, 여성용 옷가지가 말끔하게 접혀 차곡차곡 쌓여 있었다. 가방 입구 한쪽에는 아기용 신발 한 켤레가 들어 있을 뿐 그것 말고 아이 옷은 보이지 않았다.

갑자기 여행 가방을 뒤지는 자신이 용서받지 못할 사생활 침해를 저지르는 것 같은 기분이 들어(물론 틀린 말은 아니었다) 재빨리 가방에서 손을 뺐다. 그러는 사이 무언가가 그녀의 집게손가락을 날카롭게 베고 지나갔다. "아야!" 그레이스는 자기도 모르게 소리쳤다. 살점을 베인 자리에 벌써 붉은 핏방울이 송골송

골 맺혀 있었다. 그녀는 피를 멈출 요량으로 얼른 손가락을 입에 넣고 쭉쭉 빨기 시작했다. 반대쪽 손으로는 자신의 손가락에 피를 낸 게 면도기인지 칼인지 확인하려고 가방을 뒤적였다. 옷가지 아래로 1센티미터 두께의 봉투가 놓여 있었다. 그 날카로운 봉투의 옆날이 그레이스의 손가락에 상처를 낸 것이다. 다시 집어넣어. 마음속에서 속삭였다. 하지만 다음 동작을 멈출 새도 없이 봉투를 열었다.

봉투 안에는 레이스로 가지런히 묶어 놓은 사진 한 묶음이 들어 있었다. 그레이스는 봉투 안에 든 사진을 꺼냈고, 그러는 사이 집게손가락의 붉은 핏방울이 하얀 레이스에 떨어져 돌이킬 수 없는 붉은 핏자국을 남기고 말았다. 10여 장에 가까운 사진. 전부 젊은 여자들의 독사진이었다. 서로 연관이 있는 사이라고 보기에는 너무나 제각각이었다. 어떤 여자들은 군복을 입었고, 빳빳하게 다린 블라우스나 정장 재킷을 입은 여자도 보였다. 대부분 스물다섯 살이 채 넘지 않은 앳된 모습이었다.

그 낯선 여자들이 찍힌 사진을 손에 쥔 자신이 뭔가 큰 잘못을 저지르는 것 같으면서도 어딘지 모르게 친밀감이 느껴졌다. 그레이스는 사진을 다시 가방에 넣고 자신이 본 걸 까맣게 지워 버리고 싶었다. 하지만 가장 위쪽에 있는 앳된 소녀의 까맣고 매력적인 눈동자가 눈에 걸렸다. 누구일까?

바로 그때 기차역 바깥에서 요란한 사이렌 소리가 울렸고, 그레이스는 자신이 남의 물건에 손을 대서 경찰들이 체포하러 오는 것 같아 더럭 겁이 났다. 그녀는 황급히 사진 꾸러미를 레이스로 다시 묶어서 가방에 집어넣으려고 애썼다. 하지만 레이스가 헐거워져서 그런지 사진 뭉치가 봉투에 다시 들어가지 않았다. 요란한 사이렌 소리는 점점 더 커졌다. 시간이 없었다. 결국 그레이스는 사진 꾸러미를 핸드백에 집어넣고는 다른 사람 눈에 띄지 않도록 여행 가방을 발끝으로 슬그머니 벤치 아래에 밀어 넣었다.

봉투에 베어 욱신거리는 손가락을 움켜쥐고 기차역 출구로 성큼성큼 걸음을 옮겼다. "이럴 줄 알았다니까." 그레이스는 혼잣말처럼 중얼거렸다. "이 기차역에 들어와 봤자 뭐 하나 좋을 일이 없는 건데."

# 2
## 엘레노어

*1943년, 런던*

국장은 머리끝까지 화가 났다.

그가 두툼한 손바닥으로 회의실에 놓인 기다란 탁자를 내리치자 어찌나 세게 내리쳤는지 커피잔이 덜그럭거리면서 커피가 흘러넘쳐 저만치까지 쏟아져 버렸다. 평상시 농담을 주고받으며 잡담이나 하던 이른 아침의 회의실이 찬물 끼얹은 듯 고요해졌다. 그의 얼굴이 시뻘겋게 상기돼 있었다.

"이번에도 요원이 셋이나 붙잡혔어." 그는 애써 목소리를 낮추려고도 하지 않고 성질대로 고래고래 소리를 질렀다. 복도를 지나가던 속기사가 놀라서 토끼 눈을 뜨고 그 모습을 지켜보다 뒤꿈치를 들고 살금살금 도망쳐 버렸다. 엘레노어는 자리에서 급히 일어나 회의실 문을 닫고는 손바닥으로 회의실을 가득 채운 뿌연 담배 연기를 휘적거렸다.

"그렇습니다." 영국왕립공군의 마이클스 대령이 대답했다. "마르세유 부근으로 침투를 시도한 비밀요원들이 도착 몇 시간 만에 놈들에게 붙잡혔습니다. 그 후 아무 소식이 없어서 사망한 것으로 추정하고 있습니다."

"붙잡힌 요원들이 누군가?" 국장이 다그치듯 물었다. 특수작전국(SOE, Special Operations Executive)의 총책임을 맡은 그레고리 윈슬로 국장은 전직 육군 대령 출신이며 제1차 세계대전에서 혁혁한 공을 세운 것으로 알려져 있었다. 본부에서 근무하는 직원들에게는 '국장님'으로만 알려진 그는 예순에 가까운 나이였지만, 여전히 당당한 풍채를 유지했다.

마이클스 대령은 그 질문에 사뭇 당황한 눈치였다. 그는 작전 지역으로부터 수천 킬로미터 떨어진 본부에서 작전을 지휘하는 입장이고, 실제 현장에서 작전에 투입되는 요원들은 그저 이름 없는 체스판의 말 같은 존재였기 때문이다.

하지만 바로 옆에 앉은 엘레노어는 그렇지 않았다. "해리, 제임스, 옥스퍼드대학 모들린컬리지 졸업생으로 캐나다 출신. 피터슨, 이완, 전직 공군입니다." 그녀는 작전 지역에 투입된 요원 한 명 한 명의 신상을 하나도 빼놓지 않고 또렷이 기억했다.

"이달 들어서 벌써 두 번째잖아." 국장은 파이프 담배에 불을 붙이지 않은 채 입에 물고 잘근잘근 씹었다.

"세 번째입니다." 엘레노어는 그의 심기를 건드릴 의도는 아니었지만 잘못된 정보를 그대로 들어 주기 힘들어서 최대한 부드럽게 바로잡았다. 영국 총리 처칠이 특수작전국 창설을 허가하고 '유럽을 화염 바다로 만들라'는 지시를 내린 지도 어언 3년이 흘렀다. 그 후 300명에 가까운 특수요원이 군수품 공장을 파괴하고 철도를 폭파하라는 임무를 띤 채 유럽에 급파되었다. 그중 대부분은 오랫동안 소문만 무성했던 영국해협 연합군 침공을 앞두고 공공시설을 무력화하는 한편 프랑스 파르티잔을 무장하기 위해 'F 지구'라 불리는 프랑스의 중심부로 침투했다.

그렇지만 베이커스트리트의 벽 너머에 있는 특수작전국 본부에서는 이렇다 할 성공을 거두지 못했다. MI-6는 물론 기존의 다른 정부 기관들이 특수작전국의 행태가 지극히 아마추어 같고 자신들이 벌이는 공작까지 수포가 되게 만드는 데다 철저히 베일에 싸여 있다는 이유로 일방적인 파괴 공작이라며 분개하고 나서는 상황이었다. 사실 특수작전국의 피땀 어린 노력의 성과는 그 자체로 기밀이거나 침공이 있기 전까지 이를 체감하고 결실을 보기 어려운 탓에 실제로도 그 가치를 입증하기 힘든 입장이었다. 게다가 최근에는 작전이 하나둘 꼬이기 시작하면서 적들에게 발각되는 요원이 점점 증가하는 추세였다. 특수 작전의 규모가 워낙 크다 보니 작전에 투입된 요원들의 피해가 막대해진 것일까, 아니면 완전히 다른 이유 때문일까?

그레고리 윈슬로는 새로운 먹잇감을 포착한 사자처럼 엘레노어 쪽으로 시선을 돌렸다. "엘레노어, 대체 무슨 일이 벌어지고 있는 건가? 제대로 준비되지 않아서 그런 거야? 그래서 이런 실수가 나오는 거냐고?"

엘레노어는 흠칫 놀라지 않을 수 없었다. 특수작전국이 구성된 직후 그녀는 비서직으로 합류했다. 애초에 여기 합류한다는 것 자체가 어불성설이었다. 여자일 뿐만 아니라 폴란드 국적의 유대인이었으니까. 특수작전국에 엘레노어가 어울린다고 생각하는 이는 손에 꼽을 정도였다. 엘레노어 자신도 핀스크(구소련 유럽부 서부, 백러시아공화국 서남부의 폴란드령 도시-옮긴이) 근처의 조그만 마을에서 런던의 가장 권위 있는 기관까지 올라온 것에 스스로 놀라는 일이 한두 번이 아니었다. 엘레노어는 직접 국장을 찾아가 한 번만 기회를 달라고 설득에 설득을 거듭했고, 본인이 가진 기술과 지식, 조그만 것 하나도 놓치지 않는 꼼꼼함과 백과사전급 기억력을 선보이며 가까스로 그의 신뢰를 얻을 수 있었다. 직급이나 연봉은 예전과 달라진 게 없지만, 현재 그녀의 역할은 단순한 조언자를 넘어 더욱 높은 위치에 오른 터였다. 게다가 그레고리 윈슬로 국장은 엘레노어가 일반 비서들이 앉는 회의실의 가장자리가 아닌 회의실 탁자, 그것도 자기 바로 오른쪽 자리에 앉아야 한다고 고집을 피울 정도였다. 그녀는 굳이 옆자리에 자신을 앉힌 데는 다른 누구에게도 밝히지 않았지만, 국장의 오른쪽 귀가 거의 들리지 않는다는 점이 한몫하지 않았나 싶었다. 실제로 그녀는 회의가 끝나는 즉시 국장이 놓쳤을 만한 부분을 재확인할 요량으로 회의 내용 전체를 다시 브리핑해 주곤 했다.

그렇지만 회의에 참석한 모두가 지켜보는 가운데 공식적으로 그녀의 의견을 구한 것은 오늘이 처음이었다. "국장님, 죄송하지만 훈련이나 실수의 문제는 아닌 것 같습니다." 순간 회의장의 모든 눈동자가 자신에게 집중되는 것을 느낄 수 있었다. 특수작전국에 근무하면서 남의 이목을 끌지 않고 누구의 관심도 받지 않으면서 조용히 지내 온 것을 내심 자랑스러워하는 그녀였다. 하지만 이제는 그동안 쓰고 있던 가면이 완전히 벗겨졌고, 모든 남자 요원이 회의적인 눈빛을 애써 숨기지 않으면서 그녀를 주시했다.

"그게 아니라면 대체 뭔가?" 그레고리는 평상시보다 더 안달이 나서 인내심의 바닥을 드러내며 다그치듯 물었다.

"요원들이 모두 남자이기 때문입니다." 엘레노어는 혹여 불필요한 오해를 받거나 반감을 살까 싶어 최대한 조심스럽게 단어를 골랐다. "프랑스의 젊은 청년들은 도시나 시골을 가리지 않고 모두 입대했습니다. 프랑스 의용군으로 징집되어 전쟁터에 나갔거나 징집을 거부하여 수감된 상태입니다. 따라서 우리 요원들이 그런 청년 역할을 하며 위장한다는 것 자체가 불가능한 상황입니다."

"그래서 어떻게 하자는 건가? 요원들을 전부 잠복이라도 시켜야 한다는 거야?"

엘레노어는 고개를 가로저었다. 작전을 수행해야 할 요원들이 잠복에 들어갈 수는 없는 노릇이었다. 정보를 얻으려면 누군가와 접선하지 않을 수 없으니까. 와인을 마시고 거나하게 취한 독일군의 대화를 엿들은 건 로트렉에서 일하는 웨이트리스였고, 현장을 지나치는 기차 시간표가 변경되었음을 알아차린 것은 농부의 아내였다. 그렇게 프랑스 시민들이 독일군이 운집한 프랑스 시내의 일상에서 진짜 정보를 얻어내지 않는가. 독일군을 전복시키려는 그들의 노력이 진정한 결실을 보려면 지역 레지스탕스의 네트워크인 레조와 수시로 접촉할 필요가 있었다. F 지구에 파견된 특수요원들이 창고와 동굴 속에 숨어 버린다면 본부의 지시를 받을

길도 사라지고 말 것이다.

"그럼 어쩌자는 거야?" 국장이 다그쳤다.

"다른 방법이 있기는 한데……." 엘레노어는 말끝을 흐렸고 국장은 초조한 눈빛으로 그녀를 쳐다보았다. 그녀는 말끝을 흐리거나 머뭇거리는 성격이 아니었지만 앞으로 하려는 말이 예상할 수 없을 정도로 대담한 것이라 도저히 입이 떨어지지 않았다. 엘레노어는 숨을 깊숙이 들이마셨다. "여자 요원을 보내시죠."

"여자 요원? 대체 무슨 소리인지 모르겠군."

사실 여자 특수요원에 대한 아이디어는 몇 주 전, 무선통신실의 한 소녀가 프랑스 현장에서 보내온 메시지를 빠르고 능숙하게 해독하는 모습을 본 후로 쭉 해 온 생각이었다. 타고난 재능을 여기서 썩히는구나, 하는 생각이 들었다. 현장에 나가야 할 사람은 다름 아닌 그 소녀였다. 워낙 생소한 계획이다 보니 엘레노어 자신도 머릿속에서 확고히 하는 데까지 어느 정도 시간이 필요했다. 사실 그 아이디어가 실제로 세상에 나올 줄도 몰랐고, 어쩌면 영원히 묻힐 수도 있었는데 어쩌다 보니 미처 계획을 완성하지도 못한 채 만천하에 드러나고 말았다.

"그렇습니다, 국장님." 동부 지역에서 본업에 종사하며 특수요원들에게 메시지를 전달하고 전쟁포로를 탈출시키기 위해 노력해 온 여성 위장요원들이 있다는 사실을 전해 들은 적이 있었다. 제1차 세계대전 당시에도 우리가 상상하는 것보다 많은 곳에서 그와 비슷한 일들이 벌어졌다. 하지만 여성 특수요원을 훈련하고 특수 임무 지역에 파견하기 위한 진짜 프로그램을 만든다는 건 전혀 다른 문제였다.

"그래, 여자들이 뭘 할 수 있다는 거지?" 그레고리가 반문했다.

"남자 요원들이 하는 일을 똑같이 하는 겁니다." 엘레노어는 군이 설명하지 않아도 뻔한 일을 일일이 설명해야 한다고 생각하자 순간 짜증이 치밀었다. "비밀 메시지를 전하는 급사 역할부터 무선통신기 메시지를 해독하는 것 외에 파르티잔을 무장시키고 다리를 폭파하는 겁니다." 실제로 여성들은 아이를 돌보는 데서 벗어나 지역 의용군으로 활약하며 여러 방면에서 두각을 드러냈다. 대공포(항공기 사격에 사용되는 앙각이 큰 포-옮긴이)를 담당하고 비행기를 조종하기도 했다. 그런데도 여자 요원을 프랑스에 보내자는 개념을 도저히 이해할 수 없다는 것인가?

"여자 부서를 만든단 겁니까?" 마이클스가 회의적인 태도를 여실히 드러내며 대화에 끼어들었다.

엘레노어는 마이클스 대령을 못 본 척하고 국장이 있는 쪽을 정면으로 쳐다보았다. "제 제안을 숙고해 주시기 바랍니다." 그리고 머릿속에서 여자 특수요원에 대한 생각을 더욱 확고히 하며 덧붙였다. "현재 프랑스에서 젊은 청년들은 찾아보기 힘든 실정입니다. 하지만 여자들은 사방에서 쉽게 볼 수 있습니다. 길거리나 가게, 카페 등에서 자연스럽게 뒤섞일 수 있을 겁니다."

"자네도 가고 싶은 건가?" 그레고리가 물었다. 엘레노어는 그의 질문을 잠시 곱씹었다. 그렇습니다. 마음속에서 그녀의 일부가 외쳤다. 엘레노어도 대체 무슨 일이 벌어지는 건지 보고 싶었다. 진정한 변화를 끌어내기 위한 뜨거운 열정을 느끼고 싶었다.

물론 엘레노어에게는 가당치 않은 이야기였다. 폴란드인이라는 태생부터 프랑스인 사이에 뒤섞일 수 없었으니까.

"저는 현장보다 본부에 더 유용한 사람입니다. 저보다는 지금 본부에서 일하는 여직원들을……." 엘레노어는 특수작전국을 위해 종일 고군분투하는 통신원들을 떠올리며 잠시 머뭇거렸다. 어떤 면에서 그들은 완벽한 요원이었다. 작전을 위해 온전히 헌신하고 완벽한 기술과 지식을 갖춘 사람들이었으니까. 하지만 그들을 이상적으로 만들어 주는 그 자질이 작전 현장에서 무용한 것으로 비칠 수 있었다. 통신원 역할에 완전히 굳어져 그동안 현장에 파견되는 요원들을 너무나도 많이 봐 온 탓이었다. "현장에 보내는 것도 말이 되지 않습니다. 결국 여자 요원을 새로 채용하는 것만이 유일한 방법입니다."

"대체 그런 여자들을 어디서 찾아낸다는 거야?" 그레고리는 그녀의 제안에 한결 부드러워진 태도로 되물었다.

"남자 요원을 채용하는 것과 똑같이 하면 됩니다." 이번 작전에 적합한 여자 요원들을 충당할 기관이 없는 것도 사실이었다. "육군 여군부대나 응급간호부대, 대학과 직업학교, 공장, 거리 등에서 직접 채용해야 합니다." 이상적인 특수요원을 규정하는 적합한 이력도 특별한 학위도 존재하지 않았다. 현장에서 활동할 수 있는가는 이력서보다 감각에 의지해야 하는 것이니까. "남자 요원을 채용하는 것과 똑같다고 보시면 됩니다. 영리하고 적응력이 뛰어나며 프랑스 생활에 능숙해야 하니까요."

"특수요원이 되려면 훈련 과정을 거쳐야 합니다." 마이클스는 요점을 지적했고, 그의 말은 도저히 극복할 수 없는 장애물을 만들어 내는 것처럼 느껴졌다.

"남자 요원과 똑같이 훈련해야죠." 엘레노어가 받아쳤다. "태어날 때부터 특수요원인 사람은 없으니까요."

"그 후에는?" 그레고리가 다시 물었다.

"그 후에는 프랑스로 보내는 겁니다."

"하지만." 마이클스가 반박하고 나섰다. "제네바협정에 따르면 여성 전투부대의 파견을 엄격히 금지하고 있습니다." 회의장에 모인 사람들은 허점을 제대로 짚어 냈다는 듯 누구 할 것 없이 모두 고개를 끄덕였다.

"제네바협정에서 금지하는 내용은 수도 없이 많습니다." 엘레노어가 반박했다. 그녀는 특수작전국의 어두운 이면을 누구보다 잘 알고 있었다. 전쟁을 끝내야 한다는 목적 때문에 본부나 현장에서 비밀리에 법을 거스르는 일이 빈번하게 벌어졌다. "응급간호부대라는 명목으로 프랑스에 파견하는 것도 한 가지 방법이 될 수 있겠죠."

"그 말은 누군가의 아내와 딸 혹은 어머니의 생명을 걸어야 한다는 뜻입니다." 마이클스 대령이 지지 않고 허점을 찔렀다.

"저는 반대입니다." 회의실 탁자 저 끝에 있던 제복 차림의 요원이 그의 편을 들고 나섰다. 엘레노어는 더럭 겁이 났다. 그레고리는 자기 의지를 확고하게 밀고 나가는 지도자와는 거리가 먼 인물이었다. 다른 사람들이 마이클스의 의견에 동조하고 나선다면 그레고리는 당장 자신의 의지를 철회할 것이다.

"그럼 2주에 한 번꼴로 네다섯이 넘는 특수요원을 독일군 손에 잃는 건 별 상관 없다는 뜻입니까?" 엘레노어는 감히 어디서 그런 배짱이 튀어나왔는지 매섭게 쏘아붙였다.

"일단 시도해 봅시다." 총책임자인 그레고리 국장은 전에 없이 단호한 태도로 더 이상의 논쟁이 커지지 않게끔 사태를 일단락 지었다. 그리고 엘레노어를 보며 말했다. "일단 노그비하우스에 사무실을 꾸리고 그 외에 필요한 게 있으면 다시 연락하도록."

"제가요?" 엘레노어가 놀라서 되물었다.

"엘레노어, 자네 아이디어잖아. 본인이 생각해 낸 계획이니 당연히 자네가 맡아서 해결해야지."

엘레노어는 별생각 없이 무심코 뱉은 이야기로 인해 조금 전까지 벌어졌던 설전을 다시 떠올리며, 그레고리가 내뱉는 단어 하나하나에 당혹하여 어쩔 줄 몰랐다.

"죄송하지만." 마이클스가 다시 끼어들었다. "이번 일은 일개 비서가 맡아서 할 수 있는 게 아닌 것 같습니다. 트리그 양, 당신을 무시해서 하는 말이 아닙니다." 그는 엘레노어 쪽으로 고개를 까딱 숙이며 덧붙였다. 모두가 의구심에 가득 찬 눈빛으로 그녀를 응시했다.

"저 역시." 회의실 탁자 저 끝에 있던 군 출신 대령이 힘을 보탰다. "저 역시 트리그 양이 이번 일을 맡는 건 훌륭한 선택이 아니라고 생각합니다. 일단 출신지부터도 그렇고……." 그 말에 회의실 곳곳에서 머리를 맞대고 쑥덕거리는 소리가 이어지더니 의심스러운 표정까지 더해졌다.

엘레노어 트리그는 자신의 충성심에 의구심을 나타내며 자신을 뜯어보는 남자들의 시선을 느꼈다. 우리랑 태생이 다르잖아. 그들의 표정이 말했다. 저런 여자는 믿을 수 없어. 지금까지 온몸을 바쳐 특수작전국에 헌신했지만, 그들에게 그녀는 여전히 적군에 불과했다. 낯선 외국인. 엘레노어의 노력이 부족한 것도 아니었다. 그녀는 모국어 억양을 완전히 지우려고 부단히 노력해 왔다. 게다가 영국 시민권을 얻기 위해 꾸준히 애썼다. 영국인으로 귀화하려고 신청서를 제출했지만, 총책임자 그레고리의 힘과 연줄을 총동원했음에도 불구하고 반려되었다. 총책임자이자 담당자인 그레고리의 추천장을 직접 제출하면 조금 다를까 싶어 몇 달 전에 다시 귀화 신청 서류를 접수해 둔 상태였다. 하지만 몇 달이 지난 지금까지도 이민국에서는 아무런 답변이 돌아오지 않았다.

엘레노어는 그의 제안을 거절할 요량으로 목청을 가다듬었다. 하지만 그녀보다 그레고리가 먼저 입을 열었다. "엘레노어, 당장 사무실을 꾸리도록." 명령이었다. "최대한 빨리 요원들을 뽑아서 훈련에 들어가도록 해." 그는 더 이상 논쟁의 여지가 없다는 신호로 한 손을 들어 보였다.

"네, 알겠습니다." 엘레노어는 자신을 향한 수십 개의 눈동자를 굳이 피하려 들지 않으며 고개를 빳빳이 들고 대답했다.

회의가 끝난 뒤 엘레노어는 다른 사람들이 모두 돌아가기를 기다렸다가 그레고리 쪽으로 다가갔다. "국장님, 드릴 말씀이 있습니다. 아무리 생각해도 제가……."

"헛소리 집어치워, 엘레노어. 우리 모두 자네가 이번 계획의 적임자라는 걸 알고 있어. 자네가 하려는 말이 거절이라면 내 대답은 이거야. 설령 군 장성들이 그 사실을 인정하고 싶지 않거나 그 이유가 뭔지 이해하지 못한다고 해도 사실은 사실이야."

"그게 사실이라고 해도 저는 영국인이 아닙니다. 그만한 영향력을 가진 존재도 아니고요."

"자네가 이방인이라는 사실이 오히려 그 자리에 적임자가 되는 데 한몫한다고 생각하는데." 그레고리는 목소리를 한껏 낮췄다. "한낱 정치놀음 때문에 우리 일이 좌지우지되는 데 진력이 나버렸어. 자네라면 개인의 충성심이나 다른 사적인 문제 때문에 판단을 흐리는 일은 없을 것 아닌가." 엘레노어는 그 말이 틀리지 않았음을 인정하며 고개를 끄덕였다. 그녀는 남편도 아이도 없고 자신에게 지대한 영향을 미칠 만한 지인도 없는 상황이었다. 지금까지 그랬듯 자신이 맡은 임무, 오롯이 그 하나만이 그녀의 유일한 고려 대상이었다.

"제가 현장에 파견되는 건 반대하시는 거죠?" 엘레노어는 대답을 뻔히 알면서도 다시 물었다. 물론 여자 특수요원 분야를 맡아서 운영해 달라는 제안만으로도 분에 넘치는 일이지만, 현장에 투입하는 건 무리라고 생각한다는 사실을 가늠해 볼 수 있었다.

"시민권을 받지 못하는 한 현실적으로 불가능해." 물론 그 말이 백번 옳았다. 런던 본부에서는 폴란드 출신이라는 배경을 얼마든지 숨길 수 있었다. 하지만 시민권을 얻기 위해 서류까지 제출한 지금의 상태에서는 특수요원으로 현장에 파견한다는 일 자체가 애초에 받아들여질 수 없을 테니까. "어쨌든 지금은 여기서 특수요원을 발굴하는 게 훨씬 더 중대한 일이야. 자네는 이제 여자 특수요원을 전담하는 책임자 아닌가. 프랑스로 보낼 요원들을 발굴해. 그리고 훈련하도록. 그건 우리가 신뢰할 수 있는 사람이 맡아야 하네."

"제가요?" 엘레노어는 특수작전국에서 일하는 다른 여직원들이 자신을 냉담한 눈으로 바라보고 일부러 거리를 유지한다는 걸 알고 있었다. 편하게 점심을 먹고 차를 마시자고 초대하거나 어울릴 수 있는 상대라고 보지 않는다는 뜻이겠지.

"엘레노어." 총책임자는 한껏 목소리를 낮추고 근엄한 태도로 그녀를 매섭게 쳐다보며 말을 이었다. "일단 전쟁이 시작되면 자신이 어떤 자리에 놓이게 될 것인지 예상할 수 있는 사람은 거의 없다네."

그녀가 생각하기에도 그것은 자명한 사실이었다. 엘레노어는 그레고리가 자신에게 지시한 내용을 다시 한번 곱씹어 보았다. 책임자로서 지금까지 특수작전국이 저지른 모든 실수를 바로잡을 기회가 비로소 그녀에게 주어진 것이었다. 지금까지 수개월 동안 엘레노어는 아무것도 하지 못한 채 변방에서 온갖 실책이 벌어지는 모습을 가만히 지켜봐야만 하는 위치에 있었다. 프랑스에 요원을 파견하는 일정이 다소 늦춰진다 해도 이를 상쇄하고도 남을 만한 기회를 얻은 것이다.

"여자 요원들을 어디로 보낼지, 그리고 어떻게 보낼지 모두 자네가 맡아서 처리해 주게." 그레고리는 엘레노어가 이미 제안을 수락하고 모든 일이 결정된 것처럼 계속 말을 이었다. 엘레노어는 내심 갈등이 일었다. 물론 이번 임무를 맡는다는 건 매력적인 제안이었다. 동시에 여러 장의 카드처럼 엄청나게 힘든 임무가 눈앞에 펼쳐진 것 같았다. 이미 수많은 젊은이가 목숨을 잃었고 여자 요원을 파견하는 것만이 해답이기는 했으나, 일반 여성을 정예요원으로 훈련한다는 것 자체가 엄청나게 힘든 일일 터였다. 이런 업무에 깊숙이 관여하고 노출된다는 건 그녀로서는 도저히 감당하기 힘든 일이었다.

순간 엘레노어는 벽에 붙은 사진들을 바라보았다. 한창나이에 전쟁을 위해 목숨을 바친 특수작전국 특수요원들의 사진이었다. 그녀는 독일 안보국 요원과 나치 친위보안대의 프랑스 본부가 위치한 파리의 포시거리를 머릿속에 그려 보았다. 특수작전국에서 일하며 서류를 통해 얼핏 접한 바에 따르면, 나치 친위보안대를 이끄는 한스 크뤼거는 과거 독일군 강제수용소 지휘자이며 그 잔혹함과 교활함으로 악명이 높은 인물이었다. 한스 크뤼거는 지역 주민의 아이를 볼모로 자백을 종용하는 일을 서슴지 않았고, 심지어 고기를 매다는 고리에 포로를 산 채로 매달아 놓고 필요한 정보를 얻은 다음 그렇게 죽든 말든 그 상태로 내버려 두고 가는 일도 있었다. 설사 자백을 받아냈다고 해도 더 많은 특수요원을 죽음으로 몰고 가기 위해 온갖 계획을 세울 것이 분명했다.

엘레노어는 이번 임무를 받아들이는 것 말고는 다른 방법이 없음을 직감했다. "알겠습니다. 일단 제가 맡은 임무를 온전히 처리할 권한이 필요할 것 같습니다." 뭐든 첫 단추를 제대로 끼우는 것이 가장 중요한 법이었다.

"모든 권한은 자네에게 있네."

"그리고 진행 상황은 국장님에게만 보고하겠습니다." 일반적인 상황이라면 특별 분과의 진행 상황은 국장이 아랫급 부서를 통해 보고받게 돼 있었다. 엘레노어는 복도 저만치 끝자락에서 서성거리는 마이클스를 슬쩍 돌아보았다. 그는 물론이고 다른 담당자들도 그녀가 예전보다 더욱 그레고리 국장의 무한신뢰를 얻는 모습이 못마땅해 보일 터였다. "다른 부서를 거치지 않고요." 그녀는 자신의 말에 무게를 더하듯 다시 한번 강조했다.

"불필요한 요식은 전부 생략하자고." 국장은 다시 한번 약속했다. "나한테 직접 보고하는 거로." 엘레노어는 그레고리의 목소리에서 이번 일에 필사적이라는 것과 이번 일을 성공으로 이끌려면 그녀의 도움이 절실하다는 걸 느낄 수 있었다.

# 3
## 마리

화장실에서 특수요원으로 뽑힌다는 건 마리로서는 상상조차(특수요원이 되고 싶은 마음이 눈곱만큼이라도 있었다 해도) 못 한 일이었다.

한 시간 전까지 마리는 타운하우스의 카페 창가 테이블에 앉아 있었다. 요크스트리트에 위치한 조용한 카페인데, 속기사로 일하는 우중충한 육군 본부 별관에서 종일 요란한 타이프 소리를 듣다가 잠시나마 조용한 시간을 갖고 싶을 때 즐겨 찾는 곳이기도 했다. 이제 이틀 후로 다가온 주말을 떠올리며 조용히 미소를 지었다. 다섯 살배기 테스, 지금쯤이면 더 삐뚤삐뚤하게 자랐을 귀여운 앞니까지. 주말에 볼 수 있는 테스의 모습은 그게 전부일 것이다. 마리는 테스가 다섯 살이 되는 동안 자신이 보지 못한 시간이 너무나 그리웠다. 마음 같아서는 시골로 가서 테스와 함께 개울가에도 가고 자갈도 파헤치며 시간을 보내고 싶었다. 하지만 마이다베일의 노후 연립주택이 적군의 폭격에 맞지 않는다고 가정하더라도 혹여 집이 은행에 압류당하거나 폐허가 되지 않으려면 누군가는 여기서 몇 푼이라도 벌어야 하는 상황이었다.

한참 떨어진 곳에서 폭격 소리가 들리더니 테이블에 놓인 접시들이 달그락거리며 흔들렸다. 마리는 대공습 이후 아무도 가지고 다니지 않는 가스 마스크 쪽으로 본능처럼 손을 뻗었다. 그리고 카페의 유리 창문 너머로 가만히 시선을 고정했다. 도로는 빗방울로 촉촉하게 젖었고, 여덟 살에서 아홉 살 정도 돼 보이는 소년이 포장도로에서 석탄을 긁어내는 모습이 보였다. 순간 가슴이 찡해 왔다. 저 소년의 어머니는 어디에 있는 걸까?

마리는 테스를 시골에 보내기로 했던 2년여 전의 그날을 떠올렸다. 처음에는 딸아이와 떨어져 지낸다는 것 자체가 상상조차 할 수 없는 일이었다. 그런데 포탄이 길 건너편 주택을 덮쳐 일곱 명의 아이가 목숨을 잃었다. 하늘이 보살피신 덕분에 테스 대신 다른 아이들이 세상을 떠난 것이다. 마리는 바로 다음 날 테스를 시골에 보내기 위해 짐을 꾸리기 시작했다.

그나마 다행인 점은 테스가 헤이즐 숙모와 함께 지낸다는 거였다. 친척이지만 가족 같은 존재였고, 겉보기엔 무뚝뚝하지만 어린 테스를 아낀다는 점만큼은 의심의 여지가 없었다. 무엇보다 테스가 이스트앵글리아에 위치한 오래된 목사관의 기다란 찬장과 퀴퀴하고 얇은 공간을 무척 마음에 들어 했다. 날씨가 화창한 날이면 울타리를 가로질러 들판을 마음껏 뛰어다닐 수도 있었고, 날이 궂을 때는 헤이즐 숙모가 일하는 우체국에 따라가서 조막만 한 손으로 일손을 돕기도 했다. 마리는 소중한 딸아이를 기차에 태워서 시골구석의 수녀원 학교나 어딘지도 모를 곳의 낯선 사람들 손에 맡긴다는 건 상상조차 할 수 없었다. 불과 1년 전만 해도 매주 금요일 테스를 만나러 킹스크로스역에 갈 때마다 그런 모습을 심심치 않게 볼 수 있었다. 터져 나오는 울음을 애써 참으며 어린아이의 코트와 스카프를 여며 주는 엄마들, 나이 많은 형제들에게 매달린 꼬마 아이들, 자기 몸집보다 커다란 여행 가방을 든 아이들은 남들이 보든 말든 엉엉 울어 댔다. 심지어 객차 창문 너머로 도망치려는 아이들도 있었다. 테스가 있는 곳으로 가서 아이를 품에 안으려면 꼬박 두 시간 동안 기차를 타야 한다는 사실만으로도 마리는 견디기 힘들었다. 일요일이면 헤이즐 숙모가 야간 통금이 되기 전에 마지막 기차를 타고 돌아가는 게 좋을 거라고 말하기 전까지 아이와 함께 시간을 보냈다. 마리의 딸은 혈육의 품에서 안전하고 건강하게 지냈다. 그렇다고 해서 오늘은 수요일밖에 되지 않았고 주말이 되려면 한참 남았다는 사실을 쉽게 받아들일 수는 없었다.

진작 테스를 데려와야 했던 건 아닐까? 최근 몇 달 사이 도시로 돌아오는 아이들을 간간이 마주칠 때마다 머릿속에서 꼬리에 꼬리를 무는 의문이었다. 어차피 대공습은 오래전에 끝났고, 어느 정도 정상적인 일상으로 돌아온 터라 이제는 지하철역에서 잠을 청하는 이들도 찾아볼 수 없었다. 하지만 전쟁은 승리와 독일군의 V1 로켓에서 한참 멀어졌고, 넓은 안목에서 보면 지금의 상태는 예전과 다름없이 두렵기 짝이 없었다. 게다가 이보다 더 무시무시한 상황은 아직 닥치지도 않았다는 희미한 불안감 또한 지워 버릴 수가 없었다.

머릿속에 떠오르는 의문점들을 애써 뒤로한 채 마리는 가방에 있던 책을 꺼내 들었다. 평상시 좋아하는 보들레르의 시집이었다. 시인의 우아한 시구 하나하나가 어린 시절 어머니와 함께 브르타뉴 해변에서 여름을 보내던 행복한 기억을 떠올려 주었다.

"실례합니다." 잠시 후 남자의 목소리가 들렸다. 마리는 독서를 방해받은 게 짜증 나서 고개를 들어 그를 쳐다보았다. 트위드 스포츠 코트와 안경, 다소 마른 체형에 이렇다 할 특징이라곤 없는 40대 남자였다. 방금까지 남자가 앉아 있던 테이블에는 손도 대지 않은 스콘 한 조각이 놓여 있었다. "무슨 책을 읽는지 궁금해서요." 마리는 혹시 그 남자가 추근대려고 말을 건 게 아닌가 싶은 생각이 들었다. 요즘 들어 도시를 가득 채운 미국 병사들이 한낮에도 술집에서 물밀듯이 밀려 나와 3열 종대로 걸으며 고요한 거리를 왁자지껄한 웃음으로 채우는 등 남자들이 여자를 붙잡고 추근대는 모습을 곳곳에서 쉽게 볼 수 있었다.

하지만 마리에게 말을 걸어온 남자는 영국식 억양이었고 정중한 태도에서도 부적절한 분위기는 전혀 찾아볼 수 없었다. 마리는 남자가 볼 수 있도록 책을 높이 들어 보였다.

"실례가 되지 않는다면 한 구절만 낭독해 주실 수 있을까요?" 남자가 청했다. "제가 프랑스어를 전혀 못해서요."

"그게 아무래도……." 마리는 생각지도 못한 부탁에 거절할 요량으로 입을 열었다.

"부탁합니다." 남자는 애원하듯 말허리를 잘랐다. "조금만 읽어 주시면 정말 감사할 것 같습니다."

마리는 대체 보들레르의 시를 왜 읽어 달라고 조르는지 도저히 이해가 되지 않았다. 어쩌면 전쟁통에 프랑스 출신의 지인을 잃었거나 프랑스전에 징집됐던 참전용사일지도. "알겠어요." 그녀는 마지못해 수락했다. 몇 구절 정도 읽어 준다고 나쁠 일은 없겠지. 마리는 시집을 들고 보들레르의 시구를 읽어 내려갔다. "N'importe ou hors du monde(어디든 이 세상이 아닌 곳이라면)." 처음에는 자기도 모르게 왠지 긴장되었지만 서서히 목소리에 자신감이 붙었다.

마리는 그렇게 몇 구절을 읊다가 멈추었다. "이 정도면 됐나요?" 내심 몇 구절 더 읽어 달라는 부탁을 기대하며 물었다.

남자의 반응은 기대와 달랐다. "프랑스어를 배운 적이 있나요?"

마리는 고개를 저었다. "아뇨. 그냥 조금 할 줄 알아요. 어머니가 프랑스인이라 어릴 때는 프랑스에서 여름을 보냈거든요." 사실이었다. 여름방학이야말로 술고래에다 걸핏하면 해고되어 직업도 없이 전전하는 아버지한테서 벗어나는 유일한 탈출구였다. 아버지는 엄마의 양육 방식과 가난한 집안 살림 그리고 마리가 아들이 아니라 딸이라는 점 때문에 언제나 화가 나 있었다. 그런 이유로 여름만 되면 프랑스에 가서 엄마와 둘이 시간을 보낼 수 있었다. 마리가 굳이 엄마의 성을 사용하며, 열여덟 살까지 살던 런던 헤리퍼드셔의 고향 집에서 도망쳐 나와 타지에서 지내는 이유였다. 어린 시절부터 하루가 다르게 점점 더 흉포해지는 아버지를 견디며 고향 집에서 지냈다면 지금까지 멀쩡히 살아 있지 못했을 것이다.

"억양이 정말 훌륭하군요." 남자가 칭찬했다. "프랑스인이라고 해도 믿을 정도로 완벽해요."

마리는 프랑스어를 모른다는 남자가 억양이 완벽한 걸 어떻게 안다는 건지 궁금했다.

"혹시 지금 직장에 다니나요?"

"네." 마리는 퉁명스럽게 대답했다. 급작스럽게 화제를 바꾸더니 지극히 사적인 질문까지 던지지 않는가. 그녀는 지갑에서 급히 동전을 꺼내며 서둘러 일어났다. "죄송하지만 이만 가 봐야겠어요."

남자도 따라서 일어났고, 마리가 고개를 돌리자 명함을 든 남자의 손이 보였다. "무례하게 굴려던 건 아닙니다. 그저 새로운 직장에 관심이 있을 것 같아서요." 마리는 명함을 받아 들었다. 베이커스트리트 63번. 명함에는 달랑 주소만 적혀 있었다. 이름도 회사명도 없었다. "엘레노어 트리그를 찾아가 보세요."

"제가 왜 그래야 하죠?" 마리는 당황해서 되물었다. "전 이미 직장이 있는데요."

남자는 가볍게 고개를 저었다. "이건 전혀 다른 일이에요. 매우 중대한 일이고, 당신에게 아주 잘 어울릴 것 같아요. 게다가 급여도 꽤 높은 편이지요. 사정상 더 자세히는 말씀드릴 수 없지만."

"언제 찾아가야 하는데요?" 마리는 그런 곳에 찾아갈 일은 절대 없을 거라고 생각하며 물었다.

"지금 당장요." 그녀가 기대한 건 미리 약속을 잡으라는 대답이었다. "지금 그쪽으로 갈 건가요?"

마리는 낯선 남자와 그의 제안에서 한시라도 빨리 벗어나고 싶어 아무 대답 없이 테이블에 팁으로 줄 동전을 놓고 카페를 나섰다. 카페를 나온 여자는 우산을 펴고 매서운 추위를 피하기 위해 버건디색 스카프를 단단히 여몄다. 이윽고 골목을 돌아서자 걸음을 멈추고 혹시라도 남자가 따라오는지 어깨너머로 살폈다. 그리고 하얀 바탕에 검은 글씨가 적힌 명함을 내려다보았다. *채용 담당자*.

물론 싫다고 거절할 수도 있었다. 아니, 지금이라도 명함을 바닥에 집어던진 뒤 갈 길을 갈 수도 있는 노릇이었다. 하지만 대체 어떤 일인지, 누구 밑에서 일하는 건지 호기심이 그녀를 사로잡았다. 분명 온종일 전신 키를 두드리는 것보다는 재미있는 일일 텐데. 게다가 남자 말에 따르면 그녀에게 너무나도 간절한 급여까지 짭짤하다지 않은가.

10분 후 마리는 베이커스트리트 끝자락에 서 있는 자신을 발견했다. 그녀는 골목 구석에 있는 빨간 우체통 앞에서 걸음을 멈췄다.《셜록 홈스》의 배경이 되는 동네가 베이커스트리트라는 사실이 떠올랐다. 왠지 뿌연 안개가 자욱한 신비스러운 곳일 것 같았다. 하지만 실제 베이커스트리트는 칙칙한 사무실이 있는 건물과 1층에 가게가 들어선 너무나 평범한 모습이었다. 저 멀리 나란히 늘어선 벽돌로 지은 연립주택들은 사무실로 사용하는 듯했다. 마리는 63번이라고 적힌 사무실 앞에 서서 망설였다. 국제조사국. 문가에 부서명이 적혀 있었다. 대체 무슨 일을 하는 곳이란 말인가?

하지만 마리가 노크하기도 전에 문이 쓱 열리고 허공에 떠 있는 것처럼 팔 하나가 나오더니 "코너 돌아서 도싯스퀘어 1호로 가세요."라고 했다.

"실례합니다." 마리는 상대가 제대로 쳐다보지 않는 걸 알면서도 손에 든 명함을 들며 입을 열었다. "이곳에 오면 엘레노어 트리그 씨를 만날 수 있다고 해서 왔는데요."

그 순간 덜컥하며 문이 닫혔다.

"갈수록 재미있어지네." 마리는 언젠가 테스를 만나러 가서 읽어 준 《이상한 나라의 앨리스》 삽화를 떠올리며 혼자 중얼거렸다. 코너를 돌자 야트막한 집들이 쭉 늘어서 있었다. 그중에서도 1호 집은 베이커스트리트의 다른 곳에 비해 다소 자그마하고 별 특색이 없어 보였다. 일단 노크를 했지만 아무 대답이 없었다. 순간 모든 일이 누군가의 기묘한 장난처럼 느껴지기 시작했다. 마리는 발걸음을 돌리며 멍청하기 짝이 없었던 오늘 일은 까맣게 잊고 집에 돌아가기로 마음먹었다.

그때 등 뒤에서 끼익 소리와 함께 문이 열렸다. 마리가 몸을 돌리자 머리칼이 하얀 집사가 서 있었다. "무슨 일입니까?" 별로 필요치 않은 물건을 강매하러 온 방문판매원을 대하듯 싸늘한 태도였다. 마리는 순간 당황하여 아무 말 없이 명함을 내밀었다.

집사는 현관문을 조금 더 열더니 들어오라고 손짓했다. "이쪽으로 오시죠." 마리가 약속 시각에 늦기라도 한 것처럼 다소 서두르는 말투였다. 그를 따라서 집 안에 들어서자 한때 거대한 저택의 입구였을 법한 천장이 높고 화려한 샹들리에가 걸린 긴 복도가 나왔다. 집사는 오른쪽 방문을 살짝 열더니 곧바로 문을 닫고는 지시하듯 말했다. "여기서 기다리세요."

마리는 와서는 안 될 곳에 온 사람처럼 쭈뼛거리며 복도에 서 있었다. 순간 2층 복도에서 발소리가 들려 고개를 돌려 보니 부스스한 금발 머리 청년이 나선형 계단을 따라 뚜벅뚜벅 걸어 내려오는 모습이 보였다. 그녀를 보자 걸음을 멈추고 물었다. "당신도 그쪽 패거리인가요?"

"무슨 말을 하는지 잘 모르겠네요."

남자가 미소를 지었다. "그럼 여기서 길이라도 잃은 겁니까?" 그는 마리가 대답할 틈도 주지 않고 곧바로 말을 이었다. "패거리. 여기 있는 사람들을 그렇게 불러요." 그리고 복도 주변을 손짓했다.

순간 집사가 다시 나타나더니 조용히 헛기침을 했다. 그의 근엄한 표정은 딱히 뭐라고 말을 한 건 아니지만, 이곳에서 이야기를 나누면 안 된다는 것을 몸으로 느끼게 했다. 금발 청년은 아무 말 없이 코너를 돌아 끝없이 길게 늘어선 문들이 펼쳐진 쪽으로 사라져 버렸다.

집사는 복도가 길게 이어진 쪽으로 마리를 안내했고, 까만 오닉스와 하얀 타일로 장식된 욕실 문을 활짝 열었다. 화장실에 가고 싶다고 이야기한 것도 아닌 상황이라 마리는 그저 당혹스러운 표정으로 그를 쳐다보았다.

"여기서 기다려요."

집사는 마리가 뭐라고 따지기도 전에 그녀만 남기고 욕실 문을 닫아 버렸다. 마리는 욕실 세정제 아래서 뿜어져 나오는 시큼한 곰팡내를 들이마시며 뻘쭘한 자세로 욕실에 서 있었다. 아무리 그래도 화장실에서 기다리게 하다니! 당장이라도 돌아가고 싶었지만 이 사태를 어떻게 헤쳐 나가야 할지 떠오르지 않았다. 하릴없이 갈고리 모양의 받침대가 달린 욕조로 가서 발목을 가지런히 꼬고 앉았다. 그렇게 5분, 10분이 흘렀다.

마침내 달그락 소리와 함께 욕실 문이 열리고 여자가 들어왔다. 마리보다 적어도 열 살, 아니 스무 살은 더 들어 보였다. 얼굴은 더없이 근엄했다. 처음에는 머리가 짧은가 싶었는데 가까이에서 보니 목 뒤로 바짝 둥글게 말아 놓은 머리였다. 화장기가 전혀 없는 얼굴에 액세서리도 걸치지 않은 데다 빳빳하게 다린 새하얀 셔츠까지 전형적인 군인 스타일이었다.

"채용 담당 사무관 엘레노어 트리그라고 해. 장소가 협소해서 미안해." 여자는 딱딱 끊어지는 투로 말했다. "워낙 비좁은 곳이라서." 으리으리한 저택 외관에 마리가 본 것만 해도 방이 수십 개는 되어 보인 터라 그녀의 변명이 정말 의아하게 들렸다. 순간 다른 사람과 이야기하는 마리에게 침묵으로 경고하던 집사의 모습이 떠올랐다. 이곳에 드나드는 사람들은 여기서 마주치는 사람과 절대로 말을 섞으면 안 되는 모양이다. 엘레노어는 보석이나 꽃병을 고르는 사람처럼 매섭고 날카로운 눈빛으로 마리를 뜯어보았다. "그럼 마음의 결정은 하고 온 거겠지?" 만난 지 고작 30초밖에 되지 않았는데, 오랜 대화를 나눈 뒤 이제 마음의 결정을 내렸느냐고 묻는 듯한 말투였다.

"결정이요?" 마리는 어리둥절해서 되물었다.

"그래. 목숨을 걸고 이 일에 뛰어들 준비가 됐냐고. 네가 먼저 결정을 해야 나도 너를 채용할지 결정할 수 있으니까."

마리는 순간 머릿속이 하얘졌다. "죄송하지만…… 무슨 뜻인지 도무지 이해가 안 되는데요."

"우리가 무슨 일을 하는지 전혀 모르는군?" 마리는 고개를 가로저었다. "그럼 여기는 왜 온 거지?"

"카페에서 만난 남자가 명함을 줬어요……." 마리는 자신의 목소리가 얼마나 바보처럼 들리는지 똑똑히 들으면서 말끝을 흐렸다. 이름조차 모르는 남자 얘기가 아닌가. "아무래도 이만 가 봐야겠어요."

"그럴 필요 없어. 여기가 어딘지 모르고 왔다 해서 여기에 있으면 안 되는 건 아니니까. 때로는 예기치 못한 곳에서 자신의 능력을 찾기도 하잖아." 엘레노어가 그녀의 어깨를 가만히 누르며 말했다. 여자인데도 무뚝뚝하고 여성스럽지 못하고 누가 봐도 퉁명스러운 사람 같았다. "그렇다고 카페에서 만난 남자를 원망하지는 마. 필요 이상의 정보를 발설할 수 없어서 그런 거니까. 우리가 하는 일은 철저히 비밀에 부쳐야 하는 거라서. 영국 정부의 최고 자리에 있는 사람들도 정확히 우리가 무슨 일을 하는지 모르거든."

"정확히 무슨 일을 하는 곳인데요?" 마리는 용기 내어 질문을 던졌다.

"우리는 특수작전국 소속이야."

"아." 마리는 그녀의 대답을 듣고도 정확히 무슨 일을 하는 곳인지 이해하지 못했지만 반사적으로 대답했다.

"비밀 임무를 수행하지."

"블레츨리에 있는 암호 해독 기관 같은 곳인가요?" 예전에 함께 타자수로 일하던 직원이 그곳으로 옮긴다며 그만두고 나간 적이 있었다.

"비슷해. 다만 우리가 하는 일은 가만히 의자에 앉아서 하는 게 아니라 직접 현장에 나가서 움직인다는 점만 다르지."

"유럽에 간다고요?" 엘레노어는 고개를 끄덕였다. 마리는 그제야 모든 게 이해됐다. 그러니까 이 사람들은 나를 전쟁터로 내보낼 작정이다. "나더러 첩보원 노릇을 하라는 건가요?"

"여기서 질문은 금지야." 엘레노어가 딱 잘라 말했다. 마리는 아무래도 자신에게 어울리는 곳이 아니라는 생각이 들었다. 그녀는 어릴 때부터 호기심으로 가득 차 있었다. 엄마 말처럼 지나칠 정도로 호기심이 많은 아이였다. 끝도 없이 질문을 쏟아 내는 통에 안 그래도 불같은 아버지의 성격에 기름을 들이부으며 그렇게 10대를 보냈다. "우리는 첩보원이 아니야." 엘레노어는 마리의 말에 기분이라도 상한 것처럼 덧붙였다. "적진에 침투해서 간첩 행위를 하는 건 MI6 쪽에서 맡고 있어. 특수작전국에서는 방해 공작 혹은 철로, 전신선, 군수 공장 파괴 같은 일을 하지. 독일군의 계획을 방해하기 위해서. 또한 프랑스에서 활동하는 파르티잔에 무기를 공급하고 저항할 수 있도록 돕는 거야."

"그런 얘기는 처음 들어요."

"당연히 그렇겠지." 엘레노어는 내심 뿌듯한 말투였다.

"그런데 어떻게 저 같은 사람이 그런 일을 할 수 있다고 생각한 거죠? 전 방해 공작이니 뭐니 하는 일은 하나도 모르는데요."

"그럴 리가. 넌 머리가 좋은 데다 뛰어난 능력을 갖췄어." 방금 만나 놓고, 저 여자는 무슨 확신으로 저런 말을 하는 걸까? 마리더러 머리가 좋고 뛰어난 능력을 갖춘 사람이라고 표현해 준 이는 엘레노어가 처음일 것이다. 마리의 아버지는 그와 정반대로 대했다. 게다가 리처드, 이제는 영영 사라져 버린 남편조차 처음 잠깐은 그녀를 특별한 사람처럼 대했지만 결국 이렇게 끝나 버리고 말았다. 마리 역시 자신이 특출난 사람이라고 생각하지 않았다. 하지만 이제는 자기도 모르게 등을 꼿꼿이 세우고 앉아 있었다. "무엇보다 외국어 능력도 탁월하고. 우리가 찾던 인재에 부합하지. 혹시 다룰 줄 아는 악기가 있나?"

뜬금없이 다룰 줄 아는 악기가 있냐니, 그 역시 이상하기 짝이 없는 질문이지만 마리는 더 이상 놀라지 않았다. "어릴 적에 피아노를 조금 배웠어요. 학교 다닐 때는 하프를 했고요."

"그 정도면 쓸 만하겠군. 입 벌려 봐." 엘레노어는 간결한 명령조로 말했다. 마리는 잘못 들었나 싶었다. 하지만 엘레노어의 표정은 더없이 진지했다. "입 벌려." 엘레노어는 초조한 말투로 다그치듯 다시 말했다. 마리는 내키지 않는 듯 머뭇거리며 지시에 응했다. 엘레노어는 진료를 보는 치과 의사처럼 마리의 입속을 들여다보았다. 마리는 방금 만난 여자가 시키는 대로 고분고분 따라야 하는 사실에 화가 나서 온몸에 털이 쭈뼛쭈뼛 곤두설 정도였다. "어금니 씌운 건 빼 버려야겠네." 엘레노어는 단호하게 말하며 뒤로 물러섰다.

"빼다니요?" 마리는 깜짝 놀라 되물었다. "해 넣은 지 1년밖에 안 된 거라고요. 게다가 얼마나 비싸게 주고 한 건데요."

"맞아. 지나치게 비싸지. 덕분에 네가 영국인이라는 걸 광고하는 꼴이 될 거야. 대신 포셀린으로 다시 씌울 거야. 프랑스 사람들이 일반적으로 사용하는 거니까."

영국인이라는 사실을 광고한다는 엘레노어의 말에 카페에서 만난 남자가 자신의 프랑스어 실력에 기이한 관심을 보였던 사실이 떠올랐다. "나더러 프랑스 여자 행세를 하라는 뜻이군요."

"물론 다른 일도 해야 하지만, 맞아. 현장에 배치되기 전에 작전 기술 훈련을 받아야 해. 그걸 통과해야 작전에 투입되는 거고." 마리가 자신의 제안을 승낙하기라도 한 듯 자신만만한 말투였다. "지금으로서는 이 정도만 알려 줄 수 있어. 우리가 하는 일은 무엇보다 보안 유지가 중요하거든."

배치. 작전. 마리는 머릿속이 아찔했다. 엎어지면 코 닿을 곳에 북적이는 옥스퍼드거리와 상점이 늘어선 우아한 저택에서 독일군의 계획과 전투에 맞서기 위한 무력 전쟁이 벌어지고 있다는 사실이 너무나 비현실적으로 느껴졌다.

"앞으로 한 시간 후에 너를 훈련소까지 태워다 줄 차가 도착할 거야." 엘레노어는 모든 일이 결정 난 것처럼 말했다.

"지금 가라고요? 너무 빠르잖아요! 지금 하는 일도 정리해야 하고 짐도 챙겨야 하는데."

"언제나 해결책은 있는 법이지." 엘레노어가 간단하게 대답했다. 그럴 수도. 마리가 생각해도 자신이 집에 돌아가서 이번 일을 심사숙고할 기회를 얻을 것 같지는 않았다. "필요한 건 뭐든 우리가 제공할 거고, 육군 본부 쪽에도 대신 연락을 취할 거야." 마리는 놀란 토끼 눈으로 그녀를 쳐다보았다. 자신이 일하는 곳이 어딘지 얘기한 적이 없었다. 그제야 정확히 무슨 일을 하는지는 모르겠지만, 이 사람들이 자신에 대해 속속들이 알고 있다는 것을 깨달았다. 카페에서 그 남자를 우연히 마주친 것 역시 우연이 아닐지도 모르겠다.

"프랑스에 얼마 동안 있어야 하는 거죠?" 마리가 물었다.

"어떤 임무를 맡느냐와 상황에 따라 그때그때 달라질 수 있어. 언제든 그만두고 싶으면 그만둬도 돼. 그것도 먼저 훈련을 통과해야만 가능한 얘기겠지만."

그냥 간다고 해. 머릿속에서 목소리가 들렸다. 마리가 예상한 것보다 더 어마어마하고 비밀스러운 일이 눈앞에서 시작되고 있었다. 하지만 마리는 바닥에 뿌리를 내린 사람처럼 그대로 서 있었고, 자기도 모르게 호기심이 불타오르기 시작했다. "일리(잉글랜드 남동부의 전원 도시-옮긴이) 근처에 딸아이가 살고 있어요. 숙모님이 돌보고 계시죠. 다섯 살이에요."

"남편은 어디에 있지?"

"전사했어요." 마리는 거짓말을 했다. 사실 테스의 생부인 리처드는 한때 웨스트엔드 쇼에서 엑스트라를 전전하다가 실직한 전직 배우이며 테스가 태어나고 얼마 안 있어 바람처럼 사라져 버렸다. 마리는 열여덟 살이 되는 해 아버지와 함께 살던 집에서 도 망치듯 벗어나 런던에 도착했고, 런던에 오자마자 바닥에 떨어진 독사과를 아무 생각 없이 베어 먹고 말았다. "덩케르크에서 실종 됐어요." 자신이 생각하기에도 소름 끼치는 그 거짓말은 실제와 도 그럴싸하게 맞아떨어졌다. 리처드는 결혼 후 마리가 순진하게 도 생활비에 보태라며 돌아가신 어머니의 유산을 공동 계좌에 입 금해 준 덕분에 지금은 부에노스아이레스에서 그 돈을 펑펑 쓰며 살고 있으니까.

"숙모라는 분이 딸을 잘 보살펴 주나?" 마리는 고개를 끄덕였 다. "다행이군. 딸 걱정을 하느라 훈련에 제대로 집중하지 못하면 큰일이니까."

아무리 그래도 테스를 걱정하지 않을 수는 없었다. 마리는 그 제야 엘레노어에게 아이가 없다는 걸 느낄 수 있었다.

마리는 시골에서 뛰어노는 테스의 모습을 떠올렸다. 엘레노어 의 제안을 받아들인다면 이번 주말엔 딸아이를 만나러 갈 수 없 을 것이다. 어떤 엄마가 그런 짓을 한단 말인가? 엄마로서 책임 감 있는 선택을 한다면, 엘레노어에게 만나 줘서 고맙다고 인사 한 뒤 전쟁 중에도 평범하게 살 수 있는 일상으로 돌아가서 계속 런던에 머물 것이다. 테스에게는 마리가 유일한 부모였다. 마리 가 영영 돌아오지 못한다면 테스는 나이 든 헤이즐 숙모가 오롯 이 맡아야 할 테고, 워낙 나이가 많은지라 그조차도 언제까지 가 능할지 모르는 일이었다.

"주급은 10파운드야." 엘레노어가 덧붙였다.

10파운드. 마리가 타이핑해서 버는 것보다 정확히 다섯 배였다. 런던에서 그녀가 할 수 있는 최상의 일을 찾기는 했지만, 사실 그걸로는 턱없이 부족했다. 주말에 다른 일까지 한다고 해도 엘레노어가 제시한 주급만큼 버는 건 불가능했다. 게다가 주말도 반납하고 일한다면 지금처럼 주말마다 테스를 만나러 갈 수도 없었다. 마리도 계산기는 두드릴 줄 아는 사람이었다. 10파운드만 받아도 테스를 돌봐 주는 비용과 런던에서 살아가는 데 드는 생활비를 충당하고 지금은 꿈도 못 꾸는 일에도 돈을 쓸 수 있었다. 마리는 딸아이가 입을 새 드레스를 그려 보았고, 크리스마스에 장난감을 사 주는 모습도 상상해 보았다. 테스는 투정하거나 떼쓰는 법이 없는 아이지만, 마리는 자신이 어릴 때 당연하게 생각했던 것보다 더 많은 걸 해 주고 싶었다. 지금처럼 런던에서 타자기나 두드려서는 절대로 해 주지 못할 일들이었다. 사실 마리는 엘레노어가 제시한 이상야릇한 모험을 경험하고 싶어서 호기심이 발동해 버린 상태이기도 했다. 런던 사무실에 틀어박혀 끝도 없이 타자기나 두드리다 보면 스스로 쓸모없는 인간이라는 생각이 들 때도 많았다. 엘레노어의 얘기처럼 이 끔찍한 전쟁을 막는 데 조금이나마 도움이 될 수 있다면, 변화를 이끄는 데 보탬이 된다면 충분히 해 볼 만한 일이 아닐까.

"그렇다면 알겠습니다. 지금 갈게요. 하지만 이번 주말에 아이를 만나러 가지 못한다고 숙모님께 전화는 해야겠어요."

엘레노어는 단호하게 고개를 저었다. "안 돼. 누구도 네가 어디로 가는지, 아니 떠난다는 사실조차 알아서는 안 돼. 일 때문에 잠시 런던을 떠난다고 우리가 전보를 보내도록 하지."

"그렇다고 아무 말도 없이 떠날 수는 없어요."

"아무 말 없이 떠나는 것도 앞으로 해야 할 일 중 하나야." 엘레노어는 흔들림 없는 눈빛으로 그녀를 빤히 쳐다보았다. 물론 그녀의 표정은 전혀 변함이 없었지만 마리는 엘레노어의 눈빛이 살짝 흔들리는 걸 감지할 수 있었다. "만약 이 일을 할 준비가 되지 않았다면 지금 당장 나가도 좋아."

"딸아이랑 통화해야 해요. 아이 목소리를 듣기 전까지는 아무 데도 갈 수 없다고요."

"좋아." 엘레노어가 마지못해 굽혔다. "하지만 어디로 떠난다는 말은 절대로 하면 안 돼. 바로 옆방에 있는 전화기를 쓰면 돼. 용건만 간단히. 5분 안에 끊도록." 엘레노어는 마리의 일거수일투족을 감시하는 주인이라도 된 듯했다. 마리는 섣불리 일하겠다고 나선 게 실수는 아닐까 하는 생각이 들었다. "런던을 떠난다는 건 말하면 안 돼." 엘레노어는 똑같은 말을 반복했다. 순간 마리는 이것도 자신을 시험하는 게 아닌가 싶었다. 수많은 시험 중하나가 아닐까.

엘레노어는 먼저 문 쪽으로 가더니 마리에게 따라오라는 신호를 보냈다. "잠시만요." 마리가 멈춰 세웠다. "먼저 얘기할 게 있어요." 엘레노어는 고개를 돌렸고, 그녀의 얼굴에는 짜증이 그대로 서려 있었다. "사실 아버지 쪽 친척들이 독일인이에요." 마리는 그 말을 하고 엘레노어의 표정을 살폈다. 아버지 쪽이 독일이랑 연관이 있다는 말을 듣고 반쯤은 마리에게 했던 제안, 그 제안이 무엇이든 그녀의 생각이 바뀌면 좋겠다는 기대도 있었다.

하지만 엘레노어는 그 사실을 재차 확인하듯 고개를 끄덕였다. "알고 있어."

"그걸 어떻게?"

"매일 똑같은 카페에서 차를 마셨지?" 마리는 고개를 끄덕였다. "그건 굉장히 안 좋은 습관이니까 고치도록 해. 몹시 나쁜 습관이니까. 먼저 일상생활을 다양하게 변형하는 것이 중요한 열쇠야. 아무튼 너는 매일 똑같은 카페에 가서 프랑스어 원서를 읽었고, 우리 요원이 보고 채용에 적절한 사람이라고 생각한 모양이야. 그래서 직장으로 돌아가는 네 뒤를 밟았고, 어떤 사람인지 조사했지. 기본 사항들을 확인하고 나서 적임자라고 판단했어. 물론 서류상으로만." 마리는 그대로 얼어붙었다. 자신을 속속들이 들여다보고 있다는 사실조차 꿈에도 몰랐다. "우리 부서에는 영국으로 보낼 적당한 여성 요원을 물색하고 채용하는 사람들이 따로 있어. 물론 작전에 배치할지는 내가 직접 결정하지. 모든 요원은 나를 거쳐야만 현장에 배치될 수 있어." 그녀의 목소리에서 자신을 방어하려는 태도가 엿보였다.

"제가 적임자라고 생각하세요?"

"가능성이 있는 편이지." 엘레노어는 조심스럽게 대답했다. "자격 요건만 보자면 충분해. 하지만 앞으로 거쳐야 할 훈련이 남았고, 그걸 통과해야만 실전에 배치될 수 있어. 본인이 이를 악물고 훈련을 이겨 내지 못한다면 서류상의 자격 요건은 아무 쓸모도 없는 거야. 혹시 특별히 옹호하는 정당이 있나?"

"아뇨. 어머니가 워낙 정치 쪽은 믿지 않은 분이라……."

"됐어." 엘레노어가 말허리를 잘랐다. "내가 묻는 말에만 네, 아니오로 대답하면 돼." 또 다른 시험이군. "본인에 관한 이야기나 과거에 관한 얘기는 절대로 하면 안 돼. 훈련을 시작하면 새로운 신분을 부여할 거야." 그렇다면 새 신분이 생기기 전까지 나는 이 세상에 존재하지 않는 사람이구나, 하고 마리는 생각했다.

엘레노어는 욕실 문을 열었다. 마리는 높은 책꽂이가 들어선 서재로 들어갔다. 마호가니 탁자에 검은 전화기가 놓여 있었다. "여기서 전화하면 돼." 엘레노어는 사적인 통화를 할 수 있도록 배려하겠다는 기미조차 보이지 않고 복도에 그대로 버티고 있었다. 마리는 교환원에게 전화를 걸어서 부디 일찍 퇴근하지 않았기를 기도하며 헤이즐이 평상시 일하는 우체국으로 전화 연결을 부탁했다. 그리고 전화를 받은 우체국 직원에게 헤이즐 숙모를 바꿔 달라고 말했다.

곧이어 걱정이 가득한 고음의 갈라지는 목소리가 들렸다. "마리! 무슨 일 있니?"

"아뇨, 아무 일도 없어요." 마리는 재빨리 그녀를 안심시키면서도 자기가 왜 전화를 걸었는지 진실을 말하고 싶어 안달이 날 지경이었다. "그냥 테스가 잘 있는지 궁금해서 걸었어요."

"금방 바꿔 줄게." 그렇게 1분이 흘렀다. 빨리! 마리는 5분이 지났다고 정말 엘레노어가 수화기를 빼앗아 전화를 끊어 버릴까 싶은 의구심이 들었다.

"여보세요!" 천진난만한 아이의 목소리가 마리의 심장을 파고

들었다.

"아가, 잘 지냈어?"

"엄마, 나 지금 숙모 할머니랑 편지 정리해요."

마리는 폴짝폴짝 우편물 분류대를 뛰어다니는 아이를 떠올리며 미소 지었다. "잘했어, 우리 딸."

"이제 두 밤만 더 자면 엄마를 만날 수 있어요." 고작 다섯 살밖에 안 된 꼬마지만 매주 금요일이면 엄마를 만날 수 있다는 정확한 시간 감각을 지니고 있었다. 물론 이번 주말에는 만날 수 없겠지만. 마리는 가슴이 갈기갈기 찢기는 기분이었다.

"숙모 할머니 좀 바꿔 줄래? 테스, 엄마가 많이 사랑해." 마리가 덧붙였다.

하지만 테스는 마지막 말도 듣지 못하고 이미 헤이즐을 찾으러 가 버린 후였다. 이윽고 수화기 너머로 헤이즐의 목소리가 들렸다. "잘 지내는 거죠?" 마리가 물었다.

"아주 똑똑한 아이야. 100까지 숫자도 세고 이제 산수도 곧잘 한단다. 정말 영특한 아이야. 며칠 전에는 글쎄……." 헤이즐은 딸아이가 자라는 모습을 보지 못하는 마리에게 이런 말을 하는 것이 좋을 게 없다는 걸 감지한 듯 말끝을 흘렸다. 마리는 자기도 모르게 질투심이 스멀스멀 올라왔다. 리처드에게 버림받고 갓 태어난 핏덩이와 함께 남았을 때만 해도 마리는 겁에 질려 어찌할 줄을 몰랐다. 하지만 젖먹이를 보살피고 다독이며 홀로 길고 긴 밤을 보내는 동안 마리와 테스는 하나가 되었다. 그러다가 마리의 진심과는 별개로 테스를 멀리 헤이즐 숙모의 집으로 보내야 했다. 이 빌어먹을 전쟁 때문에 그녀가 놓친 테스의 유년 시절이 너무나도 안타깝기만 했다. "일단 주말에 와서 보면 알 거다." 헤이즐이 다정하게 말을 맺었다.

마리는 누구한테 꼬집히기라도 한 것처럼 가슴이 시큰거렸다. "이만 끊어야겠어요."

"그럼 주말에 보자꾸나." 헤이즐이 대답했다.

이러다가 다른 말까지 튀어나올까 싶은 두려움에 마리는 얼른 전화를 끊어 버렸다.

# 4

## 그레이스

*1946년, 뉴욕*

그랜드센트럴역에서 출발한 지 꼬박 45분이 지나고 나서야 그레이스는 시내버스를 타고 딜랜시스트리트의 승차장에 도착할수 있었다. 여행 가방에서 몰래 꺼내 온 사진들을 가방에 넣고도계속해서 꼭 붙잡고 있다 보니 열기에 활활 불타 버리지 않을까걱정될 정도였다. 그레이스는 경찰이나 다른 누군가 자신을 뒤쫓아 와서 당장 사진을 내놓으라고 하지는 않을까 하는 생각이 들었다.

하지만 지금은 몇 달 전부터 일하는 로어이스트사이드 근처의북적이는 길을 따라 걷는 중이고, 여느 때처럼 평범하기 짝이 없는 오전이었다. 코너에 접어들자 핫도그를 파는 행인이 그녀가지나가는 걸 보고 손을 흔들었다. 창문을 닦는 두 남자는 공중에매달린 채 고함을 치다시피 지난 주말을 보낸 이야기를 나누다가도 거리를 지나가는 여자들을 보면 추파를 던지느라 여념이 없었다. 렙서셸의 델리카트슨에서 솔솔 풍기는 군침 도는 음식 냄새가 그레이스의 코끝을 간질였다.

잠시 후 그레이스는 야트막한 집을 사무실로 개조해 놓은 오차드스트리트에 들어섰고, 언제나처럼 숨이 턱까지 찰 정도로 가파른 계단을 올라갔다. 이민자 법률사무소 '블리커&손스'는 여성용 모자를 제작하는 가게가 있는 1층과 그 위로 회계사 사무소가 있는 2, 3층을 지나서 4층 높은 곳에 있었다. 그녀가 아는 한 프랭키의 이름을 따서 그냥 '프랭키'라고 부르는 일이 다반사였기 때문에 유리문 위에 걸린 거창한 법률사무소라는 이름은 허울 좋은 간판에 지나지 않았다. 열댓 명 정도 되어 보이는 난민이 뱀처럼 길게 꼬리를 지어 계단에 늘어서 있었다. 누군가에게 옷가지를 빼앗길까 두려운 듯 광대뼈가 툭 튀어나온 얼굴에 두툼한 코트 속으로 얇은 옷을 여러 겹 껴입은 채 서 있었다. 하나같이 걱정에 찌들어 핼쑥해진 얼굴인 데다 좀처럼 다른 사람과 눈을 맞추려 들지도 않았다. 그레이스는 계단에 늘어선 난민들을 지나쳐 가며 며칠 동안 씻지 않아 묵은내가 진동하는 것을 느꼈다. 그들도 자신의 불쾌한 몸 냄새를 맡는 그녀를 느끼고는 순간적으로 부끄러워하는 눈치였다.

　　"실례합니다." 그레이스는 곤히 잠든 갓난아이를 무릎에 안고 사무실 앞 바닥에 쭈그리고 앉은 여자를 조심스럽게 피해 가며 말했다. 그리고 미끄러지듯 사무실로 들어갔다. 사무실 맞은편에 놓인 달랑 하나뿐인 구식 책상에 한쪽 귀와 어깨에 수화기를 대고 걸터앉은 프랭키의 모습이 보였다.

　　"늦어서 죄송해요." 그레이스는 그가 전화 끊는 걸 보고 곧바로 말했다. "그랜드센트럴역 근처에 자동차 사고가 나서 다른 길로 돌아오느라고요."

"메츠 가족 상담은 11시로 미뤘어." 비난하는 거라고는 전혀 느껴지지 않는 목소리였다.

조금 가까이 다가가자 프랭키의 볼에 서류가 눌린 자국이 선명하게 찍힌 것이 보였다. "어젯밤에도 사무실에서 밤샌 거예요?" 그레이스가 다그치듯 말했다. "어제랑 옷도 똑같은 걸 보니 제 예상이 맞는 것 같은데, 괜히 아니라고 발뺌하지 마세요." 그 말이 끝나기가 무섭게 괜히 그런 것까지 지적했나 싶어서 후회됐다. 다행히 프랭키는 그레이스가 한 말을 그리 염두에 두지 않는 눈치였다.

프랭키는 인정하듯 한 손을 들더니 짙은 갈색 머리카락 사이에서 회색으로 물들어 가는 관자놀이 주변을 손가락으로 꾹꾹 눌렀다. "인정해. 어쩔 수 없었어. 바이스만 가족에게 거주허가증과 주택임대허가증이 급히 필요해졌거든." 프랭키는 자신의 삶이야 어찌 되건 아무 상관 없는 사람처럼 곤란에 빠진 사람들을 돕느라 눈코 뜰 새 없이 바쁘게 움직였다.

"이제 다 끝났잖아요." 그레이스는 밤새 프랭키가 일하는 사이 자신이 무엇을 했는지는 애써 떠올리지 않으려 애쓰며 말했다. "이제 가서 눈이라도 좀 붙이세요."

"잔소리는 그만, 아가씨." 그가 평상시보다 강해진 브루클린 억양으로 다그치듯 받아쳤다.

"좀 쉬어야 해요. 이만 들어가 보세요." 그녀도 고집을 부렸다.

"저 사람들한테는 뭐라고 설명하고?" 프랭키는 복도에 길게 늘어서서 기다리는 사람들을 얼굴로 가리키며 말했다.

그레이스는 끝없는 도움이 필요한 사람들로 가득 찬 복도를 어깨너머로 흘낏 쳐다보았다. 때로는 그 모습을 보고 울컥한 기분이 들 때도 있었다. 프랭키가 하는 업무 대부분은 로어이스트사이드의 공동주택에 이미 자리 잡은 친척들과 함께 살려고 이 나라에 온 유대계 유럽인을 돕는 일이었다. 그래서일까, 법률 자문을 한다기보다 사회사업을 하는 기분이 들 때가 많았다. 그는 도움이 필요한 사람들이 의뢰해 오는 일은 가리지 않았다. 친척을 찾아 주거나 재산을 되찾거나 시민권을 받을 수 있도록 물심양면으로 도왔다. 하지만 자문료는 나중에 주겠다고 하거나 그저 성의만 표시하는 사람이 대부분이었다. 그런데도 그레이스의 월급을 미루는 일은 한 번도 없어서 프랭키가 어떻게 사무실 임대료와 전기 요금을 충당하는지 궁금할 지경이었다.

게다가 본인의 상태는 어떤가. 프랭키가 입은 셔츠는 목덜미가 누렇게 바랬고, 항상 온몸이 땀으로 뒤범벅되어 얼핏 보면 광채가 느껴질 정도였다. 평생을 여자도 모른 채 살아서("나 같은 남자를 누가 좋다고 하겠어?" 그가 몇 번인가 자조적으로 말했다) 쉰을 목전에 두었고, 이제는 외모마저 무너져서 오전 10시 무렵에도 저녁처럼 수염이 거뭇거뭇 자라 버린 데다 머리는 빗질도 하지 않았다. 하지만 따스함이 서린 갈색 눈동자를 볼라치면 냉혹하게 다그치는 것이 불가능했고, 활짝 웃는 모습을 보면 그레이스도 미소를 짓지 않을 수 없었다.

"그래도 아침 식사는 해야죠." 그레이스가 챙겨 주었다. "얼른 뛰어가서 베이글 사 올게요."

프랭키는 손짓으로 그녀를 말렸다. "그건 됐고 퀸스의 사회복지과 전화번호나 좀 찾아 주겠어? 첫 번째 면담을 하기 전에 일단 몸부터 좀 씻어야겠어."

"본인 건강을 챙기지 못하면 고객을 도울 수도 없잖아요." 그레이스가 따끔하게 충고했다.

프랭키는 그저 씩 웃어 보이고는 샤워실 쪽으로 걸어가 버렸다. 그리고 사무실 앞 계단에 쭈그리고 앉은 꼬마의 머리카락을 헝클이며 말했다. "잠깐만 기다려, 알겠지?"

그레이스는 사무실 책상 구석에 놓인 재떨이를 들어 꽁초를 비우고 나서 주변에 남은 담뱃재 부스러기를 말끔히 닦아 냈다. 그레이스와 프랭키는 말하자면 서로를 우연히 찾았다. 그레이스는 웨스트리버 근처 54번가 하숙집의 공용 샤워실에서 샤워를 마친 뒤 고등학교 때 타자 수업을 들은 것 말고는 아무 기술도 없는 상태에서 조금이나마 돈을 벌 요량으로 일자리를 찾아 집을 나섰다. 그리고 지금 사무실이 있는 건물의 다른 세무사 사무실에서 비서를 뽑는다는 광고를 보고 찾아왔다가, 실수로 프랭키의 법률사무소에 들어오고 말았다. 프랭키는 마침 함께 일할 직원이 필요하던 참이라고(그 말이 진실인지 아닌지는 정확히 알 수 없지만) 말했고, 그레이스는 바로 다음 날부터 출근하기 시작했다.

하지만 며칠이 지나자 그레이스는 프랭키에게 군이 직원이 필요치 않다는 사실을 깨달았다. 사무실이 워낙 비좁아서 두 사람이 오고 가기도 빠듯할 정도였다. 물론 온갖 서류 파일이 여기저기 흩어져 있었지만, 그 난리통에도 프랭키는 자신이 찾고자 하는 서류를 대번에 찾아냈으니까. 정신없이 바쁜 와중에도 그는 무슨 일이든 알아서 처리했는데, 그레이스가 오기 전까지 수년을 그렇게 일해 왔다. 그렇다, 프랭키에게는 그레이스가 필요치 않았다. 하지만 그레이스를 보자마자 그녀에게 일자리가 얼마나 시급한지 깨닫고 일부러 사무실에 자리를 내주기로 한 것이다. 그레이스는 그런 프랭키를 진심으로 좋아했다.

프랭키가 다시 사무실로 돌아왔다. "준비됐어?" 그레이스는 당장 집에 가서 따뜻한 물에 몸을 담근 뒤 한숨 자거나 최소한 진한 커피라도 들이켜고 싶은 마음이 굴뚝같았지만 아무 말 없이 고개를 끄덕였다. 그런데 프랭키는 계단 앞에 차례대로 서 있던 어린 꼬마 아이를 데리고 뭔가 결심한 사람처럼 책상 쪽으로 뚜벅뚜벅 걸어가는 것이었다. "샘, 이쪽은 아저씨 친구 그레이스라고 해. 그레이스, 이쪽은 샘 알츠슐러야."

그레이스는 소년이 있는 쪽 뒤로 대기하는 사람들을 슬쩍 쳐다보았다. 가족 단위로 찾아오는 경우가 대부분이라 누구든 어른이 한 명이라도 따라왔을 거라고 생각했기 때문이다. "엄마 아빠는?" 그레이스는 소년의 머리 위쪽에서 입 모양으로 물었다.

프랭키는 침울한 표정으로 고개를 가로저었다. "얘야, 이쪽으로 앉으렴." 그는 열 살도 채 안 되어 보이는 소년에게 다정하게 말했다. "그래, 우리가 뭘 도와주면 되겠니?"

샘은 우리를 믿어도 될지 고민하는 듯 긴 속눈썹 사이로 주저하는 눈빛을 보이며 가만히 있었다.

그레이스는 소년이 오른손에 작은 공책을 들고 있다는 걸 알아챘다. "글 쓰는 걸 좋아하는구나?"

"그림 그리는 걸 좋아해요." 샘은 강한 동유럽 억양으로 대답했다. 그리고 공책을 펼쳐서 계단에 쭉 늘어선 사람들을 스케치한 그림을 보여 주었다.

"정말 잘 그렸구나." 그레이스가 칭찬했다. 군데군데 세밀한 묘사는 물론이고 사람들의 표정까지 나무랄 데 없이 훌륭했다.

"아저씨가 어떻게 도와줄까?" 프랭키가 다시 물었다.

"저는 집이 필요해요." 샘은 독학으로 영어를 배운 똑똑한 소년답게 어설프지만 정확한 표현을 써서 대답했다.

"뉴욕에 다른 가족은 안 계시니?" 프랭키가 되물었다.

"사촌이 있어요. 브롱크스에서 다른 사람의 아파트를 빌려 살아요. 하지만 일주일에 7달러를 내야 해요."

그레이스는 지금까지 꼬마가 어디서 어떻게 지냈을지 궁금해졌다. 부모님은 대체 어디서 무얼 하는 거냐고 묻고 싶은 심정이었다.

"웨스터보크에서 아버지랑 헤어졌어요." 웨스터보크는 네덜란드에 있는 임시 난민수용소였다. 그 얘기를 듣자 몇 주 전에 사무실을 찾아온 가족이 떠올랐다. "엄마랑 있다가……." 소년은 뭐라고 말할지 떠올리며 말끝을 흐렸다. "여자들 숙소에 있다가, 엄마가 없어졌어요. 그리고 엄마가 안 왔어요."

그레이스는 그런 최악의 상황에서 어떻게든 살아남으려고 애썼을 아이의 모습을 떠올리며 마음속으로 전율을 느꼈다. "어딘가에 살아 계실 수도 있어." 그레이스가 위로해 주었다. 프랭키는 소년의 머리 위로 그녀를 보며 일종의 경고 표시처럼 찌릿한 눈빛을 보냈다.

샘의 표정은 전혀 바뀌지 않았다. "동쪽으로 끌려갔어요." 지극히 사무적인 말투였다. "동쪽으로 가면 아무도 안 와요." 아무런 희망 없이 살아가는 어린아이의 삶이란 어떤 것일지, 그레이스는 궁금해졌다.

그레이스는 현재 상황의 실제적인 부분에만 집중하려고 마음을 다잡았다. "뉴욕에는 어린아이를 위한 기관들이 있단다, 아가."

"하지만 남자애들은 못 가요." 샘은 다소 놀란 듯했다. "보육원에 가기 싫어요."

"그레이스, 잠깐 나랑 얘기 좀 할까?" 프랭키는 샘을 피해서 한쪽 구석으로 그녀를 불렀다. "저 아이는 다하우강제수용소에서 꼬박 2년을 보냈어." 그레이스는 저 어린아이의 눈으로 직접 목격했을 끔찍한 일들을 떠올리자 가슴이 미어지는 기분이었다. 프랭키가 말을 이었다. "그렇게 강제 추방자 수용소에서 6개월 동안 버티다가 죽은 친구의 서류를 가지고 겨우 탈출한 모양이야. 그래서 자신에게 해를 끼칠 수 있다고 생각하는 기관이나 수용시설은 절대로 가지 않을 거야."

"하지만 아직 어린아이라서 보호자가 필요할 텐데요. 학교도 다녀야 하고……." 그레이스는 항변조로 말했다.

"지금 저 아이에게 필요한 건." 프랭키가 부드러운 목소리로 대답했다. "무엇보다 안전하게 살 수 있는 공간이야." 그저 목숨이

나 부지할 수 있다면 다행이겠죠. 그레이스는 구슬픈 생각을 떠올렸다. 저런 어린아이에게는 무엇보다 사랑을 나눌 수 있는 가족이 필요할 텐데. 그레이스가 번듯한 아파트에 산다면 당장 샘을 집으로 데려갔을 것이다.

프랭키는 다시 소년이 있는 쪽으로 고개를 돌렸다. "샘, 일단 네 부모님이 정말로 사망했는지 확인하는 절차부터 알아볼 거란다. 그럼 사회보장국에서 네 앞으로 수당을 줄 거야." 프랭키는 최대한 사무적인 말투로 설명했다. 말은 저렇게 해도 마음은 그렇지 않다는 걸 그레이스는 잘 알고 있었다. 프랭키는 저런 꼬마 아이조차도 고객으로 대하며 최대한 필요한 것을 얻을 수 있도록 돕는 사람이니까.

"얼마나 기다려요?" 샘이 물었다.

프랭키가 얼굴을 찌푸리며 대답했다. "그 절차라는 게 빨리 진행되는 건 아니야." 그리고 손을 뻗어 지갑에서 50달러 지폐를 꺼냈다. 그레이스는 헉하고 숨을 들이쉬었다. 풍족함과는 거리가 먼 사무실 재정 상황을 생각하면 50달러는 지나치게 큰돈이었고, 프랭키는 저만한 돈을 펑펑 쓸 여유가 있는 사람이 아니었다. "이 돈이면 사촌네 아파트에서 얼마 동안은 지낼 수 있을 거야. 잘 보관하고 아무한테도 돈을 맡기면 안 돼. 그리고 2주 후 아저씨한테 다시 찾아오렴. 혹시 사촌이랑 지내는 게 너무 힘들어지면 그 전에라도 다시 오고, 알겠지?"

샘은 불안한 눈으로 지폐를 쳐다보았다. "아저씨한테 돈을 돌려줄 수 없을지도 몰라요." 어린아이답지 않게 진지한 목소리였다.

"그 그림을 주면 어떨까?" 프랭키가 제안했다. "그 그림 정도면 50달러의 가치가 충분할 것 같은데."

소년은 조심스럽게 그림이 그려진 종이를 찢은 다음에야 그가 내민 돈을 받았다.

샘이 다시 복도로 나가는 모습을 지켜보노라니, 그레이스는 가슴이 턱하고 막히는 기분이었다. 이곳에 사는 사람들이 극장에 가고 스타킹 구하기가 어렵다고 투덜거리는 사이, 유럽에서 자행되는 무시무시한 잔혹 행위와 살인에 가까운 만행 소식이 처음에는 간간이 전해지더니 어느 순간부터는 물밀듯이 밀려들기 시작했고, 그레이스도 어느 정도는 아는 터였다. 하지만 프랭키의 사무실에 취직하고 고통에 찌든 난민들의 얼굴을 직접 보고 나서야 그 뉴스가 진실이었음을 절감할 수 있었다. 그레이스는 최대한 고객들과 거리를 유지하려고 애썼다. 조금이라도 그들의 고통에 공감하기 시작했다가는 자신이 와르르 무너질 수 있음을 알기 때문이었다. 하지만 샘 같은 아이를 직접 보는 날은 그녀로서도 쉽게 마음을 가다듬기 힘들었다.

프랭키가 그레이스 옆으로 다가와서 그녀의 어깨에 다정하게 손을 올렸다. "정말 안타까운 일이지. 이해해."

그레이스는 그를 똑바로 바라보며 말했다. "어떻게 하면 당신처럼 될 수 있어요? 그러니까 이런 상황을 보고도 잘 버티잖아요." 프랭키는 전쟁으로 폐허가 된 상황에서 사람들이 다시금 삶을 살아갈 수 있도록 온 힘을 다해 돕고 있었다.

"그냥 일이라 생각하고 최대한 일 속에 빠져들려고 노력하면 돼. 그건 그렇고, 아까부터 베커먼 가족이 기다리고 있어."

그 후로 몇 시간은 고객을 상담하느라 정신없이 흘러갔다. 영국인도 있었지만, 영어를 못하는 고객은 그레이스가 고등학교 때 배운 프랑스어 실력을 총동원해서 통역해야만 했다. 그 외에는 프랭키가 할머니한테 배웠다는 유창한 독일어를 통해 어느 정도 의사소통을 할 수 있었다. 그레이스는 고객 한 사람 한 사람이 무엇을 필요로 하는지 하나씩 나열하는 프랭키의 말을 정신없이 공책에 메모해 나갔다. 하지만 한 가지 상담이 끝나고 다음 상담이 시작되는 사이, 그레이스의 마음은 아침에 기차역에서 발견한 조그만 여행 가방으로 되돌아갔다. 대체 누가 여행 가방을 기차역에 버리고 갔을까? 그레이스는 무심코 그 가방을 두고 간 사람이 여자이며(가방 안에 든 여성복과 세면용품으로 미루어 봤을 때), 다시는 돌아오지 않을 작정을 하고 두고 간 게 아닐까 추측했다. 어쩌면 누군가 그 가방을 발견해 주길 바라며 두고 간 걸 수도 있겠지.

"잠깐 쉬면서 점심이나 먹는 게 어때?" 오후 1시가 됐을 무렵에야 프랭키가 말했다.

그레이스는 그 말의 속뜻인즉 자신이 계속 일하는 사이에 뭐든 점심을 먹고 간단한 요깃거리를 사 오라는 것임을 잘 알고 있었다. 그레이스는 아무 말도 하지 않았다. 사무실 계단을 내려갈 때가 되어서야 그녀 역시 오늘 아무것도 먹지 못했다는 사실이 떠올랐다.

10분 후 그레이스는 건물을 빠져나와 날씨가 화창한 날이면 즐겨 찾는 옥상 건물에 도착했다. 그곳에 가면 강이 있는 동쪽으로 쭉 이어진 맨해튼 중심부의 전경을 한눈에 볼 수 있었다. 뉴욕의 중심부는 하루가 다르게 거대한 건설 현장과 비슷한 모습을 닮아 가기 시작했다. 유리 건물을 짓는 거대한 크레인부터 시내 중심부를 가로질러 높이 뻗은 철제 마천루와 이스트빌리지의 외곽까지 성냥갑처럼 빼곡히 솟은 아파트가 그래 보였다. 그레이스는 자린 원단 가게에서 나오는 젊은 아가씨들을 쳐다보았다. 수년간 물자 부족과 배급에 의존해서 지내는데도 늘씬한 몸매와 트렌디한 패션을 유지했다. 심지어 몇몇은 담배까지 입에 물고 있었다. 그렇게까지 하고 싶은 생각은 추호도 없었지만, 그들처럼 뉴욕 생활에 적응하고 싶은 마음은 있었다. 그 아가씨들은 뉴욕이라는 도시에 확신을 가진 것 같았다. 정작 그레이스는 매 순간 비자 기한 만료를 앞둔 방문객이 된 기분인데 말이다.

그레이스는 시커먼 검댕이 묻은 창틀을 쓱 닦아 내고 털썩 걸터앉았다. 그리고 지갑에 든 사진 뭉치를 떠올렸다. 그날 아침만 해도 그 사진 뭉치를 발견한 것이 자신만의 착각이 아닐까 싶은 생각이 여러 번 들었다. 하지만 점심값을 내려고 동전을 찾느라 지갑을 열었을 때도 우연히 발견한 사진 뭉치는 레이스에 싸인 채 가지런히 놓여 있었다. 점심을 먹으면서 잠시 사진을 살펴볼 참이었지만, 괜히 꺼냈다가 옥상으로 불어오는 산들바람에 사진이 날아가 버릴까 봐 그만두었다.

그레이스는 예전에는 하루가 멀다 하고 준비하던 에그 샐러드를 그리워하며 거리의 행상에게 산 핫도그를 뜯었다. 그녀는 자신만의 세상에서 일정한 규칙을 유지하며, 그 일상적인 것들 속에서 안도감을 느끼는 유형이었다. 하지만 가지런히 정리된 사과 바구니가 완전히 뒤집혀 버렸다. 어젯밤 자신이 저지른 사고 때문에 제자리에 있던 사과 하나(물론 달랑 하나일 뿐이지만 매우 커다란 위치를 차지한)가 엉클어지면서 모든 일상이 완전히 뒤죽박죽되어 버린 기분이었다.

도시 외곽 쪽으로 고개를 돌리다가 이스트리버 위로 우뚝 솟은 근처 어디쯤 그녀의 시선이 고정되었다. 비록 멀어서 제대로 보이지는 않지만, 어젯밤 그녀가 밤을 보낸 기품 넘치는 고급 호텔이 마음속에 떡하니 버티고 있었다. 모든 게 너무 순진해서 시작된 거나 다름없었다. 퇴근하고 집으로 돌아가는 길, 수십 번도 넘게 지나쳐 가며 보기만 했던 53번가의 아널드 식당에 들렀다. 하숙집 공용 냉장고에 딱히 먹을거리가 없었기 때문이다. 처음에는 석쇠에 구운 하우스 치킨과 감자를 포장해서 가져갈 계획이었다. 하지만 기다란 마호가니 바로 퍼지는 은은한 조명과 나지막한 음악 소리에 완전히 사로잡혀 버렸다. 평상시처럼 손바닥만 한 하숙방에 혼자 쭈그리고 앉아서 끼니를 때우기는 정말 싫었다.

"메뉴판 좀 주세요." 그레이스의 말에 주인이 두 눈을 동그랗게 떴다. 그녀는 혼자 저녁 먹으러 온 여자를 신기한 듯 바라보는 남자들의 눈빛을 애써 모른 척하며 유유히 바를 향해 걸어갔다.

바로 그 순간 멀끔한 회색 정장에 그레이스를 등지고 바 구석 자리에 앉은 그의 모습이 눈에 들어왔다. 떡 벌어진 어깨와 짧게

깎은 머리. 구불거리는 갈색 머리카락은 머릿기름을 발라 단정
하게 고정했다. 순간 오랜 시간 잊고 살았던 호기심이 소용돌이
쳤다.

그가 고개를 돌리고 자리에서 일어나더니 익숙한 얼굴을 알아
본 듯 입을 열었다. "그레이스?"

"마크……." 그레이스는 그의 얼굴을 보는 순간 누구인지 곧바
로 기억났다. 마크 도프. 톰의 예일대학 동창이었다.

보통 룸메이트라기보다 각별한 사이였고, 그제야 잊었던 기억
이 새록새록 떠올랐다. 마크는 톰의 친한 친구였다. 톰보다 두 살
이 많은 그는 청년 단체 모임에도 항상 모습을 드러냈으며 동창
회 댄스 파티도 빠지는 법이 없었다. 톰과 그레이스의 결혼식에
도 하객으로 참석했다. 하지만 그 오랜 세월을 통틀어 이렇게 단
둘이 대화를 나누는 건 처음이었다.

"뉴욕으로 이사 온 줄 몰랐어요." 마크가 놀란 투로 말했다.

"완전히 이사 온 건 아니에요. 그냥 잠시 여기서 지내는 거죠."
그레이스는 적당한 단어를 고르며 잠시 머뭇거렸다. "당분간만
요. 당신은요?"

"난 워싱턴에 살아요. 일 때문에 며칠 출장 왔는데 내일 아침
일찍 돌아가야 해요. 이렇게 다시 만나서 너무 반가워요, 그레이
시." 그녀는 가족들이 부르던 별명과 톰이 즐겨 쓰던 '그레이시'
라는 이름을 지독히도 싫어했다. 정해진 자리에 자신을 옭매려는
것처럼 느껴졌기 때문이다. 하지만 수개월 동안 듣지 못해 잠시
잊고 살았던 별명을 듣자 마음속에서 뭔가 따스한 기운이 느껴졌

다. "잘 지냈어요?"

톰의 죽음 이후 가장 두려워하던 질문이 드디어 등장했다. 사람들은 지나치게 사적이지 않은 선에서 그녀의 안부를 물을 때마다 적절한 동정심을 담아내려고 애썼다. 마크 역시 걱정스러운 눈치였고 진심에서 우러나온 걱정 같았다. "바보 같은 질문을 했네요." 그레이스가 아무 대답을 하지 않자 그가 덧붙였다. "미안해요."

"괜찮아요." 그레이스가 대답했다. "그럭저럭 버티고 있어요." 솔직히 말하면 날이 갈수록 괜찮아지고 있었다. 매일같이 톰을 떠올리게 만드는 공간을 벗어나 뉴욕에서 살다 보니 지금 당장은 어느 정도 상처가 치유된 기분이었다. 애초에 그런 무감각함, 망각을 얻기 위해 뉴욕행을 선택한 것이기도 했으니까. 하지만 정작 과거를 망각하는 자신을 느끼는 순간부터는 다소 죄책감이 들었다.

"장례식에 참석하지 못해서 정말 미안해요. 하필 해외에 있었거든요." 마크는 턱을 바닥에 떨구었다. 그제야 마크의 얼굴이 어딘지 모르게 수척해 보인다는 걸 깨달았다. 적갈색 눈동자는 감기다시피 처지고 턱도 지나치게 뾰족해 보였다. 그런데도 얼굴의 균형은 완벽해 보였다.

"다 지난 얘기인걸요." 그레이스는 어느 정도 편해진 기분으로 대답했다. "게다가 장례식에 꽃까지……." 마크가 보낸 근조화환은 다른 화환보다 머리 하나 더 컸다. "정말 고마웠어요."

"할 수 있는 게 그것뿐이라서. 톰을 그렇듯 허탈하게 보내다니,

정말이지 이건 말도 안 되는 일이잖아요." 그레이스는 그의 표정에서 가까운 친구를 잃은 사건이 큰 상처가 되었음을 느낄 수 있었다. 이제 와 생각해 보면 톰의 친한 친구여서가 아니라 마크는 다른 예일대학 남학생들과 어딘지 다른 구석이 있었다. 자신감이 넘치지만 부끄럼을 탄다기보다는 다소 조용한 성격이었으니까. "동창들과 힘을 모아서 톰의 이름으로 장학 기금을 마련할 생각이에요."

그레이스는 순간 자신을 감싸 오는 과거의 기억에서 저만치 멀리 도망치고 싶은 충동을 느꼈다. "어쨌든 이렇게 다시 만나서 반가웠어요."

"잠깐만요." 마크가 그녀의 팔을 붙잡았다. "잠깐 이리 앉아요. 오랜만에 톰을 아는 사람과 이야기를 나누고 싶네요."

그레이스는 그런 얘기를 나누고 싶은 기분이 전혀 아니었다. 그런데도 그가 시키는 대로 순순히 자리에 앉았고, 바텐더가 브랜드잔을 가득 채우는 걸 가만히 보고 있었다. 어느 순간 마크는 지나치게 들이대거나 거부감이 느껴지지 않는 선에서 등받이 없는 스툴을 그녀 옆으로 바짝 붙이고 앉았다. 그때부터 기억이 흐릿해졌고 술잔을 기울이며 저녁 시간이 순식간에 흘러갔다. 그 일이 있고 난 뒤 그레이스는 레스토랑이 술집보다 더 위험천만할 수 있다는 걸 깨달았다. 대체 무슨 생각으로 그 식당에 들어간 걸까? 그레이스는 남편과 사별한 지 1년도 되지 않은 미망인이었고, 당연히 낯선 남자와 한가롭게 수다나 떨 만한 상황이 아니었다.

하지만 마크는 그냥 낯선 남자가 아니었다. 누구보다 톰을 잘 아는 절친한 친구였기 때문에 자기도 모르게 그가 하는 이야기에 빠져들고 말았다. "그제야 톰이 기숙사 지붕에 올라간 걸 발견했어요. 본인도 어쩌다 거기까지 올라간 건지 기억을 못 하더군요. 그런데도 수업 시간에 늦었다는 것만 걱정하고 있었죠." 마크는 재미있는 이야기가 될 거라 기대하며 이야기를 마무리 지었다.

하지만 그레이스는 그 이야기를 듣고 눈가에 가득 눈물이 차올랐다. "오!" 자기도 모르게 눈물이 뚝뚝 떨어지자 놀라서 손으로 입을 가리며 외쳤다.

"미안해요." 마크는 재빨리 사과했다.

"당신 잘못이 아니에요. 그냥 여기서 우리 둘이 이런 이야기를 하고 있다는 게……."

"정작 톰은 이 자리에 없는데 말이죠." 마크는 다른 누구도 이해하지 못하는 부분까지 이해해 주었다. 그레이스의 뺨에 번진 립스틱 자국을 손바닥으로 부드럽게 쓸어 냈고, 한참을 그렇게 앉아 있었다.

그 후 뭔가 다른 주제로 넘어간 것 같다. 음악이던가, 정치던가, 아님 두 가지 다였을 것이다. 그때부터 한참이 지나고 나서야 마크가 자기 이야기는 전혀 꺼내지 않았다는 걸 깨달았다.

그녀는 억지로 호텔 쪽에서 다른 방향으로 시선을 돌리며 마음속에 떠오르는 이미지를 밀어내려고 애썼다. 이제 모든 게 끝났다. 그레이스는 마크가 잠든 사이 기품이 넘치는 호텔에서 빠져나와 택시를 불렀다. 다시는 그를 볼 수 없을 것이다.

그레이스는 마크 대신 남편의 기억을 떠올리려 애썼다. 평상시 같으면 저만치 구석에 밀어 넣었을 그에 대한 기억이 이제는 그녀의 주의를 딴 데로 돌릴 반가운 소재가 되어 주었다. 그레이스는 고등학교 때 케이프코드로 가족 여행을 갔다가 우연히 톰을 만났다. 톰은 누가 봐도 번듯한 청년이었다. 매끄러운 머리칼과 매력적인 외모에 매사추세츠 상원의원의 아들이었고, 아이비리그 대학 입학을 앞둔 전도유망한 청년으로 풋볼팀 주장 따위와는 비교조차 할 수 없었다. 그런 톰이 그레이스를 보고 한눈에 반하다니, 전혀 예상치 못한 일이었다. 그레이스는 회계사의 딸이자 세 자매의 막내였다. 언니들은 나고 자란 고향 코네티컷의 웨스트포트로부터 멀지 않은 곳에서 남편과 함께 살고 있었다. 톰의 간택을 받은 덕분에 그녀는 언제나 숨 막히는 조그만 시골 마을을 벗어날 수 있다는 희망을 얻었다. 고향에 계속 머물며 평생 브리지 게임이나 로터리 클럽 모임에 끌려다녀야 할 암울한 미래로부터 도망칠 좋은 구실이 되었다.

톰과 그레이스는 고등학교를 졸업하고 톰의 대학 진학에 맞춰 뉴헤이븐 근처에 집을 구했다. 대학을 졸업하면 다시 보스턴에 가기로 약속했다. 미처 떠나지 못한 신혼여행은 퀸 엘리자베스 2호나 다른 유람선을 타고 유럽에 가기로 계획을 세우기도 했다. 그러던 중 일본군이 진주만을 공격하는 사건이 터졌고, 톰은 졸업하는 즉시 장교로 입대하겠다며 고집을 피웠다. 그리고 포트베닝의 보병훈련학교에서 훈련을 받고 부대 배치를 앞두고 있었다.

"주말에 휴가를 받았어." 사고가 있기 전날 밤, 톰은 언제나처럼 짐을 챙기면서 전화로 말했다. "코네티컷까지 가기에는 시간이 빠듯하니까 당신이 맨해튼으로 오면 함께 주말을 보낼 수 있을 거야. 그리고 나서 뉴욕항에서 헤어지면 돼."

그게 남편이 마지막으로 한 이야기였다. 하지만 그를 태우고 기차역으로 향하던 지프가 코너에서 과속하다 전복되었다. 충분히 피할 수 있는 어이없는 사고였다. 그레이스는 전쟁으로 남편을 잃은 미망인들이 가슴에 달고 다니는 노란 리본을 동경의 눈으로 바라보곤 했다. 그건 단순히 전쟁으로 미망인이 되었다는 의미가 아니라 일종의 자부심과 목표, 그러니까 그들의 상실과 고통이 무언가 위대한 목표를 이루는 데 일조했다는 의미를 지닌 것이기 때문이었다.

그레이스는 남편의 장례식이 끝나고 나서 웨스트포트로 돌아갔다. 소꿉친구인 마르시아가 햄프턴의 가족 별장에서 잠시 머물라고 다정하게 권했다. 그레이스는 온 가족의 동정 어린 눈빛과 어린 시절의 추억이 가득한 곳으로부터 잠시나마 떠날 수 있다는데 엄청난 안도감을 느꼈다. 그런데 막상 햄프턴에 가 보니 비수기 특유의 고요한 해안가가 더욱 먹먹하게 느껴져 결국 맨해튼에 가기로 마음먹었다. 가족들에게는 언제까지가 될지 모르나 한동안 마르시아와 머물며 마음을 추스르겠노라고 말했다. 도시에서 혼자 지내겠다고 하면 온 가족이 반대할 터였다. 마르시아도 그녀의 계획에 일정 부분 동의했고, 집에서 오는 편지를 그녀의 하숙집으로 전달해 주었다. 그렇게 맨해튼으로 온 지 벌써 1년이 다 되었고, 그레이스는 아직 고향으로 돌아가지 않았다.

그레이스는 점심을 먹고 사무실로 돌아갔다. 오전 상담 시간이 끝나면서 계단을 가득 채우고 길게 늘어서 있던 고객들도 어느새 뿔뿔이 흩어진 모양이었다. 프랭키는 사무실 어디에도 보이지 않았다. 대신 그레이스가 타이핑해야 할 산더미 같은 서류를 남겨 놓았다. 고객을 대신해 전국 각지의 시청으로 보내야 할 공문들이었다. 그레이스는 서류 하나를 집어서 어떤 내용인지 꼼꼼히 읽어 보고 타자기에 새 종이를 끼운 다음 탁탁하는 소리가 반복되는 타자기의 소음 속으로 완전히 빠져들었다.

그녀는 첫 번째 서류 작업을 마치고 다음 서류를 집기 위해 손을 뻗었다가 그대로 멈추었다. 가방을 열고 봉투에 든 사진 뭉치를 꺼내서 책상에 부채꼴로 펼쳐 놓았다. 모두 열두 명. 하나같이 젊고 미모가 뛰어난 여자들이었다. 어쩌면 여학생 클럽의 회원들인지도 모르겠다. 하지만 다들 제복 차림에 입을 앙다문 얼굴에는 근엄한 미소를 띠었고 눈빛도 더할 나위 없이 진지했다. 사진 뭉치는 레이스로 정성스럽게 묶여 있었다. 여러 번 손에 쥐어서인지 끝이 해지고 손바닥에 쏙 들어갈 정도로 둥글게 말린 흔적도 남아 있었다. 사진 아래로 손가락을 대자 뭔가 뜨거운 에너지가 뿜어져 나오는 느낌이었다.

사진 한 장을 뒤집자 뒷면에 갈겨쓴 이름이 적혀 있었다. *마리*. 나머지 사진에도 각각 이름이 적혀 있었다. *매들린, 진, 조시.* 아무리 봐도 가든 파티 참석자 명단에 나올 법한 이름들이었다. 대체 뭐 하는 사람들일까?

그레이스는 고개를 들었다. 어느새 프랭키가 돌아와 사무실 맞은편에서 전화기를 들고 금방이라도 화를 터뜨릴 기세로 수화기 너머 사람에게 말하듯 부잡스러운 몸짓을 하고 있었다. 프랭키에게 사진을 보여 주고 조언을 구할 수도 있었다. 그러면 어떻게 해야 할지 알 테니까. 하지만 자기 것도 아닌 다른 사람 가방을 뒤지고 그 사진을 손에 넣었다는 사실을 어떤 식으로 설명한단 말인가?

그레이스는 처음으로 본 사진 속 인물, 머리칼이 까만 조시라는 여자의 얼굴을 손가락 끝으로 쓸어내렸다. 그냥 갖다 놔. 머릿속에서 누군가 경고하는 것 같았다. 하지만 사진들을 찬찬히 훑어보다 갑자기 뭔가 불편한 기분에 압도당하고 말았다. 생판 남의 사진을 훔치고 낯선 남자와 하룻밤을 보내다니, 대체 무슨 짓이란 말인가? 이런 사진 따위는 그녀가 상관할 일이 아니었다. 그레이스는 당장 그 사진을 제자리에 돌려놓기로 마음먹었다.

프랭키가 사무실을 가로질러 그녀가 앉은 책상으로 걸음을 옮기자 그레이스는 황급히 사진 뭉치를 집어서 가방에 집어넣었다. 혹시 프랭키가 본 건 아닐까? 그녀는 프랭키가 뭐라고 묻지 않을까 싶어 숨을 참고 기다렸지만, 사진에 대해서는 아무 말도 하지 않았다. "법원에 제출할 서류가 있는데."

"제가 다녀올게요." 그레이스가 재빨리 말했다.

"정말?"

"잠깐 다리 운동도 하고 좋잖아요. 집에 가는 길에 법원에 들르면 돼요."

"좋아. 하지만 늦어도 4시 반까지는 법원에 도착해야 하니까 서둘러서 출발해. 법원에서 일하는 공무원 나부랭이들은 일이 끝나기도 전에 일찌감치 퇴근하려 드는 경우가 많으니까."

그레이스는 고개를 끄덕였다. 그 역시 그녀의 계획에 들어 있었다. 일찌감치 사무실을 나선다면 그랜드센트럴역으로 돌아가서 최대한 빨리 여행 가방에 사진 뭉치를 돌려놓을 수 있을 테니까.

그때부터 두 시간이 지나고 나서야 그레이스는 그랜드센트럴역에 도착했다. 죽어도 다시는 찾지 않겠노라 다짐했던 기차역에 그날만 두 번째로 걸어갔고, 중앙 층으로 가는 에스컬레이터에 몸을 실었다. 기차역은 오후의 따뜻한 햇볕을 받아 오전과는 사뭇 달라진 색으로 바뀌었고, 통근객들은 어깨를 축 늘어뜨린 채 오전보다 조금 지친 기색으로 귀가하고 있었다.

그레이스는 여행 가방이 놓여 있던 자리로 향하면서 손으로는 사진 뭉치를 꺼냈다. 가슴이 두방망이질했다. 재빨리 가방에 사진 뭉치를 쑤셔 넣고 돌아서면 다른 사람 눈에 띄거나 괜한 추궁을 당하지 않을 것이다. 그러면 이 모든 소란도 끝날 것이다.

그레이스는 의자 쪽으로 다가가서 등 뒤로 고개를 돌리고 혹시나 북적이는 통근객 사이에서 자신을 지켜보는 눈은 없는지 살폈다. 그리고 무릎을 구부려 의자 아래로 손을 뻗었다.

사진 뭉치가 들어 있던 여행 가방은 사라지고 없었다.

# 5
## 마리

*1944년, 스코틀랜드*

마리는 꿈에서 아침 내내 테스와 함께 버터를 듬뿍 넣은 스콘을 만들었다. 줄이 쳐진 바구니에 스콘을 담아서 딸과 함께 정원에 나가 소풍을 즐길 참이었다. 마리가 따뜻한 스콘을 집어서 입에 넣으려는 찰나, 갑자기 펑 하는 소리가 공중에 퍼지면서 그대로 손이 멈추고 말았다.

문이 덜컹거리는 소리와 함께 마리는 잠을 깼다. "무슨 일이지?" 마리가 미처 자리에서 일어나기도 전에 활짝 문이 열리는가 싶더니 그대로 얼음처럼 차가운 물벼락을 맞고 말았다. 나이트가운과 이불로 차가운 물기가 배어들면서 살갗이 에이듯 냉기가 흘렀다.

가혹하게도 조명이 활짝 켜졌다. "Au Francais! 프랑스어로 하랬지!" 여자가 호되게 다그쳤다.

마리는 침대에서 일어나 정신을 다잡으려고 애썼다. 여긴 스코틀랜드야. 그제야 기억이 되살아났다. 기차역에서 택시를 타고 안개가 뿌옇게 낀 저택 앞에 내팽개치듯 내린 시간이 어제 자정 무렵이었다. 책상을 지키던 보초는 침대 몇 개만 덜렁 놓인 방으로 그녀를 안내하고는 이렇다 할 지시도 없이 그대로 사라져 버렸다.

마리는 다리를 꿈틀거리며 겨우 바닥으로 내려왔다. 잿빛 드레스를 입은 여자가 얼굴이 시뻘게질 정도로 화를 내며 버티고 서 있었다. "잠을 자다가도 질문을 받으면 바로 프랑스어가 튀어나올 정도가 돼야 해. 그냥 프랑스어를 좀 안다는 정도로는 부족해. 프랑스어로 생각하고 잠꼬대도 프랑스어로 할 정도가 돼야지. 5분 안에 달릴 준비하고 튀어나와." 여자는 물벼락을 맞아 쫄딱 젖어 벌벌 떠는 마리만 남긴 채 곧바로 나가 버렸다.

마리가 후다닥 몸을 돌리려는 순간 방 안에 놓인 텅 빈 침대 여섯 개가 눈에 들어왔다. 여섯 개의 침대가 기숙사처럼 두 줄로 나란히 휑한 베이지색 벽면에 딱 붙어 있었다. 마리가 잠든 침대를 제외하고는 하나같이 말끔히 정돈된 모습이었다. 어젯밤 보급품으로 받은 나이트가운을 입을 때만 해도 시커먼 어둠 속에서 쌔근쌔근 숨 쉬는 소리가 난 것 같은데. 하지만 지금은 지시에 따라 모두 잠에서 깨어 문밖으로 나가 버린 후였다. 왜 마리를 깨우지 않은 걸까?

마리는 젖은 나이트가운을 황급히 벗어서 쉬잇쉬잇 김이 나는 라디에이터에 걸었다. 침대 아랫부분에 올리브색 면바지와 셔츠 그리고 검은 가죽 부츠가 가지런히 걸려 있었다. 그녀는 곧바로 옷을 입고 그 비슷하게 칙칙한 색 코트를 걸친 다음 기숙사 방을 나와 아리사이그하우스의 어두컴컴한 복도로 발을 내디뎠다. 회색 석조 주택인 아리사이그하우스는 이제 특수작전국 훈련 시설로 사용되고 있었다. 아직 동도 트지 않은 이른 시간이지만, 복도에는 남자 요원들과 몇몇 낯익은 여자 요원이 각자 맡은 훈련과 임무를 수행하기 위해 바쁘게 움직이고 있었다.

마른 옷을 갈아입었는데도 동트기 전 웨스턴스코티시하일랜드의 2월 공기는 살갗을 에이듯 차가웠고, 마리는 이른 아침의 축축한 공기를 맞으며 온몸을 사시나무 떨듯 떨었다. 훈련소에 도착하자마자 '지나치게 영국식'이라는 이유로 담당자에게 압수당한 두툼한 머플러가 너무도 간절했다. 어젯밤 뿌옇게 낀 안개가 걷히자 아직도 겨울 기운에서 채 벗어나지 못한 고대 삼림 지대의 허허벌판 한가운데 비스듬한 절벽에 들어선 잿빛 저택의 모습을 제대로 볼 수 있었다. 저택 뒤쪽의 벌판이 저만치 멀리 강둑 사이로 완만하게 이어진 언덕들과 맞닿은 고요하고 어두컴컴한 물가까지 부드럽게 이어져 있었다. 화창한 날은 훈련소로 변형된 저택 부지가 아닌 한가한 교외 리조트라고 착각하기에 충분한 모습이었다.

마리는 불안한 눈으로 주변을 두리번거리다가 저택 앞마당 잔디에 여자들이 모여 있는 모습을 슬쩍 살펴보았다. 그녀가 가까이 다가가는데도 누구 하나 입을 열지 않았다.

갑자기 발밑이 우르르 요동치기 시작했다. 그녀는 충격에 대비하기 위해 몸을 움츠렸고, 머릿속은 몇 년 전 런던의 시민들을 지하철과 피난 시설로 몰아넣은 대공습을 떠올리고 있었다. 하지만 지면은 곧바로 조용해졌다.

"그냥 대피 훈련을 하는 거야." 무리에 있던 앳된 소녀가 속삭였다. "어딘가에서 폭탄 훈련을 하는 중인가 봐." 마리를 안심시킬 요량으로 길게 설명을 늘어놓았지만 오히려 불안만 커졌다. 진짜 폭탄으로 훈련하다니, 그 말만 들어도 눈앞에 주어질 임무가 더욱 실감 나는 것이었다.

소녀들은 물가를 따라서 아무 말 없이 달리기 시작했다. 스무살도 채 안 되어 보이는 앳되고 호리호리한 소녀가 깡마른 짧은 다리로 속도를 조절하며 선두에서 무리를 이끌고 있었다. 마리가 상상한 비밀요원과는 완전히 동떨어진 모습이었다. 하지만 앳된 소녀는 놀라울 정도로 빠르게 움직였고, 마리는 어느새 무언의 동의 아래 일정한 대열을 이루어 달리는 다른 소녀들과는 확연히 눈에 띌 정도로 보조가 늦어지면서 서서히 뒤처지기 시작했다.

달리기는 산으로 추정되는 높은 언덕의 좁은 길을 따라서 계속 이어졌다. 마리는 정상이 어딘지도 모른 채 서서히 경사가 가팔라지자 가쁜 호흡을 주체하지 못하고 헐떡였다. 눈앞으로 이어지는 가파른 경사를 보면서 서류에 사인할 때 피어오르던 의구심이 서서히 커졌다. 마리를 보고 특별히 힘이 세다거나, 혹은 의미 있는 일을 해낼 정도로 강단이 있다고 생각할 사람은 없을 것이다. 그녀 자신도 그렇게 생각했으니까. 대체 무슨 생각으로 제 발로 여기에 들어왔단 말인가?

마리는 머릿속에 떠오르는 잡념을 떨칠 요량으로 눈앞에서 공처럼 통통 튕기는 소녀들의 머리통을 유심히 살피기 시작했다. 마리처럼 카키색 바지를 입은 일곱에서 여덟 명 정도 되는 소녀들이었다. 꽤 오랜 시간 달리기 훈련을 했는지, 다들 놀라우리만치 능숙한 모습으로 비탈길을 따라 달렸다.

마침내 울퉁불퉁한 바위가 이어진 고원에 도착했다. "휴식." 선두의 지시가 떨어지기 무섭게 다들 휴식을 취했다. 미리 준비해 온 물통을 들고 목을 축이는 소녀들도 있었다. 마리는 보급받은 옷가지 옆에 놓인 철제 물통을 본 기억이 났지만, 워낙 급하게 서두르다 보니 미처 물통을 챙겨야겠다는 생각까지는 하지 못했다.

"전진!" 1분여의 휴식이 끝나자마자 선두가 큰 소리로 외쳤다. 소녀들은 물통을 챙겨서 다시 정상을 향해 달리기 시작했고, 고요한 가운데 발소리만 울려 퍼졌다. 그리고 몇 시간이 지난 것처럼 느껴졌을 무렵에야 일행은 정상에 도착했다. 마침내 뿌연 안개가 서서히 걷히고 참새들이 요란하게 지저귀며 서로 아침 인사를 나누었다. 마리는 아리사이그하우스 위에서 핑크빛으로 물든 하늘과 저 아래에서 반짝이는 호수를 온몸으로 느꼈다. 훈련을 위해 이곳에 오기 전까지는 스코틀랜드 고원 지대에 와 본 적이 없었다. 지금과 다른 상황이었다면 지금의 시간이 목가적으로 느껴졌을지도 모르겠다.

잠시 쉴 시간도 없이 소녀들은 다시 언덕 아래로 뛰기 시작했다. 아까보다 체력적으로 힘든 건 덜했지만, 구불거리고 울퉁불퉁한 바윗길을 요리조리 피해서 내려가야 하다 보니 내리막길인데도 더욱 버겁게 느껴졌다. 순간 울퉁불퉁 튀어나온 돌에 다리가 걸리면서 발목이 안쪽으로 꺾이고 말았다. 종아리를 타고 찌릿한 통증이 퍼지자 자기도 모르게 외마디 비명이 터져 나왔다.

마리는 바닥으로 쓰러지지 않으려고 잠시 휘청거렸다. 첫 번째 훈련부터 이미 실패하고 만 것이다. 계속 가야 해. 마리는 이를 악물고 젖 먹던 힘을 다해서 앞으로 나아가기 시작했다. 하지만 걸음을 옮길 때마다 욱신거리는 발목에 통증이 점점 더 심해졌다. 결국 일행과 점점 더 멀어지기 시작하여 어느새 일행이 안 보일 만큼 뒤처지고 말았다. 이제는 한 걸음도 옮길 수가 없었다.

그제야 선두에 있던 소녀도 마리가 무리에서 이탈한 걸 알아챈 모양이었다. 소녀는 속도를 늦추며 선두에서 꼬리 쪽으로 서서히 움직였다. 마리는 그 앳된 소녀가 나약하게 무리에서 뒤처진 점을 매섭게 다그치러 올 거라고 생각하며 가만히 기다렸다. 하지만 소녀는 다그치는 대신 마리의 어깨에 자신의 팔을 둘렀다. 소녀의 키가 마리보다 작은 탓에 다친 발이 바닥에 닿지 않게 하려면 몸을 번쩍 들다시피 하는 수밖에 없었다.

"움직여." 소녀가 입을 열었다. "런던에서 댄스 파티를 한다 생각하고." 댄스 파티라는 단어 자체가 지금 그들이 처한 상황하고 너무나 동떨어진 터라 마리는 욱신거리는 통증을 느끼면서도 피식 웃음이 터졌다. 소녀는 슈퍼맨을 방불케 하는 괴력을 발휘하며 속도를 높이기 시작하더니 마리를 둘러메다시피 하면서 무리의 선두까지 치고 나갔다. 울퉁불퉁한 바닥 탓인지, 한 걸음 한 걸음 옮길 때마다 발목에 따끔거리는 통증이 이어졌다. 다른 소녀가 마리 반대편으로 와서 함께 부축하기 시작했다. 마리는 두 사람에게 짐이 되고 싶지 않아서 최대한 몸을 가볍게 만들려고 애썼다. 그렇게 세 사람은 한몸이 되어 언덕을 따라 굽이치듯 내려왔다.

아리사이그하우스 앞마당에 도착하자 선두에 있던 소녀가 마리를 짐처럼 내팽개치는 바람에 하마터면 바닥에 쓰러질 뻔했다. 반대쪽에서 그녀를 부축하던 소녀도 곧장 자기 자리로 돌아갔다. "고마워." 마리는 몸을 지탱하기 위해 마당 주변을 빙 두른 낮은 돌벽으로 절뚝거리며 다가갔다. "발목이 부러지지는 않은 것 같은데." 자신의 몸무게를 지탱할 수 있는지 시험하며 오만상을 찌푸렸다. 결국 다시 울타리에 몸을 기댔다. "얼음주머니가 필요할 것 같은데, 혹시 여기 의무실이 있을까?"

소녀는 고개를 저었다. "그럴 시간이 없어. 부축해서 내려오느라 이미 아침 시간에 늦었거든." 앳된 소녀는 짜증 섞인 목소리를 애써 숨기지 않고 대답했다. "아침을 걸렀다가는 후회할 거야. 중간에 간식 같은 건 상상도 못 하니까. 숙소에서는 간식 금지니까 가서 밥을 먹든, 아니면 굶든 둘 중 하나를 선택해야 해." 북부 출신 억양이군. 마리는 마음속으로 단정 지었다. 맨체스터 쪽이나 리즈 쪽이겠지. "그건 그렇고 내 이름은 조세핀이야. 다들 조시라고 불러." 구불거리는 머리칼을 대강 올려친 단발머리에 다른 소녀들에 비해 따뜻하게 녹은 캐러멜처럼 짙은 구릿빛 피부가 인상적이었다.

"나는 마리야."

조시는 팔을 아래로 뻗어 마리가 일어설 수 있도록 도와준 뒤 여전히 축축하게 젖은 머리칼을 가리키며 말했다. "푸아로 샤워하는 거 봤어." 마리는 무슨 소리인지 몰라 고개를 갸우뚱거렸다. "계속 자니까 찬물을 뿌렸잖아." 조시의 검은 눈동자가 즐거움으로 반짝거렸다. 마리는 그런 일을 당할 걸 알면서도 다른 소녀들이 일부러 자기를 깨우지 않고 자리를 피한 건 아닌지 궁금해졌다. "마담 푸아로. 온갖 것을 프랑스어로 가르치는 지도관이야. 사감과 훈련조교를 섞어 놓은 것과 비슷하달까."

마리는 일행을 따라 저택으로 들어갔다. 거대한 연회장으로 쓰던 곳에 기다란 원목 식탁을 놓아 식당으로 사용하고 있었다. 어둡고 추운 산을 오를 때와는 정반대의 정중한 기운이 식당을 가득 메운 느낌이었다. 식당을 가득 차지한 기다란 식탁에는 리넨 냅킨과 최고급 그릇이 놓여 있었다. 시중을 드는 직원들이 은주전자를 들고 와서 커피를 따라 주었다. 요원처럼 보이는 남자와 여자들이 벌써 자리를 잡고 앉아 있었다. 남자들은 따로 앉았는데, 본인이 선택해서 따로 앉는 건지, 규칙상 따로 앉아야 하는 건지 궁금했다.

마리는 여자들이 앉는 좌석 쪽에서 빈자리를 발견했다. 물잔을 들어 목덜미에 물이 흘러내릴 정도로 벌컥벌컥 소리를 내며 들이켜기 시작했다. 그리고 잘라 놓은 바게트 쪽으로 자연스레 손을 뻗었다. 전통 프랑스 요리지만 실전에서 프랑스 가정식 요리를 먹을 때를 대비하기 위함인지 식단이 소박했다.

"총인원이 몇이나 돼?" 마리가 물었다. 도착한 지 하루밤에 지나지 않았는데 본인을 그 무리에 포함한다는 것이 다소 뻔뻔스럽게 느껴졌다. "내 말은 지금 훈련을 받는 여자들 말이야."

"여기서는 질문 금지야." 조시는 자신을 채용한 엘레노어의 말을 그대로 돌려주었다. 하지만 그 말에 이어서 대답했다. "마흔

명가량. 벌써 작전 지역으로 배치된 요원과 실종된 요원까지 모두 포함해서."

마리가 놀라서 고개를 홱 돌렸다. "실종이라고?"

"작전 중에 실종됐는데, 아마 죽었을 거야."

"어쩌다가?"

"그야 모르지."

"하지만 우리는 무선 통신만 하는 거잖아. 정말 그렇게 위험한 일이야?"

조시는 옆에 앉은 남자가 고개를 돌려 쳐다볼 정도로 얼굴을 젖히고 큰 소리로 웃기 시작했다. "뭐야, 우리가 BBC 방송국 데스크에 앉아서 방송이라도 하는 걸로 생각한 거야? 우리는 독일군에게 점령당한 프랑스로 가야 해. 독일놈들이 우리를 막기 위해서 무슨 짓이든 할 거라고." 곧이어 한층 더 진지한 목소리로 말했다. "6주야."

"뭐가?"

"프랑스에서 통신기 교신을 하는 요원의 평균 생존 기간. 그게 6주 정도라고."

순간 마리는 척추로 싸늘한 냉기가 퍼지는 걸 느꼈다. 자신이 수락한 임무가 위험하다는 건 알았지만, 그 위험 수위가 이렇듯 치명적일 거라곤 상상조차 못 했다. 테스를 다시 만날 수 없을 만큼 위험한 일이라는 걸 미리 알았다면 엘레노어의 제안을 수락하지 않았을 것이다. 지금 당장 여기서 떠나야 한다.

마리 건너편에 앉은 금발 머리 소녀가 손을 뻗어 그녀의 팔을 다독거렸다. "난 브리야라고 해. 쟤가 하는 말만 듣고 괜히 겁먹지 마."

"프랑스어로!" 마담 푸아로가 복도에서 꾸짖듯 지적했다. 훈련소에 있을 때도 작전 지역에 배치되었을 때를 가장하여 연극을 계속해야 했다. "좋은 습관은 하루 이틀에 만들어지는 게 아니야." 조시는 마담 푸아로의 마지막 말을 귀에 들리지 않게 입 모양으로 따라 했다.

갑자기 고막을 찢을 듯한 휘파람 소리가 들리자 마리는 깜짝 놀라 자리에서 뛰어올랐다. 고개를 돌리자 배가 불룩 튀어나온 대령이 식당으로 이어지는 복도에 버티고 서 있었다. "아침 식사는 취소됐다. 모두 막사로 돌아가 소지품 검사를 실시한다!" 식탁에서 일어나 걸음을 옮기는 소녀들 사이로 수군거리는 소리가 들렸다.

마리는 마지막 한 입 남은 바게트를 우물우물 씹으며 복도로 걸어가는 일행을 따라서 계단을 올라가 기숙사 모양의 방으로 들어갔다. 그리고 라디에이터에 널어 둔 나이트가운을 걷어서 베개 밑에 쑤셔 넣었다. 대령은 노크도 하지 않고 부관들을 거느린 채 불쑥 방으로 들어왔다.

조시가 이상야릇한 표정으로 마리를 쳐다보았다. 마리는 목걸이 때문인가 하고 넘겨짚었다. 단조로운 금색 체인에 나비 모양의 로켓이 달린 목걸이로 테스를 낳았을 때 헤이즐 숙모가 준 선물이었다. 마리는 남들 눈에 띄지 않도록 목걸이를 숨기고 있었다. 훈련 시작과 함께 개인 물품은 모두 반납해야 한다는 규칙을 잘 알고 있었는데, 오늘 아침 물벼락을 맞고 정신없이 서둘러 나가느라 목걸이 빼는 걸 깜빡 잊고 만 것이다.

조시가 가만히 손을 뻗어서 마리의 목덜미에 걸린 목걸이를 낚아채더니 자기 주머니에 슬그머니 집어넣었다. 마리는 어찌해야 할지 몰라 안절부절못했다. 조시가 목걸이를 들키는 날에는 곧바로 압수당하는 건 물론이고 자기 때문에 난처한 상황에 처할 것이 분명했다.

그런데 안절부절못하는 마리의 모습이 대령의 눈길을 끄는 꼴이 되어 버렸다. 그가 저벅저벅 걸어와서 마리의 여행용 트렁크를 활짝 열더니 이것저것 헤집어 보고는 바닥에 곱게 접어 둔 외출복을 집어 들었다. 드레스를 끄집어내서 마리가 조그만 구멍을 만들어 둔 옷깃 부분을 살펴더니 바느질한 부분을 쫙 뜯어냈다. "이건 프랑스식 바느질이 아니잖아. 이런 게 눈에 띄었다가는 곧바로 체포될 거야."

"여기서 입을 생각은 없었어요." 마리는 대답을 하고 나서야 말대꾸를 한다는 것 자체가 금지라는 걸 깨달았다.

"놈들에게 체포된다면 이런 옷을 가지고 있는 것 자체로 죽은 거나 다름없어." 대령은 그녀의 말대답에 더욱 화가 치밀었는지 곧바로 말허리를 싹둑 잘랐다. "게다가 이 스타킹은……." 어젯밤 마리가 신고 온 스타킹을 높이 들어 보이며 말끝을 흘렸다.

마리는 의아해졌다. 그 스타킹으로 말할 것 같으면 뒷부분에 직선으로 바늘땀을 먹인 완벽한 프랑스 스타일이기 때문이었다. 대체 뭐가 잘못됐다고 저러는 걸까? "그건 프랑스 제품이에요!"

마리는 차마 억울함을 이기지 못하고 외쳤다.

"프랑스 스타일이었겠지." 대령은 경멸조로 비아냥거렸다. "요즘은 프랑스에서 이딴 거 신는 사람 없어. 스타킹 자체를 신는 사람이 없거든. 요즘 여자들은 스타킹 대신 다리에 요오딘 액체를 바르고 다니니까." 순간 마리도 머리끝까지 분노가 차올랐다. 여기에 온 지 하루도 안 됐는데 그런 세세한 것까지 어떻게 다 안단 말인가?

이제는 부관까지 나서더니 마리의 침대 옆 테이블에서 마리의 것도 아닌 연필을 집어 드는 게 아닌가. "이건 영국제 연필이군. 독일군도 그 정도는 알아. 이런 걸 가지고 다니다가는 놈들 눈에 들키고 말 거야. 그럼 체포되는 건 물론이고 곧바로 사살당할지도 몰라."

"어디서요?" 조시가 뜬금없이 반문하며 끼어들었다. 모든 시선이 그녀에게 쏠렸다. 여기서는 질문 금지야. 불과 몇 분 전에 식탁에서 자신을 꾸짖은 사람이 바로 조시 아닌가?

조시는 순식간에 마리에게 쏠린 관심을 자신에게 돌려 버리고 말았다. "대체 어디서 놈들에게 붙잡힌다는 거죠? 우리는 아직 어디에 배치받을지조차 모르는 신세라고요!"

마리는 조시의 대담한 배짱이 부러웠다.

대령이 조시 쪽으로 바짝 다가가더니 코 아래로 내려다보며 말했다. "사회에서는 공주 대접을 받았는지 몰라도 여기선 아무것도 아니야. 제대로 하는 게 하나도 없는 계집애 중 하나일 뿐이라고." 조시는 꼼짝도 하지 않고 그의 시선에 맞섰다. 그렇게 몇 초가 흘렀다. "5분 안에 무선 통신 훈련장으로 집합해. 한 사람도 빠짐없이!" 대령의 말이 끝나기가 무섭게 조시가 홱하고 몸을 틀어 훈련장으로 향했다. 부관들도 소녀들을 따라 움직였다.

"고마워." 마리는 다른 소녀들이 훈련받으러 나가고 나서야 말했다.

"여기 있어." 조시는 그녀의 목걸이를 돌려주었다. 그리고 옷가지가 뒤죽박죽 뒤섞인 서랍으로 다가가더니, 서랍을 열고 울 팬티스타킹을 꺼냈다. "이건 프랑스 사람들도 신고 다니는 거니까, 이걸 가지고 있다고 해서 혼날 일은 없을 거야. 마지막 하나 남은 거니까 올이 나가지 않게 조심해서 신어."

"아까 너보고 공주 어쩌고 하던데." 마리는 대령이 완전히 헤집어 놓은 소지품들을 정리하며 입을 열었다. "정말이야?" 물어보면서도 여기서는 서로 질문 금지라는 말이 떠올랐다. 서로의 과거를 이야기하면 안 되는 거였다.

"우리 아버지가 이슬람 수피족의 족장이야." 마리는 그녀가 인디언 쪽 혈통이라는 사실은 전혀 예상치 못했지만, 그 말을 듣고 보니 피부가 까무잡잡하고 눈동자도 까만 석탄처럼 아름다운 게 이해됐다.

"이슬람 부족장의 딸이 왜 영국을 위해서 싸우려는 거야?" 마리가 되물었다.

"수많은 젊은이가 독일에 맞서 싸우고 있어. 스핏파이어(제2차 세계대전 때 활약한 영국 전투기-옮긴이)를 모는 조종사가 뭉친 폭격 중대도 있을 정도지. 못 들어 봤겠지만 시크교도, 힌두교도 등 다양해. 내가 여기에 온 건 정말 예상치 못한 일이야." 조시는 갑자기 목소리를 낮추었다. "물론 아버지 때문에 여기 온 건 아니야. 사실은 다음 달이 되어야 비로소 열여덟 살이 되거든." 조시는 마리가 예상한 것보다 훨씬 더 어렸다.

"부모님이 뭐라고 하지 않으셨어?"

"두 분 모두 돌아가셨어. 내가 열두 살 때 공습을 받았거든. 결국 나랑 쌍둥이 오빠 아루샤만 남았지. 우리는 부족이 있는 고향에서 지내고 싶지 않았기 때문에 우리 힘으로 살아 보자고 했어." 마리는 내심 몸을 움츠렸다. 사실 테스만 남겨 두고 떠난다거나 부모 없이 고아로 살아가야 한다는 건 생각만 해도 두려운 일이니까. 게다가 테스는 부모 말고는 형제자매 하나 없지 않은가. "오빠는 아르덴 전투에 나갔다가 실종됐어. 여성 요원을 구하고 있다는 소식을 들었을 때, 나는 공장에서 일했어. 그래서 자원했는데 나를 뽑아 달라고 매달리다시피 했지. 프랑스로 임무를 수행하러 나간다면 우리 오빠에게 무슨 일이 벌어진 건지 제대로 알아볼 수 있을 거야." 조시는 뭔가 대단한 결심을 한 듯 확신에 찬 눈빛을 보였다. 마리는 강인하게만 보이는 저 소녀도 마음속으로는 오빠가 살아 있을지 모른다는 간절한 희망을 품었음을 감지할 수 있었다. "당신은? 독일군에 맞서 싸우기로 마음먹기 전까지 어느 왕국의 공주였어?"

"공주는 무슨. 나는 딸이 하나 있어." 마리가 대답했다.

"그럼 결혼했겠네?"

"응……." 마리는 리처드에게 버림받고 나서 반사적으로 지어

내던 거짓말을 시작하려다 그대로 멈추었다. "그뿐이야. 남편은 없어. 아이가 태어나자마자 떠나 버렸거든."

"나쁜 자식." 두 여자는 함께 키득거렸다.

"부탁인데 아무한테도 말하지 마." 마리가 부탁했다.

"당연하지." 조시의 표정이 사뭇 진지해졌다. "어차피 서로 비밀을 터놓은 김에 하나 더 얘기하자면, 우리 엄마는 유대인이었어. 물론 여기서는 별로 상관하지 않을 일이지만."

"독일군에게 그 사실을 들키는 날에는 매우 큰 문제가 될 거야." 복도 사이로 고개를 들이밀고 우연히 두 사람의 이야기를 들은 브리야가 맞장구를 쳤다. "서둘러. 이러다가 무선 통신 훈련에 늦겠어."

"내가 왜 여기 있는지 모르겠어." 마리는 다시 두 사람만 남자 솔직한 마음을 털어놓았다. 애초에 주급을 많이 준다고 해서 온 거였다. 하지만 임무 수행 중에 목숨을 잃는다면 그 돈이 무슨 소용이겠는가?

"다들 마찬가지야." 마리로서는 도저히 믿기 힘든 이야기였다. 조시는 누가 봐도 강하고 목적 의식이 뚜렷해 보였기 때문이다. "다들 겁에 질려 있고 혼자 남은 사람들이잖아. 그쪽도 혼자 버림받았다면서. 이제 다시는 그런 말 하지 말고 그냥 마음속에 묻어 버려."

조시는 복도를 향해 걸어가면서 덧붙였다. "어쨌든 딸이 있어서 여기까지 올 수 있었던 거겠지. 딸을 위해서 싸우는 거고, 앞으로 딸이 살아가야 할 세상을 위해서 싸우는 거잖아." 마리는 그제야 수긍이 됐다. 애초에 여기 온 건 돈 때문만은 아니었다. 테스가 성장해서 살아가야 할 세상이 조금이라도 더 좋은 세상이 되기를 바라는 마음, 그것이 마리가 여기 온 이유였다. "혹시라도 마음이 흔들리면 딸이 어른이 되었을 때를 상상해 봐. 그리고 성인이 된 딸에게 엄마가 전쟁 중에 어떤 일을 했는지 설명하는 모습을 생각해 봐. 아니면 우리 엄마가 하신 말씀처럼 너 스스로 자랑스러움을 느낄 만한 이야기를 만들어 보든가."

그 말이 맞아. 마리는 지금까지 아버지 그리고 리처드에게 휘둘리는 인생을 살았고, 그래서일까, 소녀 때부터 자신이 별 가치 없는 인간이라고 생각했다. 물론 어머니는 그녀를 누구보다 아끼고 사랑했지만, 마리가 느끼는 무력감을 뒤바꿀 정도의 힘은 발휘하지 못했다. 이제 마리는, 물론 성공한다고 가정한다면, 딸 테스를 위해 새로운 이야기를 만들어 낼 기회를 얻었다. 처음에는 테스가 마음에 걸려서 이 일을 해야 할지 주저했지만, 이제는 테스라는 존재가 그녀를 앞으로 나아가게 하는 원동력이 되었다.

# 6
## 엘레노어

엘레노어는 소녀들이 묵는 기숙사 입구에 서서 가만히 숨소리에 귀를 기울이고 있었다.

사실 북쪽의 아리사이그하우스까지 찾아올 계획은 없었다. 런던에서 두 번이나 기차를 갈아타고도 밤새도록 달려야만 새벽 무렵에야 스코티시하일랜드에 도착할 수 있기 때문이었다. 그나마 환한 태양이 뿌연 구름을 헤치고 나와 주기를 기대했지만, 우뚝 솟은 산들은 시커먼 어둠 속에 켜켜이 가려져 있었다.

목적지에 도착하여 아리사이그하우스에 들어갈 때까지 그 누구에게도 소식을 알리지 않다가 입구에 있는 직원에게 불쑥 신분증을 내밀었다. 자신의 모습을 보여야 할 때와 모습을 드러내지 말아야 할 때가 있는 법이고, 엘레노어는 후자를 선택했다. 그녀는 이곳 훈련소의 상황이 어떻게 돌아가는지, 소녀들이 진짜 요원으로 거듭날 준비가 되었는지 확인해야 할 필요성을 느꼈다.

마침내 아리사이그에 도착한 건 벌써 오전을 지나 정오가 가까워 오는 시간이었다. 소녀들은 통신기 교신 수업을 마치고 무기 훈련과 전투 연습을 위해 이동 중이었다. 엘레노어는 나무 뒤에 몸을 숨기고 젊은 군 교관이 목 주변을 제압하는 기술과 격투 시범을 연달아 선보이는 모습을 지켜보았다. 근접전투 훈련은 엘레노어에게도 매우 힘든 훈련이었다. 노그비하우스의 근접전투 훈련은 여성에게 반드시 필요한 과정이 아니라고 설전을 벌였으며, 실제로 그런 육탄전을 벌일 만한 상황에 부딪힐 일은 없다고 주장했다. 하지만 엘레노어는 단호한 태도로 다른 사람들의 이견을 무시한 채 그레고리 국장을 찾아가서 자신의 의견을 확실히 밝혔다. 여자 요원도 남성과 똑같이 위험한 상황에 부딪힐 수 있고, 따라서 자신의 몸을 지키려면 근접전투 훈련을 반드시 소화해야 한다는 것이었다.

엘레노어는 상대방의 취약 부분(목, 사타구니, 명치 등)을 정확히 가르치는 훈련교관의 모습을 가만히 지켜보았다. 뭐라고 하는 건지 제대로 들리지 않았지만, 교관의 명령과 함께 소녀들은 둘씩 짝을 지어서 맨몸으로 마주 보고 섰다. 시크교도로 북쪽에서 차출한 조시는 앳되고 산만해 보이지만 순식간에 마리의 목덜미를 붙잡고 제압해 버렸다. 마리는 자기 힘의 한계를 느낀 듯 어떻게든 빠져나가 보려고 발버둥을 쳤다. 다소 힘이 빠진 채 명치 부분에 주먹을 날리기도 했다. 근접전투 훈련을 소화하기 위해 기를 쓰는 건 마리뿐만이 아니었다. 대부분의 소녀가 다소 불안한 태도로 육체의 힘을 겨루는 훈련에 임하고 있었다.

이로써 북쪽 훈련소까지 가서 직접 소녀들의 실력을 확인해 봐야겠다고 생각한 그녀의 불안감은 배가되었다. 유럽으로 첫 번째 여자 요원들을 배치한 지도 벌써 3개월이 흘렀다. 네덜란드와 프랑스 북부에 걸쳐서 20여 명의 여성 요원이 곳곳에 배치되어 있었다. 처음부터 순조롭게 진행되지는 않았다. 요원 하나는 도착 즉시 체포되었다. 또 다른 요원은 시냇물에 무선통신기의 수신기를 빠뜨리는 바람에 다음 요원이 새 기계를 가져다줄 때까지 대기해야만 했다. 수개월의 고된 훈련에도 불구하고 작전 지역에 적응하지 못하거나 프랑스 여자 행세를 하고 위장 신분만 겨우 유지하며 지냈다. 몇몇은 영국으로 되돌아오기도 했다.

엘레노어는 여성 요원을 양성하는 부서를 만들기 위해 직접 아이디어를 제공하고 이를 관철하기 위해 끝까지 맞서 싸웠다. 남성 요원하고 똑같이 엄격한 훈련을 거쳐야 한다고도 주장했다. 하지만 눈앞에서 훈련을 소화하지 못하고 허덕이는 소녀들을 보니 어쩌면 자신이 틀렸을지도 모르겠다는 생각이 들었다. 만약 저들이 요원 자격을 제대로 갖추지 못한다면 어떻게 될까?

등 뒤로 느릿느릿한 발소리가 들리는 바람에 엘레노어의 생각이 흩어지고 말았다. 고개를 돌리자 아리사이그하우스의 군 간부이자 책임자인 맥긴티 대령이 서 있었다. "미스 트리그." 그가 아는 체를 했다. 런던 특수작전국에 훈련 상황을 보고하러 왔을 때 한 번 만난 적이 있었다. "부관에게 소식을 들었습니다." 조용히 도착한 것치고는 일이 커져 버렸다. 여성 비밀요원을 전담하는 자리에 오른 뒤로 특수작전국 내에서 엘레노어의 명성과 프로필이 여러 방면으로 퍼져나갔고, 그 탓에 비밀리에 작전을 지시한다는 건 불가능한 일이 되어 버렸다.

"제가 온 걸 몰랐으면 해요. 얼마 동안이라도. 일단 조금 둘러보고 나서 현재 훈련 중인 요원들의 파일을 전부 훑어보고 싶군요."

그가 고개를 끄덕였다. "물론입니다. 준비해 두죠."

"다들 잘하고 있나요?"

맥긴티 대령은 입술을 내밀며 대답했다. "그럭저럭 괜찮습니다. 여자치고는."

괜찮지 않다는 뜻이군. 엘레노어는 버럭 소리 지르고 싶은 걸 억지로 참았다. 여자라고 해서 독일놈들이 남자보다 살살 다뤄 줄 리 만무했다. 만반의 준비를 해야 한다. 프랑스로 배치될 여성 요원들은 비밀 메시지를 전달하고 도주 중인 요원들과 무기를 숨겨 줄 안전가옥을 제공할 주민들과 연락망을 구축해야 하므로 남자 요원만큼 위험천만한 일을 맡는 셈이었다. 이들은 독일군이 점령한 프랑스는 물론이고 그중 일부는 한스 크뤼거와 그의 악명 높은 독일 특수경찰이 지휘하는 일명 독사 둥지인 파리 지역으로 파견될 것이다. 독일놈들의 주요 목표는 여성 요원을 색출하고 그들의 임무를 물거품으로 만드는 것이었다. 정확한 판단력과 힘 그리고 독일군이 쳐 놓은 덫을 피해 살아남을 수 있는 자질을 갖추는 것이 급선무였다.

"맥긴티 대령님." 마침내 엘레노어가 입을 열었다. "독일군은 여자 요원도 남자와 똑같이 잔인하게 다룰 겁니다." 그녀는 치밀어 오르는 짜증을 억지로 참으며 느릿느릿 말을 이었다. "만반의 준비를 해야 해요." 가능한 한 빨리 여성 요원들을 프랑스와 파리 지역으로 배치해야만 했다. 하지만 제대로 준비되지 않은 여성 요원을 작전 지역에 투입한다는 건 사망선고나 다름없었다.

"동의합니다, 미스 트리그."

"가능하다면 훈련 강도를 두 배로 늘려 주세요."

"아침부터 저녁까지 한시도 쉴 틈 없이 훈련하고 있습니다. 하지만 남자들과 마찬가지로 요원이 되기에는 역부족인 훈련생도 있습니다."

"그럼 집으로 돌려보내세요." 엘레노어는 딱 잘라 말했다.

"그랬다간 아무도 남지 않을 겁니다." 마지막 말은 여성 요원은 절대로 이번 임무를 성공리에 수행할 수 없다고 떠들어 대던 노그비하우스의 담당자들과 다르지 않은 빈정거림이었다. 대령은 고개를 까닥 숙이고는 다시 걸어가 버렸다.

정말 그 말이 맞을까? 엘레노어는 근접전투 훈련을 마치고 사격훈련장으로 향하는 소녀들을 몰래 뒤따라가면서 생각했다. 물론 모든 소녀가 비밀요원으로 적임자는 아닐 테지.

새로운 훈련부관이 스텐 기관단총을 재장전하는 방법을 시범 보이고 있었다. 스텐 기관단총은 폭이 좁아 숨겨 다니기에 좋은 만큼 작전 현장에서 사용될 것이다. 단순 운반원이자 통신기 교신을 맡을 여성 요원은 규칙상 총을 보급하지 않았다. 하지만 엘레노어는 최소한 작전 현장에서 실제로 마주할 스텐 기관단총의 사용법 정도는 숙지해야 한다고 고집스럽게 주장했다. 엘레노어는 저만치 멀리서 훈련 장면을 지켜보았다. 마리에게 탄약 장전하는 걸 직접 보여 주는 조시의 손놀림은 재빠르고 정확했다. 마리보다 어리지만 선배 역할을 톡톡히 하고 있었다. 반면 마리는 기관단총을 다루는 손길이 어설프기 짝이 없었고 제대로 탄약을 장전하기도 전에 두 번이나 탄창을 떨어뜨렸다. 엘레노어는 마리를 보며 조금 전에 들었던 의구심이 배가되었다.

그때부터 몇 분이 지났을까, 11시 30분을 알리는 종소리가 들렸다. 소녀들은 무리를 지어 사격훈련장을 등지고 저택 한쪽 구석의 헛간으로 걸음을 옮겼다. 한시도 쉴 틈이 없도록. 이곳 훈련장의 신조였다. 괜한 걱정이나 앞날에 대한 우려 혹은 곤란한 상황에 놓이지 않을까 하는 걱정을 할 시간이 없도록 만들기 위해서였다.

엘레노어는 한참 떨어져서 뒤따라갔기 때문에 소녀들의 눈에 띄지 않을 수 있었다. 건초와 희미한 거름 냄새가 그대로 남아 있는 헛간도 훈련장으로 용도를 바꾸어 '처칠의 장난감 가게'라는 이름으로 특수요원을 위한 첨단 장비를 제작하는 전초기지 역할을 맡고 있었다. 여기서 소녀들은 작전 지역에 배치되기 직전에 보급받을 다양한 장치, 가령 화장용 콤팩트 안에 컴퍼스를 숨기는 방법과 카메라가 달린 립스틱을 사용하는 방법을 배울 것이다.

"가까이 가지 마!" 장난감 가게의 총책임을 맡은 디글스비 교수는 소녀 중 하나가 폭발물이 설치된 테이블 근처에 바짝 달라붙는 모습을 보고 깜짝 놀라 큰 소리로 경고했다. 이곳 훈련소에서 교육을 맡은 이들은 전부 군인 출신인데, 새하얀 머리칼에 두꺼운 안경을 쓴 디글스비 교수는 옥스퍼드의 모들린칼리지에서 은퇴한 석학이었다. "오늘은 적을 유인하는 방법을 공부하지." 교수가 입을 열었다.

순간 헛간을 뚫고 날카로운 굉음이 퍼졌다. "꺅!" 아네트라는 소녀가 문가로 뛰어가며 외마디 비명을 질렀다. 엘레노어는 일단 몸을 뒤로 숨긴 뒤 창문 사이로 빠끔히 고개를 내밀고 무엇이 이들을 놀라게 한 건지 살폈다. 소녀들은 이상하게도 사람을 보고도 전혀 놀라지 않는 쥐 한 마리가 놓인 테이블에서 최대한 멀리 떨어져 사방으로 흩어져 있었다.

하지만 마리는 도망치지 않았다. 대신 쥐가 놀라지 않게 할 요량으로 바닥에 몸을 붙이고 서서히 테이블 쪽으로 다가갔다. 그리고 쥐를 내리치기 위해 구석에 놓인 빗자루를 들어 머리 위로 높이 쳐들었다.

"잠깐!" 디글스비 교수가 급히 달려오며 소리쳤다. 그리고 쥐를 번쩍 들었지만 쥐는 꼼짝도 하지 않았다.

마리가 손을 뻗으며 말했다. "죽었네요."

"죽은 게 아니야." 디글스비 교수는 모두가 볼 수 있도록 쥐를 번쩍 들며 그녀의 말을 정정했다. 그러자 소녀들도 조금씩 앞으로 다가왔다. "이건 유인용 쥐야." 그는 쥐를 자세히 살필 수 있도록 소녀들 사이로 건네주었다.

"진짜 쥐랑 똑같이 생겼어요." 브리야가 놀란 투로 말했다.

"독일군도 그렇게 생각할 거야." 디글스비 교수가 대답하고는 유인용 쥐를 받아 거꾸로 뒤집었다. 쥐의 배 부분에 조그만 폭탄을 숨길 정도의 빈자리가 숨어 있었다. "아주 가까이에서 보기 전까지는." 교수는 소녀들을 데리고 밖으로 나가더니 헛간에서 몇

미터 정도 떨어진 공터에 이르러 쥐를 바닥에 내려놓았다. "다들 물러서." 교수는 소녀들 쪽으로 다가오며 주의를 주었다. 그리고 한 손에 쥔 기폭 장치의 버튼을 누르자 쥐가 그대로 폭발했다. 놀란 소녀들 사이로 중얼거리는 소리가 퍼졌다.

디글스비 교수는 다시 작업실로 돌아가서 누가 봐도 대변처럼 보이는 물건을 들고 돌아왔다. "전혀 예상치 못한 장소에 이렇게 기폭 장치를 심어 둘 거야." 소녀들이 역겨운 듯 탄식을 내뱉었다. "물론 이것도 가짜야." 그는 다정한 목소리로 덧붙였다.

"젠장!" 조시의 말에 몇몇 소녀가 키득거렸다. 디글스비 교수는 못마땅한 표정을 지었지만 엘레노어 역시 웃음을 참지 못하고 피식 웃어 버렸다.

훈련부관이 잡아먹을 듯 무시무시한 표정을 지으며 설명했다. "유인 장치가 우습게 보일지 몰라도 모두 여러분의 생명을 구하고 적을 처치하기 위해 만든 것임을 기억해야 해."

디글스비 교수가 폭발물 은폐에 대해 더 자세히 설명하려고 소녀들과 함께 헛간으로 돌아가자 엘레노어도 저택으로 돌아가 차 한 잔과 기록관리실 방문을 요청했다. 그 뒤로 오후 내내 아리사 이그하우스 3층의 자료 파일이 보관된 캐비닛 옆 좁은 책상에 앉아서 훈련에 참가하는 소녀들의 기록이 적힌 파일을 확인했다.

훈련생 파일에는 채용 과정부터 훈련소에 들어온 후까지 하루 단위로 꼼꼼하게 메모한 내용이 적혀 있었다. 엘레노어는 그 모두를 하나도 빠짐없이 머릿속에 새겨 넣었다. 물론 저마다 개성을 가진 서로 다른 훈련생들이지만, 하나의 집합처럼 '소녀들'이라고 불렀다. 아리사이그하우스에 온 지 몇 주밖에 안 되는 소녀도 있고, 작전 지역에 배치되기 직전에 거쳐야 하는 최종 단계인 햄프셔뷸리의 학교에서 마무리 단계를 밟는 훈련생도 있었다. 저마다 다른 이유로 비밀요원이 되려고 이곳에 왔다. 브리야는 러시아인 부모 밑에서 태어났는데 벨로루시의 수도 민스크에서 독일군이 가족들을 잔혹하게 살해한 것에 앙심을 품고 왔다. 맨체스터의 노동 계급 출신인 모린은 전쟁터에서 목숨을 잃은 남편을 대신하여 제 발로 찾아왔다.

조시는 여기 모인 소녀 가운데 나이가 가장 어린데도 지금까지 특수작전국에서 훈련받은 소녀 중 가장 뛰어난 실력을 보여 주었다. 길거리 생활을 하며 생존을 위해 익힌 기술들이 빛을 발하는 것이리라. 음식을 훔쳐 본 두 손은 누구보다 날렵고, 보육원에 가고 싶지 않아서, 혹은 감옥에 가고 싶지 않아서 경찰의 추격을 피해 여러 번 도망쳐 본 두 발은 누구보다 빠른 속도로 달렸다. 게다가 훈련으로 터득했다기보다 태생 자체가 영특한 아이였다. 죽을 힘을 다해서 끈기를 가지고 싸우는 모습은 엘레노어가 자신의 과거를 떠올리게 만들었다.

핀스크 외곽의 고향 마을에서 집단학살이 벌어졌을 때 엘레노어는 고작 열다섯 살이었다. 러시아인들이 마을의 처녀와 아이 엄마를 강간하고 부모가 보는 앞에서 아이들을 모조리 죽음으로 내몰 때, 그녀는 화장실에 숨어 있었다. 그 후 밤이면 사람들 눈을 피해 날카롭게 칼을 갈고, 그 칼을 베개 밑에 숨기고서야 잠을 청할 수 있었다. 엘레노어로서는 마을을 정찰하는 러시아 장교에게 스스로 몸을 내주는 엄마를 속수무책으로 지켜볼 수밖에 없었다. 모든 게 엘레노어와 미모를 타고난 동생 타티아나의 목숨을 부지하기 위한 것이었다. 타티아나는 석고처럼 매끈한 피부에 청록색 눈동자를 가진 아이였다. 하지만 그 빌어먹을 러시아 장교는 엄마의 몸뚱이만 취하는 것으로 만족하지 못했다. 어느 날 밤 엘레노어는 여동생의 침대맡에 서 있는 러시아 장교를 보는 순간 한시도 지체하지 않고 행동을 개시했다. 지금까지 그런 날이 올 때를 대비해 만반의 준비를 해 왔기 때문에 어떻게 해야 할지 너무도 잘 알고 있었다.

그 후 마을에는 러시아 장군이 소리소문도 없이 사라졌다는 소문이 돌았다. 하지만 그 누구도 조그만 계집애가 그를 칼로 찔러 죽였고 엘레노어의 집에서 몇 발자국 거리에 그 장군의 사체가 묻혀 있다는 사실을 상상조차 하지 못했다. 그날 밤 엘레노어는 엄마와 여동생을 데리고 마을에서 도망쳤다.

하지만 타티아나의 목숨을 구하려는 엘레노어의 노력은 수포가 되고 말았다. 세 사람이 영국에 도착하고 며칠 지나지 않아 타티아나가 러시아 장교에게 잔혹하게 강간당한 후유증을 이기지 못하고 세상을 떠난 것이다. 엘레노어가 여동생에게 벌어지는 일을 조금만 더 일찍 알았더라면, 그래서 막을 수 있었다면 타티아나는 지금도 살아 있을 것이다.

그 후 엘레노어 모녀는 타티아나 이야기를 입에 올리지 않았다. 차라리 다행이었다. 엄마가 타티아나 대신 엘레노어가 그 일을 당했더라면 하고 원망하는 것처럼 느껴졌기 때문이다. 엘레노어라면 러시아 장교의 무력에 맞서 대항할 수 있었을 텐데, 결국 타티아나보다 똑똑하지도 예쁘지도 않은 엘레노어만 살아남은 꼴이 되고 말았으니까. 이제 와 생각해 보면 두 사람은 자기 방식대로 가족을 잃은 슬픔을 달랬던 것 같다. 엘레노어의 엄마는 목숨을 부지하기 위해 오랜 고향을 등지고 떠난 것이기 때문에 영국식으로 성도 바꾸고, 러시아인이 모여 사는 골더스그린 대신 멋들어진 고급 주택지 햄스테드의 주민이 되는 걸 선택했다. 그리고 고향을 떠나 말 그대로 도망자 신세였던 엘레노어는 특수작전국 덕분에 지낼 곳을 얻을 수 있었다. 하지만 진짜 엘레노어의 인생이 시작된 것은 여성 특수요원을 담당하는 부서를 맡고 난 이후였다.

엘레노어는 훈련에 참가하는 소녀들의 파일을 하나도 빠짐없이 확인했다. 개인 파일에는 사격술, 무선 통신 전송 기술과 현장에서 필요한 다양한 기술을 배우고 익히는 속도를 일일이 기록해 두었다. 하지만 그것만 배우면 충분한 걸까? 엘레노어는 훈련을 받는 요원들 개개인에게 필요한 기술을 확인해 봐야겠다는 생각이 들었다. 본부에서는 여성 요원에 대한 기대감과 현장의 필요를 핑계로 예상보다 일찍 소녀들을 현장에 배치하려고 들 터였다. 하지만 엘레노어는 제대로 준비를 갖추기 전까지는 그 누구도 작전 지역에 보내지 않을 것이다. 혹시나 배치가 늦어져 작전이 모두 수포가 된다고 해도 그건 상관할 일이 아니었다.

얼마 후 부관이 문을 열고 들어왔다. "저녁 시간입니다. 식당으로 가시죠."

"이리 가져다줘."

다음은 마리의 파일이었다. 기본 기술은 충분하다고 평가했기에 담당 부관들의 의견을 자세히 살폈다. 그런데 하나같이 마리의 집중력과 투지를 지적했다. 그건 훈련이나 체벌을 통해 체득할 수 있는 게 아니었다. 엘레노어는 마리가 총을 다루고 전투 기술을 익히는 모습을 떠올렸다. 그녀를 채용한 것부터 실수였을까? 누가 봐도 유약한 모습에 이렇듯 특수한 환경에서 수 주일을 버틸 만큼 사회성이 뛰어나 보이지도 않았다. 하지만 마리는 런던에서 홀로 아이를 키우는 어머니였고, 눈앞에서 전쟁을 겪은 장본인이기도 했다. 그것만으로도 용기는 충분했다. 엘레노어는 내일 당장 마리를 시험해 보기로 했다. 그 결과에 따라 이곳에 잔류하거나 짐을 싸서 당장 고향으로 돌아가거나 할 것이다.

시간이 흘러 훈련소의 조명이 모두 꺼지고 아래층 숙소에서 11시를 알리는 종소리가 들렸다. 엘레노어는 너무 오랜 시간 서류를 읽은 탓에 눈이 침침해져 어쩔 수 없이 그쯤에서 멈춰야 했다. 파일을 정리하고 기록보관실을 나와 아래층 숙소로 살금살금 내려갔다.

엘레노어는 어둠 속에서 합창하듯 동시에 들리는 훈련생들의 숨소리를 들었다. 마리와 조시가 바로 옆 침대에 누운 것만 겨우 맨눈으로 확인할 수 있었다. 두 사람은 뭔가 대화를 나누듯 서로를 향해 고개를 기울였다. 서로 다른 곳에서 살던 소녀들이 여기와서 하나의 팀이 된 것이다. 하지만 얼마 후면 두 사람도 각기 다른 곳으로 뿔뿔이 흩어질 것이다. 스스로 어려움을 헤쳐 나아가야 하는 터, 서로에게 기대어 도움을 주고받을 수도 없을 것이다. 엘레노어는 두 사람이 내일 들을 소식을 어떻게 받아들일지, 둘 중 누가 두각을 나타낼 수 있을지 궁금해졌다.

조금 전 저녁 식사를 챙겨다 준 부관이 어느새 그녀 뒤에 서 있었다. "런던 본부에서 전화 왔습니다."

엘레노어는 담당자가 있는 쪽으로 갔고, 그는 수화기를 들어 그녀의 귀에 가져다 댔다. "전화 바꿨습니다."

전화기 너머로 지직대는 국장의 목소리가 들렸다. "그래, 훈련생들은 어떤가?" 그는 단도직입적으로 물었다. "준비된 것 같아?" 그렇게 늦은 시간까지 본부에 남아 있는 것도 그답지 않았고, 그 목소리에서는 뭔가 다급함이 느껴졌다.

엘레노어는 그 질문에 어떻게 대답할지 잠시 고민했다. 이건 전적으로 그녀의 소관이었고, 한치라도 실수가 있는 날에는 그녀가 모든 비난을 떠안을 것이다. 그럴 줄 알았다고 비아냥거리는 본부의 남자 직원들 목소리가 귓가에 울려 퍼지는 듯했다. 하지만 그녀 자신의 평판이나 자존심보다 중요한 건 여기 모인 소녀들이었다. 그들이 얼마나 완벽하게 준비를 마쳤는가에 따라서 자신의 목숨을 구하고 원하는 목표를 성취할 수 있는지 여부가 좌우되는 거니까.

엘레노어는 의구심을 한쪽에 미뤄 두었다. "곧 준비될 것 같습니다."

"좋아. 그래야지. 교량 폭파 작전이 승인됐어." 엘레노어는 순간 속이 뒤집히는 기분이었다. 지금까지 특수작전국은 수십 번의 위험천만한 작전을 수행했지만, 파리 외곽의 교량을 폭파한다는 건 그야말로 가장 중차대하고 위험한 임무가 될 터였다. 그리고 여기 모인 소녀 중 하나가 그 작전의 핵심에 설 것이다. "자네가 직접 훈련소에 가서 상황을 살피고 있다니 천만다행이군. 그럼 자네가 내일 직접 얘기할 건가?"

"네." 물론 작전의 세부 내용을 세세히 알리지는 않을 것이다. 그건 때가 되면 자연스레 알 테니까.

순간 곤히 잠든 소녀들의 모습이 머릿속에 떠오르자 또다시 새로운 의구심이 파도처럼 밀려들었다. "하지만 정말로 준비된 건지는 확신할 수 없습니다." 엘레노어는 솔직히 고백했다.

"그래야만 해." 본부에서도 더는 기다려 줄 수 없었다.

수화기 너머에서 딸깍하는 소리가 들렸고, 엘레노어는 귀에 댄 수화기를 내려놓았다. 그리고 발걸음을 죽이며 소녀들이 곤히 잠든 방으로 돌아갔다.

조시는 갓난아이처럼 몸을 공처럼 말고 오래전에 고쳤어야 할 습관을 버리지 못한 듯 엄지손가락을 입에 물고 있었다. 그제야 오래전 세상을 떠난 여동생에 대한 기억이 밀려오면서 보호 본능이 물결치듯 일었다. 비록 타티아나는 지키지 못했지만 이 소녀들만큼은 제대로 보호할 수 있는 위치에 올랐다. 이 소녀들은 위험하고 치명적인 임무를 완벽히 수행해야 하고 안전하게 돌아와야 했다. 지금 중요한 건 그 두 가지뿐이었다. 그 두 가지를 전부 해낼 수 있을까?

조시의 입가에 은은한 미소가 퍼지자 엘레노어는 그 아이가 무슨 꿈을 꾸는지 궁금해졌다. 어린 소녀다운 꿈을 꾸는 천진난만한 소녀. 엘레노어는 불과 몇 시간이라도 그 행복을 만끽할 수 있도록 내버려 두기로 했다.

다시 발걸음을 죽이며 방에서 걸어 나와 등 뒤로 조심스럽게 문을 닫았다.

# 7

# 마리

*1944년, 스코틀랜드*

　마리는 지금도 달리기라면 지긋지긋했다.

　아리사이그하우스에서 지낸 지도 어언 6주가 흘렀고 매일 아침 똑같은 일이 반복되었다. 8킬로미터 거리의 산을 오르내리는 것도 모자라 중간에 호수를 돌아서 훈련생들 사이에 악명 높은 '포인트'라는 무시무시한 급경사를 올라야 했기 때문이다. 뒤꿈치가 갈라지고 피가 줄줄 흘렀으며 젖은 길을 오랫동안 달리느라 발 구석구석 물집이 잡혀 언제 감염이 돼도 이상하지 않을 만큼 상태가 좋지 않았다. 그래서일까, 다시 달려야 한다고 생각만 해도 뼈가 욱신거릴 정도였다.

　땀을 식히려고 찬물로 얼굴을 적신 뒤 아침 식사를 하러 가면서 불현듯 이제는 달릴 때 무리에서 뒤처지지 않는다는 사실이 떠올랐다. 이곳에서 지내는 동안 자신도 상상하지 못한 엄청난 체력과 속도를 키운 것이다. 덕분에 조시와 나란히 달리며 끝없이 재잘거릴 수 있어서 더욱 좋았다. 특별한 이야기를 나눈 건 아니고 이런저런 짧은 대화가 고작이었지만. 조시는 어린 시절 여름방학이면 컴브리아주의 산에서 뛰어논 덕분에 스코틀랜드 특유의 지형이나 전쟁 중에 귀동냥으로 들은 이야기를 마리에게 들려줄 수 있었다.

마리는 훈련을 계속하는 동안 조시에 대해 점점 더 많은 걸 알아 갔다. 물론 훈련 시간이나 식사 시간에만 서로를 알 기회가 있는 건 아니었다. 잠 못 드는 긴 밤이면 조시가 리즈의 뒷골목에서 오빠와 보낸 어린 시절 이야기를 들려주었다. 조시의 오빠는 보호자도 없이 무방비 상태에 놓인 꼬마들을 이용해 이득을 취하려는 악당으로부터 모두를 보호해 주는 역할을 도맡았다고 했다. 마리 역시 리처드가 그녀를 무일푼 상태로 내팽개치고 혼자 떠나버린 이야기를 털어놓았다. 하지만 어린 나이에 온갖 고초를 겪은 조시 앞에서 과거를 한탄하는 자신이 정말 한심하게 느껴졌다. 거리의 부랑아로 지내 본 조시에 비하면 자신의 어린 시절은, 물론 잔혹한 부분도 있었지만, 부정할 수 없을 정도의 특권을 누린 거나 다름없었다. 둘은 너무도 다른 환경에서 살았기에 서로 만날 수 없는 사람들이었다. 그런데도 이렇게 만나 순식간에 둘도 없는 벗이 되었다.

식당에 도착한 훈련생들은 여성용 테이블 쪽에 자리를 잡았다. 언제나처럼 조시가 가장 가운데 자리였고, 마리와 브리야가 그녀의 양옆으로 나란히 앉았다. 마리는 냅킨을 펴서 무릎에 가지런히 펼쳐 올리고 언제나처럼 마담 푸아로가 지켜보는 걸 염두에 두면서 곧바로 식사를 시작했다. 식사 시간 역시 훈련의 연속이었다. 마리는 이곳에 도착한 후 프랑스인들이 그레이비 소스를 빵에 적셔 먹는다는 걸 곧바로 터득했다. 그리고 버터를 찾아보기가 하늘의 별 따기라서 버터를 더 달라고 하는 법도 없었다. 식사 시간조차 소녀들의 일거수일투족은 하나도 빠짐없이 평가의 기준이 되었다. 아주 작은 실수 하나로도 모든 걸 물거품으로 만들 수 있기 때문이었다.

마리는 아리사이그하우스에 도착하고 얼마 지나지 않아 고급 와인까지 등장한 어느 날의 저녁 시간을 떠올렸다. "입 대지 마." 조시가 속삭였다. 와인잔 위로 향하던 마리의 손이 그대로 얼어붙었다. "속임수야." 순간 마리는 와인에 독약을 탄 건가 싶었다. 와인잔을 들고 코앞에 가져와 냄새를 맡았지만 훈련 중에 배운 것처럼 유황 냄새가 나는 것 같진 않았다. 고개를 돌리자 한 잔, 두 잔, 세 잔 와인을 꿀꺽꿀꺽 들이켜는 모습들이 보였다. 그렇게 볼이 발그레하게 달아오를 지경이 되자 다들 훈련 중이라는 걸 까맣게 잊고 소녀답게 재잘재잘 떠들어 대기 시작했다. 그제야 와인을 마시도록 유도한 이유가 술에 취하면 얼마나 흐트러지는지 시험하려는 것임을 깨달았다.

"오늘따라 급하게 먹네." 조시가 허겁지겁 먹어 대는 그녀를 보며 말했다. "데이트라도 있나 봐?"

"픽이나. 무선통신기 수업을 다시 들어야 해."

그제야 이해한 듯 조시도 고개를 끄덕였다. 마리는 무선통신기 수업을 듣고도 시험에 통과하지 못했다. 세 번의 기회는 주어지지 않을 것이다. 오늘 시험에서 코드를 전송할 수 있다는 걸 증명해 보이지 못한다면 곧바로 짐을 싸서 돌아가야 할지도 모른다.

마리는 집에 돌아가야 한다고 해도 그리 나쁠 건 없지 않냐고 생각하지 않았을까? 애초에 이런 기이하고 힘든 삶을 살겠다고 자처한 것도 아니고, 마음 한쪽에는 시험을 통과하지 못해 집으로 돌아가면 테스를 만날 거라는 작은 기대 같은 것이 있었을 테니까.

마리는 아리사이그하우스에 도착한 이후 눈을 뜬 순간부터 눈을 감는 순간까지 죽을힘을 다해 훈련에 임했다. 대부분 시간을 무선통신기 본체 앞에서 무전전신교환원(통신원이라고 부른다)이 되기 위해 열심히 공부했다. 하지만 그것 말고도 상상도 못 한 많은 걸 배우고 익혀야 했다. 사망과 생존 편지를 전달하는 방법부터 그 둘 사이의 차이점(사망 편지는 한 요원이 다른 요원에게 메시지를 전달할 수 있도록 미리 정해진 장소에 전달하고, 생존 편지는 비밀 접선 지역에서 직접 전달한다)과 다른 핑곗거리를 만들어 여자가 드나들어도 이상하게 보이지 않을 적당한 접선 장소를 확인하는 방법까지 끝도 없었다.

하지만 날이 갈수록 달리기는 쉬워지는 반면 나머지 훈련들은 점점 더 어려워졌다. 지금까지 배운 것만 해도 엄청난데 그걸로 충분치 않았다. 아직도 뇌관을 설치할 때마다 손가락이 바들바들 떨렸고, 사격이나 전투 훈련에서도 실력이 한참 부족했다. 그중에서도 가장 염려스러운 것은 거짓말에 능숙하지 못해 거짓 신분으로 위장하는 게 힘들다는 거였다. 모의 심문에서도 거짓 신분을 능숙하게 연기하지 못한다면, 협박을 받으며 강제로 심문을 당해야 하는 실제 상황에서 어떻게 성공할 수 있겠는가? 그나마 내세울 게 있다면, 마리가 여기 온 소녀들을 통틀어 프랑스어 실력이 가장 뛰어나다는 점이었다. 나머지 부분은 그야말로 낙제생이었다.

마리는 갑자기 향수병에 걸린 기분이었다. 애초에 여기 오겠다고 사인한 것부터 실수였다. 지금이라도 훈련복을 벗고 보급품을 반납하고 일언반구도 꺼내지 않겠다고 약속한 뒤 테스에게 돌아갈 수도 있었다. 그런 의구심은 전혀 새로운 것이 아니었다. 훈련받는 길고 긴 수업 시간과 잠을 청하려고 자리에 누운 저녁 시간에도 끈질기게 그녀를 따라다녔으니까. 물론 그런 생각을 다른 사람과 섣불리 나누지는 않았다. 다들 그런 의구심 같은 건 없어 보이는 데다 나름대로 잘해 나가고 있었기 때문이다. 모두 결의에 차고 목적 의식이 뚜렷했으며 훈련에 집중했다. 마리도 계속 이곳에 남으려면 그들처럼 뚜렷한 목표를 설정해야만 했다. 다른 사람에게 자신의 두려움을 드러내서는 안 되는 것이다.

"본부에서 누가 왔네." 조시가 불현듯 내뱉었다. "뭔가 큰 작전을 벌일 모양이야."

마리는 조시의 시선을 따라 식당이 훤히 내려다보이는 난간 쪽으로 고개를 돌렸다. 키가 큰 여자가 그들을 빤히 쳐다보고 있었다. 엘레노어. 마리는 6주 전 저녁, 베이커스트리트에서 그녀에게 채용된 이후 한 번도 만나지 못했다. 물론 고된 훈련을 받으며 외로움을 느낄 때마다 이따금 엘레노어를 떠올린 적도 있었다. 대체 무슨 이유로 내가 이런 빌어먹을 일을 해낼 거라고 생각한 걸까? 아니, 나를 이곳까지 보낸 이유가 뭐였을까?

마리는 자리에서 일어나 오랜 친구를 다시 만난 것처럼 엘레노어 쪽으로 손을 흔들었다. 하지만 엘레노어는 누군지 전혀 모르겠다는 듯 냉담한 눈빛으로 일관했다. 베이커스트리트 저택의 화장실에서 나를 만난 건 기억할까? 아니면 그녀 역시 엘레노어가 얼굴도 기억하지 못하는 수많은 소녀 중 하나일 뿐일까? 순간 마리는 뺨을 맞은 것처럼 얼굴이 붉어졌다. 그제야 엘레노어의 행동이 이해되었다. 이제 과거의 삶은 물론 그때 알고 지낸 사람들마저 모른 척해야 하는 것이다. 이번 시험에도 실패했다. 마리는 다시 자리에 앉았다.

"저 여자 만난 적 있어?" 마리가 조시에게 물었다.

조시가 고개를 끄덕였다. "처음 나를 뽑은 날 만났어. 자기 말로는 회의 때문에 리즈에 왔다고 하더라고."

"나한테도 찾아왔어." 브리야가 거들었다. "에섹스의 타자 사무실로 왔어." 하나같이 엘레노어에게 선택받은 모양이었다.

"우리가 받는 훈련도 전부 엘레노어가 계획한 거야." 조시가 목소리를 낮춰서 말했다. "우리가 어디로 배치될지, 가서 어떤 임무를 수행할지 결정하는 것도 모두 엘레노어의 뜻에 달렸어."

대단한 힘을 가진 사람이구나. 마리는 처음 런던에서 만난 날, 엘레노어가 얼마나 냉담하고 쌀쌀한 태도를 보였는지 떠올리고 나니, 이번 훈련을 끝까지 견뎌 내지 못할 수도 있겠다는 생각이 들었다.

"난 저 여자 마음에 들어." 마리가 조용히 말했다. 엘레노어가 냉담하기 짝이 없는 사람이란 건 인정하지 않을 수 없지만, 마리가 부러워하는 힘을 가진 여자처럼 보였기 때문이다.

"난 싫던데." 브리야가 대답했다. "얼마나 쌀쌀한지, 우리보다 훨씬 더 대단한 사람인 줄 아는 것 같아서. 그렇게 잘났으면 본인이 훈련복 입고 훈련받아서 프랑스로 날아가 임무를 수행하는 게 낫지 않아?"

"본인도 그러길 원했대." 조시가 개미 목소리로 말했다. "얼핏 듣기로는 수십 번도 넘게 작전 지역에 배치해 달라고 졸랐다나 봐." 조시가 가진 인맥과 정보력은 그야말로 상상을 초월했다. 주방에서 일하는 직원부터 훈련을 맡은 부관까지, 누구나 쉽게 친구가 되었고 덕분에 갖가지 정보를 얻었다. "그런데 본부에서 내려온 대답은 항상 똑같았대. 본부에 남아서 여성 요원들을 제대로 훈련하는 것이 엘레노어의 진짜 가치를 증명하는 길이라고 했다나."

뭔가 거북한 표정으로 식당 곳곳을 살피는 엘레노어를 지켜보자니, 순간 저 자리에 있다는 것 자체로도 외롭지 않을까 하는 의문이 들었다. 어쩌면 훈련을 받는 소녀들 사이에 끼고 싶을지도 모르겠다.

소녀들은 순식간에 아침 식사를 마치고 15분 후 강당으로 모여들었다. 책상이 세 개씩 네 줄로 나란히 놓이고 책상마다 무선 통신기가 설치돼 있었다. 훈련부관은 오늘 해독해서 전송해야 할 복잡한 메시지를 미리 제시해 둔 터였다. 엘레노어는 강당 한쪽 구석에 있었는데 마리의 눈에도 그들을 유심히 살피는 모습이 보일 정도였다.

마리는 무선통신기가 놓인 자리로 가서 머리에 헤드셋을 썼다. 음악을 듣고 BBC 방송을 청취할 때나 사용할 법한 기묘한 장치인데, 가방 안에 여러 개의 기계 장치와 다이얼이 달린 납작한 통신 장치가 놓여 있었다. 위쪽의 조그만 부분은 메시지 전송을 위한 것이고, 아래쪽은 메시지 수신을 위한 것이었다. 전원 어댑터를 꽂는 구멍은 오른쪽 구석에 있고, 예비 부품과 기타 장치가 든 주머니는 왼쪽에 있었다. 예비 부품을 넣는 주머니에 크리스털 광석 네 개가 들어 있었고, 그걸 꽂으면 각기 다른 주파수에서 메시지를 주고받을 수 있었다.

다른 훈련생들이 무선통신기로 메시지를 보내기 시작했을 때, 마리는 재시험을 위해 부관이 미리 책상에 올려둔 종이 한 장을 뚫어져라 쳐다보았다. 셰익스피어의 《헨리 5세》에 나오는 글이었다.


그리하여 오늘부터 세상이 끝나는 날까지
우리의 이름은 오늘과 더불어 영원히 기억될 것이오.
몇 사람 되지 않으나 행복한 우리. 우리는 모두 한 형제요.
오늘 나와 함께 피를 흘리는 사람은
앞으로 나의 형제가 되는 것이니 말이오.
아무리 미천한 자라 해도
오늘부터는 귀족이 되는 것이오.
그리고 지금 고국 잉글랜드의 침상에서 편히 쉬는 귀족들은
오늘 이곳에 있지 않은 것을

먼 훗날 자신들에게 내려진 커다란 저주로 생각할 것이며
성 크리스피언의 날에
우리와 함께 싸운 사람들의 이야기를 듣는 날이면
사나이로서 체면이 말이 아닐 것이오.

이제 암호를 이용해 메시지를 새로운 코드로 전환해야 했다. 암호는 조그만 가방에 들어 있는데, 손마디 하나 크기의 네모난 비단천에 암호를 전환하는 코드가 적혀 있었다. 그 코드를 '비밀 키'라고 부르는데, 문자마다 다른 문자로 바꿔서(가령 a는 m으로 바꾸고 o는 w로 바꾸는 식이다) 맨눈으로 보면 무슨 뜻인지 전혀 이해할 수 없었다. 비밀 키는 메시지를 전환하고 곧바로 폐기한다. 마리는 제시된 암호에 따라 메시지를 전환하고, 다시 암호화된 메시지를 기록해 나갔다. 그리고 성냥에 불을 붙여서 배운 대로 비단천의 암호를 불태워 버렸다.

그러고 나서 모스부호를 사용해 전신 키에 메시지를 입력하기 시작했다. 마리는 모스부호를 익히는 데만 꼬박 몇 주를 할애했고, 그 바람에 꿈에서도 모스부호를 연습할 정도였다. 지금까지도 진땀을 흘리며 현장에서 반드시 사용해야 하는 기술인 모스부호를 최대한 빠르고 자연스럽게 치려고 애썼다.

물론 무선 통신 기기를 다루려면 코드를 해독하고 모스부호를 입력하는 것 이상의 능력이 필요했다. 처음 무선 훈련을 시작했을 때, 특수작전국의 암호 해독 기관인 블레츨리파크에서 특별히 파견 나온 젊은 부관이 마리를 가까이 불러서 말했다. "첫 번째 무

선 코드 프린트를 기록한 다음 보안 확인을 하고 돌려줄 겁니다."

"무슨 뜻인지 잘 모르겠는데요."

"통신기는 언제든 다른 거로 대체될 수 있어요. 전선과 부품만 있으면 누구든 주파수를 잡아서 메시지를 전송할 수 있죠. 저 기계를 손에 넣으면 누구라도 무선통신기를 사용할 수 있단 뜻이에요. 본부에서 메시지를 전송한 사람이 누군지 확인하기 위해 첫 번째 무선 코드 기록지 사본으로 신원 확인 절차를 거치는 거죠." 부관은 계속해서 말을 이었다. "먼저 핑거 태핑(무선통신기의 전신 키를 손가락으로 눌러서 모스부호를 입력하는 방식-옮긴이)부터 시작하죠. 날씨에 대해 아무 내용이나 입력해 보세요."

"암호 없이요?"

"네, 그냥 하세요." 마리로서는 뭔가 이상한 요청인 듯 느껴졌지만 별다른 질문 없이 시키는 대로 했다. 이곳 날씨가 얼마나 자주 바뀌는지, 한순간에 태풍이 왔다가 곧바로 하늘이 파랗게 갠다는 내용을 적었다. 마리는 다시 고개를 들었다. "계속 적어요. 개인 생활에 대한 것만 아니라면 뭐든 괜찮습니다. 요원의 개별 프린트를 기록하는 것이기 때문에 문장이나 내용이 길수록 좋으니까요." 마리는 어리둥절한 표정으로 순순히 지시에 따랐다. "여기요." 마리는 말도 안 되는 이야기로 빼곡히 채운 종이를 내밀었다. 지난봄 예기치 못한 폭설이 와서 활짝 피어난 수선화에 하얀 눈이 잔뜩 쌓였다는 내용이었다.

방 앞쪽에 놓인 전신 장치가 전신 키에서 전송된 내용을 프린트하기 시작했다. 부관은 프린트된 종이를 번쩍 들어 보였다. "이게 훈련생의 핑거 태핑 비율입니다. 단어 앞부분은 강하게 타이핑했고 문장과 문장 사이에 아주 긴 간격이 있네요."

"그 한 장만으로 그런 세세한 정보까지 알 수 있나요?"

"물론 앞으로 훈련받는 과정에서 다른 자료와 비교해 봐야겠지만 일단은 그런 셈입니다." 충분히 앞뒤가 맞는 이야기였지만, 마리는 그때까지만 해도 자신의 정보가 하나의 파일로 기록되고 있다는 사실을 감지하지 못했다. "그렇다고 해서 매번 그 특이 성향이 바뀌는 건 아닙니다. 핑거 태핑 정보는 서명이나 수기로 적은 글과 같아서 본부로 전송하는 메시지를 누가 기록했는지 확인하는 중요한 단서가 되니까요. 전송 버튼을 얼마나 강하게 누르는지, 글자와 글자 사이의 간격과 휴지까지 잡아내기 때문입니다. 앞으로 메시지를 전송받는 모든 요원이 당신의 핑거 태핑 정보를 공유할 겁니다. 그걸로 메시지 전송자가 당신이라는 걸 확인하는 거죠."

"현장에 문제가 생겼을 때 핑거 태핑을 살짝 변형해서 그 상황을 전달할 수도 있나요?"

"불가능합니다. 핑거 태핑으로 그런 소통까지는 힘들 겁니다. 조금 전 상황만 생각해 봐도 메시지를 기록할 때, 의식적으로 행동하는 것이 아니라 그저 물 흐르듯 자연스럽게 전신 키를 누르니까요. 기존과 다른 상황을 전달하고 싶다면 주로 사용하는 손이 아닌 반대쪽 손을 사용하는 편이 나을 수도 있겠죠. 핑거 태핑처럼 모든 기록은 인간의 잠재 의식을 통해 남겨지는 법, 일부러 바꿀 수 있는 게 아니에요. 일이 잘못되어 문제가 발생했다면 다른 방식으로 상황을 전달하는 게 좋습니다. 그런 이유로 보안 점검을 하는 것이니까요."

부관은 다른 요원들에게 가서 보안 확인을 설명하기 위해 자리를 떴고, 마리의 수신자에게 마리의 핑거 태핑 특징을 확인할 수 있도록 특이 사항을 살펴보라고 지시했다. 마리의 경우 문장마다 실수가 나왔는데, 메시지의 서른다섯 번째 글자에 p가 들어갔다. 두 번째 점검에서는 c가 들어가야 할 자리에 k를 기록하는 식으로 k가 눈에 띄게 많았다. "첫 번째 보안 확인은 훑어보는 식으로 진행됩니다." 부관이 설명을 시작했다. 독일군도 우리가 보안 확인을 한다는 걸 알고 있습니다. 그래서 당신이 모르는 사이에 필요한 정보를 캐내려고 할 겁니다. 적군의 심문을 받는다면 훑어보기를 한다는 정도의 정보는 그냥 내줘도 됩니다." 심문당하는 모습을 상상하자 내심 움찔한 기분이 들었다. "진짜는 두 번째입니다. 두 번째 확인을 통해 진짜로 메시지를 확인하는 거죠. 그 어떤 상황에 맞닥뜨린다 해도 두 번째 보안 확인에 대한 정보는 발설해선 안 됩니다."

이제 마리는 재시험을 마쳤고 두 번의 보안 확인도 완전히 끝냈다. 그녀는 등 뒤를 쳐다보았다. 엘레노어는 아까와 같은 자리에 있었고, 아무리 봐도 마리를 유독 눈여겨보는 것 같았다. 애써 찜찜한 기분을 억누르며 새로 주어진 과제를 풀어내기 시작했다. 새로 받은 비단천에 암호를 바탕으로 메시지를 조합하면서 서서히 속도를 냈다. 몇 분 후 메시지 암호화 작업을 마치고 뿌듯한 기분으로 고개를 들었다.

그런데 엘레노어가 갑자기 마리가 전송한 종이를 홱 잡아채더니 큰 소리를 지르며 성큼성큼 다가오는 게 아닌가. "아니, 아니야!" 머리끝까지 화가 치밀어 오른 목소리였다. 마리는 어리둥절했다. 분명히 정확하게 메시지를 전송한 터였다. "피아노 건반 치듯이 그냥 두드린다고 다 되는 게 아니라고. 무선통신기와 의사소통을 하듯이 손가락으로 '말'을 해야 되는 거야."

마리는 나름대로 최선을 다했노라고, 대체 무얼 원하는 거냐고 항변하고 싶은 심정이었다. 하지만 그럴 기회를 얻기도 전에 엘레노어가 다가오더니 무선통신기에 꽂힌 열쇠를 홱 잡아당겨 버렸다. "왜 이래요!" 마리는 울부짖듯이 외쳤다. 엘레노어는 아무런 대답도 없이 스크루드라이버로 통신기 본체를 뜯더니 하나씩하나씩 억지로 분리하기 시작했다. 기계에 고정된 나사와 볼트가 테이블 아래로 정신없이 굴러떨어져 버렸다. 다른 소녀들은 깜짝 놀라 입을 쩍 벌리고 조용히 지켜볼 뿐이었다. 무선 통신 수업을 담당하는 부관조차도 깜짝 놀란 눈치였다.

"어머나!" 마리는 놀라서 바닥에 떨어진 나사와 볼트를 쓸어 담았다. 순간 훈련소에 도착한 이후 여태껏 사용해 온 그 무선통신기 본체와 자신의 몸이 하나로 연결된 것 같은 야릇한 기분을 느꼈다.

"그냥 기계만 다룰 줄 안다고 해서 되는 게 아니야." 엘레노어는 뭔가 심사가 단단히 뒤틀린 목소리로 말했다. "기계가 고장 나면 고칠 줄도 알아야 하고 산산조각이 났을 때는 다시 조립할 수도 있어야 해. 앞으로 10분 안에 본체를 다시 조립해." 그러곤 그 말과 함께 저만치 걸어가 버렸다. 마리는 순간 화가 치밀어 올랐다. 조금 화를 냈다고 해서 이런 식으로 갚다니, 너무 심하지 않은가. 엘레노어는 마리가 실패하기를 고대하는 모양이었다.

마리는 산산조각이 난 무선기를 멍하니 바라보았다. 그리고 무선 훈련을 시작할 무렵, 기계 작동법을 공부한 기억을 떠올리며 기계 내부가 어떤 모습일지 머릿속에 찬찬히 떠올려 보았다. 하지만 생각처럼 쉽지 않았다.

바로 그때 조시가 다가왔다. "이것부터 시작해." 기계 밑부분부터 새로이 조립할 수 있도록 한쪽에 떨어진, 바닥 부분에 해당하는 조각을 집어서 건네주었다. 마리가 기계를 조립하는 사이 다른 훈련생들은 주위에 서 있거나 무릎을 꿇고 앉아서 여기저기 굴러다니는 볼트와 나사를 줍기 시작했다. "여기." 조시는 송신기에 고정해야 하는 손잡이 부분을 건네주더니, 마리가 낑낑대는 걸 보곤 빠르고 날렵한 손으로 나사를 제대로 조일 수 있도록 도와주었다. 마리가 제대로 맞추지 못한 볼트 부분을 손가락으로 가리키기도 했다.

마침내 기계가 본래 모양을 되찾았다. 과연 제대로 작동할 것인가? 마리는 무선통신기의 키를 손가락으로 두드리고 기다렸다. 그제야 그녀가 입력한 코드가 전송되는 소리가 조용히 울려 퍼졌다. 드디어 기계가 다시 작동하기 시작했다.

마리는 엘레노어의 반응을 기다리며 무선통신기에서 시선을 떼고 그녀가 있는 쪽을 가만히 쳐다보았다. 하지만 엘레노어는 이미 자리를 떠나고 없었다.

"너를 왜 이렇게 못살게 구는 걸까?" 다른 소녀들이 제자리로 돌아가는 사이 조시가 물었다.

마리는 대답하지 않았다. 긴장으로 척추가 뻣뻣하게 굳어 버렸다. 결국 부관에게 허락을 구하지도 않고 쿵쿵거리며 교실을 빠져나가 복도를 헤매고 다닌 끝에 빈방에 있는 엘레노어를 찾아냈다. 엘레노어는 훈련생 파일을 살피고 있었다. "대체 왜 나를 못살게 굴어요? 그렇게 싫은가요?" 마리는 조시가 한 말을 그대로 반복했다. "나를 쫓아내고 싶어서 여기까지 온 건가요?"

엘레노어가 고개를 들었다. "이건 개인의 감정싸움이 아니야. 요원이 되기 위한 자질을 갖추었는가, 아닌가가 문제지."

"내가 자질이 없다고 생각하는군요."

"내 생각이 어떤지는 상관없어. 너의 훈련 파일을 읽어 봤어." 그 말을 듣기 전까지만 해도 마리는 파일에 어떤 내용이 적혔을지 전혀 상상조차 못 했다. "실패작이 따로 없더군."

"하지만 프랑스어는 남자 요원만큼 잘하는 편이에요."

"누구만큼 잘하는 걸로는 부족해. 여성 요원이 임무에 적합하지 않다고 생각하는 사람들이 있으니까 누구보다 잘해야지."

마리는 끈질기게 물고 늘어졌다. "타이핑 속도도 하루가 다르게 빨라지고 또 암호도……."

"기술 문제를 가지고 이러는 게 아니야." 엘레노어가 쏘아붙였다. "중요한 건 정신력이지. 방금 무선 통신 훈련만 해도 그래. 그건 기계가 아니라 네 목숨줄의 연장선에 있는 거라고."

엘레노어는 마리가 미처 보지 못한 가방 하나를 발꿈치에서 들어 올렸다. 첫날 훈련소에 도착했을 때 따로 정리해 둔 개인 소지품이 들어 있었다. 외출복과 테스에게 선물 받은 목걸이도 보였다. 분명 침대 밑에 있는 개인 사물함에 차곡차곡 정리해 놓았는데 누군가 꺼내서 가방에 넣어 둔 것이다. "네 소지품이야." 엘레노어가 차분하게 말했다. "외출복으로 갈아입어도 돼. 한 시간 후 훈련소 앞으로 차 한 대가 도착할 거야. 그걸 타면 런던으로 갈 수 있어."

"지금 나를 쫓아내겠다는 건가요?" 마리가 믿기지 않는다는 말투로 되물었다. 상상한 것보다 상실감이 몇 배로 느껴졌다.

"아니, 마지막으로 떠날 기회를 주는 거야." 군인으로 입대한 게 아니라 언제든 떠날 수 있다는 건 마리도 아는 사실이었다. 하지만 엘레노어는 어서 떠나라며 말 그대로 밖으로 나가는 문을 활짝 열고 기다렸다.

마리는 이것 역시 하나의 테스트가 아닐지 궁금했다. 하지만 엘레노어의 표정은 그 어느 때보다 진지했다. 그녀에게 진심으로 기회를 주는 것이다. 마리는 그 기회를 잡을까? 지금 떠나면 내일 런던에 도착해서 테스와 함께 주말을 보낼 수 있을 것이다.

하지만 또다시 호기심이 발목을 잡았다. "질문이 있어요."

엘레노어가 고개를 끄덕였다. "하나만." 마지못해 대답했다.

"여기 남는다면 정확히 어떤 일을 하는 거죠?" 온갖 훈련을 받으면서도 진짜 작전에 투입돼서 해야 할 임무가 뭔지 도무지 알 수 없었다.

"요약해서 대답하자면 주요 임무는 무선 통신이야. 현장에서 작전에 연관된 사항을 기계를 통해 런던으로 발신하고, 공중 투하되는 요원과 물품에 대한 정보를 송신받는 거지." 그 정도는 마리도 훈련을 통해 배운 터라 고개를 끄덕였다. "우리가 하려는 일은 독일군이 계획하는 모든 일을 최대한 방해하고, 군수품 공급을 늦추고, 철로를 폭파해 버리는 거야. 공격할 때가 되었을 때 우리 군이 조금이라도 수월해질 수 있도록 뭐든 다 해야 하니까. 그 때문에 런던과 유럽 네트워크 간에 통신을 담당해야 하는 너의 임무가 무엇보다 중요하다고 할 수 있어. 그래야 모든 일이 이뤄질 테니까. 물론 무선 통신 말고 다른 임무에 투입될 가능성도 없지 않아. 그런 이유로 여러 가지 훈련을 전부 받는 거고."

마리는 가방이 있는 쪽으로 손을 뻗었지만 무언가가 그녀를 붙잡았다. "저는 기계를 재조립하는 데 성공했어요. 다른 친구들이 많이 도와주기도 했고요." 마리가 서둘러 뒷말을 덧붙였다.

"아주 잘했어." 엘레노어의 표정이 조금 누그러졌다. "오늘 아침에 쥐를 보고 차분하게 대처한 것도 나쁘지 않았어." 마리는 엘레노어가 그 장면을 지켜보고 있다는 건 꿈에도 알지 못했다. "다들 놀라서 도망쳤는데 너는 아니었어."

마리는 어깨를 으쓱했다. "런던 하숙집에 살 때 쥐를 많이 봤거든요."

엘레노어는 차분한 표정으로 그녀를 바라보았다. "그런 건 남편들이 알아서 처리하는 줄 알았는데."

"그랬죠. 그런 거라도 하지 않으면……." 마리가 뒷말을 흐렸다. "사실 남편은 떠났어요. 딸이 태어나고 곧바로 사라졌죠."

엘레노어는 전혀 놀라지 않는 기색이었고, 그제야 마리는 자신을 채용하는 과정에서 모든 진실을 미리 알았던 건 아닐까 하는 의구심이 들었다. 조시가 그 사실을 말했을 리는 없을 테니까. "유감이라고 해야 하나, 하지만 꽤 나쁜 남자였던 모양이니 그렇게라도 빨리 갈라선 게 다행인 것 같은데."

마리 역시 그런 생각을 여러 번 한 터였다. 물론 자기가 잘못해서 남편이 떠난 건 아닌지, 앞으로 어떻게 살아야 할지 온갖 고민으로 외롭고 고통스러운 밤을 보낸 적도 많았다. 하지만 어느 고요한 저녁, 테스에게 젖을 물리며 갑자기 혼자서도 잘해 나갈 수 있다는 자신감이 그녀를 사로잡았다. "맞는 말이에요. 미리 솔직하게 털어놨어야 하는 건데 죄송해요."

"어쨌거나." 엘레노어는 건조한 말투로 대답했다. "그걸로 위장 신분을 유지해 나갈 수 있다는 건 입증된 셈이야. 우리 모두 비밀을 가진 사람들이니까." 이어서 덧붙여 말했다. "하지만 나한테는 절대로 거짓말하면 안 돼. 모든 걸 털어놓는 게 너를 지킬 수 있는 유일한 방법이니까. 하지만 이제 그런 건 별문제가 안 돼. 어차피 떠날 거잖아, 안 그래?" 그러고는 마리의 소지품 가방을 내밀었다. "가서 옷 갈아입고 차가 도착하기 전에 보급받은 물건을 다시 제출하도록." 엘레노어는 조금 전까지 살펴보던 파일이 놓인 쪽으로 고개를 돌렸고, 마리는 두 사람의 대화가 이것으로 끝났음을 깨달았다.

마리가 방으로 돌아왔을 때, 이미 무선 통신 훈련은 끝이 났고 다들 방에서 휴식을 취하고 있었다. 조시는 옷가지를 가지런히 정리해 두고 마리를 기다렸다. "괜찮은 거야?" 조시의 목소리에서 안쓰러움이 그대로 느껴졌다.

마리는 어떻게 대답해야 할지 몰라 어깨를 으쓱했다. "엘레노어가 집에 가고 싶으면 가도 좋대."

"그래서 어떻게 할 건데?"

마리는 침대 구석에 털썩 주저앉아서 어깨를 떨궜다. "아마도 떠나야겠지. 애초에 나는 이곳과 어울리지 않는 사람이니까."

"하긴 여기까지 와야 할 이유가 없긴 했지." 조시는 여전히 옷을 개면서 무덤덤한 목소리로 대답했다. 엘레노어가 한 말 그리고 조시의 말이 날카로운 비수처럼 마리의 가슴을 파고들었다. "누구나 '왜' 이곳에 왔는지 명확한 이유가 있잖아. 가령 나를 예로 들어 볼게. 난 집이라고 할 만한 곳조차 없는 신세였어. 여기서 지내는 게 오히려 다행이라는 생각이 들 정도니까. 그들이 바라는 게 그런 거야." 조시가 덧붙였다. "우리가 포기하는 거. 물론 엘레노어는 아니지만 남자 꼰대들은 그걸 바라고 있어. 자기들 생각이 옳았다는 걸 우리가 입증해 주길 바라지. 결국 여자는 절대로 이 일을 해낼 수 없다는 걸 말이야."

"어쩌면 그 생각이 맞는지도 몰라." 마리가 대답했다.

조시는 아무 말 없이 침대 밑에서 조그만 여행 가방을 꺼냈다. "뭐 하는 거야?" 마리가 깜짝 놀라서 물었다. 우리 중에서 가장 뛰어난 실력을 갖춘 조시가 자기처럼 특수작전국에서 쫓겨날 리는 만무한 일이었다. 하지만 조시는 가지런히 접은 옷가지를 여행 가방 안에 차곡차곡 정리해 나가기 시작했다.

"생각보다 빨리 떠나게 됐어." 조시가 설명했다. "훈련이 다 끝나지도 않았는데. 곧바로 현장에 배치할 모양이야."

마리는 깜짝 놀랐다. "안 돼."

"믿기지 않지만 사실이야. 내일 아침 첫차를 타고 떠나야 해. 차라리 잘된 일이야. 어차피 그러려고 여기에 들어온 거니까."

마리는 고개를 끄덕였다. 다른 소녀들도 이미 작전 지역에 배치되었다. 하지만 조시는 모든 소녀의 든든한 버팀목이 되는 존재였다. 조시 없이 어떻게 버텨 낼 수 있을 것인가?

"그렇다고 죽으러 가는 것도 아니잖아." 조시는 쓴웃음을 지으며 말했다.

"워낙 갑작스러운 일이라서." 마리의 말에 다른 소녀들 역시 말없이 동의하듯 고개를 끄덕이면서도 놀란 기색이었다. 물론 조시는 어떤 임무를 맡았다고 말하지는 않았지만, 런던에서 엘레노어가 직접 훈련소로 찾아와 요원을 차출해 갈 정도라면 얼마나 긴급한 상황인지 짐작할 수 있었다.

마리는 퍼뜩 뭔가 떠올라 발치에 놓인 사물함으로 걸어갔다. "이거." 요리사에게 뇌물을 주며 만들어 달라고 부탁한 스콘이었다. "생일이라서 특별히 준비한 거야." 이틀 후면 조시가 열여덟 살이 되는 생일이었다. 이제는 함께 생일을 보낼 수 없어졌지만. "시나몬 스콘이야. 친오빠가 생일마다 특별히 사다 줬다고 하기에."

조시는 몇 초 동안 아무 말이 없었다. 눈가가 촉촉해지더니 뺨 위로 눈물 한 방울이 흘러내렸다. 마리는 괜한 짓을 했나 싶은 생각이 들었다. "오빠가 죽고 나서 다시는 내 생일을 기억해 주는 사람이 없을 거라고 생각했어." 조시는 다시 환하게 웃으며 말했다. "고마워." 그리고 스콘을 반으로 잘라서 반쪽을 마리에게 내밀었다.

"이제 떠날 수가 없어졌네." 조시가 마리의 입가에 묻은 빵가루를 털어내며 말했다. "앞으로 새로 오는 애들 챙겨 주려면 누군가 남아 있어야 하잖아." 텅 빈 침대를 가리키며 덧붙였다. 마리는 아무 대답도 하지 않았다. 하지만 조시의 농담 섞인 말에도 일리는 있었다. 벌써 마리 뒤로 세 명이 들어왔고, 이전에 있던 소녀 중 몇은 작전 현장에 배치된 상태였다.

"내가 떠나고 나면 내 자리에 새로운 훈련생이 도착하겠지." 생각도 하고 싶지 않은 이야기였다. 하지만 조시의 말이 옳았다. 마리가 이곳에 처음 왔을 때 조시와 다른 소녀들이 도와준 것처럼 누군가 새로 와서 어려움에 처했을 때 도와줄 사람이 필요했다.

"다른 애들도 네가 떠나는 걸 바라지 않을 거야. 누가 먼저 오고 늦게 오고의 문제가 아니야. 처음 와서 버벅거릴 때보다, 마담 푸아로에게 속수무책으로 당할 때보다, 영국에서 몰래 가져온 소지품을 감추려고 할 때보다 훨씬 성장했으니까." 두 사람은 예전 기억을 떠올리며 미소 지었다. "잘할 수 있을 거야." 조시가 단호하게 말했다. "예전보다 훨씬 강한 사람이 됐으니까. 이제 폭발물 훈련 하러 가야지. 디글스비 교수가 오늘은 또 어떤 걸 박살 낼지 벌써 궁금한데." 조시는 곧바로 방문을 나섰다. 마리에게 같이 갈 거냐고 묻거나 함께 가자고 기다려 주지도 않았다. 순간 마리는 조시가 벌써 멀리 떠나 버린 기분이 들었다.

마리는 호수 위로 출렁이는 시커먼 물살을 바라보며 침대에 가만히 앉아 있었다. 바람이 휩쓸고 지나간 언덕 뒤로 잿빛 하늘이 펼쳐져 있었다. 이대로 꼼짝도 하지 않는다면 아무것도 변하지 않을지도 모르겠다. 조시가 작전 현장에 가지 않아도 되고, 훈련소를 떠날지 계속 남을지를 놓고 끔찍한 결정을 하지 않아도 되겠지. 고된 훈련에도 불구하고 소녀들은 이곳에 완전히 동떨어진 세계를 만들었고, 덕분에 바깥세상의 위험과 슬픔을 잠시나마 잊고 살 수 있었다. 이제 그 세상은 사라져 버렸다.

마리는 다른 세상에서 가져온 유물들이 담긴 가방을 가만히 내려다보았다. 몇 주 동안 꿈꿔 온 과거의 삶을 다시 찾을 수도 있었다. 하지만 거대한 방을 가만히 둘러보고 나서야 이제 그녀는 더 커다란 무언가의 일부가 되었음을 깨달았다. 다른 소녀들하고 훈련과 힘든 생활을 함께 견디며 커다란 천조각처럼 하나로 엮여서 스스로는 떼어 낼 수 없어져 버리고 만 것이다.

마리는 가방으로 뻗었던 팔을 접으며 속삭였다. "아직 아니야." 가방을 닫고 다른 소녀들이 있는 곳으로 달려갔다.

# 8
## 그레이스

가방이 사라졌다.

그레이스는 그랜드센트럴역 중앙홀에 꼼짝도 하지 않고 그대로 서 있었다. 아침만 해도 여행 가방이 놓여 있던 벤치 밑을 멍하니 쳐다보는 사이, 주변으로 일과를 끝낸 통근객들이 소용돌이치듯 빠져나갔다. 잠시였지만 그저 꿈을 꾼 게 아닐까 싶은 생각이 들었다. 하지만 가방에서 몰래 꺼낸 사진 뭉치가 아직도 묵직하게 그녀의 손바닥에 놓여 있었다. 아니, 그레이스가 일하러 간 사이에 누군가 그 가방을 치웠거나 가지고 간 게 분명했다.

사실 가방이 제자리에 없다고 해도 그렇게까지 놀랄 일은 아니었다. 어차피 그 가방의 주인은 따로 있었고 몇 시간이나 역에 팽개쳐졌으니까. 누군가 나타나서 자기 가방이라고 나서는 것이 오히려 자연스러운 일 아닌가. 하지만 이렇듯 가방이 쥐도 새도 모르게 사라져 버리고 나니 미스터리는 더욱 복잡하게 꼬이고 말았다. 그레이스는 가방에서 꺼낼 때부터 어딘지 찜찜한 기분이 들었던 사진 뭉치를 쥔 손을 내려다보았다.

"잠시만요." 그레이스는 지나가는 흑인 짐꾼을 불러세웠다.

그는 빨간색 운반용 카트를 그녀 쪽으로 돌리며 멈추어 섰다.
"네, 부인?"

"짐 가방을 찾으려고 하는데요."

"보관 중인 짐이라면 제가 찾아다 드리겠습니다." 짐꾼이 손을
내밀었다. "표를 보여 주시겠어요?"

"아니, 그게 아니고요. 사실 제 가방이 아니에요. 아침까지만 해
도 벤치 아래 짐 가방이 놓여 있었거든요. 저쪽에요." 그녀가 손
가락으로 가리켰다. "그 가방이 어디로 갔는지 찾고 싶어서요. 갈
색이고 옆부분에 이름이 적혀 있어요."

짐꾼은 당황스러운 표정을 지었다. "본인 가방이 아니라면서
왜 찾으려고 하는 거죠?"

좋은 질문이군. 그레이스는 그냥 사진 이야기를 해 버릴까 하
다가 결국 그러지 않기로 하고 둘러댔다. "가방 주인을 찾고 싶
어서요."

"표가 없으면 도와드릴 수 없어요. 그러지 말고 유실물보관소
에 가서 물어보는 게 어때요?"

유실물보관소는 복작거리는 위층 세상에서 완전히 동떨어져
조용하고 퀴퀴한 냄새가 풍기는 아래층 구석 자리에 있었다. 조
끼를 입고 챙 모자를 쓰고 구레나룻이 하얀 나이 든 남자가 접수
대에 앉아 신문을 읽고 있었다. "짐 가방을 찾으러 왔는데요. 갈
색이고 옆쪽에 이름이 적혀 있는 가방이에요."

직원은 입가에 물고 있던 불을 붙이지 않은 시가를 입에서 빼

며 되물었다. "언제 분실했죠?"

"오늘요." 그레이스는 자신의 대답이 어느 정도는 진실이라고 느끼며 말했다.

남자는 뒤쪽 사무실로 사라졌고 뭔가 뒤적거리는 소리가 요란하게 들렸다. 잠시 후 남자는 접수대로 돌아오며 고개를 가로저었다. "없는데요."

"확실한가요?" 그레이스는 남자의 어깨너머로 고개를 쭉 내밀어 벽 반대편에 놓인 가방 무더기와 분실물을 눈으로 살피며 되물었다.

"네." 그는 접수대 밑에서 원장을 꺼내 활짝 펼쳤다. "역에서 발견된 유실물은 전부 이곳에 보관하게 돼 있어요. 어제까지는 여행 가방이 들어왔다는 기록이 없네요."

그렇다면 왜 사무실까지 가서 가방 찾는 시늉을 했던 걸까? "여행 가방처럼 커다란 물건을 잃어버리는 일이 자주 있나요?"

"유실물보관소에 도착하는 물건들이 어떤 건지 알면 깜짝 놀랄 겁니다. 가방, 상자부터 자전거, 심지어 강아지도 잃어버리는걸요." 남자가 대답했다.

"그럼 모두 이곳에서 보관하는 건가요?"

"강아지만 빼고요. 동물은 시에서 운영하는 동물보호소로 보내죠. 여기 이름이랑 연락처를 적어 두세요. 여행 가방이 들어오면 곧바로 연락해 줄 테니까."

"그레이스 플레밍이에요." 그녀는 반사적으로 처녀 때 사용하던 성을 말해 버렸다. 순간 자신이 뱉은 말에 얼굴이 붉어졌다. 벌써 톰을 까맣게 잊었고 톰과 결혼했다는 사실 자체가 없는 일이 돼 버린 걸까?

그레이스는 접수대 직원이 가리킨 원장에 하숙집 주소를 정신없이 써 내려갔다. 그러고는 서둘러 접수대를 벗어나 계단으로 걸음을 옮겼다. 다시 지상층에 도착하자 중앙홀을 가로질러 벤치 쪽으로 가서 걸음을 멈추고 아침까지 여행 가방이 있던 아래쪽을 빤히 쳐다보았다. 가방을 놓고 간 걸 알고 가방 주인이 돌아왔겠지. 가방을 열고 사진 뭉치가 없어진 걸 알아챈 주인의 모습을 떠올리자 갑자기 죄책감이 밀려왔다.

그레이스는 불안한 듯 주인을 잃은 사진 뭉치를 손바닥에 쥐고 있었다. 유실물보관소로 가서 사진 뭉치를 발견했다며 맡겨 둘 수도 있었다. 어쨌거나 그녀의 사진이 아니니까. 그러고 나면 이 일에서 완전히 손을 털어 버릴 수도 있을 것이다. 하지만 주인을 잃은 사진 뭉치는 묵직한 무게감을 뿜내며 손바닥에 버티고 있었다. 그레이스는 가방에서 사진 뭉치를 멋대로 꺼낸 것에 책임감을 느꼈다. 지금쯤 주인도 사진의 행방을 궁금해할 것이다. 어쩌면 사진을 잃어버리고 당혹스러워할지도 모르겠다. 안 돼. 그레이스는 유실물보관소에 사진을 내팽개치는 대신 책임지고 주인에게 직접 돌려주기로 마음먹었다.

대체 어떻게 돌려준단 말인가? 가방은 쥐도 새도 모르게 사라져 버렸고, 그레이스는 그 가방의 주인이 누구인지, 누가 그 가방의 주인이라고 나설지 전혀 감을 잡을 수 없었다. 아니, 전혀 모르는 건 아니었다. 가방 옆쪽에 적힌 '엘레노어 트리그'라는 이름이 떠올랐다. 게다가 사진에 투명한 무늬 같은 것도 찍혀 있지 않은 가. 그레이스는 누가 쳐다보기라도 하는 것처럼 슬그머니 봉투를 열었다. 런던, 오닐. 가방의 주인이 런던에서 왔거나 적어도 런던에서 찍은 사진이라는 의미였다. 어쩌면 영국 영사관으로 사진을 가져가야 하는지도 모르겠다.

하지만 기차역 한가운데 걸린 시계는 이미 5시 30분을 가리켰고, 이제는 통근객도 현저히 줄어든 터였다. 지금쯤이면 영사관도 문을 닫았을 것이다. 순간 피로감이 확 몰려들었다. 이틀이나 비워 둔 조그만 하숙방으로 돌아가서 뜨끈한 물에 몸을 담근 채 골치 아픈 일은 모두 잊고 싶은 심정이었다.

뱃속에서 꼬르륵 소리가 들렸다. 그레이스는 기차역을 나와서 길 건너편의 커피숍으로 향했다. 커피숍 '루스'의 간판 중 절반은 이미 오래전에 고장 난 상태였다. 오늘은 멋들어진 식당에서 스테이크를 먹을 수 없었다. 이제 외식을 최대한 줄이는 대신 간단히 장을 보고 하숙집 주방에서 만들어 먹으며 생활비를 아껴야만 했다. 지금까지는 검소함과 동떨어진 삶을 살았건만, 도시에서 지낸 지난 몇 달 동안 점점 수중에 가진 돈이 줄어드는 터라 어떻게든 검소한 삶을 배워 나가려고 노력해야 하는 지경에 이르렀다.

그레이스는 텅 빈 계산대 옆 좌석에 자리를 잡았다. "그릴 치즈 샌드위치하고 콜라 한 잔 주세요." 머릿속으로 지갑에 남은 동전까지 전부 헤아려 보고 이 정도면 충분하겠다 싶어 주문했다.

여점원이 음료수 기계에서 주문한 콜라를 담는 사이, 그레이스의 시선은 계산대 위쪽에 걸린 TV로 향했다. 화면에 그랜드센트 럴역의 이미지가 스치고 지나갔다. 뉴스는 오늘 오전 기차역 앞에서 차에 치여 사망한 여성의 소식을 전하고 있었다.

"볼륨 좀." 그레이스는 급한 마음에 예의조차 갖추지 못하고 불쑥 입을 열었다. 뉴스진행자의 말이 이어졌다. "오늘 오전 9시 10분, 사고가 발생했고……." 그레이스가 기차역에 도착하기 불과 몇 분 전 일이었다. 그리고 짙은 머리칼을 뒤로 넘긴 칙칙한 얼굴이 화면에 보였다. "이번 차 사고의 피해자는." 진행자가 말을 이었다. "영국인 엘레노어 트리그로 확인됐습니다."

여행 가방 옆에 적힌 이름이 차 사고로 사망한 여자의 이름이라는 걸 깨닫자 그레이스는 그대로 얼어붙었다. 그녀가 가져온 사진 뭉치의 주인인 엘레노어 트리그는 바로 오늘 오전 자동차 사고로 세상을 떠난 사람이었다.

# 9
## 마리

*1944년, 영국*

마리는 탱미어비행장 막사의 방에 앉아 있었다. 며칠 동안 똑같은 옷을 입어야 하는 터라 모직 외출복이 땀에 젖지 않게 하려고 애썼다. 기다리는 동안 준비된 서류들을 다시 확인했다. 신분증과 배급카드 그리고 여행허가증과 취업허가증까지. 전부 위조된 서류였고, 그래서 더 완벽해야 했다.

현장으로 배치되기 전에 대기하는 건 오늘이 처음은 아니었다. 불과 3일 전만 해도 뿌연 안개가 낮게 위협적으로 대기를 가득 채우는 모습을 바라보면서 내내 대기했다. 그날 밤에는 비행기가 절대로 이륙할 수 없을 거란 생각이 들었다. 그런데도 여행 가방을 들고 주어진 책임에 최선을 다하며 대기 중인 자동차를 향해 뚜벅뚜벅 걸어갔다. 임무가 취소되었다는 통보를 받기 전까지는 어쨌거나 대기 중인 비행기 옆까지 가야만 했다.

지금 마리는 다시 한번 방에 앉아 오늘 밤을 촉촉하게 적실 빗방울이 비행 취소로 이어지지 않기를 간절히 바랐다. 엘레노어가 아리사이그하우스에 나타나서 모두 포기하고 집으로 돌아갈 기회를 준 날로부터 한 달여가 지났다. 가끔은 자신이 옳은 선택을 한 건지 의문이 들 때가 있었다. 매일 밤 잠자리에 들기 전이면 또다시 집으로 돌아갈 기회가 주어질지도 모른다고 자위하곤 했다. 하지만 스코티시하일랜드의 상쾌한 아침 공기, 호수 주변을 돌아 가파른 언덕을 오를 때 느껴지는 촉촉한 공기의 뭔가 특별한 것이 마리의 영혼을 완전히 사로잡아 버렸다. 바로 그곳이 마리가 있어야 할 자리였고, 이제 와서 포기할 수는 없었다.

마리가 떠날 수 없도록 붙잡은 것이 스코틀랜드의 시골 정경만은 아니었다. 물론 돈 때문만도 아니었다. 조시가 작전 지역에 배치된 후로 마리의 내면에서 무언가가 바뀌었다. 폭파 훈련에도 죽어라 매달리기 시작했고 어떤 전선을 어디에 연결해야 하는지, 나무 밑동 어디에 폭발물을 설치해야 원하는 방향으로 나무가 쓰러지는지, 어떻게 해야 최대치의 파괴력을 가져올 수 있는지 이해하려고 젖먹던 힘까지 다했다. 암호를 더욱 빠르게 입력하는 기술도 터득하려고 애썼다. "화장실에 들어간 잠깐 동안 최대한 빨리 암호를 전송할 정도가 돼야 다른 사람들의 의심을 피할 수 있어." 언젠가 부관이 한 말이었다. 사흘 밤낮을 먹을 것 하나 없이 야외에서 버티는 훈련도 완벽히 마쳤다. 음식이 없으니 덫을 놓거나 숲속의 동물 사체를 뒤져서 어떻게든 허기를 달래야만 했다. 다른 훈련생들이 마리의 행동을 지켜보고 그대로 따르는 것도 느낄 수 있었다. 조시의 빈자리를 그녀가 대신하는 것 같다고 할까. 결국 마리는 자신의 역할에 완전히 집중했고, 한때 두려움의 대상이던 훈련에서도 마침내 성공을 거둘 수 있었다.

그리고 일주일 전, 아침 달리기를 하기 전에 아리사이그하우스 사무실에서 호출을 받았고 당장 짐을 챙기라는 지시가 내렸다. 워낙 급작스러운 출발 명령이라 다른 훈련생들과 작별 인사를 나눌 틈조차 없었다. 별다른 설명도 없이 입을 다문 운전기사가 모는 검은색 세단 자동차가 도착했다. 차에 올라 바위투성이 해안가를 등지고 가면서 마리는 이대로 고향으로 돌아가는 건 아닐까 생각했다. 하지만 검은색 세단은 작전 지역에 배치되기 전 마지막 준비를 마칠 수 있도록 시골 어디쯤 위치한 서섹스 서쪽의 공군비행장 앞에 내려 주었다. 서류상 기록이 전혀 남지 않는 비밀 임무를 수행하는 것인데도 배치 직전에 끝도 없는 서류 작업을 마무리해야 한다는 점 자체가 도무지 이해되지 않았다.

공군비행장에 도착한 다음 날, 누군가 마리의 방문을 두드렸다. "엘레노어." 아리사이그하우스에서 만난 뒤로 처음 만나는 자리였다. 엘레노어는 첫 만남에서 훈련생을 채용하는 담당자라고 말한 것보다 더욱 커다란 역할을 차지한 인물이었다. 사실상 그녀는 특수작전국 내부에서 여성 요원과 관련된 모든 일을 전담했다.

엘레노어는 마리가 머무는 비행장 막사에서 그리 멀지 않은 외딴 건물의 사무실로 마리를 안내했다. 그리고 와인 한 병을 꺼내 들었다. 대낮부터 술을 마시려는 건가 싶어 이상한 기분이 들었다.

하지만 이번에는 와인을 마시려는 게 아니었다. 대신 와인을 감싸고 있던 신문지를 펴더니 첫 번째 페이지를 유심히 읽어 내려갔다. "아, 리옹에서 배급카드가 바뀌었군!" 엘레노어의 관심을 끄는 건 와인이 아니라 와인병을 감싸고 있던 신문에 적힌 뉴스였다. 엘레노어는 계속 말을 이었다. "시시각각 벌어지는 모든 문제에 촉각을 곤두세워야 해. 시대에 뒤떨어진 정보는 아무 정보가 없는 것보다 더 무의미한 거니까. 적어도 하루 두 번은 신속하게 소식이 전해질 거야. 그리고 뉴스뿐 아니라 여러 방면에서 다양한 소식을 접하는 것이 중요하다는 걸 절대로 좌시해서는 안 돼." 마리는 고개를 한쪽으로 기울였다. 엘레노어가 덧붙여 설명했다. "뉴스나 마을 사람들에게서도 여러 정보를 얻을 수 있을 거야. 보통은 잡다한 정보 수집이라고들 부르는데, 매우 평범한 일상에서 조금씩 정보를 수집하는 거지. 기차나 군대의 움직임처럼 직접 맨눈으로 확인할 수 있는 정보도 그런 거야. 독일놈들이 은행에서 현금다발을 찾아 나온다는 건 어디론가 작전을 나간다는 신호인 것처럼." 마침내 엘레노어가 신문 위로 고개를 들었다. "앞으로 네 이름은 르네 디마레야. 라임 서부의 작은 마을 에페르네 출신이고." 서론 없이 본론부터 시작되었다.

그제야 마리는 위장 신분에 대해 설명하는 것임을 깨달았다. 두려움과 흥분감이 가슴을 채웠다. "결국 저를 보내기로 한 건가요?"

"본래 계획된 거였어. 그 전에 확인하고 싶었던 거지." 엘레노어는 짧게 대답했다.

"저를요?" 엘레노어가 고개를 끄덕였다. 마리는 이제 확신이 생겼느냐 묻고 싶었지만 어떤 대답이 나올지 두려웠다.

"그러니까 앞으로 네 신분은……." 엘레노어의 말이 이어지자 흥분감 대신 두려움이 마리의 온몸을 채웠다. 위장 신분은 작전 지역에 배치되기 직전의 단계였다. 사실 훈련 과정에서 위장 신분에 대해 마지막으로 알게 된다는 걸 듣고는 적잖이 놀랐다. 위장 신분을 미리 알아야 그 신분에 맞춰 최대한 자연스럽게 행동할 수 있지 않을까 싶었기 때문이다. 하지만 특수작전국에서는 훈련소에 모인 사람들이 서로에 대해 지나치게 많은 정보를 나누고 위장 신분에 대해 이렇다 저렇다 이야기하는 걸 원치 않았다. "가족들은 초반의 대공습에서 모두 사망했다고 말하면 돼." 엘레노어가 설명을 이어 갔다. "지금은 돌아가신 숙모님이 물려준 아파트에서 사는 거고."

"혹시라도 에페르네에 사실을 확인한다면······."

"불가능해. 불이 나서 기록이 전부 타 버렸으니까." 일부러 과거의 기록을 확인할 수 없는 지역을 선택한 것이었다. 엄청난 고민과 세심함이 더해졌다. "놈들에게 체포된다고 해도 끝까지 신분을 위장해야 해. 그게 불가능해지면 이름과 신분 정도까지만이라도. 그 이상은 안 돼. 그렇게 48시간은 버텨야 해. 그사이 다른 요원들이 그로 인한 피해를 수습할 수 있을 테니까."

"그러고 나서요?"

"그러고 나면 너를 끝장내겠지. 앞으로 네가 파견될 지역은 독일군 최고 간부인 한스 크뤼거가 지휘하는 곳이니까. 그자가 바로 나치 친위보안대, 즉 독일첩보국의 총책임자야. 무자비하기로 악명이 높은 데다 영국 특수요원을 하나도 남기지 않고 색출하기 위해 혈안이 됐지. 혹시라도 여자라고 해서 특별히 다르게 대해 줄 거란 기대는 하지 마. 놈들에게 붙잡히면 온갖 고문을 당할 거고, 아는 걸 전부 털어놨다고 판단하면 곧바로 죽여 버릴 테니까. 만약 그런 경우가 닥치면 놈들 손이 아니라 직접 목숨을 끊어야 해." 엘레노어는 눈 한 번 깜빡이지 않고 가만히 그녀를 응시했다. 마리는 자신의 감정을 최대한 얼굴에 드러내지 않으려고 애썼다. 그런 부분에 대해서는 미리 경고를 받았지만 언제 들어도 적응하기 쉽지 않은 이야기였다. 엘레노어가 말을 이었다. "라이샌더 경비행기를 타고 갈 거야."

"그럼 낙하산 훈련을 받은 건요?" 마리가 되물었다. 일부 훈련생이 낙하산을 타고 작전 지역에 투입됐다는 소식을 들은 적이 있었다.

엘레노어가 고개를 저었다. "시간이 없어. 되도록 빨리 작전 지역에 도착해야 해." 조시도 급하게 갔는데. 대체 무엇 때문에 이리도 서두르는 걸까? "작전 지역에 침투해서 이동해야 하니까. 베스퍼 네트워크에 무선통신원으로 투입될 거야. 베스퍼는 프랑스 전 지역에 퍼져 있는 우리에게 가장 중요한 팀이야. 대대적이고 공격적인 방해 공작을 펼치는 만큼 무선기로 교신할 일이 잦은 편이지. 베스퍼가 주둔한 지역이 프랑스에서도 독일군이 가장 많이 모인 곳이기도 하고. 그러니까 독일 비밀경찰 눈에 띄지 않도록 최대한 몸을 숨겨야 해." 엘레노어의 목소리는 강렬함을 더하면서 더욱 날카로워졌고 집중도가 높아짐에 따라 동공까지 수축했다. "무슨 뜻인지 이해하겠어?"

마리는 모든 정보를 머릿속에 담으며 고개를 끄덕였다. 하지만 왠지 모를 이상한 감정이 온몸에 퍼졌다. 앞으로 자신에게 주어진 임무에 대해 아는 건 여기까지였다. 어떻게 보면 모든 부분을 세세하게 알지 못하는 편이 나을지도 모른다.

"베스퍼를 위해 일한다고 생각하면 돼." 엘레노어가 정리해서 말했다. "예전에 마르세유에 참전했고, 그 외에도 여러 전투에서 활약했어. 훌륭한 지휘관이지. 네가 최대한 능력을 발휘해 줄 거라고 기대할 거야."

"다른 사람들한테 그랬던 것처럼요." 마리는 대답한 후에야 실수란 걸 깨달았지만 너무 늦었다. 전에는 감히 엘레노어를 상대로 말장난을 한 적이 없기에 지나치게 친밀감을 표했다는 질책이 이어질 거라 예상했다.

하지만 마리보다 나이가 많은 엘레노어는 그저 웃어 보일 뿐이었다. "그 말은 호의로 해석하지." 마리는 엘레노어가 무례하지도 사악하지도 않다는 걸 그제야 깨달았다. 소녀들이 본인 혹은 다른 사람들의 목숨을 좌우할 수 있는 사건을 감당하지 못할 걸 걱정해서 일부러 가혹하게 대한 것뿐이었다.

오래전 엘레노어와 나눈 대화를 떠올리는 찰나 누군가 문을 노크하는 소리가 들렸다. "네?" 마리가 자리에서 일어나기도 전에 끼익 소리와 함께 문이 열렸다.

"영구차가 도착했어요." 남자가 보고했다. 마리는 자신을 비행기까지 데려다줄 이동 수단을 영구차라고 부른다는 사실에 순간 움찔했다. 남자는 방으로 들어오더니 스코틀랜드에서부터 사용하던 마리의 무선통신기가 든 상자를 집어 들었다.

엘레노어는 막사 앞 시커먼 어둠 속에서 기다리고 있었다. 그녀의 손끝에서 붉은 담배가 타들어 가는 모습을 보고 마리는 살짝 놀랐다. 엘레노어는 아무 말 없이 검은색 복스홀(영국의 자동차 브랜드-옮긴이)을 향해 걷기 시작했고, 마리도 그 뒤를 따라가 가방을 기사에게 건넸다. 두 사람은 자동차 뒷좌석에 몸을 실었다. "파리의 통금시간이 9시 30분으로 바뀌었어." 엘레노어는 군부대에 내려앉은 어둠을 가로지르는 차 안에서 말했다.

순간 재채기가 나왔다. 마리는 주머니를 뒤적였다. 손가락 끝에 뭔가 이상한 것이 닿았다. 꺼내 보니 프랑스어가 적힌 양복점 영수증과 찢어진 영화표가 나왔다. 이렇게 소소한 소품들은 결국 진실을 창조하기 위한 것이었다.

"여기." 엘레노어가 조그만 손가방을 건넸다. 콤팩트와 립스틱 그리고 지갑이 들어 있었다. 마리는 단순한 화장품 가방이 아니라는 걸 깨달았다. 언젠가 아리사이그하우스의 디글스비 교수 강의에서 본 것처럼 작전 지역에 배치된 뒤 목숨을 부지하기 위해 사용해야 하는 생존 수단들이었다.

두 사람을 태운 자동차는 환한 조명이 비추는 영국 공군 검색대를 지나서 비행장 한쪽 구석에 멈췄다. 마리는 차에서 내려 기사가 가방을 내려놓은 트렁크 쪽으로 걸어갔다. 미리 챙겨 온 무선통신기가 든 상자를 집으려는데 엘레노어가 다가오더니 그녀를 막았다.

"이걸 가져가야 하는데……." 마리가 말끝을 흐렸다.

"이건 너무 무거워서 경비행기에 싣지 못해. 나중에 따로 보내줄게."

"하지만……." 마리는 좀처럼 수긍하지 못했다. 지난 몇 달 동안 한몸처럼 지내다 보니 그 기계와 하나로 연결된 것처럼 느껴졌기 때문이다. 마리에게는 갑옷과 같아서 그 무선통신기 없이는 맨몸이나 다름없었다. 하지만 무선통신기가 든 상자를 마지못해 건네주고, 고개를 들어 시꺼먼 타맥이 깔린 활주로에 세워진 자그마한 라이샌더 경비행기를 쳐다보았다. 대체 어떤 비행기기에 마리와 13킬로그램밖에 안 되는 무선통신기를 프랑스로 안전하게 운반할 수 없단 말인가?

"다음 비행기로 안전히 도착할 수 있게 해 줄게." 엘레노어가 약속했다.

"그럼 어떻게 찾을 수 있죠?" 마리가 미심쩍은 말투로 물었다.

"너한테 가져다줄 거야." 엘레노어가 다시 한번 그녀를 안심시켰다. "걱정하지 마. 뛰어난 요원들이니까."

그 뛰어난 '요원들'이 누군지 알게 뭐람. 지금 그녀가 아는 이름이라고는 베스퍼라는 암호명 하나뿐이었다. 그것 말고는 아무것도 아는 게 없었다.

두 사람은 비행장 가장자리에 서 있었고, 잔디의 축축한 물기가 마리의 스타킹 발목까지 적셨다. 은은하고 달큼한 때 이른 산딸나무 향기가 들판을 가로질러 촉촉하게 퍼졌다. 엘레노어는 마리의 소맷자락이 제대로 접혀 있는지 다시 확인했다. 언제나처럼 차분하고 아무 감정이 느껴지지 않는 모습이었다. 하지만 마리의 옷깃을 가다듬는 그녀의 손가락은 살짝 떨렸고, 다소 긴장한 탓인지 윗입술에 촉촉하게 땀이 맺힌 걸 볼 수 있었다. 그걸 보고 그 어느 때보다 겁을 먹은 마리는 차라리 보지 않았더라면 싶었다.

마침내 엘레노어는 마리를 비행기 쪽으로 데려갔다. 비행기 옆구리에는 '타격 순서'라는 글자와 함께 누군지 알아보기 힘든 이름들이 나란히 적혀 있었다. "저게 뭐예요?" 마리가 물었다.

"착륙장에 도착한 요원 중에서 비행기에 먼저 탈 수 있는 순서를 적어 둔 거야. 최대 탑승 인원이 세 명이고 1분 이상은 대기하지 못하니까."

마리는 더럭 겁이 났다. 마리는 프랑스로 떠나지만, 자기 말고도 수많은 사람이 탈출할 순서만 기다리고 있다는 뜻이었다. 순간 언제쯤이면 영국으로 돌아오는 비행기에 몸을 싣고 테스를 만나러 올 수 있을지 궁금해졌다. 반드시 돌아올 수 있다는 확신이 없었다면 절대로 테스만 두고 멀리 떠나지 않았을 것이다.

"자, 여기." 엘레노어는 고무줄로 깔끔하게 묶은 프랑스 주화 더미를 건넸다. "주급 중 절반은 프랑스에 도착하면 바로 지급될 거야. 그걸로 필요한 물건을 사면 돼. 나머지는 영국에 돌아오면 파운드로 한 번에 줄 거야." 잠시 침묵했다가 말을 이었다. "그리고 하나 더." 엘레노어가 손바닥을 펼쳐서 마리 앞으로 내밀었다. 마리는 그동안 테스를 보려고 몰래 가지고 다닌 나비 목걸이를 달라는 뜻이라는 걸 알아챘다.

마리는 마지못해 목에 건 목걸이를 뺐다. 지금까지 몇 달 동안 외로운 훈련 과정을 거치면서 유일하게 가지고 있던 지나간 삶의 추억이었다. 이제 그마저도 마리에게서 빼앗아 가려는 것이다. 하지만 다른 선택의 여지가 없다는 걸 잘 알고 있었다. 이제는 떠나보내야 할 때가 됐다.

"내가 잘 보관할게." 엘레노어는 목걸이가 아닌 뭔가 대단한 걸 보관하는 사람처럼 말했다. 마리는 손가락에 걸려 있던 목걸이를 그녀의 손에 넘겼다. "대신 이걸 가지고 있어." 엘레노어는 은빛 새가 달린 목걸이를 꺼내서 내밀었다. 마리는 깜짝 놀랐다. 하지만 그건 선물이 아니었다. 엘레노어가 새 장식을 비틀자 청산가리 캡슐이 튀어나왔다. "마지막 친구야." 엘레노어가 설명했다. "최대한 빨리 삼켜야 해. 독일놈들이 청산가리 냄새를 맡는 순간 곧바로 토해 내게 만들 테니까." 마리는 움찔했다. 물론 청산가리 캡슐에 대한 훈련은 받은 적이 있었다. 적군에게 체포되어 더 이상 말하지 않고는 버티지 못할 지경이 되면 스스로 목숨을 끊어야 했다. 하지만 진짜로 그런 일을 해야 할 상황이 오리라고는 상상조차 하지 못했다.

마리는 마지막으로 엘레노어를 쳐다보았다. "고마워요."

엘레노어는 턱에 주름이 잡힐 정도로 살짝 힘을 주는 것으로 대답을 대신했다. "고맙다는 인사는 임무를 완수하고 나서 그때 해." 그녀는 마리의 손을 잡더니 평상시보다 더 오래 쥐고 있었다. 그러고는 다시 몸을 돌려서 비행장을 가로질러 걸어갔다.

마리는 뻣뻣한 몸으로 비행기가 있는 쪽을 향해 걸음을 옮겼다. 생전 처음으로 비행기를 타는 데다 둥근 유리 뚜껑에 철제 몸통의 기묘한 모양 하며 뭔가 어설퍼 보이는 경비행기를 타야 했다.

조종석에 앉은 남자가 빨리 타라는 듯 급하게 손짓했다. 마리는 공군 조종사가 비행기를 몰 줄 알았는데, 구불거리는 긴 머리카락을 목덜미까지 늘어뜨리고 미국식 항공 재킷을 걸친 남자였다. 게다가 얼굴은 온통 턱수염으로 덮여 있었다. 정말 이 남자가 그녀를 프랑스까지 태우고 간단 말인가? 마리는 좁다란 비행기 문 틈새로 몸을 밀어 넣으면서 어깨너머로 엘레노어가 떠난 쪽을 다시 쳐다보았다. 그녀는 이미 비행장을 가로질러 자취를 감춘 후였다.

마리는 비좁은 뒷좌석에 몸을 끼워 넣고 손을 더듬거리며 안전띠를 찾았지만 아무리 찾아도 없었다. 이륙을 돕는 지상 근무 직원이 밖에서 문을 닫고 난 후에야 겨우 엉덩이를 붙이고 앉을 수 있었다.

"작전이 변경됐어요." 조종사는 자기 소개도 없이 불쑥 말을 꺼냈고, 말투로 보아 아일랜드 사람 같았다.

순간 마리는 온몸에 소름이 돋았다. "어떻게요?"

"계기 착륙을 할 거예요." 그는 난생처음 보는 다이얼과 게이지 수십 개가 달린 조종판 쪽으로 고개를 돌렸다. 마리는 투명한 유리 너머로 비행기 앞쪽에 달린 프로펠러가 서서히 돌아가는 걸 볼 수 있었다. 비행기가 울퉁불퉁한 바닥을 넘으며 심하게 흔들리는 통에 온몸이 요동치는 가운데 앞으로 달려가기 시작했다.

"그게 뭔데요?" 마리는 단어의 뜻을 제대로 이해하지 못해 되물었다. 만약 그녀가 아는 게 맞는다면 마중 나오는 사람 하나 없이, 예정된 대로 베스퍼 팀과의 랑데부를 도울 사람도 없이 맨몸으로 프랑스 한복판에 착륙해야 한다는 뜻이었다. "하지만 누군가 데리러 나올 거라고 했는걸요."

조종사는 어깨를 으쓱해 보였다. "본래 현장에 나가면 계획대로 되는 일이 없어요. 뭔가 일이 터져서 마중 나오면 매우 위험할 상황에 부딪혔나 보죠." 그렇다면 어떻게 프랑스 한가운데 안전하게 착륙할 수 있단 말인가? 순간 지금이라도 모든 걸 취소하고 돌아가고 싶은 심정이었다. 하지만 비행기는 서서히 속도를 높였고, 귀청이 떨어져 나갈 정도로 요란한 소음을 내며 엔진이 돌아갔다. 마리는 발밑으로 대지가 서서히 멀어지는 모습을 보며 눈물이 솟구치는 걸 가까스로 참았다. 난생처음 이상야릇한 기분을 느끼면서 두려움조차 잊어버리고 말았다. 그저 창밖을 보며 엘레노어의 뒷모습이라도 찾고 싶었을 뿐. 하지만 엘레노어도 복스홀도 이제 완전히 시야에서 사라져 버렸다. 마리와 영국 사이의 거리는 시시각각 멀어지기 시작했다. 이제는 다시 돌아갈 수 없어져 버렸다.

비행기가 가파른 각도로 하늘을 향해 솟구쳐 오르자 마리는 갑자기 속이 뒤틀리면서 이러다가 비행기 멀미를 하는 주인공이 되지는 않을까 하는 생각이 퍼뜩 떠올랐다. 훈련 중에 배운 대로 얕은 숨을 내쉬며 시커멓게 암전이 된 가운데 군데군데 자리 잡은 집들을 내려다보았다. 북쪽으로 멀리까지 내다볼 수 있다면 엘리의 오래된 목사관, 비스듬한 서까래 아래 다락방에서 두툼한 격자무늬 이불을 덮고 곤히 잠든 딸아이의 모습을 볼 수 있지 않을까 상상해 보았다.

마리도 조종석에 앉은 남자도 아래윗니가 딱딱 부딪칠 정도로 끊임없이 돌아가는 요란한 엔진 소리를 비집고 대화를 나눌 엄두를 내지 못했다. 기내 공기가 점점 더 차가워져 온몸이 얼어붙을 지경이었다. 비행기 아래 세상은 빈틈없이 검게 칠한 종이처럼 펼쳐져 있었다. 은빛 리본은 신호등 불빛처럼 검은 종이 위를 가로지르고, 영국해협의 물살은 누구의 규칙이나 등화관제 신호에도 아랑곳하지 않고 환한 달빛을 받으며 반짝였다.

갑자기 비행기가 급속도로 하강하더니 왼쪽으로 가파르게 몸을 틀었다. 마리는 예상치 못한 회전 속도를 이기지 못해 굴러떨어지지 않으려고 최대한 힘을 주어 의자를 붙잡고 버텼다. 이렇듯 거친 비행을 하리라고는 전혀 예상치 못했다. 마리는 불안감을 감추기 위해 애썼지만 온몸이 식은땀으로 촉촉이 젖어 버렸다. "무슨 문제라도 있어요?" 마리가 외쳤다. 조종사의 얼굴이 공포에 질린 건 아닐까 싶어 당장이라도 얼굴을 확인해 보고 싶은 심정이었다.

조종사는 조종대에서 고개도 돌리지 않은 채 고개를 좌우로 저었다. "본래 이 비행기를 타면 공기 중의 모든 걸 느낄 수 있어요. 그게 라이샌더 기종의 매력이죠. 워낙 느리고 작아서 독일군이 새총을 쏴도 맞힐 정도거든요." 그러더니 조종간 패널을 손바닥으로 두드리며 말을 이었다. "하지만 나로 말하자면 이 녀석을 모기 엉덩이 한가운데는 물론 460미터 반경 안에 정확히 착륙시킬 수 있으니까." 마리는 예의라고는 찾아볼 수 없는 무례한 말투에 얼굴을 찡그렸지만, 조종사는 한마디 사과조차 하지 않았다.

이윽고 두 사람이 탄 비행기가 프랑스 해안에 가까워지자 조종간을 앞으로 밀었다. 비행기가 점점 아래로 내려가면서 앞이 보이지 않을 정도로 짙은 안개가 주위를 감쌌다. 조종사는 아래쪽 시야를 확보하기 위해 고개를 창문 쪽으로 쑥 내밀었다. 마리는 설마 눈으로만 착륙할 장소를 살피는 건 아니겠지, 하고 생각했다.

"아무래도 다시 돌아가야겠어요." 조종사가 진지하게 말했다.

"안개가 걷힐 때까지 기다리면 안 돼요?" 마리는 안도감과 실망감을 동시에 느끼며 되물었다.

남자는 고개를 저었다. "동이 트기 전에 연합군 상공으로 돌아가야 해요. 프랑스 영공에서 발각되는 날에는 높이 비행하지도 빠르게 도망치지도 못하고 적군의 총알 세례를 받을 거예요." 마리는 두려움으로 온몸에 소름이 돋았다. 지상에 착륙하기도 전에 죽을지도 모른다. 조종사는 저만치 아래를 내려다보며 미간을 찌푸렸다. "제대로 온 것 같아요. 거의 다 왔어요. 이제부터 착륙을 시도해 보죠."

"별로 자신 없는 말투네요." 마리는 별생각 없이 말했다.

순간 남자가 고개를 돌리고 묘한 표정을 지었다. "꽉 잡아요."

비행기가 몸체를 가파르게 틀더니 머리부터 바닥으로 곤두박질치기 시작했고, 전혀 예상치 못한 하강 속도에 마리는 비행기가 추락하는 게 아닌가 싶었다. 비행기는 급속도로 지상을 향해 하강했다. 마리는 최악의 상황에 대비하며 두 눈을 꼭 감고 온몸을 힘껏 웅크렸다.

마리는 지상에 가까워지면 기체가 흔들린다는 걸 알고 최대한 몸을 숙였다. 하지만 조종사는 지상에 닿기 직전 비행기를 수평으로 틀었고, 울퉁불퉁한 들판 위로 부드럽게 착지하는 데 성공했다. 마리가 기체 밖을 내다보지 않았다면 지상에 착륙했다는 사실조차 인지하지 못할 정도였다.

마침내 요란한 브레이크 소리와 함께 비행기가 멈췄다. 몰래 착륙해야 하는 상황인데, 누군가 비행기 브레이크 소리를 들었을 게 분명해 보였다. 하지만 주위는 쥐죽은 듯이 고요했다. 조종사는 문을 열고 어둠 속으로 고개를 쑥 내밀었다. "비행기 타고 돌아갈 사람은 없나 보군요." 이륙 전, 비행기 옆구리에 적힌 명단에 대해 엘레노어에게 설명을 들은 터라 아무도 비행기를 기다리지 않는 게 나쁜 신호는 아닐까 걱정되었다. 조종사가 계속 말을 이었다. "기차역이 있는 쪽을 향해 계속 동쪽으로 가면 돼요. 최대한 몸을 낮추고 빨리 움직이되 가능한 한 나무 사이로 몸을 숨기는 게 좋아요. 기차역 뒤쪽으로 가면 체인을 감은 파란색 자전거를 탄 상인이 보일 거예요. 자세한 지시 사항은 자전거 핸들 바 안을 자세히 살펴보면 돼요."

"만약 없으면요?" 마리가 되물었다. 조종사가 이런 것까지 어떻게 안단 말인가? "만약 아무것도 없으면 어떡해요?"

"모두 베스퍼 팀이 정한 거예요." 그가 단호하게 말했다. "모든 게 순서대로 정해져 있죠."

그 말이 사실이라면 여기까지 그녀를 마중 나오지 못할 것도 없지 않으냐, 되묻고 싶은 심정이었다. 하지만 왠지 지나치게 앞서 나가는 질문 같아 그쯤에서 멈췄다.

마리는 난생처음 보는 낯선 시골길을 혼자서 가로지른다는 것 자체가 두려워 제자리에서 머뭇거렸다. 하지만 조종사가 빨리 떠나라고 재촉하듯 가만히 지켜보는 바람에 비행기에서 내리는 것 말고 다른 선택의 여지가 없었다.

"같이 가 주고 싶지만 그럴 수가 없네요." 조종사는 의자에서 일어선 마리를 보며 말했다. "비행기 때문에⋯⋯."

"이해해요." 사방이 뻥 뚫린 들판에 비행기가 착륙할 때마다 그만큼 적군에게 발각될 가능성이 커지기 때문이었다.

"행운을 빌어요⋯⋯." 남자가 뒷말을 흐렸다. 서로의 이름조차 알지 못하는 상황이었다. 암묵적으로 서로의 신분을 상대에게 노출하지 않는 것, 바로 그것이 마리가 배운 첫 번째 규칙이었다. 이 것도 시험인 걸까?

"르네예요." 마리는 엘레노어에게 받은 새로운 이름을 사용해 보았다.

조종사는 그녀를 믿지 못하는 것처럼 눈을 두 번 깜빡였다. 상대를 속이려는 첫 번째 시도는 실패로 돌아갔다. "윌리엄이에요. 다들 윌이라고 불러요." 남자의 목소리에 담긴 진정성을 보아 가명이 아니라 본명을 말한 것임을 감지할 수 있었다. 조종사들에 게는 다른 규칙이 적용되는지도 모르겠다. 아니면 잃을 게 없는 사람이거나. 윌은 나무가 있는 쪽으로 고갯짓을 했다. "이제 가는 게 좋겠어요."

"네, 그래야죠." 마리는 비행기를 내려와서 자신을 바라보는 시선을 느끼며 천천히 저만치로 걸어가기 시작했다. 다시 고개를 돌렸을 때는 이미 비행기 문이 굳게 닫혀 있었다. 라이샌더 엔진이 요동치면서 점점 더 속도를 높이기 시작했다. 비행기는 3분 동안 지상에 착륙해 있었다.

마리는 무성한 나무 뒤에 몸을 숨기고 칠흑 같은 어둠을 가로지르며 걷기 시작했다. 촉촉하게 젖은 잔디에서 달콤한 수선화 향기가 코끝까지 파고들었다. 아주 잠시였지만 프랑스 해안가에서 뛰놀던 어린 시절로 돌아간 기분이었다. 하지만 조종사의 말처럼 한시라도 바삐 움직여야만 했다. 마리는 조금 전 조종사가 가르쳐 준 동쪽으로 정확히 가고 있는지 확인하기 위해 고개를 들어 사방을 다시 한번 살펴보았다. 그리고 손전등으로 손을 뻗었다. 순간 훈련 때 들은 이야기가 떠올라 그만두기로 했다. 대신 아랫부분에 컴퍼스가 달린 콤팩트를 꺼내서 손바닥에 펼치고는 밝은 달빛에 의지해 방향을 가늠해 보려고 했다. 하지만 불가능한 일이었다. 다시 손지갑에 손을 넣어 라이터를 꺼내 잠시 켜고는 '북쪽'을 가리키는 바늘을 확인할 정도로 잠시만 밝혀 보았다.

마침내 동쪽을 향해 방향을 잡고 나무 사이로 걸음을 옮기기 시작했다. 바위를 헛디뎌 발목이 삐끗하자 아리사이그하우스에서 새벽에 달리기하다 넘어진 일이 떠올랐다. 그때처럼 조시가 나타나 그녀를 도와줄 수만 있다면 얼마나 좋을까. 마리는 몸을 반듯이 세우고 다시 동쪽으로 걸음을 내딛기 시작했다.

"정지!" 누군가 프랑스어로 명령했다. 마리는 놈들에게 발각된 거라고 믿으며 그대로 멈춰 섰다. 지금으로서는 상대가 나치군에게 협조적인 독일 사람인지, 아니면 프랑스 경찰인지 정확히 가늠할 방법이 없었다. 둘 중 어느 쪽이라도 상황이 나쁘긴 마찬가지니까. 지금이 청산가리 캡슐을 입에 집어넣어야 할 순간일까. 이렇듯 빨리 청산가리 캡슐을 사용할 줄은 상상도 못 했다.

마리는 몸을 돌려 시커먼 그림자 속에서 서서히 모습을 드러내는 남자를 쳐다보았다. 총구가 자신을 겨눈 모습을 보는 순간 온몸이 얼어붙었다. "멍청하긴!" 키가 큰 남자는 총구를 낮추며 영어로 질책하듯 말했다. "멈추란다고 진짜 멈추면 어떡해? 도망치든 싸우든 해야지, 놈들이 시킨다고 고분고분 따르면 안 되지!"

뭐라고 대답하기도 전에 남자가 마리의 팔꿈치를 잡더니 무성한 숲 사이로 끌고 가기 시작했다. 마리는 낯선 사내의 손길이 닿는 게 못내 꺼림칙하여 본능적으로 몸을 뺐다. "따라와!" 고집불통인 말에게 명령하는 듯 씩씩대는 목소리였다. "정 싫으면 여기서 밀리스(프랑스의 친독 의용대-옮긴이) 놈들에게 발각되든가." 마리는 잠시 망설였다. 이처럼 예기치 않게 누군가를 만나리라는 언질은 받지 못한 상황이었다. 사실 조종사는 마중 나올 수 있는 사람이 없을 거라고 했다. 저 남자는 레지스탕스일까, 아니면 그녀를 붙잡으려는 덫에 걸린 것일까?

하지만 남자가 워낙 다그치는 통에 마리는 순순히 그를 뒤따르는 수밖에 다른 도리가 없었다. 두 사람은 창백한 달빛이 드리워진 숲길을 따라 아무 말 없이 터벅터벅 걷기 시작했고, 남자의 실루엣이 머리 위로 보이는 하늘을 가로질렀다.

마침내 두 사람은 농장 가장자리의 휑한 공터에 도착했다. 창문 하나 없이 작은 조경용 헛간이 있었다. "여기서 기다려." 마리는 그의 말이 무슨 뜻인지 이해하지 못한 듯 그냥 빤히 쳐다보았다. "오늘 밤은 여기서 지내야 해."

"하지만 기차역으로 가서 자전거를 찾으라는 지시를 받았는걸요. 그건 그렇고 베스퍼라는 사람은 어디 있죠? 그 사람이랑 함께 작전하기로 돼 있는데."

"조용!" 남자가 불같이 화를 내며 소리쳤다. 그리고 짙은 눈썹 아래 눈꺼풀이 푹 꺼진 파란 눈동자를 크게 뜨며 말했다. "그 이름, 아니 누구 이름이라도 절대로 입 밖에 꺼내지 마!"

마리는 여전히 경솔하게 대답했다. "당장 그 사람을 만나야 해요. 내 무선통신기도 찾아야 한다고요."

"다른 지시가 내려올 때까지 여기서 기다려." 남자는 더 이상의 질문은 받지 않겠다는 듯 한쪽 손을 들어 보였다. "내일 아침에 누군가 당신을 데리러 올 거야."

그는 손가락을 느리게 움직여 자물쇠를 열고 마리를 안으로 들여보냈다. 조명 하나 없이 숨 막히는 후텁지근한 공기가 헛간을 가득 채우고 있었다. 헛간에 발을 들이자마자 코끝을 강타하는 지독한 거름 냄새에 이곳이 조경을 위해 거름을 보관하던 곳임을 알 수 있었다. 침대는커녕 화장실 하나 없었다.

남자는 아무 말 없이 헛간 밖으로 나가더니 다시 자물쇠를 걸었다. 마리는 헛간에서 오도 가도 못 하는 상태로 문밖에서 자물쇠가 딸깍하고 잠기는 소리를 들었다. "지금 날 헛간에 가두려는 거예요?" 마리는 지금 무슨 일이 벌어지는 건지 전혀 이해하지 못하고 소리쳤다. 그제야 남자의 이름도 묻지 않았다는 걸 깨달았다. 그가 어떤 사람인지도 알 수 없었다. 낯선 사람의 손에 자신의 목숨을 맡기다니, 어쩜 그렇듯 순진하게 굴었을까? "고작 전령 나부랭이 손에 붙잡힐 거라고 생각했다면 큰 실수예요. 당장 베스퍼를 만나게 해 줘요!" 마리는 그 이름을 입 밖에 내지 말라는 경고도 무시한 채 고래고래 소리쳤다.

"전부 널 위해서야. 누군가 뒤따라왔을지도 몰라. 거기서 조용히 몸을 숨기고 있어. 그리고 제발 목소리 좀 낮춰!" 남자의 발소리가 저만치 멀어지더니, 잠시 후에는 주위가 고요해졌다.

문을 등지고 서는 순간 어둠 속으로 뭔가 후다닥 기어가는 소리가 들렸다. 쥐인가? 언젠가 훈련 중에 유인책으로 사용되는 모형 쥐를 박살 낼 뻔한 기억이 떠올랐다. 가짜 쥐라는 걸 알고 조시와 얼마나 깔깔거리고 웃었는지. 조시가 이 자리에 있다면 얼마나 좋을까. 마리는 바닥에 털썩 주저앉았고, 태어나서 처음으로 가장 깊은 외로움을 느꼈다.

# 10

## 그레이스

*1946년, 뉴욕*

그레이스는 잠에서 깨었고 잠시나마 여느 때와 같은 보통 날 같은 기분을 느꼈다. 눈 부신 햇살은 엘리베이터도 없는 4층 조그만 방에 하나뿐인 창문 사이로 새어 들어와 비탈진 쪽으로 어두운 그림자를 드리웠다. 하숙집은 헬스키친의 가장자리에 있는 데다 허드슨 강가가 지척이라 젊은 여자 혼자 살기엔 부적절해 보이지만 그리 위험하지는 않았다. 그레이스가 도착하기 바로 전주에 지금 방에 살던 남자가 죽어서 시세보다 싸게 얻을 수 있었다. 이사 오기 전 벽지에 밴 파이프 담배 냄새를 없애 보려고 죽어라 솔질을 하며 청소했지만 별 효과가 없었다. 아직도 방 안에 다른 사람이 함께 사는 기분이 들었다. 게다가 평생 이 집에서 살 것도 아니라 제대로 된 집으로 보이기 위해 애써 잘 꾸미려고 노력하지도 않았다. 그런데도 그레이스는 고향으로 돌아가고 싶은 마음이 추호도 없었다.

그레이스는 침대에서 몸을 굴리다 좁은 침대 옆 탁자에 있는 하얀 봉투를 쳐다보았다. 그 옆에는 신병훈련소에서 졸업하는 날

정복을 입고 찍은 톰의 사진이 덩그러니 놓여 있었다. 순간 어젯밤의 기억이 머릿속에 되살아났다. 엘레노어 트리그라는 여자가 자동차 사고로 사망했고, 그레이스가 발견한 여행 가방이 그 여자 거라는 사실을 깨달은 기억. 그레이스는 이런 기묘한 사건이 연속으로 일어난 건 그저 꿈이 아니었을까 하는 생각마저 들었다. 하지만 사진 뭉치가 든 봉투는 모든 게 꿈이 아님을 보여 주듯 막 세상에 태어나려고 하는 갓난아이처럼 침대 옆 탁자에 가지런히 놓여 있었다.

어젯밤 커피숍 TV에서 그 충격적인 뉴스를 보고 너무 놀란 나머지 주문한 그릴 치즈도 기다리지 못하고 그대로 나와 버렸다. 워낙 놀란 상태라 지갑 사정을 생각할 겨를도 없이 곧바로 택시를 불러 몸을 실었다. 그리고 택시가 위태롭게 도시를 가로지르는 동안 조금 전에 벌어진 일들을 머릿속으로 차분히 정리해 보려고 했다. 자신이 남몰래 뒤져 본 여행 가방의 주인이 하필이면 오늘 오전 거리에서 차 사고로 사망한 여성이라니, 어떻게 이런 일이 일어날 수 있을까?

이제 와 생각해 보면 그렇게 놀랄 일도 아니었다. 애초에 엘레노어 트리그가 사망했다는 사실 하나로 기차역 벤치 아래 그 여행 가방이 주인을 잃은 채 방치된 것이 모두 설명되니까. 그런데 왜 그랜드센트럴역 한복판에 가방을 두고 갔을까? 게다가 엘레노어 트리그가 미국인이 아니라 영국인이라는 걸 알고 나니 미스터리는 더욱 쌓여만 갔다.

그보다 더 이해되지 않는 건 그 후로 엘레노어 트리그의 가방이 쥐도 새도 모르게 사라져 버렸다는 사실이었다. 물론 누군가 그 가방을 훔쳐 갔다고 생각하면 충분히 가능한 일이었다. 워낙 오랜 시간 벤치 아래 버려졌으니, 자기 것인 양 슬쩍 가져갔을 수도 있다. 하지만 그레이스는 그 가방을 가져간 사람이 단순한 절도범이 아닐 거라는 예감이 들었다. 누군가 엘레노어 트리그와 소녀들의 사진을 아는 사람이 그 가방을 가지고 간 게 분명했다.

그만. 이쯤 되자 그레이스는 어머니 목소리가 귓가에 들리는 것 같았다. 어릴 때부터 낸시 드류를 비롯해 미스터리 작가의 소설을 탐독한 탓에 그레이스는 상상력이 남다른 아이로 성장했다. SF소설 광이었던 아버지는 그레이스의 허황된 이야기를 들을 때마다 혀를 내두르곤 했다. 하지만 아버지가 이 자리에 있었다면 가장 단순한 대답이 사실인 경우가 많다고 말했을 것이다. 엘레노어 트리그는 친척이나 가까운 친구와 여행 중이었고, 사고 이후 그녀의 동행이 짐을 찾으러 온 것이리라.

그레이스는 침대에서 일어났다. 탁자에 놓인 사진 뭉치가 그녀를 부르는 것 같았다. 엘레노어 트리그의 가방에서 몰래 꺼낸 이상 이제 그 사진을 어떻게든 처리해야만 했다. 그레이스는 샤워하고 옷을 챙겨 입은 다음 하숙집 계단을 종종걸음으로 내려갔다. 현관 벽에는 전화기가 달려 있었는데, 하숙집 주인인 해리엇 부인은 전화를 아무리 자주 써도 크게 눈치를 주지 않았다. 그레이스는 충동적으로 수화기를 들고 전화교환원에게 그랜드센트럴역에서 가장 가까운 경찰서로 연결해 달라고 부탁했다. 엘레노어 트리그라는 여자가 다른 사람과 함께 여행 중이었다면, 경찰서에 그레이스의 연락처를 남겨서라도 사진을 돌려줄 수 있을 것이다.

수화기 너머로 잠시 침묵이 흐르고 나서 갈라지는 남자 목소리가 들렸다. "경찰서입니다." 뭔가 질겅질겅 씹고 있는 듯한 목소리였다.

"어제 그랜드센트럴역에서 일어난 자동차 사고를 담당하는 분과 통화하고 싶은데요." 그레이스는 전화기 바로 앞방에 있는 집주인의 귀에 들리지 않을 만큼 낮은 목소리로 말을 꺼냈다.

"맥두걸 형사가 맡고 있어요." 경찰이 대답했다. "맥두걸!" 수화기에 바짝 대고 고함을 지르는 통에 그레이스는 수화기를 잠시 귀에서 떼어 내지 않을 수 없었다.

"무슨 일이죠?" 브루클린 억양이 강한 남자의 목소리가 수화기를 가득 채웠다.

"어제 기차역 앞에서 사고를 당한 엘레노어 트리그라는 여자 말인데요, 혹시 그분이 다른 사람과 함께 여행 중이었나요?"

"아뇨. 안 그래도 피해자 가족을 찾는 중이에요. 혹시 가족인가요?"

그레이스는 마지막 질문은 못 들은 척하고 자신이 알고 싶은 것부터 질문했다. "혹시 사망한 여자분의 소지품도 수습했나요? 예컨대 짐 가방 같은 거요."

"특별한 소지품은 없었습니다. 그런데 누구시죠? 아직 수사 중인 사건이라 이렇게 질문을 계속할 거라면 먼저 이름부터 밝혀야……." 그레이스는 곧바로 수화기를 벽에 걸고 그대로 통화를 끝냈다. 경찰에서는 엘레노어 트리그의 가방을 챙기지 않았고 그 녀와 함께 여행한 동행자도 없었다. 어젯밤 언뜻 떠올랐던 영국 영사관을 찾아가는 편이 더 나은 선택일지도 모르겠다. 출근 전에 영사관부터 들르려면 시간이 빠듯해서 되도록 서둘러 출발해야 했다.

그리고 한 시간 후 그레이스는 영국 영사관 근처에 서 있었다. 사람들로 북적이는 3번가에 자리한 영사관 건물은 공교롭게도 이틀 전 마크와 하룻밤을 보낸 고급 호텔과 아주 가까이 붙어 있었다. 모퉁이에서 해진 바지에 둥근 모자를 눌러쓴 소년이 신문을 팔고 있었다. 소년을 보자 얼마 전 사무실에 찾아온 샘이라는 아이가 떠올랐고, 부디 사촌 집에서 잘 지내고 있으면 좋겠다는 마음이 들었다. 그레이스는 《더 포스트》를 받고 돈을 건넸다. 신문의 머리기사는 소련연방에 관한 것이었다. 윈스턴 처칠 수상이 소련 진영의 국가들이 동유럽에 일명 '철의 장막'을 만들고 있다며 이에 대해 엄중한 경고의 메시지를 보냈다는 내용이었다. 불과 1년 전까지만 해도 히틀러는 모든 이에게 두려움의 대상이었다. 하지만 지금은 스탈린이 전쟁으로 초토화된 국가들에 공산주의를 퍼뜨리고 유럽을 완전히 새로운 방식으로 두 동강 내는 실정이었다.

그레이스는 눈으로 머리기사를 훑으며 신문을 넘겼다. 9페이지에 이르자 어젯밤 TV 화면에서 본 것과 똑같은 엘레노어 트리그의 사진이 하단에 실려 있었다. 사고가 발생한 거리의 황량한 사진도 실려 있었는데, 다행히 사고 당시의 처참한 사진은 아니었다. 그레이스는 기사 내용을 자세히 살펴보았지만 이미 아는 사실 말고 다른 내용은 없어 보였다.

어차피 나와 상관없는 일이잖아. 그레이스는 스커트 자락을 가다듬으며 어떻게든 사진 봉투를 처리하고 곧바로 출근하겠다는 다짐을 하며 당당하게 영사관 쪽으로 걸음을 내디뎠다.

영국 영사관의 로비는 별로 특별할 게 없어 보였다. 딱딱한 등받이가 있는 의자 몇 개와 몇 주 전에 말라 죽은 화분이 놓인 낮은 탁자. 정장 차림에 둥근 모자를 쓰고 의자에 앉은 사내는 적당히 앉을 만한 장소를 찾는 사람처럼 주위를 두리번거렸다. 접수대 직원으로 보이는 나이 든 여자는 코끝에 돋보기를 걸치고 회색 머리를 하나로 묶은 채 탁탁 소리를 내며 레밍턴 타자기를 치고 있었다.

"무슨 일이죠?" 여자가 물었다. 그레이스가 코앞에 있는데도 고개도 들지 않고 말했다.

그레이스는 전혀 알지 못하는 여자가 약속도 없이 나타났으니 그럴 만도 하다 싶었다. 어차피 여기서 그녀는 아무것도 아니니까.

하지만 몇 달 동안 프랭키의 사무실에서 함께 일하며 가난한 이민자를 돕기 위해 관료주의에 찌든 정부 기관 사람들을 다루는 방법과 시청 직원을 구슬리는 방식을 터득한 터였다. 그레이스는 마음을 다잡으며 사진 봉투를 높이 들었다. "이 사진을 발견했는데, 소유가 영국 시민 같아서요." 그레이스는 조용히 말을 고쳤다. "소유자가."

"그래서 영사관에서 정확히 어떻게 도와드리면 될까요?" 여자는 영국식 억양에 딱딱 끊어지는 말투로 되물었고, 굳이 대답을 원하지도 않고 짜증 나는 기분을 감추려 들지도 않았다. "뉴욕을 찾는 영국 시민은 하루에도 수천 명이 넘습니다. 그중에서 영사관을 찾는 시민은 극소수에 불과하고요."

"글쎄요, 영사관에서 이런 물품은 취급하지 않겠죠." 그레이스는 의도한 것보다 더 딱 잘라 말했다. 그리고 신문을 높이 들며 말을 이었다. "사실은 어제 그랜드센트럴역 앞에서 사고로 죽은 엘레노어 트리그의 사진이에요. 영국인이라고 하기에 혹시 그분 가족이나 지인이 이 사진을 찾지 않을까 싶어서 가져온 거예요."

"영국 시민의 개인 문제에 대해 우리가 함부로 답변할 수 없습니다." 직원은 지극히 사무적인 목소리로 대답했다. "여기에 사진을 두고 가면 혹시라도 고인의 물품을 찾는 분이 찾아올 때까지 보관해 놓을 수는 있습니다." 접수대 직원은 귀찮다는 듯 손을 내밀었다.

그레이스는 망설였다. 지금이야말로 사진을 건네주고 더는 이 문제에 관여하지 않을 기회였다. 하지만 어쩌다 보니 하얀 봉투에 든 사진에 대해 책임감 같은 것이 생긴 모양이었다. 사진에 대해 전혀 신경조차 쓰지 않을 게 뻔한 사람한테 내팽개치듯 사진을 맡길 수가 없었다. 그레이스는 사진 든 손을 다시 내렸다. "책임자가 있으면 잠시 이야기를 나누고 싶어요. 영사님 계신가요?"

"미첨 영사님은 자리에 안 계십니다." 설령 자리에 있다고 해도 당신을 만나 주지 않아요. 접수대 직원의 목소리가 말하는 것 같았다.

"그럼 따로 약속을 잡아 줄 수 있을까요?" 그 말이 끝나기도 전에 뻔히 거절당할 거라는 예감이 들었다.

"영사님은 공무 때문에 바쁩니다. 이런 개인 문제는 관여하지도 않고요. 그 물건을 여기 두고 가는 게 싫으면 연락처를 남겨 주세요. 혹시 찾는 분이 있으면 그쪽으로 연락하죠." 그레이스는 접수대 직원이 내미는 연필을 들고 하숙집 주소와 연락처를 황급히 써 내려갔다. 입구에 도착할 무렵, 연락처를 적은 종이가 휴지통으로 내팽개쳐지는 소리를 분명히 들을 수 있었다.

이런 식으로는 안 되겠어. 그레이스는 영사관 입구 쪽으로 걸음을 옮기려다 멈춰 섰다. 사진이 든 봉투를 다시 꺼내서 뭔가 실마리를 찾을 요량으로 자세히 뜯어보았다. 그리고 길 건너편 건물에 있는 시계를 쳐다보았다. 9시 30분. 또다시 지각할 수는 없는 노릇이었다. 프랭키한테 솔직히 이야기하면 앞으로 어떻게 해야 할지 조언을 해 줄 수도 있겠지.

영사관 계단을 내려가려는 찰나 가는 줄무늬 정장을 입고 콧수염을 왁스로 빳빳이 세운 남자가 반대쪽에서 걸어와 건물로 들어가는 모습이 눈에 띄었다. "저기요." 그레이스는 다급한 목소리로 외쳤다. "혹시 미첨 씨 아니세요?"

그의 얼굴에 생판 모르는 사람의 이름을 들은 것처럼 당혹한 기색이 퍼졌다. "그렇습니다만." 이제 당혹감은 짜증스러운 표정으로 바뀌었다. "무슨 일 때문에 그러시죠?"

"혹시 시간 되면 몇 가지 묻고 싶은 게 있어서요."

"죄송하지만 지금은 시간이 없어서요. 아침에 회의가 있어요.

접수대로 가서 따로 약속을 잡으세요. 그럼 부영사가……."

그레이스는 남자의 말허리를 잘랐다. "엘레노어 트리그 씨 때문에요."

남자는 쿨럭이며 목청을 가다듬었다. 분명 그 이름을 아는 것 같았다. "그 뉴스를 보고 왔군요. 정말 애석한 일이죠. 혹시 고인의 친구분 되시나요?"

"그건 아니지만 엘레노어 트리그 씨의 물건을 제가 가지고 있어요."

남자는 빨리 따라오라는 듯 손짓했다. "2분밖에 안 남았어요." 그는 여자를 데리고 로비를 가로질러 걸어갔다. 영사와 그레이스가 함께 있는 모습을 보자 접수대 직원이 놀라서 두 눈이 동그래졌다.

영사는 메인 로비에서 떨어진 곳에 있는 방으로 그녀를 안내했다. 짙은 참나무 테이블 주위로 갈색 가죽 의자들이 흩어져 있고, 두툼한 붉은색 벨벳 커튼은 금색 밧줄로 단단히 고정해 놓았다. 바인지 클럽인지 모를 그 공간은 현재로서는 닫힌 상태였다.

"어떻게 도와주면 될까요?" 미첨 영사는 초조한 기색을 그대로 드러내며 물었다.

"엘레노어 트리그 씨가 영국 시민인가요?"

"그랬죠." 영사가 그녀의 말을 과거형으로 수정했다. "우리도 어젯밤에서야 경찰의 연락을 받았어요. 여권을 확인하고 영국 시민이라는 걸 알았다고 하더군요. 시신을 수습하기 위해 가족들에게 연락을 취하는 상태예요."

그레이스는 그녀를 시체 취급하는 그 냉정하고 무신경한 태도가 정말 마음에 들지 않았다. "혹시 엘레노어 씨를 아세요?"

"개인적으로는 모릅니다. 어떤 분이었는지는 알죠. 전쟁 중에 영국 정부에서 일했다는 내용만 우연히 들었습니다. 당시 정부 기관에 있었는데, 특수정보국의 어느 부서에서 사무직으로 일했다더군요."

그레이스는 특수정보국이라는 기관에 대해 전혀 알지 못했기 때문에 자세한 정보를 듣고 싶었다. 하지만 영사는 구석에 놓인 커다란 괘종시계만 빤히 쳐다볼 뿐이었다. 이제는 정말 시간이 없었다.

"제가 우연히 사진을 발견했어요." 그레이스는 사진을 어떻게 발견했는지는 교묘히 숨기면서 본론을 꺼냈다. 그리고 봉투에 든 사진을 꺼내서 카드처럼 영사 앞에 펼쳐 보였다. "그래서 아침 일찍부터 이 사진을 들고 영사관에 왔어요. 사진의 소유주가 엘레노어 트리그 씨인 것 같아서요. 혹시 이 사진의 여자들이 누군지 아시나요?"

영사는 돋보기를 꺼내 사진을 유심히 살피더니 고개를 들고 대답했다. "처음 보는 얼굴들이네요. 전혀 모르겠어요. 고인의 친구들이거나 그게 아니라면 친척이겠죠."

"하지만 그중에는 군복을 입는 여자들도 있어요." 그레이스가 정곡을 짚었다.

영사는 말도 안 된다는 듯 손을 내저었다. "간호부대 쪽에서 근무한 사람들인가 보죠." 그레이스는 고개를 저었다. 굳게 다문 턱과 심각한 표정을 보면 그 이상의 무언가가 있는 게 분명했다. 영사가 고개를 들었다. "정확히 원하는 게 뭐죠?"

그레이스는 당황스러웠다. 애초에 사진만 돌려주고 갈 생각이었다. 그런데 지금 그녀는 분명한 해답을 찾고 있었다. "이 사진의 여자들이 누구이고, 엘레노어 트리그와 어떤 연관이 있는지 궁금해서요."

"그건 저도 모릅니다." 미첨 영사는 단호히 잘라 말했다.

"런던 쪽에 연락해서 어떻게 된 건지 물어봐 줄 수 있을 텐데요." 그레이스는 대담하게 부딪혔다.

"글쎄요, 그건 힘들 것 같습니다." 영사는 냉정하게 거절했다. "특수작전국을 폐쇄하면서 당시 기록은 전부 워싱턴에 있는 전쟁부(현 국방부-옮긴이)로 이관했습니다." 그리고 덧붙여 말했다. "그곳의 모든 기록은 보안 문건으로 지정해 놓았어요." 영사가 자리에서 일어났다. "이제 정말 가 봐야겠군요."

그레이스도 자리에서 일어섰다. "엘레노어 트리그가 뉴욕에는 왜 왔을까요?" 그녀는 집요하게 파고들었다.

"그야 저도 모르지요." 미첨 영사가 말했다. "아까 설명한 것처럼 엘레노어 트리그 씨는 더 이상 영국 정부와 관련이 없습니다. 어디서 뭘 하든 그분의 자유예요. 지극히 사적인 일이죠. 그쪽이 상관할 문제가 아닙니다."

"만약 가족을 찾지 못한다면요?" 그레이스가 되물었다. "시신을 수습해야 할 텐데요."

"그런 경우 시에서 극빈자 묘지에 시신을 안치할 겁니다. 우리도 그런 일에 따로 지원할 수가 없어요." 아무리 일개 비서직이었다 해도 국가를 위해 일한 사람인데 그보다는 나은 대접을 받아야 하는 게 아니냐, 따지고 싶은 심정이었다. 그레이스는 사진을 집어 봉투에 넣었다. 영사가 두 손을 내밀며 말했다. "그건 여기 두고 가면 됩니다. 우리가 고인의 유품과 함께 처리하겠습니다."

그레이스는 거의 반사적으로 사진 봉투를 내밀었다가 다시 팔을 접으며 물었다. "어떻게요?"

미첨 영사는 안경 위로 눈썹을 추어올렸다. "그게 무슨 뜻이죠?"

"만약 가족이 나타나지 않으면 어떻게 할 건데요?"

영사는 예상치 못한 당돌한 기세에 씩씩대듯 말했다. "다른 요청이 있을 때까지 고인의 유품은 잘 보관할 겁니다." 그레이스는 그런 일은 없으리라는 걸 그의 말투에서 감지할 수 있었다. "어차피 당신과는 상관없는 일이에요." 영사는 얼른 사진을 달라는 듯 손을 내밀었다.

그레이스는 머뭇거렸다. 물론 당장 사진을 돌려주고 여길 떠나고 싶은 마음도 있었다. 하지만 도저히 이대로 내팽개치듯 건네줄 수가 없었다. 어떻게든 더 노력해 보고 싶었다. "생각이 바뀌었어요." 그레이스가 차분한 목소리로 말했다. "제가 보관하겠습니다." 그녀는 곧바로 자리에서 일어섰다.

"하지만 그건……." 영사가 더듬거리며 말을 이었다. "그 사진을 돌려주고 싶어서 왔잖아요. 그래서 영사관까지 찾아온 거 아닙니까? 어차피 가지고 있어도 짐만 될 텐데요."

"아뇨, 전혀 그렇지 않아요." 그레이스는 사진 봉투를 가방에 집어넣고 이를 악물며 애써 웃음 지었다. "제가 발견한 거니까 제 거나 다름없죠."

"그건 그렇지만." 영사는 단호한 목소리로 말했다. "그건 엘레 노어 트리그 씨의 물건입니다." 두 사람은 그렇게 잠깐 물러설 기 미를 보이지 않으며 팽팽히 맞섰다. 마침내 그레이스가 몸을 돌 려서 영사관 밖으로 걸어 나왔다.

건물 밖으로 나온 그레이스는 사진이 든 가방을 바짝 끌어안았 다. 결국 사진을 돌려주지 못하고 이대로 가져왔지만 앞으로 어 떻게 해야 할지는 도저히 알 길이 없었다. 하지만 그건 나중에 생 각해도 되는 문제였다. 지금은 사무실에 출근하는 것이 우선이 었다.

그레이스는 인도로 내려가서 3번가를 따라 북적이며 움직이는 통근객 사이에 뒤섞였다. "그레이스." 웬 남자 목소리가 들렸다. 그녀는 순간 잘못 들었나 싶어 걸음을 멈추었다. 뉴욕에는 그녀 를 알 만한 사람이 없는데. 순간 영사가 사진을 내놓고 가라며 쫓 아 나온 건 아닐까 싶은 생각이 스쳤다. 하지만 영국식 억양이 아 니라 미국식 억양이었다. 곧이어 조금 전보다 더욱 다급해진 목 소리가 이어졌다. "그레이스, 잠깐만!"

그레이스는 목소리가 들리는 쪽으로 몸을 틀었고, 하필이면 옆 으로 지나가던 남자와 부딪히면서 인도로 사진 뭉치가 떨어지고 말았다. 그녀는 무릎을 구부리고 앉아서 바닥에 떨어진 사진을 줍기 시작했다.

"놀라게 하려던 건 아니에요." 어딘지 모르게 익숙한 남자의 목소리. "내가 도와줄게요."

그레이스는 고개를 들었고, 다시는 마주치지 않을 줄 알았던 남자가 눈앞에 나타나자 그대로 얼어붙었다. "마크."

순간 그날 밤 기억이 파도처럼 밀려왔다. 그녀의 팔다리 사이로 감싸 오던 바삭거리는 하얀색 호텔 침구, 침대의 공기를 가득 채운 짜릿함. 그녀의 몸을 더듬던 남편이 아닌 다른 남자의 손길.

그 주인공이 눈앞에 서 있었다. 마크는 옆에 쭈그리고 앉아서 사진 줍는 걸 도왔고, 잿빛 울 코트의 소맷자락이 그녀의 몸에 닿았다. 그레이스는 그를 빤히 쳐다보았다. 마크는 최대한 밝게 미소 지었지만 적갈색 눈동자가 초점을 잃고 흔들렸다. 챙이 넓은 중절모 아래로 구불거리는 짙은 머리카락 한 가닥이 내려와 있었다. 그는 오랜 친구처럼 그녀의 볼에 입을 맞추었고, 그의 짙은 향수 냄새를 맡자 절대로 가지 말았어야 할 그곳에서 보낸 이틀 전 밤의 기억이 다시금 되살아났다.

순간 바닥에 떨어진 사진을 주워야 한다는 생각이 나서 인도에 흩어진 사진을 황급히 줍기 시작했다. "내가 도와줄게요." 마크가 다시 말했다. 순간 세상을 떠난 가장 친한 친구의 아내와 하룻밤을 보냈다는 사실을 그 역시도 부끄럽게 생각하는지 궁금해졌다.

그레이스가 손을 저었다. "혼자 할 수 있어요." 사진에 있는 여자들에 대해 이런저런 질문을 받는 게 싫었다. 하지만 마크는 잽싸게 인도 쪽으로 달려가더니 하마터면 배수로로 빨려 들어갈 뻔한 사진들을 능숙하게 집어 들었다.

그레이스는 바닥에 떨어진 사진을 전부 주워서 가방에 집어넣고서야 몸을 일으켰다. "여기서 뭐 하는 거예요?" 그녀는 두 볼이 붉게 상기되는 것을 느끼며 톡 쏘아붙였다. 그날 밤에는 분명히 다음 날 뉴욕을 떠날 거라고 했다. 그런데 아직도 여기 있다니.

"일 때문에 일정을 늦췄어요." 그가 간결하게 대답했다.

두 사람은 어색하게 잠시 그대로 서 있었고, 그레이스는 막 면도를 마친 목덜미 근처로 올라온 트위드 재질의 코트 깃에 시선을 고정했다. 더는 할 얘기가 없었다. "이만 가 봐야겠어요." 그레이스는 몸을 돌려 걸어가려고 했지만, 그냥 발을 내딛는 것도 생각보다 쉽지 않았다.

"잠깐만요." 마크가 그녀의 팔을 붙잡았고, 은은한 조명이 켜진 것처럼 두 사람이 함께 보낸 밤의 기억이 너무나 생생히 되살아났다. "사실 그날 이후에도 다시 만나고 싶었는데, 아침에 일어나 보니까……."

"쉿!" 그레이스는 어깨너머로 고개를 틀며 말을 막았다. 그날 밤 일은 있어서는 안 될 일이었고, 그래서 절대로 다른 사람들이 들어서는 안 되는 것이었다.

"미안해요. 아무튼 또 우연히 다시 만났네요. 우리 다시 만날 수 있는 거겠죠?" 마크는 상대의 의중을 묻는 것처럼 말끝을 올렸다.

무슨 이유로? 그레이스는 궁금했다. 다시 하룻밤을 보내고 싶어서? 두 사람 사이에 그런 일이 또 벌어져서는 안 된다. "아무래도 그건……."

"그럼 아침이라도 사게 해 줘요." 마크는 고집을 부렸다.

"출근해야 해요." 그레이스는 사진 봉투를 가방에 넣으며 거절했다.

"직장에 다녀요?" 마크의 놀란 목소리를 듣자 더욱 초조해졌다. 직장에 다니는 게 뭐가 이상하단 말인가? 전쟁터로 떠난 남자들이 돌아오면서 여자들은 자신이 선택하여, 혹은 회사의 압박에 못 이겨 직장을 그만두는 경우가 왕왕 있었다. 물론 그녀를 얕잡아보고 그런 말을 하는 건 아니었다. 그보다는 함께 밤을 보내면서도 서로 자기 이야기를 하지 않았기 때문이리라. 전쟁에 대해, 톰에 대해 이야기를 나누다 보니 더 편하게 느껴졌을 것이다. 하지만 그 순간에도 그녀의 진짜 모습과 그녀가 사는 세상의 실제는 보이지 않는 곳에 안전하게 남아 있었다. 마크는 그레이스에 대해 전혀 모르는 거나 다름없었다.

그레이스는 현재의 삶을 그대로 유지하고 싶었다. "직장에 다녀요." 그녀는 차분하게 대답했다. "지금은 출근 시간에 늦었고요. 하지만 제안은 고마워요."

"그럼 커피라도 한잔해요." 마크는 끈질기게 매달렸다.

"정말 안 된다니까요." 그레이스는 어떻게든 빠져나가려고 애썼다.

"그레이시." 마크가 애원했다.

그레이스가 돌아서서 말했다. "안 된다고 했잖아요."

하지만 마크가 그녀를 부른 건 바닥에 떨어진 여러 장의 사진 중 하나를 건네주기 위한 거였다. "예쁜 아가씨, 이건 가지고 가야죠." 마크가 사진을 흔들며 말했다.

"미안해요. 내가 너무 무례했네요." 그레이스는 누그러진 목소리로 말했다. 그리고 마크가 내민 사진을 챙겼다.

"무례했죠." 그가 동의하자 두 사람은 동시에 키득거리며 웃었다. "정말 커피 한 잔 마실 시간도 없어요?" 거의 애원하는 말투였다.

물론 커피 한 잔 마실 시간은 있지. 게다가 마크는 그저 친절을 베풀고 싶은 것뿐이었다. 하지만 영사와 이야기를 나누느라 시간이 늦어져 버렸다. 프랭키가 불같이 화를 내겠지만 한 번만 더 버텨 보기로 했다. "15분 안에 가야 해요." 그레이스가 허락했다.

마크가 환하게 웃었다. "잠깐이라도 괜찮아요."

그레이스는 그를 따라서 다음 블록에 있는 울스워스로 향했다. 긴 카운터 끝에 두 자리가 겨우 남아 있었다. "봐요, 어차피 등을 대고 제대로 앉을 만한 자리도 없잖아요." 마크는 원망 섞인 말투로 말했다. 그레이스는 그 말을 못 들은 척하고 스툴에 올라앉았다. 계산대 뒤쪽 벽에는 코카콜라와 체스터필드 담배를 홍보하는 화려한 포스터들이 붙어 있었다.

"커피 두 잔 주세요." 마크가 여자 점원에게 주문하고 그레이스 쪽으로 고개를 돌렸다. "뭐라도 간단히 먹을래요?" 그레이스는 고개를 저었다. 아침을 먹을 수도 있었지만 그렇게 시간을 지체하고 싶지 않았다. "뉴욕에서 지낸 지 얼마나 됐어요?" 그가 질문하는 사이 모락모락 김이 나는 머그잔 두 개가 두 사람 사이에 놓였다.

"1년 정도 됐어요." 그제야 톰이 떠난 지 1주기 되는 날이 가까워지고 있음을 깨달았다. 사고가 있던 날과 비슷한 날씨가 이어졌다.

"톰이 떠난 후네요." 그가 회상하듯 말했다.

그레이스는 커피 한 모금을 삼켰고, 너무 뜨거워서 입술이 델 지경이라 잔을 바닥에 내렸다. "그렇다고 볼 수 있죠. 주말에 만나기로 했는데, 여기 와서 그 소식을 들었으니까요."

"그 후로 쭉 여기서 지냈군요."

그레이스가 고개를 끄덕였다. "그런 셈이죠." 그 말은 진실이 아니었다. 톰의 장례식을 위해 보스턴에 갔다가 다시 웨스트포트의 고향 집으로 갔으니까. 하지만 걱정하는 사람들의 얼굴에 숨이 막힐 지경이었고, 그녀를 안쓰러워하며 쑥덕거리는 소리에 미처서 고함을 지르기 일보 직전이었다. 그때부터 일주일이 지나기도 전에 그녀는 햄프턴의 마르시아네 집으로 떠났다.

"일 때문에 뉴욕에 더 머문다고요?" 그레이스는 화제를 바꾸기 위해 일부러 질문을 던졌다.

"네. 변호사로 일하거든요. 어제 시작된 공판이 끝나지 않아서 제임스호텔에 며칠 더 묵게 됐어요."

그레이스는 그와 함께 밤을 보낸 최고급 호텔을 떠올리며 얼굴을 붉혔다.

"그런데 아까 그 사진 말이에요." 어떤 공판을 맡았는지, 정확히 어떤 분야의 일을 하는지 물어볼 틈도 없이 마크가 말을 이었다. 그는 아까 바닥에서 주운 사진을 집어넣은 가방을 얼굴로 가리키며 말했다. "그 사진이랑 지금 하는 일이 연관된 건가요?"

그레이스는 머뭇거렸다. 그녀로서도 그 사진에 대해 다른 사람과 이야기를 나누고, 앞으로 어떻게 해야 할지 방향을 잡고 싶은 마음이 간절했다. 자신의 표정을 조용히 살피는 호기심과 걱정이 가득한 마크의 적갈색 눈동자를 보면 그를 믿어도 되겠다는 마음이 들 정도였으니까. 그레이스는 숨을 크게 들이마셨다. "그랜드센트럴역 앞에서 차 사고로 여자가 죽었다는 뉴스 봤어요?" 그녀는 낮은 목소리로 물었다.

마크가 고개를 끄덕였다. "신문에서 기사를 읽었어요."

"나는 사고 현장에 있었어요."

"그럼 사고가 나는 걸 봤겠네요?"

"그건 못 봤어요. 사고가 나서 경찰차와 구급차가 도착했을 때 왔으니까."

"어쨌든 끔찍한 경험이겠어요."

"맞아요. 그걸로 끝이 아니에요." 그레이스는 어느새 그랜드센트럴역까지 돌아간 배경과 역에서 여행 가방을 발견한 과정을 설명하고 있었다. 마크는 카운터에 팔꿈치를 대고 손으로 턱을 받친 채 열심히 귀를 기울였다. "신분증이 있나 보려고 가방을 열었다가 이걸 발견한 거죠." 그녀는 자신의 오지랖에 그럴듯한 목적이 있었음을 설명하려고 애썼다. 그레이스는 가방에서 사진 뭉치를 꺼내 그에게 보여 주었다. "나중에 사진을 다시 가져다 놓으려고 역에 갔는데 가방이 사라져 버렸더군요. 그날 저녁에야 그 가방의 주인이 차 사고로 죽었다는 걸 알았어요. 영국 사람이더군요. 처음에는 그저 사진을 주인에게 돌려줄 방법을 찾고 싶다는 마음뿐이었어요. 그래서 영국 영사관까지 찾아간 거고요."

"그런데 영사관까지 갔다가 사진을 도로 들고 왔잖아요. 왜 그냥 돌려주지 않았어요?"

그레이스는 말문이 막혔다. "모르겠어요. 그저 이 사진들이 제대로 주인을 찾을 수 있다는 확신을 얻고 싶었던 것 같아요. 물론 영사를 만나서 사정을 전부 얘기하기는 했어요. 하지만 사진의 소녀들이 누군지 전혀 알 수 없고, 그저 엘레노어 트리그라는 여자가 전쟁 중에 영국 정부를 위해 일했다는 것만 알려 주더라고요. 특수작전국 어쩌고 하는 곳에서 일했대요."

"특수작전국이라…… 들어 본 것 같아요. 맞아요."

"그곳에서 일했다고 했어요."

"전쟁 중에 비밀 작전이나 방해 공작 같은 임무를 위해 유럽으로 비밀요원을 보내던 영국의 특수 기관일 거예요. 엘레노어라는 여자가 거기서 무슨 일을 했죠?"

"일반 사무직이라고 하더군요. 전쟁이 끝난 뒤 그쪽 기관과 관련된 자료들을 워싱턴의 전쟁부로 이관했다는 것만 알 뿐 다른 건 확실히 알 수 없다고 했어요. 영사를 만났지만 대체 사진의 소녀들이 누군지, 그 사진을 누구한테 어떻게 돌려줘야 할지 알 수가 없었어요." 그레이스는 가방의 사진 뭉치가 예전보다 더욱 무겁게 느껴졌다.

"그래서 이제 어떻게 할 생각이에요?" 마크가 물었다.

"나도 잘 몰라요." 그레이스가 솔직히 털어놓았다. "《타임스》지에 광고라도 낼까 봐요. 광고를 실을 만한 돈만 생긴다면요." 프랭키를 찾아온 고객이 전쟁 중에 헤어진 남편을 찾기 위해 신문에 광고하는 걸 본 적이 있었다. "어쨌든 이만 회사에 가 봐야겠어요. 벌써 많이 늦었어요. 당신도 이제 일하러 가야 하잖아요."

"오늘 오후에 워싱턴으로 돌아가야 해요." 마크는 카운터에 팁으로 줄 동전을 올리고 커피숍 밖으로 나서는 그레이스를 따라갔다. "내가 맡은 건은 합의가 됐거든요."

"아." 그레이스는 예상치 못한 아쉬움을 느꼈다.

그렇게 두 사람은 좀처럼 길을 나서지 못하고 커피숍 앞에서 아무 말 없이 얼마 동안 서 있었다. "그러니까 영사가 엘레노어 트리그에 관련된 자료는 전쟁부 쪽으로 이관했다고 말했다는 거죠?" 마크가 갑자기 입을 열었다. "그쪽에 아는 사람이 있어요. 당신이 괜찮다면 그쪽에 연락해서 한번 확인해 볼 수 있어요."

"괜찮아요." 그레이스는 바로 거절했다. "물론 제안은 정말 고마워요. 하지만 이건 내 문제이고 나 때문에 벌써 시간을 많이 뺏겼잖아요."

"그렇다면." 마크가 웃으며 말을 이었다. "당신이 와서 직접 확인해 봐도 괜찮아요."

"내가요?" 그레이스는 깜짝 놀라 그를 쳐다보았다. 톰이 세상을 떠난 뒤 혼자 뉴욕행을 결정한 것만으로도 그녀에겐 모험이었다. 그런데 워싱턴까지 가다니, 가당치도 않은 얘기였다. "그건 힘들 것 같아요."

"안 될 것도 없잖아요?" 마크가 대담하게 제안했다. "어차피 영국 영사를 만나고도 해답을 못 찾았잖아요. 여기서는 더 알아낼

게 없을 거예요. 아니면 그냥 사진을 들고 있는 수밖에 없겠죠. 이왕 이렇게 된 거, 대체 어떻게 된 일인지 이번 기회에 함께 알아보지 그래요?"

함께. 그레이스는 당혹스러웠다. "당신은 왜 도와주려는 거죠?"

"글쎄요, 그저 호기심 때문이라고 해 두죠. 혹은 아직 당신과 작별할 준비가 안 되었는지도 모르겠군요." 마크가 툭 내뱉었다. 그레이스는 깜짝 놀랐다. 몇 번 안 만났지만 마크에게 호감을 느끼고 있었다. 물론 가장 큰 이유는 톰이 그를 좋아했기 때문이고, 그것만으로도 호감을 가질 만했다. 그 후 오랜 시간 이어진 외로움과 적당량의 스카치위스키가 더해져서 며칠 전 그와 함께 밤을 지새우기도 했다. 그런데 이제 그 상대가 그녀가 의도한 것 이상을 제안한 것이었다.

그레이스는 손을 반대쪽으로 치우며 말했다. "내가 어떤 사람인지 잘 알지도 못하잖아요."

"그건." 마크가 말했다. "앞으로 얼마든지 바로잡을 수 있어요. 그러지 말고 하루만 워싱턴에서 보내요. 엘레노어 트리그와 사진의 소녀들에 대해 제대로 알고 싶지 않아요?"

"그야 물론이죠." 그레이스는 애초에 워싱턴행 기차에 올라탈 생각은 추호도 없었다. 그저 이곳에서 자신의 삶을 살아가며, 뉴욕에서 계속 머물지, 아니면 고향으로 돌아갈지를 천천히 가늠해 볼 참이었다.

"그럼 워싱턴에 오는 거죠?" 마크는 간절하게 유혹하는 눈빛으로 그녀를 빤히 쳐다보았다.

그레이스는 마크에게서, 사진의 소녀들에게서, 이 일에서 벗어 나고 싶었다. 하지만 이 사건에 대해 좀 더 자세히 알고 싶은 마음 이 더 컸다. "언제요?"

"오늘요."

"오늘은 회사에 가야 해요."

"그럼 내일 와요. 내일 하루만 휴가를 내면 되죠. 아니면 아프다 고 해요. 하루면 돼요. 그 정도만 투자하면 당신이 원하는 대답을 찾을 수 있으니 괜찮지 않아요?" 마크는 그녀의 대답을 기다리지 도 않고 말을 이었다. "이렇게 해요. 일단 회사에 가서 업무를 처리 하고 상사에게 내일 하루 쉰다고 말해요. 나는 오후 2시 기차를 타 고 워싱턴으로 돌아갈 거예요. 내일 오전 7시에 워싱턴으로 가는 첫 기차가 있어요. 그걸 타요. 그럼 내가 유니언역 플랫폼으로 당 신을 마중 나갈게요. 부디 내일 만날 수 있길 바라요." 마크는 모자 에 살짝 손을 댔다. "그럼 내일 만나요." 내일 만남에 대해 그녀가 무언의 동의라도 한 것처럼 그대로 대화를 마무리했다.

그레이스는 저만치 걸어가는 마크의 모습을 보며 다시금 의구 심에 휩싸였다. 이렇게 그를 떠나보낸다고 해서 이렇듯 걱정스러 워해서는 안 되는 거였다. 차라리 마크가 떠난 것으로 그날 밤 자 신이 저지른 실수를 덮어 버릴 수 있어 다행이라 여기고, 여기에 서 삶을 재정비하면 되는 일이었다. 다시 그를 만나는 건 엄청난 실수일 테고, 워싱턴까지 가서 그를 만나는 건 그보다 더 최악의 실수가 될 것이다.

바로 그것이 그레이스가 워싱턴에 가야 하는 이유였다.

# 11
## 마리

*1944년, 프랑스*

동이 트기 전 사방이 적막한 가운데 헛간 밖에서 뭔가 긁히는 소리가 들렸다. 마리는 지치고 겁에 질린 채 벌떡 일어나 앉았다. 거친 나무 벽에 반쯤 기댔다가 앉았다가 하면서 밤을 지새웠다. 차가운 냉기와 딱딱한 바닥 때문인지 뼈가 욱신거렸고 땅바닥에서부터 축축한 기운이 올라와 엉덩이 부근이 물기로 흠뻑 젖어버렸다.

다시 사각사각 긁히는 소리가 들렸다. 어린 시절 여름이면 어머니와 콩카르노의 야외에서 시간을 보냈는데, 그때 사슴이 정원의 나뭇가지를 코로 쑤시던 소리와 비슷했다. 하지만 이번에는 사슴이 아니었다. 사슴은 발을 내디딜 때마다 바닥에서 나뭇가지 부서지는 소리가 훨씬 묵직하게 났다. 마리는 문밖에 독일군이라도 나타난 것처럼 화들짝 놀라 자리에서 벌떡 일어섰다. 이런 경우에는 어떻게 처신해야 하는지, 훈련 중에 배운 내용을 떠올려보았다. 온몸에 소름이 돋았다.

하지만 독일군이 아니라 누군가 자물쇠 돌리는 소리가 나더니 문이 활짝 열렸다. 어젯밤 그녀를 이곳에 데려온 키가 큰 사내였다. 마리는 치맛단을 가다듬으면서도 밤새 급한 용변을 해결하느라 헛간 한구석이 축축하게 젖었는데, 그걸 보면 어쩌나 싶어 부끄러워 어쩔 줄을 몰랐다. 굳이 헛간에서 볼일까지 보고 싶진 않았지만, 문을 잠근 데다 따로 화장실이 있는 것도 아니라서 어쩔 도리가 없었다.

남자는 아무 말도 하지 않고 자기를 따라오라는 몸짓을 해 보였다. 마리는 때가 덕지덕지 낀 금발 머리를 고쳐 묶으며 헛간을 나와 순순히 그를 따라나섰다. 입에서 신맛이 나고 배가 고파서 위가 뒤틀리는 느낌이었다. 지평선 너머에서 하늘이 핑크빛으로 물들고 공기 중에는 습기가 가득했다. 한밤중에 남자를 따라온 탓에 실제로 이곳에 머문 건 불과 몇 시간밖에 되지 않았다. 하지만 그가 다시 나타날 것인지, 만약 아무도 나타나지 않는다면 어떻게 해야 할지 걱정하고 고민하느라 그 몇 시간이 더욱 길게 느껴졌다.

마리는 미루나무가 줄지어 자란 뒤쪽 산골짜기 한가운데 자신이 있던 헛간이 자리하는 걸 알았다. "밤새 별일 없었고?" 남자가 언덕을 오르며 물었지만, 워낙 저음이라 뭐라고 하는 건지 정확히 알아들을 수 없었다.

"네. 누구 덕분에 아주 잘 보냈어요." 마리는 어젯밤에 무례한 대접을 받은 것이 떠올라 엄청나게 큰 소리로 받아쳤다.

남자가 몸을 홱 틀었다. "조용!" 그는 낮고 근엄한 목소리로 경고하더니 손목이 찌릿할 정도로 강하게 붙잡았다.

"손대지 말아요!" 마리는 몸을 뒤로 피해 보려고 했지만 쇠처럼 강한 남자의 손길이 조금 더 빨랐다. 남자의 두 눈이 이글거리며 타올랐다. "그 시끄러운 입 때문에 내가 놈들에게 붙잡혀 갈 수는 없잖아." 두 사람은 잠깐 서로를 잡아먹을 듯 노려보았다.

남자는 다시 걸음을 내딛더니 어젯밤에 마리를 끌고 온 길과는 다른 방향으로 들어섰다. 마리로서는 대체 어디로 가는 건지 정확히 알 수가 없었다. 그녀는 남자의 손에 끌려가면서 곁눈질로 그의 행색을 유심히 살폈다. 짧게 자른 머리에 네모난 턱선. 가난한 소작농처럼 해진 셔츠에 작업복 바지를 걸쳤지만, 자세나 걸음걸이가 곧은 걸 보면 군인이거나 최소 군인 출신이라는 걸 알수 있었다.

무성한 나무숲을 지나자 공터가 나왔고 저 멀리 떨어진 곳으로 별다른 표지판이 없는 조그마한 기차역에 보였다. 어젯밤 마리가 하룻밤을 보내야 했던 헛간보다 별로 커 보이지 않았다. 남자는 능숙한 태도로 공터와 기차역을 살폈다. 누군가에게 뒤를 밟히거나 발각되지 않는 일에 꽤 많은 공을 들인 사람 같았다. 그러고는 다시 마리의 팔을 강하게 붙잡았다. 마리는 팔을 거칠게 빼냈다. "다시는 내 몸에 손대지 말아요." 낯선 남자에게 억지로 붙잡힐 때마다, 어린 시절 아버지에게 끌려가던 때가 떠올랐다. 아버지한테 끌려가면 매를 맞거나 얻어맞거나 둘 중 하나였다.

마리는 그 전령이 질책할 줄 알았다. 그런데 고개를 끄덕이며 그녀의 말에 수긍했다. "그럼 바짝 붙어 있는가." 남자는 공터를 지나서 기차역 뒤쪽으로 이동했고, 그곳에 자전거 한 대가 덜렁 세워져 있었다. "타." 남자는 안장과 핸들 사이의 가로대 쪽을 가리키며 말했다. 마리는 잠시 머뭇거렸다. 이른 아침의 해가 이미 나무 위로 높이 떠 있었기 때문이다. 자전거를 타고 프랑스의 시골길을 달린다는 게 왠지 바보 같고 괜히 남들의 시선을 끌지 않을까 걱정된 것이다. 그렇다고 거절한다면 남자의 화를 더욱 돋우는 결과를 가져올 테고. 이곳에서 아는 사람이라곤 남자와 그 끔찍한 헛간밖에 없는 상황이었다. 마리가 자전거에 올라타는 동안 남자는 자전거 핸들을 잡고 기다리다 곧바로 기다란 두 팔을 뻗어 그녀를 안다시피 하며 자전거 핸들을 잡았다. 마리는 잘 알지도 못하는 남자와 바짝 붙어 있다는 게 너무나 어색해서 몸을 꿈틀거렸다. 남자는 좁은 길을 따라서 울퉁불퉁한 바닥으로 페달을 밟기 시작했다.

두 사람이 탄 자전거는 공터 가장자리에 도착했고, 거기서부터는 좌우로 낮게 쌓은 돌벽이 거의 다 허물어진 시골길이 길게 이어졌다. 아래로는 골짜기가 보이고 싱싱하고 푸른 나뭇잎이 넓은 들판에 가지런히 자라났다. 푸른 들판 사이로 붉은 지붕의 오두막이 점처럼 군데군데 보였다. 가끔은 커다란 저택도 보였다. 인동 덩굴의 짙은 향기가 축축한 땅을 타고 높이까지 퍼져 나갔다. 두 사람은 일드프랑스에 있었다. 마리는 어젯밤 라이샌더를 타고 온 경로와 눈앞으로 부드럽게 이어진 둥근 언덕을 보며, 나치군의 심장부에 해당하는 파리의 북서부 어디쯤이라는 걸 추측할 수 있었다.

두 사람은 젊은 여자가 앞마당에서 젖은 빨래를 널고 있는 농가를 지나쳐 갔다. 마리는 순간 겁에 질렸다. 지금까지는 내내 어둠 속에 몸을 숨겼는데 이제 두 사람은 사방이 탁 트인 바깥에 있었다. 말 그대로 마리의 실체가 세상에 그대로 드러난 것이다. 하지만 젊은 여자는 그저 자전거를 탄 남녀라고 생각하여 두 사람을 보며 평상시처럼 미소를 지어 보였다.

그때부터 몇 분이 지났을까, 남자가 갑자기 경로를 벗어나 핸들을 꺾는 바람에 마리는 하마터면 바닥으로 떨어질 뻔했다. 커다란 저택 앞에 자전거가 멈출 때까지 마리는 겨우 핸들을 붙잡고 있었다.

"여기는 왜 온 거죠?" 마리는 용기를 내어 물었다.

"여기가 안전가옥이니까." 그가 설명했다. 마리는 돔처럼 둥근 창문과 가파르게 경사진 지붕이 있는 커다란 저택을 올려다보고 깜짝 놀라지 않을 수 없었다. 그도 그럴 것이 안전가옥이라면 동굴이나 숲속, 아니면 어젯밤을 보낸 헛간 같은 곳을 예상한 터였다. "버려진 저택이야. 독일놈들도 감히 여기가 안전가옥일 거라곤 상상도 못 할 테지." 남자는 마리 앞으로 보이는 두 개의 포장도로 사이에 박힌 무언가를 손으로 가리켰다. 폭탄이구나. 마리는 훈련 중에 비슷한 걸 본 기억이 났다. 프랑스 점령에 앞서 독일군이 투하한 폭탄이 제대로 터지지 않고 방치된 거였다. "정원에도 예닐곱 개가 더 있어."

저택 내부는 사람의 손길이 닿지 않은 듯 리넨과 자기 그릇, 가구까지 덮개도 씌우지 않은 상태로 보전돼 있었다. 왼쪽 식당에 들어서자 언제든 손님을 맞이할 준비가 된 것처럼 식탁에 그릇이 가지런히 놓여 있었다. 이곳에 살던 사람이 누군지 몰라도 전혀 예기치 못하게 집을 떠난 모양이구나. 마리는 모세오경의 탈출기를 떠올렸다. 프랑스 북부 지역에 살던 수백만 명이 독일군이 침략해 오기 4년 전부터 고향을 등진 채 비행기를 타고 도망쳤다. 집 안 곳곳에 먼지가 얇게 쌓인 것으로 보아 분명히 빈집이라는 사실만 추측해 볼 수 있었다.

바로 그때 머리 위로 뭔가 긁히는 소리와 함께 희미하지만 키득키득 웃는 소리가 들렸다. 남자는 계단을 한 번에 두 개씩 성큼성큼 올라갔고, 마리도 급하게 그 뒤를 따라 올라갔다. 그가 문을 열자 한때 서재였던 공간이 눈앞에 펼쳐졌다. 마리 또래로 보이는 남자 몇이 식탁으로 사용하는 듯 보이는 커다란 참나무 테이블 주변에 옹기종기 모여 있었다. 두툼한 커튼으로 창문을 가리고 테이블에 촛불 몇 개를 밝혀 놓았으며, 책장에는 책이 천장까지 산처럼 쌓여 있었다.

창가 안락의자에는 어젯밤 마리를 태우고 온 라이샌더의 조종사 윌이 앉아 있었다. 마리는 그를 보고 깜짝 놀라면서도 어제 비행기를 타고 돌아가는 대신 지금까지 프랑스에 남아 있는 이유가 궁금했다. 유일하게 낯익은 얼굴이라 마리는 윌이 있는 쪽으로 다가갔다. 하지만 가까이 가서 보니 윌은 눈을 감은 채 곤히 잠들어 있었다.

마리는 방 가장자리에 뻘쭘하게 서 있었다. 이들은 사람들의 눈을 피해서 버려진 저택의 2층에 모여 있는 것이었다. 그런데도 파리의 노천 카페에 있는 것처럼 천연덕스럽게 웃고 장난을 쳤다. 향긋한 커피와 맛있는 달걀 냄새가 공기를 따스하게 만들었다. 순간 어젯밤 몇 시간 동안 춥고 어두운 헛간에 처박혀 있던 게 떠올라서 갑자기 머리끝까지 화가 치밀었다. 애초에 헛간이 아닌 이곳으로 안내해 줄 수도 있었을 거라는 생각이 들었던 것이다. 하지만 그는 헛간을 선택했다. 어쩌면 그 또한 자신을 시험해 보기 위함이었을지도 모르겠다.

그제야 일행 중 하나가 마리의 존재를 알아챘다. "이쪽으로 와요, 이쪽으로." 딱 들어도 웨일스 쪽 말투였다. 덥수룩하게 자란 콧수염은 물론이고 프랑스 사람이라고 하기엔 옷차림도 너무나 어색해 보였다. "누가 먹으라고 권할 때까지 기다리지 말아요. 누가 다 먹어 버리기 전에 베이컨도 좀 먹고." 마리는 두 귀가 잘못 됐나 싶었다. 전쟁이 터지기 훨씬 전부터 베이컨은 좀처럼 찾아볼 수 없을 정도로 귀했기 때문이다. 그런데 바싹 구워 낸 두툼한 베이컨 몇 조각이 접시에서 그녀를 부르는 게 아닌가. 남자가 접시를 내밀었다. "먹어요. 매일 이렇게 먹을 수 있는 건 아니니까. 동료 하나가 사르트르 암시장에서 베이컨을 구했는데 얼른 다 먹어치워야 해서요. 어차피 따로 보관할 곳도 없는데, 그렇다고 목숨 걸고 저장고를 가져올 수도 없는 노릇이라서요." 마리는 접시 쪽으로 다가갔다. 테이블에는 다른 상황이라면 보기 힘들 기이한 조합의 음식들이 놓여 있었다. 베이컨 조각(엘레노어가 봤다면 너무 영국식이라고 잔소리를 늘어놓을 게 뻔한)과 빵 그리고 치즈와 과일까지.

순간 어제부터 아무것도 먹지 못했다는 사실이 떠올라 뱃속이 요동치기 시작했다. 마리는 남자가 내미는 접시에서 베이컨을 집어 들었다. 포크가 보이지 않아서 최대한 입가를 더럽히지 않으려고 애쓰며 베이컨을 입속에 욱여넣었다.

콧수염 남자가 따뜻한 커피를 따라 주었다. "앨버트라고 해요." 그리고 악수를 청했다. 마리는 손에 묻은 베이컨 기름을 최대한 조심하면서 남자의 악수에 응했다.

그런데 앨버트가 그녀의 손을 덥석 당기더니 입을 맞추는 것이었다. 순간 마리는 두 볼이 발그레하게 달아올랐다. "봉주르." 마리는 그의 저돌적인 태도에 어떻게 대처해야 할지 몰라 당황하며 말했다. "앙샹테, 반가워요."

남자가 놀란 듯 눈썹을 올리자 마리는 뭘 잘못했나 싶어 당황했다. "프랑스어 발음이 끝내주네요. 프랑스 사람인가요?"

"반은 그런 셈이죠. 어머니가 프랑스 출신이에요." 마리는 프랑스어로 대답했다. "영국에서 자랐지만 어릴 때는 여름을 루아루 계곡에서 보냈거든요."

"그거 잘됐네요. 사실 우린 프랑스어 실력이 최악이거든요."

"네 실력이 엉망이겠지." 앨버트 옆에 있던 적갈색 머리칼이 자기 이름도 이야기하지 않고 쏘아붙였다.

"그럼 전령으로 온 건가요?" 앨버트가 그의 말을 무시하고 다시 물었다.

"아니에요!" 마리는 깜짝 놀라서 버럭 소리쳤다. 프랑스 시골을 시작으로 곳곳을 누비며 매 순간 체포의 위협을 감내하고 메시지를 전해야 한다 생각하니, 순간 소름이 끼쳤다. "교환원요."

"아, 피아니스트구나." 피아니스트라는 단어 자체가 뭔가 어색했다. 언젠가 무선통신기를 피아노라고 부르는 사람들이 있다는 걸 얼핏 들은 기억이 났다. "프랑스어 실력이 그렇게 좋은데 내부 요원으로 활동하기엔 너무 아깝네요." 그가 안타까워했다. "하지만 베스퍼가 알아서 잘할 거예요."

"그 이름이 나와서 말인데, 베스퍼라는 분은 어디서 만날 수 있는지." 마리가 조심스럽게 말했다. 순간 앨버트가 눈썹을 추어올렸다. "어젯밤에 만난 전령에 대해 따로 할 얘기가 있어서요."

"전령이라뇨?" 앨버트가 순간 고개를 젖히며 큰 소리로 웃기 시작했고, 그 바람에 테이블 주변에서 이야기를 나누던 사람들의 대화가 끊길 정도였다. "전령이라고요? 오, 맙소사, 그 사람이 베스퍼예요!"

다 함께 마리의 얘기에 웃음을 터뜨렸다. 어젯밤 그녀를 헛간에 가두고 여기까지 안내해 준 남자가 전령 나부랭이가 아닌 바로 그 베스퍼, 그러니까 엘레노어가 그렇게 칭송하던 전설적인 팀의 수장이었다. 자신의 실수를 깨달은 마리는 두 볼이 화끈거리는 걸 느꼈다. 하지만 본인이 아무 말도 안 하는데 어떻게 베스퍼라고 상상이나 할 수 있었을까?

"쉬잇!" 갑자기 베스퍼가 손을 들어 주위를 조용히 시켰다. 주변에 고요해지자 마리는 저택 밖에서 고음의 경보음이 들린다는 걸 깨달았다. 사이렌 소리였다. 비밀요원들은 서로의 얼굴을 쳐다보았고, 갑자기 표정이 딱딱하게 굳어지면서 어두운 그림자가 드리워졌다.

오직 앨버트만 아무 걱정 없는 표정으로 별일 아니라는 듯 손을 저었다. "한스 크뤼거와 그 수하들은." 차분히 말을 이었다. "누굴 잡으러 갈 때 절대 사이렌으로 경고하지 않아." 그 말에 다른 요원들이 불안해하면서도 킬킬거리며 웃었다.

사이렌 소리가 가까워지면서 점점 더 높은 음으로 치달았다. 1초가 지나고 또다시 1초가 흘렀다. 마침내 다른 먹잇감을 쫓는 경찰차가 저택 옆으로 지나가고 나서 사이렌 소리가 잠잠해졌다. "피카르디에서 체포당한 사람이 있다고 들었어." 사이렌 소리가 한참 멀어지고 나서야 요원 하나가 말했다. "안전가옥에 있던 요원 둘이 붙잡혔대." 마리는 몸을 부르르 떨었다. 여기서 북쪽으로 조금만 가면 바로 피카르디였다. 마리는 이처럼 으리으리한 안전가옥에서도 비밀요원들이 체포되는 일이 생기는지, 그런 일이 벌어지기 전에 이렇듯 서로 웃고 떠들어도 괜찮은 건지 묻고 싶었다.

앨버트가 손을 저었다. "그런 재수 없는 이야기는 그만 해." 불운이 전염되기라도 하는 것처럼 곧바로 꼬리를 잘라 버렸다.

하지만 끝까지 고집을 피우는 사람도 있었다. "부주의해서 그렇게 됐을 거야." 사악한 운명에 발목을 잡힌 이들에게서 거리를 두며 자신은 다를 거라고 말하는 것처럼 모든 이가 고개를 끄덕였다.

"그렇게 장담할 일이 아니야." 베스퍼가 날카롭게 정곡을 찔렀다. 마리는 체포니 뭐니 하는 우울한 소문은 더 이상 듣고 싶지 않았지만, 그는 아니었다. 그는 두툼한 눈썹을 잔뜩 찌푸리며 음울한 표정을 지었다. "그날 붙잡힌 사람들은 우리 중에서도 손꼽히는 요원이었어." 그의 목소리를 들으니, 동료를 잃은 슬픔이 그에게 는 매우 견디기 힘들고 상실감이 크다는 걸 느낄 수 있었다. "언제 든 누구에게든 그런 일이 생길 수 있어. 그러니까 절대로 경계를 늦춰서는 안 돼." 베스퍼는 곧바로 등을 돌렸고 테이블에 앉은 요 원들도 침울한 표정으로 입을 다물었다. 요원 하나가 담뱃불을 붙 이자 뿌옇고 불길한 하얀 연기가 공기를 가득 메웠다.

순간 덜그럭거리는 문소리가 들렸다. 앨버트는 깜짝 놀라 자 리에서 벌떡 일어섰고, 방 건너편에 있는 베스퍼는 총을 찾으려 는 듯 본능적으로 손을 허리춤에 가져갔다. 마리는 불과 몇 초 전, 언제든 누구든 체포될 수 있다는 그의 경고를 떠올리며 그 자리 에 얼어붙었다.

문이 활짝 열리더니 핸드백처럼 한쪽 팔에 스텐 기관단총을 끼 고 말끔하게 차려입은 여자가 불쑥 들어왔다. 바로 조시였다.

마리는 예상치 않게 오랜 친구를 만나자 심장이 빠르게 뛰었 다. 다시 조시를 만나리라고는, 그것도 이렇게 빨리 만날 거라고 는 전혀 예상치 못했다. 마리는 자리에서 일어나 조시의 이름을 부르려다 그러면 안 된다는 사실이 번뜩 떠올랐다.

"이런 젠장, 간 떨어질 뻔했잖아!" 앨버트가 짜증을 냈다. "이틀 후에나 돌아올 줄 알았는데."

"마키 대원들이 숲에서 훈련한다는 정보가 새어 나갔대요." 조 시가 설명했다. "여기도 더 이상은 안전하지 않아요. 다들 흩어져 야 해요."

마리는 문가에 놓인 테이블에서 총기를 해체하는 조시 쪽으로 황급히 다가갔다. 희미하게 풍기는 화약 냄새에 어쩌다가 총을 쏘게 됐을지 궁금해졌다. "조시."

"안녕." 조시는 고개를 들고 다정하게 웃어 보이며 마리의 볼에 입을 맞췄다. "무사히 도착해서 다행이야." 그러곤 코끝을 찡그렸다. "그런데 화장실 가서 좀 씻어야겠다." 마리는 그 말에 순간 부끄러움을 느꼈지만 그럴 만도 하다고 자신을 방어했다. 그런 더러운 헛간에 갇혀서 밤을 새웠으니 꼴이 엉망인 게 당연하지 않은가? 하지만 조시는 분명 들판에서 오랜 시간을 보냈을 텐데도 머리 모양에 전혀 흐트러짐이 없고 원피스도 전혀 구김이 가지 않았다. 슬링백 구두 역시 진흙이 묻거나 구겨진 흔적이 없었다. 심지어 손톱도 반원 모양으로 단정하게 다듬은 상태였다. "밖으로 나가기 전에 최대한 단정하게 꾸며야 할 거야." 조시가 알려 주었다. 마리는 대체 어디를 나간다는 건지 궁금해졌다.

마리는 화장실에서 헝클어진 머리카락을 최대한 단정하게 빗어 내리고, 향이 지독한 투명 비누 거품이 닿자 얼굴이 불긋불긋해지는 걸 못마땅해하며 대충대충 씻었다. 저녁 비행을 하고 헛간에서 밤을 보낸 탓인지 피부가 푸석해 보이고 눈 아래로는 시커먼 다크서클까지 생겼다.

화장실에서 씻고 나오자 조시가 새하얀 천으로 해체한 총구 조각들을 날렵하게 닦아 내는 게 보였다. 마리는 오랜 친구를 유심히 살폈다. "잘 지냈지?"

"더할 나위 없이." 조시는 어느 때보다 활기가 넘쳐 보였다. 두 볼에는 생기가 흐르고 눈동자도 보석처럼 반짝였다. "그동안 시골 쪽을 돌면서 파르티잔 동지들에게 스텐총 사용법을 가르쳤어."

"그럼 무선 통신 쪽 일이 아닌 거네?" 아리사이그하우스에서 조시는 무선 쪽에 굉장한 두각을 나타낸 만큼 무선 통신 쪽을 맡기지 않은 건 국가의 손해일 수도 있었다. 물론 조시는 모든 분야에서 뛰어난 훈련생이었다. 마리는 조시가 베스퍼 팀에서 어떤 자원으로 활용되는지 깨닫고는 더욱 위축되었다.

"가끔 무선통신원으로도 일해." 조시가 자세히 설명했다. "그런데 일단 작전 현장에 나가면 뭐든 유동적이어야 해. 그때그때 필요한 임무를 맡거든." 조시는 마지막으로 봤을 때보다 훨씬 더 성숙해지고 그 어느 때보다 자신감이 넘쳤다. 이곳에서 맡은 임무가 적성에 맞는 모양이었다. 마리는 이곳에서 맡을 임무가 적성에 맞을지 도저히 확신이 서지 않았다.

"화요일이랑 목요일 일정이던데." 조시가 화제를 돌렸다. 마리가 메시지를 받아서 알리고 다시 런던으로 메시지를 발송하는 요일을 의미했다.

마리는 영국에서 메시지를 기다릴 엘레노어를 머릿속에 그리며 더욱 명확하고 정확하게 임무를 수행할 수 있기를 바랐다. 대체 어떤 메시지를 해독하고 발송할지도 궁금했다. "통신 작업은 여기서 해야 하는 건가?"

조시는 고개를 저었다. "어디든 그때그때 머무는 장소에서 하면 돼. 그건 베스퍼에게 직접 물어봐." 마리는 베스퍼가 서 있는 쪽으로 눈길을 돌리고 그의 모습을 자세히 살폈다. 다른 요원들보다 몇 살은 많아 보였으며 짙은 청색 눈동자에 광대뼈가 볼록 튀어나온 남자였다. 처음부터 못마땅해하지 않았다면 마리는 물론이고 누구나 호남이라고 부를 만했다. "베스퍼가 파리와 프랑스 북부 쪽에서 모든 임무를 맡고 있어. 요원만 해도 수십 명에 달하고 현지 연락책이 100명 정도 될 거야."

마리는 궁금해졌다. 프랑스에서는 보통 팀 리더와 무선통신원 그리고 전령이 작은 그룹을 짜서 움직인다고 배웠는데. 게다가 한 사람이 붙잡힐 때를 대비해서 다른 요원들이 해를 입지 않도록 각자 흩어져 활동한다고 하지 않았는가. 그런데 베스퍼가 이곳의 모든 작전을 지휘한다니. 한 사람이 그렇게 많은 정보를 알고 있어도 정말 안전한 걸까?

방 건너편에서 점점 언성이 높아졌다. 베스퍼와 앨버트 그리고 조시가 안전가옥에 도착할 무렵에야 잠을 깬 윌이 테이블에 지도 하나를 두고 머리를 맞댄 채 서 있었다. 세 사람 사이에 의견이 충돌하면서 결국 주위 사람들까지 들을 정도로 목소리가 높아지고 만 것이다.

"저 둘은 사촌이야." 조시가 베스퍼와 윌 쪽을 고개로 살짝 가리키며 말했다. 마리는 사촌지간인데도 생김새나 행동이 전혀 닮지 않아서 깜짝 놀랐다. 쾌활하고 다정한 윌과 근엄한 베스퍼는 전혀 상반된 이미지였다. "전혀 상상도 못 했을 테지. 특히 저 남자는 조심해야 해." 조시는 윌을 보며 말을 이었다. "저 다정한 눈빛하며, 누가 봐도 여자를 잘 홀리게 생겼잖아. 사람들 말로는 곳곳에 저 남자 애인들이 있대. 심지어 파리의 사창가에도 애인이 있다나 봐." 마리의 친구는 어깨를 으쓱해 보였다. "하긴 워낙 오랜 시간 이렇게 지내다 보니 외로워서 별일이 다 생기는 것도 당연하지. 그냥 다른 거 신경 쓸 필요 없이 자기 일에만 집중하고 괜히 헛생각만 안 하면 돼."

테이블 주위에 모인 남자들의 목소리가 더욱 높아졌다. "망트라졸라 부근에 다른 안전가옥을 찾아야 한다니까." 베스퍼가 힘주어 말했다.

월이 고개를 세차게 가로저었다. "시기상조야. 너무 위험해. 얼마 전에 놈들한테 잡혀간 사람도 있는데, 마을 사람들을 더 큰 위험에 빠뜨릴 수는 없어. 일단 최대한 규모를 줄여서 얼마 동안 숨죽이고 있어야 해."

"말도 안 돼!" 베스퍼가 불처럼 화를 냈다. "한 달 안에 교각을 폭파해야 하는 임무가 있잖아. 빨리 준비를 시작해야 한다고."

"그렇다면 마을 사람들에게 미리 언질이라도 줘서 가족들을 안전하게 대피시키도록 해 주자." 월이 강조했다.

"작전이 새어 나가는 위험을 감수하자고?" 베스퍼가 맞섰다.

마리는 조시를 보며 물었다. "뭐 때문에 저렇게 싸우는 거야?"

조시가 어깨를 으쓱했다. "본래 만나기만 하면 아웅다웅해. 그냥 끼지 않는 게 좋아."

하지만 마리는 호기심을 참지 못하고 슬금슬금 테이블 쪽으로 다가갔다. "대체 무슨 문제인데 그래요?" 본인도 그 대담함에 내심 놀랄 정도였다.

베스퍼가 짜증이 치밀어 오른 얼굴로 그녀를 쳐다보았다. "당신은 궁금한 게 너무 많아. 뭐든 조금 알수록 안전한 거라고. 그게 우리 모두를 위해서도 좋고."

윌이 대신 설명했다. "지금 당장 이곳과 망트라졸라 사이에 안전가옥과 우체통을 정해야 해요. 곧 아주 위험한 임무를 수행해야 하는데, 그 작전이 끝난 뒤 담당 요원들이 몸을 숨겼다가 도주할 경로를 확보해야 하니까요. 그런데 마을 사람들이 우리를 돕는 걸 꺼리기 시작했어요. 저기 뇌이쉬르센에서 파르티잔을 도왔다는 이유로 독일놈들의 보복 행위가 벌어졌거든요. 나치친위대 총책임자인 한스 크뤼거의 지시를 받아서 그 마을 남자들은 전부 총살하고 여자와 아이들은 교회에 가둔 채 불을 질러 버렸어요." 마리는 헉하고 숨을 들이마셨다. "결국 마을 전체가 몰살당한 꼴이 됐죠."

"그래서 완전히 새로운 마을을 찾아야 한다는 거야." 베스퍼가 덧붙였다. "마을 사람들을 직접 만나서 우리 상황을 설명해야 해."

"프랑스어도 잘 못하잖아." 앨버트가 쯧 소리를 내며 끼어들었다. "혼자는 안 돼."

"제가 같이 갈게요." 마리는 용기를 내서 말하곤 곧바로 후회했다.

베스퍼도 마리만큼 그 제안에 놀란 눈치였다. 마리를 잡아먹을 듯 쳐다보았다. "말도 안 돼!" 그가 소리쳤다. "어제 막 도착한 풋내기잖아. 경험이라곤 전혀 없고. 너무 위험해."

"그래도 프랑스어 실력이 출중하잖아. 엉망인 누구랑 비교해서." 앨버트가 다그치듯 말했다. 마리는 프랑스어도 제대로 못하는 사람이 어떻게 프랑스에서 파르티잔의 수장으로 모든 팀을 이

끄는 건지 도무지 이해되지 않았다.

베스퍼는 아무 말 없이 마리를 가만히 쳐다보며 곰곰이 생각에 잠겼다. 그냥 혼자 가고 싶어서 그런 걸까, 아니면 그냥 마리가 싫은 걸까? 둘 중 어느 쪽이든 베스퍼는 혼자 가는 걸 택할 테지. 마리는 그렇게 생각하며 아쉬움과 안도감을 동시에 느꼈다.

"그럼 망트라졸라만 같이 가는 거야." 베스퍼가 마침내 결론을 내렸다. 마리는 주변 사람들이 그의 말에 적잖이 놀라는 표정을 짓는 걸 느낄 수 있었다. "출발하지."

베스퍼가 문 쪽으로 성큼성큼 걸어가자 마리는 어깨너머로 조시를 흘끗 쳐다보았다. 조시를 만난 지 몇 시간도 안 됐는데, 두 사람은 언제쯤 다시 만날 수 있을까? 당장이라도 조시에게 달려가서 작별 인사를 하고 뭐든 조언이나 충고를 구하고 싶은 심정이었다. 하지만 조시는 인사 대신 한 손을 들어 보일 뿐이었고, 마리는 이제 다른 선택의 여지가 없다는 것을 깨달았다.

마리는 베스퍼를 놓치지 않으려고 부리나케 계단을 뛰어 내려가서 저택 앞문으로 달려갔다. 그는 정원 곳곳에 박힌 포탄을 지날 때만 잠시 걸음을 늦추었다. 이번에는 아침에 타고 온 자전거를 이용하지 않고 저택 반대편 들판을 가로질러 뚜벅뚜벅 걷기 시작했다. 서로 아무 말도 하지 않았다. 워낙 보폭이 넓어서 마리는 걸음을 맞추느라 뛰다시피 했다. 덕분에 원피스 속에서 온몸이 끈끈할 정도로 축축해졌다.

두 사람은 아무 말 없이 한참을 걸었다. 멀리서 교회 종소리가 오전 10시를 알렸다. "걸음이 느리군." 베스퍼는 들판이 끝나고 시골길이 나오자 질책하듯 말했다.

"그래서 어쩌라고요?" 마리가 쏘아붙였다. 그 순간 이틀 동안 꼭꼭 눌러 둔 분노와 불안이 가슴에서 화르르 타올랐다. "빵 한 조각 물 한 방울 없이 그 더러운 헛간에 밤새 갇혀 있느라 체력이 바닥났다고요."

"나도 2주 동안 하루도 눈을 못 붙였어." 그가 말을 받았다. "우리가 하는 일이 본래 그래. 항상 이동할 준비를 해야 하니까. 그래도 당신 무선통신기를 찾고 나면 편히 쉴 수 있을 거야. 사실 전령 노릇이나 하자고 나를 따라오겠다 해서 조금 놀랐어."

마리는 얼굴을 붉혔다. "나를 끌고 간 사람이 그 유명한 베스퍼인 줄 몰랐어요." 마리는 전날의 실수를 조금이나마 무마하려고 덧붙였다. "정말 영광이에요."

그는 이런 식의 농담을 처음 접한 사람처럼 살짝 놀란 표정을 지었다. "거짓말을 진심처럼 얘기할 줄도 아는군." 그는 딱딱하게 대답했다. "그건 그렇고 보통 줄리언이라고 불러."

"그런데 프랑스어를 못하면서 어떻게 작전을 수행하죠?" 마리는 너무 많은 질문을 하지 말라던 엘레노어의 충고를 미처 떠올리지 못하고 물었다.

"팀을 이끌다 보면 마을 사람들과 직접 접촉할 일이 별로 없어. 그러다가 놈들에게 붙잡히기라도 하면 큰일이니까. 보통은 조용히 뒤로 물러서서 다른 남자 요원들에게 지시를 내리는 편이야."

"그럼 여자들은." 마리가 지적했다. "여기 와서 작전을 수행하면 안 된다고 생각하는 쪽인가요?"

"실력만 충분하다면 여자도 맡은 임무를 얼마든지 충실하게 해낼 수 있어. 그에 따르는 위험까지도 감내할 수 있다면." 마지막 말은 자신을 염두에 두고 하는 말 같았다. 그의 마지막 말이 마리의 의구심에 다시 한번 울림을 주었다.

마리는 그 말은 못 들은 척하며 물었다. "지금 망트라졸라로 가는 거죠?"

"정확히 거긴 아니고, 근처 호스니슈흐센 마을로 가는 거야. 지금으로서는 이쪽 지역만 안전가옥이 확보되지 않았거든. 지금 우리가 머무는 저택은 워낙 덩치가 크고 나중에 도주할 때 사람들 눈에 띄기 쉬운 곳이라서. 당장 새로운 안전가옥을 확보해야 하는데, 무턱대고 마을에 가서 당신들 목숨을 걸고 도주 중인 비밀요원들이 숨을 만한 집을 내놓으라고 할 수는 없는 노릇이잖아. 그래서 요원들을 숨겨 달라고 부탁하기 전에 일단 메시지를 교환할 수 있도록 우체통 역할을 해 줄 마을 사람부터 찾아보려는 거야."

뭐라고 대답하기도 전에 모퉁이 쪽에서 윙윙 소리가 들렸다. 대형 갈색 군용 트럭이 두 사람이 있는 쪽으로 서서히 모습을 드러냈다. 마리는 잔뜩 긴장해서 나무 쪽으로 황급히 걸음을 옮겼다. 줄리언이 팔을 붙잡았지만 이번에는 너무 겁에 질려서 반항조차 할 수 없었다. "진정해." 그가 낮은 목소리로 말했다. "우린 아침 산책을 나온 평범한 프랑스인 커플이야." 마리는 눈을 아래로 깔고 평상시처럼 걸음을 옮기려고 노력했다. 잠시 후 군용 트럭은 모퉁이를 돌아서 사라졌고, 줄리언은 잡은 손을 거칠게 내팽개쳤다. "당신 위장 신분이 프랑스 여자라는 건 알고 있겠지?"

"물론 알죠."

"그럼 제대로 해."

마리는 고개를 푹 숙였다. "미안해요. 정 그러면 다시 저택까지 데려다주고 다른 사람을 데려가요. 조시도 괜찮고……."

"늦었어." 그는 석회암 주택이 복잡하게 얽혀 있고 옆으로는 구불구불한 수로가 길게 이어진 마을 근처에 도착했다. "다 왔어." 마리는 저택에서 이렇게 가까운 곳에 마을이 있다는 사실에 놀라지 않을 수 없었다. 도보로 몇 킬로미터도 안 되는 지척에 있는 마을이라니. 줄리언은 수로 위로 낮게 드리워진 석조 다리 앞에 잠시 멈춰 섰다. "이 지역은 우리 요원들과 가까운 현지인이 거의 없는 몇 안 되는 곳이야. 처음 접선을 시도하는 거지만, 레지스탕스에 동조하여 도움을 주고 싶어 하는 마을 사람이 꽤 많다고 들었어. 일단 메시지를 주고받을 만한 집이나 카페 같은 곳이 있는지 살펴볼 거야. 긴급한 순간에 대비해서 하룻밤 정도 우리 요원을 재워 줄 만한 집이 있는지도 알아봐야 하고."

"카페보다는." 마리가 제안했다. 그녀의 시선은 조그만 광장까지 이어진 마을의 주요 도로인 자갈길을 따라 움직였다. "서점이 좋겠어요." 서점을 보고 막 머릿속에 떠오른 생각이었다. 책을 읽는 척하거나 특정한 책 속에 메시지를 넣어서 전달하는 방법도 괜찮을 것 같았다. "적당한 곳만 찾을 수 있다면요."

"서점이라." 줄리언은 머릿속으로 그 제안을 가늠해 보았다. "기발한데!" 이제야 지지의 눈빛으로 마리를 쳐다보았다. 순간 마리의 뺨이 붉게 달아올랐다. "저기 하나 있기는 해. 광장 바로 지나서. 독일놈들은 책이라면 질색을 하니까 서점에 갈 일은 없을 거야." 그리고 남자의 얼굴에서 미소가 사라졌다. "이제 당신이 직접 가서 서점 주인을 설득해야 해."

"혼자서요?" 마리가 되물었다. 현장에 배치된 지 열두 시간도 채 되지 않은 상황이었다.

"그래. 대낮부터 남자가 서점에 드나드는 걸 보면 사람들이 이상하게 생각할 테니까."

마리가 고개를 끄덕였다. 멀쩡한 사내가 전쟁터에도 나가지 않았으니 그럴 만도 할 것이다. "하지만 저는 통역하려고 따라왔는걸요. 독일군 트럭이 지나가는 것만 봐도 겁에 질려서 벌벌 떠는 거 봤잖아요."

"임무 수행도 제대로 못 할 거면서 왜 따라온 거야?" 줄리언이 다그쳤다.

내 임무는 어디 숨어서 무선통신기로 메시지를 전달하는 거였다고요. 마리는 받아치고 싶었지만 프랑스에 도착한 지 하루도 지나지 않아서 통역도 했다가 이제는 임무를 직접 맡는 일까지 벌어지고 만 것이다. 그제야 언제 어디서 어떤 임무를 수행할지 모르니까 모든 훈련을 받아야 한다던 엘레노어의 충고가 떠올랐다. 그때그때 필요한 임무를 맡는다고 했던 조시의 말도. 바로 이것이 마리의 임무였고, 적어도 여러 임무 중 하나였다.

"겁이 나겠지. 알아." 줄리언이 다소 누그러진 목소리로 말했다. "두려움은 인간의 첫 번째 본능이니까 그럴 만도 해. 덕분에 우리가 경계심을 누그러뜨리지 않는 거고, 그래서 살아 있는 거야. 하지만 요원이라면 그 두려움을 훈련하고 활용할 수 있어야 해. 이제 가 봐. 가서 서점 주인에게 《오디세이》 초판을 찾고 있다고 말하면 돼."

"그 말을 하면 알아들을까요?"

"레지스탕스를 돕고 싶어 하는 사람인지 확인하기 위한 몇 가지 질문이 있어. 어부에게는 요즘 대구가 잘 잡히는지 묻고, 꽃집 점원에게는 튤립이 있는지 묻거든. 대부분 제철이 아니거나 구하기가 어려운 것들이야." 줄리언은 다급해하며 숨을 크게 내쉬었다. "아무튼 지금은 자세히 설명할 시간이 없어. 예전에 우리를 도와준 적이 있는 사람이라면 그 정도만 얘기해도 알아들을 거야."

마리는 쉬는 시간에 아이들이 앞뜰에 나와 뛰노는 학교를 지나서 마을로 걸어가기 시작했다. 서점은 광장 바로 북쪽에 붙어 있었다. 활짝 핀 수레국화 양옆으로 파란색 덧문이 있고, 시든 양귀비 화분이 놓인 창문 위로 난간을 친 2층 건물 아래 정갈한 입구가 보였다. 마른서점. 가게 앞 간판에 빛바랜 노란색 페인트로 적혀 있었다. 서점은 만화책을 훑어보는 소년을 제외하고는 적막함 그 자체였다. 오래 묵은 책 냄새가 서점을 가득 채우고 있었다.

마리는 소년이 돈을 내고 책을 사서 밖으로 나갈 때까지 기다렸다가 뒤쪽 계산대에 서 있는 서점 주인 쪽으로 다가갔다. 덥수룩한 콧수염에 닿을 정도로 돋보기를 걸쳐 쓴 주름이 자글자글한 백발 노인이었다. 마리는 벽에 제1차 세계대전 장식품이 걸린 걸 눈여겨보았다. 서점 주인은 참전용사거나 적어도 애국자임이 틀

림없었다. "봉주르. 책을 찾고 싶은데요."

"네?" 서점 주인은 사뭇 놀란 목소리였다. "요즘은 책 읽는 사람이 거의 없는데. 대부분 불쏘시개로 쓰려고 책을 사는 세상이라서 말이죠."

서점 주인은 오랜만에 진짜 손님이 나타났다고 생각하며 즐거워했고, 그 모습에 마리는 그를 실망시켜야 하는 게 더욱 마음에 걸렸다. 《일리아드》 초판을 찾고 있어요." 주인은 곧바로 몸을 돌려서 책장에 꽂힌 책들을 하나씩 살피기 시작했다. "아, 《오디세이》 초판이요." 마리는 바로 책 제목을 바로잡았다.

서점 주인이 천천히 몸을 돌렸다. "진짜 책을 사러 온 게 아니군요?"

"맞아요."

남자의 눈이 동그래졌다. 분명 마리가 보낸 신호를 알아들은 것 같았다. "혹시 소포를 받아 줄 수 있나요?" 마리가 물었다.

남자는 격렬하게 고개를 저었다. "아뇨." 그의 시선이 좁은 자갈길 너머에 있는 카페로 향했다. 판유리를 끼운 창문 너머에서 독일 비밀경찰들이 아침을 먹고 있었다. "얼마 전에 새 이웃이 왔어요. 미안합니다."

마리는 심장이 빠르게 뛰었다. 분명 독일군들이 서점으로 향하는 그녀를 지켜보고 있었을 것이다.

마리는 두려움을 억누르며 다시 말을 꺼냈다. "무슈, 크게 위험하지 않을 거예요. 그냥 책 사이에 메모만 전달할 수 있도록 해 주세요. 누가 왔다 갔는지도 모를 거예요." 비밀요원들이 서점을 은

신처로 삼을 가능성이 없지 않았지만, 아직은 무리일 것 같아서 입 밖에 꺼내지 않았다.

"마드무아젤, 건물 2층에 우리 딸아이가 첫돌도 안 된 손자와 함께 있어요. 만약 나 혼자, 아니 아내와 둘만 돼도 전혀 개의치 않았을 거요. 하지만 손자 때문에라도 도와줄 수 없겠어요."

마리는 이스트앵글리아의 숙모 집에 있을 테스를 떠올렸다. 아이를 두고 떠나는 것도 힘들었지만, 아이를 위험 한가운데 내팽개친다는 것은 생각만으로도 견딜 수 없는 일이었다. 이 가련한 할아버지에게 도움을 강요할 권리도 없었다. 마리는 서점 앞문으로 걸어갔다. 순간 마을 어귀에서 자신을 기다리는 베스퍼가 떠올랐다. 이대로 실패할 수는 없었다.

"무슈, 우리가 도움이 너무 절실해서 그러는데요." 그녀의 목소리에 절박함이 그대로 녹아 있었다.

서점 주인은 고개를 젓더니 계산대에서 걸어 나와 창문에 걸린 '영업 중' 팻말을 '영업 종료' 쪽으로 뒤집어 놓았다. "마드무아젤, 잘 가요." 남자는 그 말만 남기고 서점 뒷문 쪽으로 사라져 버렸다.

마리는 그를 쫓아가야 하나 잠시 망설이며 자리에 서 있었다. 하지만 도저히 설득할 자신이 없었고, 괜히 남들 이목을 집중시켰다가는 일을 더 그르칠 수도 있었다. 마리는 실의에 빠져 거리로 나섰다. 결국 임무를 완수하지 못했다.

마리는 서점을 나와서 천천히 마을을 벗어나 낮은 다리를 건넜다. 그런데 줄리언과 헤어진 지점에 도착했는데도 그의 모습이 보이지 않았다. 그녀만 두고 가 버린 걸까? 잠시였지만 임무에 실패했다는 사실을 말하지 않아도 된다는 생각에 잠시 마음이 놓였다. 하지만 줄리언 없이는 아무 데도 갈 수 없는 신세였다.

그제야 나무 사이에 몸을 숨긴 줄리언이 보였다. 마리는 그가 있는 쪽으로 살금살금 걸어갔다. "어떻게 됐어?"

마리가 고개를 저었다. "도와줄 수 없대요." 그리고 줄리언의 질책이 떨어지기만 기다렸다.

"놀라운 일도 아니야." 그가 질책 대신 대답했다. "독일놈들에게 앙갚음을 당한 마을이 한두 곳이 아니니까. 이제 마을 사람들도 우리를 돕는 게 꺼려지는 거겠지."

"마을에 다른 가게가 있을 거예요." 마리가 제안했다.

"오늘은 이쯤에서 그만두는 게 좋겠어. 이미 서점 주인에게 우리 문제를 알린 셈이니까. 오늘 다른 곳까지 찾아다녔다가는 마을 사람들 사이에서 이러쿵저러쿵 말이 나오기 시작할 거야."

"그럼 어쩌죠?"

"당신이 지낼 곳으로 데려다줄게. 계획을 새로 짜고 다시 모이는 걸로 해." 마리는 실망감으로 걸음을 뗄 수가 없었다. 그냥 안전가옥으로 돌아가서 조시를 만나고 싶었다. "따라와."

마리는 그가 다시 숲속으로 돌아가기만 바랐다. 그런데 줄리언이 그녀가 다녀온 마을 쪽으로 걸어가는 걸 보고는 깜짝 놀랐다. "마을에 다시 안 간다고 말했잖아요." 마리는 움직이지 않고 그대로 서서 말했다.

줄리언이 고개를 돌렸다. "본래 질문이 많은 편인가?" 목소리에 짜증이 가득했다. "여기서 서성이는 걸 들키지 않아야 한다는 뜻이야. 입 닫고 조용히 따라오지 않으면 그냥 가 버릴 거야." 줄리언은 다시 마을 쪽으로 향했고, 뒷골목과 또 다른 뒷골목으로 요리조리 움직이며 광장을 빙 돌아갔다. "당신이 지낼 방도 이 마을에 있어." 그가 속삭였다. "여기 머물면서 우리가 있는 안전가옥 쪽으로 누가 오는지도 자세히 살펴보도록 해."

"그럼 제가 지내는 방은 안전가옥으로 사용하지 않는 건가요?"

줄리언이 고개를 저었다. "너무 뻥 뚫린 곳이라서 안 돼. 요원들이 몰래 숨어들기가 불가능해." 그런 곳이라면 마리가 몸을 피하기에도 위험하지 않을까? "목적에 따라서 여러 형태의 안전가옥을 결정하거든." 그가 설명했다. "서로 메시지를 주고받는 곳과 무선 통신을 하는 곳, 요원들이 도주해서 몸을 숨길 만한 곳. 그런 식으로 특별한 목적에 따라 안전가옥을 구분해서 사용하지."

줄리언은 골목길 쪽으로 그녀를 안내하더니 집들이 모인 뒤쪽에 잠시 멈춰 섰다. "여기야." 그는 곁쇠 하나를 꺼내 문을 열고서 가파르게 이어진 계단을 따라 천천히 올라가기 시작했다.

더는 올라갈 곳에 없어지자 몸을 완전히 숙여야만 들어갈 수 있을 정도로 조그만 문을 열고 들어갔다. 비스듬한 지붕 아래 자리한 다락방이었다. 침대 하나와 세면대 하나 말고는 별다른 것이 없었다. 그래도 어젯밤에 갇혀 있던 더러운 헛간보다는 상태가 훨씬 나아 보였다.

"저건 당신 무선통신기야." 줄리언이 고갯짓한 쪽을 보니 낯익은 물건이 보였다.

"내 무선통신기!" 마리는 신이 나서 그쪽으로 다가갔다. 손을 뻗어 상자를 들고 그 안에 든 무선통신기를 양손으로 쏠어내렸다. 다행히 비행기를 타고 오는 동안 크게 상하진 않은 것 같았다. 안테나선이 조금 구부러지기는 했지만 손가락으로 다시 펼 수 있을 정도였다. 그리고 전신 키 부분이 조금 헐거워졌다. 엘레노어가 기계를 산산조각낸 뒤로 조금 헐겁긴 했는데, 이동 중에 상태가 더 안 좋아진 모양이었다. 그 또한 마리가 고칠 수 있을 정도였다. "혹시 풀 같은 거 있나요?" 마리가 물었다.

"아니. 나중에 이쪽으로 보내 줄게." 혹시 풀이 도착하지 않으면 송진이나 타르라도 구해 봐야겠다고 생각했다. 그제야 아리사이그하우스에서 엘레노어가 무선통신기를 해체하고 다시 조립하도록 훈련시킨 건 정확히 이런 상황에 대비한 거였다는 생각이 들었다.

"창문 밖으로 전선을 빼야 무선 통신을 할 수 있을 거야." 줄리언이 설명했다. 마리는 그가 가리키는 쪽으로 고개를 돌렸고, 창문 밖으로 이제 막 꽃을 피우려는 미루나무가 눈에 들어왔다. 그제야 길 건너편에 뭔가 익숙한 풍경이 펼쳐져 있음을 깨달았다. 마른서점. 순간 위가 뒤틀리는 기분이었다. 그녀가 머물 다락방은 조금 전 독일 비밀경찰을 본 카페 바로 위에 있었다.

"그런데 비밀경찰이……." 마리가 입을 열었다. "근처에 있던데, 어떻게 여기가 안전할 수 있다는 거죠?"

"당신이 여기 있다는 걸 전혀 모를 테니까."

"만약 알아내면요?"

"조심하면 절대 들킬 일 없어. 배 안 고파?" 줄리언이 물었다.

"고파요." 마리가 솔직하게 말했다. 앨버트나 다른 요원들과 함께 아침을 먹은 것도 이미 오랜 기억처럼 느껴졌다. 줄리언이 찬장에서 빵 반 덩어리와 종이에 싼 치즈를 꺼냈다. 마리는 언제 빵과 치즈까지 준비해 둔 건지, 혹시 이곳 열쇠를 다른 사람도 가지고 있는 건지 궁금해졌다.

줄리언은 테이블에 빵과 치즈를 올리고 물 두 잔을 가져왔다. 물잔을 건네는 그의 손이 덜덜 떨리는 통에 물이 출렁거렸다. "괜찮아요?" 마리가 물었다.

"그냥 피곤해서 그래." 줄리언이 애써 미소를 지었다. "매일 다른 곳에서 자고 몇 주 동안 고독에 시달리다 보면…… 피로가 쌓이게 마련이니까."

하지만 피로가 쌓인다고 해서 저렇게 손이 떨리는 건 아니었다. "손을 떤 지는 얼마나 됐어요?"

줄리언의 얼굴에서 웃음기가 사라졌다. "벌써 몇 년은 됐지. 전쟁에 나갔다가 포탄 파편이 박혀서 다쳤거든. 지금처럼 증상이 심각해진 건 몇 개월 안 됐어. 부탁인데 다른 사람한테는 말하지 마. 아무래도 다른 사람들이 알면……."

"약속할게요."

"고마워."

두 사람은 아무 말 없이 빵을 씹었다. 공기가 점점 차가워졌다. "난로에 불을 피워도 괜찮을까요?" 마리는 헛간처럼 추위와 어둠 속에서 하룻밤을 보내야 하는 건 아닐까 두려워하며 물었다.

줄리언이 고개를 끄덕였다. "응. 이 방에 사람이 사는 건 비밀이 아니니까." 마리가 조용히 불을 피우는 동안 그는 다리를 쭉뻗고 검은 부츠를 신은 발을 꼰 채 의자에 등을 기대고 앉아 있었다. 두 사람이 만난 이후 그렇게 편한 자세로 있는 모습은 처음이었다.

"그럼 이제부터는 어떻게 되는 거죠?" 마리가 물었다.

"여기서 지내다가 메시지를 받아서 본부로 전송하면 돼. 전령이나 당신을 태우고 온 월이 메시지를 가져올 거야." 줄리언은 월과 사촌이라는 말은 끝까지 꺼내지 않았다. 마리는 의도적으로숨기는 건지, 그가 몰두하는 세상과는 아무 연관이 없는 정보라고 생각해서 말하지 않는 건지 궁금했다. "월은 항공 수송 담당이야. 하지만 그 외에 모든 전송 업무와 항공편도 맡고 있어. 그쪽은내가 맡을 수 없으니까." 그리고 덧붙였다. "우리 남자 요원들 그리고 여자 요원들은." 이번에는 여자 요원까지 정확히 포함해서말했다. "북부 프랑스의 320킬로미터 전방에 모두 퍼져 있어. 난그곳을 이리저리 돌아다니면서 요원들한테 필요한 게 뭔지 확인하는 역할이고." 마리는 줄리언이 어깨에 짊어진 막중한 책임을가늠해 볼 수 있었다.

"또 하나, 메시지를 전송할 때는 항상 조심해. 독일놈들이 우리가 무슨 짓을 하는지 알아낸 뒤로 무선 메시지 전송을 잡아내느라 혈안이 됐거든." 엘레노어도 출발 직전에 그 부분을 똑같이 경고했다. "너무 오랜 시간 기계를 붙잡지 말고, 방향 탐지 차량이나 당신을 주시하는 눈이 없는지 항시 주변을 살펴야 해." 마리가 고개를 끄덕였다. 무선통신기 신호를 감지하는 장치를 부착한 커다란 밴이 배회하며 주위를 감시한다는 이야기를 들은 적이 있었다. 이런 조용한 시골 마을에도 그런 짓을 하는 경찰이 있다는 사실이 도저히 믿기지는 않았지만. "아무리 힘들어도 메시지 전송을 멈추면 안 돼." 줄리언이 엄격하게 강조했다. "무슨 일이 있어도 본부와 연락을 유지해야 해. 우리가 런던에 보내는 메시지는 굉장히 중요해. 연합군의 공격이 시작될 때 독일놈들을 무력화하기 위해 우리가 죽을힘을 다해 노력한다는 걸 본부에서도 알아야 하니까."

"그게 언젠데요?" 워낙 중요한 문제라 엄청난 용기가 필요한 질문이었다.

"그건 나도 몰라." 줄리언이 솔직히 대답했다. "하지만 정확한 시간은 모르는 게 좋아. 그저 일어날 거다 정도만 아는 게 좋지, 알겠어? 그게 안전하니까. 곧 공격이 시작될 거고, 그건 확실해. 우리는 여기서 그 공격이 성공리에 마무리되도록 애쓰는 거고." 줄리언은 허풍이라고는 찾아볼 수 없이 명확하게 흔들림 없는 목소리로 말했고, 그만큼 자기 일에 대한 책임감이 커 보였다. 마리는 그의 강렬한 에너지가 오만이나 비열함에서 나오는 게 아니라 모든 작전을 오롯이 책임지고 있다는 무게감에서 나오는 것임을 깨달았다. 그제야 그에게서 뿜어져 나오는 환한 빛과 힘을 존경의 눈으로 바라볼 수 있었다. 다시 한번 모든 일을 한 사람이 책임진다는 게 정말 현명한 일인지 의구심이 들었다. "바로 그 점을 당신, 아니 우리 모두가 알고 있어야 해."

마리는 모두 목숨을 걸고 임무를 수행하는구나, 생각하면서 그렇다면 조금 더 자세히 알 권리가 있는 게 아닌가 싶었다.

줄리언이 자리에서 일어났다. "이만 가 봐야겠어. 여기서 최대한 평범하게 행동하며 일정에 맞춰서 전령이 가져오는 메시지를 본부로 전송해."

마리는 가만히 서 있었다. "잠시만요." 특별히 줄리언을 좋아하는 건 아니었다. 굉장히 까다롭고 예의라곤 찾아볼 수 없으며 열정만 가득한 사람이니까. 하지만 여기서 만난 몇 안 되는 사람 중 하나였고, 이 낯선 방에 그것도 독일군들을 지척에 두고 혼자 남겨지는 게 너무나 두려웠다.

그러나 달리 어찌할 도리가 없었다. 여기서 떠나는 것이 줄리언의 몫이고, 여기에 남겨지는 것이 마리의 몫이니까. "잘 있어, 마리." 그는 다시 한번 그녀를 혼자 남겨 둔 채 방을 나갔다.

# 12
## 그레이스

*1946년, 워싱턴*

다음 날 아침 그레이스는 워싱턴을 향해 남쪽으로 달려가는 열차에 앉아 있었다.

어제 마크가 떠난 후 그레이스의 몸은 사무실로 향했지만 머릿속은 영사와의 만남으로 가득했다. 처음에는 여행 가방에 들어 있던 사진 뭉치를 돌려주는 데만 온통 관심이 쏠려 있었다. 하지만 그 가방의 주인이 엘레노어 트리그이고, 영국 정부 기관에서 일한 사람이라는 사실을 알아내자 그레이스의 궁금증은 배가되었다. 그 사진의 소녀들은 누구일까? 대체 엘레노어 트리그와 그 소녀들은 어떤 관계였을까? 워싱턴으로 가면 그 해답을 찾을 수 있을까? 그 해답을 얻을 가능성은 한참 멀리 떨어진 것처럼 느껴졌고, 시간이 지나 마크를 만날 시간이 가까워지면서 그녀의 의구심은 점점 더 커졌다.

그레이스는 어제 퇴근할 무렵이 되어서야 프랭키에게 하루 휴가를 내고 싶다고 말했다. "무슨 일 있는 건 아니지?" 마침내 그녀가 휴가 얘기를 꺼내자 프랭키는 걱정스럽게 물었다. 근심걱정으로 그의 얼굴에 주름이 더욱 깊어졌다. 그녀도 왜 그런 반응이 나오는지 알고 있었다. 1년 가까이 프랭키와 일하면서 한 번도 결근한 적이 없었다.

"별일 아니에요. 괜찮아요. 그냥 집안일이에요." 그레이스는 더이상의 질문 세례를 피할 요량으로 별문제 아니라는 표정을 지으며 대답했다.

"그럴 때는 일에 매달려서 바쁘게 지내는 게 최고야." 프랭키가 충고했다. 그레이스는 더 미안해졌다. 톰을 잃은 슬픔을 이기기 위해 하루 쉬고 싶어 한다고 생각하는 모양이었다. 하지만 그레이스는 뉴욕을 벗어나 자신과 아무런 관계도 없는 미스터리를 풀기 위해 다시는 만나지 말아야 할 남자를 만나러 가려는 거였다. "그럼 모레는 출근하는 거지?" 질문이면서 한편으로는 간절한 요청이었다.

"그래야죠." 그레이스도 하루 이상은 집을 떠날 수가 없었다.

"좋아." 프랭키가 웃어 보였다. "아무래도 함께 일하는 데 익숙해져서 말이야."

그레이스는 상사가 자신에게 의지하고 있다는 사실을 굳이 에둘러서 표현하는 모습에 미소를 지었다. "고마워요." 그저 하루쉴 시간을 준 것에 대한 감사 표현은 아니었다. 일할 곳이 없는 그녀에게 일자리를 주고 지금까지 버틸 수 있도록 해 준 것에 대한 고마움이었다. 그의 이해심에 대한 고마움이기도 했고. "최대한 빨리 올게요. 약속해요."

매끈하게 빠진 파란색 콩그레셔널 열차는 방대하게 펼쳐진 체서피크만(버지니아와 메릴랜드 사이에 있는 만-옮긴이)을 가로지르며 달려갔다. 그레이스는 객차를 둘러보았다. 등받이를 직각으로 세워놓은 좌석마다 폭신한 가죽천이 덮여 있었다. 그리고 반짝이는 판유리 너머에서 햇빛이 들어와 광채를 뿜어내는 강물의 아름다운 풍경을 즐길 수 있었다. 흑인 소년이 커피와 간단한 과자를 담은 카트를 끌고 다가왔다. 그레이스는 고개를 저었다. 이번 여행에 비용이 얼마나 들지 알 수 없어서 최대한 돈을 아껴야만 했다. 대신 미리 챙겨 온 에그 샐러드 샌드위치를 꺼냈다.

샌드위치를 다 먹고 나서 샌드위치를 포장했던 파라핀 종이를 공처럼 돌돌 말았다. 그리고 사진 뭉치를 꺼내서 뭔가 미스터리를 품은 듯한 소녀들의 눈동자를 유심히 살폈다. 사진 뒷장에는 비슷한 형태의 필기체로 이름이 적혀 있었다. 조시. 브리야. 그레이스는 엘레노어 트리그의 필체인지, 다른 사람의 필체인지 궁금해졌다.

열차가 유니언역에 도착하자 시계가 11시를 가리켰다. 마크는 말끔하게 면도한 얼굴로 빳빳하게 다린 흰 셔츠에 스포츠 코트를 입고 회색 중절모를 손에 든 채 플랫폼에서 기다리고 있었다. 그레이스를 보자 적잖이 놀란 표정이었다. 오지 않을 거라고 생각한 모양이네. 그레이스는 그 표정의 의미를 알아챘다. 그녀의 뺨에 입을 맞추는 그의 태도는 매우 친밀하면서도 도를 넘지 않았다. 그 와중에 그레이스는 익숙한 애프터셰이브 향기를 코끝으로 음미했다. "기차 여행은 어땠어요?" 그가 물었다.

그레이스는 일부러 한 걸음 뒤로 물러서며 고개를 끄덕였다.

"앞으로 계획이 어떻게 돼요?" 마크를 따라 유니언역의 거대한 대리석 로비로 걸어가면서 물었다. 그레이스는 높은 아치형 천장을 보며 감탄을 금치 못했다. 천장을 수놓은 팔각형 문양 주변은 금색 잎사귀로 화려하게 장식했다.

"특수작전국과 관련된 파일들을 다시 살펴봤어요." 그가 대답했다. 두 사람은 역 밖으로 나섰다. 뉴욕보다 공기가 더 따뜻하게 느껴졌다. 헐벗은 나뭇가지 사이로 저 멀리 둥근 지붕의 국회의사당이 보였다. 아주 어릴 때 가족들과 함께 국회의사당에 한 번인가 와 본 적이 있었다. 그레이스는 걸음을 멈추고 위풍당당하게 서 있는 국회의사당을 감탄스러운 눈으로 바라보았다.

마크는 대기 중인 택시 문을 열고 그레이스를 먼저 태웠다. "계속 얘기해요." 마크가 택시에 올라타서 문을 닫자 그레이스가 재촉했다.

"전쟁 중에 영국 정부의 특수작전국에서 유럽 쪽으로 요원들을 보냈다고 했던 거 기억하죠?"

"네. 유럽에 가서 대체 뭘 했을까요? 첩자 같은 거였나요?"

"꼭 그렇지만은 않아요. 프랑스 파르티잔을 돕고, 생필품을 조달하고, 독일군의 작전 수행을 방해하는 등의 임무를 맡았으니까." 그레이스는 엘레노어 트리그가 그중 어떤 임무를 맡았을지 궁금해졌다. 마크가 말을 이었다. "어쨌든 내가 확인해 본 건 여기까지예요. 토니라고 예전에 같이 군대에 있던 친구의 여동생이 지금 전쟁부에서 근무해요. 물어보니까 영국 영사가 한 말이 사실이라고 하더군요. 특수작전국 관련 파일들은 전쟁 후 모두 전쟁부 쪽으로 이관됐다는 거예요."

"정말 이상한 일이네요."

마크가 어깨를 으쓱했다. "전쟁 기간에 벌어진 일 중에서 이상한 일이 한두 가지가 아니죠. 그 파일들에 엘레노어 트리그에 대한 정보가 있을지도 몰라요."

"아니면 사진의 소녀들에 대한 거라도요." 그레이스가 덧붙였다. "어쩌면 그 소녀들도 특수작전국과 관련된 일을 했을지 모르잖아요." 이제 엘레노어 트리그보다 더욱 거대한 실체를 향해 다가가는 상황이 되었다. 그레이스는 가방에서 사진 뭉치를 꺼냈다.

마크가 옆으로 바짝 다가앉으며 물었다. "좀 봐도 돼요?"

그레이스는 사진 뭉치를 건넸다. "사진의 소녀들이 누군지만 알 수 있다면……." 호기심이 그녀를 붙잡았다. "그런데 그 파일들을 어떻게 확인할 수 있죠? 파일을 보라고 순순히 내놓지는 않을 것 같은데……." 그레이스는 한숨을 내쉬었다. 어찌나 크게 내쉬었는지 앞머리가 획 올라갔다.

마크가 미소 지었다. "그렇게 한숨 쉴 때 정말 귀여워요." 그레이스는 두 볼이 화끈 달아올랐다. 지금은 엘레노어 트리그와 사진의 소녀들에게 집중해야 할 때야. 그레이스는 다시 한번 자신을 다잡았다. 그게 아니라면 애초에 여기까지 올 이유가 없었다. "맞아요. 당시 기록들은 대중에게 공개할 수 없도록 돼 있어요." 마크가 말을 이었다. "그런데 토니 말로는 여동생을 통해 파일을 확인할 수 있을 거라더군요."

"정말 가능할까요?"

"될지 안 될지는 가서 봐야겠죠."

택시는 유니언역 앞을 큰 원으로 돌아서 넓은 간선도로를 오가는 전차 사이를 요리조리 피하며 달려갔다. 전쟁이 끝난 지 1년 가까이 됐는데도 도시 주변에는 여전히 당시의 흔적들이 남아 있었다. 건물 아래 산처럼 쌓인 샌드백부터 등화관제에 대비해 창문에 붙여 놓은 암막 테이프까지. 별 특징이 없어 보이는 정부 기관 건물 앞 모퉁이에서 하얀 연기를 뿜으며 담배를 피우는 남자들도 보였다. 반면 두꺼운 겨울 코트를 입고 쇼핑몰 앞 거대한 광장에서 공놀이하는 소년들이나 박물관 사이를 걸어가는 관광객들을 보면 도시는 점차 활기를 되찾고 있었다.

이제 택시는 두 사람을 버지니아로 데려다주기 위해 포토맥강을 가로지르는 길고 거대한 다리를 따라 서서히 올라가기 시작했다. 전쟁부 건물이 시야에 들어왔다. 그레이스는 신문에서 전쟁부 건물을 본 적이 있었다. 전쟁을 겪으며 엄청나게 규모가 커진 육군 본부를 한 건물에서 총괄하기 위해 특별히 건설한 곳이었다. 두 사람이 탄 택시가 펜타곤에 가까워지자 그레이스는 그 어마어마한 규모에 경외감을 느끼지 않을 수 없었다. 한 면의 길이가 몇 개의 블록을 합쳐 놓은 것만큼이나 컸다. 건물 한쪽에 있는 비계 위로 거대한 건설 크레인이 고개를 드리우고 있었다. 전쟁이 끝났는데도 정말로 이 정도 규모의 전쟁부 건물이 필요하다고 생각한 걸까?

마크는 모자를 벗고 건물로 들어가서 데스크 앞에 서 있는 군인에게 이름을 알렸다. 그레이스는 군인의 표정을 유심히 살피며 혹시나 문전박대를 당하지 않을까 걱정하고 있었다.

몇 분 후 흑갈색 머리에 타이트한 펜슬 스커트를 입은 늘씬한 여자가 입구에 나타났다. 그레이스보다 한두 살가량 어려 보이는 데다 그레이스로서는 도저히 감당 못 할 정도로 세련미 넘치는 여자였다. 흑갈색 머리에 매끈한 모자까지 눌러 써서 최신 유행 스타일을 그대로 보여 주었다. 새빨간 활 같은 입술은 섹스 심벌인 영화배우 에바 가드너를 연상시킨다고 할까. 그레이스를 지나서 마크에게 악수를 청하려고 손을 뻗는 순간 희미하게 재스민 향기가 풍겼다.

"라켈이에요. 마크 씨 본인 맞죠?"

"인정합니다." 마크는 재담으로 답했고 그레이스와 만난 밤에 그랬던 것처럼 눈동자를 반짝였다. "토니한테 이야기 많이 들었어요."

"오빠가 거짓말한 거예요." 라켈이 받아쳤다. 맙소사. 그레이스는 어이없어하면서 그럴 처지가 아닌데도 순간 질투심에 사로잡히고 말했다. 자기를 앞에 두고 서로 추파라도 던지는 건가?

"그레이스 씨 맞죠?" 라켈은 이제야 생각난 것처럼 물었다. 최소한 그녀가 함께 오는 걸 알고는 있었던 모양이다. 그레이스가 뭐라고 대답하기도 전에 마크 쪽으로 몸을 틀었다. "이쪽으로 오세요." 라켈은 한쪽 다리로 빙그르르 돌아섰다. 두 사람을 이끌고 똑같은 문이 끝도 없이 늘어선 복도를 따라서 걷는 동안 하이힐 굽이 바닥에 닿을 때마다 또각또각 소리를 냈다. 그사이 군복 입은 사람을 여러 명 마주쳤는데, 하나같이 가슴팍에 배지와 훈장을 주렁주렁 매단 채 근엄한 표정을 짓고 있었다. 톰이 있었다면 굉장히 부러워했겠지. 그레이스는 왠지 모를 슬픔을 느끼며 생각했다. 갑자기 뉴욕으로 돌아가고 싶었고 엉망진창으로 더럽혀진 조그만 프랭키 사무실의 안락함이 그리웠다.

"시간이 얼마 없어요." 군인들이 지나가고 세 사람만 복도에 남자 라켈이 한껏 목소리를 낮추며 말했다. "기록 보관 담당자인 브라이언은 지금 점심 먹으러 나갔어요. 아마 한 시간 후면 돌아올 거예요." 그레이스는 망설였다. 이렇게 남들 눈을 피해서 몰래 파일을 봐야 하는 줄 몰랐던 것이다. 하지만 돌아가기에는 너무 늦었다. 라켈은 문을 열고 뒤쪽 계단으로 두 사람을 안내했다.

"보안 문건으로 지정된 게 아닌가 보죠?" 마크가 물었다.

라켈이 고개를 저었다. "보안 문건도 아니지만, 그렇다고 쉽게 공개할 수 있는 것도 아니에요." 영사는 모든 자료를 보안 문건으로 지정했다고 했는데. 그레이스는 영사의 말을 떠올리며 제대로 찾아온 건지 의구심이 들었다. "브라이언 말로는 올 초에 런던에서 아무 공지도 없이 파일만 보내왔다고 했어요. 누가 와서 몰래 살펴볼 거라고는 생각도 못 할 거예요."

"대체 왜 파일들이 여기 보관된 거죠?" 계단을 내려와 두 번째 계단으로 걸음을 옮기며 그레이스가 물었다. 머릿속에서 좀처럼 떠나지 않는 질문이었다. 영국 정부의 기밀 문서를 대서양까지 건너가며 기어코 이곳에 보관해야 하는 이유가 무엇일까?

"잘 모르겠어요." 라켈은 이윽고 맨 아래층에 도착하자 쇠사슬이 걸린 문 뒤에 상자들이 가득 들어찬 기록보관실로 두 사람을 안내했다. "찾는 자료는 저기 어딘가에 있을 거예요." 라켈은 서류보관함 위로 열댓 개의 상자가 쌓여 있는 보관실 오른쪽 어딘가를 가리키며 말했다. "보고 나서 제자리에 놓는 것만 잊지 말고요. 30분 후에 돌아올게요." 라켈은 상자로 가득한 기록보관실에 둘만 남기고 총총걸음으로 사라져 버렸다.

그레이스는 미심쩍은 눈으로 마크를 쳐다보았다. "그 짧은 시간에 모든 상자를 살펴볼 수는 없을 것 같은데요. 어디서부터 시작해야 하죠?"

마크는 상자에 뿌옇게 쌓인 먼지를 손으로 걷어 내며 대답했다. "반반씩 나눠서 찾아보죠. 일단 자료를 어떤 방식으로 분류했는지부터 알아내면 돼요."

그레이스는 상자 옆면을 유심히 살폈다. 상자마다 손글씨와 동그라미가 적힌 종이 한 장이 붙어 있었다. "이 종이는 뭘까요?" 마크가 어깨를 으쓱해 보였다. 그제야 그레이스는 가방에 넣어 둔 사진 뭉치를 떠올렸다. 그리고 서둘러 사진을 꺼냈다. 사진마다 하단에 조그만 표시 같은 게 찍혀 있었다. "그날 영국 영사가 엘레노어 트리그가 특수작전국 어느 부서에서 일했다고 말한 게 기억나네요." 사진 하단에 'F 지구'라는 글자가 조그맣게 찍혀 있었다.

마크는 어느새 그레이스보다 앞서 선반에 놓인 상자들을 살피고 있었다. "여기 있어요." 그레이스가 가까이 다가가서 고개를 들었다. 다섯 개 정도 되는 상자에 'F 지구'라는 글자가 적혀 있었다.

"상자에도 똑같이 표시돼 있네요." 그레이스가 진지하게 말했다. "무슨 뜻인지 궁금해요."

마크는 상자 두 개를 꺼내서 바닥에 내려놓았다. 그가 무릎을 꿇고 앉아서 상자를 여는 순간, 셔츠 사이로 살짝 보이는 맨살과 목덜미에 닿은 구불거리는 갈색 머리카락 쪽으로 자연스럽게 눈길이 향했다. 그만. 그레이스는 조용히 자신을 나무랐다. 두 사람 사이에 정신 나간 일이 벌어졌다 하더라도 이미 지난 일이었다. 그는 톰의 둘도 없는 친구였고, 그녀를 위해 기록보관실까지 와서 파일을 뒤지고 있지 않은가. 그거면 충분했다.

그레이스는 바닥에 놓인 상자 앞에 쭈그리고 앉아서 그 위에 쌓인 먼지를 한 움큼 쓸어 내며 콜록거렸다. 상자를 열자 성이 적힌 이름표가 하나씩 붙은 파일 무더기가 나왔다. 가장 위쪽에 있는 파일을 열었다. 엘레노어 트리그가 가지고 있던 사진과 똑같이 흑백 사진인데, 이번에는 여자가 아닌 남자라는 점만 달랐다. 독일군에 점령된 유럽 지역에 배치되어 특수작전국을 위해 정확히 어느 지역에서 어떤 임무를 수행했는지 자세히 적혀 있었다. "그러니까 F 지구라는 건 '프랑스'를 의미하는 거였네요." 마크가 지적했다. "전쟁 당시 프랑스 지역에 배치된 특수요원들의 파일을 모아 둔 모양이에요."

그레이스는 상자 아래 놓인 파일을 차례대로 훑어보고 말했다. "그런데 전부 남자 사진뿐이에요."

"이것도 그래요."

당연한 일이다. 그레이스는 곱씹어 보았다. 마크가 지적한 것처럼 특수작전국에서 주도한 임무는 주로 남자 요원들이 수행했을 것이다. 상자와 사진이 든 파일에 'F'라는 글자가 적힌 것만 제외하고 지금 발견한 자료들은 엘레노어 트리그와 별 관련이 없어 보였다. 그레이스는 잠시 워싱턴까지 찾아온 게 결국 아무 소득도 없는 시간 낭비에 그치는 건 아닐까 하는 의구심이 들었다. 오늘 저녁 열차를 타고 뉴욕으로 돌아간다면 내일 아침에는 평상시처럼 사무실에 출근할 수 있을 텐데.

"이것 봐요!" 마크가 그레이스의 상념을 깨우며 외쳤다. 그레이스가 자리에서 일어나 선반 근처로 다가가 보니 마크가 어느 상자에서 꺼낸 두툼한 파일을 들고 있었다. "레지나 에인절." 그는 파일 맨 앞장에 적힌 이름을 큰 소리로 읽었다. 이번에는 다음 파일을 확인했다. "트레이시 에드먼드, 스테파니 터나우." 그레이스는 마크에게서 파일 하나를 건네받았다. 파일 안에는 엘레노어 트리그가 가지고 있던 사진 뭉치에서 본 것과 똑같은 사진들이 꽂혀 있었다. 엘레노어의 사진 뭉치에 적혀 있던 것과 거의 비슷한 필체로 사진 아래 이름을 적어 둔 것도 똑같아 보였다. 이것으로 특수작전국에서 일한 특수요원 중에는 여자 요원도 있었던 것이 확인되었다.

하지만 엄지손가락으로 상자 속 파일들을 넘기면서 자신이 가지고 있는 사진 뭉치에 등장하는 이름과 일치하는 파일이 보이지 않는다는 걸 깨달았다. 그레이스는 실망감으로 어깨를 축 늘어뜨렸다. "이름이 달라요. 내가 가진 사진과 같은 이름의 파일이 없어요."

"특수작전국에서 일한 여성 요원이 도대체 몇 명이나 됐는지 궁금하군요."

"여기 있는 파일은 서른 개 정도 돼요." 그레이스가 파일을 뒤적이며 대답했다. "엘레노어 트리그가 가지고 있던 사진의 주인공들도 특수작전국에서 일한 요원일 테고요." 그렇게나 많은 여자 요원이 존재했다는 사실에 내심 놀랐다. 그레이스는 파일 하나를 펼쳐 보았다. 샐리 라이더. 이름표에 적힌 이름이었다. 파일 안에는 바탕 종이에 사진이 붙어 있고 훈련 내용에 대한 세세한 기록과 더불어 개인 정보와 온갖 서류가 가득했다. 샐리 라이더가 어떤 훈련과 실전 연습을 했으며 어떤 결과를 보여 주었는지 줄마다 아주 상세하게 적혀 있는데, 손으로 직접 작성한 문서라는 사실이 매우 인상적이었다.

그레이스는 파일을 찬찬히 훑어보았다. 헤리퍼드셔 출생이라고 기록돼 있었다. 마지막 연락처는 영국이 아니라 미국이었다. 그레이스는 본능적으로 연필과 종이를 꺼내 파일에 적힌 이름을 휘갈겨 내려갔다. '파리'와 '릴'이라고 작전 지역이 나란히 적혀 있었다. 샐리 라이더는 독일군에게 점령당한 프랑스로 배치되어 다양한 임무를 수행했다. 마지막으로 샤르트르에 도착한 것이 1944년이었다. 그 후로는 아무런 기록이 남아 있지 않았다.

그레이스는 파일을 덮고 다른 파일을 살펴보기 시작했다. 개인 정보와 출신지, 연락처 등 다들 비슷한 정보가 기록되어 있었다. 그중에서 가장 흥미로운 것은 작전을 수행한 지역명이었다. 아미앵, 보베. 프랑스의 가장 외떨어진 지역에서도 비밀 작전이 이뤄진 것이다.

또 하나 눈에 띈 것은 파일에 기록된 내용 중 대부분이 까만 펜으로 삭제됐다는 점이었다. "누군가 파일에 적힌 내용을 일부러 지워 놨어요." 마크가 어깨너머로 파일 내용을 살폈다.

"혹시 다른 상자에 내가 가진 사진 주인공들의 파일이 있지는 않을까요?"

하지만 마크는 조용히 고개를 저었다. "F 지구라고 적힌 상자는 전부 일곱 개예요. 나머지 파일들은 전부 남자 요원 거고요." 그는 그레이스가 살펴보던 상자의 파일을 손가락으로 찬찬히 넘겼다. "이건 뭐죠?" 그는 두 사람의 개인 정보가 든 파일 사이에 끼워진 노란색 마닐라지 폴더를 꺼냈다. "이건 예상 밖인데요." 마크는 봉투에 든 종이를 찬찬히 넘겼다.

"뭔데요?"

"무선 송신. 부서 간 서류와 전보 내용도 있어요. 이 상자들에 들어 있는 개인 파일과는 전혀 상관이 없는 것 같은데요. 누군가 실수로 파일을 잘못 집어넣은 모양이에요." 그레이스는 사진의 소녀들에게 광명을 비출 만한 정보가 있을지 궁금해하며 파일 쪽으로 손을 뻗었다. 그중 몇 개의 문서 제목이 유난히 눈에 띄었다. *데스크 발신. 채용과 수송 담당자 엘레노어 트리그 수신.*

엘레노어 트리그는 그냥 비서가 아니었다. 작전을 지휘하는 역할이었다.

기록보관실 입구에서 시끄러운 소리가 들렸다. 그레이스가 고개를 돌리자 라켈이 복도에서 들어오고 있었다. "라켈." 마크가 난처한 듯 입을 열었다. "이렇게 일찍 올 줄은 몰랐는데요." 기록보관실에 들어온 지 15분 정도밖에 지나지 않았다.

"브라이언이 주차장에 도착한 걸 봤어요." 라켈이 더듬거리며 말했다. 예상보다 빨리 점심을 마친 게 분명하다. "얼른 따라와요." 라켈은 두 사람을 복도로 데리고 나와서 아까 왔던 계단과 다른 계단으로 안내했다. 몇 분 후 라켈은 두 사람을 짐 싣는 곳으로 데리고 나갔다. "택시를 불러 줄게요. 애초에 이곳에 들이지 말았어야 했나 봐요. 이러다가 나까지 잘릴지도 모르겠어요."

"고마웠어요." 마크가 다시 모자를 눌러 쓰며 말했다. "토니에게는······." 하지만 라켈은 이미 문을 닫고 들어가 버린 후였다.

"별 도움이 되지 못한 것 같아서 미안하네요." 몇 분 후 택시에서 마크가 말했다. "워싱턴DC까지 열차를 타고 몇 시간을 왔는데, 기록보관실에 머문 시간이 몇 분밖에 안 되니 말이에요. 몇 시간 정도는 여유가 있을 줄 알았는데."

"그러게요. 그래도 이건 건졌어요." 그레이스는 코트 속으로 손을 넣더니 무선 통신에 관련된 내용이 든 얄팍한 파일을 꺼냈다.

마크는 그녀의 대담함에 놀라서 눈을 동그랗게 뜨고 쳐다보았다. "그걸 가지고 왔군요."

"가져온 게 아니라 빌려 온 거죠. 일부러 그런 건 아니에요. 라켈이 갑자기 들어와서 깜짝 놀라는 바람에 생각할 여유도 없이 그냥 옷 속에 넣어 버렸어요." 기차역에서 엘레노어 트리그의 사진 뭉치를 챙긴 것처럼. 벌써 남의 물건을 챙긴 것으로 충분히 골치 아픈 일을 겪지 않았는가? "미안해요. 일부러 그런 건 아니에요." 기록보관실에서 파일을 볼 수 있도록 도와준 사람이 다름 아닌 마크의 친구였기 때문에 이 일로 불같이 화를 낼까 봐 두려웠다.

하지만 마크는 미소를 지어 보였다. "정말 대담하네요. 깜짝 놀랐어요. 좀 봐도 돼요?" 마크는 그레이스 쪽으로 바짝 다가앉았다. 그레이스는 들고 온 파일을 건넸다. 그는 기록보관실에서 읽은 앞의 몇 장은 재빨리 건너뛰었다. "엘레노어 트리그라는 이름이 종이마다 적혀 있네요." 그가 날카롭게 지적했다. "이 작전의 책임자였거나 책임자에 가까운 자리에 있었다고 봐야겠네요."

"하지만 영국 영사관 쪽에서 엘레노어 트리그에 대해 한 얘기랑 너무 달라요." 그레이스가 대답했다. 이것 말고 미첨 영사가 또 잘못 아는 게 무엇일지, 혹은 거짓말을 한 건 무엇일지 궁금해졌다. "하지만 사진의 소녀들에 대한 의문은 아직 풀리지 않았어요. 상자에 파일이 없는 걸 보면 비밀요원이 아니었을 가능성도 있을까요?"

마크는 스테이플로 고정된 종이 두 장을 꺼내서 찬찬히 읽어 내려갔다. "이건 특수작전국에서 일한 여성 요원 명단 같네요."

"사진 속 소녀들의 이름도 있나요?"

마크는 고개를 끄덕이고는 에일린 넌 그리고 조시 왓킨스라는 이름을 가리켰다. 성과 이름을 모두 알아냄으로써 완벽한 인물로 태어난 셈이었다. "요원 명단에는 있는데 왜 파일은 없는 걸까요?" 그레이스는 생각에 잠겼다. "대체 왜 그런 건지 궁금해요." 그레이스가 찾은 사진 뭉치의 이름과 일치하는 열 개가 넘는 이름 옆에 조그맣게 'NN'이라는 글자가 적혀 있었다. "이건 무슨 뜻일까요?"

마크가 종이를 넘겨 두 번째 장을 확인하자 짧은 설명이 적혀 있었다. "나흐트 운트 네벨(Nacht und Nebel). 밤과 안개라는 뜻이에요." 그가 대답했다.

"그게 무슨 뜻인데요?"

"독일군이 나치 정권에 저항하는 사람들을 말 그대로 밤과 안개 속으로 흔적도 안 남기고 없애 버리는 작전명이에요." 마크가 파일을 덮었다. 그리고 엄숙한 표정으로 그레이스를 쳐다보았다. "정말 안타깝지만, 그레이스." 그는 한쪽 팔을 그녀의 어깨에 둘렀다. "그건 사진의 소녀들이 모두 죽었다는 뜻이에요."

# 13
## 엘레노어

*1944년, 런던*

가장 중요한 건 절대로 실수가 있어서는 안 된다는 것이었다.

엘레노어는 노그비하우스의 사무실에 앉아 천 번 넘게 돌려 본 영화에서 그랬던 것처럼 카드 뭉치를 한 장씩 넘겨 보고 있었다. 3×5 크기의 카드에는 소녀들의 배경, 장점과 약점 그리고 마지막 위치가 모두 담겨 있었다. 굳이 카드를 읽을 필요조차 없을 정도로 엘레노어는 그 모든 정보를 가슴에 새겨 두었다. 완벽에 가까운 그녀의 기억력은 노력해서 얻은 게 아니었다. 소녀들에 관한 개인 정보나 프랑스에서 날아드는 뉴스, 요원 개개인의 소식을 한 번 듣거나 보고 나면 그대로 뇌리에 각인되었다.

엘레노어는 눈을 비비고 사무실을 가만히 둘러보았다. 말이 사무실이지 본래 청소도구함으로 사용하던 창문 하나 없는 빈 창고였다. 뜬금없이 본부 총무국에 찾아가서 따로 사무실을 만들어 주라는 특수작전국 국장이 친히 보낸 요청서를 내밀었을 때만 해도 빈 곳이 여기밖에 없었다. 엘레노어 자신도 이런 상황을 믿고 싶지 않았지만, 그렇다고 달리 방법이 있는 것도 아니어서 책상

하나가 겨우 들어갈 정도로 좁은 지하 창고에 자리를 잡았다. 창고에 밴 세척제 냄새가 얼마나 강한지 질식할 정도로 견디기 힘들 때도 있었다. 하지만 작전 지역에서 무선을 받고 또 보내는 무선통신실이 지척에 있어 사무실 위치만큼은 더할 나위 없이 좋았다. 끝도 없이 이어지는 전신 키 소리는 이제 귀에 익숙한 자장가처럼 들렸고, 꿈에서도 귓가에 그 소리가 들릴 정도였다.

물론 그것도 잠잘 시간이 있을 때 이야기였다. 엘레노어는 여성 요원들을 작전 지역에 보내기 시작한 뒤로 베이커스트리트에서 살다시피 했다. 집은 며칠에 한 번 정도 옷 갈아입고 어머니한테 멀쩡히 잘 지낸다는 걸 알리기 위해 잠시 들르는 게 전부였다. 벨르 토텐베르그는 영국 사회에 제대로 적응하기 위해 25년 전 핀스크를 떠난 이후 성을 바꾸었고, 하나 남은 딸이 다니는 직장을 '지루하기 짝이 없는 소소한 직장'이라고 무시하면서 끝까지 인정하려 들지 않았다. 엘레노어가 회사에 갈 때면 해러즈백화점이나 셀피지백화점에서 일하는 것과 다름없는 일을 하는 것으로 치부해 버리곤 했다. 엘레노어는 자신이 채용한 소녀들에 대해 어머니와 이야기를 나누고, 그 아이들이 왜 타티아나를 떠올리게 하는지 말하고 싶었다. 하지만 그런 이야기를 나누는 것만으로도 자신이 상상할 수도 없을 만큼 깊은 상실감을 가슴에 묻고, 한낱 애프터눈 티와 온갖 놀이로 정신없이 시간을 보내면서 딸을 잃은 어두운 세월을 덮고 살아가는 어머니를 완전히 무너뜨릴 수도 있음을 잘 알았다.

엘레노어는 누가 시켜서가 아니라 본인의 의지에 따라 24시간 내내 노그비하우스에 붙어 있었고, 메시지가 전송되고 발송되기로 예정된 시간 사이사이에 잠시 짬을 내어 책상에 엎드려 눈을 붙였다. 굳이 사무실을 종일 지키고 있을 필요는 없었다. 무선 메시지는 한밤중에 도착했고 밤새 메시지를 거르고 암호를 해독해야 하므로 아침나절에야 내용을 확인할 수 있었기 때문이다. 하지만 메시지가 도착하면 곧바로 텍스트의 일정한 형태를 살피고 소녀들이 보내온 메시지 형식을 유심히 살펴보는 게 그녀의 유일한 낙이었다. 실시간으로 소녀들이 보낸 메시지를 확인하노라면 바로 옆에서 그들의 이야기를 듣는 기분이었다.

엘레노어는 책상에서 일어나 무선통신실 쪽으로 향했다. 복도에서 군복을 입은 남자 둘이 낮은 목소리로 이야기를 나누고 있었다. 그녀가 지나가자 두 사람은 일부러 시선을 딴 데로 돌렸다. 엘레노어가 여성 특수요원을 전담한다는 소식에 회의를 품은 남자 요원들은 눈에 보일 정도로 냉담하게 대했다. 아침 브리핑을 위해 무선통신실에 들어서자 두 남자가 주춤하며 뭔가를 나지막이 속삭였다. 하지만 본인이 추진하는 일을 방해하거나 소녀들과의 연락을 방해하는 것만 아니라면 엘레노어는 개의치 않았다.

엘레노어는 무선통신실로 뚜벅뚜벅 걸어 들어갔다. 타 버린 커피 향과 희뿌연 담배 연기 탓에 방 안 공기가 묵직하게 가라앉아 있었다. 엘레노어보다 한참 어린 대여섯 명의 교환원이 그렌든언더우드의 중계소로 수신된 메시지를 인쇄전신기를 통해 받아 내용을 확인하고, 작전 현장에서 도착한 전자 신호를 해독하느라 정신이 없었다. 교환원마다 특별히 한 요원을 맡거나 셋에서 다섯 정도를 전담하여, 보호자가 집에 돌아오기를 바라는 강아지처럼 비밀요원의 메시지가 도착하기를 기다렸다.

엘레노어는 앞쪽 벽에 걸린 흑판을 유심히 살피며 분필로 표시된 소녀들의 이름을 하나씩 확인했다. 교신은 일정한 간격을 두고 일주일에 2회씩 오갔으며, 런던 본부에서는 현장에 투입되는 인원이나 장비에 대한 정보를 발신하고, 작전 지역에서 정보를 교신했다. 긴급한 문제가 발생했거나 무선 통신을 담당하는 요원이 메시지를 보내기에 안전하지 않은 상황에 부딪혔을 때는 평상시보다 더 빈번하게 무선이 오갔다. 오늘은 블레츨리파크에서 온 암호해독자 루스와 대공습으로 아이를 잃은 한나가 근무 중이었다.

오늘 저녁 메시지 전송이 예정된 만큼 칠판에는 담당자 엘레노어의 이름도 적혀 있었다. 마리가 파리 북부 지역에 홀로 배치된 지도 일주일이 흘렀다. 근처에 배치된 팀으로부터 마리가 무사히 착륙했다는 최초 보고도 받았다. 3일 전에 첫 번째 무선 메시지를 송신하기로 했지만 그 날짜를 놓쳤다. 물론 몇 시간 정도 소식이 늦어지는 건 예사로운 일이었다. 가끔은 독일군에 의해 무선 주파수 신호가 막혀서 격리되는 상황에 맞닥뜨리기도 했으니까. 하지만 며칠 동안 소식이 없다는 건 흔한 일이 아니었다.

엘레노어는 걱정이 치받쳐 오르자 그저 조금 염려스러운 정도로 가라앉혔다. 초기에는 소녀들에게 사적으로 감정을 이입하지 않는 법을 터득해야만 했다. 그녀는 소녀들의 개인사는 물론이고 성장 배경과 과거사, 강점과 약점까지 모두 파악하고 있었다. 스코틀랜드 출신의 앤지를 알자스로렌에 처음 배치했을 당시를 아직도 기억했다. 이제 곧 계획하고 준비한 모든 게 실행될 상황이었고, 드디어 그간의 계획과 노력이 결실을 보기 직전이었다. 바로 그때 엘레노어는 현실을 직감했다. 이제 앤지는 자신의 보살핌에서 완전히 벗어난다는 것을. 그때부터 초조함이 극에 달했고 거의 미칠 지경이 되어 모든 작전을 취소하기 직전까지 갔다. 어린 앤지를 보호해야 한다는 생각에 압도당하고 만 것이다. 이제와 돌이켜 보면, 실제로 느껴 본 적은 없지만, 일종의 모성 본능 같은 게 아니었을까. 이후 그 모든 감정을 극복하고 나서야 앤지를 작전 지역에 배치할 수 있었다.

시간이 흐르고 나서도 소녀들을 훈련해서 작전 지역에 배치하는 건 결코 녹록지 않았다. 어떻게든 요원들이 잘 지낼 수 있도록 책임져야 한다는 의무감에 휩싸였다고 할까. 물론 극소수는 끝까지 살아남지 못할 수도 있고, 그런 통계 결과에 대해서도 잘 알고 있었다. 실제로 그중 몇 명은 돌아오지 못할 수도 있었다. 하지만 지나친 감정은 판단력을 흐리게 만들 뿐이었다.

"잠시만요." 연한 적갈색 머리의 교환원 제인이 엘레노어를 불렀다. 엘레노어는 의자에 앉아 있다가 고개를 들었다. "무선 통신 메시지가 도착했습니다. 마리 요원에게서." 엘레노어는 자리에서 벌떡 일어나 제인이 앉은 자리로 다가갔다. 종이 맨 아래에 마리의 암호명인 '앤젤'이 적혀 있었다. 엘레노어는 천사라는 암호명 자체가 죽음을 내포한 것이라 처음부터 마음에 들지 않았다. 다른 암호명으로 바꿔야지 생각하면서도 워낙 일이 많아서 그럴 여유가 없었다.

"비밀 키는 가지고 있어?" 제인이 고개를 끄덕이더니 작전 지역에 있는 마리가 암호를 사용해서 보낸 메시지가 적힌 종이와 비밀 키가 적힌 종이를 내밀었다.

제인이 암호를 해독하는 동안 엘레노어는 혹시라도 상황이 매우 다급하거나 날씨가 궂은 탓에 주파수가 제대로 잡히지 않아서 메시지가 왜곡되어 도착했으면 어쩌나 싶었다. 하지만 해독된 메시지는 누가 봐도 흠잡을 데 없이 깨끗했다. *홍관조 둥지에 도착. 알은 안전하다.* 엘레노어는 종이를 가로지르는 글자에서 마리의 목소리가 들리는 것처럼 손가락으로 종이를 훑었다. '홍관조'란 베스퍼를 의미하고, '알'은 무선통신기가 무사히 도착했다는 의미였다.

마리가 보낸 메시지는 매우 평범하고 매끄러우며 모호했다. 다른 사람이 보냈을 수도 있었다. 첫 번째 편지나 손바닥 프린트에서 보이는 특징은 보통 수준과 비교해서 큰 문제가 없는 편이었다.

엘레노어는 마리의 보안 코드를 확인하다가 자신이 보낸 메시지임을 확인시키기 위해 표시해야 하는 부분을 놓친 걸 발견했다. 본래 정해진 대로라면 서른다섯 번째 글자를 p로 대체해야 하는데, 이번 메시지는 서른다섯 개 글자가 되기에는 짧은 편이었다. 그리고 k가 들어갈 자리에 c를 써야 하는데, 그 부분도 실수가 보였다. 엘레노어는 쉽게 확인할 수 있는 길이 있는데도 굳이 복잡한 보안 코드를 만들어서 마리가 메시지를 보낼 때마다 그 부분을 놓치기 쉽게 만든 보안 코드 전문가가 원망스러웠다.

엘레노어는 다시 한번 해독된 메시지가 적힌 종이를 살폈다. 뭔가 찜찜한 기분이 들어 제인에게 물었다. "어떤 것 같아?"

제인은 뿔테 안경 너머로 종이를 읽고 또다시 읽어 내려갔다. "글쎄요." 제인은 느릿느릿 말했다. 하지만 그 표정에서 걱정스러운 기운을 감지할 수 있었다.

"정말 마리가 보낸 걸까?" 엘레노어가 강조했다. 탱미어비행장에서 만난 저녁, 마리는 무척 긴장한 상태였다. 확신이 없는 듯한 표정. 엘레노어는 분명히 느낄 수 있었다. 하지만 작전 지역에 배치되기 직전에는 누구나 확신을 잃게 마련이었다. 맙소사, 누군들 그렇지 않겠는가?

"마리 같아요." 제인은 확신보다는 바람이 담긴 목소리로 대답했다. "메시지가 워낙 간결해서요. 아마 시간에 쫓긴 모양이에요."

"그럴 수도." 엘레노어는 확신 없이 대답했다. 첫 번째 프린트처럼 내용이 가볍다는 점만 제외하면 다른 의심스러운 부분은 찾아볼 수 없었다. 그런데도 어딘지 모르게 마음이 불안했다.

"어떻게 할까요?" 제인이 책상 앞으로 다가가며 물었다. 몇 분 내로 마리에게 답신을 보내야 했다. 엘레노어는 다음 주 화요일, 군수품이 작전 지역에 도착할 예정이라는 메시지를 보낼 순서였다. 그래야만 베스퍼 팀에서 군수품 맞을 준비를 하고, 파르티잔을 위해 탄약을 받아서 보관해 줄 마을 주민들을 모을 테니까. 하지만 어떤 연유에서든 마리가 위험에 빠졌다면 그 정보가 엉뚱한 사람의 손에 들어갈 수도 있는 노릇이었다.

일단 개인적인 내용을 보내서 확인해 봐야겠어. 마리가 아닌 다른 사람은 알 수 없는 것으로. 엘레노어는 그렇게 생각하면서도 잠시 망설였다. 무선 통신을 교환하는 시간은 매우 짧고 소중했으며, 필요한 시간 이상으로 상대를 붙잡아 두는 것은 자칫 위험을 불러올 수도 있었다. 하지만 어떻게든 메시지를 보낸 사람이 마리임을 확인하는 절차를 거쳐서 아무 문제가 없다는 것부터 확인해야 했다. "나비는 잘 보관하고 있다고 보내." 마리가 떠나던 날 그녀가 압수한 나비 목걸이는 아무도 모르는 둘만의 비밀이었다. 정확히 알 수는 없지만, 그 나비 목걸이는 마리에게 무엇보다 소중한 의미가 있는 것이 분명해 보였다. 아마도 딸 테스와 연관된 것이리라. 나비 목걸이 이야기를 들으면 평범치 않은 대답이 돌아올 게 분명하다.

엘레노어는 제인이 암호화된 메시지를 전송하는 모습을 숨죽이고 지켜보았다. 2분 그리고 3분이 흘렀다. 자신의 메시지를 받은 마리가 엘레노어를 안심시키기 위해 뭔가 기발한 메시지를 보내는 모습이 떠올랐다. 드디어 답장이 도착했다. *소중한 정보 감사.* 마리라는 것을 확인할 만한 특이점도, 뭔가 개성 있는 답장도 아니었다. 엘레노어는 심장이 쿵 하고 내려앉았다

하지만 첫 번째 글자를 눌러 쓴 손바닥 프린트는 마리의 것과 매우 흡사해 보였다. "이번에는 마리가 보낸 게 맞는 것 같은데요." 제인이 동의를 구하며 말했다.

"그래." 엘레노어도 그렇게 믿고 싶었다. 마리는 훈련 과정에서 본인의 특이점이나 개인사, 개인 정보를 절대로 밝히면 안 된다고 배웠다. 지극히 평범한 답신을 보낸 건 명령에 충실한 결과

일 것이다.

"이제 뭐라고 보내는 게 좋을까요?" 제인은 다음 군수품 보급 계획에 대해 답장을 보내야 할지 확신하지 못하고 엘레노어에게 도움을 구했다.

엘레노어는 또다시 머뭇거렸다. 그녀는 지금까지 소녀들을 훈련하고 그들에게 필요한 모든 것을 지원해 준 당사자였다. 하지만 오늘따라 유난히 조심스럽고 예민하게 반응하고 있었다. 작전 지역에 배치된 요원들이 제자리에서 올바른 결정을 할 거라고 믿어 줘야만 했다. 아니면 일이 제대로 이뤄지지 못하고 지금까지 계획해 온 모든 것이 물거품이 될 수도 있었다.

엘레노어는 최종 결정을 해야만 했다. 그녀는 마리의 목소리가 들려오기라도 하는 것처럼, 그 너머로 마리가 보이기라도 하는 것처럼 통신기를 빤히 노려보았다. 아리사이그하우스에서 훈련받는 동안 마리가 다소 고전하기는 했지만, 작전 지역에서 부딪힐 다양한 위험 상황에 영리하게 대처할 만큼 강한 소녀라는 사실을 굳게 믿었다. 그런 믿음이 없었다면 애초에 마리를 그런 위험천만한 지역으로 배치하지 않았을 테니까. 엘레노어는 마리가 자신의 통신기를 남들 손에 넘기지 않았다고 굳게 믿는 수밖에 없었다. 게다가 당장 답신을 보내지 않는다면 작전이 늦춰질 수도 있는 상황이었다. 답신을 보내거나 포기하는 수밖에 없었다.

엘레노어는 도전적인 태도로 턱을 꼿꼿이 들고 제인에게 지시했다. "메시지 전송해." 그리고 무선통신실을 나갔다.

# 14
## 마리

*1944년, 프랑스*

마리는 몇 시간째 다락방에 홀로 앉아서 무선 송신을 할 수 있기만 기다리며, 벽 건너편에 있을 독일군을 잊어 보려고 애썼다.

베스퍼를 따라 호스니슈흐센에 온 지도 벌써 일주일이 지났다. 그때 이후로 통 찾아오지 않아서 대체 베스퍼가 어디로 간 건지 궁금했다. 손바닥만 한 다락방이지만 창유리 두 개 중 하나로 거리를 한눈에 내려다볼 수 있고, 뒤쪽 창문은 운하 쪽을 마주 보는 터라 구경하는 재미가 있었다. 지금은 늦은 오후의 햇살이 뒤쪽 유리로 새어 들어와 침대의 낡은 이불 위에서 재미있는 문양들이 춤을 추듯 흔들리며 빛나고 있었다.

나중에 알아낸 사실인데, 독일군들은 아래층 카페에 자주 출몰하는 데만 그치는 것이 아니었다. 마리가 사용하는 꼭대기 층 다락방과 마주 보는 방을 포함해서 같은 건물의 아래층 빈방들을 임시 숙소로 사용했다. 늦은 저녁 아래층 화장실에 잠시 볼일을 보러 갔다가 이 사실을 확인하고는 베스퍼가 미친 게 아닌가 싶은 생각까지 들었다. 아니면 마리가 놈들에게 체포되든 말든 개의치 않은 건지도 모르겠다. 하지만 비밀요원이 이처럼 가까이에 숨어들었을 거라곤 상상조차 못 할 테니, 오히려 완벽하게 안전한 곳이기도 했다. 마리는 그야말로 독일군 코앞에서 본부에 무전을 보낸다는 사실에 기이한 만족감까지 느꼈다.

마리는 고개를 들어 시계를 확인했다. 5시 15분. 조금 전 처음 보는 전령이 가져온 메시지를 본부에 전송할 시간이 다가오고 있었다. 기다림은 훈련 과정에서 누구도 가르쳐 주지 않은 가장 어려운 부분이었다. 마리는 매일 무선통신기로 메시지를 송신할 시간이 되기를 기다렸다. 저녁이면 BBC 방송에 귀를 기울이면서, 혹시라도 비밀요원의 도착이나 영국군의 침공이 코앞에 닥쳤다는 신호가 될 만한 소식이 전해지지는 않을까 목을 빼고 기다리기도 했다. 화요일날 광장 시장에 가느라 한 번 방을 나섰고, 그 뒤로 빵집에 잠시 다녀온 것 말고는 밖에 나가지 않아서 앙통가의 아파트에 낯선 여자가 나타났다는 소문이 마을 사람들 사이에 퍼질 일도 없었다. 집주인 여자와 몇 번인가 마주치기는 했지만, 마리의 신분은 물론이고 굳이 위장해서 이야기를 나누지 않아도 될 만큼 짧은 만남이 고작이었다.

마리는 창문 너머로 부드러운 빛이 내려앉은 목초지를 바라보면서 테스를 그리워하고 있었다. 부디 이스트앵글리아의 날씨가 좋아서 저녁을 먹고도 길어진 해를 충분히 만끽하며 뛰어놀 시간이 많기를 바랐다. 테스의 사진을 가져올 수 있다면 좋았을 텐데. 테스의 모습은 머릿속에 또렷이 남아 있었지만, 마지막으로 본 이후 눈에 띄게 자랐을 것이다.

마리는 무선통신기가 놓인 방구석의 테이블 쪽으로 의자를 끌고 갔다. 재빨리 뚜껑만 덮으면 축음기처럼 위장되는 덮개가 통신기에 고이 올려져 있었다. 마리는 속옷에 손을 넣어 조금 전 전령이 주고 간 눈에 익은 베스퍼의 손글씨가 적힌 조그만 종이를 꺼냈다. 우선 메시지를 암호화하는 작업을 시작했다. 조그만 비단천에 적힌 암호로 작업하는 건 쉬운 일이 아니었다. 마리로서는 온갖 암호와 메시지로 가득한 내용을 이해하기 힘들었다. 베스퍼만 이해할 수 있고 노그비하우스의 누군가만 알 수 있는 내용이었다. 마리는 엘레노어도 그 자리에 있을지 궁금했다. 마리는 메시지를 전송하기 전에 혹시 틀린 부분은 없는지 몇 번이나 거듭 확인했다. 암호화 작업을 하기 전 원래 메시지가 적힌 종이는 바로 앞에 있는 촛불에 태워 버리고, 손을 데기 직전에 마지막 남은 부분은 불꽃으로 던져 버렸다.

마리는 적정한 빈도로 메시지를 전송하게 해 주는 크리스털 조각을 주머니에서 꺼냈다. 무선기에 크리스털 조각을 끼우고 암호화된 메시지를 입력하기 시작했다. 전신 키는 손가락 밑에서 만족스러운 속도로 움직여 주었다. 손놀림이 가볍고 능숙했다. 교실에서 배운 외국어가 해외에 나갔을 때 빛을 발하는 것처럼 실제 현장에 와서 무선 통신을 보내는 기술이 몰라보게 향상된 것 같았다. 마리는 단어 하나도 놓치지 않고 암호화한 메시지를 하나로 잘 엮을 수 있었다.

아래층에서 요란한 웃음소리와 함께 노랫소리가 들리는 바람에 마리는 잠시 멈추었다. 자리에서 일어나 다락방 뒤편의 창문 쪽으로 걸어갔다. 아래층 카페가 아니라 저 멀리서 들리는 소리였다. 그런데 창밖을 보니 다락방에 도착하고 나서 밤중에 몰래 나뭇가지 사이에 고정해 둔 안테나가 떨어진 게 눈에 띄었다. 안테나를 제자리에 고정해 놓지 않으면 무선 신호가 제대로 발신되지 않을 수 있었다. 마리는 창문을 열고 손을 뻗어서 안테나를 붙잡으려고 했다.

순간 공중에 손을 뻗은 채 그대로 얼어붙었다. 아래층 난간에서 독일군이 흥미로운 눈으로 그녀를 올려다보고 있었던 것이다.

마리는 그저 빨래를 널려던 사람처럼 손을 털며 애써 웃어 보였다. "봉주르." 최대한 아무렇지 않은 듯한 목소리를 내려고 했다. 손을 방 안으로 잡아당기고는 덜덜 떨리는 손으로 창문을 닫았다.

당장 메시지 전송을 멈춰야 한다는 건 그녀도 알고 있었다. 독일군은 크게 의심하지 않는 눈치였지만 지금 당장이라도 그녀의 미심쩍은 행동을 상부에 보고할 수 있는 노릇이었다. 마리는 보내던 메시지를 마무리해야 했고, 이제 몇 글자만 더 보내면 전송이 끝날 것이다. 마리는 미친 사람처럼 키보드를 두드리다 심장 박동 소리가 키보드 소리보다 요란하게 들리는 바람에 잠시 멈췄다. 그리고 너무 늦지 않았기를 바라면서 무선기를 축음기처럼 위장할 요량으로 재빨리 덮개를 씌웠다.

그때 계단을 올라오는 발소리가 들렸다. 누군가 가까이 오고 있었다. 혹시 무선 신호를 보내는 게 발각된 걸까? 기계를 부수고 그게 어렵다면 크리스털 조각이라도 폐기하라는, 훈련 중에 배운 행동 요령이 머릿속에 떠올랐지만 어찌된 일인지 도저히 몸이 말을 듣지 않았다. 마리는 자동차 전조등 아래 포위된 산짐승처럼 가만히 웅크리고 있었다.

발소리가 점점 더 커졌다. 방 안에 있는 사람을 확인하려고 억지로 문을 부수지는 않을까, 아니면 노크를 할까? 그녀는 청산가리 캡슐이 든 목걸이를 손바닥으로 쥐었다. 최대한 빨리 삼켜야 해. 엘레노어가 말했다. 여섯 살에 엄마 아빠도 없이 세상에 홀로 남겨질 테스의 모습이 머릿속에 떠올랐다. 지금까지 몇 개월 동안 마음속에 꼭꼭 감춰 둔 미안한 마음이 폭발하듯 터져 나왔다. 마리는 엄마가 필요한 어린 딸을 둔 어머니였고, 아이를 위해서라면 무슨 일이든 할 준비가 돼 있었다. 여기에 왔다는 것 자체가 너무나 무책임한 행동이었다.

문 앞에서 발소리가 멈췄다. 마리는 마음속으로 숫자를 셌다. 일곱, 여덟, 아홉. 똑똑, 문을 노크하는 소리가 들렸다.

마리는 탈출할 만한 다른 통로가 있기를 바라며 절망적인 얼굴로 어깨너머를 돌아보았다. 이 손바닥만 한 다락방에서 몸을 숨긴다는 건 불가능한 일이었다. 다시 노크 소리가 들렸다. 마리는 별로 내키지 않는 듯 주춤거리며 다가가 문을 열었다.

문 앞에 윌이 서 있자 마리는 깜짝 놀라서 투덜거렸다. "간 떨어질 뻔했잖아요."

윌은 어느 때보다 심각해 보였다. "그럼 당장 메시지 전송을 멈춰요. 복도 아래에서부터 키보드 두드리는 소리가 들리더군요." R 발음을 세게 하는 아일랜드 억양이 어느 때보다 강하게 느껴졌다.

"당신이 잡히기라도 하는 날에는 우리 누구에게도 좋을 일이 없으니까." 그제야 갈색 눈동자가 누그러졌다. "잘 지냈어요?"

독일군을 지척에 두고 지내려니 지루하고 외롭고 초조하기 짝이 없다고 말하고 싶은 심정이었다. 하지만 그런 투정을 부리는 게 왠지 유약하게 느껴졌다. "여기는 무슨 일이에요?" 두려움이 다소 가라앉고 나서야 물었다. "목요일에나 무선 통신을 보내게 돼 있잖아요."

"그것 때문에 온 게 아니에요."

"그럼요?"

"줄리언에게 도움이 필요해서요."

마리는 귀를 쫑긋 세웠다. "또 통역이 필요하대요?"

윌이 고개를 저었다. "이번엔 다른 일이에요."

줄리언의 부탁을 받아 마지막으로 행한 서점 주인 설득 임무가 떠오르자 갑자기 의기소침해졌다. "뭣 때문에요?"

"이제 질문은 그만 해요." 윌이 다급하게 말했다. "갑시다."

마리는 두꺼운 코트에 모자를 급하게 눌러 쓰고 마지막으로 지갑을 챙겼다. 하지만 궁금한 걸 도저히 못 참고 다시 물었다. "내 도움이 필요하면 직접 찾아올 수도 있었을 텐데요?"

"줄리언이 직접 움직이는 건 안전하지 않아서요." 안전하지 않다. 행여 무슨 나쁜 일이 생긴 건 아닌가 싶어 내심 걱정됐다. F 지구를 이끄는 터, 줄리언은 북부 프랑스에서도 가장 눈에 띄는 목표물이 될 수밖에 없었다. 그를 찾기 위해서라면 독일군이 못 할 짓이 뭐겠는가. 집 밖에 도사리고 있을 위험이 더욱더 실감 나게 느껴졌다. 순간 다락방에 들어앉아서 지루한 시간을 보내는 게 세상에서 가장 못 견딜 일도 아니라는 생각이 스쳤다.

월은 계단을 내려가서 모퉁이에 주차해 둔 푸조(프랑스의 자동차 브랜드—옮긴이)로 그녀를 안내하더니 조수석 문을 열었다. "타요."

거리에 나오니 이미 저녁이라 많은 가게가 문을 닫은 후였다. 셔터를 내리는 서점 주인이 잠시 고개를 들었지만 그녀를 알아보지는 못했다. 아래층 카페에서는 하얀 연기가 피어올랐고, 독일군들이 바와 테이블 주위에 삼삼오오 모여 있었다. 마리는 독일군이 자신을 알아보지 못하기를 기도했다.

월은 차에 시동을 걸고 아무 말 없이 운전해서 마을을 벗어났다. 마리는 곁눈질로 월의 표정을 살폈다. "줄리언 말로는 당신이 항공기 수송 담당자라고 하던데요."

그는 빙그레 웃어 보였다. "너무 과하게 포장한 것 같군요."

하지만 마리가 보기에도 월이 하는 일은 대단했다. 그는 영국 공군과 함께 독일군에게 점령당한 프랑스에 공중 투하를 하는 일반 조종사들의 연합인 문 스쿼드론, 즉 달 비행 중대의 수장이었다. 항공편이 언제 도착할지, 어디에 착륙할지, 누구를 태우고 누구를 내려 줄지 모든 것이 그의 손에서 결정되었다. F 지구와 런던 사이를 오가는 모든 서신도 사실상 그의 손에 좌우되었다. "우리 사촌이 과장해서 소개했나 보군요." 그가 덧붙였다.

"조시 말로는 두 사람이 진짜 사촌이라던데요."

"우리는 줄리언의 가족 농장이 있는 콘월에서 친형제처럼 자랐어요." 그가 설명했다. "우리 어머니는 홀몸으로 날 키웠죠." 나랑 똑같네. 마리는 속으로 생각할 뿐 아직은 월에게 솔직히 말할 마음의 준비가 되지 않았다. "어머니는 이모와 함께 오랫동안 멀리 떠나 있었어요. 돈을 벌어야 했으니까. 그러다가 열한 살이 되는 해, 어머니가 독감으로 세상을 떠났죠." 월은 보통 비밀요원들이 말을 최대한 아끼는 것과 정반대로 편하게 말을 이어 나갔다. "그러니까 줄리언하곤 형제나 다름없는 셈이죠. 이제는 세상에 우리 둘만 남기도 했고."

"그럼 고향에는 가족들이 아무도 없는 거예요?"

월이 고개를 저었다. "나야 어릴 때부터 항상 혼자였고 줄리언은 모든 사람의 가족이기도 하고 또 누구의 가족도 아닌 사람이죠. 물론 결혼은 했어요." 그는 자신에게 집중된 관심을 딴 데로 돌리기 위해 덧붙였다. 그의 표정이 사뭇 심각하게 변했다. "줄리언의 아내와 아이들이 아테니아호에 탔는데, 독일군이 쏜 어뢰에 격침당했죠. 그 배에 탄 승객은 전부 사망했어요."

"세상에." 마리는 한숨을 쉬며 내뱉었다. 줄리언의 집중력과 강인함 속에 그런 아픔이 감춰져 있으리라곤 전혀 예상치 못했다. 그런 일을 겪고도 멀쩡히 살아서 걸을 수 있다는 사실이 놀라울 정도였다. 마리는 테스를 떠올리기만 해도 가슴에 구멍이 뻥 뚫리는 기분이었다. 테스에게 무슨 일이 생긴다면 다음 날 해가 뜰 때까지도 버틸 수 없을 것이다.

"그러니까 이제 세상에 우리 둘만 남은 셈이에요. 줄리언을 위해서라면 난 뭐든 할 수 있어요. 그가 하는 일이 완전히 잘못된 일이라고 해도 말이에요."

"마을 사람들에게 미리 경고해 주면 안 된다고 고집한 걸 말하는 거죠?" 마리가 도착한 다음 날, 두 사람이 언쟁하던 일을 떠올리며 물었다.

윌이 고개를 끄덕였다. "프랑스 곳곳에 우리를 도와주려고 나선 사람들이 있어요. 위조 서류를 만들기 위해 용해제를 선뜻 내주는 세탁소 주인도 있죠. 마르블랑슈가의 사창가 주인은 모두가 우리를 못 본 척할 때 숨을 곳을 마련해 주기도 했어요. 마키의 요원들도 마찬가지고. 우리가 추진하는 작전을 돕기 위해 자기 목숨까지 선뜻 내준 사람들이에요. 그러니까 앞으로 어떤 일이 벌어질지 그들도 알 권리가 있다는 거죠. 그래야 자기 목숨은 물론이고 가족들의 목숨을 지킬 수 있을 테니까요."

윌은 그녀가 프랑스에 도착한 다음 날 아침, 줄리언과 함께 타고 간 자전거가 있던 조그만 기차역 앞에 차를 세웠다. "이번에도 당신 차를 얻어 타고 왔네요." 마리가 기억을 떠올리며 말했다.

윌이 미소를 지었다. "내 인생 자체가 사람들을 실어나르는 일의 연속이니까요." 아마도 언젠가는 그의 비행기를 타고 고향으로 돌아갈 수 있겠지. 너무 간절한 소망이라 도저히 입 밖에 꺼낼 수가 없었다. "10분 후에 당신이 타고 갈 열차가 도착할 거예요."

"열차라니요?" 갑자기 실망감이 그녀를 끌어내렸다. 윌이 찾아와 줄리언에게 도움이 필요하다고 말했을 때는 그를 만나서 함께 어디론가 가야 하는 줄 알았던 것이다. "이해가 안 돼서요. 대체 열차를 타고 어디로 가야 한다는 거죠? 그리고 줄리언은 어디 있어요?"

"나중에 만날 거예요." 윌이 대답했다. 나중이면 대체 언제라는 거지? 하지만 마리가 미처 질문하기도 전에 윌이 종이 한 장을 내밀었다. "주소를 기억해 둬요."

몽마르트르 에르멜가 273. 마리는 종이에 적힌 주소를 읽었다. 그리고 믿기지 않는 표정으로 되물었다. "몽마르트르요?"

"네. 줄리언이 이번에는 파리에서 만날 시간이라고 전하라더군요."

*

그때부터 세 시간 뒤 마리는 클리낭쿠르역을 나와 몽마르트르 언덕으로 향하는 가파른 언덕을 따라서 걸음을 내디뎠다. 희미하게 보슬비가 흩뿌려서 촉촉해진 인도가 환한 달빛을 받아 출렁이는 것처럼 보였다. 머리 위 남쪽으로 솟은 사크레쾨르바실리카 대성당의 돔 지붕이 밤하늘에 맞서듯 새하얀 빛을 뿜으며 버티고 있었다.

마리는 윌이 지시한 대로 저녁 기차를 타고 파리 북역으로 가서 파리 근교의 북쪽 역을 나와 종이에 적힌 주소지를 찾아갔다. 조약돌을 깔아 놓은 좁은 거리가 북적거리는 카페와 갤러리를 따라서 사방으로 뒤틀리듯 이어져 있었다.

윌은 일단 주소지로 가서 안드레아스를 찾으라고 말했다. 그사람이 주는 물건을 받고 11시에 출발하는 마지막 기차가 떠나기 전에 생라자르역에 가서 줄리언을 만나면 된다. "그 사람이 주는 물건은 이번 임무의 성공을 좌우할 만큼 중요한 거예요." 윌이 강조했다. 줄리언이 그런 중차대한 임무에 프랑스에 도착한 지 일주일도 채 안 되는 데다 아무 경험도 없는 무선통신원을 전령으로 보낸 이유가 뭘까? "주소지로 가면 카페가 나오는데, 창문가에 카나리아 새장을 걸어 뒀을 거예요. 혹시나 새장에 카나리아가 보이지 않을 경우 그 안에 들어가면 위험하다는 뜻이에요."

윌이 알려 준 주소지는 비탈진 자리에 들어선 연립주택으로 1층에 카페가 있었다. '앰배서더'라고 쓰인 울퉁불퉁한 나무 간판이 줄무늬 차양 아래 창문 밖으로 튀어나와 있었다. 윌이 일러 준 새장이 있는지 두리번거렸지만 새장은 보이지 않았다. 순간 당혹감이 밀려왔다. 빈 새장은 위험을 알리는 신호라고 했을 뿐 새장이 없는 건 무슨 의미인지 언질을 받지 못했다.

다른 선택의 여지가 없자 카페에 들어가기로 했다. 뒤쪽에서 카드 치는 남자들만 제외하면 카페에 다른 손님은 없었다. 어딘가에 놓인 축음기에서 전설적인 가수 마리 뒤바가 〈외인부대 병사〉를 부르는 목소리가 들렸다. 거울이 붙은 바 뒤에서 하얀 앞치마를 두른 남자가 술잔을 닦고 있었다. 마리가 들어왔는데도 고개조차 들지 않았다. 이제 어떻게 하지?

마리는 테이블에 가서 자리를 잡고 앉아 훈련할 때 배운 대로 손가락이 바깥쪽을 향하도록 신문지에 장갑을 올려 두었다. 레지스탕스끼리 통하는 신호였다. 몇 분 후 웨이터가 다가와 테이블에 메뉴판을 내려놓았다. 마리는 어찌할 줄을 모르고 당황했다. 윌은 이런 상황에 대해 아무것도 설명해 주지 않았다. 메뉴판을 펴자 조그만 곁쇠가 들어 있었다. 마리는 고개를 들어 웨이터를 쳐다보았다. 그가 카페 뒤쪽으로 슬쩍 고갯짓을 했다.

분명히 카페 뒤쪽으로 가라는 신호 같았다. 하지만 뒤로 가서 뭘 어쩌라는 걸까? 마리는 곁쇠를 들고 자리에서 일어나 카드 치는 남자들 옆으로 초조하게 걸어갔다. 그중 하나가 고개를 들더니 그녀를 보며 눈을 깜빡거렸고, 마리는 헉하고 숨을 마신 뒤 걸음을 옮기며 그가 뭐라고 말을 걸기만 기다렸다. 하지만 프랑스 남자들이 그렇듯 그저 낯선 여자를 보자 관심을 표현한 것뿐이었다. 마리는 애써 그의 시선을 피하며 짧은 복도를 따라 주방과 화장실을 지나서 계속 걸어갔다. 마침내 뒤쪽으로 좁은 의자를 쌓아 놓은 창고에 이르렀다. 마리는 온몸에 소름이 돋았다. 혹시 놈들이 덫을 놓은 건 아닐까? 마리는 어깨너머를 살폈지만 자신에게 고갯짓한 웨이터는 보이지 않았다.

마리는 마음을 단단히 먹고 계단을 오르기 시작했다. 맨 위층 문은 굳게 닫혀 있었다. 그녀는 웨이터가 준 곁쇠를 열쇠 구멍에 끼웠다. 처음에는 구멍 속에 걸리지 않고 헛돌기만 하다가 마침내 곁쇠가 걸리는 소리가 나더니 스르륵 문이 열렸다.

주변이 보이지 않을 정도로 좁고 어두운 방. 다락방이나 창고 같았다. 뒤쪽에 덩그러니 놓인 책상 아래 나이 든 남자가 챙이 달린 모자를 쓰고 고개를 푹 숙인 채 앉아 있었다. 그 위로 뿌연 담배 연기가 피어올랐다. 사람이 있는데도 굳이 곁쇠로 열고 들어올 때까지 기다린 이유가 뭘까?

조금 더 가까이 다가가고 나서야 그가 뭔가 복잡한 전선에 연결된 장치를 만지작거리고 있음을 깨달았다. 마리가 방에 들어온 줄도 모르는 모양인데, 뭐라고 먼저 말을 붙여야 하는 건가 싶었다. 마리는 상대가 묻기 전까지 가명을 미리 밝힐 필요가 없다고 배웠다. 1분이 지나고 또 1분이 흘렀다. 마침내 남자가 고개를 들었다. "셔츠를 걷어 봐요."

"뭐라고요?" 마리는 얼굴을 붉히며 되물었다.

남자는 봉투 크기에 2센티미터 두께의 물건이 들어 있는 갈색 봉투를 들고는 넓적한 테이프를 꺼냈다. "당신 몸에 잘 고정해 줄 거예요." 마리는 두 팔을 들고 셔츠를 걷은 뒤 모멸감을 감추기 위해 고개를 다른 쪽으로 돌렸다. 남자는 지극히 사무적인 태도로 최대한 마리의 몸에 손이 닿지 않도록 노력하며 물건이 들어 있는 갈색 봉투를 그녀의 몸에 고정했다. "최대한 천천히 걸어야 할 거요." 그가 주의할 점을 말해 주었다. "물에 젖지 않게 해요. 그러면 작동이 안 되니까. 어떠한 경우에도 절대 넘어지지 않도록 조심하고."

"왜요?"

"그랬다가는 당신은 물론이고 주변 사람까지 모두 죽을 테니까. 그 봉투에는 고성능 폭탄이 들어 있어요."

마리는 아리사이그하우스에서 폭탄이 얼마나 쉽게 작동하는지 두 눈으로 똑똑히 본 것을 떠올리며 그대로 얼어붙었다. 훈련 중에 조심성 없이 행동하다가 손가락 하나를 잃었다는 소문을 들은 적도 있었다. 어쩌자고 줄리언은 파리에서 폭탄을 운반하는 임무를 그녀에게 맡긴 것일까.

남자는 입에서 담배를 떼고는 긴 연기를 뿜어냈다. 마리는 폭탄을 코앞에 두고 담배를 피우는 모습이 정말이지 위험하게만 느껴졌다. "출발해요." 그가 내쫓다시피 말했다.

멀리서 10시를 알리는 종소리가 들렸다. 제시간에 줄리언을 만나서 통금시간 전에 도시를 벗어나려면 당장 출발해야만 했다.

마리는 숨을 참으며 한 걸음을 내디디고 또다시 걸음을 내디더서 위험한 짐승으로부터 도망치듯 다락방을 천천히 걸어 나왔다. 계단을 하나씩 내려가면서도 한 계단 한 계단이 자신의 마지막인 것 같은 기분이 들었다. 온몸에서 식은땀이 흘렀지만 폭탄이 젖으면 어떤 결과가 있을지는 일부러 생각하지 않으려고 애썼다.

거리에 나서자마자 비틀거리다 하마터면 넘어질 뻔했다. 그녀는 폭탄이 터져 마침내 마지막 순간이 다가오기를 기다렸지만 아무 일도 벌어지지 않았다. 몸에 붙은 폭탄은 잠잠했다.

30분 후 마리는 생라자르역 입구에 서 있었다. 몸에 고정해 놓은 위험천만한 물건이 자칫 떨어지거나 충격을 받지 않도록 조심하다 보니 역까지 오는 데 생각보다 오래 걸린 모양이었다. 꽤 늦은 시간이지만 기차역은 여행객과 두 눈에 졸음이 가득한 아이를 데리고 다니는 가족들, 셀 수 없을 정도로 많은 여행 가방, 거드름을 피우며 사람들을 멋대로 밀치고 다니는 군인들로 가득했다. 마리는 열차 시간표를 눈으로 살피고 15분 후 다음 기차가 8번 플랫폼에 도착한다는 정보를 확인했다. 그리고 플랫폼을 향해 걸음을 옮겼다.

마리는 북적이는 사람들 사이를 눈으로 훑으며 줄리언을 찾았다. 어떻게든 이 물건을 그에게 넘겨서 치워 버리고 싶은 마음뿐이었다. 마침내 그를 찾았고, 줄리언은 20미터가량 떨어진 플랫폼에서 그녀를 기다리고 있었다. 마리는 그의 시선을 끌기 위해 손을 번쩍 들었다. 줄리언은 그녀 쪽으로 고개를 돌렸지만 웬일인지 웃지 않았다. 너무나 심각한 표정. 그제야 마리도 그 이유를 알아챘다. 두 사람 사이에 프랑스 경찰이 버티고 서서 플랫폼으로 향하는 승객들을 한 사람씩 검문하고 있었다.

마리는 공황상태에 빠졌다. 그녀 뒤로 구름떼처럼 모여든 승객들이 수색 중인 경찰들 쪽을 향해 거대한 줄을 이루며 마구잡이로 몰려들기 시작했다. 경찰의 검문을 피해 줄에서 빠져나간다는 건 불가능한 일이었다. 폭탄 봉투가 워낙 묵직해서 배 부분에 경찰의 손이 닿기라도 하는 날에는 숨기기도, 위장을 하기도 어려웠다. 마리는 휴지통이라도 보이면 그 안에 폭탄을 던져 버릴 생각으로 절박하게 주변을 살폈다. 아니면 화장실이라도. 하지만 마리가 서 있는 줄은 서서히 앞으로 움직이기 시작했고, 마침내 검문하는 곳이 코앞에 다가왔다. 이제 몸에 고정된 폭탄을 제거할 방법은 아무것도 없었다.

드디어 마리 차례가 다가왔다. "통행증." 경찰의 지시가 떨어지자 불룩 튀어나온 폭탄이 보이지 않도록 코트를 벌리고 핸드백에 든 통행증을 꺼내기가 힘들어서 잠시 시간을 지체했다. 그녀 뒤쪽에서 기다리는 승객들 사이에서 불만이 터져 나왔다. "저쪽으로!" 참다 못한 경찰이 그녀를 줄 밖으로 내쫓았다. 그는 승객들

몸을 구석구석 검문하는 다른 경찰이 있는 쪽을 가리켰다.

"화장실 좀 가도 돼요?" 마리는 다른 경찰이 당연히 거절할 줄 알면서도 절박한 목소리로 말했다. "그날이라서요." 그녀는 아랫도리를 가리키며 프랑스식 표현으로 설명을 덧붙였다. 그런 추잡한 표현을 사용해서라도 최대한 온몸 구석구석을 더듬는 정밀 수색만은 피해야 했다. 경찰은 적잖이 당황한 표정으로 바로 옆에 있는 여자 화장실을 가리켰다. 화장실에 들어간 마리는 경찰이 의심하기 전까지 남은 시간이 얼마 없다는 걸 깨닫고 급히 셔츠를 걷었다. 봉투를 고정한 넓적한 테이프를 뜯을 때 살점이 같이 뜯겨 나가 눈물이 날 지경이었지만 이를 악물고 참으며 폭탄을 몸에서 떼어 냈다. 순간 폭탄을 소지했다가 발각되느니 차라리 화장실에 버리고 갈까 하는 생각이 머릿속을 스쳤다. 하지만 몽마르트르에서 폭탄을 준 남자는 이번 임무에서 가장 중요한 물건이라고 강조했다. 마리는 핸드백 아래쪽의 비밀 공간으로 폭탄을 쑤셔 넣었고, 그 바람에 핸드백 가장자리가 터질 듯이 팽팽해졌다.

마리는 화장실을 나와서 자신의 일거수일투족을 쫓는 줄리언의 시선을 느끼며 다시 검문을 위해 줄을 섰다. 몇 분 후 그녀 차례가 돌아왔다. 경찰은 손으로 온몸을 더듬으며 수색을 시작했고 마리는 움츠러들지 않으려고 애썼다. 괜히 반항했다가는 일만 더 꼬일 테니까. 낯선 남자의 손길이 닿지 말아야 할 곳까지 거침없이 파고들자 평생 기억 속에 묻어 두고 싶었던 어릴 적 악몽이 떠올랐다. 발로 걷어차이고 얻어맞을 때보다 훨씬 더 불쾌한 기분이었다. 마리는 이를 악문 채 벌건 대낮에 여성을 마음껏 탐하려는 차갑고 거친 손길을 무시해 보려고 애썼다. 핸드백에 든 폭탄만 놈이 눈치채지 못한다면 이 정도 수모쯤은 참을 수 있다고 생각했다.

줄리언은 검문대 반대편에서 그녀가 독일놈들에게 추행당하는 모습을 지켜보고 있었다. 분노로 얼굴이 붉으락푸르락 달아올랐고 주먹에 힘이 들어갔다. 마리는 총을 향해 손을 뻗는 모습을 바라보았다. 마리는 부디 아무 짓도 하지 말고 그대로 있으라는 듯 간절한 눈빛을 보냈다. 자칫 그랬다가는 임무를 망치는 것은 물론이고 놈들에게 체포당해서 둘 다 큰 봉변을 당할 테니까.

영원할 것 같던 시간이 끝나고, 마침내 경찰이 그녀를 더듬던 추악한 손을 거두었다. 이번에는 핸드백을 들고 안쪽을 살피기 시작했다. 생각보다 꼼꼼하게 핸드백을 뒤졌다. 바닥에 숨겨 둔 폭탄을 찾는 건 그야말로 시간문제였다.

"여보!" 줄리언이 경찰 뒤쪽으로 한 걸음 다가오자 마리와 줄리언 사이에 있던 경찰이 막아섰다. "아내가 임신해서요." 그는 누가 들어도 엉망인 프랑스어를 최대한 남들 앞에서 사용하지 않는다는 규칙까지 어기며 나섰다. 단어는 그런대로 잘 끼워 맞췄지만 발음은 최악이었다. 마리는 그 자리에 굳어졌다. 불과 몇 분 전만해도 생리 중이라고 말하지 않았던가. 줄리언은 당연히 그녀가 뭐라고 말했는지 듣지 못했을 테고, 생리 중이라는 말과 임신 중이라는 건 완전히 앞뒤가 안 맞는 이야기였다. 마리는 경찰이 말도 안 되는 거짓말을 알아챌 거라 생각하고 조용히 기다렸다.

"배가 아파요." 마리는 몸을 숙이며 둘 사이에 끼어들었다.

그제야 경찰이 뒤로 물러섰다. "저리 가!" 그의 지시에 줄리언이 통행증을 들어서 보여 주더니 그녀를 보며 입구 쪽으로 손을 흔들었다.

"계속 걸어." 줄리언이 나지막이 속삭이자 마리는 뒤도 보지 않고 걸음을 옮겼다. 이러다가 언제 놈들이 멈추라고 할지 모른다.

열차에 올라타자 줄리언은 그녀가 자리에 앉을 수 있도록 돕고는 보호하려는 듯 팔을 어깨에 둘렀다. 마리의 심장이 두방망이질하기 시작했다. 코트 뒤쪽으로 자신의 심장박동이 그에게 전해질지 궁금했다. 마리는 경찰이 객차로 뛰어 들어와 두 사람을 체포할 거라고 생각하며 숨을 참았다. 열차는 좀처럼 출발하지 않고 계속 멈춰 있었고, 마리는 제발 출발하라고 마음속으로 기도했다. 마침내 열차는 온몸을 부르르 떨면서 천천히 움직이기 시작하더니 뱀처럼 꾸불거리며 역을 빠져나갔다. 열차가 출발하는 동안에도 두 사람 모두 꼼짝도 하지 않았다.

열차 안에는 조명이 하나도 켜지지 않았고, 등 뒤로 파리의 모습이 점점 멀어지면서 시골의 어둠이 열차 위로 서서히 감싸 오는 것 같았다. 마리는 고개를 들어 줄리언을 쳐다보았다. 희미한 달빛 아래 그의 얼굴은 윤곽만 겨우 보일 정도였다. 줄리언도 그녀를 내려다보았다. 마리만의 기대일 수도 있지만, 그의 눈빛에는 걱정과 안도 그리고 또 다른 무언가가 더해진 것 같았다. 마침내 그녀의 시선이 그의 시선과 맞닿았다. 마리는 뭐라고 말하고 싶었지만 감히 영어로 대화를 나눌 엄두가 나지 않았다. 마침내 더는 참지 못할 지경이 되자 그의 시선을 피해 다른 쪽으로 고개를 돌렸다. 줄리언은 여전히 그녀의 어깨를 감쌌고, 마리는 그의 어깨에 머리를 기댄 채 온몸을 맡겼다.

오전 2시가 다 되어서야 아침에 윌을 따라왔던 그 조그만 기차역에 도착했다. 윌이 운전하고 온 자동차는 기차역 근처에 그대로 세워져 있었고, 줄리언은 사촌이 숨겨 둔 자동차 키를 용케 찾아냈다. 그는 어두컴컴한 도로를 능숙하게 운전해서 마을 쪽으로 달려갔다. 이제 주변에 듣는 사람이 없어 두려울 게 없는데도 두 사람은 여전히 아무 말도 하지 않았다.

마침내 두 사람이 탄 자동차가 마리의 다락방에 도착했다. "하느님, 감사합니다. 너무 힘들어서 쓰러지기 직전이야." 줄리언은 독일군을 의식한 듯 최대한 낮은 목소리로 말했다.

"나한테 아무 귀띔도 안 해 주고 그 폭탄을 내 몸에 매달아 놓곤 그런 말이 나와요?" 조금 전에 느낀 안도감이 이내 분노로 바뀌었다. 마리는 핸드백 밑에 숨겨 둔 폭탄을 꺼내서 그에게 건넸다.

"괜히 미리 얘기했다가 겁먹어서 아무것도 못 할까 봐 말하지 않은 거야. 오늘 정말 잘했어."

마리는 그의 칭찬에 마음이 조금 누그러졌다. "내가 어린애인 줄 알아요? 내 목숨을 걸고 임무를 맡길 거면 최소한 당사자한테 미리 언질은 해 줘야죠."

"미안해." 그는 두 손을 번쩍 들었다. "다시는 안 그럴게, 알겠지? 약속해. 그럼 이제 모두 설명해 줄게. 우리는 망트라졸라 남쪽에 있는 철교를 폭파하기로 했어." 그가 목소리를 낮추고 말했다. 마리가 그의 신뢰를 얻자 모든 계획을 설명하기 시작했다. 우선 코트에서 지도를 꺼내 앞에 있는 테이블에 펼쳐 놓았다. "여기가 철교야." 강이 좁아지는 부분을 가리키며 말을 이었다. "독일군 탱크가 통과하는 중요한 지점이지. 이 철교를 폭파하면 노르망디에 요새를 강화하는 작업에 큰 차질이 생길 거고. 하지만 너무 빨리 폭파했다가는 놈들에게 복구할 시간을 주는 꼴이 될 거야. 오늘 당신이 가져온 폭탄은 폭파에 필요한 열두 개 폭탄 중 하나야. 지금까지 우리가 무장하고 방해 공작을 벌인 것들은 이번 임무에 비교하면 새 발의 피도 안 돼."

"왜요?"

"일단 작전의 규모나 그로 인해 촉발될 영향력도 크지만, 그만큼 위험하기도 하니까. 작전이 제대로 들어맞는다면 우리는 더 이상 그림자 속에 숨어 지낼 수 없을 거야."

"그다음은요?" 줄리언은 무슨 뜻인지 이해하지 못한 것처럼 고개를 갸우뚱했다. "그림자 속에 숨지 못하고 놈들에게 발각될 경우 어떻게 우리 임무를 계속할 수 있죠? 그걸로 끝나는 건가요?"

"절대로 끝나지 않아." 그는 단호하게 대답했고 그녀의 희망을 한순간 앗아 갔다. "몇 주 동안 납작 엎드려 숨을 죽이고 그 지역에서 멀리 떨어진 안전가옥에 숨어 지내야겠지. 작전본부도 다른 장소로 옮겨야 할 테고." 마리는 그의 외곬 성향과 의지에 감탄하지 않을 수 없었다.

"영원히 이렇게 지낼 수는 없잖아요." 마리가 부드럽게 말했다.

"그럼, 당연히 그럴 수는 없지." 그는 곧바로 맞장구를 쳤다. "누구도 이런 식으로 계속 살아갈 수는 없으니까." 마리는 그의 말이 진심인지 궁금해졌다. "하지만 우리가 붙잡힌다면 다른 요원들의 몸값이 올라가서 우리 자리를 차지하고 체포 1순위가 될 거야."

"그렇다면 언제쯤 이런 생활이 끝날까요?"

"전쟁에서 승리한다면 끝나겠지." 줄리언의 표정은 더없이 단호했다. 그의 마음속에서 다른 해답은 찾아볼 수 없었다.

"까딱하다가 나까지 죽을 뻔했다고요." 마리는 다시 화가 치밀었다.

"요원이 되겠다고 결심했을 때 이미 그 부분까지 각오한 거 아냐?" 마리는 그의 말이 틀렸다고 생각하면서도 정확히 어느 부분을 지적해야 할지 몰라 입술을 꼭 깨물었다. "오늘 당신이 가져온 폭탄은 사실 안정성이 확보된 물건이야." 그가 덧붙였다.

"어쨌거나 나한테 미리 알려 줬어야죠." 그 말을 들으니 조금은 마음이 놓였다.

"알아. 정말 미안해. 어쨌든 그 덕분에 이렇게라도 다시 얼굴을 볼 수 있잖아." 그가 갑작스럽게 다정해지자 마리는 허를 찔린 기분이었다. 이렇게 줄리언을 다시 보고 있자니, 마지막으로 만난 이후 그를 얼마나 그리워했는지 깨달아졌다. 처음에 만났을 땐 정말 싫었는데 그런 사람이 그립다니 참으로 이상한 일이 아닐 수 없었다. "아주 기발한 핑계를 댔어." 그가 덧붙였다. "그 상황에서 화장실 간다고 검색대를 빠져나가다니 말이야."

"훈련받을 때 조시한테 배운 거예요. 남자를 떼어 내고 싶을 때 가장 확실한 방법은 한 달에 한 번 찾아오는 그날이라고 말하는 거래요. 엘레노어가 조시한테 가르쳐 준 방법이죠."

"엘레노어에 대해 나도 들어 본 것 같아. 자기 분야에서 대단한 실력자라고 하던데."

"맞아요. 조시도 나도 그 사람에게 직접 채용됐죠. 워낙 엄격한 사람이라 훈련생들이 별로 안 좋아하지만."

"당신은 좋아하고?"

"좋아한다기보다는 존경하는 거죠. 나를 발탁한 것도 그 사람이고. 부디 내가 맡은 임무를 완벽히 해낼 수 있다고 생각하면 좋겠어요."

마리는 코트를 벗어서 옷걸이에 걸었다. "피가 나잖아." 줄리언이 바짝 다가오며 말했다. 고개를 숙이자 셔츠에 붉은 피가 스며든 것이 보였다. "테이프를 억지로 뜯다가 그랬나 봐요."

줄리언은 세면대로 가서 수건을 물에 적셔 왔다. "일단 피부터 닦아 내야겠어, 괜찮지?" 그녀는 고개를 끄덕이며 셔츠를 살짝 걷고는 고개를 다른 쪽으로 돌렸다. 그는 상처 부위의 피를 정성껏 닦아 냈다. 마리의 맨살에 닿은 그의 손가락은 따뜻하다 못해 뜨거울 정도였다. "드레싱을 해야겠는데." 걱정이 가득한 목소리였다. "자칫하면 감염될 수도 있어." 그녀의 상처를 치료하는 줄리언의 손이 지난번보다 훨씬 더 심하게 떨렸다.

"손이……."

"피곤하면 더 많이 떨려." 그가 설명했다.

"그럼 쉬어야죠."

"말이 쉽지." 그가 고개를 저었다. "지금은 쉴 시간이 없어."

"여기서 쉬면 되죠." 마리는 더 이상 왈가왈부하지 못하도록 단호한 목소리로 딱 잘라 말했다.

물론 예상은 빗나갔다. "이제 가 봐야 해. 동트기 전까지 비행장에 가 봐야 해서." 마리는 무슨 일인지 궁금했다. 무선 통신으로 오고 간 내용에는 공중 투하 계획이 없었는데. 하지만 괜히 질문 세례를 퍼붓고 싶지 않았다.

"동트려면 아직 몇 시간 남았잖아요. 지금은 쉬어요." 그녀는 단호하게 말하며 침대를 가리켰다.

줄리언이 싱긋 웃었다. "네, 알겠습니다." 하지만 침대 대신 바로 옆에 있는 의자에 등을 대고 머리를 벽에 기댔다. "잠깐만 쉴게."

"그러다 피로가 쌓여서 죽으면 우리한테 좋을 게 하나도 없다고요." 장난스럽게 던진 말이지만, 너무나 진실에 가까운 얘기라 두 사람 사이에 긴 여운을 드리웠다. 죽음. 독감으로 죽든 독일군에게 붙잡히든 어느 쪽이라도 죽음이라는 녀석은 그들을 바짝 뒤쫓고 있었다. 마리는 담요를 건넸다. "담요가 하나밖에 없어요."

줄리언이 손을 저으며 거절했다. "당신은 모르겠지만 나는 이보다 더한 곳에서도 자 봤어. 흔들리는 배에서도 자 보고 에어보트에서도 자 보고. 한번은 수채통에서 잔 적도 있어. 어젯밤은 시골 헛간에서 보냈지."

마리는 전등을 끄고 침대에 가만히 누웠다. 당장 달려가서 온몸을 박박 씻으며 하루의 기억을 지워 버리고 싶었지만, 이런 시간에 물소리를 내서 같은 건물을 임시 숙소로 사용하는 독일군들의 관심을 끌 수는 없었다. 얼마 동안 두 사람은 아무 말도 하지 않았다. "지치지 않아요?" 마리가 물었다. "떠돌이처럼 돌아다녀야 하잖아요."

"별로 불편하다고 생각하지 않아. 어차피 집이라고 부를 만한 곳도 없는걸." 그의 목소리에 짙은 슬픔이 배어 있었다.

"월한테 당신 가족 얘기를 들었어요." 마리는 혹여 기분이 상하지 않도록 조심스럽게 말했다. "정말 안됐어요."

"열여섯 살에 레바를 만났고 그 후로 다른 여자는 쳐다본 적도 없어. 그 배에 태운 것도 바로 나야." 그는 경직된 말투로 이어 갔다. "아내는 아이들과 함께 건지에서 지냈어. 그런데 내가 하는 일이 워낙 위험하다 보니까 유럽을 떠나는 게 낫겠다 싶었지. 캐나다의 처제네 집으로 보내려 했던 거야. 그 배를 타고 캐나다까지 가기로 돼 있었어. 내가 고집을 부려서 우리 가족이 죽은 거야."

"너무 자책하지 말아요. 가족의 안전을 생각하다 그렇게 된 거잖아요."

"어차피 결말은 비슷했을 거야, 안 그래? 독일놈들에게 붙잡혀서 수용소로 갔다고 해도 결국은 죽었을 거야. 마지막 순간에 레바가 우리 아들들을 꼭 껴안고 있었을 거라 생각하면 그나마 다행이다 싶어. 물론 진실은 영원히 알 수 없겠지만." 마리는 적당한 말을 고르려고 애썼지만 아무 말도 떠오르지 않았다. 줄리언이 목청을 가다듬었다. "당신은 어때? 특수요원이 된다고 했을 때 남편이 뭐라고 했어?"

"남편 없어요." 마리가 불쑥 내뱉었다. "물론 내 신상 파일에는 그렇게 적혀 있겠지만, 사실 남편은 전쟁터에서 실종된 게 아니에요. 5년 전에 딸아이 테스가 태어나고 곧바로 떠났어요."

마리는 자기가 거짓말한 것 때문에 화가 났나 싶어 반쯤 내린 어둠 사이로 그의 표정을 살폈다. "그럼 지금까지 혼자서 아이를 키운 거야?" 마리가 고개를 끄덕였다. "그럼 이번 임무는 그야말로 식은 죽 먹기일 거야." 줄리언을 만난 이후 처음으로 그의 목소리에서 장난기를 느낄 수 있었다.

줄리언은 벽에서 몸을 떼고 그녀의 손을 토닥거렸다. "아이가 모든 걸 이해할 만큼 자라면 엄마를 자랑스러워할 거야." 그의 손가락이 마리의 손에 머물렀다. 그리고 다시 고개를 뒤로 젖히며 눈을 감았다. 호흡 소리가 점점 길어지고 일정해졌다. 차분하고 평화롭게 잠든 그의 모습을 지켜보노라니, 마음속에서 애정이 샘솟았다. 순간 마리는 깜짝 놀랐다. 줄리언에게 동료 이상의 감정을 느끼면 안 되는 거였다. 리처드가 떠난 뒤로 그런 부분은 완전히 묻고 살았는데. 수년간 숨기고 살아온 감정인 만큼 또다시 누군가에게 호감을 느끼는 일은 없을 거라고 믿었다. 하지만 줄리언 옆에 누워 어둠 속에서 서로의 손이 맞닿은 채로 있다 보니 부정할 수 없을 정도로 진실한 감정이 샘솟고 만 것이다.

마리는 열차에서 자신을 바라보던 줄리언의 다정한 눈빛을 떠올렸다. 그녀가 줄리언에게 느끼는 감정을 그 역시 느끼는 것은 아닐까? 그저 외로움 때문일 거야. 몇 주 몇 개월 동안 떠돌아다니다 보니 외로운 거겠지. 그 이상은 아닐 거야. 조시도 '별일이 다 생기는 게 당연하다'라고 말하지 않았는가. 물론 줄리언을 두고 한 얘기는 아니었다. 그의 유일한 관심사는 임무니까. 자신이 맡은 임무를 방해하는 일은 뭐든 용납하지 않을 사람이었다.

나 역시 그럴 테고. 갑자기 졸음이 밀려왔다. 임무를 수행하러 이곳에 왔고 반드시 테스에게 돌아가야 한다. 그걸 방해하는 건 무엇이든 용납하지 않을 것이다. 줄리언의 손과 맞닿은 손을 빼내고 예기치 못한 감정을 밀어내 볼까도 생각했다. 하지만 그의 따스한 손길이 주는 안도감에 취해 깊은 잠 속으로 서서히 빠져들었다.

얼마 후 마리는 눈을 번쩍 떴다. 창문 너머에서 잿빛 하늘이 핑크빛으로 물들고 있었다. 동틀 녘에 떠나야 한다는 말을 듣고도 아침까지 잠에 취해 버린 자신을 탓하며 침대에서 몸을 일으켰다. 줄리언도 자기처럼 곤히 자고 있을지 궁금했다. 하지만 고개를 들자 이미 잠에서 깬 줄리언이 그녀를 빤히 쳐다보고 있었다. 두 사람은 열차에서처럼 서로의 눈을 빤히 쳐다보았다. 하지만 지금은 아침이 밝았고, 두 사람의 감정 역시 그림자에서 벗어나 가면을 벗은 상태였다.

마리는 억지로 시선을 거두었다. "지금 몇 시예요?"

"곧 해가 뜰 거야." 그가 핑크빛으로 물드는 하늘을 보며 시간을 가늠했다.

"너무 깊이 잠들었나 봐요." 마리는 벌떡 자리에서 일어났다.

줄리언이 일어섰다. "괜찮아." 아까 잠에서 깼다면 먼저 가 버릴 수도 있었을 텐데. 하지만 그는 떠나지 않았다. "몇 주 만에 제대로 잔 것 같아."

문밖에서 바스락거리는 소리가 들렸다. 마리가 문을 열자 월이 불안한 듯 주위를 두리번거리며 두 사람 사이를 빤히 쳐다보았다. 그도 사촌 줄리언과 마리 사이에 피어오르는 미묘한 감정을 눈치챈 게 분명했다. "비행장에 나타나지 않아서 걱정했어." 그가 줄리언에게 말했다. "이제 출발해야 해."

마리가 줄리언 쪽으로 고개를 돌렸다. "어디로 가는데요?"

"영국으로 복귀하란 지시가 떨어졌어."

마리는 자기도 모르게 헉하고 숨이 막혔다. "언제요?"

"지금 떠나야 해. 미리 말하지 못해서 미안해." 그는 더 이상 그녀에게 비밀을 만들지 않겠다는 어젯밤의 약속을 떠올린 듯 곧바로 사과했다. "아무한테도 알리면 안 되는 거라서. 며칠 있다가 돌아올 거야." 급하게 덧붙여 말했다. "최대 일주일이면 돼." 그의 목소리에서 아쉬움이 느껴졌다.

"그럼 다리 폭파는 어떻게 되는 거죠?"

"2주 안에는 아무 일 없을 거야. 그 전에 돌아올 거고." 그의 목소리가 어딘지 모르게 확신이 없어 보여서 그도 자신할 수 없는 건가 싶었다.

막상 그가 떠난다고 하니 어젯밤 억지로 억눌러 둔 감정들이 순식간에 물밀듯이 터져 나오기 직전이었다. "꼭 가야 해요?" 어떤 대답이 돌아올지 알면서도 마리는 나지막한 목소리로 물었다.

"동트기 전에 이륙하려면 지금 당장 떠나야 해요." 줄리언이 대답하기도 전에 윌이 끼어들었다. "시간이 없어."

"비행기 타는 곳까지 같이 가면 안 돼요?" 마리는 자신이 반드시 따라가야 할 이유를 찾으며 다시 물었다.

하지만 줄리언은 고개를 저었다. "여럿이 움직이면 위험해. 동이 트고 난 후에는 더더욱." 맞는 말이었다. 마리도 라이샌더가 그를 싣고 하늘로 이륙하는 모습을 지켜볼 엄두가 나지 않았다. "돌아올 때까지 몸조심해."

줄리언은 사촌이 있는 쪽으로 몸을 돌렸다. "마리를 부탁해." 월은 진지하게 고개를 끄덕였다. 마리는 자신을 돌봐줄 사람 따위는 필요 없다며 항변이라도 하고 싶은 심정이었다. 어쨌거나 그녀는 특수요원이었고, 누구의 소유도 아니고 지켜 줘야 할 여자도 아니니까. 하지만 월과 줄리언의 엄숙한 유대감은 그녀보다 훨씬 더 엄청난 것처럼 느껴졌다.

순간 이대로 줄리언을 떠나보내면 안 될 것 같은 이상한 감정에 사로잡히고 말았다. "정말로 가야 해요? 비행기 타고 영국에 갔다가 다시 오는 것 자체가 너무 위험한 일이잖아요."

"다른 방법이 없어." 그는 이미 떠날 준비를 마치고 단호하게 대답했다. "일주일 안에 돌아올게." 그는 다시 약속하고 방문을 나섰다. 하지만 사촌 월과 함께 들판을 가로지르는 뒷모습을 바라보며 다시는 그를 볼 수 없을 것 같다는 불안감을 좀처럼 떨쳐 낼 수가 없었다.

# 15
## 그레이스

"모두 죽었다는 뜻이에요." 그레이스는 다리를 건너 워싱턴으로 향하는 택시에서 큰 소리로 반복했다. 상상조차 할 수 없는 일이었다. 기껏해야 스무 살, 많아 봤자 스물다섯 살밖에 안 되어 보이는 소녀들인데. 전쟁이 끝났으면 런던으로 돌아와 결혼하고 아이를 낳거나 친구들과 즐겁게 지내야 마땅한 일이었다. 그렇게 죽는 게 아니라. "어쩌다 그렇게 됐을까요?"

"나흐트 운트 네벨." 마크가 대답했다. "이른바 밤과 안개 작전 때문이겠죠. 나치는 사람들을 쥐도 새도 모르게 없애 버렸어요. 다시는 그 사람 소식을 들을 수 없었죠."

"어떻게 그렇게 잘 알아요?"

마크는 불편한 듯 자세를 고쳐 앉았다. "작년에 전범 재판 기소 사건과 관련된 일을 잠시 했거든요. 전쟁이 끝난 직후에요."

"왜 진작에 그런 얘기를 하지 않았어요?" 마크는 특수작전국에 대해 많은 정보를 알고 있었을 것이다. "마크, 그건 무척 중대한 일이잖아요."

"제대로 마무리하지 못하고 그만뒀거든요." 아무렇지 않은 듯한 말투였지만 그가 느꼈을 고통이 그대로 전해졌다. "그때 얘기는 별로 하고 싶지 않네요……. 적어도 지금은."

"알겠어요." 그레이스도 수그러들었다. "밤과 안개 작전에 대해 자세히 들려주세요."

"완벽하게 비밀에 부친 기이한 프로그램이었어요. 보통 독일군은 모든 작전에 대해 꼼꼼하게 기록을 남기거든요. 나치는 사람들을 흔적도 없이 세상에서 사라지게 만들고 싶어 했어요." 마크가 설명했다.

"사진의 소녀들도 포함해서 말이죠."

그가 고개를 끄덕였다. "히틀러가 비밀요원들을 마지막 하나까지 색출해서 숨통을 끊어 놓으라고 개인적으로 지시를 내렸어요." 여자 요원도 포함해서. 그레이스는 생각했다. "그들이 존재했다는 증거 자체를 인멸하고 싶었던 거죠. 더 좋은 소식을 전하지 못해서 미안해요. 파일에 또 다른 건 없나요?"

그레이스는 몰래 가져온 파일을 꺼냈고 여섯 장쯤 되는 종이에는 온통 땅딸막한 글자가 빼곡히 적혀 있었다. 종이마다 윗부분에 '특수작전국 F 지구'라는 머리글자가 새겨져 있었다. "이건 무슨 표시일까요?"

"특수작전국 본부에서 부서 간 서신이 오갔던 모양이에요." 마크는 날짜와 시간 옆에 소녀들의 성이 있고 일정표가 적힌 부분을 가리키며 설명했다. "정해진 시간에 무선 통신을 했거나 메시지를 보낸 것 같은데요." 마크가 손을 뒤로 빼면서 두 사람의 손가락이 가볍게 맞닿았다.

"그럼 이제 어떻게 하죠?" 그레이스가 물었다.

"무슨 뜻인지 모르겠네요. 이만하면 필요한 정보는 어느 정도 알아낸 것 같은데요."

"전혀요." 그레이스가 대답했다. "그러니까 특수작전국 소속 엘레노어 트리그 밑에서 사진의 소녀들이 일했다는 사실과 사진의 소녀들이 사망했다는 것까지는 알았죠. 하지만 다른 요원들 파일은 그대로 남겨 뒀는데, 그 사진의 소녀들 신상 파일만 상자에 보관하지 않은 이유는 아직 모르잖아요. 엘레노어 트리그가 왜 뉴욕까지 왔는지 그 이유도 알지 못하고요." 그 모든 의문점이 도저히 풀 수 없는 거대한 매듭처럼 그레이스의 마음속에 응어리져 버렸다.

"막다른 길에 몰린 것 같네요." 마크도 인정했다.

하지만 그레이스는 아직 포기할 준비가 되지 않았다. 두 사람이 탄 택시는 이제 미국 의회의 구불구불한 길을 달려서 유니언 역을 향해 달려갔고, 그곳에서 그레이스를 뉴욕으로 데려다줄 기차에 오를 것이다. 그레이스는 조금 전 파일을 뒤질 때 대충 휘갈겨 쓴 메모가 있는 조그만 종이를 꺼냈다. "아까 본 파일 중에서 가족 사항과 최근 연락처가 적힌 것들이 있었어요. 급한 대로 종이에 적어 놨어요."

"정말 똑똑하네요. 나도 미리 적어 둘 걸 그랬어요. 하지만 그 연락처는 너무 오래전 기록이에요. 대부분 런던 쪽이거나 해외 연락처일 텐데요."

"전부 그런 건 아니에요. 메릴랜드 지역 번호가 적힌 게 있더라고요. 일단 연락해 보면 누군가와 이야기를 나눌 수 있을지도 몰라요. 어쩌면 전쟁 후에 살아 돌아온 사람이 있을지도 모르고."

"그럼 한번 시도해 봐야죠. 일단 우리 집으로 가서 전화부터 걸어 보도록 해요." 마크가 제안했다. 그레이스는 망설였고, 순간 마크가 너무 가까이 다가앉았다는 걸 깨달았다. 그의 집에 가는 게 정말 잘하는 짓인지도 확신이 서지 않았다. 하지만 마크는 벌써 택시기사에게 자기 집 주소를 일러 준 후였다. 택시는 왼쪽으로 급히 커브를 틀어서 새로운 목적지를 향해 달려가기 시작했다.

택시는 거대한 화강암 건물 사이로 타운하우스와 상점들이 이어진, 그레이스에게는 너무나 낯선 풍경 사이를 달려갔다. "조지타운이에요." 살짝 비탈진 언덕으로 택시가 올라가기 시작하자 마크가 설명했다. "포토맥강에서 그리 멀지 않은 곳에 사는데 집 바로 옆에 예선로가 있어요." 그레이스는 뭔가 중요한 정보라도 되는 양 열심히 고개를 끄덕였다.

몇 분 후 택시는 고풍스러운 거리로 방향을 틀더니 작고 낮은 벽돌집 앞에 멈췄다. 마크는 택시비를 내고 문을 열었다.

그의 집은 참나무 바닥 한쪽 구석에 구식 축음기가 놓인 것 말고는 사진이나 소장품 같은 걸 찾아볼 수 없을 정도로 깔끔하게 정리돼 있었다. 그레이스는 혹시 여자가 다녀간 흔적이 있는지 살폈지만 눈에 띄는 게 없었다. 집에서 시간을 보내지 않는 게 분명했다. 마크는 벽에 전화기가 달린 서재로 그녀를 안내했다. "커피를 만들어 올게요." 그 말과 함께 그녀만 남기고 사라졌다.

그레이스는 책상 쪽으로 걸어가서 미리 적어 둔 전화번호를 꺼낸 뒤 수화기를 들고 전화교환원에게 종이에 적힌 번호를 불러 주었다. 신호를 기다리는 동안 책상 뒤에 있는 라디에이터에서 쉿 소리가 은은하게 퍼졌다.

신호음이 한 번 울리고 다시 이어졌다. 연결되지 않을 수도 있어. 신호음이 울릴 때마다 심장이 쿵쿵 내려앉는 기분이었다. 포기하고 수화기를 받침대에 내려놓으려는 찰나 수화기 너머에서 무슨 소리가 들렸다. 그레이스는 급히 수화기를 귀에 가져다 댔다. "여보세요? 애니 라이더 씨와 통화하고 싶은데요."

"잠시만요." 전화기를 떨어뜨린 건지 놓친 건지 쿵 소리가 들리더니 요란한 발소리가 점점 멀어졌다. 그레이스는 뉴욕의 하숙집처럼 집주인이 세입자에게 전화를 연결해 주는 모습을 머릿속에 그려 보았다.

"여보세요?" 이번에는 다른 여자 목소리였다. 쩌렁쩌렁한 데다 분명 미국식 발음 같은 목소리가 수화기 너머에서 들렸다.

"애니 라이더 씨?"

"누구죠?"

그레이스는 목청을 다듬었다. "저는 그레이스 힐리라고 해요. 귀찮게 해서 죄송하지만, 샐리 라이더 씨와 연락하고 싶어서요."

"샐리요?" 순간 여자가 깜짝 놀란 목소리로 되물었다. "무슨 일로 찾는 거죠?"

"그분이 어디 있는지 알고 싶어서요. 이쪽으로 연락하면 그분을 찾을 수 있을 거라고 생각했어요."

"샐리는 우리 언니 이름이었어요."

과거형. "죄송합니다. 샐리 씨가 돌아가신 줄은 몰랐어요." 샐리는 나치의 '밤과 안개' 프로그램 때문에 세상에서 사라진 목록에 오르지 않은 모양이다. "혹시 전쟁 중에 사망하신 건가요?"

"아뇨. 전쟁이 끝나고 자동차 사고로 죽었어요." 톰처럼. 그레이스는 심장이 바짝 조여 왔다.

그레이스는 전화 통화에 정신을 집중하려고 애썼다. "귀찮게 해서 정말 죄송해요. 전쟁 중에 언니분이 하신 일에 대해 묻고 싶은 게 있어서요." 그레이스는 잠시 멈췄다. 아무래도 전화로 이야기하기엔 다소 민감한 주제 같았다. "제가 지금 워싱턴에 있는데 메릴랜드에서 별로 멀지 않아요. 혹시 만나서 말씀 좀 나눠도 괜찮을까요?"

"글쎄요······." 어딘지 모르게 주저하는 목소리였다.

"부탁이에요. 정말 중요한 일이라서 그래요. 괜찮다면 제가 댁으로 찾아뵐게요."

"아뇨." 여자는 집으로 찾아오는 건 달갑지 않다는 듯 재빨리 거절했다. "오늘 저녁 윌러드 호텔에 있을 거예요. 정 만나고 싶으면 저녁 7시에 윌러드 호텔로 오세요."

그레이스는 망설였다. 저녁 7시에 약속을 잡는다는 건 뉴욕으로 돌아가는 마지막 열차를 타지 못한다는 걸 의미했고, 그러면 전혀 예상치 못했지만 이곳에서 하룻밤을 더 보내야만 했다. 하지만 사진의 소녀들에 대해 조금이라도 자세히 알아내려면 이것이 유일한 방법이었다.

"고맙습니다. 그럼 7시에 찾아뵐게요."

수화기를 내려놓으면서 하루 더 프랭키 혼자 일해야 한다는 생각에 온몸이 움찔했다. 마크에게 전화 한 통을 더 해야 한다고 허락을 구할까 하다가 별로 신경 쓰지 않을 것 같아서 다시 교환원을 연결했다. 사무실 전화로 신호음이 두 번이나 울리고서도 아무 대답이 없자 일 때문에 잠시 자리를 비웠을지도 모른다는 생각이 스쳤다. 하지만 잠시 후 전화선 너머로 프랭키의 목소리가 들렸다. "블리커&손스입니다."

"프랭키, 나예요." 굳이 이름은 밝힐 필요도 없었다.

"그레이스, 어디야?" 목소리가 멀게만 느껴졌다. 살짝 발음이 꼬이는 걸 보니 술이라도 마셨나 하는 생각이 스쳤다.

"프랭키, 목소리가 안 좋네요. 무슨 일 있어요?"

수화기 너머로 무거운 침묵이 이어졌다. "샘 때문에. 사무실에 찾아왔어. 같은 아파트에 사는 남자애가 내가 준 돈을 뺏으려고 했대. 돈을 뺏기지 않으려다가 주먹이 오갔는데 흠씬 두들겨 맞은 모양이야."

"어머나! 많이 다치진 않았어요?"

"응. 눈이 시퍼렇게 멍들고 입술이 터지긴 했지만 크게 다치지는 않았어." 그 어린 꼬마가 그런 아픔을 겪어야 한다고 생각하니 마음속에서 무언가 울부짖는 소리가 들리는 것 같았다. "어쨌거나 그 집에는 돌아갈 수 없겠어. 당신 말이 맞아, 그레이스. 그렇게 어린 애를 혼자 내버려 둘 수는 없는 일이지. 보호 기관 쪽으로 아이를 보내려고 신청서를 작성하는 중이었어."

불쌍한 샘은 결국 소년보호소로 갈 것이다. "미안해요, 프랭키. 아이가 낯선 사람들과 어울린다는 게 쉽지 않은 일이잖아요. 다른 방법이 있을지 같이 의논해 봐요."

"다른 선택의 여지가 없어. 어쨌거나 내일 사무실에 오면 같이 상의하도록 하지."

그레이스는 머뭇거렸다. "그게 말인데…… 내일도 사무실에 못 갈 것 같아요."

수화기 너머에서 귀에 들릴 정도로 큰 한숨 소리가 들렸고, 의기소침해진 그의 얼굴이 눈앞에 아른거리는 듯했다. "지금 어디 있어? 그 정도는 이야기해 줘도 되잖아."

그레이스도 같은 생각이었다. "워싱턴에 있어요."

"대체 거기까지는 왜 간 거야?"

"엘레노어 트리그라는 여자에 대한 정보를 찾으려고 왔어요. 그랜드센트럴역 앞에서 자동차 사고로 사망한 여자예요."

"왜? 아는 사람이야?"

"아뇨."

"그런데 왜 거기까지 간 거야?"

그레이스는 좋은 질문이라고 생각했다. "얘기하자면 좀 복잡해요. 어린 소녀들의 사진이 든 여행 가방을 우연히 발견했는데, 그게 엘레노어 트리그의 가방이었어요. 어쩌다가 사진을 가지고 왔는데 다시 돌려주려고 가 보니 가방이 사라졌더라고요. 그래서 그 가방의 주인이 어떤 사람인지, 그 소녀들은 무슨 일을 했는지 알아보고 사진을 돌려주려고 해요. 내일 하루만 더 쉬고 모레 사무실에 가서 더 자세히 설명할게요, 알겠죠? 미리 얘기하지 못해서 미안해요." 그레이스는 그 말을 덧붙이며 마음속으로 깊이 뉘우쳤다. 프랭키가 얼마나 잘해 주는지 알면서…… 애초부터 모든 걸 솔직히 털어놨어야 했는데.

"괜찮아." 프랭키는 곧바로 사과를 받아들였다. "내 도움이 필요하면 당장 그리로 갈게. 정부 관료들 다루는 일은 내가 전문가잖아."

그레이스는 미소를 지었다. "그야 잘 알죠." 그런 제안을 해 주는 것 자체가 고마운 일이었다. "지금은 저보다 상담이 필요한 고객들을 챙겨 줘야죠." 순간 머릿속에 기발한 생각이 떠올랐다. "하나 부탁이 있어요. 엘레노어 트리그는 영국 국적인데 사고가 일어나기 전에 뉴욕에 도착했을 거예요. 혹시 출입국관리소나 이민국에서 일하는 지인을 통해 엘레노어 트리그에 관한 특이사항이 있는지 알아봐 줄 수 있어요? 미국에 들어올 때 입국신고서 같은 걸 작성했을 것 같은데요." 하루 더 휴가를 내달라고 부탁하는 것도 모자라서 이런 부탁까지 하다니, 정말이지 대담한 행동이 아닐 수 없었다. 하지만 프랭키는 그녀의 부탁을 거절할 사람이 아니었다.

"당연히 도와야지, 그레이스. 확실히 알아볼 테니까 걱정하지마. 빨리 돌아오기나 하고. 몸조심해."

그레이스는 받침대에 수화기를 걸고서 몸을 돌려 거실 쪽으로 나갔다. "파일에 있던 연락처로 전화를 걸어서 여동생이라는 사람과 만나기로 했어요."

마크는 미소를 지으며 따뜻한 커피가 담긴 머그잔을 내밀었다. "그럼 내일까지 여기 있어야겠네요?"

그레이스는 커피를 한 모금 마셨다. "그래야겠죠. 여동생이라는 사람을 만나고 나서 막차를 타는 건 무리일 테니까요. 오늘 밤 묵을 호텔을 알아볼게요." 그레이스는 호텔비로 얼마나 지출해야 할지 머릿속으로 가늠해 보았다.

"여기 있어요. 그런 일이 있었기 때문에 별로 내키지 않을 건 충분히 이해하지만, 괜찮아요." 마크가 재빨리 덧붙였다. "어차피 손님용 침실도 따로 있으니까. 그나저나 일이 척척 진행되는 것 같네요."

그레이스는 혹시 마크에게 다른 의도가 있는 것은 아닌지 유심히 살펴보았다. "그건 적절하지 않을 것 같은데요."

마크가 두 손을 들었다. "선택은 당신 몫이에요. 하지만 손님용 침실이 아주 끝내준다고요. 전쟁 중에 정부 기관에서 일하는 직원들에게 잠시 임대한 적은 있지만, 잠깐이었어요. 적절하게 처신할 자신이 없다면 거절해도 괜찮아요."

"그야 당연히……." 그레이스는 마크가 농담했다는 걸 깨닫고 뒷말을 흐렸다. 순간 두 볼이 붉게 달아올랐다. "그렇게 해 준다면 저야 고맙죠."

7시 무렵 두 사람은 택시를 타고 윌러드 인터컨티넨털 호텔 앞에 도착했다. 백악관 뒤로 라파예트공원을 가로지르는 저녁 하늘이 어슴푸레한 빛을 띠고 있었다. 마크는 차에서 내리는 그레이스를 붙잡아 주었고, 그녀의 허리춤에 닿은 그의 손길은 따뜻하고 든든했다. 로비로 들어서자 휘황찬란한 광경이 펼쳐졌다. 바닥은 장미 모양의 리본이 박힌 모자이크 장식이 가득하고 50개주를 나타내는 상징들이 천장을 화려하게 수놓았다. 멋들어진 지구본 모양의 원형 샹들리에는 네 개의 여자 손가락 모양 청동 장식으로 휘감겨 있었다. 거대한 야자나무 장식과 고급 가죽 덮개를 씌운 의자에는 술에 취한 손님들이 앉아 있었다. 그레이스는 격식을 갖춰서 제대로 입고 올 걸 그랬다는 후회가 들었다.

바 입구에 들어서자 그레이스는 잠시 걸음을 멈추고 주위를 찬찬히 둘러보았다. 시가와 담배 연기를 뿜어내는 비즈니스 정장을 입은 사내들의 물결 사이로 여자들이 간간이 눈에 띄었다. 저 여자들 가운데 애니가 있는 걸까? 외모가 어떤지 물어봤어야 했는데 미처 생각하지 못했다.

그레이스는 로비 구석에 있는 바 쪽을 슬쩍 살피고는 천천히 다가갔다. 마크가 뒤를 따랐다. 그레이스는 마크 쪽으로 고개를 돌리고 말했다. "마크, 지금까지 도와준 건 정말 고맙지만 이제는……."

"애니라는 분과 둘이서 이야기하고 싶은 거군요." 그가 대신 뒷말을 이었다.

"괜찮겠어요?"

마크가 웃어 보였다. "당연하죠. 이쯤 되면 나도 이번 일에 권한이 있는 것 같지만 당신 마음은 충분히 이해해요."

"아무래도 그쪽에서도 둘이서 이야기하고 싶어 할 것 같아요."

마크가 고개를 끄덕였다. "동의해요." 그는 푹신푹신한 의자에

풀썩 주저앉으며 말했다. "여기서 기다릴게요."

그레이스는 그의 시선이 자신을 살피는 걸 느끼면서 다시 바 쪽으로 걸음을 옮겼다. 온몸이 달아올랐다. 무엇 때문에 그의 존재가 이런 영향을 미치는 걸까? 괜히 여자인 양 부끄럼 타는 건 그녀답지 않은 일이었고 이쯤에서 멈춰야 했다. 그레이스는 혹시나 애니가 예약했는지 확인하기 위해 웨이터 쪽으로 다가갔다. "애니 라이더 씨를 찾고 있는데요."

그는 전혀 주저하지 않고 바 쪽을 가리켰다. "라운드 로빈 바쪽으로 가 보세요." 두 남자 사이로 칵테일 담당 유니폼을 입은 여자가 한눈에 들어왔다. 애니는 윌러드 호텔의 고객이 아니라 이곳에서 일하는 직원이었다. 그레이스는 괜한 착각을 한 자신이 부끄러웠다. 하지만 여기서 일하는 직원일 거라고 누군들 상상이나 할 수 있었을까?

바에는 남자들이 바글바글하고 담배 연기가 뿌옇게 끼어 있어서 아주 잠시였지만 함께 가 주겠다는 마크의 제안을 거절한 게 후회스러웠다. 하지만 그레이스는 혼자서 당당히 걸음을 내디뎠다. "실례합니다." 그녀의 말에 몸집이 큰 남자가 몸을 뒤로 비키면서 지나갈 공간을 내주었다. 그레이스가 손을 들자 애니가 곧바로 다가왔다. "그레이스 힐리라고 해요. 아까 통화했죠." 예상대로라면 서른도 채 되지 않은 나이여야 했다. 하지만 조금 더 가까이에서 보니 눈썹을 진하게 그리고 하얀 파우더를 덧바른 얼굴은 제법 주름이 지고 초췌했다.

애니는 갑자기 불편한 표정을 지었고, 그레이스는 이제 와서 별로 이야기하고 싶지 않다는 생각이 드는 건지 궁금했다. "잠깐 쉰다고 얘기하고 올 테니까 조금만 기다려요. 저쪽에 가 있으면 돼요." 그녀는 바 한편에 있는 문을 가리켰다. 그레이스는 그 문을 열고 들어갔다. 주방 옆으로 음식과 여분의 스툴을 높이 쌓아 놓은 창고였다. 그레이스는 상자 사이로 쥐새끼가 기어가는 걸 보고는 혹시 기회가 생기더라도 여기서는 절대 식사하지 말아야겠다고 다짐했다.

잠시 후 애니가 들어왔다. 그녀는 스툴에 앉으면서 그레이스에게도 앉으라는 시늉을 했다. "우리 언니에 대해 물어볼 게 있다고 했죠?"

"네. 그리고 함께 일한 엘레노어 트리그라는 분에 대해서도요."

애니는 미간을 잔뜩 찌푸렸다. 두 눈 사이가 좁아지고 눈썹이 바짝 붙으면서 기묘한 구두점처럼 보였다. "함께가 아니라 그 사람 밑에서 일했어요." 그녀는 날카롭게 말을 정정했다. "엘레노어가 총책임을 맡았으니까요." 애니는 당장 떠날 사람처럼 자리에서 일어섰다.

"잠깐만요!" 그레이스가 외쳤다. "내 말 때문에 기분이 나빴다면 사과할게요."

애니는 천천히 다시 의자에 앉았다. "빌어먹을 엘레노어." 혼잣말처럼 나지막이 투덜거렸다.

그레이스는 엘레노어 이름만 듣고 저렇게 화를 내는 이유가 궁금했지만 지금으로서는 화제를 바꾸는 게 좋아 보였다. 일단 가방에 있던 사진 뭉치를 꺼냈다. "혹시 이 중에 아는 얼굴이 있나요?"

"몇 명은 특수작전국에서 일할 때 본 얼굴이네요."

"당신도 특수작전국에서 일했나요?"

"네, 사무직이었어요. 처음에는 해외로 배치되는 요원이 되려고 했지만, 엘레노어가 나는 그런 자질이 없다더군요." 애니는 분개한 듯 웃어 보였다. "그 말이 맞았어요. 작전 지역에 배치된 요원들은 그저 이름만 아는 정도예요." 그리고 사진을 가리키며 말했다. "전부 엘레노어 트리그의 요원들이에요."

"엘레노어의 요원들이라는 게 무슨 뜻이죠?" 그레이스는 민감한 주제로 화제를 살짝 틀었다.

애니는 가방에서 담뱃갑을 꺼냈다. "엘레노어 트리그는 특수작전국에 소속된 여성 요원을 전담해서 맡고 있었어요. 알다시피 유럽에 요원들을 배치하기도 했고요. 대부분 전령이나 통신 담당이었어요." 애니는 담뱃불을 붙여서 한 모금 빨았다. 그리고 담배를 쥐지 않은 손을 사진 쪽으로 뻗었다. "이 사람, 조시라는 여자예요. 처음 요원이 됐을 때 나이가 고작 열일곱이었죠." 그레이스는 자신의 열일곱 시절을 회상했다. 파티와 바닷가에서 보내는 여름 휴가로 가득한 시절이었는데. 혼자서 맨해튼을 가로질러 가는 것조차 자신이 없을 때였다. 그런데 이 소녀들은 맨몸으로 프랑스에 가서 나치와 대적해 싸웠다. 그레이스는 경외감과 동시에 너무 부당하다는 생각이 들었다.

"당시 일하던 여성 요원이 몇이나 되죠?"

"수십 명은 될걸요." 애니가 대답했다. "최대 50명은 안 넘을 거고요."

"그런데 왜 사진은 열두 장밖에 없는 걸까요?" 그레이스가 다시 물었다.

"이건 본국으로 돌아오지 못한 요원들 사진이에요."

"어떻게 사망했는지 아세요?"

"잔혹한 죽음을 맞았어요. 처형되거나 주사를 맞고 죽거나." 전쟁포로와 똑같이 대했어야 정상인데 모두 처참히 살육당하고 만 것이다.

하지만 나치의 '밤과 안개' 프로그램 때문이라면 소녀들이 어떻게 사라졌는지는 다른 사람이 알지 못해야 정상 아닌가. "죽었다는 건 어떻게 알았죠?"

"본부 쪽으로 이야기가 들어왔어요." 애니가 대답했다. 그녀는 위쪽으로 뿌연 구름 같은 연기를 짧게 뿜어냈다. "공식적으로 확인된 건 아니에요. 대부분은. 하지만 사라진 요원들을 수용소 캠프에서 본 사람도 있었고, 입에서 입으로 소식이 전해지거나 했죠. 그러다가 전쟁이 끝날 무렵에는 그들이 죽었다는 사실이 더는 비밀이 아닌 게 되어 버렸죠."

호텔 로비에 있는 시계가 8시를 알렸다. 이걸로 애니의 짧은 휴식 시간도 끝난 게 분명했다. "엘레노어 트리그에 대해 좀 더 자세히 알려 주세요." 그레이스는 잠시 망설이다 용기 내어 물었다. "어떤 사람이었어요?"

"보통 사람들하고는 달랐어요." 애니가 아는 대로 말해 주었다. "나이가 좀 있었고, 러시아 쪽인가 폴란드인가, 아무튼 동유럽 출신이고." 이름만 봐서는 외국 출신 같지 않았는데. 혹시 일부러

성을 영국식으로 바꾼 걸까? "처음에는 특수작전국에서 비서로 일했어요." 애니가 덧붙였다.

"그러다가 마지막은 특수작전국에 있는 여성 특수요원의 책임 자였군요." 그레이스가 끼어들었다. "엄청난 능력자였나 봐요."

"최고였죠. 백과사전이라고 부를 정도였으니까. 모든 요원의 개인사는 물론이고 세세한 사항까지 하나도 빠짐없이 기억했어 요. 게다가 사람 보는 눈이 뛰어나서 애초에 요원이 될 자질이 있 는지 없는지도 확실히 판단할 수 있었어요. 그리고 엘레노어는 유난히 비밀이 많은 사람이었죠. 뭔가 비밀을 감추고 있다는 느 낌이 들었거든요. 맡은 임무를 수행하느라고 그런 거겠지만."

"그분을 좋아했나요?" 그레이스가 물었다.

애니는 단호하게 고개를 저었다. "엘레노어를 좋아한 사람은 없을 거예요. 하지만 누구나 그녀를 존경했어요. 작전 현장에 배 치됐을 때 자신을 돌봐 줬으면 하는 마음이 드는 사람이었으니 까. 하지만 같이 술 한잔 기울이고 싶은 성향은 아니었어요. 워낙 별난 성격에다 무뚝뚝하고 엄격해서 편하게 수다나 떨 상대는 아 니었죠. 지금은 어떻게 지내는지 궁금하네요."

그레이스가 목소리를 가다듬었다. "안타깝게도 얼마 전에 세상 을 떠났어요." 그녀는 우울하지만 그에 얽힌 세세한 내용도 알려 줘야겠다고 마음먹었다. "며칠 전 뉴욕에서요."

"뉴욕이요?" 애니는 화가 났다기보다 꽤 놀란 눈치였다. "미국 에는 무슨 일로 왔대요?"

"그 이유를 당신은 아는 줄 알았어요. 영국 영사관을 찾아갔더니 엘레노어 트리그 씨의 가족이나 지인을 찾는 중이라고 하더군 요." 그레이스가 대답했다.

애니는 찬장 가장자리에 놓인 재떨이에 담배꽁초를 비벼 껐고, 꽁초 가장자리에 선명하게 립스틱 자국이 남아 있었다. "못 찾을 거예요. 누구든. 엘레노어는 가족이 없어요. 어머니가 돌아가신 뒤로 오롯이 혼자였으니까."

"사적으로 알고 지낸 사람도 없었나요?"

"없어요. 사람들과 교류한다거나 그런 게 거의 없었어요. 남자 한테도 별 관심이 없었고. 성적 취향이 특이했다는 건 아니에요. 여자한테도 관심이 없었거든요. 오직 일뿐이었죠. 자신만의 섬에 서 살았다고 할까. 개인적인 성향이 강했죠. 겉으로 보이는 것보 다…… 더 많은 게 숨겨져 있다는 건 누구나 알 만한 일이었어요."

"그 특수 작전에 대해 자세히 알고 싶어요."

"시작부터 잡음이 많았어요. 아무 경험도 없는 어린 소녀를 수 십 명 모아 놓고 무슨 일이 됐겠어요……. 몇 주 동안 스코티시하 일랜드에 몰아 놓고 총 쏘는 법을 가르쳐서 전쟁터에 내보낸다 고 될 일이 아니었으니까. 그런 감각과 생존을 위해 갖춰야 할 담 력을 키우려면 수년이 필요하잖아요. 가르친다고 해서 되는 것도 아니고." 애니가 말을 이었다. "규모의 문제도 있었어요. 위장 작 전을 펼칠 때 세 명은 안전하지 않아서 하나 혹은 둘이 움직여야 하는 건 누구나 아는 기본 원칙이니까. 하지만 베스퍼 팀의 경우 파리 중심과 근교에서 전방위로 활동한 대규모 조직이었어요. 베 스퍼 혹은 코드명으로 '홍관조'라고 불리던 사람이 모든 걸 도맡아 처리했어요. 그 밑에서 활동한 요원만 수십, 아니 100명에 가까웠을 거예요. 팀의 규모가 커지면 커질수록 그만큼 배신자가 생기거나 정보가 누설될 가능성이 커지는 법이죠."

"말씀 중에 죄송하지만." 그레이스가 말을 막고 물었다. "배신이라니, 그게 무슨 뜻인가요?"

"당연히 요원 중에서 배신자가 있었다는 거죠." 순간 그레이스는 창고 바닥이 살짝 밑으로 꺼지는 기분이 들었다. "제 발로 독일놈들을 찾아가서 체포된 사람이 얼마나 많은지 상상도 못 했죠? 그럴 만도 하죠." 애니는 자신이 던진 질문에 스스로 대답을 던졌다. "그런 이유 때문에 스스로 포기할 수밖에 없었던 사람도 있어요." 그레이스는 놀란 가슴을 추스르며 애써 덤덤한 척하려고 애썼다. 괜히 애니의 말을 막고 싶지 않았다. "프랑스에 도착하자마자 혹은 안전가옥이라고 생각하여 안심한 곳에서 보안대나 독일 비밀경찰에 붙잡혀 간 사람들이 있었어요. 파리뿐만 아니라 프랑스 전 지역에서요. 누군가 비밀을 누설한 거죠. 적어도 엘레노어는 배신자가 있다고 생각했어요."

"엘레노어가요? 그걸 어떻게 아시죠?"

"전쟁이 끝나고 만난 적이 있어요. 언니를 만나러 와서 잠시 따로 이야기하자고 했어요. 방에 있으면 안 되는 건데 우연히 대화 내용을 들었죠. 언니를 곁에서 돌봐 줘야 하는 상황이었거든요. 언니는 몸과 마음이 쇠약해질 대로 쇠약해진 상태였고, 엘레노어가 또다시 자기 인생을 엉망진창으로 만드는 걸 원치 않았어요. 엘레노어는 전쟁 중에 사라진 소녀들에 대해 수십 가지도 넘게 물었어요. 당신처럼요." 그레이스는 죄책감이 들었다. 애니 입장에서 전쟁과 그 전쟁에서 언니가 겪어야 했던 고통을 다시금 떠올리는 게 쉽지 않은 일일 텐데. "그리고 일주일 후에 우리 언니는 사고로 죽었어요."

"그러니까 엘레노어 트리그는 사라진 소녀들에게 무슨 일이 일어난 건지 궁금했던 거군요?" 그레이스가 물었다.

"무슨 일이 일어났는지가 아니라 어떻게 그런 일이 생긴 것인지 궁금해했어요. 언니로서도 그것 말고는 아는 게 없었으니까. 그때 들기로는 무선 통신 과정에서 문제가 생긴 것 같다고 하더군요. 본부에서 보낸 통신원 행세를 하며 중간에서 메시지를 가로챈 것 같다고요. 엘레노어는 우리 언니가 그 일에 대해 아는 게 있는지 궁금해했어요. 당연히 언니는 아무것도 몰랐고요. 엘레노어는 사라진 소녀들에게 무슨 일이 일어난 건지, 누가 요원들을 놈들에게 팔아넘긴 건지 반드시 알아내겠다고 결심한 상태였어요."

그레이스는 마지막 말을 들으면서 숨이 턱 막혔다. 엘레노어 트리그가 뉴욕에 온 건 바로 그런 이유였던 걸까?

"이제 일하러 가야겠어요." 애니가 자리에서 일어서며 말했다.

"고마웠어요." 그레이스가 대답했다. "이렇게 이야기를 나누는 게 쉽지 않았을 텐데."

"맞아요. 만약 당신이 무언가 알아낸다면 오늘 고생한 보람이 있는 거겠죠. 혹시 뭔가 알아내면 나한테 연락해 주겠어요?"

그레이스가 고개를 끄덕였다. "물론이죠. 약속할게요."

"고마워요. 그 사진의 소녀들은 우리 언니에게 친자매나 마찬
가지였어요."

고마워해야 할 사람은 당신이 아니라 바로 나예요. 그레이스가
차마 그 말을 하기도 전에 애니는 다부지게 악수를 청하고 바 뒤
쪽으로 걸음을 돌렸다.

# 16
## 엘레노어

*1944년, 런던*

엘레노어는 종이 한 장을 들고 특수작전국 국장실 앞에 서 있었다. "국장님, 문제가 생긴 것 같습니다."

10분 전 무선으로 메시지가 도착했다. "마리예요." 교환원 제인이 말했다. 엘레노어는 제인이 암호를 해독하는 사이를 못 참고 사무실을 가로질러 갔다.

프랑스에 도착한 직후 메시지 송신이 늦어진 적이 있기는 하지만, 지금 문제는 일정이 늦어진 것 때문은 아니었다. 마리는 일정한 간격을 두고 메시지를 보내왔고, 가끔은 정해진 것보다 더 많은 소식을 보내왔다. 그리고 대부분의 메시지는 특이할 것이 없어 보였다. 하지만 마리가 처음 보낸 메시지는 여전히 의구심에 싸인 채로 보관돼 있었다. 엘레노어는 마리가 현장에 처음 배치되어 긴장한 탓에 메시지를 보낼 때 조금 실수가 있었던 것으로 생각하려고 했다. 하지만 앞으로는 그런 문제가 있어서는 안 됐다.

그런데 방금 도착한 메시지를 확인하고 심장이 덜컹 내려앉았다. 분명 그 메시지는 앤젤, 즉 마리가 보낸 것으로 돼 있었다. 하지만 그 메시지에서 요구하는 내용은 완전히 잘못된 것이었다. *마키 쪽으로 보낼 군수품을 기다리고 있음. 다음 군수품 도착 예정지를 알려 주기 바람.* 정규 훈련을 받은 무선통신원이 보냈다기에는 너무나 부주의하고 노골적인 내용이었다.

메시지에 그것만 필요한 건 아니었다. 마리의 의기양양함과 더불어 보안 점검을 위해 반드시 상단에 적어야 할 '보안 점검 승인'이라는 글자도 빠진 상태였다.

"이런 제기랄!" 엘레노어는 욕설을 내뱉고 종이를 둥글게 구겨 버렸다. 제인은 보통 때와 달리 평정을 잃은 그녀의 모습에 눈만 끔벅거렸다. 엘레노어가 걱정하는 건 마리의 안전뿐만이 아니었다. 무선 통신 채널에 문제가 생겼다는 건 정보가 누설되거나 새어 나갈 수 있는 더 큰 문제를 의미했다.

엘레노어는 종이를 저만치 던져 버렸다. 그러고 나서 뭔가 생각난 듯 구겨진 종이를 다시 펴더니 국장실로 향했다.

그런데 막상 국장실에 도착하자 등을 잔뜩 구부린 그의 모습에서 좋지 않은 시간에 찾아왔다는 사실을 직감할 수 있었다. 지금 같아서는 불쑥 나타난 그녀를 환영해 줄 것 같지 않았다. 그렇다고 해서 그냥 돌려보내지는 않을 것이다. 국장은 보고서를 읽다가 지친 표정으로 고개를 들더니 손에 쥔 파이프를 내려놓았다. "엘레노어?"

"통신요원 문제로 찾아왔습니다." 여자 요원들이 통신을 전담하고 있으니 당연히 그럴 테지. "그게, 무선 메시지 문제인데요." 평상시 그녀였다면 불필요하게 국장의 심기를 건드려서 그의 참을성을 시험하려 들지 않았을 것이다. 자신이 새로 구성한 여자 요원 전담 부서를 최대한 제힘으로 이끌어 가고 싶기 때문이었다. 하지만 지금은 걱정이 앞서 그런 데 신경 쓸 여력조차 없었다. "이것 좀 보세요." 엘레노어는 구겨진 종이를 국장의 책상에 올려서 앞으로 내밀었다.

"마리 요원이 보낸 거로군." 그가 찬찬히 종이를 살폈다. "몇 주 전에는 연락이 안 된다고 걱정하지 않았나? 소식이 도착했으니 이건 다행스러운 일인 것 같은데."

"그게 아닌 것 같습니다, 국장님." 엘레노어는 메시지가 적힌 종이의 아래쪽을 손가락으로 가리켰다. *다음 군수품 도착 예정지를 알려 주기 바람.* "마리는 이렇게 노골적으로 메시지를 보낼 사람이 아닙니다. 베스퍼 역시 그렇고요. 우리 요원 중 누구도 이런 식으로 메시지를 보낼 사람은 없습니다."

국장은 떨떠름한 표정으로 고개를 들었다. "그 요원이 풋내기라고 입버릇처럼 말했잖아. 실수했거나 서두르다가 놓쳤을 수도 있잖나."

"물론 순수하고 천진난만한 구석이 있는 친구지만 절대 부주의한 쪽은 아닙니다. 이건 부주의를 넘어서는 문제고요, 국장님." 그는 뭔가를 기대하는 눈빛으로 그녀를 빤히 쳐다보았고, 엘레노어는 자신의 주장을 뒷받침할 만한 다른 근거를 찾느라 잠시 더듬거렸다. "뭔가 문제가 생긴 게 분명합니다. 이건 말도 안 되는 메시지예요. 게다가 보안 점검 승인 문구도 빠졌고요."

"다른 통신원들은 어떤가? 그쪽도 오류가 있나?"

"이것만 그렇습니다." 엘레노어가 머뭇거렸다. "나머지는 별문제 없어 보이고요. 하지만 마리 요원에게 문제가 생긴 거라면 그로 인해 전체 팀원에게 영향이 미칠 수 있습니다. 정확한 정보가 그쪽으로 전달되지 않고, 그쪽 정보도 제대로 돌아오지 않을 테니까요. 혹여 정보가 왜곡되거나 새어 나갈 가능성도 있고요."

"단순히 기계 문제일 수도 있잖아." 국장이 반박했다. "지시 사항을 전송하는 과정에서……."

"그럴 가능성은 없습니다, 국장님. 메시지 전송 관련해서는 아무 문제가 없습니다. 문제는 내용입니다. 마리 요원이 보낸 메시지의 형식 그 자체가 문제입니다."

"그래서 자네 생각은 뭔가?"

"솔직히 말씀드리자면 저도 잘 모르겠습니다." 엘레노어는 자신의 불확실성을 인정해야 하는 게 정말 싫었다. "최악의 상황에 부딪혀서 메시지를 전송했거나 협박을 받았을 수도 있고……." 도무지 말이 되지 않는 것 같아 그대로 말끝을 흐리고 말았다. "어쩌면 마리가 아닌 다른 사람이 보낸 걸 수도 있습니다." 엘레노어는 크게 숨을 들이마셨다. "무선 통신 쪽에 문제가 생긴 것 같아서 굉장히 걱정스러운 상황입니다."

국장의 눈이 동그래졌다. "어떻게 그런 일이 생길 수 있다는 건가? 무선 통신을 구축하기 전에 백번도 넘게 시나리오를 확인했잖나. 기계가 놈들 손에 들어간다고 해도 독일군이 메시지를 보내려면 크리스털이 필요하고 암호 코드와 보안 점검까지 거쳐야하잖아. 그 정도 몫도 제대로 해내지 못할 녀석은 없을걸세."

그건 여자 요원도 마찬가지죠. 엘레노어는 그렇게 생각하면서도 국장의 주장이 맞기를 바랐다. "만약 보안 점검 문구가 빠져 있다면 그건 별로 문제가 안 됩니다. 하지만 무선통신기와 크리스털 모두 넘어간 거라면 정보가 누출될 위험성이 충분합니다."

"엘레노어, 점쟁이처럼 추측만 하는군. 우리는 사실을 바탕으로 한 추측만 해야 해."

엘레노어는 미국 영화《오즈의 마법사》처럼 마녀의 크리스털 구슬이 있어서 현장을 한눈에 볼 수 있으면 얼마나 좋을까 생각했다. 한때는 자신에게 그런 능력이 있다고 믿었지만 지금 그 구슬에는 뿌연 안개와 어둠이 드리워져 버렸다.

국장은 의자에 등을 기대고 파이프 담배를 뻑뻑 피웠다. "설령 자네 말이 옳다고 해도 이제 와서 나더러 어떻게 하라는 건가? 작전 지역과의 무선 통신을 전부 차단해야 한다는 거야?"

엘레노어는 흠칫했다. 통신을 완전히 차단한다는 건 작전 지역에 있는 요원들과 본부를 연결하는 유일한 통신선과 생명줄을 끊고 완전히 내팽개친다는 의미였다. "아닙니다, 국장님."

"그럼 어쩌잔 거야?"

"일단 마리의 상황이 확인될 때까지 그쪽 무선 통신만 임시 폐쇄했으면 합니다."

"하지만 그 요원이 베스퍼 쪽 전담이잖아. 프랑스에서 가장 큰 팀이 그 팀이고. 그럼 작전에 차질이 생길 테고 모든 걸 중단해야 해." 엘레노어는 그 짧은 시간에 여자 요원들이 작전에 필요한 역할을 맡게 되었다는 점에서 나름대로 자부심을 느껴 왔다. 1년 전만 해도 작전국 남자들은 여자 요원이 무슨 도움이 되겠냐고 의구심을 가졌지만, 지금은 여자 요원 없이는 어떤 기능도 할 수 없어져 버렸다.

"여자 요원을 작전에 투입하자고 주장한 건 바로 자네잖아, 엘레노어. 나 역시 자네 주장에 어느 정도 힘을 실어 줬고." 국장의 목소리에 그녀를 향한 힐난이 담겨 있었다. 남자 요원도 실수합니다. 엘레노어는 콕 짚어 말하고 싶었다. 애초에 그런 이유로 작전 현장에 여자 요원을 투입하기로 한 거니까. 하지만 지난 1년 동안 무선 통신을 담당하는 여자 요원이 급속도로 증가하면서 그만큼 눈에 보이는 문제점들도 발견되기 시작했다.

"그렇습니다. 물론 여자 요원들은 열심히 임무를 수행하고 있습니다." 그녀가 기억하는 한 거의 처음으로 자신이 하는 말에 확신이 전혀 느껴지지 않았다. "핵심은 어느 요원 하나가 아니라 작전 현장에 문제가 발생했을 가능성이 있다는 겁니다."

국장이 계속해서 말을 이어 나갔다. "여자 요원을 전담하는 부서가 생겼다는 소식이 처칠 수상 귀까지 들어간 상태야. 굉장히 흡족하게 생각한다는군." 영국 총리의 극찬이라면 정말 감사해야 할 일이었다.

하지만 그런 말을 듣는다고 해서 이 문제가 해결되는 건 아니었다. "국장님, 일단 지금은 본부에서 보내는 정보가 우리 요원에게 무사히 도착할지 확신할 수 없습니다. 당장 무선 통신을 폐쇄할 수 없다면 현장으로 사람을 보내서 현 상황을 확인해야 합니다. 베스퍼 팀이 있는 지역을 직접 찾아가서요."

"그 역할을 본인이 맡고 싶다는 뜻 같은데?"

"저를 보내 주십시오." 엘레노어가 솔직하게 말했다.

"엘레노어, 그 문제는 예전에 전부 얘기가 끝났잖아." 국장이 발끈해서 말했다. "현재로서는 자네 시민권 갱신이 보류된 상태이기 때문에 해외 출국 허가증을 받을 수가 없어. 만약 허가증을 받는다고 해도 자네를 작전 지역에 보내지는 않을걸세. 자네는 너무 많은 정보를 알고 있어."

"제발 저를 보내 주세요." 엘레노어는 다시 매달렸다. 국장은 깜짝 놀라 눈을 껌뻑거렸다. 평상시 엘레노어는 지극히 이성적이고 무심한 성격이었다. 그런데 지금 그녀의 목소리에는 절박함이 가득했다. 엘레노어는 자신이 보낸 요원들이 안전한지 직접 가서 확인해야 할 필요성을 느꼈다. 그녀는 자신의 실책을 깨달았다. 여자 요원들과 지나치게 가까워졌다는 것, 그 자체만으로도 국장은 그녀의 제안을 받아들이지 않을 것이다.

"이미 끝난 얘기야." 그가 단호하게 말했다.

"뭐가 어떻게 잘못된 건지 확인해 봐야겠어요. 저를 보내 주지 않을 거라면 문제가 뭔지 확인될 때까지 일단 그쪽 무선 통신만 폐쇄하도록 허락해 주세요." 그는 대답하지 않았다. "저에게 여자 요원 전담 부서를 맡길 때 모든 권한을 준다고 약속했잖아요."

"여자 요원에 대한 거라면, 그래. 하지만 이건 전쟁 전체가 걸린 문제잖아. 훨씬 더 큰 문제가 걸려 있다고. 작전 지역 침공이 코앞에 다가와서 보름달이 뜨는 날은 혹시라도 차질이 생길까 봐 군수품과 보급품을 현장에 보내는 것조차 금지하고 있잖아."

"하지만 국장님, 군수품이나 요원, 보급품을 보내는 일정이 무선 통신으로 전달된다면 놈들 손에 들어갈 수도 있습니다. 그건 막아야 합니다!" 언성이 높아지면서 목소리가 갈라졌다.

"근거 없는 직감 하나 때문에 작전 전체를 보류할 수는 없어." 그가 팽팽히 맞섰다. "모든 건 계획대로 진행해야 해." 그제야 몸을 기대고 목소리를 낮추었다. "침공 날짜가 코앞이야. 여기서 작전을 변경할 수는 없어."

엘레노어는 부글부글 화가 끓어올라서 최대한 평정심을 유지하려고 애썼다. "육군성으로 직접 찾아가겠습니다." 그녀는 협박조로 말했고 너무 나가 버려서 자신도 멈출 수가 없었다.

국장의 얼굴이 시뻘겋게 달아올랐다. "책임자를 두고 윗선을 찾아가겠다?" 그의 관점에서는 엄청난 배신 행위였다. 그제야 국장의 표정이 누그러졌다. "말만 그러는 거 알아." 괜히 허풍 떤다는 걸 그도 알고 있었다. "엘레노어, 나는 여러 가지 면에서 자네를 전폭 지지해 줬네."

저 역시 국장님을 지지했습니다. 엘레노어는 이렇게 말하고 싶었지만 입 밖으로 꺼내지는 않았다. 감히 상사의 뜻을 거스를 수는 없는 일이니까. 영국 정부가 이번 일에 개입한다면 애초에 여자들이 이번 작전에 참여해선 안 된다고 주장한 사람들의 의구심을 입증하는 꼴이 될 것이다. 그럼 위험에 처하는 게 그녀의 자존심만은 아닐 것이다. 엘레노어가 그토록 바라는 시민권의 운명도 국장의 손에 달려 있었다.

이제는 그냥 지켜보고 기다리는 수밖에 다른 도리가 없었다.

엘레노어는 아무 말 없이 발을 쿵쿵 구르며 국장실을 나왔다. 하지만 어깨너머를 돌아보며 지금이라도 다시 들어가서 한 번 더 자신이 걱정하는 부분을 고려해 달라고 간청해 볼까 하는 마음이 들었다. 물론 국장은 절대로 자기 뜻을 굽히지 않으리란 걸 알고 있었다. 엘레노어의 뜻을 완전히 뭉개 버리고 말 것이다. 국장답지 않은 행동이었다. 그녀에 대한 신뢰를 완전히 잃어서일까? 그게 아니라는 건 엘레노어도 알고 있었다. 그보다는 이번 작전을 추진하라는 압박을 받기 때문이겠지. 어떤 이유에서든 작전을 늦춘다는 건 상상조차 할 수 없는 일이니까.

엘레노어는 사무실로 복귀하는 대신 노그비하우스의 뒷골목으로 향했다. 신선한 공기를 마시고 싶은데 하늘 높이 뻗은 좁다란 빌딩이 시야를 완전히 가릴 정도로 다닥다닥 붙어 있었기 때문이다. 그녀는 비상계단을 타고 노그비 건물을 한 층 또 한 층 올라가기 시작했다.

마침내 맨 꼭대기 층에 도착했다. 런던의 정경이 한눈에 보일 만큼 높지는 않았지만, 세인트폴성당의 지붕 꼭대기와 런던브리지가 어느 정도 시야에 들어오는 위치였다. 시커멓게 변한 굴뚝들이 나뭇가지 모양의 촛대처럼 하늘을 향해 곳곳에 솟아 있어 평상시와 달리 타오르듯 이글거리는 석양을 더욱더 밝혀 주는 것처럼 보였다.

엘레노어는 숨을 깊이 들이마셨다. 언제나처럼 석탄과 휘발유로 뜨겁게 달아오른 축축한 공기가 전해졌다. 분노와 무력감 그리고 국장과의 마찰 때문에 끓어오르던 아드레날린이 조금은 느슨해지는 기분이었다. 뭔가 문제가 생겼다는 걸 직감할 수 있었다. 소녀들은 길을 잃고 홀로 버려졌는데, 타티아나를 지키지 못한 것처럼 이번에도 소녀들을 지키지 못했다. 그런데도 국장조차 그녀의 애타는 목소리를 들으려 하지 않았다.

순간 등 뒤에서 천천히 발을 끄는 듯한 소리가 들렸다. 엘레노어는 놀라서 몸을 홱 틀었다. 옥상 한쪽 구석에서 웬 남자가 옆모습만 보인 채로 런던 남쪽의 정경을 바라보고 있었다. 그 얼굴이 어딘지 모르게 낯익었지만 도통 누군지 알 수 없었다. 순간 엘레노어는 헉하고 숨을 멈췄다.

"베스퍼." 고개를 끄덕이지도 않고 신원을 확인해 주지도 않았지만, 그의 침묵만으로도 그녀의 예상이 사실이라는 걸 확인할 수 있었다. 그에 대해서라면 특수작전국에 발을 들인 뒤로 베이커 스트리트에 널리 퍼진 그의 명성을 들은 게 전부였다. 물론 개인 파일에 붙은 사진을 보기는 했지만, 실제로 보니 몸집이 더욱 다부지고 남자다워 사진과는 굉장히 달랐다. 그녀는 소문으로만 듣던 베스퍼를 유심히 살펴보았다. 훤칠한 키에 강한 턱선과 넓은 어깨는 그가 맡은 모든 책임을 짊어지고도 남을 정도로 용맹해 보였다. 하지만 예상한 것보다 앳된 모습이라 그런 위대한 명성을 한몸에 받기에는 다소 젊어 보였다.

그녀가 직접 작전 지역에 배치한 요원과 가장 가까이 연결된 장본인이 바로 눈앞에 나타난 것이다. 엘레노어는 눈으로 보고도 도저히 믿기지 않았다.

엘레노어는 그가 있는 쪽으로 다가갔다. "여기서 뭐 해요?" 그녀는 질문을 던지고 나서야 아차 싶었다. 난생처음 보는 사람의 질문에 굳이 대답할 필요가 없을 텐데. "엘레노어 트리그라고 해요." 자신의 이름을 아는지 궁금한 마음에 그의 표정을 찬찬히 살폈다. 하지만 표정 변화가 전혀 느껴지지 않았다. "여자 특수요원 전담 부서를 맡고 있어요."

"압니다. 마리한테 훌륭한 분이라고 들었어요."

엘레노어는 마리가 지나치게 많은 이야기를 해서 규칙을 어겼다는 걸 깨닫고 흠칫했다. 그와 동시에 자기도 모르게 자신감이 느껴져 어깨가 으쓱해지는 건 어쩔 수 없었다. 좋은 의도로 마리를 가혹하게 몰아붙이기는 했지만, 행여 그 때문에 미움받으면 어쩌나 걱정하던 참인데. 그런 사소한 일로 걱정한 건 마리가 처음이었을 것이다. "마리는 잘 지내나요?"

베스퍼가 주저하며 미소 지었다. "똑똑한 친구예요. 매력적이고. 가끔은 짜증 나기도 하지만."

엘레노어는 훈련 중에 질문 세례를 쏟아 내던 마리의 모습이 떠올라 자기도 모르게 터져 나오는 웃음을 억지로 참았다. 그런데 마리의 작전 수행 능력을 묻는 질문에 그는 전혀 다른 대답을 내놓았다. 현장에서 널리 알려진 그의 명성에 따르면, 여러 요원을 이끌기 위해 최대한 다른 요원들과 거리를 두는 외로운 늑대라고 했는데. 엘레노어는 혹시 그가 마리에게 개인적인 감정을 느끼는 게 아닌가 싶은 생각이 들었다.

"다른 요원들은요?"

"제 팀에서 함께 일하는 여자 요원은 둘뿐입니다." 엘레노어가 고개를 끄덕였다. "조시는 야생마 같은 친구예요. 지금도 파르티 잔들과 작전 현장에 있을 거예요. 레프티. 다들 조시를 그렇게 부르죠." 꼬마라는 뜻이었다. "그러면서도 다들 겁을 내죠. 누구보다 총을 잘 쏘는 친구라서. 현재로서는 웬만한 남자보다 조시를 더 믿을 겁니다."

"런던에는 무슨 일로 왔어요?" 엘레노어가 물었다. 다른 팀원들을 두고 혼자 여기까지 왔을 때는 분명 매우 중요한 일일 텐데. 한편 놀라기보다는 그가 본부에 온다는 소식을 전혀 듣지 못했다는 점이 조금 짜증 나기도 했다. 베스퍼가 런던에 온다는 소식을 국장이 일부러 알리지 않은 걸까? 아니면 국장 역시 그가 온다는 걸 모를 수도 있다.

"저쪽으로." 그는 혹시 다른 사람들이 들을 수도 있는 창가에서 멀리 떨어진 곳을 가리켰다. 엘레노어는 그를 따라갔다. "본부에서 회의가 있다고 보고하러 오라는 지시를 받았어요." 그제야 엘레노어의 질문에 대답했다.

"왜요?"

"그건 말할 수가 없습니다." 그건 엘레노어의 소관 밖이었고, 베스퍼가 그에 관해 설명할 이유도, 그녀가 알아야 할 필요도 없는 일이었다.

엘레노어는 거기서 멈추지 않았다. "마리와 다른 요원들은 내 소관이에요. 내 손으로 채용하고 훈련했으니까. 우리 요원들이 어떻게 지내는지 알고 싶어요." 베스퍼도 그녀의 의견에 동의하는 뜻으로 고개를 끄덕였지만, 끝까지 다른 말은 하지 않았다. "작전은 어떻게 진행되고 있어요?" 엘레노어는 다른 전략을 펼쳤다.

"제 생각에는 그런대로 잘되고 있는 것 같아요. 물론 완벽하지는 않지만. 어느 정도는 예상대로 진행되고 있습니다." 엘레노어는 그의 말이 사실인지, 아니면 본부에서 그랬던 것처럼 용감한 척 연기하는 건지 궁금했다. "지난겨울 군수품 창고 폭파 계획은 차질이 있었지만 이내 원상태로 회복했어요. 현재로서는 망트라졸라의 다리를 폭파하는 계획에 모든 힘을 집중하고 있어요." 엘레노어는 고개를 끄덕였다. 본부에서 매일 브리핑하는 중에 그에 대해 들은 적이 있었다. 그에 대해 준비해야 한다는 이유로 조시를 계획보다 일찍 작전 지역에 배치한 거였다. 그 다리가 침공을 위해 해안 쪽으로 이동할 때 독일군 탱크 군단을 잠시 붙잡아 두는 요충지 역할을 해 줄 것이다. 하지만 다리를 폭파한다는 것 자체는 매우 위험한 일이고, 그로 인해 모든 요원이 위험에 처할 수도 있었다.

"작전에 필요한 물품은 확보됐나요?"

"폭탄이 부족한 상태예요. 그런데 몇 주 전부터 마르세유 쪽 요원이 공급책과 연결해 주었죠. 덕분에 우리에게 필요한 폭탄을 추가로 확보하고 대신 군수품 창고를 교환하고 있습니다. 잘 헤쳐 나가고 있어요."

"우리 정보가 놈들에게 새어 나갈 가능성은 없나요?" 갑작스러운 질문이었다. 워낙 요지에서 빗나가는 질문이기는 했지만 마리의 통신에 정말로 문제가 생긴 건 아닌지, 혹시 그걸 은폐하려는 의도는 없는지 확인하려면 반드시 알아내야 할 부분이기도 했다.

그가 발끈하며 대답했다. "전혀요." 지나치게 빠른 답변이었다. 하지만 엘레노어가 예상한 것처럼 매우 놀라는 기색은 아니었다.

"그렇지만 가능성은 고려해 볼 수 있잖아요."

"가능성이야 언제든 있겠죠." 말은 그렇게 했지만 더는 인정할 기미가 보이지 않았다.

순간 지난 몇 주 동안 불규칙적으로 도착하던 무선 통신과 마리답지 않은 메시지 내용으로 인한 불안감이 다시금 밀려들었다. "마리가 보낸 메시지 내용이." 엘레노어가 과감하게 입을 열었다. "내가 느끼기에는 정말 마리답지 않아서요."

"긴장해서 그럴 겁니다. 아무래도 작전 현장이 처음이라서 그렇겠죠." 그가 대답했다. "마리는 잘 지내고 있어요. 적어도 며칠 전에 만났을 때까지는 그랬습니다." 마리에 대해 묻는 질문에 대답하는 그의 목소리에서 왠지 모를 다정함이 느껴졌다. 엘레노어는 마리도 그와 같은 감정을 느끼는지, 그로 인해 더 발전된 것이 있는지 궁금했다. "몽마르트르에서 폭탄을 회수해 오는 임무까지 맡았는걸요." 그가 덧붙였다.

파리. "맙소사! 설마 그 초보 요원을 현장에 직접 투입했다는 건가요?" 마리는 프랑스어 실력이라는 강점이 있을 뿐 그 외에는 생초보였다. 주변 상황에 적응하고 독일군의 눈에 걸릴 만한 실수를 저지르지 않는 세심한 기술은 아직 완벽하게 터득하지 못한 상태였다.

"생각하는 것보다 훌륭한 요원이에요."

"그럴 수도." 엘레노어는 자신보다 마리에 대해 잘 안다고 나서는 것이 못마땅한지 발끈해서 말했다.

"아무래도 작전을 수행하다 보면 필요에 따라 각지에 보내야
할 때가 생기는 법이라서요."

엘레노어는 여전히 그녀를 괴롭히는 궁금증으로 돌아갔다. "그
런데 마리가 보내는 메시지가 너무나 불안정해요. 정말 아무 문
제 없나요?"

베스퍼는 즉시 답하는 대신 발끝을 내려다보았다. "모르겠습니
다. 마리는 잘 지내고 있어요. 하지만 이번 작전은 예전하고 뭔가
다른 것 같습니다. 뭔가 잘못 흘러가는 느낌이에요."

"본부에 보고는 했나요?"

"제 말을 들으려고 하지 않을 거예요. 현장에 워낙 오래 있다
보니 제 판단력에 문제가 생겼다고, 능력 부족이라고 하겠죠. 제
가 할 수 있는 거라고는 빨리 제자리로 돌아가게 해 달라고 설득
하는 것뿐이에요. 그런데 뭔가 문제가 있다는 걸 알면서 왜 아무
말도 안 하는 거죠?"

"저도 노력해 봤어요. 하지만 말을 들으려고 하지 않아요." 자
신의 무력함이 다시 한번 눈앞에 까발려지고 나니 그녀의 불안
감도 배가되었다. 지금 권력을 가진 자들의 관심사는 하나뿐이
었다. 침공. 그 계획을 늦추거나 방해하는 목소리는 요원의 안위
를 위협받는다 해도 뭐든 들으려 하지 않을 것이다. 그제야 소녀
들이 자신이 예상한 것보다 더욱 큰 위험에 빠져 있다는 걸 깨달
았다.

"앞으로 어쩔 생각이에요?" 그녀가 물었다.

"프랑스로 돌아가서 나름대로 계획을 마련해 봐야죠."

"작전을 멈춰야 해요." 찰나의 순간이었지만 그녀에게 일말의 희망이 샘솟았다. 모든 걸 취소하고 소녀들을 모아서 안전하게 귀국시키는 것이다. 계획이 늦춰지는 것이지 실패는 아니잖은가. 팀이야 다시 꾸리면 그만이다. 다시 시도하면 된다.

"불가능해요." 물론 안 되겠지. 국장의 말처럼 침공이 코앞에 다가왔으니까. "폭주하는 기관차처럼 그 무엇도 멈출 수 없는 상황이에요. 내가 멈출 수 없다면 그 누구도 할 수 없다는 뜻이고요." 베스퍼는 옥상을 가로질러 다시 걸어갔다. "최대한 빨리 프랑스로 돌아가야겠어요."

"내가 도움을 줄 수 있어요." 엘레노어가 그의 등에 대고 말했다. 베스퍼가 뒤를 돌아보았다. "출국 명령이 떨어지는 대로 따로 비행편을 알아봐 줄게요." 엘레노어의 위치를 이용한다면 따로 무선 통신을 보내고 받는 과정을 생략하고 당장 베스퍼를 작전 지역으로 돌려보낼 수 있을 것이다.

"고맙습니다." 물론 베스퍼 하나만을 위해 이러는 건 아니었다. 작전 지역에 있는 요원 모두를 위해서라도 그가 살아남아야 했다.

"잠깐!" 엘레노어는 다시 한번 그를 붙잡아 세웠다. 그 어떤 시련이 닥치더라도 살아남을 수 있도록 소녀들에게 뭔가 메시지를 보내고 싶었다. 아니, 최소한 그들이 무사히 귀환할 수 있도록 본부에서 끝없이 노력한다는 사실이라도 알리고 싶은 심정이었다. 절대로 그들을 포기하지 않았다는 것도. 소녀들에 대한 염려와 걱정, 칭찬과 경고까지 그 모두를 함께 전달할 적당한 말을 찾기 위해 고심을 거듭했다. 하지만 적당한 말이 떠오르지 않았다.

"마리에게 전해 줘요." 그녀가 입을 뗐다. 다른 요원들보다 베스퍼와 만날 가능성이 가장 많은 사람이니까. "이번에 보내온 메시지에 문제가 있어서 굉장히 걱정한다고, 물론 무선 통신 폐쇄나 중지를 허락받지는 못했지만 내가 많이 걱정한다고 전해 주세요." 엘레노어는 주의하라는 말 외에 어쩌면 마리가 겪고 있을 위험천만한 항해에 길잡이가 되어 줄 조언을 더하고 싶었다. 하지만 도저히 뭐라고 해야 할지 생각이 나지 않았다.

그사이 베스퍼는 떠나 버리고 말았다.

# 17
# 마리

*1944년, 프랑스*

줄리언이 떠나 버렸다. "일주일이면 돼."라고 말했지만 벌써 열흘이 지났다. 차라리 영원히 떠난다고 말하는 편이 더 나았을 것이다.

마리는 봄이라기엔 초여름처럼 공기가 습하고 따뜻한데도 두 팔로 몸을 감싸고 부르르 떨었다. 하늘은 평상시와 달리 잔뜩 찌푸린 잿빛이었고 시커먼 구름이 폭풍이 다가오고 있음을 알렸다. 마리는 구식 목사관에 있을 테스를 그리며, 오랫동안 찾아오지 않는 엄마 생각 대신 소택지에서 뛰노는 봄날의 즐거움을 온전히 만끽할 수 있기를 바랐다.

마리는 안전가옥 뒤쪽으로 길게 뻗은 평야를 가만히 바라보았다. 지금이라도 줄리언의 다부진 윤곽이 지평선 너머로 나타나 주기를 바라면서. 하지만 그는 아주 먼 곳에 있었다. 지금쯤 런던에서 무엇을 하고 있을지 상상해 보려고 애썼다. 며칠 전 켄싱턴 하이스트리트를 걷다가 우연히 그를 마주치는 꿈을 꾸었지만, 줄리언은 그녀를 알아보지 못했다. 막상 줄리언이 이곳에 있을 때는 억지로 참고 참았던 감정이 그의 부재가 이어지는 사이 물밀 듯 터져 나왔고, 줄리언이 다시 돌아온다면 더는 자신의 감정을 속일 수 없을 거라는 사실을 깨달았다.

마리는 런던에서 무선 메시지가 도착하기를 기다리며 충실히 무선기 앞을 지켰고, 매일 밤 정기적으로 진행되는 BBC 방송에 귀를 기울였다. 가끔은 라디오 방송을 통해 폭탄 투하 같은 긴밀한 메시지를 담을 때도 있었기 때문에 라이샌더를 타고 그가 돌아온다는 신호가 들리기만 간절히 바랐다. 하지만 별 내용이 없었다. 마리는 하늘에 뜬 태양을 바라보며 금방 보름달이 떠오를지, 아니면 밤의 정점에 도달할 때까지 서서히 차오를지 가늠해 보았다. 오늘부터 7일 전후로는 달이 꽤 밝아서 비행에 제격이었다. 그사이에 줄리언이 돌아오지 못한다면 다음 달까지 기다려야 할 것이다. 마리는 그 생각만으로도 견디기가 힘들었다.

줄리언을 그리워하는 건 그녀뿐만이 아니었고, 그의 부재는 베스퍼 팀에 어쩔 수 없는 균열을 가지고 왔다. 마리는 무선 메시지를 전달하는 전령의 방문 횟수가 줄고 메시지에서 사기가 저하된 걸 보며 오롯이 느낄 수 있었다. 줄리언은 팀의 리더였고 그가 없으면 베스퍼 팀이 제대로 작동할 수 없었다. 줄리언의 부재만이 문제는 아니었다. 프랑스 북부 쪽의 상황이 전반적으로 악화되어 갔다. 요원들 사이에 떠도는 소문을 듣자 하니 오베르뉴에서 누군가 체포되었고, 그 후로 전령이 나타나지 않았다. 그런 소소한 징조들을 더해 볼 때 전반적인 상황이 나빠지면서 독일 비밀경찰이 점점 올가미를 조여 오는 걸 알 수 있었다. 그 모든 징조와 함께 그들에게는 앞으로 수행해야 할 가장 위험한 임무가 하루하루 다가오고 있었다. 바로 다리 폭파였다.

아래쪽에서 덜거덕거리는 소리가 들렸다. 마리는 자리에 서서 방 안의 모든 게 제대로 숨겨져 있는지 눈으로 살폈다. 혹시나 경찰이 들이닥칠 때를 대비해 통신기는 축음기로 위장해 두었다. 마리는 문을 열고 복도가 텅 빈 걸 확인했다.

잠시 후 난간 위로 윌의 머리가 불쑥 튀어나왔다. 줄리언을 비행장까지 데려다준 아침 이후로 한 번도 나타난 적이 없는 터라 마리는 깜짝 놀라지 않을 수 없었다. 그런데 이렇다 할 소식도 없이 갑자기 나타나서는 방으로 들어와 문을 걸어 잠갔다. 평상시와 달리 사뭇 엄숙한 표정 때문에 혹시라도 나쁜 소식을 듣는 건 아닌가 싶어서 숨을 참았다. 혹시 줄리언에 관한 이야기일까, 아니면 다른 소식? "오늘 저녁에 개별 물품이 도착한다는 소식이에요." 그가 인사도 없이 불쑥 말했다. 갈색 눈동자가 더없이 진지해 보였다.

마리는 기대감으로 자리에서 벌떡 일어났다. 하지만 교신에서는 그에 관한 이야기가 전혀 없었는데. "그걸 어떻게 알았어요?"

"복사 팀에 전령이 와서 들었대요."

마리의 무선 통신이 아닌 다른 팀에서, 그것도 동부 지역에서 그 사실을 알다니 참으로 이상한 일이었다. "줄리언이 오는 걸까요?"

윌은 불확실함을 담아 눈썹을 잔뜩 찌푸렸다. "그쪽 말로도 메시지가 다소 혼동된 것 같다고는 했는데, 어쨌든 지금 도착해야 할 사람은 줄리언 한 사람뿐이니까요. 분명 줄리언이겠죠. 내가 직접 태우러 갈 수 있었다면 더 정확했겠지만."

"직접 가겠다고 했어요?"

"물론이죠. 그것도 여러 번. 그런데 신청하는 족족 거절당했어요." 월이 매서운 눈으로 대답했다. 그것 때문에 유난히 기분이 안 좋아 보였던 모양이다. "줄리언이 런던에 있어서 내가 현장을 지켜야 한다더군요." 그가 덧붙였다. 사촌이자 팀의 리더인 줄리언이 자리를 비웠으니, 그의 오른팔 격인 월이 자리를 지켜야 한다는 게 전혀 틀린 말은 아니었다. 평상시 외로운 늑대 같은 줄리언이기에 그의 역할을 대신한다는 것이 쉬운 일은 아니겠지.

"오늘 밤에 줄리언이 도착한다니까 당신이 데리러 가면 되겠네요." 마리가 밝은 목소리로 말했다.

하지만 월의 표정은 여전히 어두웠다. "마리, 그 전에 다른 문제가 있어요." 그의 목소리는 더없이 진지했다. "철교 폭파 계획에 대해 알죠?"

마리가 고개를 끄덕였다. "물론이죠." 애초에 목숨을 걸고 몽마르트르에서 폭발물을 가져온 것도 그 때문이었고, 그걸 포함해서 철교 폭파를 위한 모든 준비가 마무리되어 있었다.

"폭파 날짜가 바로 내일 저녁이에요."

"그렇게나 빨리요?"

"그 다음다음 날 대량의 독일군 수송대가 그 다리를 지날 예정이라는 소식을 받았어요. 그래서 작전 날짜를 앞당겼고요."

"하지만 줄리언이 자기가 없을 때는 절대 진행하지 말라고 했잖아요."

"그럴 수가 없어졌어요. 일단 선로에 기폭 장치를 설치하고 다리가 폭파되기 전에 줄리언이 도착할 지점으로 가서 재빨리 데려와야 해요. 줄리언이 없어도 큰 문제가 되지는 않을 거예요."

마리는 왜 윌이 저렇게도 우울한 목소리로 이야기하는 건지 이해되지 않았다. "그런데 다른 문제라도 있어요?"

윌이 머뭇거렸다. "내일 다리에 기폭 장치를 설치하기로 한 여성 요원이 실종됐어요."

여성 요원. 베스퍼 팀에서 그런 중대한 임무를 맡을 여성 요원은 단 한 사람뿐이었다. 마리는 잘못 들은 것이기를 바라며 침대 가장자리에 털썩 주저앉았다. "윌……." 그리고 천천히 입을 열었다. "그게 누군데요?"

"조시가 사라졌어요." 윌이 그녀 옆에 앉으며 불쑥 내뱉었다. "조시와 앨버트 그리고 파르티잔 중 마르친이라는 친구까지 셋이서 나흘 전 저녁에 마 쪽으로 총을 전달하러 간 뒤 소식이 끊겼어요. 독일놈들에게 붙잡혔는지 아무 소식이 없어요." 그가 황급히 덧붙였다. "어쩌면 주변 상황 때문에 은신처에 숨어 있는지도 모르고."

"상처를 입었거나, 아니면 정말 죽었을 수도 있겠네요." 마리는 끔찍한 가능성을 떠올리며 말했다. "마지막 메시지가 도착한 지역은 확인해 봤대요? 마지막으로 목격된 마을이 어딘데요? 빨리 본부에 이 소식을 알리지 않으면……." 줄리언이 이 소식을 듣는다면 런던 본부에 직접 문의할 수 있을 것이다.

"당연히 알아봤죠. 이미 정찰대가 가서 주변을 샅샅이 뒤지고 왔어요." 마리는 그의 목소리에서 정찰대의 노력이 수포가 되었다는 걸 감지할 수 있었다. 만약 조시가 살아 있다면 어떤 방법을 써서라도 돌아왔거나 어떻게든 자신의 소식을 알렸을 것이다. 아니, 조시가 자신에게 주어진 임무를 온전히 수행할 수 없는 이유는 딱 하나, 독일군에게 붙잡혔거나 죽임을 당했기 때문일 테니까.

마리는 아리사이그하우스에서 본 강하고 자신감 넘치는 조시의 모습을 떠올렸다. 윌 쪽으로 고개를 돌리는 그녀의 눈가에 뜨거운 눈물이 맺혀 있었다. "어떻게 이런 일이 생길 수 있죠?" 마리는 그에게 몸을 기대고 셔츠에 고개를 파묻은 채 눈물을 쏟아 냈다. 조시의 죽음만이 아니라 모든 요원에 대한 안타까움 때문이었다. 조시는 대적할 자가 없을 정도로 강한 요원이었다. 그런 조시가 독일군에게 붙잡혔다면 마리와 다른 요원들에게는 어떤 기회가 주어질까?

마리는 슬픔에 가득 찬 나머지 그 자리에서 모든 걸 포기하고 싶은 지경이 되었다. 하지만 이렇게 무너지는 모습을 조시가 보았다면 그냥 두지 않았을 것이다. 마리는 최대한 호흡을 가다듬으려 애썼고 훌쩍이던 울음도 점차 잦아들었다. 몇 분 후 마리는 허리를 곧게 펴고 눈물을 멈추었다.

"여기서 기다리는 것 말고는 우리가 할 수 있는 일이 없어요." 윌이 덧붙였다.

"그리고 반드시 철교를 폭파해야죠." 마리는 눈앞의 임무에 최대한 집중하려고 애쓰며 말했다. 줄리언은 어떤 대가를 치르더라도 반드시 임무를 완수해야 한다고 말했다. "기폭 장치는 누가 설치하기로 돼 있죠?"

"아직 모르겠어요. 근처 안전가옥에 있는 요원 중에서 적임자를 찾아볼 생각이에요. 최악의 경우 내가 직접 나서야겠죠."

"내가 할게요." 마리는 자기도 모르게 뱉어 버렸다. 대체 무슨 생각으로 나서는 걸까? 윌은 도무지 이해되지 않는 듯 몇 초간 그녀를 멍하니 쳐다보았다. "기폭 장치 설치하는 거, 내가 하겠다고요."

"마리, 안 돼요. 기폭 장치 설치 훈련도 안 받았잖아요. 당신은 통신 전문이에요." 아리사이그하우스에서 폭발물 훈련을 받을 때 가장 뒤처진 사람이 바로 그녀였다. 하지만 기폭 장치를 다리에 설치하는 건 전혀 다른 임무였다. "줄리언이 있었다면 절대로 허락하지 않았을 거예요."

"왜요?"

윌이 어깨를 으쓱했다. "보호하고 싶으니까?" 나를 보호하고 싶어서인지, 아니면 여자라서 그런 건지 되묻고 싶었다. 굳이 그녀를 파리로 데려가서 목숨을 걸고 폭탄을 가져오게 한 것도 줄리언이었다. 그때랑 뭐가 달라졌단 걸까? 런던으로 떠나기 전날 밤 두 사람 사이에 흐르던 친밀함이 머릿속에 떠올랐다. 다음 날 아침 윌이 두 사람을 보고 그런 감정을 눈치챘을지 궁금했다. 아니면 런던으로 떠나기 전에 사촌에게 무언가 언질을 주고 간 건지도 모르겠다.

하지만 그건 눈앞에 닥친 문제와는 아무 상관이 없었다. "줄리언은 여기 없잖아요. 저 말고 그 일을 할 사람도 없고. 당신은 비행장에 가야 할 테고. 줄리언을 데리러 가야 하니까요." 이렇게 말하는 사이 머릿속에 서서히 계획이 그려졌다. "내가 기폭 장치를 다리에 설치하고 당신이 있는 쪽으로 갈게요. 줄리언이라면 이 지역을 벗어나는 지하 통로를 잘 알고 있을 거예요. 폭탄이 터질 즈음 줄리언을 데리러 가서 곧바로 이곳에서 완전히 사라져 버리면 되잖아요."

월은 계속 망설였다. 줄리언이 들었다면 마지막까지 승낙하지 않았으리란 걸 두 사람 모두 잘 알고 있었다. 하지만 월은 마리의 제안이 어느 정도 옳다는 걸 인정하는 눈치였다. 마리의 생각이 틀렸다고 해도 지금으로서는 다른 대안을 찾을 시간이 없었다.

"좋아요. 빨리 나를 따라와요." 두 사람은 방을 나와서 계단을 내려갔고, 이번에는 걸어서 들판을 가로질러 걸어갔다. 월은 사촌의 빈자리를 채우기 위해 매우 노력하는 눈치였고, 사촌보다 짧은 다리로 속사포처럼 빠르게 걸어갔다.

"어떻게 하면 되죠?" 마리가 물었다. "그러니까 다리에 기폭 장치를 설치한 다음에요."

"다리를 건너서 랑데부 지점으로 가면 돼요. 남쪽 강둑을 따라서 굽어지는 지점까지 쭉 간 다음에 동쪽 들판으로 가면 이곳에 도착한 날 저녁에 착륙한 지점이 나오는데, 이따가 지도 보면서 설명해 줄게요." 전혀 어려울 게 없다는 말투였다. "찾을 수 있겠어요?" 마리가 고개를 끄덕였다.

두 사람은 묵묵히 걸음을 옮겼다. "전쟁 전에는 뭘 했어요?" 마침내 그녀가 물었다.

괜히 사람들의 시선을 끌 위험을 감수하며 쓸데없이 질문이나 해댄다고 줄리언처럼 꾸짖을 줄 알았다. "경주를 했어요."

"자동차 경주요?"

"정확히는 오토바이 경주였죠." 그제야 비행기 타는 걸 좋아하는 이유가 설명됐다. 비행기와 오토바이, 그 둘로부터 느낄 수 있는 짜릿함은 비슷한 것일 테니까. "완전히 허송세월을 보냈죠. 나도 알지만 그게 사실인걸요." 전쟁이 터지기 전 두 사람은 완전히 다른 삶을 살았다.

곧 무성하던 나무들도 점차 사라졌다. 눈앞에는 폭발물을 설치할 철교가 시커먼 어둠 속에서 거대한 짐승의 뼈처럼 웅장하게 버티고 있었다. 마리의 심장이 두방망이질하기 시작했다. 상상한 것보다 훨씬 더 커 보였다. "저 다리를 폭파할 수 있을 정도로 폭탄은 충분히 준비된 거죠?"

"다리를 따라서 열 개 정도의 폭탄이 설치되어 있어요." 그가 설명했다. "다리를 완전히 무너뜨릴 필요는 없고, 그저 독일군 탱크가 건너지 못할 정도면 돼요. 기폭 장치를 설치하는 방법은 배웠겠죠?"

"네……." 마리의 목소리가 떨렸다. 최대한 집중해서 들어야 했는데 폭파 쪽 훈련에는 크게 주의를 기울이지 않았던 것이다. 애초에 통신 담당으로 배치된 요원이라서 뭔가를 폭파하는 일을 맡을 줄은 꿈에도 상상하지 못했다.

"아직 늦지 않았으니까 지금이라도 못 하겠으면 말해요." 윌은 그녀의 의구심을 읽기라도 한 것처럼 말했다.

마리는 도전적으로 턱을 치켜들었다. "할 수 있어요."

월은 가방에서 기폭제를 꺼내더니 손가락으로 다리 한쪽 구석을 가리켰다. "주위가 어두워질 때까지 기다렸다가 저기 다리가 연결되는 부분에 이걸 설치하면 돼요. 당신 대신 내가 할 수 있다면 좋을 텐데."

마리는 고개를 저었다. 여자인 그녀가 훨씬 더 몸집이 작아서 눈에 띄지도 않을 것이다. 게다가 혹시 독일군에게 발각된다고 해도 유창한 프랑스어 실력의 도움을 받을 수 있을 테지. "줄리언이 도착하기 전에 이륙 준비를 해야 하잖아요."

"줄리언이 도착하기 전에 반드시 그곳으로 와야 해요." 그제야 급하게 짠 계획의 온갖 허점이 눈에 들어온 탓인지 월이 초조하게 말했다. "비행기가 도착하는 즉시 횃불을 치우고 도망쳐야 할 테니까."

"알겠어요." 마리는 그의 어깨에 두 손을 하나씩 올리고는 그의 눈을 똑바로 바라보며 말했다. "꼭 갈게요."

"오는 게 좋을 거예요." 월이 투덜거리듯 말했다. "당신한테 무슨 일이 생긴다면 사촌이 나를 가만두지 않을 테니까."

"월, 나는……." 마리는 줄리언과 자기 사이에 생긴 감정에 대해 그에게 알리고 미안하다 말해야 할 것 같았다. 하지만 그 감정이 뭔지 자신도 이해할 수 없는데 뭐라고 설명한단 말인가?

월이 손을 저었다. "다른 건 걱정하지 말아요." 웬지 어색한 말투였다. "그냥 맡은 임무나 잘해 내면 돼요."

"그럴게요. 믿어도 돼요." 마리가 확신에 차서 말했다. "이제 가 봐요."

마침내 어두운 숲속으로 윌의 모습이 사라져 버리고 나서야 마리의 자신감도 사라졌다. 대체 여기서 무슨 짓을 하는 거야? 저 멀리 하늘 위로 마리의 모든 것에 의구심을 나타냈던 사람들의 얼굴이 스쳐 갔다. 가장 먼저 아빠 그리고 리처드까지. 마리 스스로 뭔가 한참 부족한 사람이라고 느끼게 만든 장본인들이었다. 마리는 머릿속에 차오르는 의구심을 억지로 누르며 요원들 곁으로 돌아오기 위해 라이샌더에 몸을 싣는 줄리언을 떠올렸다. 몇 시간만 지나면 줄리언을 다시 만날 수 있다니 도저히 믿기지 않았다.

어둠이 내릴 때까지 기다리는 일은 영원히 끝날 것 같지 않았고, 어스름한 기운이 평상시보다 오랫동안 이어졌다. 마침내 시커먼 암흑이 깔리자 마리는 은신처에서 기어 나와 졸졸 굽이치는 강의 가장자리를 따라서 몸을 낮추고 조용히 움직이기 시작했다. 곤히 잠든 강둑에서는 전쟁이 터질 기미가 전혀 느껴지지 않았다.

기폭 장치를 설치해야 하는 장소에 가까워지면서, 마리는 진짜 폭탄을 들고 이동하라는 임무를 받지 않은 점에 말없이 감사했다. 물론 기폭 장치를 설치하는 것도 쉬운 일은 아니었다. 윌이 지정해 준 장소는 머리 위로 6미터가량 높은 곳에 있었다. 아리사이 그하우스의 가파른 언덕과 울퉁불퉁한 바윗길을 다람쥐처럼 누비던 조시였다면 그 정도 높이는 문제도 아닐 테지만, 마리는 높은 산을 오르는 것만큼 멀게만 느껴졌다. 마리는 최대한 몸을 낮추고 윌이 가르쳐 준 다리의 연결 부위 근처까지 다가갔다. 낮게 굽이치는 차가운 강물이 기분 나쁘게 부츠 사이로 스며들었다. 마리는 마구잡이로 길게 뻗은 철제 벽면으로 툭 하고 튀어나온 조잡한 볼트를 손바닥으로 어루만졌다. 그리고 블라우스 위쪽에 기폭 장치를 쑤셔 넣은 뒤 볼트를 타고 다리를 오르기 시작했다.

더 높이 튀어나온 볼트를 붙잡으려는 찰나, 한쪽 발이 미끄러지면서 날카로운 철제 조각이 발목을 파고들었다. 너무 아픈 나머지 자기도 모르게 외마디 비명이 튀어나와서 고요한 밤공기를 가로지르며 퍼졌다. 마리는 이를 악물고 다음 볼트를 향해 손을 뻗으며 다시는 떨어지지 않으려 안간힘을 썼다.

마침내 다리가 연결되는 지점에 도착했다. 한쪽 손으로 다리에 간신히 매달린 상태에서 블라우스 위쪽에 넣어 둔 기폭 장치를 꺼내려고 기를 썼다. 그리고 기폭 장치를 유심히 살피면서 훈련 중에 배운 것들을 떠올리려 애썼다. 바들바들 떨리는 두 손으로 기폭 장치에 모선을 연결했다. 마리는 자신이 제대로 기폭 장치를 설치해서 이번 임무가 성공할 수 있기를 간절히 기도했다.

마리는 정해진 자리에 기폭 장치를 설치했다. 장치를 설치하자마자 저 멀리서 우르릉 소리가 들렸다. 공습이구나. 수년간 런던에서 느낀 공포를 다시금 떠올렸다. 그런데 그 소리가 점점 더 커지면서 다리가 좌우로 흔들리기 시작했고, 그제야 기차가 다가오고 있음을 깨달았다. 커다란 소음이 가까워지면서 다리 전체가 요동치기 시작하여 자칫 그녀가 설치해 둔 기폭 장치까지 떨어져 나갈 지경이 되었다. 마리는 한 손으로는 볼트를 다른 손으로는 기폭 장치를 붙잡고 기폭 장치가 떨어지지 않도록 죽어라 버텼다. 태어나서 처음으로 상황을 피해 달아나지도 않고 두려워하지도 않았다. 머리 위로 기차가 우르릉거리며 지나갔다. 마리는 다리에서 떨어지지 않기를 기도하며 두 눈을 질끈 감았다.

마침내 기차가 다리를 지나가고 나서 서서히 진동이 잦아들었다. 마리는 기폭 장치가 제자리에 고정된 것을 확인하고 나서 다리를 후들거리며 아래로 내려갔다. 마침내 바닥에 이르자 잠시 멈춰서 호흡을 가다듬었다. 주위를 살피고 다리를 가로질러 걸음을 옮겼다. 남들 눈에 띄지 않으려면 철탑의 그림자 속에 몸을 최대한 낮추고 천천히 움직여야만 했다. 하지만 다리에 따로 인도가 없는 데다 언제 다시 기차가 달려올지 알 수 없는 상황이었다. 마리는 적들에게 노출된 상태에서 실오라기 하나 걸치지 않은 기분으로 다리 건너편을 향해 철로를 미친 듯이 달리기 시작했다.

*

마리는 가까스로 정해진 시간에 맞춰 착륙 지점에 도착했다.

척박한 황야 한가운데 공터에 이르렀지만 인적이 전혀 느껴지지 않자 혹시 너무 늦어서 윌이 자기만 빼고 줄리언이랑 떠나 버린 게 아닌가 싶은 생각이 들었다. 그런데 자세히 보니 비행기가 지면에 가까워지면 곧바로 불을 피우기 위해 설치해 둔 조그만 말뚝들이 그대로 박혀 있는 게 보였다. 그제야 무성하게 자란 나무 사이에 몸을 숨긴 윌의 모습이 눈에 들어왔다.

"아직이에요?" 마리는 그가 있는 쪽으로 다가가며 물었다. 윌이 고개를 가로저었다. 순간 실망감이 파도처럼 밀려들었다. 지금쯤이면 줄리언이 도착하고도 남을 시간이었다. 마리는 목구멍에 차오르는 왠지 모를 불편한 기분을 애써 억눌렀다. 한두 시간 늦는 건 별일 아닐 테지. 지금이 아니라도 비행기가 착륙할 수 있는 시간은 많을 테니까. 조종사가 늑장을 부렸을 수도 있을 테고, 안개가 끼어서 허공을 선회할 수도 있고, 그게 아니라면 독일군에게 발각될까 봐 잠시 늦어지는 걸 수도 있었다.

"놈들 눈에 띄지 않도록 숨어서 기다려야 해요." 윌은 들판에 덩그러니 서 있는 마리를 끌어당겼다. 쓰러진 나무 한 그루 뒤로 조그만 수풀이 있고 바닥이 뻥 뚫린 곳이 보였다. 윌은 움푹 팬 바닥에 몸을 웅크리고는 마리더러 똑같이 따라 하라는 시늉을 했다.

쌀쌀한 밤바람이 불어오자 부츠 안에 강물이 새어 들어와 몸뚱이까지 축축해진 상태라 온몸을 파르르 떨었다. 불가능한 일이라는 건 알지만, 잠시라도 불을 피우면 얼마나 좋을까 싶었다. 마리는 윌이 신경 쓰거나 말거나 상관없이 그에게 바짝 다가갔다. 그리고 캄캄해진 들판을 바라보며 어디서든 줄리언의 모습이 나타나기만 기다리고 있었다. 어디서도 그의 모습은 찾아볼 수 없었다. 시커먼 그림자 사이로 줄리언이 잔뜩 긴장하고 기민한 눈빛을 보이면서도 활짝 미소 지으며 서서히 모습이 보이는 것만 같았다. 하지만 그 형체는 진짜가 아니라 마리의 간절한 마음이 만들어 낸 허구에 불과했다. 10분이 흐르고 다시 15분이 흐르자 기대감은 실망감으로 바뀌었다가 다시 걱정으로 바뀌었다.

마리는 나무에 등을 기대고 눈을 감았지만 너무 불안한 나머지 잠이 오지 않았다. 그러다가 머리 위로 무슨 소리가 들리는 것 같아 자세를 고쳐 앉았다. 밤하늘에서 뭔가 투명한 것이 떨어지는 것 같았다.

낙하산이다!

마리는 자리에서 벌떡 일어나 별다른 경계심도 없이 들판으로 무작정 뛰어나갔다. 지상에 착륙하는 게 위험해서 결국 낙하산을 타고 내려오는 모양이었다. 마리는 낙하산과 부딪히지 않으려고 한 발짝 물러섰다. "꼭 돌아올 거라고 약속했잖아." 줄리언이 웃으며 말했다.

갑자기 머리 위로 윙윙 소리가 들렸고, 마리가 두 눈을 번쩍 떴다. 어두운 숲속에서 마리는 곤히 잠들어 있었다. 줄리언과 재회하는 꿈이었다. 여전히 줄리언의 모습은 보이지 않았다. 마리는 나무에 기댄 몸을 일으켜서 월의 어깨에 기댔다. 그가 한쪽 팔로 안으며 따스한 온기를 전해 주었다. 그러다 화들짝 놀라서 서로 몸을 떼어 냈다. "아직 안 왔어요?" 월이 고개를 저었다.

하늘은 여전히 어두웠지만 지평선 저만치 끝자락이 분홍빛으로 물들고 있었다. 이제 너무 늦어 버렸다. 줄리언이 탄 비행기는 나타나지 않을 것이다.

마리는 대체 무슨 일이 생긴 건지 해답을 찾기 위해서 칠흑같이 어두운 밤하늘을 빤히 쳐다보았다. "비행기가 도착한다는 정보가 틀렸을 수도 있나요?"

"그런 얘기는 처음 들어 봐요. 설령 그렇다 해도 아주 드문 일이고." 그 이상은 말하지 않았지만, 월의 눈동자에 서린 공포는 누가 봐도 확연히 느낄 수 있었다. 줄리언은 오늘 밤 도착했어야 한다. 뭔가 끔찍하게 잘못된 것이 분명하다.

마리는 동틀 무렵이 되어 서서히 잿빛으로 물들어 가는 하늘을 빤히 쳐다보면서 이 모든 것이 부디 나쁜 꿈이기를 바랐다. "아직 비행기가 도착하지 않은 걸 수도 있잖아요." 마리는 끝까지 희망을 버리지 않았다.

하지만 윌은 비행기 착륙 과정을 정확히 아는 만큼 더는 아닌 척할 수 없어 고개를 가로저었다. "지금쯤이면 기름이 부족해질 거예요. 벌써 동이 틀 때가 됐잖아요." 그는 마리의 희망이 불가능한 이유를 속사포처럼 쏟아 냈다.

"하지만 배달이 완료됐다고 했잖아요. 대체 무슨 일이 생긴 걸까요?"

"모르겠어요. 어쨌든 더는 여기서 기다릴 수가 없어요. 줄리언이 착륙할 수 없는 상황이라면 우리가 여기 있는 것도 위험할 수 있어요." 순간 마리는 공포로 온몸에 닭살이 돋았다. "당장 떠나야 해요." 윌이 고집스러운 목소리로 말했다.

윌은 자리에서 일어나 나무숲이 우거진 쪽으로 걸어갔다. 일단 자리를 뜬 후에 다음 날 같은 시간 그 장소로 찾아갈 것. 예정된 군수품이나 요원이 도착하지 않으면 일반적으로 행해야 하는 요원 사이의 규칙이었다. 마리는 그의 등 뒤에서 멈칫거렸다. 위험한 건 둘째치고 줄리언과 재회하기에 가장 최적이자 유일한 장소일지도 모르는 곳에서 떠나고 싶은 마음이 들지 않았다. 두 사람이 다시 한번 뭔가를 시도해 볼 수 있는 시간이 그녀의 눈앞에 고통스럽고 깜깜한 채로 펼쳐져 있었다. 물론 윌의 말이 백번 옳았다. 이곳을 떠나지 않고 버티는 일분일초의 시간은 두 사람뿐 아니라 다른 비밀요원들과 그들을 돕는 민간인들까지 독일군에게 체포되어 죽음에 이르게 만들 수 있었다.

"본부에서 돌아가지 말라는 지시를 받았을지도 몰라요." 마리가 우거진 숲속에서 윌을 따라잡느라고 애쓰면서 말했다.

"그런다고 붙잡혀 있을 사람이 아니에요." 윌이 단호하게 반박했다. "우리 사촌은 어떤 경우라도 우리에게 돌아올 사람이죠."

문제는 그런 사람이 오리무중이라는 거였다. 그건 뭔가 단단히 잘못됐다는 것을 의미했다.

"어쩌면 다음 비행기로 도착할 수도 있겠죠." 윌은 애써 자신 있는 목소리로 말했다.

"하지만 그때까지 기다릴 수가 없잖아요." 마리가 현실을 직시했다. "다리가 폭파될 텐데. 오늘 밤에 다리가 끊길 거라고요." 마리는 윌의 눈동자 뒤에 서린 공포를 느낄 수 있었다. 그녀는 지시받은 대로 기폭 장치가 24시간 후에 터지도록 타이머를 설정하여 다리에 설치해 두었고, 오늘 밤 해가 지면 곧바로 폭탄이 터질 것이다.

애초 계획은 줄리언을 만나서 그를 따라 도망치는 거였다. 그런데 애초 계획이 불가능한 지경에 이르렀다. 줄리언만 두고 떠날 수는 없는 노릇이었다. 누구를 믿어야 할지, 어디에 가면 안전하게 몸을 숨길지 속속 꿰뚫고 있는 그의 두뇌를 따라잡을 재간도 없었다.

"일단 숙소로 돌아가요." 윌이 말을 꺼내면서 계획을 생각해 낸 것처럼 지시했다. "가서 누구도 살지 않았던 것처럼 흔적을 지워 버려요. 몰래 숨기거나 가져올 생각 말고 사용하던 물건을 전부 없애 버려요."

"왜요?"

"오늘 밤 내가 비행기로 당신을 프랑스에서 벗어나게 해 줄 테니까."

"하지만 이렇게 떠날 순 없어요." 마리가 반항했다. "줄리언이 올지도 모르는데 여기서 기다려야죠."

"마리, 줄리언은 안 와요." 윌이 처음으로 그 말을 입 밖에 내며 스스로 진실을 자각한 것처럼 담담히 말했다.

"하지만……." 마리는 끝까지 주저했다.

윌이 걸음을 멈추고 뒤를 돌더니 두 팔로 그녀의 양어깨를 거칠게 붙잡았다. "지금으로서는 기다릴 수가 없어요. 일단 다리가 폭파되고 나면 우리 누구도 안전하지 못할 거예요. 마리, 이제 끝났어요. 당신은 주어진 임무 그 이상을 해냈어요. 돌아갈 수 있을 때 고향으로 가서 딸을 만나야 하잖아요. 지금이 그때예요."

"하지만 어떻게 가죠?" 마리가 혼란스러운 듯 멍한 목소리로 말했다.

"저글러 팀의 라이샌더 비행기가 베르사유 근방에 세워져 있어요. 착륙 도중에 적군의 공격을 받아서 고장 났는데 비밀리에 수리를 마쳤거든요. 일단 그쪽에 가서 비행기를 하늘에 띄울 수만 있으면 당신을 오늘 밤에 고향으로 데려다줄 수 있을 거예요." 그는 숲 건너편을 손가락으로 가리키며 말했다. "동쪽으로 5킬로미

320

터 정도 가면 또 다른 착륙장이 있어요. 숲을 가로질러서 계속 동쪽으로 가다 보면 보일 거예요. 내 모습이 보이기 전까지는 숲속에 가만히 숨어 있어요. 9시쯤 만나서 폭탄이 터지기 전에 여길 뜹시다." 말로는 전혀 어려울 게 없어 보였다.

월은 마리가 대답할 시간조차 주지 않은 채 곧바로 몸을 돌려 걸음을 옮기기 시작했다. 잠깐만요. 마리는 그를 불러 세우고 싶었다. 줄리언이 돌아올 가능성이 남아 있는데 이렇게 프랑스를 떠날 수는 없다고 마지막으로 읍소하고 싶었다. 하지만 이제 와서 논쟁을 벌여 봤자 더 나은 해결책이 나올 리 없다는 것도 잘 알고 있었다. 어둠의 장막에 가려진 지금 떠나는 것이 월에게는 가장 나은 선택이라는 것도. 마리는 숲속으로 서서히 사라지는 월의 모습을 지켜보고 있었다.

그날 저녁 어둠이 내린 후 마리는 숙소 복도에 오도카니 서 있었다. 그날따라 하루가 더디게 흐르는 기분이었다. 월이 시키는 대로 순순히 따르는 대신 몇 가지 소지품만 챙겼다. 혹여 누가 방에 들어오더라도 잠시 외출한 것처럼 보이는 편이 훨씬 낫다고 생각했기 때문이다. 먼저 런던에 신호를 보내서 월이 프랑스로 돌아갈 예정이며, 줄리언이 약속 장소에 나타나지 않은 이유를 알아볼 생각이었다. 하지만 무선통신기 건너편에서는 아무 대답도 돌아오지 않았다. 미리 메시지를 보내기로 약속된 날짜가 아니라고 해도 누구든 메시지 수신을 위해 대기해야 정상인데. 혹시 독일군이 자신이 송출하는 전파를 방해하는 건 아닐까. 그게 아니라면 그저 날씨 탓인지도. 큰 문제는 아니었다. 내일이면 런던으로 돌아갈 테니까. 줄리언은 분명 두 사람이 도착할 때를 기다렸다가 어찌된 일인지 모두 설명해 줄 것이다.

마리는 축음기 안에 몰래 숨겨 둔 무선기가 있는 방구석에서 좀처럼 시선을 떼지 못했다. 분명 윌이 모든 걸 없애버리라고 하지 않았는가. 마리 역시 그래야 한다는 건 훈련을 통해 익히 배웠다. 그녀는 구석으로 걸어가서 축음기를 들고 혹시나 싶어 주위를 두리번거렸다. 불판 옆에 놓인 무쇠솥 뚜껑이 그나마 가장 적당해 보였다. 솥뚜껑을 들어 무선통신기에 씌웠다.

그러고 나서 뚜껑이 기계 위에 붕 떠 있는 모습을 보며 그대로 멈췄다. 떠나기 전에 런던 본부에 다시 한번 연락을 취해야 할 것 같아서 뚜껑을 다시 들었다. 급하게 비단천이 든 상자를 꺼내서 메시지를 해독하기 위한 암호를 입력했다. 주머니에서 크리스털 조각을 꺼내 무선통신기에 꽂고 올바른 주파수를 찾기 위하여 전파 송신용 밸브를 이리저리 맞추었다. *천사 귀환 예정.* 마침내 메시지를 송신했다.

곧바로 답장이 도착했다. *런던 귀환.* 이어서 다리 폭파에 대한 소식을 보내려고 전신 키를 누르려는 찰나 곧바로 두 번째 메시지가 도착했다. *추기경 복귀 확인 바람.*

메시지를 해독하려는데 목구멍에 돌덩이가 박힌 것 같은 기분이 들었다. 메시지의 주인공은 바로 줄리언이었다. 런던 본부에서 줄리언이 출발했으니 그가 무사히 도착했는지 확인을 바란다는 거였다.

하지만 줄리언은 도착하지 않았다. 마리는 황급히 암호화된 메시지를 송신했다. *추기경 도착 불발. 반복한다. 추기경 도착 불발.*

더는 답변이 없었다. 신호가 막혔거나 전파 방해를 받은 거였다. 마리는 마지막 메시지가 본부 쪽에 도착했는지도 확인할 수 없었다.

마리는 호흡을 가다듬으며 방금 전달받은 정보를 찬찬히 되짚어 보았다. 런던 쪽에서는 줄리언이 프랑스에 도착했다고 믿는다. 대체 어디로 사라진 걸까? 비행 중이나 착륙 과정에서 문제라도 생긴 걸까? 어느 쪽인지 확인할 수는 없지만 한 가지 사실은 분명해 보였다. 만에 하나라도 줄리언이 프랑스에 도착했을 가능성이 남아 있다면 프랑스에서 떠날 길은 전혀 없을 것이다.

마리는 조금 더 본부의 응답을 기다려 보고 싶었지만, 윌이 예상보다 오랫동안 비행기 조종석에서 기다리다 적들에게 붙잡힐 위험을 감수하게 만들고 싶지는 않았다. 지금 막 도착한 줄리언에 대한 소식은 마리만 아는 정보였고, 그 정보를 이대로 폐기해야 한다는 것이 도저히 용납되지 않았다. 어차피 크리스털 조각없이는 누구라도 무선기에 손댈 수 없을 것이다.

마리는 비단천과 크리스털 조각을 다시 움켜쥐고 전속력으로 숙소를 벗어나서 윌과 약속한 장소로 향했다.

마리는 거리에 나서자 흐트러진 스웨터를 바로 잡으며 최대한 아무렇지 않게 걸음을 옮겨 보려고 애썼다. "마드무아젤!" 웬 남자가 잔뜩 목소리를 낮춰 그녀를 불렀다. 마리는 비밀경찰이나 독일군에게 발각된 줄 알고 얼음처럼 굳어졌다. 하지만 예상과 달리 서점 주인이 거리를 걷는 마리를 알아보고 큰 소리로 불러

세운 거였다.

마리는 잠시 망설였다. 한가하게 노닥거릴 여유가 없었다. 마리는 손인사로 상황이 마무리되기를 바라며 손을 흔들었다. 하지만 서점 주인은 빨리 이쪽으로 오라는 손짓을 보냈다. 그녀는 누군가 볼까 싶어 빠른 걸음으로 서점 쪽을 향했다.

"봉주르." 마리는 텅 빈 서점으로 발길을 들이며 예의를 갖춰 인사했다. 처음 서점을 다녀간 뒤로 길고 무료한 시간을 달랠 만한 책을 찾으러 한두 번인가 찾아온 적이 있었다. 하지만 첫날 저녁 요원들을 위해 도움을 달라고 부탁한 일에 대해서는 한 번도 꺼내지 않았다. 그런데 이제 와서 왜 그녀를 황급히 부르는 걸까?

그는 러디어드 키플링의 책을 쓱 내밀었다. 그리고 놀라서 당황한 표정을 짓기도 전에 책을 펼쳐 안쪽이 텅 비어 있음을 확인시켜 주었다. 결국 비밀요원들에게 도움을 주기로 마음먹은 것이다.

돕기에는 너무 늦었을 뿐. 마리는 솔직히 이야기할까 하다가 그냥 아무 말도 하지 않는 편이 낫다고 결론을 내렸다. "정말 큰 도움이 될 거예요." 나이 든 주인의 얼굴이 환해지더니 뭔가 도움이 될 수 있다는 말에 자신감을 얻어 굽어진 어깨를 당당하게 펴고 섰다. "고맙습니다, 무슈." 그녀는 주인의 손을 움켜쥐고는 서둘러 서점을 나갔다.

그녀는 마을을 벗어나 운하 위를 가로지르는 다리를 건너면서 줄리언이 자신을 이곳에 데려온 첫날 밤을 떠올렸다. 그리고 한 시간 후 공터에 도착했다. 공터 한가운데 비행기가 세워진 걸 보고 순간 줄리언이 도착한 건가 싶었다. 하지만 조종칸에 앉은 윌이 그녀를 보고 손을 번쩍 들며 눈으로는 혹시 누가 따라왔나 싶어 뒤쪽을 유심히 살폈다. 처음 그녀를 보고 안도감이 퍼지던 얼굴이 곧이어 조급함으로 바뀌었다. "빨리 타요. 이제 30분 후면 폭탄이 터질 시간이에요. 당장 출발해야 한다고요."

그는 마리가 빈자리에 올라탈 수 있도록 몸을 한쪽으로 비켰지만, 그녀는 거의 뛰다시피 오느라 가빠진 호흡을 가다듬으며 자리에 그대로 서 있었다. "윌, 잠깐만요. 런던 본부 쪽에서 메시지가 도착했는데 줄리언이 프랑스로 떠났대요."

"그건 불가능해요." 윌은 누가 봐도 깜짝 놀란 표정이었다. "정확히 착륙 시간에 맞춰 약속 장소에서 기다렸잖아요."

"다른 장소에 도착했을 수도 있죠."

"착륙 지점은 내가 정한 거예요. 굳이 다른 곳으로 갈 이유가 없잖아요?"

"이유는 저도 모르겠어요. 중간에서 누군가 착륙 지점을 변경했나 봐요. 아무튼 줄리언이 프랑스에 도착했다는 건 분명해요. 어딘가에서 격투가 벌어져 다쳤거나 체포됐거나, 아니면⋯⋯." 마리는 차마 뒷말을 잇지 못했다. "줄리언에게 무슨 일이 생긴 건지 알아내기 전까지는 절대로 떠날 수 없어요."

"그 말은⋯⋯." 윌은 하던 말을 잠시 멈추었다. "그러니까 나와 함께 비행기를 타고 떠나지 않겠다는 건가요?"

"저는 여기서 줄리언이 어디 있는지 찾아볼게요. 당신은 런던으로 가서 줄리언이 사라졌다고 전해요. 무선통신기로 메시지를 보냈는데 제대로 도착한 건지, 아니면 내 말을 못 믿는 건지 잘 모르겠어요……."

"마리, 다리가 폭파되고 나면 당신도 위험해져요. 줄리언은 내 혈육인데 나보다 더 그를 걱정하는 사람은 없을 거예요. 하지만 당신만 남는 건 미친 짓이에요. 여기 남는 건 사망선고나 마찬가지라고요."

마리가 고개를 흔들었다. "다음 비행기를 타고 갈게요."

"이게 마지막일지도 몰라요."

"당신이 다시 데리러 오면 되죠. 언제나 그랬듯이. 당신이 런던에 간 사이 나는 줄리언의 거처를 파악해 볼게요. 정말로 줄리언이 돌아왔다면 내가 기다려 줘야 해요." 마리도 고집을 꺾지 않았다. "프랑스어를 통역해 줄 사람도, 통신을 맡아 줄 사람도 없다면 줄리언은 아무것도 할 수 없을 거예요."

"제기랄, 줄리언은 우리 리더라고요!" 급기야 윌이 폭발했다. "당신이 오기 전까지도 혼자서 잘만 해냈어요. 지금도 잘 도망 다닐 테고."

"줄리언을 찾기 전에는, 아니 무슨 일이 생겼는지 알기 전까지는 절대로 떠날 수 없다고요!"

"줄리언은 당신이 떠나길 바랄 거예요." 윌이 강조했다. "당신한테 무슨 일이 생기면 작전에 집중할 수 없을 테니까. 줄리언은 당신에게 호감을 느끼고 있어요." 그가 덧붙였고 그녀 자신도 인정하기 두려웠던 사실을 큰 소리로 입 밖에 꺼냈다. "아내가 세상을 떠난 후로 한 번도 느껴 보지 못한 감정을 당신에게 느끼고 있다고요." 줄리언은 당신에게 호감을 느끼고 있어요. 마리 자신도 선뜻 인정하기 힘든 말을 그가 해 준 것이다. "당신에게는 지켜야할 딸이 있잖아요. 마리, 얼른 돌아가야 해요. 당신은 살아야죠. 다른 사람들은 이런 말도 꺼내지 못한다고요. 선물이라고 생각하며 그냥 받아들이는 게 어때요?"

"이유는 모르지만 이대로 떠날 수가 없는걸요." 줄리언이 프랑스로 떠났다는 소식을 듣고 나니 도저히 발걸음이 떨어지지 않았다. 반드시 그를 찾아야 했다. 마리는 윌을 똑바로 바라보며 말했다. "당신 마음도 똑같을 테죠. 그러니까 일주일 후에 다시 데리러 와 주세요."

"대체 어디로 가겠다는 거예요?" 윌이 뭔가 생각하더니 말을 이었다. "산미켈에 사창가가 있어요. 혹시 들어 봤어요?"

"줄리언한테 한 번 들은 적이 있어요. 거기 여자들이 비밀요원을 많이 숨겨 준다고요."

"그 이상이죠. 온갖 정보가 오가는 정보 창고 같은 곳이니까. 독일군에게 점령당한 프랑스를 통틀어 가장 값진 안전가옥이기 때문에 극도로 위급한 상황이 아니라면 절대 이용하지 않는 곳이고요." 그 점만큼은 마리도 인정하지 않을 수 없었다. "거기 주인이름이 리제트인데, 파리에 머무는 남자 절반이 그 여자의 정보망 역할을 맡고 있어요. 줄리언을 찾는 데 도움을 줄 사람이 있다면 리제트뿐일 거예요."

"그럼 곧바로 산미켈로 갈게요." 마리가 약속했다.

하지만 뭐가 마음에 들지 않는지, 윌은 계속 지평선 너머를 살피며 미간을 잔뜩 찌푸렸다. "일단 침공이 시작되면 비행기를 띄울 수 없을 텐데." 그는 절박한 표정으로 비행기 쪽을 쳐다보았다. 마리는 자기만 두고 가는 게 못내 마음에 걸려서 그렇다는 걸 느낄 수 있었다.

"알아요." 그녀가 위로하듯 말했다. "하지만 고작 일주일인걸요. 최대 2주면 될 거예요."

"일주일로 해요." 그가 단호히 말했다. "줄리언을 못 찾더라도 일주일 후에는 나와 함께 떠나요. 혹시 착륙 지점이 변경될 수도 있으니 방송 잘 듣는 거 잊지 말고. 그리고 무엇을 하든 절대 집으로 돌아가면 안 돼요."

"하지만 런던에서 줄리언에 대한 소식을 보내왔는지 확인해야 하는걸요." 마리가 고집을 부렸다.

"절대 안 돼요. 일단 다리가 폭파된 후에는 어디든 안전하지 않을 테니까. 당신이 붙잡히면 줄리언에게도 도움이 안 돼요. 내 말 무슨 뜻인지 알죠?" 마리가 고개를 끄덕였다. "일주일이에요." 그가 다시 확인했다. "무슨 일이 있어도 내가 고향에 데려다줄게요. 약속하죠?"

"약속해요." 월의 눈가에 의구심이 구름처럼 드리워졌다. 그때도 돌아가지 않는다고 할까 봐 걱정하는 걸까, 아니면 일주일 이상 버티지 못할 거라고 생각하는 걸까?

하지만 그에 대한 대답을 들을 시간이 없었다. 이제 10시가 코앞으로 다가왔다. 다리가 곧 폭파될 것이다.

마리는 월의 볼에 가볍게 입을 맞추고는 숲으로 달려가 빽빽하게 우거진 나무 사이로 몸을 숨겼다.

# 18
## 엘레노어

엘레노어는 온몸이 뻣뻣하게 굳은 채 가쁜 숨을 몰아쉬며 침대에서 몸을 일으켰다. 암흑 같은 어둠 속에서 등화관제용 암막 커튼을 쳤는지 확인조차 안 한 채 별생각 없이 손끝을 더듬어 침대옆에 놓인 램프를 켰다. 또다시 무언가로부터 죽어라 도망치는 악몽을 꾼 탓이었다. 눈앞에 보이는 거라곤 시커먼 암흑밖에 없는 곳에서 누군가에게 쫓기는 꿈.

이런 꼴을 당해도 싸지. 엘레노어는 눈가를 비비며 생각했다. 두 팔을 바닥으로 뻗고 잠시 흔들다가 뻣뻣하게 굳은 엉덩이와 어깨 근육을 풀 요량으로 다리를 쭉 폈다. 노그비하우스에서 연달아 3일을 내리 근무한 그녀를 보고 국장이 집에 가서 쉬라고 명령해서 돌아온 것이 고작 몇 시간 전 일이었다. 그것이 엘레노어의 첫 번째 실수였다. 사무실에서 쪽잠을 잘 때는 온갖 세세한 부분과 당장 결정해야 할 업무로 머릿속이 가득 차서 좀처럼 악몽을 꾸지 않았다. 집에만 오면 추락하는 비행기와 체포당하는 소녀들 그리고 어딘가 어두컴컴한 곳에서 헤매는 소녀들과 도움을 청하며 울부짖는 소녀들이 꿈에 나왔고, 아무리 손을 뻗어도 그들에게 닿을 수가 없었다.

시계가 오전 4시를 가리켰다. 마리는 자리에서 일어나 화장실로 가서 잠시 몸을 담글 생각으로 욕조에 뜨거운 물을 받았다. 국장에게 통신 폐쇄를 제안했다가 한마디로 거절당하고, 국장의 모습에 왠지 모를 의구심을 품은 지 정확히 5일이 흘렀다. 그날 이후 마리에게서 아무 소식이 없었다. 다리 폭파 계획은 성공리에 진행되었다. 물론 그 소식도 마리가 아닌 근처 팀원에게 짤막한 메시지를 받아서 확인할 수 있었다. 다리가 폭파된 뒤로 주변 지역에서 독일군의 앙갚음이 이어진다는 소문이 퍼졌다고 한다. 물론 하늘에 정찰기를 띄워 공중에서 눈으로 봐도 폭파 작전이 성공하여 대량 사상자가 발생했고 다리는 복구 불가능한 상태가 됐음을 확인할 수 있었다. 하지만 다리 폭파라는 전략적 성공을 거두었음에도 불구하고 베스퍼 팀의 안위를 확인할 길이 없는 데다 누가 보냈을지 모를 의문스러운 메시지 때문에 엘레노어의 걱정은 더욱 깊어져 갔다. 그럴 수만 있다면 마리는 직접 본부로 연락을 취해 올 것이다.

국장은 여전히 엘레노어의 말에 귀를 닫았다. 물론 진심이 아니라는 건 알지만, 언뜻 보면 프랑스에 보낸 비밀요원들의 안위 따위는 전혀 개의치 않는 사람처럼 느껴질 정도였다. 그런 탓에 너무 빠르고 강해서 도저히 멈출 수 없는 기차가 전속력으로 철로를 달리는 것처럼, 그로 인한 부수적인 피해를 눈덩이처럼 부풀리고 있었다. 엘레노어는 옥상에서 만난 베스퍼가 보인 염려와 불안을 다시금 떠올려 보았다. 모든 권력을 쥔 자가 현장의 모든 상황을 직접 보고 겪은 최고 책임자의 염려를 귀담아듣지 않는데, 엘레노어가 어떻게 그들을 설득할 수 있겠는가?

괜한 걱정은 도움 될 게 없었다. 엘레노어는 불편한 마음을 가라앉히고 욕조에 몸을 담갔다. 물을 너무 오래 틀어 둔 탓일까, 욕조의 물이 전쟁 중 엄격하게 금지된 온수 사용량 10센티미터를 한참 웃돌아 버렸다. 그녀는 죄책감과 저항심으로 출렁이는 물을 온몸으로 만끽했다. 하지만 물속에 오래 있지 않고 순식간에 몸을 씻었다. 베이커스트리트로 돌아가서 새로운 기다림을 시작할 시간이었다. 사실 걱정되는 건 마리뿐만이 아니었다. 조시도 2주째 아무 소식이 없었고, 브리야도 마지막 교신 이후 연락이 끊어졌다. 엘레노어의 손바닥에서 서서히 빠져나가 목소리를 잃으며 폭풍의 시커먼 눈 속으로 빨려 들어간 것처럼.

엘레노어는 욕조에서 나와 몸을 말리고 목욕 가운을 걸쳤다. 막 옷을 걸치려는데 아래층에서 누군가 노크하는 소리가 들렸다. 처음에는 아침이면 늘 그렇듯 우유배달부가 빈 병을 옮기거나 대형 트럭이 거리를 가로지르며 이동하는 거라고 생각하여 귀를 쫑긋 세우고 있었다. 그런데 아래층에서 잔뜩 가라앉아 어리둥절해하는 엄마의 목소리와 격앙되어 위급하게 들리는 남자 목소리가 들렸다. 작전본부에서 집사이자 엘레노어의 수행기사로 일하는 도즈였다. 약속한 시간보다 한 시간이나 일찍 그녀를 데리러 온 셈인데, 평상시에는 운전석에서 내려 직접 그녀를 데리러 오는 일이 없었다. 엘레노어는 급히 옷을 걸치고 단추를 끼우면서 계단으로 내려갔다.

도즈는 놀란 토끼 눈을 뜨고 있는 엄마 앞에서는 아무 말도 할 수 없다는 듯 고개를 저었다. 엘레노어의 엄마는 첫째 딸이 고급 백화점 점원이 아니라는 점을 또다시 알아챈 듯 꽤 놀란 기색이었다. 엘레노어는 문가에 걸어 둔 가방을 거칠게 낚아채더니 도즈를 따라 아무 말 없이 현관 밖으로 부리나케 뛰어나갔다. 그녀는 자동차 뒷좌석에 오르고 나서야 등 뒤로 출렁이는 머리카락을 손가락으로 배배 꼬기 시작했다. "뭔데요?"

"국장님이 당장 데려오라고 했습니다. 메시지에 무슨 문제가 있다나 봐요." 엘레노어는 일이 단단히 잘못되었을 수천 가지 시나리오를 머릿속에 떠올리며 가슴이 철렁 내려앉는 걸 느꼈다. 하지만 그녀의 생각은 그중 하나의 시나리오에서 좀처럼 벗어나지 못했다.

"젠장." 그녀는 욕을 내뱉었다. 애초에 집에 오는 게 아니었어. 엘레노어는 안 그래도 하얀 물거품을 일으키며 빗길을 달리는 자동차를 더욱더 빨리 몰라는 듯 발끝으로 바닥을 슬며시 눌렀다.

특수작전국 건물에 도착하자 국장이 직접 노그비하우스 앞에 나와 그녀를 기다리고 있었다. 새벽 댓바람부터 호출을 받은 것보다 직접 마중 나온 국장의 모습에 더욱 놀라지 않을 수 없었다. "도저히 이해할 수 없는 메시지가 도착했네." 무선통신실로 가는 복도에서 국장이 말했다. 평상시의 신중한 모습은 찾아볼 수 없는 말투였다. "북쪽 통신망에서 도착한 메시지야." F 지구가 아니라는 사실에 엘레노어는 다소 안도감을 느꼈다. "아무리 봐도 석연치 않아."

국장은 군수품 도착 지점을 상세히 알려 달라고 요구하는 메시지가 해독된 종이를 내밀었다. 그런데 정작 메시지를 보낸 사람은 여자 요원이 아닌 남자 요원이었다. 엘레노어는 낮은 숨을 내쉬었다. "죄송합니다, 국장님. 처음 보는 이름이라서요." 본인이 담당하는 소녀들과 연관된 일도 아닌데 새벽부터 자신을 호출한 이유가 뭔지 궁금했다. "원한다면 이 요원의 파일을 찾아서 핑거태평이 일치하는지 확인해 보겠습니다."

하지만 국장은 어두운 표정으로 고개를 저었다. "그럴 필요 없어. 이미 메시지를 보낸 장본인이 '레이 톰킨스'라는 요원이라는 걸 담당자가 확인했으니까. 다만 레이 요원이 3주 전 마르세유의 안전가옥에서 독일군에게 체포됐다는 게 문제인 거지. 결국 이걸 보낼 수가 없는 상황이란 걸세."

다시 종이를 살피는 엘레노어의 등 뒤로 서늘한 기운이 퍼졌다. "그럼 같이 움직이던 다른 요원이 보낸 거겠죠." 절대로 사실이 아니라는 걸 알면서도 허무한 목소리로 다른 가능성을 제시했다.

국장이 고개를 저었다. "무선기를 다룰 줄 아는 그 팀의 나머지 두 사람 역시 이틀 전에 붙잡혔어. 내가 걱정하는 건 그보다 최악의 상황일세. 누군가 기계를 손에 넣고 멋대로 사용하는 게 아닌가 싶어."

엘레노어는 현 상황을 있는 그대로 받아들이기로 했다. 그렇다면 요원이 가지고 있어야 할 무선기가 몇 주 전 다른 사람(아마도 독일군)의 손아귀에 들어갔고, 크리스털 조각과 암호까지 손에 넣은 상태에서 여전히 비밀요원과 메시지를 교환하는 것인 양 꾸미고 있다는 건가. 그렇지만 어떻게 보안 점검 확인조차 불가능한 상태에서 적발될 위험을 감수하며 붙잡힌 요원의 기계를 빼돌려 우리 편인 양 행동할 엄두를 냈을까? 그렇다, 얼마 전 비슷한 일이 벌어졌으니까. 얼마 전 뭔가 이상한 구석이 있는 메시지가 도착한 일이 떠올랐다. 처음에는 어딘지 모르게 에둘러 짧게 질문을 던졌다. 그리고 이쪽에서 답장하자 군수품이 도착할 지점과 기타 귀중한 정보를 버젓이 요구하지 않았던가. 물론 이런 상황이 벌어질 수도 있다는 점을 가장 염려하기는 했지만, 정말 이런 일이 생겼다는 게 도저히 믿기지 않았고 믿고 싶지도 않았다.

엘레노어는 메시지를 유심히 살피며 무언가 빠진 부분을 찾으려고 애썼다. 급기야 짜증이 치솟았다. 기계가 놈들 손에 들어갔을 위험성에 대해 이미 언급하지 않았는가. 대체 내 말을 왜 귓등으로 들은 걸까?

"F 지구에 엄청난 문제가 생긴 것 같아." 국장이 심각하게 말했다. "자네가 피해를 최소화할 수 있도록 도와줘야겠어. 그리고 사태를 진정시킬 방법부터 찾아보게."

엘레노어는 당시 무선 통신을 통해 런던 본부에서 현장에 보낸답시고 소중한 정보를 독일군의 손아귀에 가져다 바친 건 없는지 여러 방면으로 곱씹어 보았다. 안전가옥의 위치, 군수품 은닉처, 그보다 최악으로 요원들의 신원까지 낱낱이 노출됐을 가능성이 농후했다. 물론 북부 지역은 엘레노어의 담당이 아니었다. 어쨌거나 파일을 이 잡듯 뒤져야 했다. 몇 시간, 길어도 하루를 넘기지 않을 것이다.

순간 본부 건물 옥상에서 베스퍼와 나눈 대화가 불현듯 떠올랐고, 온몸의 피가 차갑게 얼어붙었다. 마르세유의 요원이 베스퍼 팀 쪽으로 폭탄공급책을 연결해 줬다고 했는데. 만약 마르세유 쪽이 놈들 손아귀에 들어간 상태였다면, 그리고 그 요원을 통해 베스퍼 팀에 접촉을 시도한 거라면 지금쯤 베스퍼 팀도 놈들 손아귀에 들어갔을 것이다.

어떻게든 위험성을 경고해야 한다. 엘레노어는 곧바로 달리기 시작했다. "잠깐……." 국장이 등 뒤에서 그녀를 불렀다. 하지만 그녀는 들은 척도 않고 그대로 계단을 달려 내려가서 통신실로 향했다. "마리 연결해. 당장 메시지를 보내야겠어."

제인은 어리둥절한 표정이었다. "통신 예정 시간까지는 아직 20분 정도 남았는데요." 본부 규칙에 따르면 일정이 없을 때는 현장에 있는 요원에게 먼저 메시지를 보내는 것이 엄격히 금지되어 있었다. 무선기 근처에 요원이 없는 경우 이쪽에서 메시지를 보내도 받지 못할 가능성이 크기 때문이었다.

하지만 엘레노어는 마음이 조급해서 뭐라도 시도하지 않고는 버틸 수가 없었다. "보내라니까."

제인은 앞에 놓인 무선기의 주파수를 맞추고 크리스털을 마리와 교신하는 신호에 맞췄다. 먼저 마리가 메시지를 받을 수 있는 상황인지 확인했다. 아무 응답이 없었다. "대답이 없습니다."

"다시 해 봐." 엘레노어가 숨을 참고 있는 사이 기계 너머로 마리를 호출하는 메시지가 다시 전달되었다.

잠시 후 상대 쪽에서 따닥따닥 소리가 들렸다. "메시지를 받았나 봐요." 제인이 밝은 표정으로 말했다.

엘레노어는 잠시도 경계를 풀 수 없었다. "하이드공원에 파라솔이 있는지 물어봐." 비행기로 보낸 물품이 잘 전달됐는지 확인하는 그들만의 암호 같은 거였다. 베스퍼가 현장으로 안전하게 복귀했는지 직접 확인하고 싶었다. 괜히 에둘러 말해서 혼선을 일으키고 싶지 않았다.

제인이 암호를 입력하고 지시받은 메시지를 전달하는 사이 조금 더 시간이 흘렀고 따닥따닥 소리가 이어졌다. 잠시 후 답신이 돌아왔다. "귀환했답니다." 제인은 암호를 해독하며 느릿느릿 말했다.

"그냥 귀환했다로 끝이야?" 제인이 끄덕였다. 저쪽에서 보낸 답신은 놀랄 만큼 단답형이었다. 엘레노어는 그보다 상대방이 마리인지 확인하고 싶은 마음이 절실했다. "펑거 태평 확인 결과는 어때?"

제인이 어깨를 으쓱했다. "워낙 짧은 메시지라서 뭐라고 말하기가 어려워요."

당연히 그럴 테지. 엘레노어는 잠시 망설였다. 더 자세히 캐고 싶었지만 감히 말을 꺼낼 엄두가 나지 않았다. "공원의 파라솔이 빨간색인지 파란색인지 물어봐." 파란색은 사람을 의미하고 빨간색은 군수품이나 물자를 의미했다. 제인은 메시지를 암호화해서 곧바로 발송했다. 응답이 오기까지 잠시 시간이 지체되는 걸 보며 엘레노어는 싸늘한 기운을 감지했다. 뭔가 석연치 않다.

"곧 통신을 끊어야 합니다." 제인이 재차 확인했다. 몇 분 이상 기계를 붙잡아 두면 자칫 요원들이 위험해질 수 있기 때문이었다.

하지만 엘레노어는 여기서 멈출 수가 없었다. "이렇게 보내." 그녀는 종이에 뭔가를 끼적거려서 제인에게 건넸고 곧바로 눈이 동그래졌다. 종이에는 이렇게 적혀 있었다. *알린, 오툴을 접선했나?* 통신할 때 실명을 거론하는 건 엄격히 금지된 사안이었다. 알린은 아리사이그하우스에서 함께 훈련을 받다 중도에 퇴출당한 훈련생 이름이었다. 알린이 프랑스로 배치되지 않았다는 건 마리도 엘레노어도 모두 잘 아는 사실이었다.

"정말 이렇게 보내라고요?" 제인이 재차 물었다. 엘레노어는 침울한 표정으로 고개를 끄덕였고, 제인은 시키는 대로 메시지를 암호화했다.

제인이 메시지를 보낸 후 곧바로 답신이 도착했다. 엘레노어는 메시지의 암호를 해독하는 제인의 어깨너머로 고개를 내밀었다. *알린 접선. 무사함.*

엘레노어는 온몸의 피가 얼어붙는 기분이었다. 마리의 전신 키는 그녀를 사칭하는 자의 손아귀에 들어갔다.

어깨너머로 고개를 돌리자 국장이 서 있었고, 두 사람의 눈빛이 맞닿음과 동시에 눈동자에 서린 공포를 나눌 수 있었다. 요원들과의 비밀 통신에 구멍이 뚫렸다……. 대체 언제부터였을까? 엘레노어는 최근 베스퍼 팀 앞으로 보낸 메시지 내용을 차례차례 떠올리며 그 정보가 누설되었을 경우의 피해 상황을 가늠해 보았다. 한두 번 정도 군수품이 배달된 적이 있었다. 다행히 최근에는 여성 요원을 파견하는 일이 매우 뜸한 편이었다.

줄리언이 프랑스로 복귀한 것만 제외하면. 엘레노어는 노그비 하우스의 옥상에서 줄리언하고 나눈 이야기를 다시 떠올려 보았다. 자신의 직책을 이용해서 프랑스로 귀환하는 비행편을 마련하는 데 특혜를 누리게 해 주겠노라고 약속한 후 그녀는 곧바로 통신실로 달려갔다. "프랑스로 가는 비행편을 마련해야 해. 마리에게 이렇게 보내. '로미오가 줄리엣을 안다'고." 요원이 현장에 도착하기 전에 보내는 미리 준비된 암호 같은 거였다.

마리는 당시에도 메시지를 직접 수신받지 못했다. 그때부터 몇 시간 후 다음과 같은 메시지가 도착했다. 평상시 착륙지 사용하지 말 것. 레뮈로 외곽 공터를 이용할 것. 기존 착륙 지점은 노출됐음. 대체 어쩌다가 기존 착륙 지점이 놈들에게 노출된 건지 묻고 싶었다. 레뮈로는 평상시 요원들이 착륙하는 장소에서 서쪽으로 한참 떨어진 곳이었고, 안전가옥과도 상당한 거리가 있었다. 하지만 무선 통신을 통해 정보를 나누다 보니 안전성이나 보안성을 확보하기가 어려운 부분이 있었다. 줄리언은 프랑스에 도착하는 즉시 붙잡혔을 것이다.

착륙 지점을 변경하는 메시지를 떠올리며 엘레노어는 마음이 조급해졌다. "줄리언." 큰 소리로 그 이름을 외쳤다. 국장도 그 이름이 주는 심각함을 감지하고 눈을 크게 떴다. 줄리언이 프랑스에 무사히 도착했다는 메시지는 아직 오지 않았다. 결국 말 그대로 줄리언을 적의 손아귀에 내던진 걸까?

"추기경이 도착했는지 물어봐." 엘레노어가 지시했다. 제인은 알쏭달쏭한 눈으로 그녀를 쳐다보았다. 은밀하지도 않을뿐더러 지나치게 명시적인 내용이었다. 하지만 엘레노어는 개의치 않았다. "당장!"

제인은 메시지를 암호화해서 입력했다. 대답이 없었다. 1분이 흐르고 다시 2분이 흘렀다. *추기경 복귀 확인 바람.* 제인이 신호를 보냈다. *추기경 복귀 확인 바람.* 제인은 거듭해서 똑같은 메시지를 전송했고, 다들 귀를 쫑긋 세우고 반응을 기다렸다. 하지만 그에 대한 응답은 돌아올 기미가 보이지 않았다.

마리 혹은 마리 행세를 하는 상대방은 사라져 버렸다.

# 19
# 마리

*1944년, 파리*

5일이 지났다. 5일 동안 사창가 지하 와인저장고에 갇혀 있었다. 마리는 좁고 어두컴컴한 공간을 멍하니 둘러보았다. 처음 프랑스에 도착한 날 줄리언이 그녀를 내팽개친 창고와 매우 흡사했다. 삐걱대는 매트리스는 이전에 누가 사용한 건지 고민할 기운도 없어서 향수 냄새가 찌든 더러운 베개에 머리를 기대고 누웠다. 몸에 걸친 옷도 워낙 더러워서 묵은 악취가 풍겼다. 방 건너편에 놓인 빨래 바구니에는 유두 부분이 뻥 뚫린 뷔스티에가 아무렇게나 널려 있었다. 대체 어쩌다가 여기까지 온 건지, 마리 자신도 의문스러웠다.

라이샌더에서 기다려 준 월과 헤어진 뒤 수풀을 헤치며 걷기 시작했다. 몇 분 후 낮고 깊은 곳에서 우르릉거리는 진동을 느꼈다. 다리였다. 마리는 겁이 났지만 잠시 고개를 돌리고 멈춰서 밤하늘 위로 뿌옇게 피어오르는 검은 연기를 살폈다. 마침내 다리 폭파에 성공했다. 잠시 자부심을 느꼈지만 이내 공포가 엄습했다. 독일군이 폭파 사건의 책임자를 체포하기 위해 그들을 뒤쫓기 시작할 것이다. 어떻게든 멀리 도망칠 도리밖에 없었다.

마리는 윌과 단단히 약속해 놓고도 곧장 파리의 사창가로 향하지 않았다. 혹시라도 근처에 줄리언의 흔적이 남아 있는지 확인해야 했으니까. 당장 무선기가 있는 방으로 돌아가고 싶어 안달이 났지만 윌의 경고를 떠올리며 꾹 참았다. 혹시나 줄리언이 있지 않을까 싶어 프랑스에 도착한 다음 날 줄리언이 데려간 안전가옥도 찾아가 보았다. 하지만 저택은 초토화된 상태였다. 구석서재는 사람들이 급하게 빠져나간 듯 테이블에 먹다 만 음식이 그대로 남아 있었다. 누군가 서류를 태운 것인지 벽난로에는 뿌연 잿더미가 수북이 쌓여 있었다. 불이 꺼진 지 며칠이나 지난 듯했다. 의자가 뒤집혀서 나뒹구는 걸 보고 혹시나 독일군이 현장을 급습한 건 아닐까 하는 생각이 들었다. 다른 요원들은 연기처럼 사라져 버린 것 같았다.

마리는 파리로 자리를 옮겨 기차를 타고 도시의 외곽을 빙 둘러 이동했다. 오전 통금이 풀리기 전까지는 경찰 눈에 띄지 않으려고 늦은 밤부터 새벽 동이 틀 때까지 골목에 숨어 뜬눈으로 밤을 새웠다. 그리고 아침에 질문을 던지는 내내 넋을 잃고 마리의 다리만 쳐다보는 합죽이 대형 트럭 운전기사의 차를 얻어 탔다.

마침내 파리 센강의 좌안에 도착해 보니, 좁고 꼬불거리는 골목과 사람들이 가득 들어찬 거리 그리고 드높은 집들이 그 자체로 사람들 눈을 피해 숨어 있기에 최적의 장소처럼 보였다. 경비만 충분했다면 윌이 지시한 대로 낯선 사창가까지 찾아가지 않고 근처 어딘가에 숙소를 구했을 것이다.

마리는 마르블랑슈가의 사창가에 도착해 작은 식당 위로 이어지는 조그만 계단을 올라갔다. 자신과 엇비슷한 또래로 보이지만 지금까지 만난 여자 중에서 가장 짙게 화장한 여자가 노크 소리에 문 앞으로 나왔다. "르네 디마레라고 해요." 마리는 위장 신분을 댔다. "월이 보내서 왔어요." 달리 암호 같은 게 없어서 월의 이름을 대는 걸로 모든 것이 무사히 통과되기를 바랐다. 뭔가 알아챈 듯 여자의 두 눈에 번뜩이는 빛이 스쳤다.

"월은 어딨죠?"

"비행기 타고 런던에 갔어요."

"그 사람과 함께 떠났어야죠. 지금 상황이 얼마나 위험해졌다고요." 여자가 쉬잇 소리를 내며 말했다. "어제만 해도 다른 요원 둘이 찾아왔어요."

"누구라고 하던가요?" 마리가 물었다.

"몽트뢰유에서 온 사람들인데 임시 거처를 구한다더군요. 어쩔 수 없이 돌려보냈어요." 마리는 그들처럼 문전박대를 당하겠구나 생각했다. "난 리제트라고 해요." 그녀가 덧붙였다.

"월이 돌아올 때까지 5일 정도 지낼 곳이 필요해요."

무슨 말인지 정확히 모르겠지만, 리제트는 월에게 갚아야 하는 은혜와 마리를 숨겨 준 대가로 감수해야 하는 위험을 저울질하는 듯 보였다. 마침내 고개를 끄덕였다. "5일이에요. 더는 안 돼요."

리제트는 그녀를 지하 와인저장고로 안내했다. "하나 더요." 마리가 조심스럽게 말했다. 리제트는 팔짱을 낀 채 뒤를 돌아보았다. "베스퍼가 예정된 시간에 약속 장소에 나타나지 않았어요. 지금쯤 프랑스 어딘가에 숨어 있을 것 같아요. 최대한 빨리 그를 찾아야 해요."

"불가능해요." 리제트가 곧바로 받아쳤다. "어제 하루 동안 거리에서 무슨 일이 벌어졌는지 알기나 해요? 열 명도 넘는 요원이 놈들 손에 붙잡혔고, 안전가옥 대부분이 탈탈 털렸어요." 마리는 텅 빈 저택을 떠올렸다. 혹시 다른 요원들도 거기서 붙잡힌 걸까? 독일군이 그곳의 위치를 파악했다면 마리가 머물던 숙소도 알고 있을 것이다. 순간 기계를 켜 둔 채로 떠나온 걸 후회했다. 혹시나 자기를 잡으러 왔다가 무선통신기를 발견했을까 봐 걱정됐다. "비밀 요원을 암암리에 도와준 마을 사람들도 공포에 질려 있어요. 이제는 민간인까지 잡아들일 기세라고요. 여기까지 무사히 온 것만으로도 기적이에요." 리제트가 말을 맺었다. "이런 상황에서 베스퍼의 근황을 수소문한다는 건 그 자체로 자살 행위예요."

"제발 부탁이에요." 마리는 충동적으로 리제트의 팔을 붙잡았다. "저를 이해해 줘야 해요. 베스퍼를 찾기 위해 월의 비행기까지 마다하고 여기 남은 거라고요. 그냥 이대로 앉아 있을 수만은 없어요."

하지만 리제트는 더욱 거세게 고개를 흔들었다. "이곳에 머문다고 해도 최대한 남들 눈에 띄지 말아야 해요. 자칫 가게는 물론 여기 있는 여자들까지 전부 위험에 빠뜨릴 수 있으니까."

마리는 혼자라도 찾아 나서겠다며 고집 피우고 싶었다. 하지만 현지에 아무 연줄이 없으니 혼자 헤매고 다녀 봤자 무슨 소득이 있겠는가? 그렇다, 리제트야말로 지금 상황에서 줄리언을 찾

는 데 가장 최적이자 유일한 기회였다. "고마워요." 마침내 마리
가 대답했다.

"부탁하니 일단 물어는 볼게요. 하지만 너무 큰 기대는 말아
요." 리제트가 미리 주의를 시켰다. "요원들이 거의 다 붙잡혀 가
서 이제는 초토화된 거나 다름없으니까."

마리는 꼬박 5일 동안 지하 와인저장고에 무력하게 갇혀 지냈
고, 하루하루 줄리언을 찾을 수 있다는 희망의 불씨가 시들어 갔
다. 리제트는 매일 밤 아무 소득 없이 나타났다. 줄리언에 대한 소
식은 전혀 없었다. 마리는 끊임없이 줄리언의 모습을 떠올리며
지금쯤 어디 있는지, 혹시 다치지는 않았는지 걱정했다.

끼익, 위층에서 들리는 소리에 마리는 상념에서 깨어났다. 뚜
벅뚜벅, 리제트의 발자국이라고 하기엔 지나치게 묵직했다. 1분
이 흐르고 다시 1분이 흘렀다. 그리고 긴 정적이 흘렀다. 온몸에
서 식은땀이 흘렀다. 또다시 위층 바닥에서 끼익 소리가 들리더
니 덜커덕 소리와 쨍그랑 소리가 이어졌다. 마리는 잠시나마 긴
장을 풀었다. 바텐더 앤더스가 어젯밤에 쌓아 둔 술잔을 설거지
하는 모양이었다. 사창가의 낮고 고요한 정적만이 감돌았다. 얼
마 후 찾아올 왁자지껄한 저녁에 대비하는 고요한 준비 시간 같
은 거였다.

곧이어 요란한 종소리가 들렸다. 위층 바의 출입문이 열릴 때
마다 들리는 종소리였다. 마리는 긴장감이 극에 달했다. 사창가
에서 일하는 여자들은 보통 비밀 뒷문으로 드나드는 데다 낮에는
방문객이 별로 없기 때문이었다. 마리는 지하 와인저장고 계단으

로 살금살금 올라가서 문틈으로 밖을 내다보았다. 프랑스 경찰 둘이 바에 들어오는 모습이 보였다.

"이 여자 본 적 있소?" 경찰 하나가 사진을 내밀었다. 앤더스의 표정은 전혀 변하지 않았지만, 마리는 그들이 찾는 대상이 바로 자신이라는 것을 한 치의 의심도 없이 알아챌 수 있었다.

앤더스가 고개를 저었다. "우리 가게에서 일하는 매춘부 중에는 이런 애 없어요." 마리는 제발 그가 자신의 존재를 실토하지 않기를 기도했다.

"마리 루라는 여자인데." 경찰이 압박했다. 두 사람은 마리의 이름까지 정확히 알고 있었다. 대체 어떻게 알았을까?

"여기는 없습니다." 앤더스가 대답하며 계산대 밑에서 슬그머니 비싼 코냑병을 꺼냈다. "지금은 영업 안 해요." 그러곤 경찰들 쪽으로 술병을 내밀었다.

마리는 헉하고 숨을 참았다. 앤더스의 뇌물이 먹힐까?

"오늘 밤 다시 오겠소." 경찰은 어딘지 불길한 말투로 앤더스가 내민 술병을 받아 들더니 다시 입구 쪽으로 향했다.

마리는 경찰들이 나가고 입구가 닫히는 걸 보고는 문에 기대어 털썩 자리에 주저앉았다. 하지만 안도감은 오래가지 않았다. 등 뒤에서 두 손이 쑥하고 나타나더니 그녀를 잡아 짐짝처럼 끌고 지하 와인저장고로 향했다. 마리는 그 손아귀에서 벗어나려고 발버둥을 쳤다.

다름 아닌 리제트였다. 화가 나서 얼굴이 붉게 달아오른 상태였다. "멍청이! 대체 그 위에는 왜 올라갔어요? 우리를 전부 죽일 참이에요?" 마리는 뭐라고 둘러대려 했지만 핑계를 찾지 못했다.

"받아요." 리제트가 딱딱한 바게트를 쑥 내밀었다.

"고마워요." 마리는 미안해하며 대답했다. 그리고 예의 차릴 여유도 없이 우걱우걱 입에 쑤셔 넣었다. 목을 축이고 싶었지만 감히 물을 달라고 말할 엄두를 내지 못했다. "경찰이 나를 찾고 있어요. 어떻게 내 이름을 알죠? 여기 있는 건 어떻게 알았을까요?"

리제트가 어깨를 으쓱했다. "요즘 보면 독일군은 모든 걸 꿰뚫고 있는 것 같아요."

"아직 베스퍼 소식은 없고요?"

"없어요. 아는 연줄은 전부 동원해 봤어요. 아무리 봐도 애초에 프랑스에 돌아오지 않은 것 같아요." 아니면 쥐도 새도 모르게 사라졌는지도 모를 일이죠. 마리는 머릿속으로 생각했다. "베스퍼가 도착했다는 흔적이 없는 건 물론이고 다른 요원들도 전부 사라졌어요. 어쩌면 런던에서 돌아오지 않았는지도 모르겠어요."

마리는 고개를 저었다. "왔을 거예요. 프랑스로 돌아온다는 소식이 한참 돌았거든요." 하지만 이제 와서 무선으로 주고받은 내용을 어디까지 믿을 수 있을까? 그런데도 줄리언에 대한 소식만큼은 진실처럼 느껴졌다. 줄리언은 약속을 지키기 위해 돌아왔지만 사정이 있어서 나타나지 못하는 것이리라. "그건 확실해요."

"줄리언을 사랑하는군요?" 리제트가 불쑥 물었다. 마리는 전혀 예상치 못한 상황에서 잘 알지도 못하는 여자에게 지극히 사적인 질문을 받았다. 처음에는 아니라고 부정할 생각이었다. 하지만 리제트는 슬픔과 이해심이 뒤섞인 표정으로 그녀를 바라보았다. 마리는 그녀 역시 누군가를 잃은 경험이 있는 건지, 그런 일을 겪고 나서 지금의 삶을 살아가는 건 아닌지 궁금해졌다.

"맞아요." 너무나 짧은 순간을 함께 한 상대를 사랑한다고 말한다는 게 다소 과하지 않나 싶은 생각도 들었다. 하지만 막상 자신의 감정을 명확히 표현하고 나니 그를 향한 사랑이 진실임을 느낄 수 있었다.

"어디로 갔는지는 알 수 없지만 아무 흔적도 남기지 않았어요. 요즘 상황이 그 어느 때보다 안 좋아요." 리제트는 목소리를 낮췄다. "어제는 대학생 셋이 잡혀갔어요. 우리를 위해 서류를 만들어준 세탁소 사장도 사라졌고요." 이곳 사창가에 도착한 후로 마리는 리제트의 연락책과 그들을 통해 정보를 수집하고 반란군을 돕는 그녀의 방식에 감탄하지 않을 수 없었다. 하지만 리제트의 개입은 위험을 더욱 극대화할 따름이었다. 독일군은 시시각각 숨통을 조여 오고, 마리가 이곳에 숨었다는 걸 알아차리는 일은 시간문제였다.

"이제 배 좀 채웠으면 지하에 꼼짝 말고 숨어 있어요." 리제트가 명령조로 말했다. "다른 부탁 있어요?"

마리가 잠시 망설였다. 리제트는 언젠가 자신이 그랬던 것처럼 마리의 얼굴에서 당혹스러움을 감지할 수 있었다. "이만 떠나야 할 것 같아요."

"떠나다뇨? 윌이 돌아오려면 하루 더 기다려야 하잖아요?"

"여기 더 있으면 안 될 것 같아서요. 괜히 나 때문에 당신이 더 위험해질 수도 있잖아요."

"달리 갈 곳도 없잖아요?"

"예전 집으로 가려고요."

"정말 바보군요. 이제 그곳은 안전하지 않아요. 당신이 놈들에게 붙잡히면 지금까지 도와준 사람들의 목숨을 위태롭게 만들 거라고요."

"다른 선택의 여지가 없어요. 무선통신기가 아직 거기 있거든요. 떠나기 전에 없애 버려야 하는데 프랑스에 남아서 줄리언을 찾아볼 생각에 기계를 켜 둔 채로 그냥 나왔거든요. 혹시나 런던에서 무슨 소식이라도 올까 싶어서요. 이제 완전히 떠나기로 마음먹었으니 돌아가서 그걸 없애 버려야 해요." 마리는 리제트의 잔소리가 돌아올 걸 각오했지만 아무 말도 없었다. "지금까지 도와줘서 정말 고마웠어요."

"신의 축복이 함께 하길. 몸조심해요. 당신에게 무슨 일이 생기면 베스퍼가 날 가만두지 않을 거예요."

마리는 거의 일주일 만에 보는 환한 햇빛에 자기도 모르게 눈살을 찌푸리며 밖으로 나왔다. 문득 날이 어두워진 뒤에 나오는 게 낫지 않을까 싶어 잠시 머뭇거렸다. 하지만 통행이 금지된 시간에 돌아다니는 건 더욱 위험할 수 있었다. 지금 떠나지 않으면 영원히 떠나지 못할 수도 있다.

마리는 후줄근한 행색이 너무 튀지 않기를 바라면서 흐트러진 머리칼을 가다듬었다. 이곳 거리를 가득 채운 대학생과 예술가들의 행색은 그야말로 가지각색이었다. 그녀는 라틴구의 비스듬한 집들을 눈여겨보며 거리로 걸음을 옮기기 시작했다. 그리고 문이 활짝 열린 대성당을 지나쳐 갔다. 고대 석조의 축축하고 낯익은 곰팡내가 코끝을 파고들었다. 마리는 걸음을 멈추었다. 매주 일요일이면 테스의 손을 잡고 경건한 마음으로 스위스 코티지의 성 토마스모어성당을 찾던 시절이 있었는데. 그녀는 성당으로 들어가서 차가운 냉기가 올라오는 석조 바닥에 무릎을 꿇고 앉았다. 아직 독일군에게 체포되지 않은 비밀요원들과 줄리언 그리고 고향에 있는 가족들을 위해 파도처럼 기도를 쏟아 냈다.

잠시 후 마리는 어두컴컴한 제단에 촛불 하나 밝힐 여유가 있기를 바라며 성당 입구로 향했다. 하지만 지금 여기 머물러 기도하느라 시간을 허비하는 건 정말 바보 같은 짓이었다. 그녀는 뭔가 큰 용기를 얻은 듯 다시 걸음을 옮겼다.

호스니슈흐센에 도착하자 이미 오후 중반에 접어들고 있었다. 각양각색의 사람들로 바글대는 파리 거리를 보고 나서 그런지, 오밀조밀하게 모인 집들을 보자 왠지 답답하고 숨이 막힐 것만 같았다. 하지만 안전가옥 근처에 가까워질수록 뭔가 따스한 기운이 엄습해 왔다. 이 마을에서 몇 주 지내는 동안 어느새 이곳이 자기 집처럼 느껴진 것이다.

하지만 그런 싸구려 감상에 젖을 여유가 없었다. 셔터를 굳게 내린 1층 카페에 시선이 멈추는 순간 불안감이 더욱 커졌다. 애초부터 여기에 오면 안 되는 거였다. 마리는 급히 거리를 가로지르며 서점의 판유리창 너머로 주인을 향해 살짝 고갯짓을 했다. 서점 주인의 표정이 평상시와 달리 불편해 보인 건 마리만의 착각일까? 마리는 안전가옥으로 들어가기 전에 잠시 멈췄다. 1층 카페는 거의 텅 비었고, 저녁 늦게까지 카페에서 시간을 보내는 독일군은 숙취 때문에 오전 늦게까지 곤히 자곤 했다. 집주인이 사는 2층 방은 덧문을 활짝 열어 놓는데 오늘따라 굳게 닫혀 있었다. 마리는 집을 빙 돌아서 뒤쪽으로 가다가 또다시 멈췄다.

뒷문이 살짝 열려 있었다.

도망쳐. 마음속에서 누군가 외쳤다. 마리는 일단 땅바닥을 유심히 살폈다. 남자 신발의 밑창 자국처럼 보이는 흔적이 선명했다. 집주인인 마담 터로우트는 병적이다 싶을 만큼 집 안 구석구석을 말끔히 정리하는 편이었다. 그렇다면 갈색 흙 발자국이 생긴 지 한 시간도 안 되는 게 분명했다.

마리는 어깨너머를 흘깃 살폈다. 당장 몸을 돌려 도망쳐야 한다는 걸 잘 알고 있었다. 윌이 옳았다. 이곳에 다시 돌아오는 건 너무 위험한 일이었다. 하지만 기계가 놈들에게 발각될 위험이 있는데 이대로 두고 떠날 수도 없는 노릇이었다. 마리는 천천히 계단에 발을 디뎠다.

이윽고 맨 위층에 도착하여 곁쇠를 꺼내려다 그대로 바닥에 떨어뜨렸다. 나무 바닥에서 쨍그랑 소리가 울렸다. 마리는 황급히 곁쇠를 주워서 벌벌 떨리는 손으로 자물쇠에 꽂고 돌려 보려고 했다. 그리고 너무 늦게 온 건 아닐까 하는 마음을 안고 방 안에 들어섰다.

방 안은 일주일 전 그녀가 떠난 뒤로 어느 누구의 손길도 닿지 않은 것처럼 하나도 변한 게 없었다. 통신기를 덮어 둔 축음기는 물론이고 토스터와 다른 가전용품도 그대로였다. 통신기를 찬찬히 살피다 머릿속에 뭔가 번뜩 떠올랐다. 줄리언의 행적이 묘연하며 자신이 집으로 돌아왔음을 런던의 엘레노어에게 알리는 짧은 문자를 잽싸게 보내는 것이다. 여기서 오랫동안 지체해서는 안 된다는 걸 잘 알고 있었다. 하지만 뭐라도 시도해 봐야 했다.

마리는 크리스털 조각을 기계에 꽂고 주파수 다이얼을 돌렸다. 아무 신호도 잡히지 않았다. 온몸에 식은땀이 흘렀다. 아무래도 작동이 안 될 모양이었다. 혹시 누가 망가뜨린 건 아닌가 싶어서 통신기 뒤쪽을 살펴보았다. 고장 난 통신기를 고칠 때 해야 할 작업이 머릿속을 스치고 지나갔다. 하지만 수리할 시간이 없었다. 당장 떠나야 했다. 남들 눈을 피해서 그걸 들고 다니는 것도 불가능한 일이었다. 아니, 마지막으로 본부에 메시지를 전송할 수 없다면 당장 없애 버려서 다른 누구도 사용할 수 없게 만들어야만 했다. 마리는 일주일 전에 내팽개쳐 둔 무쇠솥을 집어 머리 위로 번쩍 들었다.

누군가 조용히 문을 두드렸다. 마리는 얼어붙었다. 누군가 찾아왔다.

그녀는 4층 창문으로 가서 자신의 몸무게를 지탱할 만한 나뭇가지를 찾으려 했다. 하지만 달리 도망칠 구멍이 없었다. 또다시 노크 소리가 들렸다. "누구세요?" 마리는 무쇠솥을 가만히 바닥에 내렸다.

"마드무아젤?" 문 너머에서 앳된 고음이 들렸다. 마리는 집주인의 일곱 살짜리 아들 클라우드의 목소리를 확인하고 나서야 마음을 놓았다. "아래층에 메시지가 도착했어요."

마리는 마음이 붕 뜨면서 혹시 줄리언의 메시지가 도착한 건 아닐까 하는 생각이 스쳤다. "잠깐만, 아가." 마리는 무쇠솥을 제자리에 내려놓았다. 그리고 기계를 덮어 둔 축음기 뚜껑을 들고 문 쪽으로 향했다. "클라우드, 가서 어머니한테……." 그녀는 뭔가를 이야기하며 문을 벌컥 열었다.

순간 제복을 입은 경찰의 총구가 그녀의 가슴 정중앙을 가리켰다.

"마리 루." 총을 든 남자가 말했다. "너를 체포한다." 옆에 있던 경찰이 그녀를 밀치고 들어가 방 구석구석을 뒤지기 시작했다.

마리는 한 손을 들며 반항할 의지가 없다는 의사를 비쳤다. 그리고 등 뒤에 있는 반대쪽 손으로는 축음기 뚜껑을 다시 내려치려고 했다. 하지만 민병대는 이를 놓치지 않고 발로 뚜껑을 걷어차 버렸다.

"가만히 있어." 그의 동료가 다그치듯 말했다. 그는 차가운 표정으로 마리를 바라보았다. "앞으로 그 기계가 필요할 테니까."

20

그레이스

"나가요." 마크는 애니와 만나고 나온 그레이스를 데리고 호텔을 나갔다. 그레이스는 밖으로 나오자 폐에 가득 찬 담배 연기를 씻어 낼 요량으로 상쾌한 공기를 깊이 들이마셨다.

마크가 택시승강장 쪽으로 향하려 하자 그레이스가 팔을 뻗어 그를 잡았다. "잠깐만요." 마크를 멈춰 세웠다. "그러지 말고 잠깐 걸으면 안 될까요?" 뉴욕에 살기 시작하면서 새로 생긴 버릇이었다. 뭔가 생각할 거리가 있거나 마음이 울적할 때면 대도시의 거대한 인도를 따라 몇 블록을 계속 걷는 것이다.

마크가 미소를 지었다. "좋은 생각이에요. 밤에 기념비 구경한 적 있어요?" 그레이스가 고개를 저었다. "꼭 한번 봐야 해요." 너무 멀고 늦은 시간이라고, 거절하고 싶은 마음이었다. 그녀가 원한 건 가벼운 산책 정도니까. 하지만 밤공기가 워낙 달콤하고 신선한 데다 저 멀리 워싱턴기념탑이 그들을 손짓하고 있었다. "법대 다닐 때 밤에 자주 구경하러 갔어요." 마크는 불이 꺼진 정부 건물을 지나치면서 말했다. "그런데 등화관제다 통금이다 뭐다 해서 몇 년 동안 가 보지 못했죠." 마크는 백악관 남쪽에 있는 엘립스 공원 가장자리를 따라서 15번가 북쪽으로 걸음을 옮겼다. "애니랑은 얘기가 잘됐어요?"

"그런대로요. 우리가 기록보관소에서 생각한 내용의 진위를 확인해 줬어요. 엘레노어는 특수작전국에서 여자 요원을 전담하는 관리자였어요. 하지만 그게 전부는 아니에요." 그레이스가 걸음을 멈추고 마크를 돌아보았다. "누군가 요원들을 배신했다고 말했대요."

"어떻게 배신했다는 거죠?"

"그건 엘레노어도 확실히 몰랐나 봐요."

"들으면 들을수록 믿기지 않는 일투성이네요."

"아마도요. 하지만 배신자가 있다는 건 확신한 모양이에요. 애니 말로는 엘레노어가 언니를 만나러 와서 이것저것 질문했고, 애니의 언니도 같은 생각을 한 것 같대요. 정말 믿기 힘든 얘기죠?"

마크가 어깨를 으쓱했다. "글쎄요, 음모론은 누구나 좋아하는 주제니까요, 안 그래요? 애니의 언니나 엘레노어처럼 사랑하는 사람을 잃은 이들은 진실을 받아들이는 것보다 음모론에 의지하는 쪽이 쉬웠을 테죠."

"많은 소녀가 전쟁 중에 실종됐어요." 그레이스는 머릿속으로 그림을 그리며 나지막이 속삭였다. "그 소녀들을 비밀요원으로 선발한 엘레노어는 그 해답을 찾으러 나섰던 거죠." 엘레노어는 나치의 밤과 안개 작전 때문에 소녀들이 소리소문없이 사라졌다는 사실을 깨달았다. 그러다 누군가 배신자가 있었다는 사실을 뒤늦게 깨달은 것이다. 두 사람은 바로 그 부분을 놓치고 있었다.

"뉴욕에서요?" 그의 목소리에 의구심 이상의 뭔가가 배어 있었다. 두 사람은 전쟁 중에 급속도로 유입되는 공무원들에게 편의를 제공하려고 웨스트몰에 임시로 만든 정부 건물들을 빙 둘러서 걸어갔다. 마크는 금이 간 커브길을 통과하는 그레이스의 팔을 부축해 주었다. "엘레노어가 찾는 게 뉴욕에 있을 가능성은 매우 희박할 것 같아요."

"우리가 찾는 것이 워싱턴에 있을 가능성이 희박한 것처럼요." 제자리에 있어야 할 것들이 하나도 자기 자리를 찾지 못하고 있었다. "어쨌든 뉴욕부터 찾아간 게 아닐 수도 있으니까요."

두 사람은 웨스트몰 가장자리에 도착했다. 마크가 팔을 뻗자 그레이스가 그의 팔을 붙잡았다. 까슬까슬한 외투 자락이 그녀의 손등을 스쳤다. 마크는 그녀의 왼쪽에서 걸으며 링컨기념관으로 향했다.

"여기서 그만둘 생각은 없는 거죠?" 마크가 물었다.

그레이스가 고개를 끄덕였다. "그럴 수가 없어요." 처음에는 호기심으로 시작한 일이 탐색이 되었고, 이제는 사적인 일이 되었다.

"정확히 알고 싶은 게 뭐예요? 어차피 다들 죽었을 텐데. 그걸로 부족한가요?"

"그게 문제예요. 엘레노어 역시 그 소녀들이 죽었다는 걸 알고도 뭔가를 더 찾으려고 했잖아요. 계속해서 뭔가를 찾아 헤맸죠. 그들에게 무슨 일이 있었는지 찾으려고 한 게 아니라 왜 그런 일이 생겼는지 알고 싶었던 거예요."

"그 이유가 중요할까요?"

"그 소녀들은 결국 가족의 품으로 돌아가지 못했어요, 마크." 그레이스의 목소리가 살짝 높아졌다. 그의 팔을 놓으며 말을 이었다. "당연히 중요하죠. 그 상황에서 뭔가 중요하거나 훌륭한 뒷이야기가 있다면요. 그럼 우리는 자신의 딸이 세상을 떠난 이유를 설명해 줄 수 있고, 그들의 죽음이 헛되지 않았다는 걸 알려 줄 수 있어요. 바로 그 점 때문에 이번 일이 중요한 거예요."

"당신도 그런 걸 기대했군요, 안 그래요?" 마크가 되물었다. "누군가 당신을 찾아와서 톰의 죽음이 헛되지 않았다고 말해 주기를 바랐던 거예요." 마크의 말이 날카로운 비수처럼 그녀의 심장을 파고들었다.

그레이스는 얼굴을 붉힌 채 마크를 등지고 링컨기념관 계단을 성큼성큼 오르기 시작했다. 마침내 그녀는 기념관 맨 꼭대기에서 미국의 수도와 미국을 위해 보초를 서듯 내려다보는 링컨 대통령의 조각상에 이르렀다. 급히 걸어 올라와서 그런지 숨이 턱까지 차올랐다.

잠시 후 마크가 뒤따라 올라왔다. 그레이스는 고개를 돌리고 저만치 아래로 파노라마처럼 펼쳐진 정경을 감상했다. 리플렉팅 풀에서 워싱턴기념관을 따라 길게 이어진 정경. 북쪽으로는 제퍼슨기념관이 작지만 또렷하게 보였다. 두 사람 모두 아무 말도 하지 않았다. 마크는 가만히 그녀의 등 뒤로 다가갔고, 그의 외투가 그녀의 몸을 닿자 두 팔로 가볍게 감싸 안았다. 그레이스는 온몸에 전율이 일었다. 하지만 굳이 피하지는 않았다. 그녀 역시 마크가 좋았다. 두 사람이 함께 보낸 시간보다 그리고 애초에 그녀가 바란 것보다 훨씬 더 많이. 마크에게서 왠지 모를 차분함이 느껴졌고, 그의 차분함은 온전히 그녀를 향하고 있었다. 하지만 지금 그녀의 인생에는 그를 위한 공간이 남아 있지 않았다.

"전쟁 중에도 학교에 남아서 계속 공부했어요." 마침내 마크가 입을 열었고, 그의 따스한 입김이 그녀의 머리칼을 간질였다. "하지만 노르망디에서 형제 둘을 잃었죠."

"오, 마크." 그레이스는 몸을 빼내고 그를 돌아보았다. "정말 안됐어요."

"그래서 당신이 얼마나 슬플지 이해돼요." 그가 덧붙였다.

"그렇겠네요." 하지만 상실의 슬픔만큼은 각자 자신만의 외로운 섬을 가지고 있는 법이다. 그레이스는 아주 큰 값을 치르고 그 사실을 깨달았다. 뉴욕에 도착하고 얼마 지나지 않아서 뉴욕의 전쟁미망인 클럽에 가입하려고 했다. 가슴에 단단히 박힌 두꺼운 벽을 함께 허물어뜨릴 누군가를 만나고 싶었으니까. 하지만 앞으로 자신이 어떤 과정을 거쳐야 할지 너무도 잘 아는 가련한 여인들 사이에 앉아 있다 보니, 그 어느 때보다도 혼자라는 외로움이 복받쳤다.

그레이스는 자기 얘기가 대화에 오르는 걸 원치 않았다. "좀 피곤하네요."

"긴 하루였잖아요." 그도 동의했다. "밤이 늦기도 했고. 이만 돌아가죠."

30분 후 두 사람을 태운 택시가 워싱턴몰의 가장자리를 달려서 조지타운에 위치한 마크의 집으로 데려다주었다. 마크는 벽난로에 불을 피우고, 처음 두 사람이 함께 보낸 밤에 마신 브랜디를 한 잔씩 나눠 마셨다. "잠깐 기다려요." 그는 그레이스가 혼자 앉아 생각할 시간을 주었다. 그레이스는 자기 몸보다 꽤 큰 가죽 의자에 앉아서 온몸이 따스하게 달아오르는 유쾌한 기분을 느끼며 브랜디를 홀짝였다.

잠시 후 마크는 햄치즈 샌드위치 접시를 양손에 들고 나타났다.

"정말 맛있어 보여요." 그레이스는 그제야 얼마나 배가 고픈지 알아채고 반갑게 외쳤다.

"대충 만든 거예요." 마크가 냅킨을 건네며 대답했다. "그동안 냉장고에 남은 재료로 간단히 요리하는 법을 터득했거든요."

"오래전부터 그랬어요?" 그레이스가 물었다. "혼자 산 지 오래됐냐고요." 지나치게 사적인 질문이었다.

마크는 어깨를 으쓱했다. "그런 셈이죠. 대학 때 그리고 법대에서 공부할 때 몇 번 데이트한 여자가 있기는 하지만, 톰이 당신에게 푹 빠진 것처럼 완전히 마음을 빼앗긴 상대는 없었어요." 그레이스는 기분이 좋으면서도 한편 슬펐다. "졸업하고 곧바로 전범 재판 쪽에서 일하다 이쪽으로 왔어요. 그러다 보니 가정을 꾸리고 안정을 찾을 만한 여유도 없었고, 그런 생각을 할 만큼 좋은 여자도 만나지 못한 것 같아요. 아직까지는요. 항상 나 혼자 지냈고 일이 우선이었으니까요." 그가 미소를 지으며 불쑥 말했다. "지금까지는 그랬어요."

그레이스는 갑작스러운 말에 놀라서 고개를 반대쪽으로 돌렸다. 물론 마크가 호감을 보이는 건 그녀도 느끼고 있었다. 두 사람이 하룻밤을 보낸 뒤로, 아니 톰에 대한 연대감을 공유한 뒤로 두 사람 사이에 묘한 기류가 피어오르는 것도 사실이었다. 하지만 그레이스와 마크가 연인으로 발전할 가능성은 매우 희박했다.

안 될 것도 없잖아. 그녀는 궁금했다. 남편을 잃고 1년 정도 혼자 지냈으면 이제 다른 남자랑 데이트해도 되지 않을까. 톰 역시 그녀가 자기를 잊고 행복해지기를 바랄 것이다. 적어도 그레이스가 느끼기엔 그럴 것 같았다. 워낙 젊은 나이에 갑작스럽게 세상을 떠난 터라 이런 일을 이야기할 기회조차 없었다. 그리고 톰이 바라던 인생은 바로 마크가 살아가는 세상이었다. 아니, 지금까지 그녀를 지탱해 준 건 톰과의 추억이 아니었다. 오직 자신을 의지하며 뉴욕 안에 커다란 요새처럼 자기만의 세상을 쌓아 올리고 지낸 덕분이었다. 아직은 그 요새 안에 다른 사람을 들일 준비가 되지 않았다.

"당신은요? 전쟁 중에는 뭘 했어요?" 그가 물었다.

그레이스는 훨씬 여유로운 표정을 지으며 냅킨으로 입가를 닦았다. "부모님이 있는 웨스트포트에서 우편물 검열관으로 일했어요. 톰이 전쟁터에 있는 동안 뭔가 집중해서 바쁘게 움직일 일이 필요했거든요. 톰이 돌아오면 보스턴에 신혼집을 꾸미기로 했어요." 당시의 꿈들이 별생각 없이 구겨서 바닥에 던지는 휴지조각처럼 너무나 멀게 느껴졌다. 그레이스는 목청을 가다듬었다.

"그리고 지금은 뉴욕에 살고 있고요."

"맞아요." 그녀는 뉴욕 같은 대도시가 자신과 어울릴 거라고는 상상조차 해 본 적이 없었다.

"부모님이 걱정하지 않으세요?"

"뉴욕에 있는지 모르세요." 그레이스가 솔직하게 말했다. "친구 마르시아의 별장이 있는 햄프턴에서 지내며 마음의 안정을 찾아가는 줄 아세요." 그거야말로 착한 미망인이 해야 할 적절한 행동이었고, 그레이스는 언제나 부모님의 착한 딸이었다.

"도망친 건가요?"

"네." 그렇다고 해서 큰 잘못을 했다는 생각은 들지 않았다. 부모님의 보살핌이 필요한 어린아이가 아니라 그저 남편이 없는 성인 아닌가. 그냥 가방을 챙겨서 떠난 것뿐이었다. "고향에 돌아가고 싶지 않아요."

"집에서 지내기가 많이 힘든가요?"

"그건 아니에요." 사실이었다. 가족들은 진심으로 잘 대해 주었다. "그냥 내가 있을 곳이 아니라는 생각이 들어서요. 내가 진짜 원하는 삶이 무엇인지 생각할 겨를도 없이 톰과 결혼해서 부모님 곁을 떠났거든요." 톰이 세상을 떠나고 나서야, 물론 죄책감이 들기는 했지만, 비로소 새롭게 시작할 수 있다고 생각했다.

순간 온갖 감정이 밀려들었다. "좀 피곤하네요. 가서 쉬어야겠어요." 그레이스는 자리에서 일어나 복도를 가로질러 조금 전 마크가 알려 준 손님방을 향해 걸음을 옮겼다.

방문을 걸어 잠그고 바스락거리는 시원한 시트를 깔아 놓은 낯선 침대에 옷도 벗지 않은 채 누웠다. 거리를 지나는 자동차의 헤드라이트 불빛이 침실 천장에 기묘한 형태를 만들며 춤을 추었다. 마크가 샤워하는지 저만치서 물소리가 들렸다. 마크가 침대에 누울 때는 삐걱대는 소리가 들렸다.

그레이스는 눈을 감고 쉬려고 했다. 어딘가에서 엘레노어와 사진의 소녀들이 무언가 말하고 싶어 그녀를 부르는 것 같았다. 배신자. 애니는 그렇게 말했다. 누군가 소녀들을 독일군에게 팔아넘긴 거라고. 물론 함께 작전을 수행한 동료 요원일 가능성도 있었다. 하지만 당시 파리에서 활동하던 베스퍼 팀이나 근처에서 활동하던 팀의 요원들만 붙잡힌 게 아니었다. 사진의 소녀들은 프랑스 곳곳에 퍼져 있었다. 그 소녀들의 정보를 자세히 알고 있었다면 매우 높은 직책이거나 그들을 담당하는 사람이어야 했다.

그레이스는 깜짝 놀라서 벌떡 일어나 방문을 열고 달려 나갔다. 누군가 자신을 조종하는 기분이었다. 잠시 후 정신을 차려 보니 마크의 침실이 있는 복도 끝에 덩그러니 서 있었다. 그레이스는 방문을 두드렸다. 그냥 돌아가. 순간 마음속에서 겁에 질린 목소리가 들렸다. 하지만 너무 늦었다. 마크가 문을 열고 셔츠를 풀어헤친 채 그녀 앞에 서 있었다.

"무슨 일 있어요? 혹시 문제라도 생긴 건가요?"

"엘레노어예요." 그레이스가 앞뒤를 자르고 불쑥 말했다. "지금까지는 엘레노어가 소녀들의 실종 사건을 알아보러 다녔을 거라고 단정했잖아요. 만약 그녀가 애초부터 진실을 알고 있었다면 어땠을까요?" 그레이스는 숨을 깊이 내쉬었다. "혹은 엘레노어 자신이 바로 그 배신자라면 어땠을까요?"

마크는 그녀의 말을 곱씹으며 잠시 망설이다 입을 열었다. "잠깐 들어올래요?"

그레이스가 고개를 끄덕였다.

마크의 침실은 난장판이었다. 소파에는 옷가지가 걸려 있고 옷장에는 옷이 산처럼 쌓여 있었다. 그는 그레이스가 앉을 수 있도록 조그만 의자를 내주고는 서류 가방을 그 앞에 있는 테이블 겸 의자 위로 치웠다.

"그러니까 당신 말은 엘레노어가 소녀들을 배신한 장본인이라는 건가요?" 마크는 그녀가 의자에 앉자 되물었다.

"확실하진 않아요. 만약 엘레노어 본인이 배신자였다면 진실을 파헤치려 하기보다는 은폐하려고 했을 거예요."

"그거 역시 이론일 뿐이죠. 애니라는 사람은 엘레노어가 비밀스러운 과거를 가진 데다 특별히 가까이 지내는 친구도 없었다고 했다면서요. 동유럽에서 영국으로 건너온 이민자였고. 만약 엘레노어가 독일군을 위해 일한 첩자였다면요?"

그레이스는 심장이 요동쳤다. 엘레노어가 배신자였다고 생각하는 건 정말 싫지만, 전혀 말이 안 되는 것도 아니었다. "정말 상상조차 하기 힘든 일이에요. 엘레노어가 애초에 반역자였고 일부러 특수작전국으로 보내진 거라면요? 독일군에게 정보를 주기 위해 어린 요원들을 체스판의 말처럼 조종했단 뜻이잖아요. 그들을 지키려고 한 게 아니라 죽음으로 내몬 거라고요." 그레이스는 흩어진 조각들을 끼워 맞추며 잠시 멈췄다. "그런데 애니 말로는 엘레노어가 언니를 만나러 와서 이런저런 질문을 했다고 했어요. 소녀들을 배신한 사람이라면 이제 와서 굳이 누굴 찾아다닐 이유가 있을까요?"

"누가 알겠어요? 어쩌면 그 누구도 자신을 의심할 수 없도록 만들려는 거였는지도 모르죠." 순간 겉으로 보이는 게 실제와 다를 수 있다는 걸 깨달았다. 엘레노어의 죽음 자체도 단순한 자동차 사고가 아닌 미스터리일 수도. 혹시 자기가 한 일에 죄책감을 느끼고 그 죗값을 치르기 위해 스스로 나선 거라면?

"엘레노어가 소녀들을 배신했다는 건 도저히 믿기지 않네요." 하지만 엘레노어는 이방인인 만큼 뭐든 가능성이 있었다. "오늘 밤은 더 이상 그 문제에 대해 생각하고 싶지 않아요. 이만 가 볼게요." 그레이스는 힘 빠진 목소리로 말했다. 하지만 자리에서 일어나지 않고 그대로 앉아 있었다.

마크의 얼굴에 이해한다는 표정이 스쳐 갔다. "때로는." 그가 입을 열었다. "그냥 누군가 옆에 있어 줬으면 싶을 때도 있는 거 잖아요." 그리고 자리에서 일어나 그녀 쪽으로 가까이 다가가 앉았다. 그레이스는 그가 입을 맞출 거라고 확신하면서 두 눈을 감았다. 사실 그와 입을 맞추고 싶었다. 하지만 마크는 입을 맞추지 않았다. 대신 엄지손가락 끝을 그레이스의 광대뼈에 대고서 자신도 모르는 사이 뺨으로 흘러내리는 눈물을 닦아 주었다.

잠시 후 그는 자리에서 일어나 옷장 쪽으로 걸어갔다. 그리고 플란넬 셔츠를 건넸다. 그레이스는 옷을 갈아입으러 욕실로 향하면서 세탁 세제의 상큼한 향기 사이로 느껴지는 마크의 체취를 맡았다.

자기 몸의 두 배는 되는 큼직한 플란넬 셔츠로 갈아입고 욕실에서 나와 보니, 마크는 의자에 씌운 천을 정돈하고 테이블 겸 의자를 치우느라 분주해 보였다. 그레이스는 자기를 거기에 재우려는 모양이라고 생각했다. 하지만 의자에 누운 건 그레이스가 아니라 마크 자신이었다. 비좁은 의자에 자기 몸뚱이를 욱여넣은 것이다.

"당신 침대를 차지할 수는 없어요." 그레이스가 거절했다.

"부탁이에요. 난 어디서든 잘 자요." 그레이스는 침대 가장자리에 걸터앉았고 예기치 않게 부적절한 상황에 맞닥뜨리자 어찌할 줄을 몰라 했다. 마크와 함께 침대에 누웠으면 하는 마음도 약간은 있었다.

그레이스는 침대 머리에 등을 기댔다. "전쟁이 터지기 전에 내 인생이 어땠는지 물었잖아요……. 나는 톰을 사랑했어요." 생전에 남편의 가장 친한 친구였던 남자의 침실에서 남편에 관한 이야기를 꺼내려니 뭔가 이상한 기분이었다. 하지만 지금이라도 설명을 해야 할 것 같았다. "지금도 그 마음은 똑같아요. 그런데 결혼을 하고 교외에서 살아가는 삶에 익숙해지기 힘들었던 것 같아요."

"이해해요." 마크가 대답했다. "예일대학 다닐 때 나도 그랬으니까." 그레이스는 내심 놀랐다. 마크는 언제나 다른 친구들과 잘 어울리는 사람이라고 생각했는데. "장학금을 받지 않았다면 예일대학에 다닐 수 없었을 거예요. 물론 톰이 그런 이야기까지는 하지 않았겠죠." 그레이스가 고개를 끄덕였다. "굳이 그런 이야기까지 할 필요가 없었겠죠. 나는 항상 일했어요. 식당에서 테이블을

닭는 등 돈을 벌기 위해 뭐든 닥치는 대로 하면서 근근이 살았죠. 톰은 전혀 개의치 않았지만 개중에는 내가 자기네하고 어울리지 않는다고 생각하는 친구들도 있었어요. 결국 그런 건 큰 문제가 되지 않았죠. 나 스스로 원하는 걸 이뤘으니까." 마크는 손으로 방 안을 가리켰다. "어차피 똑같은 학위를 받았잖아요. 하지만 당시 내가 느낀 기분은 죽어도 잊지 못할 거예요."

그레이스가 고개를 저었다. "그냥 힘든 것 이상이었어요. 톰이 장교 교육을 마치고 졸업식이 열리는 조지아로 와서 배를 타고 떠나기 전에 며칠 동안 함께 시간을 보내자고 하더군요. 그런데 가지 않았어요. 일 때문에 웨스트포트에 있어야 한다고 핑계를 댔죠. 사실은 거기까지 가야 한다는 게 엄두가 나지 않았어요. 게다가 다른 장교들과 그 아내들까지 모두 함께 어울려야 한다는 게, 그런 부부 동반 모임에 참석해야 한다는 게 결혼생활에서 가장 이해되지 않는 점이었고요. 내가 조지아로 못 간다고 했더니 톰이 떠나기 전에 뉴욕으로 온다고 했죠. 그래서 그 차에 탄 거고. 그 차를 탔기 때문에 사고로 죽고 말았죠." 톰을 만나러 조지아로 가지 않은 것이 그녀의 인생에서 가장 큰 실수가 되고 말았다.

마크는 그녀에게 다가앉아 한쪽 팔을 어깨에 둘렀다. "그레이시, 당신도 그런 사고가 생길 줄 몰랐잖아요. 그걸 누가 예상했겠어요." 두 사람은 아무 말 없이 몇 분간 그렇게 앉아 있었다. 마침내 마크는 그레이스와 나란히 침대에 누웠다. 서로를 어루만지거나 하지는 않았다. 다만 마크가 여자의 손을 꼭 움켜쥐고 있었다.

두 사람은 아무 말도 하지 않았다. 그렇게 몇 분이 지나고 침대 옆 탁자에서 조용히 째깍거리며 움직이는 시계 소리에 눈을 떴다. 그레이스는 옆에 누운 마크를 바라보았다. 그는 두 다리를 침대 가장자리에 걸친 채 몇 센티미터 거리에 누워 있었다. 숨소리가 점점 길어지면서 규칙적으로 변하는 걸 보니 아무래도 곤히 잠든 모양이었다. 순간 가슴에서 열망이 끓어올랐다. 지금이라도 잠든 마크를 깨우고 손을 뻗어서 그를 쓰다듬고 싶은 심정이었다.

그러다가 순간 멈칫했다. 그날 밤 뉴욕에서 있었던 일만 해도 충분하지 않은가……. 하지만 이 열망, 이 감정은 그때와 전혀 달랐다. 이쯤에서 멈춰야 했다.

그레이스는 죄책감과 의구심에 견딜 수 없이 괴로웠다. 대체 여기서 뭘 하는 걸까? 엘레노어와 사라진 소녀들을 위해 무엇을 할 수 있을지 알아보려고 여기까지 왔고, 이제 그 해답을 찾지 않았는가. 더는 여기서 얻을 게 없었다. 굳이 더 머무를 필요도 없었다. 이제 뉴욕으로 돌아가서 프랭키와 함께 일하며 자신을 기다리는 새로운 삶을 개척해 나가야 할 시간이 됐다.

그레이스는 조용히 일어나 침대를 벗어났다. 그러면 안 되는 걸 알면서도 마크에게 다가갔다. 그녀의 손이 그의 목덜미 근처를 맴돌았다. 인기척을 느낀 건지 마크가 잠결에 몸을 움직였다. 그레이스는 당장 그를 깨우고 싶은 감정을 다시 한번 억눌러야 했다. 안 돼. 이제는 정말 떠나야 했다.

마크가 준 플란넬 셔츠를 입은 상태로 바닥에 흩어진 옷가지를 주워서 살금살금 침실 밖으로 나갔다. 욕조에서 옷을 갈아입고 서재로 가서 택시를 부를 참이었다. 지갑은 방 안에 있고 문서 보관실에서 가져온 서류는 지갑 아래 놓여 있었다. 서류를 돌려주려면 이곳에 그대로 두고 가야 했다. 하지만 그녀는 다시 서류를 들고 펼쳐 보았다. 펜타곤에서 돌아오는 택시에서 마크와 함께 살펴본 부서 간 전달 메시지가 적힌 서류와 같은 내용이었다. 그런데 아까와는 다른 새로운 눈으로 읽을 수 있었다. 혹시 그 서류에서 엘레노어가 소녀들을 배신했다는 증거를 찾을 수 있지 않을까?

서류에는 작전 지역에서 도착한 전문이 적혀 있었다. *협조 감사. 보내 준 군수품은 잘 사용하겠음. SD.* 그레이스는 순간 가슴이 쪼그라드는 기분이 들었다. SD는 독일군 특수사령부, 즉 나치를 의미하지 않는가. 그 메시지만으로도 영국이 보낸 특수요원의 무선통신기가 놈들 손에 들어가서 정보가 새어 나갔다는 사실을 분명히 확신할 수 있었다. 독일군들은 멍청하고 뻔뻔스럽게도 자기 존재를 런던 본부에 그대로 드러내고 만 것이다.

뒤에 서류가 한 장 더 있는데, '*메시지 진위 여부 증명 불가*'라고 적힌 종이는 엘레노어 트리그가 발송한 거였다. *계속 무선 통신을 시도할 것.* 서류가 작성된 날짜는 1944년 5월 8일, 그러니까 대대적인 요원 체포 작업이 시작되기 직전이었다.

무선통신기가 독일군 손에 들어간 걸 알고도 자칫 소녀들이 붙잡힐 수도 있는 중차대한 정보를 계속해서 프랑스에 보냈다는 사실을 그대로 확인해 주는 서류가 바로 여기 남아 있었다. 그레이스는 서류를 뚫어져라 쳐다보았다. 엘레노어 트리그의 자필 서명이 적힌 것처럼 이 서류 자체가 그녀의 죄를 자백하는 내용이었다.

"그럴 리가……." 그레이스는 나지막이 속삭였다.

마크는 엘레노어가 소녀들을 배반했다는 건 불가능하다고 말하듯 잠결에 몸을 뒤척거렸다. 마침내 인정하지 않을 수 없는 진실이 그녀의 눈앞에 놓여 있었고, 그건 정말로 가슴 아픈 진실이었다.

그레이스는 마크를 깨워서 엘레노어에 대해 알아낸 사실을 말해야 하나 고민했다. 하지만 굳이 그래야 할 이유가 없었다. 조금 전 마크가 추측한 대로 엘레노어가 소녀들을 배신했다는 시나리오가 이제야 사실로 밝혀진 것 아닌가. 그제야 워싱턴에 오지 말았어야 한다는 생각이 들면서, 이대로 모든 일을 덮어 버리고 추악한 진실을 밝혀내지 못한 걸로 하고 싶었다. 그레이스는 모든 일의 진실을 깨닫고 어찌할 줄을 몰라 하다가 마침내 서류 봉투를 겨드랑이에 끼웠다.

그리고 뒤도 돌아보지 않고 침실을 나섰다.

# 21
# 마리

*1944년, 프랑스*

마리는 순순히 체포에 응했다.

갈비뼈에 총구가 닿은 상태로 다락방 복도에 서 있는데, 훈련 중에 배운 내용이 머릿속을 스치고 지나갔다. 저항하고 싸우고 도망쳐라. 하지만 맨손으로 싸우는 기술에 능숙하지도 않을뿐더러 그나마 조시에게 배운 거라고는 사타구니를 걷어차고 손톱으로 얼굴을 할퀴는 게 고작이었다. 게다가 클라우드가 아직 옆에 서 있는 터라 혹시라도 실랑이를 벌이는 중에 아이가 다칠까 봐 감히 덤빌 수가 없었다. 결국 마리는 별다른 마찰 없이 적군을 따라갔다.

그들은 마리가 상상한 경찰차도 왜건도 아닌 가죽 시트가 있는 검은색 르노 자동차에 마리를 태우고 파리로 향했다. 둘 중 하나는 마리와 함께 뒷좌석에 앉더니 팔을 뻗어서 딸깍하는 불길한 소리와 함께 뒷문을 단단히 잠갔다. 차를 타고 16구를 따라서 이동하는 중에 마리는 거리를 오가는 시민들을 향해 구조 신호를 외치고 싶은 충동을 억지로 참아야 했다. 유모차를 끌고 가는 여자들과 직장으로 향하는 남자들은 독일군에게 체포되어 차를 타고 끌려가는 마리의 존재도 모른 채 한가로이 거리를 걷고 있었다. 마리는 지금 끌려가는 곳이 교도소일 거라고 확신하며 어떻게든 그곳에서 탈출할 요량으로 차량이 이동하는 동선을 똑똑히 기억해 놓았다.

그런데 자동차가 포시거리의 거대하고 우아한 타운하우스 앞에 멈춰 서는 게 아닌가. 안으로 들어가 청동 가구며 꽃무늬 카펫과 잘 어울리는 붉은색 커튼을 보니 한때 부유한 사람이 살던 집임을 한눈에 알아볼 수 있었다. 영국의 노그비하우스를 독일식으로 옮긴 셈이군. 전령들이 이 방 저 방 옮겨 다니고 반쯤 닫은 문 너머로 평상복 차림의 두 남자가 이야기하는 모습을 보고 생각했다.

조금 전까지 뒷좌석에 함께 타고 온 경찰은 마리의 팔꿈치를 단단히 붙잡은 채 계단을 한 층 올라가더니 또다시 한 층을 더 올라갔다. 맨 위층에 도착해 문을 열자 천장이 비스듬히 내려오고 구석에는 책이 가득한 책장이 있고 군대식 야전 침대 여섯 개가 놓인 기숙사 같은 방이 나왔다. 빛은 바랬지만 앙증맞은 노란 오리를 잔뜩 그려 넣은 벽지를 보니 한때 아기방이나 놀이방으로 쓰던 곳임을 짐작할 수 있었다. 이제 경찰은 최소한의 예의조차 거둬 버리고 그녀를 가차 없이 방구석에 처넣었다. 마리는 예기치 못한 무례한 대접에 균형을 잃고 비틀거리다 야전 침대 프레임에 정강이를 부딪히고 말았다. 욱신거리는 다리를 문지르면서 시큼한 땀 냄새와 쓰레기 냄새가 풍기는 방 안을 둘러보았다. 마리처럼 독일군에게 붙잡혀 포로가 된 이들이 머물던 방인 듯했다. 대체 누구였을까?

경찰은 문을 쾅 닫더니 그녀만 두고 나가 버렸다. 마리는 도망칠 구멍이 있나 싶어 방 안 구석구석을 살폈다. 문은 굳게 잠겨 있었다. 냉큼 창가로 가서 창문을 올려다보았다. 창문틀에 못을 박고 페인트칠까지 한 걸 보니 벌써 몇 년 전에 단단히 막아 둔 게 분명했다. 혹시나 싶어 이리저리 살펴보았지만 도저히 빠져나갈 구멍이 보이지 않았다. 마리는 다시 창문 쪽으로 가서 민간인이 사는 차도 건너편 주택가를 두리번거렸다. 어느 집 앞에 노부부가 서 있는 모습이 보이자 그들의 시선이라도 끌어 봐야겠다는 생각이 들었다. 이 집에 사람이 갇혀 있다는 사실을 저들도 알고 있을까? 알더라도 개의치 않을 것이다. 다른 창문 너머로 젊은 여자가 보이는데, 옷을 정갈하게 맞춰 입고 긴 식탁에 저녁을 차리는 것으로 보아 프랑스어를 배우며 일하는 가사도우미 같았다. 순간 살아서 다시 딸을 볼 수 있을까 싶기도 하고, 어쩌다 여기까지 끌려온 건가 싶어 목구멍이 턱 막히는 기분이었다.

어디선가 남자들의 목소리가 들려 왔고, 마리의 머릿속에 떠오르는 생각들도 사라져 버렸다. 그녀는 무릎을 꿇고 벽에 붙은 히터에 한쪽 귀를 바짝 대고서 파이프관을 통해 들리는 목소리에 집중했다. 독일식 억양의 남자 목소리가 무언가 질문하고 있었다. 강제로. 대답하는 목소리는 낮은 저음이었다. 영어 같았다. 어딘지 귀에 익은 목소리였다.

마리는 요동치는 심장박동을 최대한 가라앉혀 보려고 애썼다. 독일식 억양의 목소리가 들리고 다시 영어 대답이 돌아왔다. 두 사람이 나누는 대화는 흡사 탁구 시합을 연상케 했는데, 독일 남자가 질문하면 영어로 무조건 아니라고 말하는 방식이었다. 곧이어 몇 초간 침묵이 이어지더니 쿵 하는 둔탁한 소리가 들렸다. 마리는 애써 숨을 참으면서 다시 영어를 사용하는 남자의 목소리가 들리기를 기다렸다. 곧이어 들리는 남자 목소리는 흐느낌에 가까울 정도로 절박하고 찢어지는 소리였다.

독일군이 그 남자에게 무슨 짓을 했을까 상상하면서, 자신에게도 똑같은 운명이 기다리는 건 아닐까 싶어 서서히 공포심이 커지기 시작했다. 겁이 나서 죽을 것 같았다. 잽싸게 방문 쪽으로 가서 어떻게든 탈출해 보려고 문손잡이를 돌려 봤지만, 이번에도 단단히 잠겨 있었다. 다시 한번 창문 쪽으로 달려갔다. 그제야 자신이 처한 상황을 정확히 인지할 수 있었다. 마리는 신원이 탄로 나서 나치 본부에 붙잡힌 신세였다. 놈들은 그녀의 개인 신상은 물론 특수작전국에서 온 무선통신원이라는 사실을 알 테고, 어쩌면 다리에 폭탄을 설치한 것도 그녀라는 사실까지 꿰뚫고 있을지 모른다. 특수작전국이나 파리 혹은 런던에서는 그녀가 여기 붙잡혀 왔다는 사실을 전혀 모를 테니 도움을 요청하기란 불가능했다. 훈련소에서 귀동냥으로 들은 나치군의 고문과 심문에 관한 이야기가 머릿속을 가득 채웠다. 아래층에 있는 남자가 지금 어떤 끔찍한 운명에 고통당하는지 알 수 없지만, 다음 차례는 바로 마리가 될 것이다. 그녀는 여기서 살아 돌아갈 수 없을 테고, 테스도 다시 만날 수 없을 것이다.

순간 방문이 벌컥 열렸고, 마리는 문에 부딪히지 않으려고 깜짝 놀라 뒤로 물러섰다. 이번에는 프랑스 경찰이 아닌 독일군이 복도에 서 있었다. "마리 루." 그는 놀리듯 그녀의 이름을 불렀다. 마리는 온몸의 피가 얼어붙는 느낌이었다.

독일군은 그녀를 데리고 한 계단 아래로 내려갔다. 그리고 방 문을 열더니 먼저 들어가라는 듯 뒤로 물러섰다. 마리는 방에 들어가자마자 헉하고 비명을 질렀다.

손발을 포박당한 채 방 한가운데 의자에 앉은 사람이 바로 줄리언이었다.

마리는 그제야 줄리언이 약속을 어기고 돌아오지 못한 이유를 알았다. 독일군이 먼저 그를 체포한 것이다.

"5분 주겠다." 독일군은 줄리언의 손을 묶은 줄을 풀어 준 뒤 방 문을 쾅 닫고 나가 버렸다.

"베스퍼." 마리는 감히 그의 본명을 입 밖에 꺼낼 수 없었다. 대체 그에게 무슨 짓을 한 건가? 얼마나 얻어맞았는지, 얼굴을 알아보기도 힘들 만큼 엉망진창으로 짓이겨져 있었다. 뺨에는 깊숙이 벤 상처가 나고 왼쪽 눈은 퉁퉁 부어서 제대로 뜨지도 못했다. 코뼈 역시 완전히 짓이겨져 비스듬하게 눌린 상태였다. 하지만 그녀는 줄리언을 찾아내고야 말았다. 마리는 즐거움과 안도 그리고 공포심을 동시에 느끼며 그를 향해 달려갔다. 두 팔을 뻗어서 의자가 기우뚱거릴 정도로 그를 강하게 끌어안았다.

줄리언은 두 팔을 제대로 움직일 수 없어 그녀 쪽으로 고개를 기울이는 데 그쳤다. "어디 다친 데 없어? 설마 놈들이 당신한테 손을 댄 건 아니겠지?"

"난 괜찮아요." 마리는 이렇게나 엉망이 됐는데도 자신을 걱정하는 줄리언에게 죄책감을 느끼며 안심시켰다.

"다리는?" 그가 속삭였다. "성공했겠지?"

그녀는 고개를 끄덕였다. "폭파했어요."

줄리언이 의자에 등을 기댔다. "하느님, 감사합니다. 언제 어떻게 다리를 폭파할 계획인지 내 입에서 들으려고 어찌나 들들 볶아 대던지. 최대한 입을 닫고 버텼지만 언제까지 버텨야 할지 몰라서." 온통 찢긴 상처와 멍투성이 얼굴. 그의 희생으로 이번 임무를 성공리에 수행할 수 있었다.

"이번 작전은 수월하게 진행됐어요. 내가 직접 기폭 장치를 설치했죠." 그녀의 목소리에서 어딘지 모를 자신감이 배어 나왔다.

"뭘 했다고?" 놀라움 그리고 분노가 흠씬 두들겨 맞은 그의 얼굴 위로 퍼졌다. "뭘, 제기랄 자식! 그놈한테 맡기고 가는 게 아닌데!"

"다른 방법이 없었어요." 마리가 대답했다. "조시가 실종됐어요. 아무 소식도 없고요." 마리의 눈에 눈물이 그렁그렁 맺혔다. 이제 마리와 줄리언까지 체포되었는데, 이런 상황에서 조시가 탈출할 희망을 기대해 볼 수 있을까?

"윌은?" 줄리언이 물었다. 마리는 그의 눈빛에서 사촌을 걱정하는 마음을 감지할 수 있었다.

"괜찮아요. 적어도 마지막으로 만났을 때까지는 멀쩡했어요. 런던에 가서 당신이 프랑스로 돌아오지 않았다고 보고한댔어요. 내일 나를 태우러 돌아오기로 약속했어요." 물론 이제는 그와 만날 수 없어져 버렸지만. "처음부터 같이 런던으로 가자고 했는데 내가 거절했어요."

"당신만 두고 떠나면 안 되는 거였어."

"윌이 시켜서 그런 게 아니라 내가 고집을 피웠어요."

"왜?"

마리가 머뭇거렸다. "당신을 찾고 싶어서요." 두 사람의 눈이 마주쳤다. 아마도 마지막 순간이 될 이 자리에서 더는 서로의 감정을 숨길 이유가 없었다. 그는 다시 한번 그녀를 향해 몸을 기울였고, 의자에 몸이 묶인 상태라 더 이상 옴짝달싹할 수가 없었다. 그녀도 줄리언을 향해 몸을 기울였고, 서로의 입술이 조용히 맞닿았다. 행여 그의 터진 입술이 아플세라 최대한 부드럽게 입술을 훔쳤지만, 줄리언은 아픔 같은 건 아랑곳하지 않고 더 강하게 그녀를 향해 입을 맞추었다.

잠시 후 마리가 몸을 뒤로 뺐다. "어쩌다 붙잡힌 거예요?"

"착륙 지점에서 기다리고 있었어. 정확한 도착 시간과 장소를 알고 있었나 봐. 그런데 왜 갑자기 착륙 장소를 변경한 거야?"

"우리가 바꾼 게 아니에요." 마리가 놀라서 대답했다. "우리도 런던에서 착륙 지점이 변경됐다는 연락을……."

줄리언이 고개를 저었다. "런던 본부에서 그러는데, 프랑스에서 착륙 지점을 바꾸자고 했대."

순간 두 사람 사이에 깨달음이 스치고 지나갔다. 독일군이 그들의 무선통신기를 가로챈 것이다. "그런 거라면 우리 정보를 미리 알고 있는 게 설명되는군. 나에 대한 정보뿐만이 아니야. 모든 걸 꿰뚫고 있어, 마리. 개개인의 신상 정보는 물론이고 모든 기록까지." 그의 눈빛에 새로운 깨달음의 빛이 퍼졌다. "안 그래도 엘레노어라는 여자가 걱정했어. 무선통신기가 놈들 손에 들어갔을 가능성이 있으니 항상 조심하라는 말을 전해 달라고 했거든. 뭐, 이미 늦어 버렸지만."

순간 마리는 머릿속이 요동쳤다. "하지만 모든 정보를 알고 있다면서 굳이 나를 여기까지 잡아 온 이유가 뭘까요?"

"당신을 데려온 건······." 줄리언이 말을 끝맺기도 전에 복도에서 요란한 발소리가 들렸다. 쿵쿵 소리가 들리고 곧바로 자물쇠 돌아가는 소리가 들렸다. 제복을 입은 남자 둘이 들어왔다. 방금 그녀를 아래층으로 데려온 조금 더 앳된 남자가 줄리언의 다리를 묶은 밧줄을 풀더니 그를 방에서 데리고 나갔다. 마리는 당장이라도 울부짖고 싶었지만, 훈련 중에 배운 내용을 떠올리며 억지로 참았다. 그리고 처음 보는 낯선 남자 쪽으로 고개를 돌렸다. 아까 그 남자보다 조금 더 나이 들어 보였으며 동그란 안경을 쓰고 있었다. 마리는 가슴에 주렁주렁 매단 훈장들을 보며 그렇게 많이 받으려면 대체 뭘 해야 하는 건지 궁금해졌다.

"나로 말할 것 같으면 나치 친위보안대장 한스 크뤼거다." 그가 잔혹하기로 둘째가라면 서러운 나치친위대의 수장이라는 사실을 깨닫자 마리는 공포가 극에 달했다. "뭐 마실 거라도?"

됐으니까 풀어 주기나 해. 그냥 죽이든가. "그럼 차 한 잔 주겠어요?" 마리는 자신의 대담한 목소리에 내심 놀라며 가까스로 입을 뗐다. 그리고 고개를 들어 그의 얼굴을 똑바로 바라보았다.

그가 멈칫하더니 자리에서 일어나 문으로 걸어가서 문을 활짝 열었다. "차 한 잔 가져와." 반대쪽에 서 있는 누군가에게 명령했다. 그리고 문 앞에 서서 기다렸다. 마리의 시선이 재빨리 방 안을 훑었다. 차를 가져오려면 조금 시간이 걸릴 것이다. 하지만 아무리 봐도 도망칠 구멍이 보이지 않았다.

잠시 후 크뤼거가 찻잔을 들고 돌아왔다. 마리는 잔을 받아 들었지만 마시지는 않았다. "자, 이제 시작해 보지." 그는 마리를 보며 사무실 뒤쪽에 있는 조그만 방으로 따라오라고 손짓했다.

마리는 내키지 않는 걸음으로 따라 들어갔고, 순간 심장이 덜컹 내려앉았다. 테이블에 자신의 무선통신기가 덩그러니 놓여 있는 게 아닌가.

하지만 조금 더 가까이에서 보니, 조금 전 다락방에서 압수당한 무선통신기하곤 뭔가 다르다는 걸 알아챌 수 있었다. 겉면에 적은 표시가 조금 달라 보였다. 대체 누구 건지, 언제부터 놈들의 손에 들어온 건지 궁금해졌다. 그러니까 놈들은 프랑스에 있는 비밀요원 행세를 해 왔고 런던 본부에서도 눈치채지 못했다. 그제야 비밀요원 행세를 하며 가장 중요한 정보를 빼돌린 방법이 뭐였는지 이해됐다. 비밀요원의 생명줄인 무선통신기가 결국 이번 작전의 패인이 되고 만 것이다.

"이미 통신기가 있는데 대체 나를 왜 데려온 거죠?" 마리가 물었다.

"런던에 직접 메시지를 보내 줬으면 해." 마리는 메시지 전송 과정에서 뭔가 문제가 있었음을 깨달았다. 놈들은 그녀를 통해 발신자 정보를 확인하는 과정을 거치고 싶었던 것이다. 줄리언은 이 부분에서 무용지물이었을 테니까. 그제야 독일군이 자신을 체포한 이유를 깨달았다. 독일군이 시키는 대로 하면 목숨은 부지할 수 있을 것이다. 어쩌면 줄리언의 목숨까지도. 하지만 거절한다면 런던 본부에서도 뭔가 잘못됐음을 알아챌 것이다. 모두를 위해 이 말도 안 되는 거짓 놀음을 중단시켜야만 했다.

저 하늘 위에서 부디 강해져야 한다고, 더 나쁜 일이 생기지 않게 해 달라고 간청하는 조시의 모습이 눈앞에 아른거리는 것 같았다. 평상시보다 더 나은 모습을 보여 주길 기대하는 엘레노어의 모습도. "싫어요." 마리는 큰 소리로 말했다. 절대 그럴 수는 없었다.

크뤼거는 책상을 빙 돌아서 그녀 앞에 섰다. 아무 말도 하지 않고 그녀의 뺨을 강하게 휘갈겼다. 어찌나 힘이 센지 의자에서 굴러떨어질 정도였다. 마리는 그대로 쓰러져서 데굴데굴 구르다가 머리를 바닥에 부딪혔다. 그 바람에 찻잔이 날카롭게 깨지면서 뜨거운 커피와 도자기 파편이 사방으로 흩어졌다.

하지만 크뤼거는 오늘처럼 누군가에게 두들겨 맞은 일이 그녀의 삶에서 처음이 아니라는 사실을 모르고 있었다. 마리의 아버지는 술만 마시면 딸을 흠씬 두들겨 패는 사람이었다. 술에 취해 화가 나서 돌아오면 마리든 엄마든 가까이 있는 사람이 아버지의 화풀이 대상이 되어야만 했다. 주먹으로 때리고 발로 걷어차다가 한번은 머리를 벽에 짓이긴 적도 있었다. 마리는 아버지의 분노로부터 도망쳤고, 결국 그의 손에 굴복하지 않았다. 이번에도 순순히 크뤼거가 자신을 짓밟도록 놔두지 않을 것이다.

포시거리의 나치 사무실 바닥에 쓰러진 마리는 아버지의 탈을 쓴 괴물이 머리 위에 버티고 있는 모습을 보며 가슴속 무언가가 단단해지는 걸 느꼈다. 크뤼거는 결국 그녀를 죽일 것이다. 마리는 절대로 입을 열지 않을 테니까.

순간 한스 크뤼거가 예상치 못한 정중함을 보이며 그녀를 바닥에서 끌어 올려 의자에 앉혔다. 입술이 찢긴 부위에서 따뜻하고 몽글몽글한 핏방울이 배어 나왔다.

한스 크뤼거 친위대장이 손에 든 명단을 건넸다. 고개를 돌려 외면했지만 억지로 들이미는 바람에 얼굴이 긁혀 버렸다. 결국 마리는 더 이상 버틸 수가 없었다. 그 명단에는 최근 비밀요원들의 활동 정황뿐 아니라 근처 지역에서 활동하는 요원들의 명단과 위장 신분 그리고 실제 이름까지 조목조목 적혀 있었다. 프랑스 내 연락처와 이름은 물론이고 주소지까지. 안전가옥의 위치와 군수품 보관 창고, 모든 물자가 보관된 곳도 포함돼 있었다.

마리는 멍하니 종이를 쳐다보았다. 누군가 모든 정보를 발설한 것이다. 조금 전 줄리언에게 들은 대로였다. 하지만 배신자가 누설한 정보의 규모를 두 눈으로 확인하자 엄청난 충격을 받지 않을 수 없었다. 우리 중 누가 이 정도로 엄청난 배신 행위를 할 수 있었단 말인가?

"필요한 정보는 모두 가지고 있다." 크뤼거 대장이 우쭐해하며 말했다.

"그런 모양이네요." 마리는 턱을 치켜들고 사뭇 도전적인 말투로 대답했다. "그럼 내가 필요 없겠는데요."

크뤼거는 손바닥으로 다시 한번 그녀의 얼굴을 내리쳤다. 이번에는 그녀의 머리칼을 휘어잡고 바닥에서 일으켰다. 그리고 아까보다 빠른 속도로 그녀의 얼굴을 연달아 가격했다. 마리는 태어나서 처음으로 빨리 죽게 해 달라고 기도했다. 머릿속에 떠오르는 테스의 얼굴을 보며, 이 끔찍한 곳에서 벗어나 테스 곁으로 갈 수 있기를 바랐다. 마리는 숨을 참고 크뤼거의 주먹질이 몇 번인지 세면서 터져 나오는 비명을 죽을힘을 다해 삼켰다.

갑자기 크뤼거의 주먹질이 멈췄다. 처음 시작할 때처럼 끝도 갑작스러웠다. 마리는 퉁퉁 부어오른 눈을 부릅뜨고 호흡을 가다듬으며 앞으로 다가올 다른 공격에 대비해 마음을 단단히 먹었다.

사무실 문이 열렸다가 바로 닫혔다. 보안요원이 사무실 뒷방으로 밀치자 줄리언은 온몸을 두들겨 맞아 일어설 힘조차 없는 듯 바닥에 쓰러져 버렸다. 그는 마리의 얼굴이 엉망이 된 걸 보고는 괴로워하며 신음했다. 그녀는 의자에서 일어나 그가 있는 쪽으로 걸어가려고 했다.

크뤼거가 자리에서 일어나 두 사람 사이를 가로막더니 줄리언의 머리에 총구를 겨눴다. "거부하면 남자는 죽는다." 차갑고 냉철한 눈빛. 생명의 온기라고는 찾아볼 수 없었다. 마리는 그가 한 치의 망설임도 없이 방아쇠를 당기리란 걸 알고 있었다.

"마리, 안 돼……." 줄리언이 애원했다.

마리는 잠시 망설였다. 자신의 목숨은 그렇다 치고 줄리언은 팀의 리더인 만큼 무슨 일이 생기지 않도록 최대한 보호해야 했다. 그를 사랑해서 그런 게 아니었다. 베스퍼 팀의 생존 그리고 베스퍼 팀의 명맥을 이어 가는 일은 온전히 그에게 달려 있었다. "알겠어요." 마리가 어렵게 대답하고는 입 안에 가득 찬 핏물을 뱉었다. "할게요." 지금까지 훈련받고 배운 것들과 정반대되는 결정이지만 어떻게든 줄리언의 목숨을 구해야 했다.

보안요원이 줄리언이 있는 쪽에서 그녀를 붙잡고 무선통신기가 놓인 테이블로 질질 끌고 갔다. 전신 키에 손을 뻗으려는 순간 크뤼거가 그만두라고 손짓하더니 아리사이그하우스에서 훈련받은 통신원 못지않은 능숙한 솜씨로 무선 주파수를 조정했다.

그리고 체포 과정에서 압수한 암호 키가 든 크리스털 조각을 꺼내더니 비단천을 내밀었다. "일단 메시지를 보내는 사람이 너라는 걸 확인시키고 아무 문제가 없다고 전해. 그 후에 이 메시지를 보내도록." 크뤼거는 메시지가 적힌 종이와 함께 다른 암호가 적힌 비단천을 내밀었다. 특정한 장소에 군수품을 더 보내 달라는 요청이 담긴 메시지였다. 크뤼거가 시키는 대로 메시지를 보낸다면 앞으로도 똑같은 계략을 거듭해서 요청해 올 터였다. 특수작전국은 비밀요원은 물론이고 군수품까지도 독일군의 손아귀에 그대로 가져다 바치는 꼴로 전락해 버릴 것이다.

마리는 크뤼거가 준 메시지를 암호화한 다음 바들바들 떨리는 손으로 자신에게 주어진 주파수를 찾았다. 메시지를 모두 암호화하여 그에게 내밀었다. "보안 코드를 대." 크뤼거가 명령했다. 그는 줄리언의 턱에 총구를 들이밀었고, 줄리언은 고통으로 터져 나오는 울음을 참으려고 얼굴을 잔뜩 일그러뜨렸다. "안 하고 뭐해?" 크뤼거가 마리를 향해 윽박질렀다.

마리는 잠시 머뭇거렸다. 정보를 너무 빨리 내줬다가는 크뤼거에게 거짓임이 들통날 것이다. "열여덟 번째 글자를 p로 바꾸면 돼요. 저기 p로 바꿔 놨어요." 하지만 두 번째 보안 점검에 대해서는 아무 말도 하지 않았다. 부디 크뤼거가 보안 점검이 2차까지 이뤄진다는 사실을 모르기만 기도했다.

"전송해." 그가 으르렁거렸다. 이제 런던 본부에서 엘레노어가 그녀의 메시지를 읽을 것이다. 그렇다면 두 번째 보안 점검이 빠진 걸 보고 뭔가 이상하다는 낌새를 알아차리겠지.

마침내 런던에서 답신이 도착했고, 마리는 메시지를 종이에 받아적었다. 비단천에 적힌 암호를 통해 메시지를 해독하는 순간 마리는 공포감이 밀려왔다. 미처 생각지도 못한 무시무시한 답신이 도착하고 만 것이다.

*보안 승인 누락.*

마리는 메시지를 해독하면서 공포로 온몸이 뻣뻣하게 굳어졌다. 그러니까 런던의 통신원이 마리가 크뤼거를 속이려 했다는 사실을 낱낱이 고해바친 꼴이 된 것이다. 하지만 본부에서는 두 번째 보안 코드가 빠졌다는 사실 말고는 메시지에서 이상한 점을 발견하지 못한 것 같았다. 하긴 본부에서 메시지나 받는 사람이 그런 것까지 어떻게 눈치채겠는가? 마리는 절망에 빠지고 말았다. 등 뒤에서 점점 화가 끓어오르는 크뤼거의 존재를 감지할 수 있었다. "잠시만요, 그게……." 마리는 뭔가 핑곗거리를 찾으며 고개를 돌렸다.

크뤼거는 한 손으로 그녀의 머리채를 잡아서 두피가 뜯겨 나갈 정도로 세게 잡아당기다 갑자기 손을 놓아 버렸다. "두 번째 보안 점검이 빠졌잖아." 그러곤 줄리언의 머리에 댄 총을 장전하며 씩씩거렸다.

"마리, 절대로 하면 안 돼!" 줄리언이 외쳤다. "어차피 우리를 죽이고 말 거야!"

하지만 한 번은 몰라도 두 번이나 줄리언을 잃을 수는 없는 노릇이었다. 이대로라면 줄리언을 영영 잃어버릴 수도 있었다. "K 대신 c를 넣어야 해요." 그녀는 절박한 마음에 툭 내뱉었다. "두 번에 한 번씩." 이제 독일군은 런던 본부의 보안망을 피해서 언제든 원하는 메시지를 보낼 수 있게 되었다.

"당장 고쳐!" 크뤼거가 명령했다.

마리는 메시지를 암호화하여 다시 본부에 전송했다.

본부에서 답신이 도착하자 마리는 비밀 키를 가지고 서둘러 메시지를 해독했다. *보안 점검 승인 완료. 추후 정보 발송하겠음.*

"여기요……." 마리는 크뤼거 쪽으로 몸을 틀었다. 이제 그의 총구는 마리를 향했다. 머리 위로 테스의 얼굴이 보였다. 죽음을 준비하는 그녀에게 작별 인사를 건네는 것 같았다.

"처음부터 고분고분 따랐어야지." 크뤼거는 줄리언이 있는 쪽으로 총을 든 손을 뻗었다.

"안 돼!"

너무 늦었다. 총알은 이미 발사되었다. 줄리언은 몸을 움찔하더니 그대로 바닥에 고꾸라졌다.

"안 돼!" 마리는 비명을 지르며 그에게 달려갔다.

그녀는 줄리언이 쓰러진 바닥에 주저앉아 두 팔로 그를 안았다. 크뤼거의 총알은 정확히 명중했다. 줄리언의 관자놀이와 광대뼈 사이로 총알이 들어가 어딘가에 박히고 말았다. 머리에서는 이 정도 총상이면 줄리언이 살아날 가능성이 없다는 걸 인지했다. 하지만 마음에서는 도저히 믿기지 않았다. "줄리언, 정신 차려요." 마리가 울먹이며 애원했다. 줄리언은 여전히 눈을 뜨고 있다가 순간 눈동자가 점점 움직이더니 다시금 희미한 빛이 반짝였다.

"사랑해." 그가 헐떡이며 말했다. 마침내 두 사람 사이의 감정이 뭔지 알았다. 어쩌면 마리를 아내 레바로 착각했는지도. 그 순간 줄리언은 그녀의 팔을 움켜쥐었다. "함께 있을걸 그랬어, 마리." 그의 말을 듣고 나니, 그랬더라면 다른 결과가 나올 수도 있지 않았을까 하는 생각이 들었다.

"나도, 사랑해요." 마리는 그를 바짝 끌어안고 고백했다. 더는 서로를 향한 감정을 애써 속일 필요가 없었다. 마리는 마지막 입맞춤이 되리라 생각하며 그의 입술에 키스했다.

마침내 줄리언의 몸뚱이가 힘없이 늘어지자 마리는 그를 바닥에 뉘었다. "저기 보이네." 줄리언이 속삭였다. 이제는 목소리조차 제대로 들리지 않았다. "레바와 우리 아이들." 그는 눈앞에 보이는 허상을 붙잡으려는 것처럼 한쪽 손을 뻗었다.

"제발 떠나지 말아요." 마리는 누구보다 강해져야 할 상황에서도 이기적으로 애원했다. 그가 없는 상황에서 앞으로 어떤 일을 겪어야 할지 도저히 상상조차 되지 않았다. "이게 끝이 아닐 거예요." 언젠가 줄리언이 한 말을 떠올리며 덧붙였다. 이제 줄리언의 눈빛에서 환한 기운을 느낄 수 있었다. 그는 살며시 미소 지었고, 곧이어 가장 평온한 얼굴이 되었다. 마침내 호흡이 멈추었다. 마리는 그의 가슴에 고개를 묻었다.

그렇게 줄리언은 세상을 떠났다.

마리는 줄리언의 머리를 바닥에 고이 내려놓았다. "왜 그런 거죠?" 마리는 크뤼거를 향해 목이 터져라 외쳤다. 그리고 손톱을 세우며 그의 얼굴을 향해 달려들었다. 하지만 크뤼거는 비열하게 웃으며 보안요원을 향해 당장 붙잡으라는 신호를 보냈다.

"시키는 대로 다 했잖아요!" 마리는 보안요원에게 질질 끌려 나가면서도 고래고래 소리쳤다. "당신이 하라는 대로 했잖아. 우리는 분명 제네바 조약에 따른 전쟁포로예요. 이렇게 멋대로 죽이면 안 되는 거죠!"

"전쟁포로?" 크뤼거는 경멸하듯 비아냥거렸다. "아가씨, 이제 아가씨는 이 세상에 존재하지 않은 것처럼 사라질 거야."

# 22
## 엘레노어

*1944년, 런던*

엘레노어는 노그비하우스의 책상에 앉아 얼마 전까지 주고받은 메시지를 곰곰이 곱씹어 보았다.

무선 통신 보안에 구멍이 뚫렸다는 끔찍한 진실을 깨달은 게 불과 이틀 전이었다. 여전히 줄리언이나 마리에게서 별다른 소식이 없었다. 엘레노어는 베스퍼 측과 나눈 메시지들을 유심히 살피면서, 혹시 모를 보안 누설의 흔적과 그로 인한 피해가 어느 정도 될지 가늠해 보았다. 어쩌다가 이런 일이 벌어졌단 말인가? 소녀들의 안위를 사수하는 것은 그녀의 인생 역작과 같은 일이었다. 하지만 오래전 여동생을 지키지 못한 것처럼 이번에도 소녀들을 지키는 데 실패하고 말았다.

엘레노어는 눈을 비비며 자리에서 일어나 통신실로 향했다. 교환원들이 평상시보다 조용한 분위기에서 자리를 지키고 있었으며 무선기에서 들리는 신호음만이 통신실을 가득 채웠다.

"별문제 없는 거지?" 제인에게 물었다. 바보 같은 질문이었다. 엘레노어만큼 마리의 메시지에서 이상한 점을 찾아내려고 애쓴 사람이 바로 제인인데. 마리에게서 잘못된 메시지가 도착한 이후 몇 시간 동안 다음 메시지를 기다리느라 지치고 파리해진 모습이었다.

제인이 고개를 저었다. "본래 메시지가 와야 하는데, 마거릿이 나타나지 않아요."

"모린도 소식이 없어요." 다른 직원이 끼어들었다.

"통신 주파수에 문제가 있는지도 몰라." 엘레노어는 일단 교환원들을 안심시킬 요량으로 말했다. 하지만 그녀의 말은 공허하게 허공을 맴돌았다. 생각보다 더 큰 문제가 벌어지고 있었다.

엘레노어는 곧장 국장실로 향했고, 비서실도 건너뛰고 노크도 생략한 채 문을 열었다. "국장님?"

국장이 눈썹을 추켜올렸다. "엘레노어? 들어와. 안 그래도 자네를 보러 갈 참이었어." 사무실로 호출해도 될 텐데 굳이 찾아오려고 했다니 참으로 이상한 일이었다. 게다가 엘레노어가 찾아올 거라고는 전혀 예상치 못했을 텐데.

"무선통신기 두 대의 신호가 끊겼습니다."

콧수염 아래로 입을 꾹 다무는 모습을 보였지만 생각보다 놀라는 기색은 아니었다. "파리 외곽에서 요원들이 체포되었다는 소식이 들어왔네." 엘레노어는 위가 뒤틀리는 기분이었다. "파리 외곽 안전가옥에 있던 요원들이 잡혀간 모양이야."

다리 폭파 이후 체포의 물결이 들이친 게 아니라는 걸 엘레노어는 잘 알고 있었다. 물론 그 폭파로 인해 연루된 이들에게 보복을 자행한 것은 맞지만, 이번에는 다른 이유가 더해졌다. 한스 크뤼거와 나치 비밀경찰은 지나치게 빠른 속도로 비밀요원들의 근거지를 파악했다. 지난 몇 달 동안 알면서도 모르는 척, 마치 놀이를 즐기듯 지켜보고 있었을 거라는 의심이 들었다. 결국 무선통신기를 가로채는 데 성공할 때까지 요원들이 마음껏 활동하도록 내버려 둔 것이다. 혹여 무선 통신을 가로챘다는 사실을 들키더라도 독일군 입장에서는 아무것도 잃을 게 없었다. 무선 통신 쪽은 깨끗이 손을 털고 지금까지 확보해 둔 정보 기관의 정보를 이용하여 비밀요원들의 포위망을 좁히면 되니까. 아직 마리나 줄리언에 대해 아무 소식도 들어오지 않았지만, 두 사람 역시 잡혀간 게 확실해 보였다.

"그래서 체포된 요원들은 남자인가요 여자인가요?" 엘레노어가 물었다.

"남자 여자 모두야." 국장이 대답했다. "아직 정확한 요원 신상은 파악하지 못했어."

엘레노어는 불길한 예감이 묵직하게 가라앉는 걸 느끼며 마거릿과 모린 역시 체포 대상에 들었다는 확신이 들었다. "국장님, 무슨 수를 내야 합니다." 일단 프랑스 전 지구에서 활동하는 팀원들에게 최대한 몸을 숨기고 지내라는 메시지를 보낸 상태였다. 요원들을 전부 귀국시켜야 했다. 엘레노어는 그 부분을 강하게 주장했다. 하지만 침공을 며칠 앞둔 상황에서 괜히 의문점만 불러일으킬 대규모 요원 퇴각을 강행할 수도 없는 노릇이었다.

"그래, 뭔가 하기는 할 거야." 국장이 멈췄다. "자네 말대로 요원들을 전부 불러들일 생각이야." 실제로 요원들을 전부 복귀시키려면 꽤 많은 고충을 겪어야 하는 건 불 보듯 뻔한 일이었다. "일단 남은 요원들에게 복귀하라는 명령을 내린 상태야." 엘레노어는 뺨을 얻어맞은 기분이었다. 어떻게 그런 명령이 자신을 거치지 않고 곧장 현장으로 보내질 수 있단 말인가? "생각보다 시간이 오래 걸릴 것 같아."

"얼마나요?" 엘레노어가 캐물었다. 일주일만 더 지나면 현장에서 살아남은 요원은 손에 꼽을 지경이 될 텐데.

"나도 몰라. 문 스쿼드론이라는 연합 편대를 조직한 윌 루크라는 조종사가 실종됐어. 브르타뉴 상공에서 비행기가 격추됐다는 소식이 들어왔는데, 그가 탄 비행기 아닌가 추정하고 있어. 어쨌든 프랑스에 남은 요원들은 최대한 런던으로 데려올 생각이네."

그 말에 안도하기 무섭게 머릿속이 복잡해졌다. "요원들 전부 다요?"

국장은 고개를 저었다. "일단 여자 요원들만. 자네와 연락이 끊겼잖나." 자네. 엘레노어의 귀에 그 단어가 박혔다. 우리가 아니구나. "정부에서 여자요원특수전담반을 실패한 실험으로 결론 내린 모양이야."

실패한 실험. 엘레노어는 그 말을 듣자 속이 부글부글 끓었다. 현지에 배치된 소녀들은 자신에게 주어진 임무를 훌륭히 완수하고 마지막까지 최선을 다해 싸웠다. 아니, 실패는 소녀들도 요원들도 아닌 본부의 몫이었다.

엘레노어는 머릿속에서 불신으로 비명을 질렀다. "하지만 연합군의 침공이 코앞에 다가왔잖습니까? 지금이야말로 여자 요원들의 활약이 그 어느 때보다 중대한 시기 같은데요."

"일단 연합군의 침공을 전담할 팀은 다시 꾸릴 생각이야. 일부는 제외할 거고. 최종 작전은 남자 요원으로만 꾸려서 맡길 생각이네."

"요원들의 소재는 전부 파악된 건가요?" 엘레노어는 어떤 대답이 돌아올지 알면서도 다시 질문했다. "여자 요원들 말입니다."

"전부는 아니고, 일단 열두 명 제외하고는 모두 파악했어." 그녀가 기대한 것보다 꽤 많은 숫자였다. 국장은 요원 명단이 적힌 종이를 건넸다. 조시의 이름도 있었고 마리의 이름도 보였다. 여전히 열두 명은 실종 상태였다.

그 부분은 엘레노어 자신의 과실도 한몫을 했다. F 지구에 여자 요원을 보낸 건 그녀의 아이디어니까. 엘레노어는 요원들을 선발하고 훈련에 개입하고 개인적으로 평가하여 각 지역에 배치한 장본인이었다. 물론 그 과정에서 문제가 발견되기는 했지만 그냥 실패했다고 하기엔 뭔가 지나치다 싶은 생각이 들었다. 아니, 현장에서 실종되어 돌아오지 못하는 소녀가 발생한다면 엘레노어가 오롯이 책임져야 할 몫이었다.

"남자 요원들도 실종됐어." 국장이 지적했다.

"네, 물론 그럴 테죠." 엘레노어는 수십 번도 넘게 이어진 논쟁에 마침표를 찍었다. "하지만 남자 요원들은 뒤를 봐주는 위원회가 있지 않습니까? 독일군에 붙잡힌다 해도 전쟁포로가 되겠죠." 그렇다고 해서 남자 요원들을 외면하자는 건 아니었다. 다만 그들은 계급장도 있고 부대원으로서 공식 칭호도 있는 만큼 제네

바 협약에 따라 보호받을 수 있었다. 정부에서도 그들의 문제를 좌시하지 않을 테고. 결국 그들은 기억될 것이다. 여자 요원들은 잊히겠지만.

"제가 직접 현장으로 가서 무슨 문제가 생긴 건지 확인해 봐야 겠습니다."

"직접 찾으러 나서겠다는 건가? 그건 불가능한 얘기야."

"하지만 국장님, 열둘이나 되는 소녀들이 실종됐습니다." 엘레노어가 강력하게 반기를 들었다. "이대로 포기할 수는 없어요."

국장이 목소리를 낮췄다. "엘레노어, 여자 요원 문제는 두 번 다시 입에 올리지 않는 게 좋겠어. 자네뿐만 아니라 다른 사람에게 불똥이 튈 수 있으니까. 자네는 이미 많은 걸 잃을 수밖에 없는 처지야. 자네뿐 아니라 요원들의 가족을 위해서라도 여기서 멈추게. 자네도 나도 일단 놈들에게 붙잡히면 어떻게 될지 잘 알잖아. 다들 죽었을 거야. 괜히 여기저기 쑤시고 다녀 봤자 고통만 커질 뿐이라고." 국장은 파이프를 물고 말을 이었다. "일단 이번 일은 최고 등급으로 기밀 처리될 거야." 엘레노어는 거짓말이라는 걸 잘 알고 있었다. 누구라도 소녀들의 행적을 안다면 결국 그녀를 찾아와서 정보를 줄 것이다. 아무리 최고 기밀 등급으로 묻어 둔다고 해도 말이다. "아무튼 자네는 이 문제에 대해 알려고 들 필요가 없어." 엘레노어가 뭐라고 반박하기 전에 국장이 경고했다.

"필요 없다고요?" 도저히 믿기지 않는 목소리였다. 그 소녀들은 엘레노어 소관이었다. 하나하나 발탁하여 프랑스로 보낸 사람이 그녀였다. "그럼 소녀들의 행적을 더 이상 알아보지 말라는 뜻입니까?" 엘레노어는 도저히 믿을 수 없어서 되물었다.

"그뿐만이 아냐. 여성특수요원전담반은 폐쇄됐네. 자네의 직위도 해제됐어."

"그럼 다른 부서로 가는 건가요? 어느 부서로 가야 합니까?"

국장이 애써 그녀의 시선을 피해 고개를 돌렸다. "위에서 본부의 규모를 축소했으면 하는 눈치야." 국장은 누군가 써 준 서류를 읽는 사람처럼 딱딱하게 대답했다. "자네가 수고해 준 건 고맙게 생각하지만, 안타깝게도 이걸로 특수작전국에서 자네의 임무는 끝났네."

엘레노어는 멍한 눈으로 그를 바라보았다. "뭔가 실수가 있는 게 분명해요." 그녀는 여성전담반이 꾸려지기 전에 고작 몇 개월간 특수작전국에서 일했다. 몇 달 만에 이런 식으로 쫓아낼 수는 없는 일이었다.

"우리로서도 다른 선택의 여지가 없어. 30분 안에 짐을 정리하게." 엘레노어는 뭐라고 말해야 할지 단어를 골라 봤지만, 아무 말도 할 수 없었다. 주체할 수 없는 분노로 가슴이 새하얗게 타오르는 것 같았다. "나중에 밖에서 보자고." 국장이 마지막으로 말했다. 엘레노어는 가만히 서 있다가 도망치듯 국장실을 빠져나와 계단을 내려가서 노그비하우스로 향했다.

엘레노어는 책상으로 가서 파일을 뒤지기 시작했다. 일단 실종 사실이 확인된 소녀들 사진부터 파일에서 꺼내 가방에 쑤셔 넣었다. 앞으로 남은 시간이 별로 없었다. 잠시 후 국장이 사무실 복도에 나타났다. "밖에서 이야기하지." 엘레노어가 다른 파일을 뒤지려는데 국장이 손을 뻗어 막았다. "아무것도 가지고 나갈 수 없네." 그제야 국장이 여기까지 쫓아온 이유를 알 것 같았다. "자네 물건만 챙겨서 나가도록 해. 서류는 가져갈 수 없어." 아직은 생각뿐인데도 엘레노어가 소녀들을 찾아 나설 거라는 사실을 아는 사람처럼 덧붙였다. 엘레노어는 머릿속으로 서서히 계획을 세워 나갔다.

"제가 알아서 정리하겠습니다. 여기서 지켜보지 않아도 돼요." 엘레노어는 필요한 서류만 챙길 몇 분의 시간을 벌기 위해서 말했다.

"자네가 사무실 밖으로 나가는 걸 직접 확인하라는 명령을 받았네." 뭔가 어색한 분위기가 느껴지는 목소리였다. 엘레노어는 깜짝 놀라서 그대로 멈췄다. 두 손이 허공에 그대로 떠 있었다. 불과 몇 분 사이에 그녀의 세상이 완전히 뒤집혀 버린 것이다. 엘레노어는 국장의 표정을 살피며 뭔가 해답을 찾으려고 했다. 한때 잘 안다고 생각한 사람에게서 해결책을 찾아보려고 했다. 하지만 국장의 눈동자는 공허 그 자체였다.

엘레노어는 무작정 몸을 돌렸다. "제 물건은 전부 정리해야겠어요." 그녀는 자신에게 내려진 명령 따위는 개의치 않고 말했다.

"그럴 필요 없어." 국장이 덧붙였다. "군에서 사람이 나와 자네 물건을 전부 가져갈 테니까."

"왜요?" 엘레노어가 도전적으로 되물었다. "왜 그쪽에서 서류를 가져간다는 거죠?"

국장은 대답하지 않았다. 그제야 사무실 문 앞에 군인이 서 있는 모습을 발견했다. 그녀가 특수작전국을 나서서 완전히 떠나는 것까지 확인하러 온 것이다. 순간 엘레노어는 가슴속에서 뭔가가 딱딱하게 굳는 게 느껴졌다. 자신이 만들어 낸 공간에서 마치 이방의 침략자처럼 한순간에 버려진 것이다.

엘레노어는 분노로 온몸을 부들부들 떨며 책상에서 한 걸음 물러섰다. 국장이 서류 뭉치를 건넸다. "자네 앞으로 온 거야. 어제 도착했어." 얼마 전에 신청한 시민권 관련 서류였다. 그 무엇보다 오랫동안 간절히 바라 온 거였다. 그런데 지금은 그녀가 잃은 소녀들을 대신해 위로차 건네는 선물처럼 보였다. 엘레노어는 그 서류를 국장에게 돌려주었다.

"미안하네." 국장이 낮게 사과했다.

결국 엘레노어는 특수작전국에서 해고되었다.

## 23
## 엘레노어

*1946년, 런던*

동이 트기도 전에 아무도 찾아올 사람이 없는 엘레노어의 집 현관문을 두드리는 소리가 들렸다. "문 앞에 웬 차가 기다리고 있네." 어머니가 의아해하며 말했다. 고맙게도 엘레노어의 어머니는 1년하고도 6개월 전, 애초에 딸이 일하기에는 가당치도 않아 보이는 정부 관련 직장에서 해고된 일에 대해 크게 개의치 않는 눈치였다. 엘레노어는 어머니의 말에 놀라서 창밖을 살짝 내다보았다. 낯익은 까만 오스틴 미니(영국의 소형차 미니의 전신-옮긴이)를 보는 순간 심장박동이 빨라지기 시작했다. 본부에서 그녀를 다시 호출한 것이다. 하지만 이렇게 오랜 시간이 지나서 무슨 이유로 부른 걸까?

엘레노어는 빠르고 조심스럽게 복장을 갖추기 시작했다. 특수작전국에서 근무하는 동안 제복처럼 매일 입고 다닌 남색 스커트를 걸치고 빳빳하게 다림질한 블라우스의 단추를 끼우면서 손가락을 바들바들 떨었다. 그리고 아파트 앞 모퉁이에서 조용히 기다리는 검은색 오스틴으로 다가갔다. 운전석 창문 너머로 가느다란 담배 연기가 피어올라 낮게 드리워진 새벽 안개와 뒤섞였다. "도즈." 엘레노어는 인사 대신 이름을 불렀다. 장장 18개월 동안 베이커스트리트에서 퇴출당한 이후 실로 오랜만에 보는 하얀 머리칼과 검은색 둥근 모자의 낯익은 실루엣을 보자 그녀는 절로 미소가 나왔다. "갑자기 무슨 일로 온 거예요?"

"국장님 호출." 그는 짧게 말했고, 그 정도면 충분한 대답이 됐다. 엘레노어는 뒷좌석에 타서 문을 닫았다. 마리의 무선통신기가 적군의 손에 들어갔다는 사실이 밝혀지고 모든 일이 물거품이 되어 버린 그날 새벽, 예기치 않게 본부의 호출을 받은 기억을 다시 반복하는 듯한 기분이었다. 하지만 여자특수요원전담반은 해체되었고 특수작전국의 역사에도 그저 주석 정도로만 미미하게 기록될 것이다. 엘레노어는 국장이 무슨 이유로 호출한 건지 가늠할 수가 없었다.

도즈가 차에 기어를 넣었다. 언제나처럼 입을 꾹 다문 채 도로 정면을 똑바로 응시하며 모퉁이의 붉은색 공중전화 부스를 지나 부드럽게 회전했다. 자동차는 런던의 남쪽 거리를 묵묵히 달려갔고, 아침 일찍 배달하기 위해 짐을 싣는 대형 트럭 운전자들이 가끔 보이는 것 말고는 거리가 텅 비어 있었다. 등화관제가 진작에 끝났는데도 쉽게 고쳐지지 않는 습관처럼 거리의 가로등은 여전히 흐릿했다. 1월 4일이지만 창가의 크리스마스 장식이 가끔 눈에 띄었다. 평화로운 휴일을 축하하는 방법을 기억하지 못하는 것처럼 크리스마스 연휴도 그저 우울한 하루의 연속일 뿐이었다. 축제 분위기를 느끼기 어려운 거겠지. 커피나 설탕 같은 아주 기본적인 식재료조차 쉽게 구할 수 없는 상황인 데다 다시는 고향에 돌아올 수 없는 사랑하는 사람을 그리워하며 연휴를 보낸다는 게 쉽지만은 않을 테니까.

베이커스트리트의 모퉁이를 돌기도 전에 엘레노어의 눈에 보인 것은 화염에 새까맣게 타 버린 노그비하우스였다. 슬레이트 지붕은 껍질이 벗겨진 캔처럼 겉면이 떨어져 나갔고 창문틀은 구멍이 뻥 뚫리고 가장자리가 불길에 까맣게 그을린 채 덩그러니 서 있었다. 차창을 굳게 닫았는데도 바닥에 쌓인 돌과 나무의 잔해로부터 여전히 후끈한 열기가 뿜어져 나오는 것 같았다.

"어떻게 된 거죠?" 엘레노어가 큰 소리로 외쳤다. 불이 났다면 조간신문에 기사가 실렸을 법도 한데, 아무리 생각해 봐도 그런 기사를 본 기억이 나지 않았다. 정확히 무슨 일이 생긴 건지 알 수 없지만, 베이커스트리트의 화재 현장을 보고 나니 예기치 않게 국장이 호출한 이유를 알 것 같았다.

엘레노어는 화재 현장에 가까이 가서 자세히 살펴보고 싶었지만 도즈가 자동차를 멈추지 않았다. 대신 베이커스트리트를 유유히 지나쳐서 특수작전국 본부가 있는 63번가로 향했다. 그리고 노그비하우스보다 조금 더 규모가 크면서 훨씬 더 소박해 보이는 건물로 안내했다. 현관 입구에는 군 장성으로 보이는 무리가 오가고 있었다. 그중 몇몇은 낯이 익지만, 대부분은 그녀를 알아보지 못하는 눈치였다.

도즈는 계단을 올라가 3층으로 향했고, 대기실 같은 방으로 그녀를 안내하고는 아무 말도 없이 문을 닫고 나가 버렸다. 엘레노어느 구석에 있는 옷걸이에 코트를 걸지 않고 그대로 팔에 걸고 있었다. 벽난로는 슈욱슈욱 소리를 내며 열기를 뿜어냈고 어딘가에 놓인 재떨이에 미처 끄지 못한 꽁초가 있는지 매캐한 악취가 났다. 엘레노어는 창가로 가서 건물 뒤쪽을 내다보았다. 옥상 너머로 시커멓게 타 버린 건물을 겨우 알아볼 수 있었고, 하루가 멀다 하고 회의가 열린 전략회의실이 있던 자리가 눈에 들어왔다. 그곳에 있던 지도와 사진, 비밀리에 오간 모든 게 산산조각이 나 버린 창문 너머로 마치 색종이 조각처럼 흩날렸다.

모자를 손에 들고 실종된 소녀들을 찾으러 가도 되겠냐고 이곳을 찾은 것이 벌써 1년하고도 반년 전이란 말인가? 그 후로 꽤 많은 일이 있었다. 결전의 날, 유럽에서의 승리 그리고 마침내 전쟁이 끝났다. 마지막으로 이곳에 왔을 때, 국장은 그녀를 직위 해제했고 한때 그녀의 모든 것이던 자리에서 냉담하게 쫓아내지 않았는가. 오랜 시간이 흘렀지만 그날 일을 기억하는 것만으로도 가슴이 저렸고, 마치 어제 일처럼 그때 받은 고통이 새록새록 되살아났다.

딸각하고 문이 열리는 소리에 엘레노어는 지난 기억에서 깨어날 수 있었다. 접수담당자인 이모젠이 마치 처음 보는 사람 대하듯 너무나 차가운 눈빛으로 그녀를 보며 말했다. "국장님이 들어오라고 합니다."

"엘레노어." 국장은 자리에서 일어서지도 않고 말했다. 하지만 지극히 사무적인 태도 뒤로 보이는 그의 눈빛에서 두 사람이 나눈 시절에 대한 따스한 기운을 느낄 수 있었다. 그녀를 냉담하게

398

해고한 날 느꼈던 둘 사이의 거리감은 마치 그런 일이 없는 것처럼 사라져 버렸다. 엘레노어는 살짝 마음이 놓였다.

국장이 의자에 앉으라고 손짓했다. 가까이에서 보니 전쟁이 그녀는 물론이고 국장에게도 심각한 타격을 주었음을 눈으로 확인할 수 있었다. 국장은 소매를 걷어붙인 채 옷깃의 단추도 잠그지 않은 데다 마치 어제부터 쭉 사무실을 지킨 사람처럼 수염이 까칠하게 자란 모습이었다. 언제나 흠잡을 데라곤 찾아볼 수 없을 만큼 단정하던 사람이 오늘은 그 어느 때보다 지저분해 보였다.

그는 엘레노어의 시선을 따라 창문 너머로 새까맣게 타 버린 노그비하우스 쪽을 바라보며 말했다. "올림퍼스산이 무너져 버렸어." 국장 자신도 도저히 믿기지 않는 목소리였다.

어차피 나하곤 상관없는 일인걸요. 오래전 이곳에서 쫓기듯 해고당했으니까. 그녀의 세상은 베이커스트리트의 건물이 새까맣게 타 버렸을 때가 아니라 독일군 치하의 프랑스에 보낸 소녀들을 구하지 못하고 영원히 잃어야 했던 그 암흑의 시간 속에서 사라져 버리고 말았으니까. 그런데도 노그비하우스가 그녀의 모든 걸 바쳐 일궈 낸 조직을 상징한다는 것만은 분명한 사실이었다. 이제 노그비하우스는 사라졌다. 엘레노어는 눈가가 뜨거워지는 걸 느꼈다.

엘레노어는 국장이 시키는 대로 의자 모퉁이에 걸터앉았다. "무슨 일이 일어난 거죠?"

"불이 났어." 국장은 누가 봐도 명확한 사실을 읊었다.

"사고가 난 모양이네요." 끝도 없이 쌓여 있는 서류 뭉치, 끝없이 담배를 피워 대는 직원들로 가득 찬 노그비하우스는 언제든 불길이 피어오를 수 있는 불씨 구역이나 다름없었다.

"그럴 수도." 엘레노어는 국장의 말투에서 어딘지 모르게 냉소적인 느낌을 감지할 수 있었다. "곧 화재 원인을 수사할 거야."

수사한다고 해서 화재의 원인을 밝힐 수 있는 건 아니잖아. "저를 부른 이유가 뭐죠?"

"엉망진창이 됐어." 그가 낮게 읊조렸다. 건물의 화재를 뜻하는 건지, 아니면 다른 의미가 있는 건지는 알 수 없었다. 국장은 책장 구석에 이모젠이 두고 간 주전자를 들고 차를 따랐다. "정부에서 해체를 지시했어. 특수작전국 전체를. 영국 정부에서 지시가 떨어졌어. 전쟁이 끝났으니 더는 우리가 필요 없다는 거야. 그래서 작전 지역에 있는 요원들을 전부 불러들이고 있어."

"모든 요원이 아니라 연락이 닿는 요원만이겠죠." 그녀가 말을 정정했다. "혹시 다른 소식은 못 들었어요? 우리 부서에 있던 여성 요원들 말이에요."

"일곱 명은 소재가 파악됐어." 그가 대답했다. 순간 엘레노어는 희망이 샘솟았다. 하지만 그가 내민 명단에서 끔찍한 이름들을 발견할 수 있었다. 1945년 아우슈비츠강제수용소, 1944년 라벤스브뤼크강제수용소. "여자 요원들이 사망한 것으로 확인되는 장소들이야."

사망. 엘레노어 자신의 슬픔과 그 소녀들에게 일어난 비극에 대한 책임감이 파도처럼 일더니 그녀를 잠식할 듯 위협했다. "그럼 나머지 다섯 명은요?"

"다른 지역에 배치했지만 결국 실종됐어. 사망으로 추정되고." 국장은 아무렇지도 않게 툭 내뱉었다. 재배치라니, 너무나 불길하고 확신이 없는 끔찍한 결정 아닌가.

"유족들에게 그 정도로는 설명이 부족합니다. 맙소사, 다들 누군가의 아내고 딸이고 엄마였던 사람들이잖아요." 실제로 유족 중 일부는 죽음을 받아들이고 빈 관을 땅속에 묻거나 떠난 가족을 기리며 장례를 치르기도 했다. 하지만 다른 이들은 명확한 해답이 없는 의문점에 커다란 충격을 받았다. 로다 롭스의 어머니는 딸의 사망 소식을 듣고 울기만 했는데 불과 며칠 전에 도저히 이해가 되지 않는다며 엘레노어에게 전화를 걸어 질문을 쏟아 내기도 했다. "로다는 타자수였어요." 그녀의 어머니는 전쟁 중에 실종된 것 같다고 설명하자 강하게 항의했다. "마지막으로 저랑 통화할 때까지만 해도 플리머스에 서류를 전달하는 단순한 업무라고 말했다고요." 엘레노어는 마음속으로 라이샌더 비행기에 올라 다시는 돌아올 수 없을 영국해협을 날아가는 로다를 보았다.

로다의 어머니 같은 유족들은 자신의 딸이 얼마나 용맹한 요원이었고 딸이 어떤 최후를 맞았는지 제대로 알 자격이 있었다. 엘레노어는 애초에 그들에게 약속된 모든 것으로부터 처참하게 배신당한 소녀들이 떠오를 때마다 눈앞이 하얘질 정도로 분노가 치밀었다.

"다른 소식은 없는 건가요?"

"자네가 전담한 부서가 해체된 상황에서 그런 문제를 논의에 올린다는 게 쉽지 않아." 전혀 새로울 게 없는 말이지만 국장의 대답은 그녀를 묵직하게 강타했다. "하지만 자네는 소녀들에 대해 알 권리가 있는 사람이니까. 강제수용소 쪽에서 보고가 들어오기는 했네. 물론 기록이 남은 건 아니지만 목격자들의 진술이 있었어. 여자 요원들이 즉시 처형됐다는 거야." 엘레노어는 욕지기를 느끼며 고개를 돌렸다. "그 외에는 생존 가능성을 알리는 정보가 전혀 없는 상태야. 이 시점에서 그런 걸 바란다는 것 자체가 무모한 거겠지만. 현재로서는 모두 사망했다고 추정할 수밖에 없어." 엘레노어가 실종된 요원들을 찾으러 가겠다고 했을 때 허락했다면 몇몇은 돌아올 수 있었을지도 모른다. 이제는 너무 늦어버렸다.

엘레노어는 떨리는 손을 최대한 진정해 보려고 애썼다. 국장이 따라 준 얼그레이를 마시고 따스한 온기를 느끼면서 뭔가 다른 이야기가 나오기를 기다렸다. "아직 요원들이 어떠한 경로로 체포된 건지도 파악하지 못했어요. 독일군이 무선통신기를 입수한 과정부터 알아내야 한다는 거죠."

국장이 목청을 다듬고 말했다. "그동안 자네가 찾은 정보가 있을 텐데?"

엘레노어가 놀라서 움찔하는 바람에 찻잔 너머로 뜨거운 물이 흘러넘치며 살갗을 데고 말았다. "무슨 정보요?" 그녀는 전혀 모르는 일이라는 듯 되물었다. 해고 사실을 통지받고 맨몸으로 나가라는 지시를 받은 이후 자신이 그와 관련된 서류를 가지고 있다는 사실에 대해 끝까지 부인할 작정이었다. 사실 엘레노어는 멈추지 않고 소녀들을 찾아다녔다. 몰래 들고 나간 서류는 물론이고 큐가든의 정부기록보관소에서 찾은 오래전 신문과 파일들을 파헤치고 정부 연락책까지 동원했다. 자신이 가진 기록은 물론이고 영국에서 소녀들과 마지막으로 연락이 닿은 사람들까지 전부 이 잡듯 뒤지고 다녔다. 작전 지역에서 돌아온 특수요원을 비롯해 자식을 잃은 유족까지 모두 다. 독일군에 체포당한 상황에 대해서는 온갖 설이 만무하고 혼란스럽기 짝이 없었지만, 사라진 소녀들에게 무슨 일이 일어났는지, 그리고 애초에 어떻게 놈들에게 발각된 것인지는 아무 단서도 찾을 수가 없었다.

엘레노어가 사방을 이 잡듯 뒤지고 다닌 게 국장 귀에 흘러 들어갔는지도 모르겠다. 이제 나는 평범한 시민이잖아. 무슨 권리로 나를 막을 수 있단 말인가?

더는 국장을 눈속임할 이유가 없었다. 엘레노어는 찻잔을 내려놓고 가방에서 항상 가지고 다니는 파일을 꺼내 유심히 살폈다. 그리고 자신이 가지고 있지 않아야 하는 정보까지 모든 게 들어있는 서류 봉투를 그렇게도 궁금해하는 국장에게 내밀었다.

국장은 엘레노어가 조사한 내용을 손가락으로 유심히 짚어 가며 살펴보았다. 그의 표정으로 보아 이미 아는 내용 말고는 특이할 것이 없는 모양이었다. "항상 하는 얘기지만, 어린 소녀들이 그렇게 된 점은 나 역시 애석하게 생각하네." 국장은 서류를 돌려주었고 엘레노어는 손바닥으로 서류를 세게 붙잡았다. 그 바람에 날카로운 종이가 손끝을 파고들어 상처가 나고 말았다. "자네를 그쪽으로 보내려고 준비했어."

엘레노어는 두 귀를 의심했다. "지금 뭐라고 했어요?"

"물론 아직도 가고 싶은 마음이 그대로라면 말이야. 실종된 소녀들에게 무슨 일이 일어난 건지, 애초에 독일군에게 발각된 이유가 뭔지 알고 싶다면." 국장도 엘레노어가 떠날 거라고 믿었다. 사라진 소녀들 때문에 그녀의 인생이 하루하루 소진되고 있었다. 그녀로서는 어떻게든 소녀들을 찾고 싶은 마음뿐이었다.

엘레노어는 수십 가지 질문이 머릿속에 떠올랐다. "왜 하필 지금이죠?" 마침내 질문을 던졌다. 20개월 가까이 거절당하고 고통 속에 살아온 터라 어느 정도 이해할 만한 설명이 필요했다.

"언젠가 자네를 불러서 부탁할 생각이었네. 자네 말고 다른 사람의 요청도 한몫했고."

"누구죠?"

"토그덴 바넷 씨야." 바이올렛의 아버지였다. 2주 전부터 바넷 씨와 연락이 되지 않았는데, 실종된 소녀들의 부모 중에서 가장 크게 분노했으며 절대 이대로 끝내지 않을 사람이라고 느꼈다. 그래서 소녀들에게 무슨 일이 일어났는지에 대해 의구심과 의문점을 미묘하게 전달했고, 그 모든 것이 그의 머릿속에 생채기를 내도록 유도했다. 그는 이 문제를 정부 관료에게 직접 들고 가서 엘레노어는 감히 엄두도 내지 못하는 방식으로 크게 부각할 수 있는 사람이었다. 결국 엘레노어가 던진 패가 이긴 것이다. "자네도 알다시피 대부분의 유족은 과거를 기억 속에 묻고 싶어 하네." 국장이 말을 이었다. "하지만 바넷 씨는 자기 딸에게 무슨 일이 벌어진 건지, 그리고 어떻게 죽음에 이른 것인지 정확히 규명해 달라고 요청했어. 하지만 만족할 만한 답변을 들려줄 수 있는 사람이 없자 그 문제를 하원의원에게 가져갔더군. 그 결과 정부 쪽에서 조사를 시작하라는 압박이 들어왔고, 누군가 해답을 제시해야 할 상황이 된 거야. 결국 내가 소녀들의 죽음에 대해 답을 준비해야 하는 지경이 됐지. 아니, 정확한 답은 찾지 못하더라도 최소한 진상을 파악하기 위해 노력했다는 정도는 보여 줘야 하는 거지."

하지만 자식을 잃은 부모의 간청 때문에 이렇듯 급하게 그녀를 해외로 보낸다니, 아무리 봐도 충분한 설명이 되지 않았다. "아까 다른 이유라고 했는데, 혹시 그것 말고 또 다른 이유도 있나요?"

"그래. 이번 화재 때문이야."

"화재와의 연관성이라, 이해가 안 되는데요."

"물론 연관이 없을 수도 있겠지. 그날 관련 서류를 전부 두고 가라고 했던 거 기억하나?" 엘레노어는 고개를 끄덕였다. 아무 것도 손대지 말 것. 지금도 똑똑히 기억했다. "관련 서류를 전부 모아서 가져간다고 했어. 그런데 몇 달이 지나도록 서류는 그대로 방치되었지. 누가 찾으러 오지도 않았고. 마치 모두의 기억에서 까맣게 잊힌 것처럼. 그러다 며칠 전 정부에서 특수요원 사망과 관련해 조사에 들어갈 거라며 아침에 서류를 찾으러 올 거라는 공문을 받았지. 그리고 나서 곧바로 화재가 터진 거야." 국장은 노그비하우스를 가리키며 설명했다.

"누군가 서류를 없애려고 일부러 불을 질렀단 말인가요?"

국장이 끙 소리와 함께 동의를 표했다. "경찰 말로는 워낙 좁은 장소에 서류가 많아서 불이 났다고 하더군. 그런데 우리 조사관이 이걸 발견했어." 국장은 까맣게 그을린 철제 조각을 들어 보였다. 현장에 나가는 특수요원들이 훈련받을 때 사용하는 소이탄 타이머 조각이었다.

"이번 사건은 평범한 화재가 아니야." 국장이 말을 이었다. "치밀하게 계획된 거지. 누가 그런 짓을 했는지, 이유가 뭔지 알아야겠네." 그제야 갑작스럽게 그녀를 해외에 내보내기로 마음먹은 국장의 결심이 이해되었다. 그는 여성특수요원전담반 관련 기록을 가지러 오겠다는 소식이 도착하고 곧바로 불이 났으며, 이는 작전 중 실종된 요원들과 연관됐을 거라고 생각하는 것이다. 특히 여성 요원들과 연관됐다고 말이다. 엘레노어가 소녀들의 실종과 관련된 단서를 찾는다면, 국장이 원하는 해답도 동시에 얻을 수 있을 것이다.

"이번 화재 사건에 우리 요원들이 연관돼 있다고 생각하세요?"

"잘 모르겠어. 정부 쪽에 관련 서류를 넘기기 직전에 화재가 발생했으니까. 우리 쪽에서도 조사 팀을 투입해서 알아보고는 있네."

하지만 그에 대한 유일한 해답은 프랑스에 있을 테지. 엘레노어는 조용히 결론 내렸다. 특수요원들의 네트워크가 붕괴되고 소녀들이 독일군에 잡혀간 지점. "여자 요원들이 어떻게 체포되었는지, 어디로 끌려갔는지, 무슨 일이 일어날 건지 전부 알아내야 해." 국장은 예전부터 엘레노어가 요청해 온 이야기들을 속사포처럼 쏟아 냈다. 그중에서도 가장 중요한 것은 '왜' 그렇게 되었는가였다.

"저랑은 얘기가 끝난 거 아니었나요?" 아무리 노력해도 비난 섞인 목소리만큼은 도저히 가려지지 않았다.

"그땐 더 알아볼 이유가 없었어." 국장은 고갯짓으로 폐허가 된 노그비하우스를 가리키며 말을 이었다. "지금은 달라졌잖아."

열두 명의 생사가 걸린 문제인데, 그것만으로도 충분하지 않았나 하는 생각이 들었다. "그러니까 저더러 그쪽에 가서 어떻게 된 일인지 알아보라는 말인가요?"

"안 돼." 엘레노어는 심장이 덜컹 내려앉았다. 또 안 된다고 말하는 건가? 지금 나하고 잔인한 농담 따먹기나 하자는 거야? "적어도 공식적인 자격으로는 보낼 수가 없어." 그리고 황급히 덧붙였다. "자네를 보낸다면 비공식적으로 진행해야 해. 그건 어떻겠나?"

엘레노어는 머뭇거렸다. 지난 수개월 동안 홀로 진실을 파헤치다 이제 막 희망의 끈을 놓고 진실 찾기를 포기하려는 찰나였는데, 국장이 다시 그 사건을 눈앞에 흔들어 대고 있었다. 그렇게도 원하고 간청했던 일을 이제야 다시 끄집어낸 것이다. 막상 진실을 파헤칠 기회가 주어지자 더럭 겁이 났다.

"알겠습니다." 마침내 엘레노어가 대답했다. "가겠습니다."

"난 해답을 원하네. 반드시 해답을 찾게." 국장이 단호하게 덧붙였다. "어떤 대가를 치르더라도 말이야." 결의에 찬 눈동자가 활활 타올랐다. 이제 정부로부터 내팽개쳐질 상황에 직면했으니, 그로서도 더는 잃을 것이 없었다. 국장은 종이에 뭔가를 휘갈겨 썼다. "내 권한으로 자네한테 공군 여성보조부 대원의 신분을 부여할 거야. 활동비는 물론이고 해외로 나갈 때 필요한 서류도 준비해 줄 거고. 특수작전국 폐쇄까지 정확히 2주 남았네. 그 후엔 활동비 지급은 물론 자네가 필요로 하는 서류도 더는 지원할 수 없겠지." 그녀에게 돈 몇 푼 따위는 별 의미가 없다는 걸 알면서도 황급히 덧붙였다.

엘레노어가 고개를 끄덕였다. "빨리 준비된다면 오늘 밤에 출발하겠습니다."

국장은 영국 여권을 내밀었다. "자네 여권일세. 앞으로 필요할 거야." 엘레노어는 머뭇거렸다. 영국 시민권. 그토록 원했는데 이제는 자신이 잃어버린 모든 걸 떠올리게 만드는 한낱 종잇조각에 불과한 것이 되고 말았다. 하지만 여권이 필요한 때가 되었다. 엘레노어는 감상은 한쪽으로 밀어 놓고 국장이 내민 여권을 집어 들었다.

"어디서부터 시작할 작정인가?"

애초 계획대로라면 독일로 가서 강제수용소 쪽을 돌아볼 생각이었다. 하지만 실종된 소녀들은 각지에 배치되었고, 대부분 프랑스 수도를 기준으로 흩어져 있었다. 프랑스가 그들의 활동지이자 그 끔찍한 모든 사건이 벌어진 곳이었다. "파리로 가겠습니다." 엘레노어가 마지막으로 물었다. "국장님한테 연락하려면 어떻게 해야 할까요?"

국장이 고개를 저었다. "연락하지 말게." 그의 강한 목소리에서 분명한 메시지가 전해졌다. 전화로 정보를 주고받는 건 아무래도 누설의 위험이 있었다. 국장이 자리에서 일어섰다. "잘 가게, 엘레노어." 그리고 힘을 주어 악수하며 말했다. "행운을 비네."

엘레노어는 국장실을 나와 계단을 내려가서 본부 밖으로 나섰다. 모퉁이에 도즈가 차를 세우고 기다리는 것이 보였다. 엘레노어는 순간 방향을 다른 쪽으로 틀어서 그의 눈에 띄지 않도록 낮은 집들 사이에 몸을 숨겼다. 그리고 골목을 따라서 노그비하우스의 잔해가 남은 쪽으로 향했다. 화재 때문에 위층이 완전히 무너져 내렸다. 엘레노어는 한때 회의실이 있던 자리에 쌓인 잔해 사이로 걸어갔다. 아직도 온기가 남은 돌무더기가 발목에 닿았다. 그녀는 지하로 내려가는 문이 있던 자리에 멈춰 섰다. 다행히 무전통신실과 엘레노어의 사무실로 이어지는 계단은 당시 모습을 그대로 간직하고 있었다.

엘레노어는 천천히 계단을 따라 내려가기 시작했다. 머리 위로 불에 탄 잔해들이 떨어지는 등 지금이라도 건물 전체가 무너져 내릴 것만 같았다. 엘레노어는 순간 공포에 휩싸였다. 죽음 그 자체가 두려운 게 아니라 이제야 비로소 그토록 바라던 해답을 찾을 기회가 눈앞에 왔는데 그 기회를 놓쳐 버릴 수도 있다는 두려움이었다.

엘레노어는 한때 자신이 쓰던 사무실의 보관함 앞에 서둘러 멈췄다. 그리고 파일이 든 캐비닛으로 걸어갔다. 서류가 든 파일은 전부 사라졌다. 그녀는 서랍을 빼서 다른 사람은 미처 살피지 못했을 안쪽 깊숙한 곳으로 손을 집어넣었다. 화마가 스치고 지나갔는데도 그녀가 두고 간 철제 상자는 그대로 남아 있었다. 바로 이 상자에 작전 지역에 배치되기 전, 소녀들이 가장 아끼는 소지품을 보관해 두었다. 해고당한 날 이 상자를 챙겨 가야 했는데, 워낙 급작스럽게 아무것도 챙기지 못하고 맨몸으로 빠져나가느라 이것까지 챙길 시간 여유가 없었다. 엘레노어는 상자를 집어 들었다. 뚜껑을 열자 조그만 신생아용 신발이 보였다. 엘레노어는 신발을 들고 터지는 눈물을 억지로 참았다.

위쪽에서 목소리가 들렸다. "그 아래 누구 있습니까?" 환한 손전등이 시커멓게 타 버린 벽면을 비췄다. 엘레노어는 대답하지 않고 미리 생각해 둔 물건을 서둘러 챙긴 뒤 다시 위층으로 가는 계단을 올랐다.

1층에 서 있던 앳된 경찰이 화재의 잔해에서 누군가 걸어 나오는 모습을 보고 화들짝 놀랐다. "부인, 이건 가지고 가면 안 됩니다." 그는 엘레노어의 품에 있는 상자를 가리키며 말했다. "화재 현장 조사에 필요한 증거라서요."

"그럼 잡아가세요." 엘레노어는 양팔 가득 전리품을 안고 당당하게 걸음을 옮겼다.

마침내 엘레노어는 자기가 저지른 잘못은 제외하더라도 소녀들에게 최소한 마음의 빚은 갚을 수 있었다.

# 24
# 그레이스

늦은 오후 그레이스는 헬스키친의 하숙집 계단을 터벅터벅 올라갔다. 워싱턴에 가서 온갖 일을 겪느라 지치고 피곤했는데, 이제라도 집에 돌아올 수 있어 다행이었다. 하루빨리 프랭키를 만나서 일상으로 돌아가고 싶은 마음뿐이었다. 하지만 하필 오늘이 토요일이라 남은 하루를 쉬고 또 하루를 더 쉰 뒤에야 직장에 복귀할 수 있었다.

그레이스는 하숙집 꼭대기 층에 이르러 열쇠를 끼우고 자물쇠를 돌렸다. 그리고 문을 열자마자 그대로 얼어붙었다.

방에 놓인 유일한 의자에 검은 가죽 지갑을 손에 쥔 여자, 바로 어머니가 앉아 있었다.

순간 머릿속에 온갖 생각이 떠올랐다. 대체 그레이스의 집은 어떻게 알았을까? 여기서 얼마나 기다린 걸까? 그레이스의 시선이 지난밤 입은 것으로 보이는 구겨진 잠옷과 누구도 누운 것 같지 않은 말끔히 정리된 침대 쪽으로 향했다. 지금 상황이 조금이라도 덜 어색해지도록 뭔가 설명하고 싶었지만 아무것도 떠오르지 않았다.

"집주인이 들여보내 주더구나." 어머니는 낭랑한 목소리로 말했고, 그걸로 모든 것이 설명되었다. 어머니는 곱게 빗어 넘긴 머리에 풍성한 코트와 완벽하게 어울리는 종 모양의 연어색 벨벳 모자를 쓰고 있었다. 그레이스는 자신의 방에 들어오기 위해 최대한 친절하고 우아하게 미소 지었을 어머니의 모습을 머릿속에 그려 볼 수 있었다.

"아가, 이렇게 불쑥 찾아와서 정말 미안하구나." 어머니는 지갑에 가지런히 놓인 장갑을 쓸어내리며 말을 이었다. "하지만 아무리 연락해도 받아야 말이지. 너무 걱정돼서 찾아왔단다." 그건 지극히 일부에 불과했다. 어머니는 도대체 딸이 무엇을 하고 있는지, 어떻게 살고 있는지 두 눈으로 똑똑히 확인하고 싶었던 것이다.

"제가 여기 있는 건 어떻게 알았어요?"

"하트퍼드에 쇼핑하러 갔다가 글쎄 마르시아를 탈의실에서 우연히 마주쳤지 뭐니." 자신이 알리바이로 삼은 마르시아의 이름이 나오자 그레이스는 자기도 모르게 얼굴이 후끈 달아올랐다. 그제야 백화점에서 벌어졌을 일련의 장면들이 그려졌다. 마르시아는 예기치 않게 그레이스의 어머니와 마주쳐서 매우 당혹스러웠을 것이다. 그레이스가 사는 집 주소를 알아내는 데 그리 큰 수고를 들이지 않아도 됐겠지. 집에 오는 편지를 보내 달라고 마르시아에게 주소를 알려 준 터였다.

"먼저 연락하지 못해서 죄송해요." 그레이스는 침대 한쪽에 걸터앉으며 말했다.

"괜찮아." 어머니는 그레이스의 등을 쓰다듬으며 말했다. "네가 어떻게 지내는지 걱정했단다." 어머니로서 괜히 하는 말이 아니라 그녀는 진심으로 딸을 염려했다.

그레이스는 눈앞에 닥친 문제를 해결하는 데 급급해서 부모님 생각은 미처 하지 못했다. 그렇다고 해서 집으로 돌아가고 싶은 건 아니었다.

"그래, 우리 딸이 여기서 지냈구나." 어머니는 조그만 방을 찬찬히 둘러보았고, 뭐가 마음에 안 드는지 자기도 모르게 콧등을 찡그렸다. "짐 챙기는 걸 도와줄게. 한 시간이면 될 것 같은데. 아빠랑 내가 함께 있는 게 싫으면 버나뎃 언니네 손님방에서 지내렴." 매일 치고받고 싸우는 세 아이와 함께 언니네 집에서 지내라니, 집에 돌아가는 것보다 유일하게 더 끔찍한 일이었다.

"엄마, 저는 못 가요. 직장에 다니거든요."

어머니는 직장 따위는 별문제도 아니라는 듯 손을 내저으며 말했다. "못 간다고 메모를 남기면 되잖니."

"이건 칵테일 파티가 아니라 직장이에요. 다른 일도 처리할 게 있고요." 그레이스는 어머니 뒤로 팔을 뻗어서 워싱턴으로 떠나기 전 침대 옆 탁자에 올려 둔 신문을 집어 들었다. "그래, 이 기사 나도 읽었단다." 어머니는 엘레노어의 기사를 가리키며 말했다. "자동차에 치여 죽었다면서. 정말 끔찍한 일이야. 도시가 그 정도로 위험한 거란다. 대체 왜 이런 위험한 곳에서 지내는 건지 이해가 안 되는구나."

"그 여자는 전쟁 중에 사라진 소녀들의 사진을 남기고 죽었고,

저는 그 소녀들에게 무슨 일이 있었던 건지 알아내기 위해 노력하고 있어요." 그레이스는 워싱턴에 가서 마크와 함께 있었다는 부분은 빼놓았다.

"네가 다닌다는 직장에서 그런 일을 하니?"

그레이스가 머뭇거리며 대답했다. "꼭 그런 건 아니에요." 그거라도 말해야만 뉴욕에서 지내고 싶어 하는 이유를 이해받을 것같았다. 하지만 예상과 달리 혼란만 불러일으킨 꼴이 되었다.

"아니, 직장에서 시키는 일도 아닌데 왜 그런 걸 알아내려고 하는 거야?"

어머니의 질문은 하루 전 프랭키와 통화할 때 들은 질문의 반복이었고, 그 질문은 여전히 그녀를 붙잡고 있었다. 그레이스는 사라진 소녀들과 아무 관계가 없었다. 말 그대로 생판 남이니까. 그런데도 소녀들의 실종 사건에 집착하는 것은 그들의 세상에 집중하면 집중할수록 그동안만큼은 자신의 세상을 어느 정도 잊고 살 수 있기 때문이었다. 바로 그 점 때문에 더욱 매력을 느끼는 건지도 모르겠다. "설명하기는 어렵지만, 어쨌든 그 문제는 이제 해결됐어요."

"그럼 이제 엄마랑 돌아갈 거지?"

"그런 뜻은 아니에요." 그레이스는 의도한 것보다 더 냉정하게 어머니의 말을 잘라 버렸다.

"그래도 가족들이랑 함께 지내야지." 어머니도 물러서지 않았다. "이제 집으로 돌아갈 때가 된 것 같구나."

"엄마, 전 돌아가기 싫어요." 마크를 제외하고 다른 사람 앞에서 자신의 속마음을 큰 소리로 고백한 건 이번이 처음이었다. 그녀는 어머니의 얼굴에 상처 입은 표정이 그대로 스치는 걸 보고 또 다른 논쟁이 펼쳐지겠구나 예상했다. "전 여기가 좋아요. 직장도 생겼고요. 그리고 우리 집도 있잖아요." 좋은 집은 아니지만, 그래도 이 하숙방은 그레이스의 집이었다.

그제야 어머니의 표정이 누그러졌다. "사실 엄마는 네가 조금 부럽구나." 그제야 솔직한 고백이 이어졌다. "엄마도 언제나 이런 삶을 꿈꾸고 살았거든."

그레이스는 깜짝 놀랐다. 지금 어머니가 사는 인생 말고 다른 모습으로 살아간다는 건 상상해 본 적이 없었다.

"한때는 브로드웨이에서 오디션을 본 적도 있어." 어머니가 덧붙였다. 그레이스는 내성적인 어머니가 생일 축하 노래를 입만 벙긋대는 게 아니라 실제로 무대에서 부르는 모습은 어떨지 머릿속으로 그려 보았다. 순간 어머니의 모습이 그레이스가 미처 알지 못한, 자기만의 꿈을 가진 완전히 다른 사람처럼 느껴졌다.

잠시 두 사람 모두 입을 열지 않았다. "버나뎃이나 헬렌처럼 살지 않아도 된단다, 아가." 마침내 어머니가 말했다. "난 그저 우리 딸이 행복하게 사는 걸 바랄 뿐이야." 지금까지는 어머니의 기대에 미치지 못하고 언니들처럼 살지 못하는 자신에게 부모님이 실망했을 거라고만 생각했다. 어쩌면 그 기대라는 것도 그레이스 자신이 만들어 낸 건지도 모르겠다.

"너희가 어릴 때만 해도 어디 다치거나 겁을 먹으면 한번 안아 주거나 선물을 주는 걸로 얼마든지 기분을 풀어 줄 수 있었단다.

하지만 아이들이 자라면 자랄수록 상처를 치유해 주는 게 쉽지 않더구나. 톰이 그렇게 됐을 때……." 어머니는 도저히 말을 이어 갈 수 없는지 잠시 말끝을 흐렸다. "그때는 내가 어떻게 도와줄 수가 없어서 정말 나 자신이 무력하게만 느껴졌지."

그레이스는 어머니의 두 손을 붙잡았다. "엄마 잘못이 아니에요. 누구도 위로해 줄 수 없었을 거예요. 어쨌거나 저 혼자 해결해 나가야 할 문제잖아요."

"이걸 가지고 왔단다." 어머니는 테이블에 놓아둔 노란색 수국 조화를 들어 보였다. 그레이스가 고향 집에서 가장 질색한 게 바로 그런 꽃이었다.

하지만 그저 딸을 향한 관심의 표현이자 그레이스가 여기서 지내고 싶어 하는 걸 안다는 무언의 몸짓이었다. "고마워요, 엄마." 그레이스는 꽃을 받으며 말했다.

"연휴 때는 꼭 집에 놀러 오렴."

그레이스는 고개를 끄덕였다. "그럴게요." 최대한 확신이 담긴 어조로 대답했다. 어차피 크리스마스가 오려면 한참 남았으니까. 그때 가서 무슨 일이 생길지 누가 안단 말인가? 하지만 그레이스의 어머니는 나름대로 최선을 다하고 있었다. "몇 주 정도 휴가가 생기면 뉴욕에 와서 저랑 같이 쇼핑도 하고 그래요." 그레이스도 노력하고 있음을 전하기 위해서 말했다. "날씨가 좀 따뜻해지면 같이 식목원으로 놀러 가도 되고요."

그레이스의 어머니가 미소 지었다. "그거 정말 반가운 얘기구나." 어머니는 자리에서 일어나 코트의 단추를 채우고 모자를 고처 썼다. 그리고 그레이스가 어릴 때처럼 머리카락을 가지런히 다듬어 준 뒤 머리에 가만히 입을 맞췄다. "네가 준비되는 대로 다시 만나자." 그리고 그레이스의 아파트를 떠났다.

그레이스는 어머니가 떠나는 모습을 보며 감사와 안도감으로 가슴이 꽉 차는 느낌이었다. 자신이 원하는 삶을 허락받은 것이다. 한편 자신이 원하는 삶을 살아간다는 건 어머니와의 간극을 영원히 좁힐 수 없다는 걸 의미하기에 슬프기도 했다.

그레이스는 고요한 하숙집에 홀로 앉아 있었다. 방 안이 평상시보다 더 휑하게 느껴졌다. 그제야 침대에 놓인 하얀 봉투가 눈에 들어왔다. "엄마, 잠깐만……." 어머니가 물건을 놓고 간 줄 알고 부리나케 쫓아 나갔다. 하지만 봉투에 적힌 주소는 고향 집이 아닌 자신의 집이었고, 발신지는 워싱턴DC의 낯선 사무실 주소였다.

변호사 사무실에서 보낸 봉투에는 토머스 힐리가 남긴 유산을 증여한다는 내용과 함께 그녀 앞으로 보내는 만 달러짜리 수표가 들어 있었다. 토머스라는 이름을 보는 순간 눈물이 울컥했다. 생전에 톰이 그녀 앞으로 유산을 증여해 두었다는 건 전혀 모르는 사실이었다. 대체 이렇게 많은 돈을 어디서 난 걸까? 그레이스는 수표를 손에 쥐고 걷잡을 수 없는 슬픔으로 복받쳐 올랐다. 그는 세상을 떠난 후에도 그레이스를 돌봐주고 있었다.

다음 단계로 나아갈 때가 되었다는 신호인지도 모른다. 실종된 소녀들 문제는 접고 자신이 맡은 일과 이곳의 삶에 집중해야 할 시간이 됐다. 이제 모든 걸 잊고 앞으로 나아가야 한다.

그녀는 영사관에 사진을 갖다 주자고 굳게 결심했다. 그리고 봉투에 든 사진을 꺼내서 마지막으로 한 번 더 살펴보았다. 소녀들은 전쟁 중에 사망했고, 그들을 사지로 내몬 건 엘레노어의 배신이라는 걸 알아냈다. 물론 그 이유는 알 수 없지만 여기까지가 그동안 알아낸 전부였다. 이걸로 그녀가 할 수 있는 건 모두 끝냈다. 이 정도면 충분하다.

\*

월요일 오전 9시, 그레이스는 다시 한번 영국 영사관 앞에 서 있었다. 이제 사진을 영사관에 돌려주고 출근할 참이었다. 영사관에 들어서자 그때 만난 접수원이 자리에 앉아 있었다. "아, 성함이⋯⋯."

"그레이스 힐리예요." 그레이스는 자신의 이름을 기억하지 못한다는 사실에도 전혀 놀라는 기색 없이 이름을 밝혔다.

"다시 오셨네요." 별로 반갑지 않다는 말투였다.

"네. 엘레노어 트리그 씨에 대해 새롭게 알아낸 게 있는지 궁금하네요." 사진을 돌려주러 온 거였지만 호기심이 생기는 건 어쩔 수 없었다.

접수대 직원은 뭐라고 대답해야 할지 잠시 망설이는 기색이었다. "경찰 측에서 엘레노어 트리그 씨의 유품을 우리 쪽에 가져다줬어요." 그레이스는 엘레노어의 여행 가방과 그 안에 든 물건에 정신이 팔린 나머지 사망할 때 가지고 있던 소지품은 신경 쓰지 못했다. "우리로서는 고인의 가까운 친척을 계속 수소문하는 상태고요."

순간 그레이스는 희망의 불빛이 반짝이는 걸 느꼈지만, 이번에는 그냥 못 본 척하기로 했다. 이제 가 봐야 한다. 정말 떠날 시간이 됐다. 하지만 여기까지 온 이상 그게 뭔지는 봐야 하지 않을까? "좀 볼 수 있을까요?" 그레이스는 자기도 모르게 말했다. "그 소지품이요." 당연히 거절당할 줄 알면서 덧붙였다.

"왜죠? 그건 고인의 개인 소지품인걸요. 친척도 아니라면서요."

"지난 며칠 동안 엘레노어 트리그 씨에 대해 알아보려고 백방으로 뛰어다녔거든요. 제가 갖겠다는 게 아니라 뭐가 있는지 보고 싶어서 그래요." 직원의 표정에 아무 변화가 없는 걸 보고 결국 거절이구나 싶었다. "부탁할게요. 1분이면 돼요. 고인의 유족을 찾는 데 제가 도움을 드릴 수 있을지도 모르잖아요."

"알겠어요." 직원은 마지못해 대답했다. "고인의 지인을 찾을 수만 있다면 사망진단서 작성을 위해 제출해야 하는 서류를 준비하는 게 좀 수월하겠네요." 그 직원에게 엘레노어 트리그라는 존재는 그저 요식적이고 귀찮은 업무 대상일 뿐이었다. 직원이 커다란 봉투를 꺼냈다. "다 보고 나면 그대로 봉투에 담아서 돌려주세요."

그레이스는 봉투를 열었다. 소액의 지폐 몇 장과 독서용 안경. 그나마 사고의 충격으로 산산조각이 난 상태였다. 남색 여권은 반으로 접혀 있었다. 그레이스는 여권을 꺼내서 조심스럽게 한 장씩 넘겨 보았다. 그 끔찍한 사고를 겪고도 여권 자체는 새것처럼 보였다. 프랑스 입국 도장과 미국에 도착하기 몇 주 전 독일에 입국한 기록도 남아 있었다. 엘레노어는 미국에 오기 전 각국을 여행했다. 무슨 이유였을까?

"잘 봤어요." 그레이스는 여권을 다시 봉투에 담으며 말했다. 그리고 가방에 있던 사진 뭉치를 접수대 직원에게 내밀었다. 그런데 무언가가 그녀를 멈춰 세웠다.

"그 사진들 직접 보관하고 싶으세요?" 접수대 직원이 그레이스가 망설이는 걸 눈치채고 물었다.

그레이스는 고개를 저었다. "어차피 제 물건도 아닌데요." 그리고 다시 생각에 잠겼다. 그레이스는 눈동자가 검은 조시의 사진만 빼고 나머지 사진을 직원에게 건넸다. 그 사진은 예상치 못한 여행에서 건진 기념품 같은 거였다.

# 25
## 엘레노어

누군가 그녀를 지켜보는 사람이 있다면 매우 궁금했을 것이다. 저 여자는 누군데 매일 밤 사보이 호텔 바에 혼자 앉아서 마티니 한 잔을 놓고 네다섯 시간을 빈둥거리는 걸까? 남자친구나 애인에게 바람맞고 시간을 죽이는 건가 생각하기에는 얼굴에 슬픈 기색이 전혀 없었다. 호텔 바에 앉아 있는 게 딱히 어울릴 법한 외모도 아니었다. 그저 멍하니 앉아서 퇴근 후 호텔의 회전문을 통해 파도처럼 밀려왔다 사라지는 사람들을 빤히 쳐다볼 따름이었다.

국장실로 불려가서 서 있다가 해외로 나가도 좋다는 허가를 받은 게 3주 전이었다. 그날 밤이라도 당장 떠나고 싶었지만, 그녀의 바람과 달리 파리로 떠나는 일은 녹록지 않았다. 어차피 기록도 남지 않을 비공식 업무지만, 그에 앞서 제출해야 할 서류와 불필요한 요식 행위가 산더미처럼 쌓여 있었다. 그다음은 유럽까지 어떻게 갈지 교통수단을 정해야 했고, 전쟁 후 재건 작업을 위해 대형 선박에 올라 영국해협을 가로지르는 온갖 물자와 사람들을 비집고 어디에 숙소를 정할지도 고민해야 했다. 마침내 닷새 전

수송선을 타고 이동하는 경로를 확보할 수 있었다. 엘레노어는 스프레이처럼 얼굴을 간질이고 옷을 흠뻑 적시며 들이치는 바닷물을 개의치 않은 채 갑판에 오롯이 서 있었다. 언젠가 낙하산을 타고, 혹은 밤의 장막 아래 비행기를 타고 이곳에 도착했을 소녀들을 떠올리며, 이제라도 유럽에 올 수 있어 정말로 다행이라는 생각과 함께 경이로움을 만끽했다.

파리에 도착해서는 혹시나 실종된 소녀들의 소식을 듣거나 그에 대한 단서를 찾을까 싶어 정부 기관과 대사관을 샅샅이 훑고 다녔다. 적어도 마리와 조시는 파리에 배치되어 실제로 이 지역에서 활동했으니까. 영국의 여성 특수요원들이 체포된 것은 평범하지 않은 일이고 누가 봐도 주목할 만한 사건이었다. 누군가 그 일을 기억하는 사람이 있을 것이다.

하지만 정부 기관들은 전쟁이 끝나고 기관을 재건하느라 분주한 상황이라서 실제적인 도움을 주기에는 역부족이었다. "프랑스에서 독일군에 체포된 사람들의 명단을 찾고 싶어요." 엘레노어는 이틀 전 임시 정부 본부를 찾아가서 말했다. "게슈타포나 독일의 비밀경찰에 붙잡힌 사람들 말이에요."

하지만 담당 공무원은 고개를 저었다. "독일군은 파리가 해방되기 직전에 당시 기록을 전부 불태워 버렸어요. 설령 그 기록이 남아 있다고 해도 기밀 문서로 분류되어 일반인에게 공개할 수 없을 테고요. 특히 외국인은 그 문서를 열람할 수 없죠."

결국 빈손으로 돌아온 엘레노어는 검시사무소 혹은 도시 외곽의 추방자 난민 캠프 같은 다른 기관을 공략해 보기로 했다. 하지만 아무것도 찾지 못했다. 이렇다 할 직책이 없는 것보다 더 건질 것이 없었다(국장이 만들어 준 영국 특수작전국 소속 전쟁범죄 조사팀 대표라는 직함이 찍힌 명함을 내밀어 봤자 아무 관심도 받지 못했다). 그들은 엘레노어의 요청에 냉담하거나 적대적으로 반응했다. 처음에는 영국의 요원들이 프랑스의 해방을 위해 활약한 것에 대하여 고마워하지 않을까 하는 기대도 있었다. 하지만 샤를 드골 장군 측은 프랑스 레지스탕스의 활약이 가져온 승리로 기억하기를 바랐다. 영국에서 온 여자가 이것저것 캐묻고 다니며 다른 나라의 도움이 있었다는 사실을 들추는 것만으로도 반감을 사기에 충분했다.

엘레노어는 매일 밤 호텔 바에 가서 그날그날 메모한 내용을 다시 살펴보며 다음 날 공격할 지점을 구상하곤 했다. 국장이 지원해 주는 경비로는 역부족인 걸 알면서 굳이 사보이 호텔을 숙소로 정한 것도 이유가 있었다. 한때 이름을 날리던 지역에 있는 고급 호텔은 아니지만 파리에서 전쟁 이전 메뉴를 다시 팔기 시작한 유일한 호텔이었다. 그보다 사보이 호텔은 전쟁 기간 비밀 요원과 레지스탕스가 접선한 것으로 잘 알려진 곳이었다. 엘레노어는 당시 활동한 이들 중 한둘은 여전히 이 호텔 바의 단골이기를 바랐다.

그동안 일일이 찾아다니며 기운 뺀 장소들을 하나씩 곱씹노라니 파리에 머무는 건 별 의미가 없어 보였다. 이곳에서 일주일을 보냈고, 얼마 후면 국장의 지원도 끊길 것이다. 이대로 집에 돌아가야 하나 싶었지만 여기서 수색을 멈춘다는 건 소녀들을 포기하는 거나 다름없었다. 남자 요원들은 사망자 명단이나 이들을 담당하는 위원회와 조사 기관이 따로 있었다. 하지만 그 소녀들은 엘레노어가 포기하면 기억에서 영원히 사라져 버릴 것이다. 안돼. 엘레노어는 포기할 수 없었다. 어쩌면 차를 빌려서 파리 말고 요원들이 활동한 외곽의 다른 지역을 뒤져 보는 편이 나을지도 모르겠다.

바 건너편에서 모들뜨기 눈을 하고 회색 모직 재킷을 입은, 엘레노어보다 어려 보이는 사내가 시야에 들어왔다. 겉보기에는《르 몽드》를 읽는 것 같았다. 머리기사는 '전범 재판!'이었다. 하지만 엘레노어는 신문 너머로 자신을 유심히 살피는 그의 시선을 감지할 수 있었다. 순간 온몸의 근육이 바짝 긴장되었다. 아리사이그하우스에서 훈련받을 때 가장 먼저 배우는 것이 꼬리가 붙는, 다시 말해 미행이 붙는 걸 알아차리는 방법이었다. 하지만 엘레노어는 이런 경험이 처음이라 어쩔 수 없이 자신의 안위가 걱정되었다.

엘레노어는 급하게 마티니잔을 비우고 계산서를 가져오게 해서 돈을 낸 뒤 로비를 가로질러 엘리베이터에 몸을 실었다. 객실로 들어서자 한때는 우아했던 방 대신 가운데가 푹 꺼진 침대와 벗겨진 벽지 등 침울하기 이를 데 없는 곳이 나타났다.

누군가 문을 노크하는 소리가 들렸다. 엘레노어는 화들짝 놀라서 몸을 일으켜 문구멍으로 밖을 내다보았다. 바에서 본 그 남자였다. 미행이 붙었다고 하기에는 너무 노골적인데. 순간 그냥 못 들은 척할까 싶었다. 하지만 그녀가 객실로 올라오는 모습을 똑똑히 본 것이 분명한 데다 어쩌면 그녀가 찾는 정보를 가진 사람일 수도 있었다. 엘레노어는 빠끔히 문을 열었다. "누구죠?"

"헨리 두켓이라고 합니다. 프랑스 레지스탕스와 함께 일했죠." 한때는 레지스탕스라는 단어를 입 밖에 꺼내는 것 자체로 사망선고를 받은 적이 있는데, 이제는 그 단어가 명예로운 훈장 같은 것이 되었다.

엘레노어는 그가 자신을 어떻게 찾았는지, 무엇을 원하는지 알 수 없어서 머뭇거리다 조심스럽게 방문을 열었다. "엘레노어 트리그라고 해요."

그는 객실로 들어오더니 바에서 읽던 신문을 내려놓고 차가운 눈으로 그녀를 응시했다. "저번에 제가 일하는 정부 기관에 찾아온 거 봤어요. 파리 곳곳을 이 잡듯 뒤지면서 사람을 찾는다고요. 다들 당신을 달가워하지 않아요."

"누가 말이죠?" 그는 대답하지 않았다. "전쟁 중에 베스퍼 팀에서 활동한 요원에 대해 알고 있나요?" 그녀가 물었다. "베스퍼? 르네 드마리?" 반사적으로 요원들의 위장 신분이 튀어나왔지만, 생각해 보니 더는 그럴 필요가 없었다. "그러니까 마리 루라고 아세요? 혹시 그들에게 무슨 일이 있었는지 아시나요?" 그저 허풍을 떨러 온 사람일 수도 있었다. 엘레노어는 너무 들뜬 모습을 보이지 않으려고 조심했다. "만약 사례비를 원하는 거라면……." 그녀는 통장에 든 잔액을 헤아리며 사비로 얼마나 낼 수 있을지 가늠해 보았고, 지금으로서는 집에 돌아갈 여비는 충분했다.

"농! 아뇨!" 그는 불같이 화를 내며 갑자기 엘레노어의 팔을 붙잡았다. 엘레노어는 괜히 기분 상하게 했나 싶어 내심 걱정됐다.

부글부글 끓어오르는 그의 눈동자를 보니 진짜 화났다는 걸 느낄수 있었다. "따라와요." 그가 분노에 차서 말했다. "당신 손에 묻은 피를 직접 보게 해 줄 테니까."

\*

40분 후 엘레노어는 파리의 게슈타포 본부 정중앙에 덩그러니 서 있었다.

"내 손에 묻은 피라고 했나요?" 엘레노어는 헨리를 따라 호텔을 나선 뒤로 계속 같은 질문을 반복했다. "그게 대체 무슨 뜻인지 이해가 안 돼서 그래요." 물론 엘레노어는 죄책감을 느끼고 있었다. 조금 더 빨리 무선 통신에 문제가 있다는 사실을 국장에게 알리고 어떤 행동을 취해야 했는데. 하지만 프랑스 남자가 그것까지 알고 있을 리는 만무한 일 아닌가.

그가 호텔 앞에 대기 중인 르노 자동차로 끌고 가자 엘레노어는 갑자기 긴장감이 밀려왔다. 처음 마주친 현장에서 순순히 적군을 따라가지 말 것. 간첩 활동의 가장 중요한 수칙이었다. 익숙한 공간을 벗어나면 나약해지고 대처하기 힘든 상태가 되어 버리게 마련이다. 결국 엘레노어는 어디로 가는지도 모른 채 자신을 경멸하는 남자를 따라 움직였다.

"나를 어디로 데려가는 거죠?" 엘레노어가 도전적으로 물었지만 그는 아무 대답도 하지 않았다. 어떻게든 그를 저지하고 반항이라도 해 볼까 생각했다. 하지만 저 남자가 실종된 소녀들에 대해 아는 게 있을지도 모르잖은가.

땅거미가 내릴 무렵 헨리는 파리 거리를 따라서 아무 말 없이 차를 몰았다. 엘레노어는 발에 불이 나도록 정부 기관을 헤집고 다니느라 도시의 정경을 제대로 감상할 여유조차 없었다. 이제야 창문 너머로 보이는 도시의 모습을 제대로 바라볼 수 있었고, 한편으로는 그 정경을 보며 마음이 차분해지기도 했지만 다른 한편으로는 예기치 못한 상황에 최대한 신속하게 도주할 수 있는 경로를 기억하기 위해 신경을 곤두세웠다. 도심은 여전히 분주해 보였다. 커다란 카페 창문 너머로 뛰어난 패션 감각을 자랑하는 커플들이 재잘재잘 이야기를 나누고, 가게 주인들은 마감 시간이 다가오자 서둘러 어닝을 내렸다. 그 와중에도 전쟁이 가져온 몽롱하고 뿌연 기운이 도심을 뒤덮은 듯 한때 화려했던 도시의 색감은 어디에서도 찾아볼 수 없었다.

마침내 두 사람이 탄 차가 모퉁이를 돌아 넓은 주택가로 들어섰다. 포시거리. 모퉁이에 붙은 팻말에 적혀 있었다. 그제야 지금 어디로 가는 건지 대번에 알아차릴 수 있었다. 심장이 쫄깃했다. 전쟁 중에 특수작전국에 보고된 내용 중 84번 거리의 포시거리에 관한 걸 읽은 적이 있었다. 그러니까 포시거리는 런던의 파리 본부처럼 독일 비밀경찰 대정보기관의 근거지가 자리했던 곳이다.

침착해. 엘레노어는 층마다 철제 난간이 설치된 5층짜리 타운하우스 앞에 자동차가 멈추자 흥분을 가라앉히며 속으로 말했다. 이제 독일 비밀경찰은 존재하지 않는다. 헨리 두켓은 레지스탕스의 일원이었다. 그는 협력자였고, 적어도 한때는 우호 관계에 있던 사람이다. 분명 해답을 찾아 주기 위해 데려왔을 것이다.

엘레노어는 차에서 내렸다. 2월의 공기는 이가 시리도록 차가 웠고 거대한 대로를 가르며 불어오는 차가운 칼바람이 그녀를 찰 싹찰싹 스치고 지나갔다. 불과 1년 전만 해도 갈고리 십자가 모양 의 나치 깃발을 꽂아 놓았을 깃대는 이제 텅 비어 있었다. 헨리는 노크도 없이 건물로 들어갔다. 대체 어떻게 건물로 들어가는 입구 를 찾았는지 궁금했다. 건물로 들어가자 현관이 텅 비어 있었다. 엘레노어가 읽은 것처럼 한때 포로들을 고문하는 등 온갖 극악무 도한 잔혹 행위가 만연했던 곳이라고 하는데, 사무실로 사용하던 여느 주택과 다를 게 없어 보였다. 엘레노어는 온몸이 부르르 떨 렸지만 마음을 단단히 먹고 헨리를 따라 위층으로 올라갔다.

"여기예요." 그는 2층에 있는 문을 열고 그녀가 들어가게 해 주 었다. 본부의 국장실 크기로 책상과 조그만 테이블 그리고 의자 가 놓인 사무실이었다. 수개월 전 독일군에게 내팽개쳐진 곳이지 만, 아직도 벽에는 담배 연기와 소변 그리고 철재와 썩은 냄새가 배어 있었다.

엘레노어는 그 사무실 구석에서 한때 비밀요원들이 사용한 무 선통신기를 발견했다. 의심할 여지 없이 특수작전국의 몰락을 가 져온 바로 그 물건이었다. "저 무선통신기는……. 어쩌다 독일군 손에 들어간 거죠?"

"놈들이 마르세유 지구의 누군가를 포섭했다고 추측했죠. 마 르세유 쪽에서 요원이 체포된 뒤로 독일군이 무선통신기를 손에 넣었으니까. 그때부터 온갖 주파수를 넘나들며 통신원들 행세를 했고, 그걸로 군수품이 도착할 지점은 물론 요원이 착륙할 지점까지 알아냈으니까요. 요원들이 하나둘 붙잡혀 가면서 무선통신기도 점점 늘어났겠죠. 그중에서도 저 기계는 나중에 찾은 걸 거예요."

"그런데 통신원 행세를 한다는 게 가능한 일인가요? 우리 무선통신은 보안 장치가 이중 삼중으로 돼 있는데. 일단 비밀 키가 필요하고 크리스털 조각과 보안 점검까지 해야 하잖아요."

"저 역시 그 부분이 의심스러워서 오랫동안 고민했어요. 그런데 개중에 크리스털이 겹치는 경우가 왕왕 있었어요. 게다가 기계마다 들어가는 조각의 크기가 다르게 설계된 것도 아니고. 그래서 특별한 기술이나 크리스털 조각 없이도 마음만 먹으면 통신원 행세를 하며 메시지를 주고받을 수 있었을 거예요." 그 부분이야말로 엘레노어 자신도 인지했던 중요한 허점이었고, 기회가 있는데도 애초에 그 허점을 고치지 못한 자신의 실수를 질책할 수밖에 없었다. "그럼 보안 점검은 어떻게 통과했을까요?"

"글쎄요, 그건 당신이 설명해 보세요."

엘레노어는 무선통신기 쪽으로 걸어갔다. 손가락으로 기계를 쓸어내렸다. 통신기의 전신 키가 구부러져 있었다. 아리사이그하우스에서 마리가 무선통신기를 해체하고 다시 조립할 수 있는지 시험했던 기억이 되살아났다. 그제야 의심할 여지 없이 마리가 독일군에게 체포되었다는 사실을 직감했다.

"혹시 무선통신원 얼굴을 본 적 있나요?"

헨리가 고개를 저었다. "개인적으로 여기 온 적은 없었어요. 그저 독일군들에게 요리해 주고 청소해 주던 아주머니와 연락을 주고받은 게 전부였으니까. 영국 여자가 잡혀 왔는데 무선통신기로 메시지를 보내라고 하자 끝까지 거부했다더군요. 그렇게 죽기 직전까지 버틴 거죠."

엘레노어는 목청을 가다듬었다. "베스퍼도 여기 있었나요?"

그의 이름을 언급하자 갑자기 헨리의 표정이 굳어졌다. "네."

"어느 방에 붙잡혀 있었죠?"

그는 사무실을 나가더니 좁은 계단을 따라서 올라갔고 또다시 계단이 이어졌다. 잠시 후 엘레노어는 조그만 다락방에 들어갔다. 독일 비밀경찰의 수감 시설이라고 하기엔 어딘지 모르게 어설퍼 보였다. 눈에 불을 켜고 붙잡아 들인 수감자들을 이런 방에 가두고 심문했다니. 아리사이그하우스에서 소녀들이 사용한 것처럼 군대식 침상 여섯 개가 나란히 놓여 있었다. 구석에는 뽀얗게 먼지가 내려앉은 책장이 보였다. 이제 침대 시트나 옷가지는 물론 개인 물품을 하나도 찾아볼 수 없이 텅 비어 있었다. 하지만 이곳에서 명을 달리한 사람들이 남긴 글씨와 문양들이 철제 침대 프레임에 그대로 새겨져 있었다. 엘레노어 바로 앞에 놓인 매트리스는 시뻘건 핏자국이 그대로 남아 있었다. 엘레노어는 창밖을 내다보았다. 옥상 너머로 에펠탑의 꼭대기 부분이 어렴풋이 눈에 들어왔다. 창문 너머로 파리의 가장 화려한 모습을 코앞에 두고 절망의 늪에 빠져 자신에게 주어진 삶의 마지막 순간을 보낸 사람들은 어떤 기분이었을지 상상해 보았다.

"놈들에게 심문당할 때 이 방에 억류되어 있었어요. 며칠에서 최대 일주일까지. 그러고 나서 곧바로 죽여 버렸죠."

"그 후에는 어떻게 됐죠?"

"프렌교도소로 끌려갔어요. 베스퍼처럼 여기서 머리에 총알이 박혀 죽은 사람들도 있었고." 그는 눈 하나 깜빡이지 않고 말했다.

엘레노어는 베스퍼가 죽었다는 건 알고 있었지만 어떻게 죽은 건지는 오늘에서야 알았다. "그럼 무선통신원들은요?"

"그건 저도 몰라요. 아마도 교도소로 끌려갔겠죠. 나중에 교도소를 비우면서 거기 있던 수감자들은 나츠바일러포로수용소로 갔어요." 그가 덧붙였다.

엘레노어는 독일군에게 붙잡힌 남자 요원들이 수없이 죽어 간, 프랑스에서 가장 무시무시한 수용소로 알려진 나츠바일러라는 말을 듣자 온몸이 부르르 떨렸다. 하지만 여전히 풀리지 않는 의문이 남아 있었다. "왜 라벤스브뤼크강제수용소가 아닌 그곳으로 간 거죠? 나츠바일러수용소는 남자들만 가는 곳이라고 들었는데?"

"그리 오래 살려 두지 않을 작정이었겠죠. 독일놈들은 기록 하나 남기지 않고 모두 죽여 버렸으니까요. 나흐트 운트 네벨."

밤과 안개. 엘레노어도 본부에서 죄수들을 흔적도 남기지 않고 죽인 나치군의 프로그램에 대해 들은 적이 있었다. 눈시울이 뜨겁게 달아오르고 눈물이 차올랐지만 억지로 참아야 했다. "얼마나 붙잡혀 있었죠?" 다시 물었다. "여기 붙잡혀 오고 얼마나 있다가 침공 작전이 시작됐죠?"

"몇 주 지나서였어요." 엘레노어는 헉하고 숨을 들이마셨다. 조금만 더 앞당겼다면 모두를 살릴 수도 있었을 텐데.

"그 사람들만 죽은 게 아니에요." 헨리가 불쑥 내뱉었다.

엘레노어가 고개를 끄덕였다. "알아요. 당신네 레지스탕스도 목숨을 잃었죠." 그때 벌어진 또 다른 현실이었다. 유럽의 해방을 위해 활동한 요원뿐만 아니라 민간인 역시 집중포화를 피하지 못하고 죽어 갔으니까. 레지스탕스뿐 아니라 일반인 남자와 여자 그리고 아이들까지 처참하게 죽었다. 파리 급습 작전으로 아무 죄 없이 목숨을 잃은 사람도 한둘이 아니었다. 폭탄이 설치된 공장에서 일하던 노동자는 물론이고 기차를 몰던 조종사도 탈선으로 사망했다. 레지스탕스에 대항해 독일군이 보복 행위를 자행하는 과정에서 목숨을 잃은 사람도 부지기수였다. 처칠은 유럽을 불바다로 만들라고 지시했다. 불편한 진실이지만 그로 인해 무고한 사람들도 피해를 입었다.

엘레노어는 조그만 다락방 한가운데 서서 삐걱거리는 서까래 아래 홀로 떨며 갇혀 있었을 마리의 모습을 바라보았다. 혹시 다른 사람들도 그녀와 함께 이곳에 있었을까? 엘레노어로서는 알 길이 없었다.

어쩌다 놈들에게 붙잡혔을까? 당시 현장에서 뭔가 큰 문제가 발생했고, 그로 인해 모두가 사망한 터라 진실을 말해 줄 사람이 없었다. 엘레노어는 시간의 강을 거슬러 마리가 자신에게 무슨 말이라도 하는 것처럼 벽을 뚫어지게 쳐다보았다. 하지만 방 안은 그 어느 때보다 고요했다. 어쩌면 마리 역시 아무것도 모른 채 죽어 갔을 것이다.

혹시 뭔가 단서를 남기지는 않았을까? 엘레노어는 방 안 구석 구석을 살피며 어딘가 숨은 공간이 있는지 확인해 보았다. 손바 닥으로 패널 친 벽을 쓸어내리기도 했다.

"장담하는데 우리도 뒤질 만큼 뒤져 봤어요." 헨리가 자신 있 게 말했다. 하지만 엘레노어는 그의 말을 무시한 채 먼지가 묻어 새까매지거나 말거나 마룻바닥을 손바닥으로 쓸고 다녔다. 헨리 로서는 소녀들이 증거 은닉을 위해 훈련받은 대로 지금의 엘레노 어처럼 행동했을 거라는 사실을 알 길이 없을 것이다. 그녀는 손 바닥으로 울퉁불퉁한 바닥을 쓸어내리다가 바닥 아래 텅 빈 공간 이 숨어 있는 것을 발견했다. 그녀가 고개를 들어 헨리를 쳐다보 자 그는 누가 봐도 깜짝 놀란 표정을 짓고 있었다. 바닥에 빈 공간 이 숨어 있었다.

이번에는 침대의 철제 프레임 가장자리를 손으로 쓸어내리기 시작했다. 마치 상처 난 것처럼 프레임 중간중간에 이곳에 붙잡 혀 있던 요원과 수감자들이 새겨 놓은 흔적을 찾을 수 있었다. 엘 레노어는 무릎을 꿇고 프레임을 자세히 살펴보았다. 하루하루를 긴 사선으로 그어 표시해 둔 것도 보였고, 이름을 새겨 둔 부분도 눈에 띄었다. 믿어라, 라고 적은 것도 보았다. 하지만 마리의 이름 은 보이지 않았다. 다음 침대의 프레임을 살피는 중에 눈에 익은 글씨가 눈에 들어왔다. 보들레르. 프랑스 시인 이름이었다.

엘레노어는 마리를 채용할 때, 카페에서 프랑스 시집을 읽고 있었다는 보고서 내용이 떠올랐다. 그녀는 프랑스어 책이 빼곡한 책장으로 다가갔다. 프랑스 시집을 골라서 목차에 보들레르의 시 〈악의 꽃〉이 있는지 살폈다. 그리고 서둘러 시가 적힌 페이지를 넘겼다. 분명 몇몇 글자에 희미하게 밑줄을 친 것 같았다. 엘레노어는 밑줄 친 글자들을 하나로 연결해 보았다. L-O-N-D-O-N, 런던. 마리는 본부에 대해 어떤 단서를 남기려고 했다. 대체 무엇이었을까? 예전 같았으면 구조 요청처럼 들렸을 것이다. 하지만 헨리의 말을 듣고 나니 전혀 다른 무언가를 의미하는 것처럼 느껴졌다. 어쩌면 마리와 다른 요원들을 배신한 누군가를 비난하려고 남긴 글은 아닐까? 런던 본부의 누군가가 비난받아야 할 대상이라고 생각한 건 아닐까?

엘레노어는 몸서리를 치며 책을 덮고 헨리를 바라보았다. "아까 내 손에 묻은 피를 보여 주겠다고 했죠?" 처음 만났을 때보다 훨씬 화가 누그러진 모습이라 또다시 그의 화를 돋울 생각은 없었다. 하지만 그게 무슨 뜻인지는 알아야 했다. "그 말이 무슨 뜻이었어요?"

"예전에 전령으로 일할 때 이곳과 게슈타포 본부를 오가며 메시지를 전달했어요. 거의 마구잡이식으로 런던 본부의 통신망을 갖고 놀더군요. 왜 그때 아무도 알아채지 못하고 멈추지 못한 거죠? 어차피 독일놈들은 자기 손으로 무선통신기를 어쩌지 못했단 말이에요. 누군가의 협조가 필요했을 거예요, 엘레노어 트리그 씨. 당신 쪽 사람이 그들 편에 섰다는 거죠. 손쉽게 무선 통신을 가로채서 그쪽 정보를 빼낸 것처럼 말이에요." 이제는 애원에 가까운 목소리였다. "누군가는 눈치챘어야죠."

"그래서 나를 찾아온 건가요?" 헨리는 그녀를 도우러 온 게 아니라 나름대로 해답을 얻고 싶어서 찾아온 거였다.

"베스퍼 팀이 균열한 이후 결전의 날을 코앞에 두고 독일군에 붙잡혀 간 레지스탕스 중에 우리 형도 있었어요. 그 후로 영원히 돌아오지 못했죠."

"안타까운 일이네요. 그렇다고 해서 우리를 원망할 일은 아닌 것 같은데요."

"정말 우습네요. 당신이 그 여자 요원들의 이야기를 캐고 다닌다는 게." 그가 말을 이었다. "그러니까 당신이 바로 그 여자들을 책임진 사람 아닌가요? 특수작전국 어쩌고 하는 걸 보면 당신이 그쪽 책임자 같던데. 그렇다면 누구보다 당시 상황을 잘 알았겠군요."

"뭐라고요?" 엘레노어는 순간 화가 치밀어 두 볼이 달아올랐다. "그렇다고 해서……." 그는 런던 본부가 아니라 엘레노어가 소녀들을 팔아넘겼다고 어림잡아 다그치는 거였다. "난 우리 요원들을 배신하지 않았어요." 하지만 소녀들을 마지막까지 지키지 못한 점도 배신만큼 최악이기는 했다. "이만 가 봐야겠군요." 문득 헨리와 그가 쏟아 내는 비난의 화살로부터 조금 거리를 둬야겠다는 생각이 들었다. 그녀는 도망치듯 계단을 내려와서 포시 거리의 저택을 벗어나 잠시도 쉬지 않고 달렸다. 뒤를 돌아보고 헨리가 따라오지 않는 걸 확인한 뒤에야 마음을 놓을 수 있었다.

모퉁이를 돌아서자 천천히 걸음을 옮기기 시작했다. 이제 사방에 어둠이 내려 가로등이 인도 곳곳의 노란 웅덩이를 비추고 있었다. 머릿속에 여러 가지 시나리오가 펼쳐졌다. 본부에 배신자가 있었다. 물론 그런 건 상상조차 하기 힘든 일이었다. 하지만 베스퍼를 만났을 때, 런던의 그 누구도 믿을 수 없다면서 정보가 새어 나가는 것 같다는 의구심을 피력하지 않았는가. 마리 역시 시집에 밑줄을 그으면서까지 그 메시지를 전달하려고 절박하게 노력했다. 엘레노어는 노그비거리에서 열린 회의 현장을 머릿속에 그려 보았다. 회의에 참석한 핵심층은 현장에서 활동 중인 요원을 위해 최대한 신중하게 선발된 사람들이었다. 그들 중에 배신자가 있었던 걸까?

엘레노어는 개선문 근처에 도착했다. 통행금지 시간이 한참 지난 터라 거리가 텅 비어 있었다. 프레스부르그거리 정류장 근처에 택시 한 대가 서 있는 걸 보고 곧바로 올라타서 사보이 호텔로 향했다. 만약 본부에서 소녀들을 배신한 거라면 요원들이 하나둘 소리소문없이 체포되고 군수품이나 안전가옥까지 모두 빼앗긴 정황을 설명할 수 있었다. 그렇다면 누군가 노그비하우스를 불태우면서까지 모든 기록을 지워 버리고 싶어 한 것도 충분히 이해됐다.

호텔에 무사히 도착하자마자 객실 의자에 쓰러지듯 몸을 던졌다. 헨리는 독일군이 무선통신기를 이용해 런던 본부를 가지고 놀았다는 사실을 확인해 주었다. 하지만 애초에 그걸 손에 넣었다는 부분이 좀처럼 이해되지 않았다. 그러려면 누군가의 협조가 필요했을 텐데. 물론 너무 늦기 전에 본부를 압박해서라도 요원들을 지켜 내지 못한 건 분명히 그녀 자신의 잘못이었다. 일부러 소녀들이 독일군에 발각되도록 만들었다는 헨리의 말이 날카로운 비수처럼 파고들었다. 이로써 엘레노어는 자신이 원하는 해답에서 더욱더 멀어진 꼴이 되었다.

객실 의자에 아까 헨리가 바에서 읽던 신문이 그대로 놓여 있었다. 엘레노어는 신문을 집어 들고 독일에서 전범 재판이 열린다는 기사를 찬찬히 읽어 내려갔다. 프랑스 신문에서 그런 흔하디흔한 사건을 이렇게 대서특필한다는 것이 매우 놀라웠다. 하지만 이번 재판은 달랐다. 피고석에 서는 인물이 수개월간 프랑스 남부 지역을 공포에 빠뜨린 독일 비밀경찰의 수장이었기 때문이다. 한스 크뤼거. 독일 비밀경찰의 수장이자 F 지구의 몰락을 계획한 설계자가 분명했다. 노그비하우스에서 그의 사진과 함께 수감자들을 얼마나 가혹하게 고문했는지 세세하게 기록한 파일을 읽은 적이 있었다.

엘레노어는 신문을 쥔 손에 힘을 꽉 주었다. 크뤼거가 살아 있고, 곧 재판정에 설 것이다. 그라면 마리의 운명이 어떻게 흘러갔는지, 배신자가 누군지 알고 있을 것이다.

엘레노어는 그 답을 찾기 위해 독일로 향했다.

# 26
## 마리

*1944년, 프랑스*

마리는 프렌교도소의 딱딱한 콘크리트 바닥에 서서 두 눈을 부릅뜨고 뿌옇게 낀 연무 속을 자세히 보려고 애썼다. 머리가 지끈거리고 갈증으로 입 안이 바짝 말랐다. 그런데 놀랍게도 눈앞에 엘레노어가 서 있었다.

"엘레노어……." 어떻게 마리를 찾아낸 걸까? 엘레노어는 휴대용 물통을 내밀었고 마리는 물통을 받아 들었다. 벌컥벌컥 물을 마시다 보니 차갑고 신선한 물줄기가 입가로 줄줄 흘러내렸다.

"이거 받아." 마리가 물을 다 마시자 엘레노어가 빳빳한 응급간호부대의 새 제복을 내밀었다.

마리는 고개를 숙였고 목과 등이 이어지는 부분에서 미처 아물지 않은 새로운 상처가 욱신거리는 게 느껴졌다. "임무를 완수하지 못했어요. 죄송해요." 기어 들어가는 목소리로 말했다.

"옷 갈아입어. 이제 집에 가자."

마리가 눈을 뜨는 순간 눈앞에 보이던 이미지가 사라졌다. 손을 뻗어서 붙잡아 보려고 했지만 손끝에 닿는 건 아무것도 없었다. 엘레노어는 거기 없었다. 여기가 어디인지, 이곳에 어떻게 왔는지 떠올리는 순간 어마어마한 통증이 온몸을 강타했다. 그날 아침 포시거리에서 심문을 당하고 곧바로 다락방에 끌려갔다가 가차 없이 교도소로 이송되었다. 놈들이 줄리언을 어디로 데려갔는지, 그의 시신으로 무슨 짓을 했는지 알 길이 없었다.

벌써 한 달 전에 벌어진 일이었다. 그 후로 매일 밤 엘레노어가 찾아와서 가족들이 기다리는 고향으로 데려다주는 꿈을 꾸었다.

갑작스러운 외침에 마리는 잠에서 깨어났다. "밖으로 나와!" 누군가 소리쳤다. 프렌교도소를 관리하는 친독 의용대의 프랑스어가 아니라 독일어였다. 수감실의 철제 빗장이 일제히 열리면서 쟁그랑하는 요란한 소리가 들렸다.

마리는 재빨리 자리에서 일어났다. 대체 무슨 일일까? 아주 잠시 이대로 풀려나는 게 아닌가 하는 생각이 스쳤다. 연합군이 파리를 향해 서서히 침공해 온다는 사실을 아는 터라 교도소에 갇힌 이후 침공에 성공한 건가 하는 생각도 스쳤다. 하지만 주변을 둘러싼 얼굴들은 하나같이 어두운 표정에 다크서클이 내려앉았고 공포로 동공이 팽창된 상태였다. 거대한 수감실을 채운 수척한 여자들은 조그만 종이 띠에 적은 메모와 몇 개 안 되는 소지품을 주섬주섬 챙기기 시작했다. 한 여자는 절대로 빼앗길 수 없다는 듯 가지고 있는 보석을 입속에 미친 듯이 욱여넣기도 했다. 이런 광경이야말로 교도소에 갇힌 여자 죄수들이 정말로 마지막 날이 닥쳤을 때를 대비해 수백 번도 넘게 머릿속에 떠올렸을 최후를 준비하는 작업 같은 것이었다. 얼마 후면 프렌교도소를 비워야 한다는 소문이 사실로 판명되었다.

마리는 뻣뻣하게 굳은 몸을 일으켰다. 교도소에 후발대로 도착한 탓에 그나마 얄팍하게 짚으로 엮은 요에 누울 수조차 없는 상황이었다. 대신 3주 가까이 딱딱한 바닥에서 잠을 청했다. 그녀는 더러운 지푸라기 요에 눕지 않아서 서캐가 옮지 않으니 오히려 다행이라고 자위했다. 하지만 워낙 비좁은 공간에 많은 사람이 들어차서 서캐가 옮는 걸 피할 수는 없었다. 급기야 머릿니가 득실거려 두피가 참을 수 없이 가려웠고, 손가락으로 머리를 긁을 때마다 속이 메슥거릴 지경이었다.

여길 나가면 뭔가 달라지기라도 하는 것처럼, 수감자들은 이송 준비를 하며 종종걸음으로 움직이기 시작했다. 열댓 명에 달하는 다른 수감자는 그녀보다 훨씬 먼저 교도소에 끌려왔고, 뼈만 앙상하게 남은 몸은 빈대가 들끓는 데다 어디선가 얻어터진 상처로 가득했다. 거의 다 프랑스인이며 레지스탕스거나 파르티잔의 배우자 혹은 독일군에 저항하는 세력을 돕다가 발각되어 끌려온 사람들이었다. 개중에는 유대인도 있었지만 그 불쌍한 영혼들은 벌써 동쪽 강제수용소로 끌려간 상태였고, 여기 남은 거라곤 문 옆 벽에 새겨 넣은 메주자의 유대교 신명기 구절의 흔적뿐이었다.

드디어 여자 수감자들이 신속히 움직이기 시작했다. 누가 먼저랄 것도 없이 교도소 창문의 가느다란 틈새로 작게 구긴 종잇조각을 색종이 조각처럼 바닥에 떨어뜨리느라 정신이 없었다. 목탄 혹은 피로 적은 종이가 누구에게든 발견되기를 바라면서 가족들에게 남기는 마지막 메시지였다. 그중에는 "나 여기 있어요."라고 적은 뒤 이름만 덧붙인 메모도 있었다. 얼마 후면 이곳을 떠나야 할 테고, 누군가 자신을 기억해 주길 바라는 마음이었다.

마리는 물살처럼 주위를 헤치고 나가는 여자들 사이에 꼼짝 않고 서서, 또다시 자신의 의지와 상관없이 어딘가 알 수 없는 곳으로 끌려갈 마음의 준비를 했다. 그냥 안 간다고 버텨 볼까도 생각했다. 그럼 줄리언처럼 그 자리에서 쏴 죽이고 말겠지. 그녀는 몸에서 생명이 쏟아져 나오던 그의 마지막 순간을 떠올릴 때마다 심장에서 비명이 들렸다. 마지막 순간 그는 매우 평화로운 모습이었다. 이제 그가 죽었으니 그녀에게는 아무런 희망도 남지 않았다. 어쩌면 여기서 죽는 게 최선일지도 모른다.

아니, 모든 희망이 사라진 건 아니었다. 만약 연합군이 파리 가까이 쳐들어오고 있다면 독일군은 그보다 앞서 수감자들을 다른 곳으로 이송하려 들 것이다. 그렇다면 자유가 눈앞에 다가온 것이 아닐까. 나중에라도 테스에게 돌아갈 여지가 있다면 어떻게든 버텨야만 한다.

마리가 도착한 후 내내 굳게 닫혀 있던 교도소 문이 쨍그랑 소리와 함께 활짝 열렸다. "나와!" 주위에 있던 여자들이 썰물처럼 빠져나가기 시작했다. 아무도 교도소 수감실에 마지막으로 남는 주인공이 되고 싶어 하지 않았다. 수감실 곳곳에서 여자들이 쏟아져 나오자 춥고 눅눅한 복도에 두툼하고 온기가 가득한 몸뚱이들이 마치 강물처럼 출렁이기 시작했다.

마리는 수감자들의 물결에 밀려 주춤거리며 걸음을 옮기다 뭔가 발에 걸려 하마터면 바닥에 넘어질 뻔했다. 어디가 많이 아픈 것인지, 아니면 다쳐서 걷지 못하는 건지 공처럼 몸을 말고 바닥에 쓰러진 여자가 있었다. 마리는 머뭇거렸다. 그녀 역시 마지막까지 뒤처지고 싶지는 않았다. 하지만 저렇게 계속 쓰러져 있다가는 놈들의 총알에 죽고 말 것이다. 마리는 급히 무릎을 꿇고 앉아서 여자를 부축해 보려고 애썼다. 그리고 여자의 얼굴을 본 순간 놀라서 헉 소리를 토해 냈다.

바로 조시였다.

마리는 이번에도 꿈을 꾸는 건 아닌지, 혹시 환영은 아닌가 싶어 그대로 얼어붙었다. 그리고 다시 엎드려 오랜 친구를 와락 끌어안았다. "살아 있었구나!" 하지만 조시는 말 그대로 산송장이 되어 마리를 알아보지도 못하고 움직이지도 못하는 상태였다. "나야, 마리!" 조시가 자신을 알아보지도 못하고 아무 대답도 없자 애가 타서 덧붙였다.

조시는 입을 벙긋거렸지만 아무 소리도 나오지 않았다. 끔찍하기 짝이 없는 상황인데도 마리는 주체할 수 없는 기쁨이 밀려왔다. 그런데 어쩌다 이렇게 된 걸까? 조시는 이미 한 달 전에 실종되었고 벌써 사망한 줄 알았는데. 조시에게 묻고 싶은 게 너무도 많았지만 지금 상태로는 어떠한 대답도 할 수 없어 보였다. 그녀가 겪었을 공포의 순간들을 설명하는 것도 역부족이었다. 마리는 줄리언의 죽음은 물론이고 자신이 겪어야 했던 모든 사건을 하나하나 이야기하고 싶은 심정이었다.

지금은 그럴 시간이 없었다. 독일군은 교도소에 갇힌 여자들을 전부 끌어내서 밖에 대기 중인 트럭에 태우고 있었다. 놈들의 말에 고분고분 따르거나 군홧발에 짓이겨지거나 총에 맞아 죽거나 셋 중 하나였다. "가자." 마리는 조시를 바닥에서 일으켜 세우며 말했다. "여기서 나가야 해."

"난 못 가." 조시가 쉿소리로 말했다.

마리는 어떻게든 조시를 일으켜 보려고 했지만, 무게를 이기지 못해 다시 바닥에 엎어지고 말았다. 등 뒤에서 총소리가 들리자 여기서 반항한다면 어떤 일을 당할지 머릿속에 그려졌다. "할수 있어." 마리는 조시의 다리를 붙잡고 어떻게든 일으켜 세우려고 안간힘을 썼다. 벌써 오래전 일처럼 느껴지는 그날, 조시가 자신을 부축해 스코티시 언덕을 내려오던 장면을 떠올려 보았다. 이제는 마리가 강해져야 할 차례였다. "가자." 세차게 불어오는 스코티시하일랜드의 칼바람이 두 사람을 밀어내는 기분이 들었다. 그렇게 함께 그들을 기다리는 운명을 향해 조금씩 걸음을 내딛기 시작했다.

*

유개화차의 슬레이트 창문 사이로 희미한 불빛이 보였다. 해가 뜨는 건지 지는 건지 마리로서도 더는 알 길이 없었다. 프렌교도소에서 끌려 나와 팡탱역까지 트럭으로 이동한 뒤 다시 40량짜리 객차에 옮겨 탔다. 그렇게 뜨거운 여름 햇살에 달궈지면서 몇 시간을 기차역에서 보냈다. 마침내 기차가 움직이기 시작했고 동쪽을 향해 더디게 이동하다가, 때로는 몇 시간 동안 정차했다가 갑자기 출발하기를 여러 번 반복했다. 어느 순간 마리는 기차가 프랑스를 지나 독일로 향하는 걸 어렴풋이 감지할 수 있었다. 한 번인가 문이 열리더니 물 한 양동이와 퀴퀴한 냄새가 진동하는 빵 조각을 건네주기도 했는데, 객차에 탄 사람들이 모두 먹기에는 턱없이 부족한 양이었다. 마리는 입 안이 바싹바싹 마르고 갈증으로 목이 타들어 가는 것 같았다.

계속 신음을 토하는 사람이 있는가 하면, 자신의 운명을 직감하고 침묵으로 일관하는 사람도 있었다. 화장실에서 풍기는 악취가 객차로 새어 들어와 점점 더 지독하게 변했다. 지독한 악취로 미루어 볼 때, 객차의 수감자 중 한 명 이상이 숨을 거둔 게 분명해 보였다. 마리는 자리에서 일어나 손바닥만 한 창문에 코를 들이박으면 그나마 견딜 수 있음을 깨달았다. 하지만 조시는 그녀 옆에 힘없이 쓰러져 있었다.

마리는 멀미가 심해지자 얼굴을 찌푸렸다. 객차 한쪽에 양동이가 있어서 속이 안 좋으면 거기다 게워 낼 수 있었다. 하지만 운 좋게 거기까지 가서 속을 게워 낼 수 있다고 해도 도저히 조시만 두고 자리를 뜰 엄두가 나지 않았다. 순간 아랫도리가 축축해지는 게 느껴졌다. 곧이어 다리 사이로 후끈하고 시뻘건 핏줄기가 쏟아져 내리기 시작했다. 생리가 시작됐다. 마리는 치맛자락을 둘둘 말아서 허벅지 사이를 틀어막고 천이 축축하게 젖어드는 걸 느꼈다. 지금으로서는 그것 말고 달리 할 수 있는 게 없었다.

마리는 조시 옆으로 바짝 다가가서 친구의 입가에 손을 대고 계속 숨을 쉬는지 확인해 보았다. 열이 얼마나 펄펄 끓는지 바로 옆에 있는 그녀까지 후끈한 기운이 느껴질 정도였다. 마리는 조금 전 객차 사이로 양동이를 옮길 때 남몰래 적셔 둔 천조각을 꺼내서 뜨겁게 달아오르는 조시의 이마에 대 주었다. 눈에 띄는 상처도 없는 터라 아파하는 친구를 어떻게 돌봐야 할지 알 수가 없었다. 발진티푸스나 이질에 걸린 걸 수도 있었다. 마리는 조시에게 병이 옮거나 말거나 개의치 않고 그녀에게 몸을 바짝 가져다 댔다. "조시, 살아 있었구나. 이렇게 다시 만나서 기뻐. 지금까지 우리가……."

조시는 마리를 향해 힘없이 웃어 보였다. "마키스와 접선하기로 했는데……." 그녀는 혓바닥으로 입술을 훔치고는 악취를 뿜어내며 숨을 내쉬었다. "놈들이 덫을 놓은 거였어. 독일놈들이 마키스와 접선하는 걸 미리 알고 나를 기다렸지. 내가 누군지도 정확히 알고 있었어. 반은 유대인 핏줄이라는 것도. 우리를 놈들에게 팔아넘긴 자가 아직 활동하고 있을 거야. 어떻게든 줄리언에게 그 사실을 알려야 해."

조시는 줄리언 소식을 모르고 있었다. 잠깐이지만 마리는 줄리언의 죽음을 숨겨야 하나 고민했다. 지금 조시가 감당하기에는 너무 힘들 것 같았다. 하지만 그럴 수가 없었다. "줄리언은 죽었어."

조시가 움찔했다. "확실해?"

"내 눈으로 똑똑히 봤어." 마리의 뺨으로 뜨거운 눈물이 흘러내렸다. "숨을 거둘 때까지 내가 안고 있었어. 모두 나 때문이야." 마리가 솔직히 털어놓았다. "독일 비밀경찰이 우리 무선통신기를 가지고 있었는데, 나더러 본부에 메시지를 보내라는 거야. 그래야 런던 본부에서 경계를 풀고 계속 필요한 정보를 보내 줄 거라면서. 그래서 보안 점검 단계를 하나 건너뛰고 메시지를 보냈지. 그럼 뭔가 이상하다는 걸 눈치챌 테니까. 그런데 놈들이 내가 속인 걸 눈치채고는 줄리언을 죽였어."

"너는 훈련받은 대로 한 거야." 조시는 마리가 완벽하게 처신하지 못한 걸 알면서도 기꺼이 위로의 말을 건넸다. "너무 자책하지 마. 줄리언도 네가 그렇게 행동하기를 바랐을 거야. 자기 목숨 건지자고 네가 놈들이 시키는 대로 행동하는 걸 원치는 않았을 테니까."

그 말이 끝나자 조시의 얼굴이 딱딱하게 굳어지기 시작했다. "그럼 이제 끝난 거네." 그녀가 낮은 목소리로 말했다. 이제 마지막 남은 힘마저 사라진 듯 조시는 등을 대고 바닥에 누웠다. 마리는 뭐든 말하고 싶었지만 그럴 수가 없었다. 결국 마리는 쭈그리고 앉아 객차 바닥에 누운 친구 옆으로 바짝 몸을 붙였다. 그녀의 손가락이 조시의 손을 붙잡았고, 그렇게 철로를 따라 덜컹거리는 기차 소리와 죽어 가는 여자들의 가엾은 신음을 들으면서 아무 말 없이 앉아 있었다.

조시는 잠이 든 것처럼 두 눈을 스르르 감았다. 그 모습을 바라보자니 마리는 가슴에서 뭔가 무너져 내리는 기분이었다. 조시는 훈련생 중에서도 최고의 실력자였다. 그런 조시가 이렇게 반송장이 되어 고통으로 시름시름 앓고 있다. 열여덟 소녀라면 삶의 마지막 갈림길에 서는 것이 아니라 소녀 시절에 가질 법한 꿈을 안고 살아가야 하는 것 아닌가.

"지금 런던에서 댄스 파티를 하고 있다면 좋겠다." 마리가 큰 소리로 말했다. 아리사이그하우스에서 유난히 고된 훈련을 마친 날이면 장난삼아 하던 말이었다. "리츠 호텔에서 멋진 미국 남자랑 하룻밤도 보내고."

조시는 눈을 반쯤 뜨고 희미한 미소를 지어 보이려 애썼지만 미소 대신 얼굴이 일그러졌다. 뭐라고 말을 하려는데 목소리가 나오지 않았다. 대신 목구멍에서 덜거덕거리는 소리가 들렸다. 마지막 순간이 가까워졌음을 보여 주는 의심의 여지가 없는 신호였다.

"조시……." 마리는 그동안 무슨 일을 겪었는지, 현장에서 어떤 걸 보았는지 묻고 싶은 게 많았다. 조시라면 앞으로 마리를 기다리는 운명에 맞서 어떻게 나아가야 할지 조언해 줄 것이다. 하지만 그런 대답을 하기에는 너무 멀리 가 버린 것 같았다.

갑자기 저만치서 우르릉하는 굉음이 들렸다. 폭발음 같은 거였다. 객차에 웅성거리는 소리가 퍼졌다. "연합군의 폭격인가 봐." 누군가 속삭였다. 저마다 환호를 내뱉거나 손뼉을 쳤다. 그토록 오랫동안 갈망해 오던 서막이 드디어 열리는 것일까? 오랜 세월 소문으로만 떠돌던 연합군의 침공. 마리는 도저히 믿기지 않았다.

하지만 기쁨도 잠시였다. 이번에는 기차 바로 옆에서 폭발음이 들렸다. 객차 지붕의 판자가 떨어져 나갔다. 마리는 하늘에서 비처럼 쏟아지는 잔해를 온몸으로 막으며 조시를 끌어안았다. "폭탄에 맞았다!" 누군가 소리쳤다. 아직은 아니야. 마리는 침착하게 생각했다. 제대로 맞는 건 시간문제지. 순간 기차가 좌우로 휘청거리다 한쪽으로 쏠리는 바람에 마리는 물살처럼 쏟아져 내리는 사람들 사이로 팔을 뻗어 몸을 지탱해야만 했다.

잠시 후 폭격이 멈췄고, 기차는 언제라도 엎어질 듯 한쪽으로 기울어진 채 철로에 멈춰 섰다. 문이 열리고 차가운 공기가 불어오자 안도감이 퍼졌다. "밖으로 나와! 서둘러!" 객차 밖으로 대피하라는 지시가 떨어졌다. 마리는 당혹스러웠다. 어차피 객차 안에는 수감자들뿐인데 기차가 쓰러지거나 말거나 폭탄에 맞거나 말거나 독일놈들이 무슨 상관이란 말인가? 하지만 마리는 몸을 일으켜 창문 밖을 슬쩍 내다보았다. 저 앞으로 보이는 철로가 폭격으로 끊어져 더는 기차로 이동할 수 없어 보였다.

다른 수감자들은 독일군의 명령에 따라 끙끙대며 기울어진 객차 위로 올라가서 밖으로 나가느라 정신이 없었다. 조시만이 바닥에 누워 꼼짝도 하지 않았다. 혹시 죽은 걸까? "가자, 조시." 마리는 두려움으로 울먹이며 애원했다. 조시의 몸을 끌어당겨 보려고 했지만 객차가 완전히 기울어져서 그마저도 불가능했다.

아직 여자 둘이 남은 걸 눈치챈 독일군이 객차 안으로 들어왔다. "나가!" 그가 가까이 다가오며 호통쳤다.

"친구가 아파서 움직일 수가 없어요." 마리는 관용을 바라며 울먹거렸다. 순간 자신이 실수했음을 깨달았다. 독일군은 몸이 허약하거나 다친 사람은 가차 없이 그 자리에서 총살해 버리는 족속이었다.

독일군은 군홧발로 조시를 걷어찼다. 어찌나 힘이 센지 몸뚱이가 공중으로 붕 떴다가 내려앉을 정도였다. "안 돼!" 마리는 온몸을 던져 친구를 감싸 안으며 울부짖었다.

"나가. 안 그러면 너도 똑같은 꼴이 될 테니까." 독일군이 명령했다. 마리는 아무 대답 없이 조시를 더욱 세게 끌어안았다. 운명이야 어찌 되든 이대로 친구를 저버릴 수는 없었다. 마리는 슥하고 군홧발이 다시 움직이는 소리를 들었다. 욱신거리며 갈비뼈에 통증이 퍼졌다. 포시거리에서 크뤼거에게 얻어맞아 멍이 든 부분을 정확히 강타당했다. 마리는 친구의 몸뚱이 위로 몸을 둥글게 말아서 이어질 발길질에 대비하면서도 앞으로 얼마나 버틸 수 있을까 생각했다. 곁눈질로 보니 독일군이 총으로 손을 뻗는 모습이 눈에 들어왔다. 결국 이렇게 끝나는 거구나. 그래도 조시가 함께 있으니 혼자 죽는 건 아니었다.

"미안해." 마리는 애초에 혼자 두고 떠나지 말았어야 할 테스를 떠올리며 조용히 속삭였다.

다시 쿵 소리가 들리더니 다른 독일군이 객차 안으로 들어와서 급하게 말했다. "총알 낭비하지 마. 폭격에 맞아 죽고 싶은 모양인데 그냥 내버려 둬."

하지만 먼저 들어온 독일군은 집요하게 마리의 팔을 붙잡고 어떻게든 친구와 떼어 놓으려고 기를 썼다. 마리는 끝까지 저항하면서도 아래쪽에서 뭔가 꿈틀거리는 걸 느낄 수 있었다. 고개를 숙이자 조시가 두 눈을 부릅뜨고 그 어느 때보다 차분하고 맑은 눈동자로 쳐다보고 있었다. 순간 두 사람은 스코틀랜드에 있었고, 어두운 침상에 누워 재잘거렸다. 조시가 입술을 오므리더니 입 모양으로 말했다. 도망쳐.

마리는 포개진 몸뚱이 사이로 뭔가 딱딱한 물건을 느꼈다. 조시가 가슴팍에서 시커먼 철제 달걀을 쥐고 있었다. 아리사이그하우스에서 훈련받을 때 본 바로 그 수류탄이었다. 어떻게 지금까지 들키지 않고 수류탄을 숨겨 뒀는지 도저히 상상이 되지 않았다. 하지만 지금 같은 최후의 순간이 오기를 기다리며 아끼고 아껴 두었다는 건 알 수 있었다.

"안 돼!" 마리는 울부짖었지만 이미 늦어 버렸다. 조시는 이미 수류탄 핀을 뽑았다.

마리는 보이지 않는 손에 의해 조시에게서 자기 몸이 붕 뜨는 걸 느끼며 옆으로 쓰러지는 독일군 사이로 올라갔다.

마리는 가까스로 객차를 벗어나 환한 햇살 아래로 나섰다. 이제 더는 무기력하지 않았다. 이 정도는 충분히 해낼 수 있다. 테스를 위해서. 줄리언을 위해서. 조시를 위해서. 모두를 위해서.

잠시 후 폭발음과 함께 마리는 시커먼 어둠 속으로 내던져졌다.

# 27
## 엘레노어

*1946년, 독일*

사흘 후 엘레노어는 빌린 지프를 과거 강제수용소로 사용되던 다하우 캠프의 북쪽 입구 앞에 세웠다.

사보이 호텔을 떠난 후 파리 동역에서 거의 텅 빈 기차를 타고 프랑스를 가로지르며 하루하고도 반나절을 쉬지 않고 달려왔다. 깜깜한 밤이 되어 독일 국경 지대에 도착하자 자기도 모르게 온몸이 뻣뻣하게 굳어 버렸다. 오랜 전쟁으로 인해 독일이라는 나라 자체가 두려움의 대상이었고, 그녀의 마음속에 엄청난 고통과 악의 원천으로 자리 잡았던 것이다. 소녀 시절 엄마, 여동생 타티아나와 함께 폴란드에서 야반도주한 뒤로 처음 찾은 길이었다. 지금도 누군가 뒤따라와서 그녀를 막아설 것처럼 뭔가에 쫓기는 기분이 들었다. 하지만 국경 지대를 통과할 때는 별로 특이할 게 없었고 보안대의 형식적인 여권 검사만 거쳤을 뿐 독일에 왜 왔냐는 질문조차 없이 물 흐르듯 지나갔다.

엘레노어는 슈투트가르트에 도착해서 다시 남쪽으로 가는 기차에 올랐다. 기차는 소나무로 뒤덮인 바이에른 언덕을 가로질러 힘겹게 움직이기 시작했고, 연합군의 마지막 공중 폭격으로 파괴된 선로를 우회해야 할 때마다 종종 멈춰 서기도 했다. 마침내 그녀는 한때 뮌헨역이었으나 이제는 건물 형태와 곧 무너질 듯한 플랫폼만 덩그러니 남은 기차역에 내렸다. 전쟁 후반 연합군의 대대적인 폭탄 세례로 독일군이 전멸했다는 소식을 들었지만, 이정도로 대대적인 파괴의 현장을 접할 줄은 전혀 예상하지 못했다. 블록을 지나칠 때마다 폭탄으로 무너져 내린 건물들이 눈에 띄었고, 수북이 쌓인 잔해는 영국 대공습 이후의 모습과 대비되어 어두운 독일의 미래를 보여 주는 것 같았다. 엘레노어는 독일의 고통스러운 현실을 보며 다소나마 즐거움을 만끽하고 싶었다. 하지만 혹독한 겨울 추위에도 얇디얇은 겉옷만 입고 추위에 떨며 거리를 걷는 민간인들의 모습만 눈에 들어왔다. 특히나 기차역에서 구걸하는 어린아이들의 모습은 자신의 예전 모습을 보는 것 같아서 가슴이 미어졌다. 전 세계에서 가장 강력한 침략국이 티끌로 돌아가 버린 것이다.

엘레노어가 독일에 간 걸 아는 사람은 아무도 없었다. 물론 국장에게 유선으로 자신의 현재 위치와 목적지를 알리고 공식 허가를 요청하기는 했다. 하지만 국장은 묵묵부답이었다. 그녀를 돕고 싶은 마음이 있다고 해도 더는 도와줄 방법이 없었다. 독일에 간다고 말했다면 분명 반대했을 것이다. 파리에서 사람들을 붙잡고 질문 세례를 퍼붓는 것과 독일의 군사재판소를 들쑤시고 다니는 건 분명히 다른 문제니까.

국장에게 미리 보고하지 않았다는 건 여기서 공식 직함을 내밀

수 없다는 걸 의미했다. 엘레노어는 뾰족한 가시가 돋친 다하우 강제수용소 울타리 앞에 지프를 세우고 그대로 앉아 곰곰이 생각에 잠겼다. 낮은 목조 건물이 수 킬로미터나 이어진 모습이 사진으로 보던 강제수용소와 흡사했지만, 지금은 지붕에 하얀 가루처럼 눈이 쌓여 있었다. 하늘도 짙은 잿빛으로 낮게 드리워져 있었다. 엘레노어는 불과 1년 전 이곳에 갇힌 피해자들이 눈에 보이는 것 같았다. 머리도 벗어지고 뼈만 앙상하게 남은 몸에 줄무늬 죄수복을 걸친 남자와 여자 그리고 아이들. 오랜 세월 수용소에서 버틴 사람들은 마침내 자유를 얻었지만, 지금도 쑥 꺼진 눈으로 그녀를 똑바로 바라보며 대체 이런 세상이 왜 이리도 늦게 온 거냐고 힐난하듯 따져 묻는 것 같았다.

"통행증 주세요." 보초를 서는 장병이 말했다.

엘레노어는 런던을 떠나기 전, 국장이 만약의 사태에 대비해 발행해 준 서류를 내밀었다. 보초가 서류를 살피는 동안 그녀는 숨을 죽이고 기다렸다. "이거 어제 날짜로 만료된 서류인데요."

"어머나, 그래요?" 엘레노어는 당황한 척했다. "어머나, 난 오늘이 27일인 줄 알았어요." 그리고 가장 따뜻해 보이는 미소를 지었다. 여성스러운 척 속임수를 쓰는 건 엘레노어와 도저히 어울리지 않았다. "미안한데 그쪽에서 윗선에 확인해 보면 서류에는 별문제가 없다는 걸 알 수 있을 거예요." 엘레노어는 당당하게 가짓말을 했다. 보초병은 당혹스러운 표정으로 수용소 입구에서 한참 떨어진 곳에 있는 거대한 벽돌 건물을 돌아보았다. 아치형 입구를 사이에 두고 둘로 나뉜 수용소 위쪽에는 불길한 느낌을 풍기는 직사각형 탑이 우뚝 솟아 있었다. 다하우강제수용소는 과거 군수품을 생산하는 공장 지대였다. 방금 토탄 위에 얼어붙은 돌길을 따라 강제수용소로 운전해 오면서 꼬리를 물고 이어진 주택가를 보며 사뭇 놀라지 않을 수 없었다. 저기 사는 사람들은 전쟁 중에 다하우강제수용소에서 무엇을 보고 느끼고 생각했을까? 그들은 강제수용소에 갇힌 사람들을 보며 무엇을 하고 있었을까?

보초병은 다시 한번 엘레노어가 내민 서류를 꼼꼼히 읽어 내려갔지만 어찌할 바를 모르는 눈치였다. 그 보초병이 저녁을 즐기고 있을 상사를 귀찮게 할지, 근무지를 벗어나서 긴 눈길을 따라 걸어가는 수고를 감내할지는 누구도 예상할 수 없었다. "잘 들어 봐요." 엘레노어가 설명했다. "일단 들여보내 주면 내일 아침 날이 밝는 대로 서류를 다시 만들어 올게요. 그때 출입증 문제를 해결하면 되잖아요." 엘레노어는 수용소에 들어가서 무엇을 해야 할지 제대로 알지도 못했지만, 일단 한스 크뤼거를 찾으려면 출입구를 통과해서 들어가는 것이 급선무라는 점은 똑똑히 알고 있었다.

"알겠습니다." 엘레노어는 보초병이 서류를 돌려주자 들릴락 말락 하게 안도의 숨을 내쉬었다. 결국 보초병은 그녀를 들여보내기로 한 것이다.

그런데 차열쇠를 돌리고 엔진에 시동을 걸려는 찰나 누군가 소리쳤다. "정지, 움직이지 마!" 웬 남자가 지프로 뚜벅뚜벅 다가오더니 차문을 벌컥 열었다. "죄송하지만 차에서 내리시죠." 영화에서 들어 본 전형적인 미국 남부식 억양이었다. 보초병보다 훨씬 나이 들어 보였는데, 어깨에 붙은 계급장으로 미루어 그의 직위는 소령이었다. "내리세요." 그가 거듭해서 말했다. 엘레노어의 머리 위로 뿌연 담배 연기가 자욱하게 퍼졌다. "제대로 서류를 갖춘 사람만 들여보내라고 했잖아." 보초병을 꾸짖으며 덧붙였다. "아무리 미인이라도 그냥 넘어가면 안 되지." 엘레노어는 그 말에 기분이 좋아야 할지 화를 내야 할지 알 수 없었다. "그리고 언제라도 차량 검색을 빼먹으면 안 돼, 알아들었나?"

"네, 알겠습니다."

그는 군화에 묻은 눈송이를 탈탈 털어냈다. 영하 10도의 추운 날씨인데도 겉옷조차 입지 않은 상태였다. "차량 이동은 내가 맡지." 보초병이 막사로 돌아가고 나서야 소령이 엘레노어 쪽으로 다가왔다. "도대체 정체가 뭡니까?"

그녀는 소령의 날카로운 눈빛에서 더는 거짓말이 먹히지 않으리란 걸 직감했다. "엘레노어 트리그라고 해요."

그는 그녀가 가져온 서류를 찬찬히 훑어보았다. "여기 직인들은 진짜처럼 보이는데 문제는 만료일이 이틀이나 지났다는 거군요. 저는 전쟁범죄조사단 소속 믹 윌리스 소령입니다. 별명이 바늘이에요." 엘레노어는 무슨 뜻인지 이해할 수 없다는 듯 고개를 갸우뚱했다. "나치사냥꾼인데, 모래 속에서 바늘을 찾는 것처럼 쏙쏙 잡아낸다고 바늘이라 부르더군요. 빌어먹을 나치들을 지구 끝까지 쫓아가서 찾아내고야 마는 사람이거든요. 지금은 미국 국방성에서 파견 나와 전범 재판에 넘겨질 피고들을 재판 전까지 보호하는 임무를 맡고 있어요." 거칠고 무뚝뚝해 보이는 얼굴에 희고 거뭇한 수염이 군데군데 보였다. "그래서 원하는 게 뭡니까?"

엘레노어는 지프에서 내렸다. "전 영국 사람이에요. 특수작전국 소속이죠. 런던에서 특수요원을 선발해서 작전 지역에 배치하는 일을 했습니다."

"영국 특수작전국은 폐쇄된 걸로 아는데요." 시비를 건다기보다는 다정함이 느껴지는 목소리였다.

"맞아요. 그런데 직속 상사였던 윈슬로 국장님이 사건을 조사하라고 저를 이곳에 보냈어요." 그녀는 가방을 열어 소녀들의 사진을 꺼냈다. "여자 요원들인데, 아무런 정보도 없고 근황을 파악할 수도 없는 상태로 실종됐어요." 힘주어 말을 이어 갔다. "프랑스에서 이들 중 일부가 이곳 강제수용소에 갇혀 있었다는 단서를 잡았어요." 다하우강제수용소를 찾은 진짜 이유는 밝히지 않았다.

그는 피우던 담배를 바닥에 던지고 군홧발로 짓이겼다. "현재 나치 피해자는 이곳에 남아 있지 않아요. 전쟁난민수용소로 옮겨졌죠. 그 부분도 이미 알 텐데요." 엘레노어를 똑바로 바라보며 물었다. "진짜로 원하는 게 뭡니까?"

믹 윌리스를 속인다는 건 정말이지 불가능해 보였다. "여기 한스 크뤼거가 갇혀 있다죠. 우리 요원들에 대해 그 사람에게 묻고 싶은 게 있어요."

"그건 불가능합니다. 크뤼거를 기소한 찰리 덴슨 검사님의 허락 없이는 그 누구도 크뤼거와 만날 수 없어요." 엘레노어는 버력 짜증이 솟았다. 처음에는 영국 정부로부터 거절당하고, 다음은 프랑스로부터 수십 번 거절하는 말만 듣지 않았는가. 하지만 미국은 좋은 의도로 전후 회복을 위해 원조의 손길을 내민 사람들이었다. 잘하면 이번 만남이 성사될 것도 같았다.

"이봐요, 그냥 포기하고 돌아가세요. 그런데 오늘은 너무 늦어서 돌아가기가 어렵겠죠. 제가 잠자리와 음식을 제공하겠습니다. 하지만 내일 아침 날이 밝는 대로 다시 돌아가는 겁니다, 알겠죠?"

엘레노어는 뭐라고 항변할 생각에 입을 열었다. 이대로 돌아갈 수는 없는 노릇이었다. 한스 크뤼거와 만나서 이야기를 나눠야만 했다. 다른 방법은 없었다. 하지만 단호하게 입을 다문 믹 윌리스의 모습에서 이를 묵인하지 않으리란 걸 직감할 수 있었다. 일단 하룻밤 지내면서 다른 방법을 생각해 볼 수도 있겠지. "알겠습니다. 고마워요."

엘레노어는 걸어서 수용소로 들어갈 거라고 예상했는데, 믹 윌리스가 지프를 빙 돌아서 운전석에 올랐다. "제가 운전해도 되겠죠?" 그녀는 고개를 끄덕이고 조수석에 올라탔다. "여기서 800미터는 가야 우리가 사용하는 막사가 나오거든요." 그는 설명을 덧붙이고 수용소를 둘러서 차를 달렸다. "예전에 독일 비밀 경찰이 쓰던 막사 중 하나를 숙소로 사용하고 있어요." 엘레노어는 그가 모는 차를 타고 이동하면서 눈앞에 펼쳐진 강제수용소의 규모와 전경에 입이 떡하고 벌어졌다. 상상한 것보다 훨씬 더 어마어마한 크기였다.

믹 윌리스는 길쭉한 1층짜리 목조 건물 앞에 차를 세웠다. 뾰족한 가시 울타리로 덮인 곳이 끝나는 지점이라 내심 마음이 놓였다. "따라와요." 그는 엘레노어를 데리고 들어갔다. 철제 책상에 램프 하나만 덩그러니 밝혀 놓은 어스름한 사무실이 나왔다. 뒤집힌 캔에는 담배꽁초와 담뱃재가 수북했다. 누군가 범죄자 사진 대장을 벽에 붙여 놓았는데, 나치의 얼굴은 크게 확대돼 있었다. "오늘 밤에 묵을 방이 있는지 확인해 보고 올게요. 여기서 기다리되 아무것도 손대지 마세요."

엘레노어는 덩그런 사무실 한가운데 뻘쭘하게 서 있었다. 책상에 수북이 쌓인 서류 뭉치와 파일을 뒤져 보고 싶은 마음이 간절했지만 감히 엄두가 나지 않았다.

잠시 후 믹 윌리스가 돌아왔다. "숙소를 준비해 준다고 하네요. 식사 시간 끝나기 전에 빨리 가서 한술 뜨시죠." 그는 별다른 말 없이 사무실을 나섰고, 엘레노어는 따라오라는 뜻이라 생각하고 걸어 나갔다. 그는 긴 테이블이 놓인 식당으로 안내했다. 그 모습이 아리사이그하우스 훈련소의 식당을 떠올리게 했다. 소녀들이 깔깔대며 웃는 소리가 귓가에 들리는 것 같았다.

이곳에 준비된 식사는 전부 뷔페식이었다. 믹은 그녀에게 식판 하나를 내밀었고, 그녀는 별생각 없이 그를 따라서 식판을 든 줄에 서 있다가 달라고 하지도 않은 고기와 감자를 배급받았다. "우리 숙소는 그래도 괜찮은 편이에요." 믹은 빈자리 두 개를 찾아 앉으며 말했다. "바스토뉴 근처 참호에 있을 때는 온몸으로 차가운 겨울바람에 맞서야 했거든요. 물론 음식은 여기나 거기나 끔찍하게 맛이 없지만." 엘레노어는 뮌헨역 근처에 늘어서 있던 굶주린 아이들의 얼굴이 떠올라 갑자기 속이 울렁거렸다. 창백한 피부에 뼈가 그대로 드러나 보일 만큼 수척해진 얼굴. 그제야 다하우강제 수용소에 갇혀 고통받아야 했던 유대인의 모습이 연이어 떠올랐다. 지금 그녀가 앉은 식당에서 불과 400미터도 떨어지지 않은 곳에 그들이 갇혀 있던 수용소가 자리했다.

믹은 허겁지겁 음식을 입 안에 쑤셔 넣었다. "조금 전 무례하게 대한 건 이해해 주세요." 음식을 우물거리며 사정을 설명했다. "제가 맡은 임무 자체가 애초부터 문제가 많아서요. 뉘른베르크 기소에서 중범죄를 저지른 범죄자들만 재판대에 세울 예정이라 그 전에 실제로 살인을 저지르지 않은 보초병 같은 피라미들은 여기서 처리하고 가야 하거든요. 가장 주목할 만한 피고들만 데려다 재판하려고 해요. 당장 다음 주부터 재판이 시작되는 터라 지금까지 하루도 쉬지 못하고 계속 달렸어요. 다들 지칠 대로 지친 상태죠." 그는 엘레노어를 위아래로 훑어보고는 불쑥 내뱉었다. "안색이 별로 좋지 않네요."

엘레노어는 그의 호전적인 말투에도 별로 개의치 않았다. "어제 오전에 프랑스를 출발해서 내내 기차를 타고 오느라고요. 그런데 내일 또다시 돌아가야 하잖아요."

"동이 트자마자." 그가 음식을 오물거리며 말했다. 일부러 무례하게 굴려는 게 아니라는 걸 그녀도 느낄 수 있었다. 전투에 나가 언제 식사 시간이 끝날지 모르거나 적군이 공격할지 모르는 상황에서 급하게 먹는 것이 습관이 되어 겉으로만 무례하게 보일 뿐이었다. "재판 전까지 그 어떤 문제도 생기면 안 되는 상황이에요." 그가 잠시 멈추었다. "저도 여자 요원들에 관한 이야기는 들었습니다." 엘레노어는 적잖이 감동한 눈치였다. 특수작전국 소속을 제외하고 여성 특수요원 프로그램에 대해 아는 사람은 손으로 꼽을 정도일 테니까. "남자 요원들과 함께 붙잡힌 여자 요원들이 있었다는 보고서를 읽은 기억이 나네요. 당신이 데리고 있던 요원들인지는 모르겠지만." 그가 황급히 덧붙였다.

"여자 요원은 전부 제 직원이에요. 계속 말해 봐요." 엘레노어는 예의 바르게 행동해야 한다는 것조차 잊은 채 명령조로 말했다.

"당시 보안대였던 자를 심문한 적이 있는데, 그자가 여자 다섯을 체포했다고 하더군요."

"언제요?"

믹은 머리를 긁적였다. "1944년 6월인가 7월 초든가 그쯤일 거예요. 다하우강제수용소에 여자 수감자가 들어오는 건 흔치 않은 일이에요. 언덕 너머 막사에 여자들을 따로 가둬 두었다고 하더군요." 그는 시커먼 어둠이 내린 창문 밖을 가리키며 말했다. 엘레노어는 속이 뒤집히는 기분이었다. 한스 크뤼거를 만나야 한다는 생각에 빠져서 소녀들이 영원히 사라져 버린 장소에 도착했다는 사실조차 깨닫지 못했다. "그런데 여자 요원들은 명단에도 올리지 않고 일반 막사로 데려가지도 않고 곧장 심문실로 끌고 갔다더군요." 엘레노어는 온몸을 움찔거렸다. 사람을 죽이기 전에 따끔한 맛을 보이는 장소가 있다는 이야기만 들었는데. "심문실에 끌려간 후로 다시는 그들을 볼 수 없었다고 하더군요. 그쪽에서 노역하던 수감자 한 명만 제외하고. 우리가 그 사람 증언을 따로 기록해 두었습니다."

"좀 볼 수 있을까요?"

믹이 머뭇거렸다. "참고인 진술을 기록한 거니까 누구한테 보여 준다고 해서 큰 문제가 될 리는 없겠죠. 어쨌거나 당신은 내일이면 떠날 사람이니까. 식사가 끝난 후에 보여 줄게요."

엘레노어는 즉시 식판을 밀어내고 끼익 소리와 함께 의자를 뒤로 뺐다. "다 먹었어요."

믹은 음식을 한 번 더 입에 쑤셔 넣고 자리에서 일어나 식판을 치웠다. 그리고 조금 전 그녀가 기다리던 사무실로 걸어갔다. 책상에는 온갖 서류가 한무더기 쌓여 있어서 엘레노어처럼 티끌 하나 없이 서류를 정리해야 직성이 풀리는 사람은 그 틈에서 뭘 찾으려고 해도 찾을 수가 없을 것처럼 보였다. 하지만 믹 윌리스는 파일이 쌓인 캐비닛으로 걸어가더니 잠시도 머뭇거리지 않고 서랍을 열었다. 그리고 얇은 파일을 꺼내서 그녀에게 건네주었다.

엘레노어는 파일을 열었다. 다하우강제수용소에서 독일군의 지시에 따라 노역을 했던 폴란드 출신 수감자의 진술을 정리해 둔 거였다. 그녀는 진술서에 적힌 내용을 차례대로 읽어 내려갔다. 수용소에 갇힌 죄수들을 죽여서 그 시신을 뜨거운 오븐에 넣으라고 강제로 지시하는 등 온갖 악행을 확인할 수 있었다.

그중에서도 한 문장이 그녀의 눈길을 끌었다.

어느 날 밤 여자 셋이 이송되었어요. 하나같이 잘 차려입은 데다 프랑스 여자라서 특히 눈에 띄었죠. 그중 한 여자는 붉은 머리였어요.

아마도 모린을 본 것이리라. 엘레노어는 계속해서 글을 읽어 내려갔다.

등 뒤에서 독일군이 총구를 겨눈 와중에도 누구 하나 두려운 기색 없이 서로 팔짱을 끼고 수용소로 들어왔어요. 그 여자들은 수감자 명단에도 올리지 않고 제가 일하던 곳 바로 옆에 자리한 의무실이 있는 막사로 데려가더군요. 보초병이 신체 검사를 해 야 하니 옷을 벗으라고 했어요. 한 여자가 이렇게 물었죠. "왜죠?"

왜죠? 엘레노어는 당시 누군가 말했을 단어를 다시금 머릿속 에 떠올려 보았다.

그러자 보초병이 말했어요. 발진티푸스 주사를 맞아야 하니까. 그리고 아무 소리도 안 들렸어요. 곧이어 시체 세 구가 제 앞에 도 착했어요.

엘레노어는 파일을 내려놓았다. 예방주사를 맞히는 척하며 주 사를 맞힌 것이 분명해 보였다. 물론 소녀들이 죽었다는 건 그녀 도 아는 사실이었다. 다만 정확히 어떤 식으로 목숨을 잃었는지 그녀의 눈앞에 그림처럼 펼쳐지는 것이었다. 엘레노어로서는 도 저히 감당하기가 힘든 일이었다.

그런데도 애초에 소녀들이 어떻게 놈들에게 발각되었는지는 아직까지 아는 게 전혀 없었다. 엘레노어는 벅차오르는 감정을 억누르고 이곳을 찾은 이유에 집중하려고 노력했다. "한스 크뤼 거를 만나야겠어요."

"젠장, 엘리!" 믹이 욕을 내뱉었다. 그런 식으로 자기 이름을 부른 사람은 믹 윌리스가 처음이었다. 엘레노어는 말조심 좀 하라고 해야지 하다가 그냥 접고 말았다. "정말 고집이 대단하네요." 담뱃갑을 꺼내서 그녀에게 권했다. 엘레노어는 손을 저으며 거절했다. 어두운 밤 프랑스로 떠나는 비행기에 소녀들을 태우고 난 뒤 한 모금 빠는 게 고작이었을 뿐 그 후로는 입에 담배를 대 본 적이 없었다. 믹은 담뱃불을 붙여 입에 물었다. "지금까지 당신에게 말한 것만으로도 이미 정해진 선을 넘었단 말입니다. 당신 요원들은 독일군 손에 죽었어요. 정말 거지 같은 일이지만 최소한 그들이 죽었다는 사실은 확인됐잖아요. 그걸로 부족합니까?"

"저로서는 부족해요. 애초에 우리 요원들이 어쩌다가 독일놈에게 붙잡힌 건지 모든 걸 알아야겠어요. 그래서 한스 크뤼거와 만나야 하는 거고요. 30분이면 돼요. 그것만 부탁할게요. 정의를 위해 죄인들을 재판정에 세우려고 한다면서요. 그럼 놈들이 저지른 범죄의 희생양이 된 우리 요원들은 어떻게 되는 거죠?"

믹은 담배 한 모금을 깊이 빨아들였다가 후하고 내뱉었다. "여자 요원들은 공식 직함이 없잖아요. 내가 당신한테 보여 준 진술서에 등장한 게 전부죠. 게다가 정확히 무슨 일이 있었던 건지 우리로서도 전혀 알지 못해요. 그들과 함께 모든 증거가 사라져 버린 셈이니까." 놈들이 바로 그걸 노린 거겠지. 엘레노어는 머릿속으로 생각했다. 그 역시 정의라는 이름으로 소녀들을 저버리는 것이 아닌가. "그 요원들에 대한 당신의 의리는 인정하고 또 존경할 만해요." 믹이 계속 말을 이었다. "나무가 아니라 숲을 봐야 해요. 놈들은 수백만, 아니 수천 명의 목숨을 앗아 갔어요. 한스 크뤼거는 그중에서도 최고로 악질이고. 당신 하나 돕자고 그런 위험을 감수할 수는 없는 노릇이라고요. 게다가 아직 우리도 준비를 끝내지 않은 상태라……." 너무 많은 말을 했다는 걸 깨달았는지 그 뒤로는 말끝을 흘렸다.

"바로 그거예요." 엘레노어가 기회를 포착했다. "지금 한스 크뤼거를 기소하는 데 증거가 부족하죠, 안 그래요?"

"대체 무슨 의도로 그런 말을 하는 건지 모르겠군요." 하지만 그의 목소리에서 약간의 떨림이 느껴졌다.

"한스 크뤼거." 엘레노어가 강조했다. "그는 절대로 입을 열지 않을 거예요. 지금 그의 죄를 입증할 증거가 부족한 거 아닌가요?"

"그렇다고 해도 일단 놈을 재판정에 세울 정도는 돼요. 내가 전부 말할 수 없는 처지라는 걸 이해해 줘요."

"내가 직접 영국 정부로부터 모든 사안을 승인받았어요." 예전에는. 엘레노어는 조용히 말을 고쳤다. "당신이 필요하다면 내가 도움을 줄 수도 있어요."

믹이 손을 들며 말했다. "알겠어요, 알겠다고요. 일단 나가서 얘기해요." 그는 사무실 밖으로 나가자고 신호를 보내고 복도로 내려갔다. 엘레노어는 혼란스러웠다. 문도 닫혀 있으니 오히려 사무실이 이야기를 나누기에 최적의 장소가 아닐까? 누가 우리 대화를 엿들을까 봐 겁나는 걸까?

"크뤼거." 사무실 밖으로 나오자 믹이 입을 열었다. 사방에 칠흑 같은 어둠이 내려앉았고 아까보다 밤공기가 더욱 싸늘하게 느껴졌다. 믹이 말할 때마다 입에서 하얀 김이 나왔다. "애초에 크뤼거를 기소할 때 예상한 것보다 이렇다 할 큰 건수가 별로 없어요." 마침내 그가 실토했다. "자기가 저지른 범죄의 흔적을 말끔히 지워 버린 데다 현재 억류 중인 그의 부하도 몇 안 되는데 그들마저 크뤼거에게 불리한 증언을 못 하겠다고 버티는 상황이에요." 독일군은 워낙 유대가 긴밀한 데다 위계가 확실한 집단이었다. 예전에 따르던 상사를 배신했다는 사실이 알려진다면 매장당하는 건 시간문제였다. "본인 입으로 실토하게 만들려고 온갖 짓을 다 했어요. 여러 가지로 압박도 하고 온갖 위협도 해 봤어요. 그는 절대 죄를 인정하지 않을 거예요." 크뤼거는 고문의 신으로 추앙받던 존재였으니 압박을 견디는 방법쯤은 누구보다 잘 알고 있을 것이다. 사실 엘레노어는 누구를 심문해 본 적이 한 번도 없었다. 하지만 특수작전국에서 보낸 시간을 통해 증인을 어떤 식으로 무너뜨려야 하는지는 충분히 배웠다고 자부했다.

믹이 말을 이어 나갔다. "전범재판소 측에서는 한스 크뤼거 사건을 여기서 다루기에는 역부족이라고 생각해요. 가능하면 뉘른베르크 쪽으로 사건을 이관하길 바라고 있죠. 하지만 뮌헨의 제3부대 본부에서는 어떻게든 사건을 여기서 해결하고 다하우 사건에서 승소를 따내야 한다고 압박하는 상황이에요."

"내가 도와줄게요." 엘레노어는 무엇을 도울 수 있을지도 고심해 보지 않고 대번에 제안했다. 그리고 곰곰이 생각에 잠겼다. 런던 본부에서 한스 크뤼거의 잔혹함을 자세히 기록한 파일을 보관해 둔 게 떠올랐다. "그자의 배경과 심문에 필요한 질문 그리고 대질신문을 위한 자료들이 필요할 거예요. 내가 전부 가지고 있어요." 엘레노어의 눈앞에 체스판의 말을 움직이듯 런던 특수작전국으로부터 정보를 캐내는 한스 크뤼거와 독일 비밀경찰의 작태가 영화처럼 펼쳐졌다. 그녀의 요원들이 어떤 식으로 배신을 당한 건지 알 수 없지만, 크뤼거가 저지른 만행과 그 밖의 사안들에 대해서는 누구보다 빠삭했다. "내가 필요한 서류를 가져다줄게요." 이번에도 거짓말이었다. 그녀가 말하는 증거들은 노그비하우스와 함께 모두 불에 타서 사라져 버렸다. 설령 자료가 남아 있다 해도 이틀 안에 그 자료를 가져올 수는 없었다. "내가 직접 재판정에 나가서 증인진술서에 서명하고 증언해 줄 수도 있어요. 당신은 크뤼거의 머릿속을 파고 들어가서 그가 저지른 가장 사악한 악행이 무엇이고, 그의 가장 어두운 부분이 어딘지만 파악하면 돼요."

"그 방법을 모르겠어요."

엘레노어가 고개를 저었다. "먼저 내가 부탁한 것부터 해결해 주세요. 딱 10분만 둘이 이야기를 나눌 수 있게 해 줘요."

"대체 무슨 자신감으로 그가 당신에게 사실을 실토할 거라고 믿는 거죠?"

"그 사람을 잘 아니까요." 그 말이 얼마나 우습게 들릴지 그녀 자신도 인정하지 않을 수 없었다.

"한 번도 만난 적이 없잖아요."

"유럽을 가로지르며 나치를 추격한 당신은요? 당신도 한스 크뤼거를 만난 적이 없죠? 하지만 당신은 그에 대해 알고 있어요. 가족은 물론이고 그들의 배경 하나하나를 꿰고 있죠. 그들이 저지른 악행까지도." 믹이 고개를 끄덕였다. "나한테 크뤼거가 그런 존재예요."

"그는 달라요. 절대 입을 열지 않을 거요."

"시도해 본다고 문제 될 것도 없잖아요."

"그건 정신 나간 짓이에요!"

"물론 정상적인 방법은 아니죠." 그녀도 인정했다. "그래서 재판을 할 거예요, 말 거예요?" 그는 아무 대답도 하지 않았다. "이봐요, 이렇게 왈가왈부할 시간이 없어요. 그를 만나게만 해 주면 그다음부터는 내가 전부 알아서 할게요." 이번에는 치밀하게 계산된 거짓말이었다. 다하우강제수용소는 그녀의 마지막 기회였다. 제발 믹 윌리스가 그 사실을 눈치채지 못하기만 기도할 따름이었다.

"어쨌거나 당신과 그를 만나게 해 준다는 건 불가능한 일이에요. 내일 새벽 비행기에 태워 뉘른베르크로 이송할 예정이니까."

그렇다면 정확히 시간 맞춰 찾아온 거였다. 뉘른베르크로 이송되면 한스 크뤼거를 만날 기회가 완전히 사라질 것이다. "그럼 지금 당장 만나게 해 주세요."

"딱 10분이에요." 믹이 마지못해 말했다. "내가 옆에 있어야 하고요."

"15분." 엘레노어가 대담하게 제안했다. "함께 있는 건 안 되지만 문밖에서 듣는 건 괜찮아요."

"원래 이렇게 고집불통이에요?"

엘레노어는 못 들은 척했다. 남자들만큼 해내기 위해 지금까지 살아온 인생의 절반을 고집불통 소리를 들으면서도 묵묵히 일해 온 그녀였다. "당신이 함께 있으면 죽어도 입을 열지 않을 거예요." 엘레노어가 덧붙였다.

믹은 그녀 쪽을 한 번 보고 고개를 돌렸다가 또다시 쳐다보았다. "대체 어떻게 입을 열게 한다는 건지 알 수가 없군요." 엘레노어는 지난 2년 그리고 최근 몇 개월 동안 수도 없이 거절당한 것처럼 또다시 거절당하고 안 된다는 대답이 돌아올 거라 생각하며 숨을 참고 기다렸다. "지금은 나로서도 어쩔 수가 없어요. 당장은 안 돼요." 그가 느릿느릿 말했다. "한밤중에 갑자기 찾아가면 괜히 다른 사람들 시선만 끄는 꼴이 될 거요. 내일 새벽 5시에 출발할 예정이니까 뉘른베르크로 가는 비행편이 도착하기 전에 찾아가는 게 좋을 것 같아요." 엘레노어는 당장 한스 크뤼거를 만나고 싶었다. 하지만 더 이상 그를 압박하는 건 좋은 생각이 아닌 것 같아 순순히 고개를 끄덕였다.

믹은 다른 건물로 그녀를 데려가서 복도를 따라 걸어갔다. 전쟁이 끝나고 새로 페인트를 칠했다는 걸 느낄 수 있었다. 연합군이 머물 수 있도록 여기서 벌어진 끔찍한 사건의 흔적들을 말끔히 지워 버린 듯했다. 그는 방문을 열고 침대와 세면대가 놓인 긴 방을 보여 주었다. "그럼 내일 아침에 데리러 오죠." 믹은 그 말을 남기고 방문을 닫았다.

엘레노어는 침대에 누워 잡역부의 진술대로 소녀들이 강제수용소에 도착했을 당시의 모습을 머릿속에 그려 보았다. 그나마 혼자가 아니라 여럿이 함께였다는 사실에 조금은 위안을 얻을 수 있었다. 어떻게 서로 만난 걸까? 같은 장소에서 놈들에게 체포됐다는 건 아무리 생각해도 불가능한 일이었다. 엘레노어는 오래전 기억을 반복해서 되짚어 보았다. 독일군에 무선통신기가 들어갔고 그들이 덫을 놓았다는 사실을 조금만 일찍 알았다면 어땠을까? 그럼 소녀들도 각자 흩어져서 조용히 몸을 숨기고 있었을 것이다. 하지만 그들은 독일놈들의 손에 발각되었고 대부분 처참하게 죽었다. 모든 게 엘레노어의 잘못이었다. 뭔가 이상한 낌새를 차렸을 때 국장이나 윗선의 누구든 찾아가서 끝까지 자신의 의견을 관철했어야 하는데. 하지만 그렇게 하지 못했고, 소녀들이 그 대가를 치르고 만 것이다.

엘레노어는 말끔히 소독된 싸늘한 침상에서 좀처럼 잠을 이루지 못하고 뜬눈으로 새벽이 되기만 기다렸다. 마침내 바이에른 언덕의 소나무 위로 하늘이 핑크빛으로 물들기 시작하자 최대한 말끔히 씻고 깨끗한 옷으로 갈아입었다. 그리고 숙소 밖으로 나갔다. 지금 당장은 아니라도 다시 눈이 쏟아질 것처럼 축축함이 감도는 건조한 겨울 공기가 주위를 가득 채우고 있었다.

믹은 동이 트기 전의 고요함 속에서 그녀를 기다리고 있었다. 지프의 문을 열자 입에 문 담배에서 피어오르는 하얀 연기가 꼬불거리며 허공으로 퍼져 나갔다. 엘레노어는 담배 한 모금만 구걸하고 싶은 충동을 억지로 참았다. 두 사람은 지프에 몸을 실었고 이번에도 운전대는 믹이 잡았다. 그는 어제 엘레노어가 도착한 수용소 입구 쪽으로 자동차를 몰았다. 두 사람 모두 한마디도 하지 않았다.

믹이 차를 세우고 밖으로 나갔다. 엘레노어도 그 뒤를 따랐다. 너무 바짝 걷다 보니 스커트 자락이 그의 군화에 끼일 정도였다. 드디어 두 사람이 수용소 안으로 들어갔다. 그는 아무 말 없이 아치형 입구를 따라서 영창이 있는 곳으로 그녀를 안내했다. 고요한 가운데 군화 밑창이 바닥에 쌓인 눈과 부딪히는 소리만 들릴 뿐이었다. 엘레노어는 입구 위에 '노동이 너희를 자유롭게 하리라'라는 악명 높은 문구가 적혀 있나 싶어 고개를 들었지만 보이지 않았다. 입구로 들어가자 좌우로 길게 작은 방이 늘어서 있었다. 지금이라도 소녀 중 누군가 그 방에서 뚜벅뚜벅 걸어 나올 것만 같아서 번갈아 좌우를 빤히 쳐다보고 있었다. 어디에 있는 거야?

"둘러보고 싶어요." 엘레노어가 부탁했다. 비록 아무 단서도 찾을 수 없겠지만 모든 걸 알아야만 했다. "어떤 곳인지 알고 싶어요."

그는 손가락을 들어 왼쪽에서 오른쪽으로 움직이며 말했다. "이쪽으로 수감자가 도착하면 기차역이 있던 저 입구를 따라서 나치의 막사 쪽으로 이동하는 겁니다." 엘레노어는 몸도 마음도 지치고 멍한 상태에서 놈들에게 억지로 이끌려 그 길을 터벅터벅 걸어갔을 소녀들을 그려 보았다. 그 와중에도 훈련 중에 배운 것처럼 두려움을 보이는 대신 고개를 빳빳이 들고 걸음을 옮겼을 것이다.

믹은 반원형 막사가 있는 쪽으로 그녀를 데리고 내려가서 마지막 방문 앞에 멈춰 섰다. "바로 여기가 수감자들을 데려와서 고문하고 죽인 심문실입니다." 오직 사실에 기반을 둔 감정이라곤 느껴지지 않는 목소리였다. "뒤쪽으로 시신을 운반해서 태우는 화장터가 있어요." 모든 걸 알고 싶다는 그녀의 부탁에 믹은 하나도 빼놓지 않고 설명했다. 엘레노어는 공포에 휩싸인 채 손을 뻗어 벽돌을 어루만졌다.

"저건가요?" 엘레노어는 누가 봐도 화장터로 보이는 굴뚝이 달린 낮은 건물을 가리켰다.

"화장터예요. 맞습니다. 수감자들은 화장터가 여기서 빠져나갈 가장 빠른 탈출구라고 생각했다더군요."

"직접 보고 싶어요." 엘레노어는 비비 꼬여 시커멓게 변한 철제 화장터를 보기 위해 빙 돌아갔고, 곧이어 무릎을 꿇고 손가락 사이로 자갈 바닥에 낀 재를 걸러냈다.

"가요." 믹이 그녀를 일으켜 세우며 말했다. "뉘른베르크로 데려가서 심문하기 전에 만나려면 시간이 조금밖에 없어요. 당신이 그를 만나러 온 걸 다른 누구도 알면 안 돼요."

그는 엘레노어를 오른쪽으로 데리고 가더니 비상경계선을 알리는 뾰족한 철책이 끊기는 부분에 있는 막사 쪽으로 안내했다. "바로 여기가 한스 크뤼거가 갇힌 곳이에요. 다른 죄수들은 재판을 기다리고 있어요."

"그럼 심문실에서 만나는 게 아니군요?" 그녀가 물었다. 그렇게 해야 뭔가 그림이 맞을 것 같았다.

"그러면 좋겠지만, 심문실은 재판의 증거로 사용하기 위해 원상태로 보존해야 해서요."

막사를 지키던 보초병이 두 사람이 나타나자 당혹스러운 표정을 지었다. "괜찮아." 믹이 출입증을 내밀며 그를 안심시켰다. 보초병이 한 걸음 물러섰다. 믹이 그녀 쪽으로 고개를 돌렸다. "정말 들어갈 생각인 거죠?"

엘레노어가 팔짱을 꼈다. "무슨 의도로 묻는 거죠?"

"오랫동안 이런 일을 해 오다 보니 매 순간 마음에 상처를 입게 되더군요. 진실이란." 그가 암울한 목소리로 말했다. "때로는 우리가 예상한 것과 완전히 다른 사실이 밝혀지기도 하거든요."

일단 공중에 뿌린 향수는 아무리 노력해도 되돌려 담을 수 없는 법이니까요. 엘레노어는 머릿속으로 대답했다. 지금이라도 마음만 먹으면 돌아갈 수 있었다. 하지만 쉴 새 없이 질문을 쏟아 내며 진실을 알아내려 하고, 요원들이 앞으로 무슨 일을 할지 궁금해하던 마리의 모습을 떠올려 보았다. 왜냐고 물었지. "준비됐어요."

"그럼 들어가죠." 엘레노어는 어깨를 쫙 폈다. 안으로 들어가자 바닥에는 먼지가 뿌옇게 쌓여 있고 돌벽에서 썩은 내가 진동을 했다. 그는 방에서 나와 복도를 따라 쭉 걸어가다가 굳게 닫힌 문 앞에 멈춰 섰다. "여기예요." 다른 방과 달리 두툼하고 육중한 철문 한가운데 안이 들여다보이는 구멍이 있었다.

엘레노어는 구멍으로 안을 들여다보았다. 한스 크뤼거의 모습을 보자 사진에서 보던 모습이 떠올라 저절로 몸이 움츠러들었다. 보고서와 사진에서만 수없이 보아 온 그가 바로 눈앞에 있는 것이다. 사진과 똑같은 모습. 카키색 죄수복 때문인지 조금 더 말라 보였다. 연합군이 수감자들에게 온갖 만행에 대한 진술을 받아냈다는 소식은 들은 적이 있었다. 하지만 한스 크뤼거의 왼쪽 뺨에 갓 생긴 분홍빛 상처에 대해서는 들은 바가 없었고 다른 데는 멀쩡해 보였다. 게다가 너무나 평범한 모습이었다. 전쟁이 터지기 전, 파리나 베를린 거리에서 흔히 볼 수 있을 법한 서점 주인 혹은 상인 같은 모습이랄까. 머릿속에서 그려 온 괴물의 모습과는 한참 거리가 멀었다.

믹은 고갯짓을 하며 말했다. "이제 들어가도 돼요."

막상 들어가라고 하니 왠지 모르게 걸음을 뗄 수가 없었다. 그녀는 자신이 원하는 모든 질문의 해답을 쥐고 있을 그를 빤히 쳐다보았다. 그리고 처음으로 마음 한쪽에서 진실을 알고 싶지 않다는 생각이 들었다. 지금이라도 영국에 돌아가서 소녀들이 어디에 갇혀 있었으며, 또 어떻게 사망했는지 유족들에게 설명할 수 있었다. 그 정도면 진실을 충분히 밝힌 셈이고, 대부분은 그걸로도 만족할 것이다. 하지만 대체 이유가 뭐냐고 묻던 부모들의 고뇌 어린 눈빛이 다시금 떠올랐다. 엘레노어는 소녀들에게 무슨 일이 있었던 건지, 그 이유가 뭔지 알아내고야 말겠다고 스스로 굳게 약속했다. 그것만 알아내면 된다.

수감실은 막사로 사용하던 곳이며 직사각형 모양이었다. 담요를 덮은 침상과 조그만 램프 하나, 구석에는 커피포트가 놓여 있었다. "죄수를 가두면서 커피포트까지 주나 봐요?"

"제네바 협약에 따른 거예요, 엘리. 고위직 관료잖아요. 행여나 학대 혐의를 주장하지 못하도록 최대한 깨끗한 환경을 확보해 주는 거죠."

엘레노어는 고개를 가로저었다. "우리 요원들은 제네바 협약에 따른 보호를 받지 못했을 거예요."

"빨리 들어가기나 해요." 믹이 그녀를 다그쳤다. 어깨너머를 계속 살피는 게 어딘지 모르게 불안해 보였다. "시간이 얼마 없어요."

엘레노어는 깊은숨을 들이마시고 문 쪽으로 걸어갔다. "한스 크뤼거 씨." 그녀는 가당치도 않은 직함 따위는 생략하고 민간인으로 대했다. 그가 무표정한 얼굴로 고개를 돌렸다. "엘레노어 트리그라고 해요."

"누군지 압니다." 그는 자리에서 일어나 커피나 한잔 마시러 카페에 나온 사람처럼 태연하게 모자를 들어 인사하는 시늉을 했다. "결국 이렇게 만나네요. 반갑습니다." 너무나 친숙하고 두려움이라고는 찾아볼 수 없으며 심지어 다정한 말투였다.

"내가 누군지 안다고요?" 순간 엘레노어는 경계심이 흐트러지고 말았다.

"물론이죠. 우리는 모든 걸 알고 있어요." 그녀는 한스 크뤼거가 아직도 현재형을 사용한다는 사실을 알아챘다. 그가 커피포트 쪽을 가리켰다. "커피를 원하면 제가 한 잔 내려 드리죠."

너 같은 자식이랑 커피를 마시느니 차라리 독약을 마시겠어. 마음 같아서는 그렇게 쏘아붙이고 싶었지만 그냥 고개를 저었다. 그는 커피를 한 모금 마시고는 음흉한 미소를 지어 보였다. "빈에서 마시던 고향 커피만 한 게 없어요. 딸이랑 슈테판 근처의 작은 카페에서 자허 토르테(초콜릿 케이크의 한 종류-옮긴이)를 곁들여 커피 마시는 걸 정말 좋아했는데." 그가 회상하듯 말했다.

"딸이 몇 살이죠?"

"이제 열한 살 됐어요. 4년 전에 본 게 마지막이네요. 물론 우리 딸이나 커피 얘기를 하자고 여기까지 찾아온 건 아니겠죠. 그 여자들에 대해 알고 싶어서 찾아온 모양이군요."

엘레노어가 찾아오기를 기다린 것처럼 느긋한 그의 태도가 그녀의 심기를 건드렸다. "여자 요원이에요." 그녀가 말을 고쳤다. "영원히 고향에 돌아오지 못했죠. 그 요원들이 사망한 건지 확인하고 싶어요." 엘레노어는 그가 대답할 틈도 주지 않고 말을 이어 나갔다. "어떻게 죽었는지, 그리고 어떻게 붙잡힌 건지도."

"가스실에서 죽었는지 총살당한 건지, 여기서 죽었는지 아니면 다른 수용소인지, 그게 중요한가요?" 엘레노어는 감정이라곤 느껴지지 않는 그의 대답에 놀라서 얼굴이 창백해졌다. "어차피 첩자였잖아요."

"아니에요." 엘레노어가 쏘아붙였다.

"그럼 당신은 그 여자들을 뭐라고 부르죠?" 한스 크뤼거가 받아쳤다. "민간인 복장을 하고 독일군에 점령당한 프랑스에 와서 무선통신원으로 활동하다 결국은 붙잡혀 죽고 말았죠."

"그건 나도 알아요." 엘레노어가 전의를 회복하고 대답했다. "그런데 어떻게 체포된 거죠?" 그는 고집스러운 태도를 굽히지 않고 고개를 돌렸다. "그들도 당신 딸처럼 누군가의 딸이었고 또 누군가의 어머니였어요. 그 아이들은 다시는 엄마를 볼 수 없다고요."

바로 그때 엘레노어는 두려움의 빛 같은 것이 그의 눈동자에서 반짝이는 것을 눈치챘다. "나 역시 다시는 내 딸을 볼 수 없어요. 내가 저지른 죄 때문에 교수형을 당할 테니까."

만약 신이 공평하다면 그렇게 되겠지. "사형을 당할지 아닐지는 아직 알 수 없는 일이죠. 조사에 협조한다면 종신형을 받을 수도 있는 거잖아요. 그러니까 그냥 진실을 이야기하는 게 어때요?" 그녀는 압박하기 시작했다. "내가 묻는 말은 이번에 기소된 사건하고 아무 관련이 없는 거예요." 엘레노어는 믹을 돕겠다고 호언장담한 건 까맣게 잊고 말했다. "당신 편에 있는 사람들이 다칠까 봐 두려워할 이유도 없어요. 어차피 다들 체포되거나 죽었으니까."

"무덤까지 가져가야 할 비밀이란 게 있는 거니까요." 대체 무슨 비밀일까? 어차피 죽음을 눈앞에 둔 사람이 끝까지 입을 다물겠다고 버티는 이유가 뭐란 말인가?

엘레노어는 전략을 바꿔서 가방에 있던 사진 뭉치를 꺼냈다. 한스 크뤼거는 사진을 한 장 한 장 살펴보다 어느 순간 손이 멈추더니 사진 한 장을 들어 보였다.

"마리." 그는 마리의 얼굴을 알아본 듯 두 눈을 번뜩이며 말했다. 그리고 제대로 아물지도 않은 뺨의 상처를 가리켰다. "마리라는 여자가 손톱으로 긁은 거요." 한스 크뤼거에게 영원히 지워지지 않을 상처를 남긴 것이다. "결국은 내가 시키는 대로 무선 메시지를 전송하더군요. 자기 목숨이 아닌 그 남자를 살리기 위해서."

"베스퍼 말인가요?"

그가 고개를 끄덕였다. "어차피 총을 쏴 죽이기는 했지만." 아까보다 한껏 대담해진 모습이었다. "개인 감정이 있었던 건 아니오." 그가 무감각한 목소리로 말했다. "그저 그 자식이 더는 쓸모가 없어져서 그런 거지……. 그 여자도 마찬가지고."

"마리는 어떻게 됐죠?" 엘레노어는 어떤 대답이 나올지 두려워하며 다시 물었다.

"나머지 네 명과 함께 프렌교도소로 보냈어요."

"언제요?"

"5월 말." 줄리언이 런던에서 돌아간 직후였다. 엘레노어가 예상한 것보다 훨씬 더 빨랐다.

"그 무렵에 무선통신기를 손에 넣은 건가요?" 그가 고개를 끄덕였다. "그 후에도 우리는 메시지를 전송받았어요." 전송도 했고. 그녀는 속으로 생각했다. 전쟁 기간 그녀가 우려한 일들이 모두 사실이었다.

"우리가 보낸 거였소. 마르세유에서 처음 무선통신기를 손에 넣었는데, 알다시피 런던에서도 그쪽 팀이 박살 난 걸 아는 터라 메시지를 전송할 길이 없더군요. 베스퍼 팀이 사용하는 주파수를 찾느라고 꽤 오랫동안 작업했어요."

무선통신기를 가지고 놀았군. 파리에서 헨리가 들려준 말과 일치하는 답변이었다. 엘레노어는 당시 마리가 보내는 메시지 중 일부는 문제가 없었지만 일부는 전혀 마리답지 않았던 것이 떠올랐다. 그중 후자의 메시지들은 독일 비밀경찰의 손으로 전송된 것이었다. 처음에는 자신의 기우라 생각하며 침묵을 지켰고 나중에는 국장에게 보고했지만 그대로 은폐되고 말았다. 그리고 이제 당시의 모든 진실이 마치 승자가 카드패를 테이블에 펼치듯 그대로 까발려지는 거였다. 그때 느낀 의구심을 상세히 밝히고 현장에서 무슨 일이 벌어지는지 조사해야 한다고 국장을 더욱 밀어붙였다면 어땠을까?

하지만 죄책감을 느낄 여유 따위는 없었다. 한스 크뤼거에게 질문할 수 있는 시간이 빠르게 흘렀다. "어떻게 메시지를 전송할 수 있었죠? 파리에서 듣기로는 당신들이 우리 무선통신기를 손에 넣고 런던으로 메시지를 보냈다고 하던데. 하지만 크리스털 조각도 없고 비밀 키도 알지 못했을 테고, 게다가 보안 점검도 해야 했잖아요. 그 부분은 어떻게 처리할 수 있었던 거죠?"

"우리도 기계를 작동할 수 있을 거라고 기대하지 않았어요." 엘레노어는 음흉하게 웃는 그의 얼굴을 보고 당장이라도 손을 뻗어 뺨을 때리고 싶은 마음을 애서 참으며 두 손을 꼭 쥐었다. "사실 우리가 무선통신기를 손에 넣은 걸 영국에서 눈치챌 기회는 얼마든지 있었어요. 처음에는 그저 특수작전국 사람들이 부주의하고 다른 일에 정신이 팔린 게 아닌가 생각했죠. 하지만 나중에는 런던에 있는 누군가가 우리가 무선 메시지를 보낼 수 있도록 묵인하는 거라는 사실을 깨달았어요."

"방금 뭐라고 했어요? 왜 그런 생각을 한 거죠?"

"1944년 5월 중순, 잠시 본부에서 자리를 비운 적이 있어요. 그런데 내 부하 중 멍청한 녀석이 쓸데없는 호기를 부린 거죠. 런던에 우리 쪽에서 메시지를 보내고 있다는 걸 암시하는 내용을 무선으로 알렸더군요. 그 사실을 알고 즉시 반역죄로 군법회의에 회부했죠."

"런던의 누구에게 보냈다는 거죠?" 엘레노어는 요원들의 메시지를 모두 관리한 당사자였다. 하지만 비밀경찰이 자신들의 무선 통신기를 가지고 논다는 사실은 전혀 눈치채지 못했다.

"그야 나도 알 수 없죠. 누군가 그 메시지를 받고도 계속해서 우리가 전송하는 메시지를 받아 줬으니까."

엘레노어는 당시 베스퍼 팀과 주고받는 무선 메시지에 접속할 수 있었던 인물을 추려 보았다. 본인과 제인 그리고 국장. 아무리 생각해도 그런 짓을 했을 거라는 확신이 드는 사람이 없었다.

다른 질문을 던질 틈도 없이 믹이 문을 노크하더니 밖으로 나오라는 신호를 보냈다. "시간 다 됐어요." 그는 내키지 않는 걸음으로 나온 그녀를 보고 말했다. "원하는 정보는 얻은 겁니까?"

"그럭저럭요." 엘레노어는 독일 비밀경찰 측에서 런던에 자신들의 존재를 알리는 메시지를 보냈다는 크뤼거의 이야기를 떠올리며 말했다. 그렇다면 런던 본부에서는 알고 있었다. 엘레노어는 경악을 금치 못했고 머릿속이 복잡했다. 하루도 빠짐없이 본부를 지키고 있었는데, 그런 메시지가 오갔다는 사실을 전혀 알지 못했다.

믹은 자신에게 약속한 정보를 전해 주기를 바라며 기대에 찬 눈으로 그녀를 쳐다보았다. 엘레노어는 소녀들에 대한 소식을 듣고 너무 놀란 나머지 믹 대신 물어봐 주겠다고 약속한 질문은 애초에 꺼내지도 못했다. 하지만 그건 별문제가 되지 않았다. 그에게 필요한 정보는 그녀에게 있었으니까. "줄리언 브룩하우스를 살해했다고 시인했어요. 1944년 5월 파리의 비밀경찰정보국 본부에서 총을 쏘아 죽였다고요."

믹의 눈이 동그래졌다. "그걸 10분 안에 전부 알아낸 겁니까?"

그녀가 고개를 끄덕였다. "만약 그 범죄 사실을 부인하면 내가 대화 내용을 몰래 녹음해 두었다고 말하세요. 그리고 재판정에 불러 주면 그의 살인 혐의를 직접 증언하죠." 앞부분은 거짓말이고 뒷부분은 진심이었다.

믹은 한스 크뤼거의 방을 돌아보았다. "이제 나도 들어가서 이야기를 좀 나눠 봐야겠군요. 이송 팀이 도착하기 전에요. 그때까지 기다리기 힘들면 당직병 불러서 입구까지 데려다주라고 지시해 두죠."

"기다릴게요." 엘레노어가 대답했다. 지금은 가진 게 시간뿐이라서요.

몇 분 후 믹이 밖으로 나왔다. "한스 크뤼거가 당신과 잠깐 이야기를 나누고 싶다는군요." 놀랍게도 그녀는 다시 이 세상에서 가장 사악한 인간의 얼굴을 다시 마주하게 되었다.

"미군에게 협조하기로 했어요." 사뭇 엄숙해진 얼굴. 믹이 줄리언 살해 혐의를 두고 협상을 제안했음을 알 수 있었다. "그 전에 당신을 돕고 싶어요." 그건 거짓말이었다. 소녀들의 죽음에 대한 진실은 무덤까지 가져가고 싶어 할 터였다. 다만 아까와 달리 그의 눈빛에 두려움이 서려 있었다. "내가 도와준다면 나를 위해서 관용을 베풀어 줄 수 있겠소?"

"그러죠." 그를 용서하거나 자유의 몸이 되도록 도와줄 생각은 추호도 없었다. 다만 죗값을 지르며 오랜 세월을 홀로 보낸다면 그게 더욱 큰 벌을 받는 것이리라.

독일군의 눈빛이 번뜩였다. 그는 테이블로 뭔가를 밀어냈다. 그 물건이 바닥에 떨어지자 발끝으로 차서 그녀 쪽으로 보냈다. 조그만 열쇠였다. 독방에 갇혔으면서 이걸 어떻게 몰래 가지고 있었는지는 그녀에게 별문제가 되지 않았다. "취리히에 있는 크레딧스위스은행이에요." 그가 차분하게 말했다. "9127번."

"이게 뭔데요?" 그녀가 되물었다.

"일종의 보험이라고 해 두죠." 그는 아리송한 말을 남겼다. "당신이 찾고자 하는 해답이 적힌 종이가 들어 있을 겁니다." 엘레노어는 가슴이 두방망이질하기 시작했다. "나는 다시 자유의 몸이 될 수 없겠지만, 내가 수용소로 보낸 마리와 네 명의 여자 그리고 그들의 아이들을 위해 당신이 원하는 해답을 알려 주고 싶군요." 어쩌면 아주 작은 회개의 몸짓인지도 모르겠다.

순간 그가 한 말이 머릿속에 박혔다. "방금 마리까지 다섯 명이라고 했나요?" 그가 끄덕였다. "분명해요?"

"파리에서 다섯이 함께 떠났어요. 내가 직접 서류에 서명했고. 하나는 기차가 폭발하면서 사망했어요." 그렇다면 네 사람이 도착해야 하는 건데. "하지만 목격자 진술을 보면 프랑스 여자 셋이 도착했다고 하던데요. 그럼 하나는 어떻게 된 거죠?"

"그건 나도 알 수 없어요. 중간에 목숨을 잃었을 가능성은 부지기수고. 하지만 내가 예상하기로 그 여자는 끝까지 살아남았을 거요."

엘레노어는 벌떡 일어나 문을 박차고 나와서 믹 윌리스를 지나쳐 미친 듯이 달리기 시작했다.

# 28

## 엘레노어

*1946년, 취리히*

파라데플라츠를 가로질러 거대한 석조 건물인 크레딧스위스 본사로 걸음을 옮기는 사이 하얀 눈발이 날리기 시작했다. 멀리 프라우뮌스터성당에서 9시 30분을 알리는 종소리가 퍼지는 가운데 엘레노어는 정장을 차려입고 출근 중인 금융인들 사이로 길을 재촉했다.

엘레노어는 새벽 안개를 뚫고 독일에서 출발해 기차를 타고 남쪽으로 꼬박 24시간을 달렸다. 그리고 불과 1년 전만 해도 별다른 사건 없이 수많은 이의 탈출구가 된 자연 장막 역할을 하던 눈 덮인 알프스산맥을 가로질렀다. 엘레노어는 여행 내내 한스 크뤼거에게 받은 열쇠를 손에 꼭 쥐고 놓지 않았다.

그레이스는 크뤼거의 방에서 달음박질하듯 뛰어나왔고, 그녀를 쫓아온 믹에게 물었다. "그 말이 사실인 것 같아요?" 그녀는 따지듯 다시 물었다. "진짜 우리 요원 중 하나가 아직 살아 있을까요?"

"대답하기 쉽지 않네요." 그가 머뭇거리며 대답했다. "물론 살아 있다고 말하고 싶지만 반대의 경우도 있을 테니까요. 저자는 거짓말쟁이예요. 파리에서 다섯 명의 소녀를 기차에 태워 보낸 게 사실이라고 해도 그중 하나가 아직 살아 있으리라는 보장이 없고요. 만약 살아 있다면 지금쯤 당신 앞에 나타났겠죠. 이곳 강제수용소까지 오지 못한 사정은 수도 없이 많지만 대부분 결과가 좋지 않았을 겁니다. 괜히 기대했다가 상처받을까 봐 걱정되네요."

"어쩌면 금고에 있다는 상자 안에 아무것도 없을지 몰라요." 엘레노어는 아니라는 대답을 기다렸지만 아무 말도 돌아오지 않았다.

"그러니까 가지 말아요." 그가 대답 대신 그녀를 만류했다. "여기 있어요. 재판 준비를 도와주세요."

"한스 크뤼거가 실종된 당신 부하에 대한 정보를 준다면 그냥 못 들은 척할 수 있겠어요?"

"그야 물론 아니겠죠." 믹 윌리스 역시 실종된 누군가를 찾을 수 있다는 실낱같은 희망만 있다면 절대로 모른 척할 수 없다는 걸 충분히 이해했다. "그럼 가서 확인해 보고 가능한 한 빨리 돌아와요. 당신은 정말 물건이에요, 엘레노어 트리그. 당신 같은 인재가 우리와 함께 오랫동안 일해 줬으면 좋겠어요. 큰 인적 자산이 될 수 있겠어요." 믹이 강조해서 말했다. "당신의 경험이 우리 팀이 맡은 일에 지대한 도움을 줄 수 있을 거예요."

지금 엘레노어를 스카우트하겠다는 건가? 엘레노어는 기분이 좋아져서 그의 제안을 고심해 보았다. 특수작전국에서 해고당했으니 이번 일만 마치고 나면 돌아갈 곳도 없었다. 게다가 그녀에게는 최적의 일이었다.

하지만 엘레노어는 고개를 저었다. "정말 고마운 제안이에요. 하지만 지금으로서는 거절할 수밖에 없어서 미안해요. 당신이 맡은 일은 매우 중대한 사안인데, 아직 내 문제가 해결되지 않은 상태라서요."

"잠들기 전에 먼 길을 가야 하는군요." 그는 충분히 이해한다는 투로 말했다.

엘레노어는 미국 시인 로버트 프로스트의 시구를 인용한 말임을 알아차리고 다정하게 대답했다. "맞아요." 두 사람은 관심사가 같았고 둘 다 혼자였으며 끝없는 추적을 해 나가고 있었다. 비록 만난 지 하루밖에 되지 않았지만 다른 누구보다 그녀를 잘 이해해 줄 수 있는 사람이라는 걸 깨달았다. 그런 사람을 혼자 두고 가야 한다니 왠지 모르게 미안한 기분이 들었다.

다하우강제수용소를 떠나면서도 한스 크뤼거가 말한 생존 가능성이 있는 소녀를 찾고 싶은 간절한 마음뿐이었다. 하지만 한스 크뤼거에게 들은 말을 제외하면 아무 단서도 서류도 증인도 없었다. 그녀가 찾는 해답이 들어 있다는 취리히 은행의 안전금고가 커다란 유혹일 수밖에 없었다.

엘레노어는 은행에 들어섰고, 드높은 천장 위로 그녀가 신은 하이힐의 굽 소리만 또각또각 울려 퍼졌다. 검은색과 금색 테를 두른 유화 속의 음울한 남자만이 덩그러니 벽을 장식하고 있었다. 그녀는 거대한 기둥 두 개를 지나서 '대여금고실'이라고 적힌 방으로 들어갔다.

대리석 상판을 깐 카운터에서 줄무늬 애스콧 타이를 맨 남자가 안경 너머로 그녀를 쳐다보았다. 그리고 아무 말 없이 하얀 종이 한 장을 내밀었다. 엘레노어는 개인 금고의 번호를 적어서 돌려 주었다. 그는 종이에 적힌 숫자를 읽었고, 엘레노어는 자신이 누 구이며 그 금고 주인이 맞는지 확인하는 질문이 돌아올 걸 예상 했다. 하지만 남자는 아무 말 없이 일어나서 뒤쪽 복도로 걸어가 버렸다. 이런 식으로 진행되는 거구나. 이름도 묻지 않고 질문도 없이. 스위스 은행의 미덕이자 악덕이 바로 이런 거였다. 카운터 뒤쪽으로 이어진 복도 너머 벽면에 거대한 묘지에 차곡차곡 쌓인 조그만 무덤들처럼 철제 개인 금고가 좌우로 넓고 길게 쌓여 있 었다. 전쟁이 끝날 때까지 살아남지 못한 자들이 남겨 둔 얼마나 많은 비밀이 저 금고 안에 그대로 보관돼 있을까?

몇 분 후 은행원은 자물쇠 두 개로 굳게 잠근 직사각형 상자를 들고 돌아왔다. 엘레노어는 크뤼거에게 받은 열쇠를 꺼냈다. 연 합군에게 체포되는 중에 어떻게 이 열쇠를 간직할 수 있었을까?

은행원은 다른 열쇠를 꺼냈다. 그는 자물쇠 하나에 열쇠를 끼 운 다음 엘레노어를 보며 다른 구멍에 열쇠를 끼우라는 몸짓을 했다. 엘레노어는 자물쇠에 열쇠를 끼우려고 했지만 왠지 구멍 에 맞지 않는 것 같았다. 순간 심장이 오그라들었다. 믹의 말이 옳 았다. 한스 크뤼거가 그녀를 가지고 논 것이다. 하지만 자세히 보 니 열쇠가 워낙 닳고 녹이 슬어서 제대로 맞지 않는 거였다. 그녀 는 손가락으로 펴고 녹을 털어 낸 뒤 다시 자물쇠 구멍에 조심스 럽게 끼워 보았다.

그리고 두 사람이 동시에 열쇠를 돌렸다. 탁 소리와 함께 상자가 열렸고, 은행원은 안에 들어 있는 조그만 상자를 꺼내서 그녀에게 건넸다. 그리고 자신의 열쇠를 빼더니 그녀만 두고 어디론가 사라져 버렸다.

엘레노어는 떨리는 손으로 개인 금고에 든 상자를 열었다. 이제는 쓸모없어진 독일의 마르크화 라이히스마르크 다발과 달러 몇 뭉치가 들어 있었다. 엘레노어는 달러만 꺼내서 주머니에 쑤셔 넣었다. 피 묻은 돈이지만 별문제가 되지 않았다. 딸 혹은 어머니를 잃은 유족들에게 그 돈이라도 돌려줄 수 있을 거라고 생각한 것이다.

돈뭉치 아래 봉투 하나가 놓여 있었다. 엘레노어는 조심스럽게 봉투를 열었다. 아주 얇은 종이 한 장이 들어 있는데, 휴지처럼 얇아서 혹시라도 잘못 들었다가는 찢어질 것 같았다. 그녀는 종이를 펴고 뭐라고 적혀 있는지 유심히 살폈다. 순간 눈동자가 커졌다. 그녀가 찾던 해답이 하얀 종이에 검은색 글씨로 쓰여 있는 게 아닌가. 한스 크뤼거가 말한 것처럼 그녀가 찾던 해답이 모두 그곳에 쓰여 있었다.

파리에서 런던으로 전송된 무선 메시지의 일부였다. *1944년 5월 8일. 협조 감사. 보내 준 군수품은 잘 사용하겠음. SD.*

한스 크뤼거가 말한 바로 그 메시지였다. 무선통신기가 독일 비밀경찰의 손에 들어왔음을 암시하는 바로 그 메시지. 종이에는 '런던 수신'이라는 도장까지 찍혀 있었다. 그런데 엘레노어는 그런 메시지를 받은 기억이 없었다. 런던 본부의 누군가가 그 메시지를 받고 독일군에 정보가 새어 들어간다는 걸 알면서도 계속해서 프랑스로 메시지를 보내게 만든 것이다.

한스 크뤼거가 이걸 그녀에게 준 이유는 무엇일까? 갑자기 이타심이 샘솟았다거나 심경의 변화가 일어서 그런 건 아닐 것이다. 기소가 두려워서 이렇듯 대담하게 폭로했다는 것도 설명이 안 됐다. 아니, 영국 정부가 저지른 범죄에 대한 진실, 그들 손에 묻은 피를 보여 주려는 것이리라. 한스 크뤼거로서는 전쟁의 마지막 수를 놓은 것이다. 엘레노어가 다하우강제수용소까지 찾아가지 않았다면, 그는 이 증거로 무엇을 했을까? 어떻게든 이 정보가 새어 나갈 다른 방법을 찾아냈겠지. 아니면 무덤까지 비밀을 가져갔을지도.

그렇다면 이제 어떻게 해야 할까? 엘레노어는 이 진실을 세상에 알릴 방법을 찾아야만 했다. 이 사실이 밝혀지는 걸 가장 두려워할 사람들의 눈앞에 밝혀낼 방법. 일단 이번 사건에 대한 진실이 밝혀진다면 국장과 그녀 자신 그리고 다른 모든 사람이 파국에 이를 것이다.

하지만 엘레노어는 사라진 소녀들과 굳게 약속한 것이 있었다. 다른 선택의 여지가 없었다. 어떻게든 잘못된 기록을 바로잡아야 했다.

엘레노어는 차오르는 눈물을 훔치며 금고실을 나갔다.

# 29
## 그레이스

*1946년, 뉴욕*

그레이스는 커피에 설탕을 넣고 검은 물 속으로 서서히 사라지는 모습을 지켜보았다. 고개를 들고 프랭키가 구부정한 자세로 사무실에 가득 쌓인 파일을 뒤적이는 모습과 불규칙적으로 윙윙대는 라디에이터의 익숙한 소음을 들으며 평화를 만끽했다.

영국 영사관에 실종된 소녀들의 사진을 돌려주고 온 지도 벌써 일주일이 지났다. 처음에는 엘레노어와 소녀들에 대한 모든 일이 절대로 일어나지 않았던 것처럼 일상으로 돌아가는 게 생각처럼 쉽지 않으면 어쩌나 걱정했다. 하지만 그녀는 편한 구두를 신듯 일상으로 자연스럽게 녹아들었다. 하숙집의 좁은 방도 어머니가 주고 간 수국 조화 덕분에 예전보다 훨씬 더 포근하고 아늑했다.

하지만 마크가 일어나 그녀가 사라진 걸 알고 얼마나 놀랐을지 생각나곤 했다. 혹시나 전화를 걸어 오지 않을까 기대도 했지만, 아직 아무 소식이 없었다. 사라진 소녀들과 엘레노어에 대해, 그리고 엘레노어가 왜 소녀들을 배신했을까 하는 궁금증도 여전히 떠올랐다.

8

그녀는 말도 안 되는 탐험을 하게 만든 온갖 의문을 밀어내고, 타자기 앞에 앉아 주택위원회에 보낼 공문을 작성하기 시작했다. 프랭키가 종종걸음으로 다가와 파일 하나를 내밀었다. "나 대신 이것 좀 작성해 줘." 그레이스는 파일을 열었다. 아동 보호 단체의 아동을 가족으로 입양하기 위한 신청 서류들이 들어 있었다. 그녀는 깜짝 놀라지 않을 수 없었다. 이런 서류들은 사이먼 와이즈나 러들로 같은 가족법 전문가에게 맡길 법한 일이었다. 입양되는 아이의 이름은 사무엘 로젠, 입양을 신청하는 가족란에는 프랭키의 이름만 덩그러니 적혀 있었다.

"샘을 입양하려고요?" 그녀는 도저히 믿기지 않는 목소리로 물었다.

"샘에게는 집이 필요해. 다른 아이들과 어울리기 힘들 거라는 말, 그 말이 내 마음을 움직였어." 그제야 워싱턴에 있을 때 그와 전화로 나눈 이야기가 떠올랐다. 샘이 다른 아이들이 있는 집에 돌아가서 적응하기가 힘들 거라고 걱정스럽게 말했다. 그런데 프랭키는 그 말을 듣는 데 그치지 않고 아이를 돕기 위해 발 벗고 나서기로 한 것이다. "아무튼 샘을 입양할 생각이야. 아동 보호 단체에서 독신남에게 입양을 허락해 준다면."

그레이스는 자기도 모르게 존경심이 샘솟는 걸 느끼며 손을 뻗어 그의 팔을 붙잡았다. "당연히 허락할 거예요, 프랭키. 반드시 그래야죠. 당신 같은 아버지가 생기다니, 샘은 세상에서 가장 운 좋은 아이예요. 당장 서류를 작성해서 아동 보호 단체에 직접 가져다주고 올게요."

법원에서 돌아오자 시계가 벌써 오후 2시를 가리키고 있었다. 텅 빈 사무실에 프랭키가 휘갈겨 쓴 메모만 덩그러니 남아 있었다. '샘 방을 꾸며야 해서 물건 좀 사러 가. 금방 올게.' 그의 메모에서 흥분과 뚜렷한 목적 의식이 느껴졌다.

순간 점심을 걸렀다는 게 떠오르면서 속이 뒤틀리는 듯했다. 가방에서 에그 샌드위치를 꺼내 들고 문 쪽으로 걸어갔다. 프랭키가 오기 전에 옥상에 올라가서 간단히 먹고 내려올 생각이었다.

사무실 문을 여는 순간 그녀는 그대로 걸음을 멈췄다. 사무실 복도에 마크가 서 있었다.

"안녕……." 그녀는 뭐라고 해야 할지 몰라서 말끝을 흘렸다. 지난번 거리에서 마주친 건 그야말로 우연이었다. 하지만 오늘 사무실로 찾아온 것은 그녀를 만나기 위해서였다. 놀람과 행복 그리고 분노의 감정이 동시에 그녀를 스치고 지나갔다.

"그냥 갔더라고요." 원망하기보다 마음의 상처를 입은 듯한 말투였다.

"미안해요."

"내가 뭘 잘못 말해서 그랬어요? 아니면 내가 실수를 했어요?"

"그런 거 아니에요." 그레이스는 마크가 얼마나 당혹스러웠을지 충분히 이해됐다. "우리 두 사람, 이래저래 복잡했잖아요. 그래서 마음이 안 좋았는데 그때 이걸 발견했어요." 그녀는 가방에서 엘레노어의 배신을 확연히 드러내 주는 서류를 꺼냈다. 뉴욕에 돌아오자마자 모두 없애 버릴 생각이었다. 하지만 그와 관련된 문제에서 손을 떼는 것과 별개로 이 서류마저 없애 버릴 수가 없었다. 그래서 계속 가방에 넣고 다녔다. "엘레노어가 배신자라는 사실을 알아낸 데다 당신과의 문제도 뭔가 복잡하게 얽힌 것 같아서, 그래서 감당하기가 힘들었던 것 같아요. 그때는 정말 주체가 안 되더라고요."

"그래서 떠난 거군요."

"맞아요." 하지만 도망친다고 해서 달라지는 건 없었다. 엘레노어의 죄책감은 종이에 그대로 남아 있었으니까. 마크를 향한 그녀의 감정도 그때와 변함이 없었다. "아무 말 없이 와 버려서 미안해요."

"괜찮아요. 누구나 숨기고 싶은 비밀이 있는 법이잖아요. 나 역시 당신에게 말하지 못한 게 많아요." 그는 잠시 멈췄다가 말을 이었다. "전쟁 중에 전범재판소에서 일할 때 어땠냐고 물어봤죠? 그때는 솔직하게 말할 마음의 준비가 안 됐는데 지금은 말할 수 있어요. 전쟁이 터질 당시 나는 법대 졸업을 앞두고 있었어요. 졸업과 동시에 자원하고 싶었지만 아버지가 만류했죠. 입대는 연기하고 해외로 나가기 전에 하던 공부나 끝내라고 하더군요. 제 학비 때문에 전 재산을 은행에 털어 넣은 상태라서 내가 빨리 변호사가 되어야만 우리 집이 파산하는 걸 막을 수 있었거든요. 결국 수업을 두 배로 늘려서 조기 졸업을 했죠. 졸업과 동시에 입대 신청을 했는데 부대에서 나를 육군 법무감 쪽으로 배치하더군요. 그런데 막상 입대하려고 보니까 전쟁이 끝나 버린 거예요. 그리고 프랑크푸르트에서 처음 맡은 재판이 오벤스 사건이었어요. 혹시 들어 봤어요?" 그레이스는 고개를 저었다. "물론 못 들어 봤겠죠. 어떻게든 정보가 새어 나가지 않게 하려고 기를 썼을 테니까. 오벤스는 미 육군 병사로 라벤스브뤼크강제수용소를 해방하는 작전에 참가했어요. 그와 동료 병사들은 강제수용소의 실태를 보고 굉장한 충격을 받았다고 해요. 그래서 강제수용소의 보초병을 체포하자마자 전쟁의 잔혹한 규칙에 따라 인정사정없이 총을 쏘아 죽인 거죠." 그레이스는 톰처럼 선하디선한 사람조차 그런 짓을 저지를 수 있다고 상상하니 온몸이 움찔거렸다. "나는 그 사건을 기소해야 한다고 생각했어요. 그건 작전 중에 벌어진 사건이 아니라 누가 봐도 명백한 살인 사건이거든요. 하지만 상관들은 내 얘기에 콧방귀도 뀌지 않더군요. 그저 독일군의 만행에만 집중할 뿐 연합군이 얻은 승리와 그런 사건을 섞어 의미를 희석하고 싶지 않았던 거겠죠. 하지만 나는 끝까지 포기하지 않았어요. 그러자 우리 가족 중에 독일 사람이 있다는 걸 캐내고는 나에 대한 음모를 꾸미기 시작하더군요." 그제야 마크의 성이 '도프'라는 사실이 떠올랐다. 그레이스 역시 전부터 마크가 독일계라는 사실을 알았지만 차마 묻지 못했다. "나더러 반역죄를 저지르는 거라고 하더군요."

"그래서 그만둔 거예요?"

"나를 군법회의에 부치려고 하기에 먼저 그만뒀어요. 나를 겁쟁이라고 생각하겠죠. 더 일찍 말하지 못해서 미안해요."

"아뇨, 나는 당신이 용감했다고 생각하는데요. 그런데 왜 이제야 그 이야기를 내게 하는 건가요?"

"톰이 죽은 게 당신 탓이라고 자책하며 도망쳐 다니는 것 같아서요. 그건 잘잘못을 가릴 수 있는 문제가 아니에요. 당신도 나도 선택의 여지가 없었잖아요. 엘레노어 역시 그랬을 테고. 엘레노어가 소녀들을 배신했다면 분명히 그럴 만한 이유가 있었을 거예요."

"아마도요."

"내 말 못 믿겠어요?"

"이제 뭘 믿고 믿지 말아야 할지도 잘 모르겠어요. 아무튼 당신이 찾아와 줘서 정말 좋아요." 그레이스는 자기도 모르게 속마음을 털어놓고 말았다. 순간 두 볼이 붉게 달아올랐다.

"정말요?" 그가 한 걸음 다가오며 말했다. "이래저래 복잡해질 텐데?"

"그때는 정말 그랬어요. 여기 있으면서 나도 마음이 편치만은 않았어요."

마크는 두 팔로 그레이스를 붙잡았고, 그렇게 움직이지 않고 몇 초 동안 그대로 서 있었다. 고개를 들자 두 사람의 눈동자가 맞닿았다. 그는 금방이라도 입을 맞출 것처럼 그녀를 응시했고, 그녀 역시 이번에는 정말로 그와 입을 맞추고 싶은 심정이었다. 그가 고개를 숙이자 그레이스는 두 눈을 감았다. 두 사람의 입술이 맞닿았다.

바로 그때 등 뒤에서 무슨 소리가 들렸다. "그레이스, 샘이 탈 만한 자전거를 샀는데⋯⋯." 마크와 그레이스가 화들짝 놀라 떨어지는 모습을 보자 프랭키도 놀라서 말끝을 흐렸지만 이미 늦어 버렸다.

그레이스가 헛기침을 했다. "프랭키, 이쪽은 마크 도프예요. 남편의 친구죠." 그 설명 덕분에 일이 더 이상하게 흘러가 버렸다.

그레이스는 자신과 마크를 번갈아 쳐다보는 프랭키를 바라보며 뭐라고 할까 싶어 마음을 단단히 먹었다. 표정만 봐서는 화가 난 건지 놀란 건지 도무지 알 수가 없었다.

순간 고맙게도 어색한 분위기를 깨듯 전화벨이 울렸다. 그레이스는 전화를 받으려고 했지만, 프랭키가 손짓으로 만류하더니 책상으로 가서 수화기를 들었다. "블리커&손스 사무실입니다. 네, 전데요." 프랭키의 눈동자가 커지는 걸 보며 샘 문제인가 싶었다. 그가 가까이 오라고 손짓하더니 종이와 펜을 달라는 신호를 보냈다. 그리고 종이에 뭔가를 황급히 휘갈겨 썼다. "그래, 알았어. 고마워." 순간 그레이스는 심장이 덜컹 내려앉았다. 엘레노어 문제로 출입국관리소 사람과 통화하는 거였다. 그의 목소리가 어떤지 살피려고 했지만 도저히 감이 잡히지 않았다. "고마워, 친구. 이 빚은 꼭 갚을게."

"뭐래요?" 그레이스는 프랭키가 전화를 끊자마자 물었다.

"그때 알아봐 달라고 한 사람 있잖아."

"엘레노어?" 그녀가 열정적으로 되물었다.

"출입국관리소에서 일하는 지인에게 입국 당시 기록을 찾아봐 달라고 부탁했는데 별로 특이할 게 없더라고. 사고가 나기 하루인가 이틀 전에 비행기를 타고 미국에 도착했대."

그레이스는 다시 심장이 내려앉는 걸 느끼며 고개를 끄덕였다. 영국 영사관에서 여권을 보고 그에 대한 기록을 확인한 터였다.

그레이스는 뭘 기대한 걸까? 어차피 출입국관리소에서 엘레노어의 속마음을 꿰뚫어 볼 수도 없을 테고, 뉴욕에서 뭘 할 건지 알 수도 없을 테고, 소녀들을 배신한 것과 관련이 있는지도 알 길이 없을 텐데. "고마워요." 그래도 자신을 도와주려고 백방으로 수소문했다는 건 무척이나 고마운 일이었다.

"그리고 한 가지 알아낸 게 있어." 그는 테이블에 연필로 휘갈겨 쓴 글을 가리켰고, 누가 봐도 악필이었다. "입국신고서에 미국 내 목적지 주소를 쓰라고 했더니 이 주소를 써 놨대." 그레이스는 주소를 유심히 살폈다. 순간 등에서 찌릿한 기운이 흘렀다. 브루클린의 아파트 주소였다. 그리고 프랭키가 휘갈겨 쓴 주소 아래 수령인 이름이 적혀 있었다. 그레이스는 그 이름을 읽자마자 온몸의 피가 얼어붙는 느낌이었다.

"가 봐야겠어요." 그레이스는 곧바로 코트를 챙겼다. "고마워요!" 그녀는 프랭키의 뺨에 입을 맞췄다. 어찌나 힘을 주었는지 그대로 의자를 향해 넘어가 버리고 말았다.

"내가 같이 가 줘요?" 마크가 등 뒤에서 외쳤다.

하지만 그레이스는 이미 나간 지 오래였다. 어떤 일은 여자 혼자 처리해야만 하는 법이다.

# 30
## 엘레노어


*1946년, 런던*


"엘레노어." 국장이 책상에서 고개를 들었다. 취리히에서 떠난지 나흘 만이었다. 그녀는 종이를 손에 들고 찾아온다는 말도 없이 불쑥 국장실 앞에 서 있었다. "이렇게 빨리 돌아올 줄 몰랐네. 프랑스에 간 일은 어떻게 됐나?"

"프랑스에서는 아무것도 찾지 못했어요."

그는 의자에 등을 기대고 파이프 담배를 향해 손을 뻗었다. "그거 안됐군. 그래도 시도라도 해 봤으니 고마운 일이지. 아무리 시간을 들여도 결국 아무 소득도 건지지 못하는 게 있는 법이니까. 이번 일로 자네의 궁금증이 어느 정도 사그라들기를 바라네."

"아무 소득이 없다고는 말하지 않았는데요." 그녀가 쏘아붙였다. "프랑스에서 못 찾았다고 했죠. 우연히 독일에 갈 기회가 생겨서 한스 크뤼거를 만나고 왔어요."

"독일이라." 국장은 불을 붙이지 않은 파이프 담배를 들고 말했다. "한스 크뤼거는 뉘른베르크에 있는 걸로 아는데, 아닌가? 어떻게 그자와 만날 수 있었던 거지?"

"피나는 노력을 했죠. 그자가 갇혀 있던 다하우강제수용소에서 이송되기 전에 잠시 이야기를 나눴어요. 그자가 이걸 주더군요." 엘레노어는 금고에서 찾은 종이를 내밀었다. "독일군이 우리 무선통신기를 가지고 있다는 사실을 알았더군요. 그런데도 놈들에게 새어 나가서는 안 될 기밀 정보를 계속 무선으로 전송하도록 지시했고요."

그는 종이를 집어 들었다. "엘레노어, 그건 가당치도 않은 얘기야!" 종이에 적힌 글을 전부 읽기도 전에 불같이 화를 냈다. "이런 서류는 내 평생 본 적이 없어!"

엘레노어는 손을 내밀었다. 그렇다고 종이를 돌려달라는 의미는 아니었다. "메시지 전송 기록, 당장 내놓으세요. 불에 타서 없어졌다는 헛소리는 마시고." 그녀는 대답할 틈도 주지 않고 말했다. "따로 사본을 만들어서 보관해 둔 거 알아요."

국장은 눈도 끔뻑하지 않고 그녀를 쳐다보다가 결국 체념하는 듯한 표정을 지었다. 등 뒤에 있는 캐비닛으로 몸을 돌리고 자물쇠를 돌리더니 손잡이를 돌렸다. 국장은 서랍을 열고 그 안에 든 두툼한 파일을 그녀에게 내밀었다.

엘레노어는 런던과 F 지구 사이에 오고 간 메시지가 날짜별로 분류된 서류를 한 장씩 넘기기 시작했다. 마침내 한스 크뤼거에게 받은 종이에 해당하는 메시지 기록이 나왔다. 런던에서 그 메시지를 받은 건 확실했다. 수신 확인 도장이 찍힌 것만 제외하면 한스 크뤼거의 개인 금고에서 찾은 종이와 정확히 일치했다. 두 번째 종이에는 메시지 진위 여부 증명 불가라고 적힌 종이가 있었다. *계속 무선 통신을 시도할 것.* 엘레노어는 그런 메시지를 보 낸 기억이 전혀 없는데, 엘레노어의 서명이 붙은 종이에 그와 같 은 메모가 적혀 있는 게 아닌가.

"저 몰래 메시지를 보냈군요."

"자네한테 말을 안 한 거지." 그가 말을 고쳤다. 그런다고 뭔가 크게 달라지는 것처럼. 거듭해서 의혹을 제기한 보안 문제에 대해 독일 비밀경찰이 런던 본부 측에 진실인 것으로 확인해 주었다는 사실도 모른 채 계속 기밀 정보를 송신해 왔던 것이다. 하지만 국 장과 누군가 다른 공모자는 엘레노어에게 그 정보를 숨기고 있었 다. 그 결과 여자 요원들은 독일군에 붙잡혀 목숨을 잃어야 했다. 프랑스에서 보내오는 메시지가 이상하다는 의심은 오랫동안 가지 고 있었다. 하지만 그토록 믿었던 본부 측에서 발 벗고 나서서 자 신의 요원들을 희생시켰다고 생각하니 머릿속이 아찔했다.

"제가 이 메시지를 봤다면 곧바로 모든 무선 통신을 폐쇄할 걸 알고 있었던 거겠죠. 당장 통신 폐쇄 명령을 내려야 했어요. 우리 요원들 전부를 사지에 빠뜨릴 수 있는 민감한 정보들이 놈들에게 그대로 전달되었다는 거잖아요."

국장이 벌떡 일어섰다. "나도 선택의 여지가 없었어. 상부의 지 시에 따른 것뿐이야." 연합군에 체포된 독일군 전범 가해자들이 자신들은 아무 잘못이 없고 그저 상부에서 시키는 대로 했을 뿐 다른 선택의 여지가 없었다고 진술한 내용을 수도 없이 읽지 않 았는가. 그런데도 국장은 전보다 더 등을 꼿꼿이 세우고 있었다. "다른 경우였다고 해도 내 선택은 크게 다르지 않았을 거야. 독일군 손에 무선통신기가 들어갔다는 걸 알고 비밀 작전에 대한 정보를 흘릴 기회라고 생각했어." 그 계획은 들어맞았다. 결전의 날에 앞서 그들의 방어력을 분산시킬 거짓 정보를 흘릴 수 있었으니까. 만약 우리가 곳곳에서 힘을 모으고 있다는 사실을 알았다면 연합군의 사상자 수는 걷잡을 수 없이 커졌을 것이다. 톰킨스가 무선 메시지를 보내오고 있다는 사실이 밝혀지지 않았다면 그 주파수는 계속해서 작동되었을 것이다. "우리 예상이 들어맞았어." 국장은 자기 자신을 이해시키듯 다시 한번 말했다.

"우리 요원들에게는 그렇지 않았어요." 엘레노어는 차갑게 쏘아붙였다. "고향으로 돌아오지 못한 열두 명의 여성 요원과 줄리언처럼 처참하게 죽어 간 요원들은 어쩌고요." 런던 본부에서 무선으로 독일군에 흘린 정보 때문에 요원들의 위치가 누설되고 작전이 노출되었으며, 이는 대규모 포획 작전으로 이어졌다.

"대의를 위해서 소소한 희생은 불가피한 법이야." 국장이 차갑게 말했다.

엘레노어는 너무 놀라 말문이 막혔다. 지금까지 국장을 보조하며 열심히 일해 왔다. 그중에서도 체스판에 말을 놓듯 적시적지에 요원을 배치하는 그 민감한 작업에 임하는 국장의 전략적인 해결 방식은 가장 존경스러운 부분이었다. 이렇듯 자기 이익에 눈먼 냉혈한이라고는 꿈에도 상상하지 못했다. "정말 충격이네요. 당장 국회를 찾아가겠어요."

"가서 뭐라고 할 텐가? 어차피 정부에서도 허가한 비밀 프로그램인데. 애초에 이번 작전을 승인한 사람이 누구라고 생각하나?"

국장뿐만 아니라 정부의 최고 위치에 있는 자들이 이번 계획을 승인했을 것이다. 그제야 총체적인 배신의 규모가 어느 정도인지 실감이 됐다.

"신문사라도 찾아가겠어요." 뭐든 방법이 있을 것이다.

"엘레노어, 이번 일에서 자네가 어떤 역할을 했는지는 생각해 본 적 있나? 자네 역시 뭔가 꺼림칙하다는 걸 알고 있었지만, 똑같은 주파수로 똑같은 요원에게 기밀 정보를 계속 전송했어."

엘레노어는 깜짝 놀랐다. "그러니까 그 말은……."

"게다가 줄리언이 현장으로 복귀할 계획이라는 정보까지 놈들에게 까발려 버린 거야. 저쪽에서 착륙 지점을 변경하자고 했을 때도 두말없이 받아들였지. 자네가 줄리언을 사지로 내몬 거야, 엘레노어. 뭔가 이상하다는 눈치를 채고도 강력하게 막아 내지 않은 건 자네 역시 윗선이 개입되어 있고, 어쨌거나 이번 작전을 추진해야 한다는 사실을 알았기 때문이잖아."

"어떻게 그런 말을 할 수 있죠?" 엘레노어는 분노로 두 볼이 뜨겁게 달아올랐다. "우리 요원들과 줄리언을 위태롭게 만드는 일이라는 걸 알았다면 절대로 하지 않았을 거예요."

하지만 국장은 거기서 멈추지 않았다. "부디 실수를 저지르지 않기 바라네. 당시 주고받은 메시지에는 모두 자네 이름이 기록돼 있어. 그 정보가 세상에 알려지면 모두 다 자네에게 비난의 화살을 돌릴 거야." 국장의 목소리가 한층 누그러졌다. "물론 나도 이렇게까지 될 줄은 몰랐어. 자네가 특수작전국을 떠나면 모든 일이 과거 속에 묻힐 거라고 생각했지. 그런데 자네는 계속해서 당시 일을 캐묻고 다녔어. 그러다 바이올렛의 아버지까지 나섰고. 그가 이 문제를 하원의원에게 던졌고, 정부 차원에서 질의를 받아야 할 거라는 소식을 들었지. 그래서 워싱턴으로 당시 자료를 보내 버린 거야."

"그리고 나머지 자료들을 불태워 버렸군요." 국장은 대답하지 않았다. 워낙 추악한 진실이라 도저히 믿기지 않았다. 국장은 그토록 공들여 쌓아 올린 노그비하우스를 그저 진실을 은폐하기 위해 자기 손으로 무너뜨렸다. "저는 해외로 내보내고요." 엘레노어는 그제야 뭔가를 깨달았다.

"자네가 계속 사람들을 찾아다닌다는 보고가 들어왔어." 그가 실토했다. "끝까지 포기하지 않을 기세였지. 사건을 조사해 보라고 프랑스로 보내서 시간을 벌려고 했던 거야." 엘레노어가 독일에 가서 한스 크뤼거를 만날 수 있다는 건 계산하지 못했다. 하지만 그녀가 한스 크뤼거에게 얻은 정보가 모든 것을 바꿔 놓았다.

"그래서 앞으로 어떻게 할 작정이죠?" 엘레노어가 물었다.

"아무것도. 정부에서 조사를 시작하겠지만 아무것도 찾을 수 없을 테고, 그렇게 덮을 거야."

"그게 무슨 소리예요? 진실이 뭔지는 정부에도 알려야죠."

"무슨 이유로? 우리 특수작전국에서 그동안 이룬 성과가 별것도 아니었다고 깎아내리려 들 텐데? 그렇게 큰 피해를 보고 이를 뒷받침할 증거를 일일이 갖다 바쳤는데도 정부에서는 우리를 하찮게 생각해. 특수작전국은 나의 명예이기도 하지만 자네의 것이기도 하네." 국장은 특수작전국을 지키기 위해서라면 무슨 짓이

든 할 것이다. "진실을 밝힌다고 해서 달라지는 건 아무것도 없어, 엘레노어. 그 아이들은 모두 죽었어."

하지만 엘레노어는 진실을 밝히는 일이 무엇보다 중요했다.

"그렇다면 저라도 나서야겠네요." 처음 무선 통신의 문제점을 인식했을 때 자신이 한 말의 메아리 같은 거였다. 그때 조금만 더 단호하게 나섰다면 사라진 소녀들 중 몇몇은 지금까지 살아 있을지도 모른다. 하지만 엘레노어는 그러지 못했다. 이번에는 그냥 하는 빈말이 아니었다. 어차피 엘레노어는 잃을 것이 없었으니까. "정부 조사위원회에 제가 나갈게요."

"자네는 안 돼. 나와 반대되는 증언을 할 거잖아. 둘 중 누구 말을 믿겠나? 상부에 불만을 품은 전 비서? 아니면 뛰어난 성과를 내고 훈장까지 받은 장군?" 그의 말이 옳았다. 누가 봐도 엘레노어가 소녀들을 배신했다고 치부해 버릴 만했다. 국장과 맞설 수 있는 진실이란 존재하지 않았다.

하지만 증인이 있다면 이야기는 달라진다. "한스 크뤼거 말로는 소녀 중 하나가 강제수용소에 도착하기 전에 사라졌다고 하더군요. 그럼 그 아이는 아직 살아 있을지 모르잖아요. 혹시 그에 대해 아는 게 있나요?"

국장의 얼굴에 뭔가 불편한 표정이 번졌다. "전쟁이 끝나고 얼마 되지 않아서 누군가 찾아왔더군. 미국에 갈 수 있도록 비자 허가를 내달라는 거였어. 도와주는 게 옳은 일인 것 같아서 비자를 받도록 힘을 써 줬지."

그게 아니라 최대한 멀리 보내 버릴 수 있어서 다행이다 싶었을 것이다. "그게 누구였나요?" 엘레노어가 물었다.

"참으로 이상하게도 자네가 가장 못 미더워하고 걱정한 요원이 살아남았더군. 게다가 다른 요원도 아닌 그 요원의 무선통신기가 하필이면 독일군 손에 들어갔고. 바로 마리 루일세."

엘레노어는 놀라서 손으로 입을 틀어막았다. 한스 크뤼거가 한 말이 모두 사실이었다.

"마리는 독일 비밀경찰의 심문을 이겨 내고 프렌교도소에서도 살아남았어. 강철처럼 강한 건 물론이고 더럽게 운이 좋았지."

순간 기쁨이 차올랐지만, 곧바로 기쁨 대신 화가 치밀었다. 국장은 그 모든 사실을 알면서도 그녀에게 아무 말도 하지 않았다. "뭐라고 말했어요? 독일군에 체포된 이유에 대해서."

국장의 얼굴이 살짝 움찔했다. "아무 말도 하지 않았네."

이제 국장이 하는 말은 하나도 믿을 수가 없었다. "마리는 어디에 있죠?"

"그냥 내버려 둬. 새 삶을 살 수 있도록."

하지만 마리는 엘레노어가 소녀들을 배신하지 않았다는 사실을 아는 유일한 사람이었다. 게다가 F 지구에서 무슨 일이 일어났는지 입증할 수 있는 유일한 생존자였다. "주소를 알려 주세요." 국장의 표정을 보니 절대로 알려 주지 않을 것 같았다. "알려 주지 않으면 여기서 나가는 즉시 정부 부처를 찾아갈 거예요." 엘레노어가 손을 내밀었다.

국장은 뭐라고 대답하려다가 체념한 듯 몸을 돌려 캐비닛에서 파일을 꺼냈다. 그리고 종이 한 장을 꺼내더니 엘레노어에게 내밀었다. "엘레노어, 미안하네."

그녀는 아무 대답 없이 종이를 받았다.

엘레노어는 국장에게 받은 종이를 가방에 넣고 마지막 여정을
시작했다.

*

수요일 오전 8시 30분경 엘레노어는 애타게 누군가를 기다리
며 그랜드센트럴역에 서 있었다. 영국을 떠나기 전 마리에게 전
보를 보냈다.

'미국에 갈 거야. 네 도움이 필요해. 2월 18일 오전 8시 30분, 그
랜드센트럴역 안내소에서 만나.'

엘레노어는 한 손에 여행 가방을 들고 불안한 표정으로 기차
역 한가운데 서 있었다. 섀넌과 갠더 그리고 보스턴을 거치는 비
행 구간은 너무 정신없고 더웠으며, 마침내 세 도시를 지나고 나
서야 뉴욕에 도착할 수 있었다. 어젯밤 늦게 뉴욕에 도착하여 공
항 근처에서 밤을 보냈다. 시곗바늘이 8시 30분을 가리키자 엘레
노어는 초조한 눈으로 주위를 둘러보았다. 행여 마리에게 부담이
될까 싶어 국장이 준 주소지로 가는 대신 부담 없이 만날 수 있는
장소를 선택한 것이다.

5분이 지나고 10분이 지났다. 왜 마리가 나타나지 않는 걸까?
혹시 전보를 못 받았나? 국장이 준 주소가 잘못됐거나 이사를 했
는지도 모를 일이다. 아니면 엘레노어가 자신들을 배신했다고 생

각하여 만남을 거부한 것인지도 모르겠다.

엘레노어는 여행 가방이 점점 무겁게 느껴져 역에 있는 벤치 밑에 내려놓았다. 그리고 역을 두리번거리며 지금 할 수 있는 일들을 떠올려 보았다. 정보검색대 옆 메모판에 조그만 종이가 다닥다닥 붙어 있었다. 엘레노어는 메모판으로 다가갔다. 실종된 군인과 난민들이 정보를 구하는 메모가 대부분이었다. 약속이 어긋났거나 다음 약속을 알리는 메모들도 보였다. 엘레노어는 메모판을 유심히 훑어보았지만, 그녀 앞으로 남긴 건 보이지 않았다.

메모판에서 몸을 돌리는 순간 가슴이 덜컹 내려앉았다. 벌써 9시, 마리와 약속한 시간을 훌쩍 지나 버렸다. 이제 결론은 하나, 마리는 약속 장소에 나타나지 않을 것이다.

엘레노어는 마리를 만나야만 했다. 지갑에서 국장이 준 마리의 집 주소가 적힌 종이를 꺼냈다. 종이에는 브루클린의 아파트 주소가 적혀 있었다. 당장 찾아가서 벨을 누를 수도 있었다. 하지만 마리가 그녀를 보고 싶어 하지 않는다면? 마리가 살아 있다는 사실을 알았을 때 마지막 남은 희망을 걸어 보기로 했다. 엘레노어는 마리가 살아 있다고 해도 자신을 만나고 싶어 하지 않거나 용서하지 못한다면 도저히 견딜 수 없을 것 같았다.

그녀는 역 주변을 두리번거리면서 이대로 포기해 버릴까 생각했다. 마리가 자신을 만나 주지 않는다면 이 일을 계속해야 할 이유가 없지 않은가?

하지만 엘레노어는 어깨를 쫙 펴고 마음을 단단히 고쳐먹었다. 마리를 만나서 무슨 일이 있었던 건지 제대로 설명해야 한다. 마리 개인의 감정이나 용서보다 중요한 문제였고, 마리의 도움을 받아 전쟁 중에 벌어진 일의 진상을 밝혀야만 했다. 마리의 도움을 받는다면 수많은 소녀의 목숨을 앗아 간 배신의 진실에 대해 만천하에 드러낼 수 있을 것이다.

엘레노어는 마리를 찾아가서 자기 말을 들어 달라고 간청이라도 할 생각이었다. 마침내 그녀는 역을 가로지르며 걸음을 옮겼다.

그랜드센트럴역을 나와 잠시 멈춰 서서 숨을 골랐다. 주위를 걷는 행인을 붙잡고 방향이라도 묻고 싶은 심정이었다. 엘레노어는 근처 버스정류장에 서 있는 통근객들 쪽으로 걸어갔다. "실례합니다." 신문을 읽는 남자에게 말을 걸었다. 하지만 남자는 들은 척도 하지 않았다. 엘레노어는 다시 고개를 두리번거렸고, 저기 모퉁이에 놓인 공중전화가 눈에 띄었다. 전화교환원에게 물어보면 마리의 집 전화번호를 찾을 수 있을지 모른다.

엘레노어는 길을 건너서 공중전화 쪽으로 향했다. 그리고 다시 멈칫했다. 전화를 걸어서 거절할 기회를 주는 것보다 무작정 찾아가는 편이 나을지도 모른다. 엘레노어는 공중전화와 버스정류장 사이에서 어찌할 바를 모르고 망설였다. 다시 버스정류장 쪽으로 돌아가려는데 길 건너편의 무언가가 그녀의 눈길을 붙잡았다. 버건디색 스카프와 금발 머리. 노그비하우스를 처음 찾아온 마리의 모습과 정확히 일치했다.

마침내 마리가 그녀를 만나러 온 것이다! 엘레노어는 심장이 두방망이질하기 시작했다. "마리!" 엘레노어는 길 건너편으로 뛰어가며 외쳤다. 금발 머리 여자가 잠시 멈춰 섰고, 엘레노어는 기대감에 차서 그쪽으로 걸음을 내디뎠다. 요란한 자동차 경적이 들리더니 점점 가까워졌고, 엘레노어가 고개를 돌려 전속력으로 달려오는 자동차를 보았을 때는 이미 늦어 버렸다. 그녀는 몸을 보호할 요량으로 양손을 번쩍 들었다. 끼익, 귀가 먹먹해질 정도로 시끄러운 급브레이크 소리가 들리더니 백색 고통이 폭발했다.

그 후로 아무것도 알 수 없었다.

# 31
## 그레이스

아파트 문이 열리는 순간, 그레이스는 숨이 턱하고 막혔다. "마리 루 씨?"

여자의 눈동자가 반짝였다. 두려움 반 그리고…… 체념 반. "그런데요."

그레이스는 도저히 믿기지 않아 그대로 얼어붙었다. 지난주 내내 해진 사진 속 마리의 얼굴을 보느라 시간을 보냈다. 그 사진 속 여자가 바로 눈앞에 살아 있는 것이었다. 보일락 말락 한 입가와 눈가의 주름. 사진을 찍을 때와 크게 달라진 건 없어 보였다. 사진보다 볼이 더 핼쑥해 보였고 몇 년 사이에 폭삭 늙어 버린 것처럼 관자놀이 주위로 때 이른 회색 머리가 희끗희끗 눈에 띄었다.

"누구시죠?" 여자가 물었다. 점잖은 영국식 억양. 그레이스가 예상한 대로 지나치게 거들먹거리지 않고 점잖은 정도였다.

그레이스는 이번 일에서 자신이 맡은 역할이 무엇인지, 어떻게 설명해야 할지 몰라 잠시 망설였다. "전 그레이스 힐리라고 해요. 우연히 사진을 발견했는데 그걸……." 그 자리에 선 채로 가져온 사진 한 장을 내밀었다.

"어머!" 마리는 손으로 입을 막았다. "조시네요."

"잠깐 들어가도 될까요?" 그레이스가 부드럽게 제안했다.

마리가 고개를 들었다. "들어오세요." 그녀는 자그마한 소파 쪽으로 그레이스를 안내했다. 그레이스의 하숙집보다 크지 않은 정도의 아파트는 환하고 깨끗했지만, 가구도 거의 없고 사진이나 잡다한 기념품 따위도 눈에 띄지 않았다. 뒤쪽으로 문이 하나 있는데 열린 문틈으로 조그만 침대가 보였다. 그레이스는 마리가 이 집에 산 지 얼마 안 되는 건지, 아니면 본인이 하숙집에 살듯 그저 잠시 몸이나 뉠 공간이라고 생각하는 건지 궁금했다.

마리가 사진을 들어 보였다. "사진은 이거 하나뿐인가요?"

"당신 사진을 포함해서 다른 게 더 있었는데 얼마 전 영국 영사관에 갖다 줬어요. 그 전까지 사진을 주인에게 돌려주려고 한참 찾아다녔거든요." 그레이스가 설명했다. "당신한테 주면 되는 거죠?"

"글쎄요." 마리는 정말 모르겠다는 표정이었다. "하지만 남은 사람은 나 하나뿐인 것 같네요."

어떻게? 그레이스는 묻고 싶었다. 마리는 나치의 '밤과 안개' 프로그램 일부로 사망해야 할 명단에 있었다. 하지만 너무 주제넘은 것 같아서 질문을 바꿨다. "전쟁 중에 무슨 일이 있었는지 들려줄 수 있을까요?"

"내가 특수작전국 비밀요원이었던 건 아시죠?" 마리가 물었다. 그레이스는 고개를 끄덕였다. "엘레노어 트리그라는 여자가 나를 채용했어요. 내가 프랑스어를 잘한다는 이유였죠." 그레이스는 말을 끊고 엘레노어에 대해 이야기할까 하다가 그만두었다. "훈련이 끝난 뒤 나는 프랑스 북부에 배치되었고 베스퍼 팀에 합류해 무선 통신원으로 활동했어요." 마리는 서정적이면서도 리듬감 있는 목소리로 말했고, 그 목소리를 들어 보면 프랑스어 실력도 꽤 수준급이라는 걸 상상할 수 있었다. "우리 팀의 리더는 줄리언이라는 남자였죠. 우리는 독일군의 이동을 방해하려고 결전의 날에 앞서 다리를 폭파했어요. 그런데 어쩌다 보니 우리 근거지와 작전이 전부 탄로 났고 결국 모두 독일군에 체포되었죠. 아니, 줄리언과 저는 함께 붙잡혔어요. 놈들은 총을 쏴서 줄리언을 죽였죠." 마리는 그 부분에서 얼굴을 찌푸렸고 지금까지 생생히 기억한다는 사실에 안도하는 모습이었다. 그레이스는 너무 많은 걸 겪어야 했던 그녀를 보며 가슴이 아려 왔다. "파리에서 지독한 고문을 당하고 교도소로 이송됐죠. 거기서 조시를 다시 만났지만, 회복할 수 없을 정도로 심하게 다친 상태였어요." 마리는 다른 누구와도 자신의 과거를 공유하지 못한 사람처럼 지금껏 참아 온 슬픔을 한 번에 쏟아 냈다.

"조시도 비밀요원이었나요?"

마리는 눈가를 훔쳐 냈다. "비밀요원이자 가장 친한 친구였죠. 우리는 강제수용소로 이송되는 기차에 함께 탔어요. 조시는 수류탄을 몰래 감췄다가 그걸로 기차를 폭파했죠. 폭파 이후에 나는 정신을 잃었고, 일주일 뒤 헛간에서 깨어났어요. 독일군은 나를 찾지 못했는데, 아마 죽었다고 생각한 모양이에요. 독일인 농부가 기차의 잔해 아래 깔린 나를 구해서 숨겨 줬어요. 거기서 몸이 충분히 회복될 때까지 숨어 있었죠. 그 무렵 연합군의 침공이 시작됐고, 영국 부대를 찾아가서 내 신원을 밝혔어요."

"그러고 나서 어떻게 됐죠?"

"집으로 돌아갔어요. 킹스크로스역에 내렸는데 아무도 나를 마중 나오지 않더군요. 거창한 환영식을 기대한 건 아니지만 내가 살아 돌아왔다는 사실조차 아무도 알지 못했어요. 집으로 가서 우리 딸 테스를 데리고 떠났어요. 우리는 곧바로 미국행 배를 타고 이리 왔고요."

"그럼 특수작전국으로 돌아간 적은 없는 거네요?"

"딱 한 번 갔어요. 미국으로 갈 수 있도록 비자를 신청해 달라고 부탁하러 국장을 찾아갔어요. 본부에는 아무도 없었죠. 엘레노어도 해고된 뒤였고. 나머지는 모두 죽었고요."

순간 문에서 달그락 소리가 들리더니 여덟 살 정도 되어 보이는 여자아이가 들어왔다 "엄마!" 아이는 영국식 억양이 섞인 목소리로 외치고는 엄마 품으로 달려가 쏙 안겼다.

아이는 누군지 궁금해 죽겠다는 표정으로 그레이스를 쳐다보았다. "네가 테스구나." 그레이스가 먼저 아는 체를 했다. 저절로 미소가 지어질 만큼 엄마를 쏙 빼닮은 아이였다. "아줌마는 말이지……." 그레이스는 아이에게 자신을 어떻게 소개할지 몰라 뒷말을 흐렸다.

"엄마 친구야." 마리가 대신 말을 맺었다.

테스는 그 설명에 꽤 만족한 표정이었다. "엄마, 5J호에 사는 에

스더가 같이 놀다가 저녁 먹자고 했어요. 친구네 놀러 가도 돼요?"

"7시까지는 집에 오렴." 마리가 대답했다. "가기 전에 한 번 더 안아 줘." 테스는 엄마 품에 살짝 안기는가 싶더니 총알처럼 문밖으로 튀어 나갔다. "앞으로도 매일 테스를 볼 수 있는 걸 당연한 일이라고 생각할 순 없을 거예요." 마리는 테스가 나가자마자 말했다. 그리고 자리에서 일어났다. "사진을 보여 줄게요." 그녀는 갑작스럽게 화제를 바꾸고 장식장으로 걸어가더니 노란색 앨범을 꺼내서 머뭇거리며 앨범을 건네주었다. 엘레노어가 가지고 있던 정적인 사진과 달리 앨범의 사진들은 팀원들이 함께 보낸 시간을 영화처럼 자연스럽게 담아낸 모습이었다. 젊은 청년들이 럭비를 즐기거나 테이블에 모여 앉아 와인을 마시는 모습을 담은 사진도 있었다. 프랑스에서 독일군에 맞서 싸우는 것이 아니라 옥스퍼드대학이나 케임브리지대학 캠퍼스에서나 볼 법한 얼굴들이었다. "남자 요원들이 훈련 중에 조그만 카메라를 보급받았는데, 그걸로 사진을 찍었어요. 마지막으로 헤어지던 날, 줄리언이 가지고 있던 필름을 받았죠. 독일군이 절대로 찾지 못할 은밀한 곳에 숨겨 뒀다가 미국에 도착해서 그 필름을 현상한 거예요."

"이런 걸 가지고 있는 게 위험하지 않았어요?"

마리가 어깨를 으쓱했다. "물론 위험했죠. 하지만 작전 현장에서 보낸 날들을 말로 설명하기란 너무 어려운 일이잖아요. 위험을 감수할 만한 가치가 있었죠. 누군가는 당시 상황을 알아야 하니까."

아무도 살아남지 못할 수도 있었을 테니까요. 그레이스는 그들이 느꼈을 외로움과 공포를 상상해 보며, 이 사진 몇 장에 그들의 동지애를 얼마나 담아낼 수 있을까 생각했다. "이 사람이 줄리언 인가요?" 그레이스가 물었다.

"네. 바로 옆에는 언제나처럼 윌이 있고요. 두 사람이 사촌인 건 상상도 못 했을걸요." 마리가 설명했다. 스물이 갓 넘은 듯한 두 청년의 모습이 보였다. 하나는 주근깨가 나고 생기 넘치는 미소를 짓는 훈남형 얼굴이었다. 그리고 키가 훤칠한 청년은 날카로운 광대뼈에 눈동자가 검고 예리했다. 그것 말고 애정이 가득한 눈빛으로 내려다보는 사진도 있었다. "당신을 사랑스럽게 쳐다보고 있네요." 그레이스가 사진을 찬찬히 살피다가 말했다.

"맞아요." 마리는 부끄러운 듯 곧바로 대답했다. "그때는 전혀 알지 못했어요. 나중에야 줄리언의 감정을 느꼈고, 그를 향한 내 감정이 얼마나 강렬한 것인지 깨달았죠. 나는 줄리언이 숨을 거두는 모습을 지켜봤어요."

"정말 끔찍했겠어요." 그레이스는 톰을 잃었을 때 얼마나 끔찍했는지 떠올리며 말했다. 하지만 마리처럼 사랑하는 사람이 죽어 가는 모습을 두 눈으로 지켜본다는 건 상상조차 하기 힘들었다. "그럼 윌이라는 사람은 어떻게 됐죠?"

"그건 정말 몰라요. 프랑스에 돌아와서 나를 태우기로 돼 있었는데 체포되는 바람에 못 만났어요. 런던을 떠나기 전에 윌의 소식을 수소문해 봤지만 완전히 사라져 버렸어요." 마리의 표정이 침울했다. 그 표정을 보니 윌의 자취에 대한 미스터리는 줄리언과 조시를 잃은 것만큼이나 그녀를 힘들게 만들었음을 알 수 있었다.

"언제 찍은 거죠?"

"1944년 5월이요."

"연합군이 침공하기 직전이네요."

"우리는 그날을 보지 못했어요." 베스퍼 팀이 철로를 폭파하고 마키스의 무장을 도운 덕분에 독일군이 노르망디와 다른 해안가로 더 신속하게 접근하지 못하도록 저지할 수 있었다. 그들의 노력은 수백 명의 목숨을 구했다. 그들이 아니었다면 수천 명의 연합군은 침공 작전에서 그들을 기다리는 독일군과 그대로 맞서야 했을 것이다. 하지만 그 엄청난 차이를 만들어 낸 것이 누구인지 아는 사람은 아무도 없었다.

"우리는 배신당했어요." 마리가 불쑥 말했다. "독일놈에게 붙잡혀 포시거리로 끌려갔을 때 우리 쪽 무선통신기가 거기 있었고, 나더러 런던에 메시지를 보내라고 강요했죠. 그래서 메시지를 보낼 때 반드시 거쳐야 할 보안 점검을 누락하고 메시지를 보냈어요. 그래야 본부에 뭔가 잘못됐다고 신호를 보낼 수 있을 것 같아서요. 그런데 본부에서는 내가 보낸 신호를 무시했고, 오히려 보안 점검이 빠졌다고 다시 메시지를 보낸 거예요. 결국 그 메시지 때문에 줄리언이 총알을 맞고 죽은 거죠. 런던 본부에서는 우리 통신기가 놈들 손에 들어간 걸 알면서도 그대로 무선 메시지를 주고받고 싶어 하는 것처럼 행동했어요."

"당신들을 배신한 사람이 누군지 알고 있어요?" 그레이스가 물었다. 차마 엘레노어가 배신자였다고 말하는 게 두려웠고, 차라리 그 사실을 이미 알거나 어느 정도는 예상하기를 바라는 마음이었다.

"런던을 떠나기 전에 윈슬로 국장에게 물어봤어요. 특수작전국의 국장이고 엘레노어의 상사잖아요. 처음에는 본부에 배신자가 있을 리 없다고 딱 잡아떼더군요. 하지만 현장에서 내가 보고 경험한 모든 증거를 하나씩 제시하니까 그제야 엘레노어가 배신자였다고 하더군요. 무선통신기가 독일군 손에 들어간 게 확인된 후에도 계속 메시지를 전송하라고 지시한 엘레노어의 메모까지 보여 줬어요." 마리의 눈에 뜨거운 눈물이 차올랐다. "정말 상상할 수 없는 일이에요. 아무리 생각해도 이해가 안 돼요."

"당신은 엘레노어가 배신했다는 걸 믿지 않는 거군요?"

마리는 강하게 고개를 저었다. "네. 절대 그럴 리가 없어요." 그레이스는 어리둥절했다. 마리는 엘레노어가 배신자라는 증거를 눈으로 똑똑히 보지 않았는가. 엘레노어를 향한 충성심 때문에 진실을 보지 못하는 걸까? "왜 아니라고 생각하죠?"

"포시거리에서 마지막으로 줄리언을 만났을 때, 줄리언은 본부에서 막 돌아온 상태였는데 런던에서 우연히 엘레노어를 만났다고 했어요. 죽기 전에 그가 말하기를, 엘레노어가 무선통신기가 놈들 손에 들어간 것 같아서 걱정하고 있었다고 했어요. 그러면서 현장에 아무 문제가 없는 건지, 나더러 특히 조심하라고 전해 달라고 했대요. 물론 그 이야기를 들었을 때는 이미 늦은 후였죠. 하지만 엘레노어는 나를 걱정하고 있었어요. 그래서 그 일의 배후는 엘레노어가 아니라는 걸 알아챈 거죠."

"엘레노어가 아니라면 대체 누구일까요?"

"알 수 없죠. 윈슬로 국장은 과거는 잊고 미국에 가서 새 출발을 하라고 하더군요. 그래서 시키는 대로 했어요. 국장이 부탁한 대로 여기 주소를 보냈더니 매달 봉급 대신 수표를 보내 주더군요. 그 후 그 일은 모두 잊었다고 생각했어요. 적어도 지난주까지는. 그때쯤 엘레노어의 전보가 도착했을 거예요." 마리는 옷장으로 걸어가더니 그레이스가 역에서 마지막으로 본 여행 가방을 꺼냈다.

그레이스는 깜짝 놀랐다. "그 가방을 가지고 있었네요."

"엘레노어가 뉴욕에 온다고 전보를 보냈어요."

"주소는 어떻게 알았대요?"

"국장이 알려 줬겠죠. 내가 뉴욕에 온 것도 알았고 비자 관련해서 서류 준비도 도와줬으니까. 내 주소를 찾는 것쯤은 그리 어려운 일이 아니었을 거예요. 게다가 엘레노어는 그쪽으로 전문가니까." 그레이스가 고개를 끄덕였다. 마침내 마리도 엘레노어가 뉴욕에 온 이유를 알았다. "그랜드센트럴역에서 만나자고 전보를 보냈더군요. 솔직히 만나고 싶지 않은 마음도 조금은 있었어요." 마리가 덧붙였다. "내 인생에서 가장 고통스러웠던 순간이라 이대로 영원히 덮어 버리고 싶은 마음이 있던 것 같아요."

"그래서 만나러 가지 않은 거예요?"

"아뇨, 나갔어요. 도저히 못 들은 척할 수가 없었어요. 전보에서는 8시 30분에 만나자고 했는데, 테스가 갑자기 아파서 학교에 가지 못하고 집에 있었거든요. 9시쯤 테스를 돌봐 줄 사람을 부른 후에야 역에 나갈 수 있었어요. 그런데 가 보니까 엘레노어가 없더라고요. 당연히 다시 연락할 줄 알았어요. 엘레노어는 그런 면에서 조금 집요한 구석이 있거든요. 그랜드센트럴역을 찾아봐도 없기에 그냥 집으로 돌아왔어요. 그리고 그날 저녁 무슨 일이 벌어졌는지 알았죠. 다시 역으로 돌아갔어요."

"역으로 돌아가서 가방을 찾은 거군요."

"네. 그날 아침 역에 갔을 때도 가방이 있는 걸 봤어요. 엘레노어의 가방인지 확실히 알 수 없어서 그냥 두고 온 거죠. 하지만 자동차 사고가 났다는 뉴스를 본 후에야 엘레노어의 가방이란 걸 깨달았죠. 그런 일까지 터졌는데 가방을 역에 내팽개쳐 둘 수는 없잖아요."

"가방을 봐도 될까요?"

마리가 고개를 저었다. "나도 아직 못 열어 봤어요. 도저히 감당할 엄두가 안 나서요."

그레이스는 가방을 꺼내서 바닥에 내리고 자물쇠를 열었다. 가방에는 엘레노어의 소지품이 그대로 들어 있었다. 그레이스는 물건들이 흐트러지지 않도록 신경 쓰며 내부를 살펴보았다. 가방 뒤쪽으로 한 쌍의 새하얀 아기 신발이 거의 묻히다시피 깊숙이 꽂혀 있었다.

"그건 내 거예요." 마리가 순간 팔을 뻗어 신발을 집었다. "우리 딸이 신던 거예요. 엘레노어는 아이가 없었어요. 나를 대신해서 우리 딸 아이의 신발을 계속 보관해 준 거예요."

"특별한 사연이 있는 물건이어서 당신에게 돌려주려고 한 거군요?"

마리가 미소를 지었다. "엘레노어는 감상적인 쪽과는 거리가 먼 사람이에요. 무슨 일을 하든 다 목적이 있었겠죠." 그녀는 뭔가 알아차린 듯한 표정을 지었다. 그리고 노련한 손놀림으로 신발 밑창을 살살 뜯어 냈다. "신발 밑창은 뭘 숨기기에 최적의 장소거든요."

신발 바닥에서 조그만 종잇조각이 나왔다. 마리는 조심스럽게 종잇조각을 펴서 그레이스에게 내밀었다. 국장이 보여 준 파일에 있는 작전 관련 내용을 담은 등사판이었다. 그레이스는 가방 안에 또 다른 물건이 있는지 살펴보았다. 이번에는 작은 공책이 나왔다. "엘레노어는 항상 공책을 가지고 다녔어요." 마리는 예전 기억을 떠올리며 잔잔한 미소를 지었다.

그레이스는 공책을 넘겨 보았다. "영국 의회에서 전쟁 중에 배치된 여자 요원들에게 무슨 일이 일어났는가에 대한 공청회를 연다는군요. 그리고 이것 좀 봐요……." 그녀는 엘레노어가 메모해 둔 부분을 가리켰다. '마리에게 부탁해서 윈슬로 국장이 무슨 짓을 했는지 입증하도록 해야 한다.'

"그러니까 무슨 일이 있었는지 설명하려고 나를 찾아온 게 아니었군요. 독일군의 무선통신기 놀이에 본인이 연관되지 않았다는 걸 입증해 달라고 부탁하러 찾아온 거였어요."

"엘레노어를 믿으세요?"

마리는 눈앞을 가린 머리칼을 쓸어넘겼다. "물론이죠. 국장의 이야기는 앞뒤가 맞지 않아요. 줄리언은 죽기 전에 엘레노어가 무선통신기에 대해 걱정하고 있다고 내게 말했고, 윗선은 그녀가 통신을 폐쇄시키게 두지 않았을 거예요. 누군지는 모르지만 절대 엘레노어는 아니에요." 마리의 표정이 어두워졌다. "엘레노어는 내 도움이 필요했는데 내 실수로 만나지 못했어요. 이제는 너무 늦어 버렸지만요."

"늦지 않았을지도 몰라요." 그레이스가 새로운 계획을 떠올리며 불현듯 말했다. 결국 엘레노어는 평생 그랬던 것처럼 소녀들을 지키기 위해 마지막까지 싸웠다.

"늦었죠. 엘레노어가 없잖아요."

"네. 하지만 엘레노어가 가장 바란 게 뭐였을까요?"

"진실을 밝히는 거요."

"아뇨. 온 세상에 진실을 알리는 거죠. 엘레노어는 진실을 세상에 알리지 못하고 죽었어요. 하지만 우리가 그녀 대신 진실을 알릴 수 있을 거예요." 그레이스는 자리에서 일어나 마리를 향해 손을 뻗었다. "나랑 같이 가요."

# 32
## 그레이스

*1946년, 뉴욕*

한 달 후 그레이스는 오후 무렵 블리커&손스 사무실을 나와 북쪽 42번가와 렉싱턴으로 향하는 지하철에 올라탔다. 역을 나와 모퉁이에서 기다리는 마크를 발견했다. "결국 여기까지 왔군요." 그레이스가 놀리듯 말했다. 물론 장난이었다. 이번에는 그녀가 마크를 기다렸으니까. 마리를 찾아 도와줄 방법을 찾는답시고 프랭키의 사무실에 그를 팽개치고 달려 나갔다 돌아와 보니 마크는 이미 떠나고 없었다. 프랭키가 말하기를 일 때문에 워싱턴으로 돌아갔다는 거였다. 그레이스는 사과도 할 겸 전화를 걸었다. 마크가 입을 맞춘 것 때문에 도망치듯 나간 게 아니라는 사실을(오히려 정반대였다) 꼭 이야기하고 싶었다. 다행히 그는 이해해 주었고 그날 저녁 워싱턴에 일이 있어서 돌아갈 수밖에 없었다고, 다시 뉴욕에 가면 꼭 연락하겠다고 약속했다.

마크는 약속을 지켰다. 업무차 뉴욕에 가는데 퇴근 후 술이나 한잔하자며 어젯밤에 연락을 해 왔다. 그레이스는 곧바로 알겠다고 대답했다. 그리고 애써 단장한 머리와 화장이 흐트러지지 않도록 애쓰며 마치 1년처럼 느껴지는 하루를 보냈다. 그레이스는 마크를 다시 만난다는 생각이 잔뜩 들떠 있었다. 의무감이나 놀라움 없이 이런 식으로 가끔 만나는 것도 꽤 괜찮을 것 같았다.

"그러니까 영국 정부에서 여자 요원들을 배신했다는 거예요?" 마크가 물었다.

그레이스가 고개를 끄덕였다. "독일군이 별문제가 없다고 믿도록 하고, 베스퍼 팀이 여전히 활동 중임을 보여 주고 싶었던 모양이에요. 그래서 평상시처럼 무선 메시지를 주고받은 거죠. 그사이 요원을 작전 지역에 배치하고 군수품도 보내고요. 그래야 연합군의 침공 날짜와 시간에 대해 잘못된 정보를 심어서 독일군을 교란할 수 있을 테니까요."

"하지만 그건 영국에서 보낸 요원들을 덫에 빠뜨린다는 의미 잖아요."

"맞아요." 절대적인 증거를 눈으로 확인하고도 도저히 믿기 힘든 사실이었다. 그레이스는 몸서리를 쳤다. 소녀들은 독일군에 체포되었고, 특수작전국에서는 나치의 '밤과 안개' 프로그램이 의도한 것처럼 그들이 모두 사라져 버리도록 내버려 둔 것이다. "국민을 지켜야 할 정부에서 그런 짓을 하다니……." 하지만 그 또한 전쟁이 가져다준 교훈이었다. 독일군이 자신의 국민에게 자행한 만행을 그 누구도 쉽게 믿지 못했으니까. 오스트리아와 헝가리 같은 국가에서도 수 세기 동안 옆집에 살던 유대인 이웃을 나치의 손에 넘겨주지 않았는가.

"영국 덕분에 전쟁이 멈췄다고 누가 말할 수 있을까요?" 마크가 침통하게 말했다. "침공의 날 직전까지 미국에서도 독일군의 동태를 제대로 파악할 수 없었잖아요. 어쩌면 그들 역시 독일군의 무선통신기에 놀아났는지도 몰라요. 당시의 진실은 누구도 알 수 없겠죠."

정말 그랬을까? 그레이스는 생각에 잠겼다. 라켈의 도움을 받아 전쟁부의 기록보관소에 돌아갈 수만 있다면……. 그레이스는 머릿속에 떠오르는 생각을 밀어냈다. "왜 전쟁이 끝났는데도 진실이 밝혀지지 않은 거죠?"

"다들 과거를 잊고 싶어 하잖아요. 전쟁을 주도한 국가도 주변국도 전부 변했고. 러시아는 갑자기 소비에트연방이 됐고, 수백만 명의 희생자를 만드는 데 일조한 독일 과학자들은 미국으로 건너가서 처형당하는 대신 원자폭탄 만드는 일에 투입되었으니까요. 영국 정부에서도 모든 일이 이대로 묻히길 바랐을 거예요."

"엘레노어만 제외하고요. 그녀는 이대로 진실이 묻히는 걸 바라지 않았죠. 그녀가 평생 쌓아 올린 모든 것을 좌시하고, 의도적으로 독일군이 무선통신기에 접근할 수 있도록 놔둔 거죠. 엘레노어는 그 사실을 온 세상에 알리고 싶어 했어요."

"마리를 만난 뒤로 어떻게 됐어요?"

"무슨 일이 있었던 건지, 그리고 엘레노어가 그 일과 무관하다는 걸 알아낸 이상 엘레노어를 대신해서 그 일을 마무리 지어야 한다는 걸 깨달았어요. 적당한 곳에 진실을 밝히기로 한 거죠. 전쟁 중에 일어난 사건을 규명하는 자리에서 마리가 증언할 수 있도록 도왔어요. 프랭키의 연락책을 동원해서 워싱턴의 영국 대사

쪽에 접촉하여 마리의 증언이 의회에 전달될 수 있도록 했죠." 추후 증언을 위해 마리가 런던으로 돌아와야 하나 싶어 걱정했다. 자신이 등지고 떠난 고향에 돌아오기 위해 그녀가 무슨 일을 겪어야 할지 알 수 없는 일이니까. 다행히 의회 측에서 서면으로 제출한 서류만으로도 충분하다는 답변을 보내왔다. 물론 그 증언이 얼마나 효력을 발휘할지는 누구도 알 수 없었다.

그러다 며칠 전 프랭키에게 소식을 전해 들었다. "당시 사망한 소녀들의 직위가 변경됐어. 사망 추정, 실종에서 작전 중 사망으로." 그 세 단어만으로도 커다란 의미가 있었다. "조시는 조지십자훈장 수상 후보에 오를 거래."

"엘레노어는요?" 프랭키가 고개를 저었다. 그녀는 몇 사람을 제외하고는 아무도 기억하는 이 없이 그저 역사 속 각주로만 남을 것이다. 물론 엘레노어가 항상 바라던 게 바로 그런 것이기는 했지만.

너무 많은 진실이 엘레노어와 함께 사라졌고 그 진실은 누구도 알지 못할 것이다. 물론 그것 말고도 그들이 알지 못하는 건 수두룩했다. 영국 정부에 또 다른 문제는 없었을까? 특수작전국에서 자신의 요원들을 배신한 것처럼 MI-6가 주도면밀하게 자신의 요원들을 희생시키지 않았다고 확신할 수 있을까?

이런 심판은 이제 시작에 불과했다.

"샴페인 두 잔 주세요." 마크는 술집에 자리를 잡고 나서 웨이터에게 주문했다. 그랜드센트럴역에서 그리 멀지 않은 소박한 술집이었다. "축하주를 마셔야죠."

"사건 때문에 뉴욕에 온 거예요?" 술이 도착하자 그레이스가 물었다. 그녀는 술잔을 높이 들었다.

"꼭 그런 건 아니에요. 사실 전범재판소에서 일해 볼 생각이 있냐는 제안을 받았어요. 뉘른베르크 쪽은 아니고 근처 위성도시 쪽 재판이에요."

"오, 마크, 정말 잘됐네요!"

"당신 덕분이에요. 당신과 엘레노어와 그 실종된 소녀들에 대한 진실을 파헤치면서 내가 얼마나 그런 일을 그리워하고 있었는지 깨달았거든요. 그래서 다시 한번 시도해 보기로 했어요."

그레이스가 술잔을 들고 건배사를 외쳤다. "새로운 직장을 위하여."

"두 번째 기회를 위하여." 마크는 매우 의미심장한 건배사로 답했다. 두 사람은 술잔을 부딪쳤다. "정말 보고 싶었어요."

떠나기 전에 보러 온 거구나. 그레이스의 손이 허공에 붕 떠 있었다. 마크는 유럽으로 영영 떠나 버릴 것이다. 샴페인을 한 모금 마시자 탄산이 코끝을 간질였다. 마크가 떠난다고 해도 참견할 권리는 없었다. 잠시 행복한 시간을 함께 한 것 말고는 더 이상 기대할 수 없는 처지니까. 그런데도 마크를 생각하는 데 익숙해져서 막상 그가 떠난다고 하니 예상한 것보다 더욱 서운했다.

"그래서 말인데……." 그가 주저하며 말했다. "혹시 나랑 같이 떠날 생각이 있는지 궁금해요."

"네?" 그레이스는 잘못 들었나 싶어 되물었다. 워싱턴에 가는 것과 지금의 삶을 완전히 뒤집고 유럽으로 떠나는 건 또 다른 문제였다……. 그것도 마크와 함께.

"재판소에 당신이 일할 자리를 만들어 볼 수 있을 거예요. 그 정도의 수색 기술이면 사건에 지대한 도움이 될 거예요." 그레이스는 그 제안을 잠시 숙고해 보았다. "특수작전국이나 당시 활동하던 여자 요원들에 대한 조사도 계속할 수 있어요." 그는 빛나는 약속처럼 그녀가 엘레노어의 여정을 계속 추적할 기회를 제공할 수 있었다. 그레이스도 한편으로는 그의 제안을 받아들이고 그를 따라 유럽으로 가서 시작한 일을 끝까지 마무리하고 싶기도 했다. 하지만 그 역시 현실에서 도망치는 것과 다를 게 없었다. "그레이시, 우리 둘 사이에는 뭔가 특별한 게 있어요." 헉하고 숨이 막혔다. 서로 느끼고 있으면서도 지금까지 감히 인정하지 못한 사실을 드디어 입 밖에 꺼낸 것이다. "몇 주 전에 우연히 길에서 만난 후부터 그런 생각이 들었어요. 당신은 안 그래요?"

"맞아요." 그레이스 역시 같은 생각이라 애써 부정하고 싶었지만 그럴 수가 없었다.

"이런 사람을 그냥 놓치기에는 인생이 너무 짧잖아요." 그가 강조했다. "그 기회를 잡아 보는 게 어때요?"

유럽에서 일할 기회뿐만 아니라 인생을 함께 하자고 제안하는 거였다. 그 제안을 받아들이고 마크와 함께 유럽으로 떠난다고 생각하니 기이함을 넘어서 미친 짓이라는 생각이 들었다. 물론 마음속의 적지 않은 부분에서는 그의 제안을 받아들이고 싶기도 했다. 엘레노어와 사라진 소녀들의 문제도 어느 정도 마무리되었다. 이제 그녀를 붙잡아 둘 만한 것이 하나도 없었다. 그녀만의 이야기를 새로 써 내려갈 시간이 되었다는 것만 제외하면.

"마크, 정말 고마운 제안이네요. 그렇게만 된다면 더는 바랄 게 없겠어요." 그의 얼굴이 희망으로 부풀어 올랐고, 그 모습을 보자 다음으로 하려던 말을 선뜻 꺼내기가 어려울 정도였다. "하지만 여기서 내가 해야 할 일이 아직 남아 있어요." 프랭키의 사무실은 하루가 멀다 하고 상담을 하러 온 고객들로 바글거렸다. 그리고 프랭키가 샘이 학교에 잘 적응하도록 신경 쓰고 있어서 그 어느 때보다 그레이스가 필요한 상황이었다. "이건 거절이 아니라 지금 당장은 어렵다는 의미예요. 몇 달쯤 지나서 일이 어느 정도 자리를 잡은 뒤 다시 이야기해요."

하지만 두 사람 모두 아는 것처럼 미래란 그 누구도 예측할 수 없었다. 마크는 그녀의 대답에 수긍하며 테이블 뒤로 물러났다.

"마지막으로 부탁할 게 있어요." 그레이스는 술집을 나와서 말했다. "엘레노어의 장례식 비용을 내가 부담했으면 해요. 지금도 가능하다면요." 다른 소녀들은 그럴 기회를 얻지 못했지만, 엘레노어만큼은 그녀의 이름이 적힌 제대로 된 묘지에 안장되어 오래 기억되도록 도와주고 싶었다. 그레이스는 톰의 변호사에게 받은 수표를 지갑에서 꺼내 서명을 하고 마크에게 건넸다.

그는 수표를 확인하고 낮게 휘파람을 불었다. "이 정도면 아주 성대한 장례식을 치를 수 있겠어요."

"나머지는 마리에게 보내서 아이를 키우는 데 보탤 수 있도록 해 주세요." 물론 그레이스가 엘레노어와 죽은 소녀들을 위해 잘못된 기록을 바로잡는 데 도움을 줘서 매우 고마워하고는 있지만, 마리가 한편으로는 지난 과거를 벗어나고 싶어 한다는 걸 느낄 수 있었다. 그레이스는 더 이상 그녀를 귀찮게 하지 않고 새로운 인생을 살 수 있도록 놓아줄 참이었다.

"부탁한 대로 잘했는지 확인할 거예요."

"잘 있어요, 그레이스." 그의 갈색 눈동자가 그녀에게서 멈췄다. 그리고 다시 한번 애정 가득한 입맞춤을 했다. 이번에는 그 어느 때보다 긴 입맞춤이었다.

지금 보내지 못하면 다시는 놓아주지 못할 거라는 걸 알면서도 그레이스는 다시 한번 그의 품에 안기고 싶은 충동을 억눌러야 했다. "행운을 빌어요, 마크."

그레이스는 그랜드센트럴역으로 가는 대로변을 가로질러 아무 두려움 없이 홀가분한 마음으로 기차역의 문을 열고 그녀를 기다리는 새로운 인생을 향해 걸음을 내디뎠다.

# 사라진 소녀들

초판 1쇄 발행 | 2021년 7월 23일

지은이 | 팜 제노프
옮긴이 | 정윤희
펴낸이 | 이정헌, 손형석
편집 | 이정헌
교정 | 노경수
디자인 | 이정헌
인쇄 | 공간코퍼레이션

펴낸곳 | 도서출판 잔
출판등록 | 2017년 3월 22일 · 제409-251002017000113호
주소 | 경기도 김포시 김포한강3로 432 502호
팩스 | 070-7611-2413
전자우편 | zhanpublishing@gmail.com
웹사이트 | www.zhanpublishing.com

표지 일러스트 ⓒ 이정헌

ISBN 979-11-90234-16-0 03840